J. R. R. TOLKIEN

DER HERR DER RINGE

ERSTER TEIL: DIE GEFÄHRTEN

ZWEITER TEIL: DIE ZWEI TÜRME

DRITTER TEIL: DIE RÜCKKEHR DES KÖNIGS

HOBBIT PRESSE

KLETT-COTTA

J. R. R. TOLKIEN

DER HERR DER RINGE

ZWEITER TEIL:

DIE ZWEI TÜRME

HOBBIT PRESSE
KLETT-COTTA

Verlagsgemeinschaft Ernst Klett Verlag –
J. G. Cotta'sche Buchhandlung
Aus dem Englischen übersetzt von
Margaret Carroux
Gedichtübertragungen von E.-M. von Freymann
Die Originalausgabe erschien unter dem Titel
»The Two Towers
Being the Second Part of the Lord of the Rings«

CIP-Kurztitelaufnahme der Deutschen Bibliothek
Tolkien, John Ronald Reuel:
Der Herr der Ringe / J. R. R. Tolkien.
[Aus d. Engl. übers. von Margaret Carroux.
Gedichtübertr. von E.-M. von Freymann]. –
Normalausgabe – Stuttgart: Klett-Cotta.
(Hobbit Presse)
Einheitssacht.: The lord of the rings ⟨dt.⟩
Teil 2. Die zwei Türme. – 3. Aufl. – 1984.
Orig.-Ausg. u. d. T.: Tolkien, John Ronald Reuel:
The two towers
ISBN 3-608-95310-8

Dritte Auflage der Normalausgabe in Leinen

Printed in Germany 1984
Umschlag: Heinz Edelmann
Druck: Ernst Klett Druckerei
Dritte Auflage ISBN 3-608-95309-4 (Band 1 Ln)
Dritte Auflage ISBN 3-608-95310-8 (Band 2 Ln)
Dritte Auflage ISBN 3-608-95311-6 (Band 3 Ln)
Zweite Auflage ISBN 3-12-907921-1 (Band 1 Ln)
Zweite Auflage ISBN 3-12-907931-9 (Band 2 Ln)
Zweite Auflage ISBN 3-12-907941-6 (Band 3 Ln)
Kartonierte Ausgabe, 3 Bände im Schuber
ISBN 3-608-95211-X

INHALT

DRITTES BUCH

VIERTES BUCH

DER HERR DER RINGE

Drei Ringe den Elbenkönigen hoch im Licht,
Sieben den Zwergenherrschern in ihren Hallen aus Stein,
Den Sterblichen, ewig dem Tode verfallen, neun,
Einer dem Dunklen Herrn auf dunklem Thron
Im Lande Mordor, wo die Schatten drohn.
Ein Ring, sie zu knechten, sie alle zu finden,
Ins Dunkel zu treiben und ewig zu binden
Im Lande Mordor, wo die Schatten drohn.

ÜBERSICHT

Dies ist der zweite Teil des *Herrn der Ringe.*

Der erste Teil, *Die Gefährten*, erzählte, wie Gandalf der Graue entdeckte, daß der Ring, den Frodo der Hobbit besaß, der Eine Ring war, der Beherrscher aller Ringe der Macht. Er berichtete, wie Frodo und seine Gefährten aus ihrer Heimat, dem friedlichen Auenland, fliehen, verfolgt von den grausamen Schwarzen Reitern von Mordor, bis sie schließlich unter entsetzlichen Gefahren mit Hilfe von Aragorn, dem Waldläufer von Eriador, zu Elronds Haus in Bruchtal kamen.

Dort wurde der große Rat von Elrond abgehalten, bei dem beschlossen wurde, daß der Versuch unternommen werden sollte, den Ring zu zerstören, und Frodo wurde zum Ringträger bestimmt. Die Ringgefährten wurden ausgewählt, die ihm beistehen sollten bei seiner Aufgabe: sich, wenn irgend möglich, zum Berg des Feuers in Mordor, dem Lande des Feindes, durchzuschlagen, wo allein der Ring vernichtet werden konnte. Zu dieser Gemeinschaft gehörten Aragorn und Boromir, Sohn des Herrschers von Gondor, als Vertreter der Menschen; Legolas, Sohn des Elbenkönigs von Düsterwald, für die Elben; Gimli, Gloins Sohn, vom Einsamen Berg für die Zwerge; Frodo mit seinem Diener Samweis und seine beiden jungen Verwandten, Meriadoc und Peregrin, für die Hobbits; und Gandalf der Graue.

Die Gefährten wanderten in aller Heimlichkeit weit fort von Bruchtal im Norden, bis ihr Versuch scheiterte, im Winter den hohen Paß von Caradhras zu überschreiten und Gandalf sie durch das verborgene Tor führte in die gewaltigen Minen von Moria, um einen Weg unter dem Gebirge zu finden. Im Kampf mit einem schrecklichen Geist der Unterwelt fiel Gandalf dort in einen tiefen Abgrund. Doch Aragorn, der sich jetzt als der geheime Erbe der alten Könige des Westens zu erkennen gegeben hatte, führte die Gruppe weiter vom Osttor von Moria durch das Elbenland Lórien und entlang des großen Stromes Anduin, bis sie zu den Rauros-Fällen kamen. Sie hatten bereits bemerkt, daß sie auf ihrer Wanderung von Spähern beobachtet wurden, und daß Gollum, dieses Geschöpf, das einst den Ring besessen hatte und noch immer nach ihm verlangte, ihren Spuren folgte.

Sie mußten sich jetzt entscheiden, ob sie gen Osten nach Mordor ziehen oder mit Boromir zusammenbleiben sollten, um Minas Tirith, der Hauptstadt von Gondor, in dem bevorstehenden Krieg Hilfe zu bringen; oder ob sie sich trennen sollten. Als sich ergab, daß der Ringträger entschlossen war, seine hoffnungslose Wanderung in das Land des Feindes fortzusetzen, versuchte Boromir, sich des Ringes mit Gewalt zu bemächtigen. Der erste Teil endet damit, daß Boromir der Verlockung durch den Ring erliegt, daß Frodo und sein Diener Sam ihm entkommen und verschwinden; und daß durch einen plötzlichen Angriff von Orksoldaten, von denen einige im Dienste des Dunklen Herrschers von Mordor, andere im Dienste des Verräters Saruman von Isengart stehen, die Gemeinschaft zersprengt wird. Die Fahrt des Ringträgers schien vom Unglück verfolgt.

Dieser zweite Teil, *Die zwei Türme*, erzählt nun, wie es den Gefährten erging, nachdem die Gemeinschaft des Ringes zerfallen war, bis zu dem Zeitpunkt als die große Dunkelheit heraufkam und der Ringkrieg ausbrach, worüber im dritten und letzten Teil berichtet wird.

DRITTES BUCH

ERSTES KAPITEL

BOROMIRS TOD

Aragorn eilte weiter den Berg hinauf. Dann und wann bückte er sich und untersuchte den Boden. Hobbits haben einen leichten Schritt, und selbst für einen Waldläufer sind ihre Fußspuren nicht leicht zu lesen; doch nicht weit vom Gipfel kreuzte eine Quelle den Pfad, und auf der nassen Erde sah er, was er suchte.

»Ich habe die Zeichen richtig gelesen«, sagte er zu sich. »Frodo ist zum Berggipfel gelaufen. Was mag er dort wohl gesehen haben? Aber er kam auf demselben Weg zurück und ist bergab gegangen.«

Aragorn zögerte. Er hatte selbst den Wunsch, zu dem Hochsitz zu gehen, denn er hoffte, dort etwas zu sehen, das ihn aus seiner Ratlosigkeit herausführen könnte; doch die Zeit drängte. Plötzlich sprang er voran und rannte zum Gipfel, über die großen Steinplatten und die Stufen hinauf. Als er dann auf dem Hochsitz saß, blickte er sich um. Aber die Sonne schien verdunkelt und die Welt verschwommen und entrückt. Er wandte sich von Norden ringsum wieder nach Norden zurück, und er sah nichts als die fernen Berge; nur dort, wo sie in ganz weiter Ferne lagen, sah er wiederum einen großen Vogel, vielleicht einen Adler, der in weiten Kreisen langsam zur Erde niederschwebte.

Während er noch schaute, vernahmen seine scharfen Ohren Geräusche in dem Waldgelände unten am Westufer des Flusses. Er fuhr zusammen. Es waren Schreie, und zu seinem Entsetzen erkannte er darunter die rauhen Stimmen von Orks. Dann plötzlich erklang das tieftönende Schmettern eines großen Horns, und sein Schall traf auf die Berge und hallte in den Tälern wider und erhob sich zu einem mächtigen Ruf, der das Brausen des Wasserfalls übertönte.

»Das Horn von Boromir!« rief er. »Er ist in Not!« Aragorn sprang über die Stufen und eilte den Pfad hinunter. »O weh! Ein böses Geschick liegt heute auf mir, und alles, was ich tue, läuft falsch. Wo ist Sam?«

Während er rannte, waren die Schreie erst lauter geworden und dann leiser, und das Horn blies verzweifelt. Wütend und schrill stiegen die Schreie der Orks auf, und plötzlich verstummte das Horn. Aragorn eilte über den letzten Hang, doch ehe er den Fuß des Berges erreicht hatte, wurden die Geräusche schwächer; und als er sich nach links wandte und auf sie zulief, entfernten sie sich, bis er sie schließlich nicht mehr hörte. Er zog sein blankes Schwert und brach mit dem Ruf *Elendil! Elendil!* zwischen den Bäumen hindurch.

Eine Meile vielleicht von Parth Galen, auf einer kleinen Lichtung nicht weit vom See, fand er Boromir. Er saß mit dem Rücken an einem großen Baum, als ob er ruhe. Aber Aragorn sah, daß er von vielen schwarzgefiederten Pfeilen durchbohrt war; sein Schwert hielt er noch in der Hand, doch war es dicht am Heft abgebrochen; sein in zwei Teile geborstenes Horn lag neben ihm. Viele erschlagene Orks lagen um ihn herum und zu seinen Füßen.

Aragorn kniete neben ihm nieder. Boromir öffnete die Augen und mühte sich zu sprechen. Schließlich kamen zögernde Worte. »Ich habe versucht, Frodo den Ring wegzunehmen«, sagte er. »Es tut mir leid. Ich habe dafür bezahlt.« Sein Blick wanderte über die gefallenen Feinde; zumindest zwanzig lagen dort. »Sie sind fort, die Halblinge; die Orks haben sie mitgenommen. Ich glaube, sie sind nicht tot. Orks haben sie gefesselt.« Er hielt inne und schloß ermattet die Augen. Nach einem Augenblick sprach er noch einmal.

»Leb wohl, Aragon! Geh nach Minas Tirith und rette mein Volk! Ich habe versagt.«

»Nein!« sagte Aragorn, nahm seine Hand und küßte ihn auf die Stirn. »Du hast gesiegt. Wenige haben einen solchen Sieg errungen. Sei beruhigt! Minas Tirith soll nicht fallen!«

Boromir lächelte.

»In welcher Richtung sind sie gegangen? War Frodo da?« fragte Aragorn.

Aber Boromir sprach nicht mehr.

»O weh!« sagte Aragorn. »So stirbt der Erbe von Denethor, des Herrn des Turms der Wache! Das ist ein bitteres Ende. Jetzt ist die Gemeinschaft ganz zerstört. Ich bin es, der versagt hat. Vergeblich war Gandalfs Vertrauen zu mir. Was soll ich nun tun? Boromir hat mir auferlegt, nach Minas Tirith zu gehen, und mein Herz wünscht es; aber wo sind der Ring und sein Träger? Wie soll ich sie finden und die Fahrt vor dem Scheitern bewahren?«

Eine Weile kniete er noch, gebeugt vom Schmerz, und umklammerte Boromirs Hand. So fanden ihn Legolas und Gimli. Sie kamen von den westlichen Hängen des Bergs, lautlos, und krochen zwischen den Bäumen hindurch, als ob sie auf Jagd seien. Gimli hatte die Axt in der Hand und Legolas sein langes Messer; alle seine Pfeile waren verschossen.

Als sie auf die Lichtung kamen, hielten sie bestürzt inne; und dann blieben sie einen Augenblick stehen, die Köpfe voll Trauer gesenkt, denn es schien ihnen klar, was geschehen war.

»O weh!« sagte Legolas und kam zu Aragorn. »Wir haben im Wald viele Orks gejagt und erschlagen, aber hier wären wir nützlicher gewesen. Wir kamen, als wir das Horn hörten – doch zu spät offenbar. Ich fürchte, du hast eine tödliche Wunde erhalten.«

»Boromir ist tot«, sagte Aragorn. »Ich bin unverletzt, denn ich war nicht bei ihm. Er fiel, als er die Hobbits verteidigte, während ich auf dem Berg war.«

»Die Hobbits!« rief Gimli. »Wo sind sie nun? Wo ist Frodo?«

»Ich weiß es nicht«, antwortete Aragorn müde. »Ehe er starb, hat Boromir gesagt, daß die Orks sie gefesselt hätten; er glaubte nicht, daß sie tot seien. Ich schickte ihn aus, Merry und Pippin zu folgen; aber ich habe ihn nicht gefragt, ob Frodo oder Sam bei ihm war; erst als es zu spät war. Alles, was ich heute getan habe, ist falsch gelaufen. Was ist jetzt zu tun?«

»Zuerst müssen wir den Gefallenen bestatten«, sagte Legolas. »Wir können ihn hier nicht wie Aas zwischen diesen abscheulichen Orks liegen lassen.«

»Aber wir müssen uns eilen« sagte Gimli. »Er würde nicht wollen, daß wir uns hier lange aufhalten. Wir müssen die Orks verfolgen, wenn Hoffnung besteht, daß irgend welche von unserer Gemeinschaft noch am Leben und ihre Gefangenen sind.«

»Doch wissen wir nicht, ob der Ringträger bei ihnen ist oder nicht«, sagte Aragorn. »Sollen wir ihn in Stich lassen? Müssen wir nicht zuerst ihn suchen? Eine schwere Entscheidung steht uns bevor!«

»Dann laßt uns zuerst tun, was wir tun müssen«, sagte Legolas. »Wir haben weder die Zeit noch die Werkzeuge, um unseren Gefährten angemessen zu begraben oder ihm einen Hügel aufzuschütten. Ein Steingrab könnten wir vielleicht bauen.«

»Die Arbeit würde hart und langwierig sein: hier in der Nähe gibt es keine Steine, die wir gebrauchen könnten, nur am Ufer«, sagte Gimli.

»Dann laßt uns ihn mit seinen Waffen und den Waffen seiner besiegten Feinde in ein Boot legen«, sagte Aragorn. »Wir werden ihn zu den Wasserfällen des Rauros schicken und ihn dem Anduin übergeben. Der Strom von Gondor wird zumindest dafür sorgen, daß kein böses Lebewesen seine Gebeine entehrt.«

Rasch durchsuchten sie die Leichen der Orks und schichteten ihre Schwerter, gespaltenen Helme und Schilde auf einen Haufen.

»Seht!« rief Aragorn. »Hier finden wir Beweise!« Aus dem Haufen grausamer Waffen nahm er zwei Messer mit Blattklingen und in Gold und Rot damasziert; und als er weitersuchte, fand er auch die Scheiden, schwarz und mit kleinen roten Edelsteinen besetzt. »Das hier ist kein Kriegsgerät der Orks«, sagte er. »Die Hobbits hatten sie getragen. Zweifellos haben die Orks sie geraubt, aber sie fürchteten sich, die Messer zu behalten, denn sie erkannten sie als das, was sie sind: Waffen von Westernis, mit Zauberkräften ausgestattet zum Verderben von Mordor. Ja, wenn unsere Freunde noch leben, sind sie jetzt waffenlos. Ich werde die Sachen an mich nehmen, denn wenngleich kaum Hoffnung besteht, hoffe ich doch immer noch, sie ihnen zurückgeben zu können.«

»Und ich«, sagte Legolas, »werde alle Pfeile nehmen, die ich finden kann, denn mein Köcher ist leer.« Er durchstöberte den Haufen und suchte den Boden ab und fand nicht wenige, die unbeschädigt waren und einen längeren Schaft hatten als jene Pfeile, die die Orks gewöhnlich benutzten. Er sah sie sich sehr genau an.

Und Aragorn sah sich die Gefallenen an und sagte: »Hier liegen viele, die nicht Diener von Mordor sind. Einige stammen aus dem Norden, aus dem Nebelgebirge, wenn ich überhaupt etwas von Orks und ihren Rassen verstehe. Und hier sind andere, die mir fremd sind. Ihre Ausrüstung ist ganz und gar nicht nach der Art von Orks!«

Da lagen vier Bilwiß-Krieger von größerer Gestalt, schwärzlich, schlitzäugig, mit dicken Beinen und großen Händen. Ihre Waffen waren kurze Schwerter mit breiten Klingen, nicht die bei Orks üblichen Krummsäbel; und sie hatten Eibenholzbogen, die ihrer Länge und Form nach wie die Bogen der Menschen waren. Auf ihren Schilden hatten sie ein fremdes Wappen: eine kleine weiße Hand inmitten eines schwarzen Feldes; auf der Stirnseite ihrer eisernen Helme war eine aus einem weißen Metall geschmiedete S-Rune angebracht.

»Ich habe diese Zeichen noch nie gesehen«, sagte Aragorn. »Was bedeuten sie wohl?«

»S steht für Sauron«, sagte Gimli. »Das ist leicht zu lesen.«

»Nein«, sagte Legolas. »Sauron gebraucht keine Elbenrunen.«

»Und ebensowenig gebraucht er seinen richtigen Namen und erlaubt auch nicht, daß er geschrieben oder ausgesprochen wird«, sagte Aragorn. »Und er gebraucht kein Weiß. Die Orks im Dienste von Barad-dûr tragen das Zeichen des Roten Auges.« Er stand einen Augenblick in Gedanken versunken da. »S bedeutet Saruman, vermute ich«, sagte er schließlich. »Da ist Böses im Gange in Isengart, und der Westen ist nicht länger sicher. Es ist, wie Gandalf gefürchtet hatte: auf irgendeine Weise hat der

Verräter Saruman Nachricht über unsere Fahrt erhalten. Ebenso wahrscheinlich wird er auch über Gandalfs Ende Bescheid wissen. Verfolger aus Moria mögen Lóriens Wachsamkeit entgangen sein oder haben vielleicht dieses Land gemieden und sind auf anderen Pfaden nach Isengart gelangt. Orks wandern schnell. Doch hat Saruman viele Möglichkeiten, Neues zu erfahren. Erinnert ihr euch der Vögel?«

»Nun, wir haben jetzt keine Zeit, über Rätsel nachzugrübeln«, sagte Gimli. »Laßt uns Boromir forttragen!«

»Aber danach werden wir die Rätsel lösen müssen, wenn wir die richtige Entscheidung über unseren Weg treffen sollen«, antwortete Aragorn.

»Vielleicht gibt es keine richtige Entscheidung«, sagte Gimli.

Der Zwerg nahm seine Axt und hieb mehrere Äste ab. Sie banden sie mit Bogensehnen zusammen und breiteten ihre Mäntel über das Gestell. Auf dieser rohen Bahre trugen sie ihren toten Gefährten zum Ufer und nahmen an Siegesbeute von seinem letzten Kampf mit, was sie ihm mitzugeben gedachten. Es war nur ein kurzer Weg, dennoch fanden sie die Aufgabe nicht leicht, denn Boromir war ein großer und starker Mann.

Aragorn blieb am Ufer und hielt Wache an der Bahre, während Legolas und Gimli zu Fuß nach Parth Galen zurückeilten. Es war eine Meile oder noch weiter, und es dauerte einige Zeit, ehe sie zurückkamen und zwei Boote geschwind am Ufer entlangpaddelten.

»Etwas Seltsames haben wir zu berichten«, sagte Legolas. »Es waren nur zwei Boote am Steilufer. Von dem dritten konnten wir keine Spur entdecken.« »Sind Orks dort gewesen?« fragte Aragorn.

»Wir sahen keine Spuren von ihnen«, antwortete Gimli. »Und Orks hätten alle Boote genommen oder zerstört, und das Gepäck ebenso.«

»Ich werde mir den Boden ansehen, wenn wir dort hinkommen«, sagte Aragorn.

Nun legten sie Boromir in die Mitte des Bootes, das ihn davontragen sollte. Die graue Kapuze und den Elbenmantel falteten sie zusammen und legten sie ihm unter den Kopf. Sie kämmten sein langes, dunkles Haar und ordneten es auf seinen Schultern. Der goldene Gürtel von Lórien funkelte um seinen Leib. Den Helm legten sie neben ihn und auf seinen Schoß das gespaltene Horn und das Heft und die Bruchstücke seines Schwerts. Zu seinen Füßen lagen die Schwerter seiner Feinde. Dann befestigten sie den Bug des Boots am Heck des anderen und zogen es hinaus auf das Wasser. Traurig ruderten sie am Ufer entlang, und als sie in die schnell fließende Stromrinne einbogen, kamen sie an dem grünen Rasen von Parth Galen vorbei. Die steilen Hänge des Tol Brandir erglühten: der

Nachmittag war schon fortgeschritten. Als sie nach Süden fuhren, stieg vor ihnen der Sprühregen des Rauros auf und schimmerte wie ein goldener Nebel. Das Tosen und Donnern des Wasserfalls erschütterte die windlose Luft.

Gramerfüllt lösten sie die Vertäuung des Bestattungsboots: dort lag Boromir, ruhig, friedlich über die Tiefe des fließenden Wassers hinweggleitend. Der Strom nahm ihn zu sich, während sie ihr Boot mit den Paddeln zurückhielten. Er trieb an ihnen vorbei, und langsam entfernte sich sein Boot und wurde kleiner, bis es ein dunkler Fleck vor dem goldenen Licht war; und dann verschwand es plötzlich. Rauros dröhnte unverändert weiter. Der Fluß hatte Boromir, Denethors Sohn, zu sich genommen, und nie wieder ward er in Minas Tirith auf dem Weißen Turm gesehen, wo er des Morgens zu stehen pflegte. Doch in späteren Zeiten hieß es in Gondor noch lange, das Elbenboot sei den Wasserfall hinunter und durch die schäumende Flut gefahren und habe ihn durch Osgiliath und an den zahlreichen Mündungen des Anduin vorbei bei Nacht unter den Sternen hinausgetragen in das Große Meer.

Eine Weile schwiegen die drei Gefährten und blickten ihm nach. Dann sprach Aragorn. »Sie werden Ausschau nach ihm halten vom Weißen Turm«, sagte er, »doch wird er nicht heimkehren vom Gebirge oder vom Meer.« Dann begann er langsam zu singen:

Durch Rohan über Moor und Feld und grünes Weideland
Bis an die Mauern zieht der Wind, von Westen ausgesandt.
»Was bringst du Neues aus Westen, o Wind, was sagst du zu Abend mir an?
Sahst du im Mondlicht Boromir, den hohen Rittersmann?«
»Über sieben Ströme sah ich ihn, über Wasser breit und grau
Gen Norden reiten durch leeres Land, das öde ist und rauh.
Vielleicht sah ihn der Nordwind dort, wo ich seine Spur verlorn,
Und vernahm den Schall, den Denethors Sohn noch einmal stieß ins Horn.«
»O Boromir! Von hoher Wehr blick ich gen Westen aus,
Doch aus dem menschenleeren Land kamst du nicht mehr nach Haus.«

Dann sang Legolas:

Von der Mündung herauf, von der fernen See kommt der Südwind herangejagt;

Das Schreien der Möwen begleitet ihn, wie er an den Toren klagt.
»Was bringst du Neues aus Süden, o Wind, was sagst du mir an zur Nacht?
Wo blieb er, der Schöne? Um Boromir halt' ich traurige Wacht.«
»Frag nicht nach seinem Aufenthalt — auf sturmgepeitschtem Strand
Unter dunklem Himmel liegt Totengebein zuhauf im weißen Sand.
So viele kamen den Anduin herab ins brandende Meer.
Frage den Nordwind! Wen er schickt, weiß niemand als nur er.«
»O Boromir! Zur Küste führt vom Tor der Straße Lauf,
Doch mit den Möwen kamst du nicht von der grauen See herauf.«

Dann sang Aragorn wieder:

Vom Tor der Könige her und vorbei an Rauros tosendem Fall
Reitet der Nordwind; am Turm erklingt seines Hornes kalter Schall.
»Was bringst du Neues aus Norden, o Wind, welche Kunde am heutigen Tag?
Weißt du, wo der kühne Boromir so lange weilen mag?«
»Ich vernahm seinen Ruf am Amon Hen. Dort schlug er seine Schlacht.
Geborsten wurden Schild und Schwert zum Anduin gebracht.
Sie betteten das stolze Haupt, den edlen Leib zur Ruh,
Stromabwärtz trug ihn Rauros Fall dem fernen Meere zu.«
»O Boromir! Für immer soll fortan der Turm der Wacht
Gen Norden schaun zum Wasserfall, zu Rauros' goldner Pracht.«

So endeten sie. Dann wendeten sie ihr Boot und paddelten, so rasch sie gegen die Strömung ankamen, zurück nach Parth Galen.

»Den Ostwind habt ihr mir überlassen«, sagte Gimli, »aber ich will nichts über ihn sagen.«

»So sollte es auch sein«, sagte Aragorn. »In Minas Tirith ertragen sie den Ostwind, aber sie fragen ihn nicht nach seinen Botschaften. Doch jetzt hat Boromir seinen Weg angetreten, und wir müssen uns eilen, den unseren zu wählen.«

Er untersuchte die grüne Wiese, rasch, aber gründlich, und bückte sich oft zur Erde. »Keine Orks sind hier gewesen«, sagte er. »Sonst kann ich nichts genau feststellen. Unser aller Fußstapfen sind da und gehen hierhin und dorthin. Ich kann nicht sagen, ob irgendwelche Hobbits zurückgekommen sind, seit die Suche nach Frodo begann.« Er kehrte zum Steilufer zurück, nahe der Stelle, wo das Rinnsal von der Quelle hinaus in den Fluß tröpfelte. »Hier sind ein paar deutliche Abdrücke«, sagte er. »Ein Hobbit ist in das Wasser gewatet und wieder zurück; aber ich kann nicht sagen, wie lange es her ist.«

»Wie erklärst du dir dann das Rätsel?« fragte Gimli.

Aragorn antwortete nicht sofort, sondern ging zurück zum Lagerplatz und sah sich das Gepäck an. »Zwei Bündel fehlen«, sagte er, »und eins davon ist gewiß Sams: es war ziemlich groß und schwer. Das scheint also die Lösung zu sein: Frodo ist mit dem Boot fortgefahren, und sein Diener ist mit ihm gefahren. Frodo muß zurückgekommen sein, als wir alle fort waren. Ich traf Sam, als er den Berg hinaufging, und sagte ihm, er solle mir folgen; aber offenbar hat er das nicht getan. Er erriet die Gedanken seines Herrn und kam hierher zurück, ehe Frodo fort war. Frodo fand es nicht leicht, Sam zurückzulassen!«

»Aber warum ließ er uns zurück und ohne ein Wort?« fragte Gimli. »Das war eine seltsame Tat!«

»Und eine tapfere Tat«, sagte Aragorn. »Sam hatte recht, glaube ich. Frodo wollte nicht, daß ihn irgendeiner seiner Freunde auf der Todesfahrt nach Mordor begleite. Aber er wußte, daß er selbst gehen mußte. Irgend etwas geschah, nachdem er uns verlassen hatte, das stärker war als seine Angst und sein Zweifel.«

»Vielleicht haben ihn Orks, die nach ihm suchten, aufgespürt, und er floh«, sagte Legolas.

»Er floh gewiß« sagte Aragorn, »aber nicht vor Orks, glaube ich.« Was seiner Meinung nach der Grund für Frodos plötzlichen Entschluß und seine Flucht war, sagte Aragorn nicht. Boromirs letzte Worte hielt er lange geheim.

»Nun, so viel ist jetzt wenigstens klar«, sagte Legolas. »Frodo ist nicht mehr auf dieser Seite des Flusses: nur er kann das Boot genommen haben. Und Sam ist bei ihm; nur er hätte sein Bündel genommen.«

»Wir stehen nun vor der Entscheidung«, sagte Gimli, »entweder das letzte Boot zu nehmen und Frodo zu folgen, oder aber zu Fuß die Orks zu verfolgen. Beides ist nicht sehr hoffnungsvoll. Wir haben bereits kostbare Stunden verloren.«

»Laßt mich nachdenken«, sagte Aragorn. »Und möge ich jetzt eine richtige Entscheidung treffen und das böse Geschick dieses unseligen Tages wenden!« Er verharrte einen Augenblick schweigend. »Ich werde die Orks verfolgen«, sagte er schließlich. »Ich hätte Frodo nach Mordor geführt und wäre bis zum Ende mit ihm gegangen; aber wenn ich ihn jetzt in der Wildnis suche, muß ich die Gefangenen im Stich lassen und sie der Folter und dem Tod ausliefern. Mein Herz spricht endlich deutlich: das Schicksal des Trägers liegt nicht länger in meiner Hand. Die Gemeinschaft hat ihre Rolle gespielt. Dennoch können wir, die wir übrig geblieben sind, nicht unsere Gefährten preisgeben. Kommt! Wir wollen jetzt gehen. Laßt alles zurück, was entbehrlich ist. Wir wollen vorwärtseilen bei Tag und bei Nacht!«

Sie zogen das letzte Boot heraus und trugen es zu den Bäumen. Darunter legten sie diejenigen ihrer Sachen, die sie nicht brauchten und nicht mitnehmen konnten. Dann verließen sie Parth Galen. Der Nachmittag verblaßte, als sie zu der Lichtung zurückkamen, wo Boromir gefallen war. Dort nahmen sie die Spur der Orks auf. Es bedurfte keiner großen Kunst, sie zu finden.

»Kein anderes Volk trampelt derartig herum«, sagte Legolas. »Es scheint ihnen Freude zu machen, Pflanzen, die ihnen nicht einmal im Wege sind, zu zerstören und abzuhauen.«

»Aber trotz alledem gehen sie mächtig schnell«, sagte Aragorn, »und werden nicht müde. Und später mag es sein, daß wir unseren Weg in ödem, kahlem Gelände suchen müssen.«

»Also, ihnen nach!« sagte Gimli. »Auch Zwerge vermögen schnell zu gehen und werden nicht eher müde als Orks. Aber es wird eine lange Verfolgung werden: sie haben einen großen Vorsprung.«

»Ja«, sagte Aragorn, »wir alle werden die Ausdauer von Zwergen brauchen. Aber kommt! Mit Hoffnung oder ohne Hoffnung werden wir der Spur unserer Feinde folgen. Und wehe ihnen, wenn wir uns als schneller erweisen! Wir werden eine solche Hetzjagd veranstalten, daß sie als ein Wunder betrachtet werden wird unter den Drei Geschlechtern: Elben, Zwergen und Menschen. Vorwärtes, die Drei Jäger!«

Wie ein Hirsch sprang er davon. Durch die Bäume eilte er. Weiter und immer weiter führte er sie, unermüdlich und schnell, da er nun endlich zu einem Entschluß gekommen war. Die Wälder um den See ließen sie hinter sich. Lange Hänge erklommen sie, die sich dunkel und scharfkantig gegen den schon vom Sonnenuntergang geröteten Himmel abhoben. Die Dämmerung senkte sich herab. Sie verschwanden, graue Schatten in einem steinigen Land.

ZWEITES KAPITEL

DIE REITER VON ROHAN

Die Dämmerung wurde dunkler. Nebel hing hinter ihnen zwischen den tiefer stehenden Bäumen und schwebte über den bleichen Rändern des Anduin, doch war der Himmel klar. Sterne kamen hervor. Der zunehmende Mond stand im Westen, und die Schatten der Felsen waren schwarz. Sie hatten den Fuß steiniger Berge erreicht, und ihr Schritt wurde langsamer, denn es war nicht mehr so einfach, der Spur zu folgen. Hier erstreckten sich die Ausläufer des Emyn Muil in zwei langen, zerklüfteten Höhenzügen. Die westliche Seite der beiden Höhenzüge war steil und beschwerlich, doch die östlichen Hänge waren sanfter, durchfurcht von vielen Wasserrinnen und schmalen Schluchten. Die ganze Nacht kletterten die drei Gefährten durch dieses öde Land, erklommen den Kamm des ersten und höchsten Höhenzuges und stiegen wieder hinunter in die Dunkelheit eines tiefen, gewundenen Tals auf der anderen Seite.

In der stillen, kalten Stunde vor dem Morgengrauen hielten sie dort eine kurze Rast. Vor ihnen war der Mond schon untergegangen, und über ihnen funkelten die Sterne; hinter ihnen war das Licht des Tages noch nicht über die dunklen Berge heraufgekommen. Einen Augenblick war Aragorn ratlos: die Spur der Orks hatte in das Tal hinuntergeführt, dort aber war sie verschwunden.

»In welcher Richtung werden sie gegangen sein, was glaubst du?« fragte Legolas. »Nach Norden, um einen geraderen Weg nach Isengart einzuschlagen, oder nach Fangorn, wenn das, wie du vermutest, ihr Ziel ist? Oder nach Süden, um auf die Entwasser zu stoßen?«

»Auf den Fluß werden sie nicht zuhalten, welches ihr Ziel auch immer sein mag«, sagte Aragorn. »Und sofern die Dinge in Rohan nicht sehr schlecht stehen und Sarumans Macht nicht erheblich zugenommen hat, werden sie den kürzesten Weg nehmen, den sie finden können, über die Weiden der Rohirrim. Laßt uns im Norden suchen!«

Das Tal lag wie ein steinerner Trog zwischen den Berggraten, und ein schmaler Bach rieselte zwischen Findlingen auf der Talsohle. Eine Felswand drohte zu ihrer Rechten; zur Linken erhoben sich graue Hänge, undeutlich und schattenhaft in der späten Nacht. Sie gingen weiter, eine

Meile oder mehr nach Norden. Aragorn suchte, zum Boden gebückt, zwischen den Bodenfalten und Wasserrinnen, die zu dem westlichen Kamm führten. Legolas war ein Stück voraus. Plötzlich stieß der Elb einen Ruf aus, und die anderen rannten zu ihm.

»Wir haben schon einige überholt von denen, die wir suchen«, sagte er. »Schaut!« Er zeigte auf etwas, und sie sahen, daß das, was sie zuerst für Findlinge gehalten hatten, die am Fuß des Abhangs lagen, zusammengekauerte Körper waren. Fünf tote Orks lagen da. Sie waren mit vielen grausamen Hieben niedergestreckt, und zweien war der Kopf abgeschlagen worden. Der Boden war naß von ihrem dunklen Blut.

»Hier ist ein weiteres Rätsel«, sagte Gimli. »Aber es bedarf des Tageslichts, und darauf können wir nicht warten.«

»Und dennoch, wie immer du es auslegst, es scheint nicht ohne Hoffnung zu sein«, sagte Legolas. »Feinde der Orks sind vermutlich unsere Freunde. Lebt irgend jemand in diesen Bergen?«

»Nein«, sagte Aragorn. »Die Rohirrim kommen selten hierher, und von Minas Tirith ist es weit. Vielleicht haben irgendwelche Menschen aus Gründen, die wir nicht kennen, hier gejagt. Indes glaube ich es nicht.«

»Was glaubst du denn?« fragte Gimli.

»Ich glaube, daß der Feind seinen eigenen Feind mitgebracht hat«, antwortete Aragorn. »Diese hier sind Nördliche Orks von weither. Unter den Erschlagenen sind keine der großen Orks mit den seltsamen Zeichen. Es hat Streit gegeben, vermute ich: nichts Ungewöhnliches bei diesem abscheulichen Volk. Vielleicht gab es eine Meinungsverschiedenheit über den Weg.«

»Oder über die Gefangenen«, sagte Gimli. »Hoffen wir, daß nicht auch sie hier den Tod gefunden haben.«

Aragorn suchte den Boden in einem großen Kreis ab, aber keine anderen Spuren des Kampfes waren zu sehen. Sie gingen weiter. Schon wurde der östliche Himmel fahl; die Sterne verblaßten, und ein graues Licht breitete sich langsam aus. Etwas weiter nördlich kamen sie zu einer Bodenfalte, in der ein winziger Bach, herabstürzend und sich windend, einen steinigen Pfad hinunter in das Tal gebahnt hatte. Dort wuchsen ein paar Büsche und an den Seiten stellenweise Gras.

»Endlich!« sagte Aragorn. »Hier sind die Spuren, die wir suchen. Diese Wasserrinne hinauf: das ist der Weg, den die Orks nach ihrer Auseinandersetzung eingeschlagen haben.«

Rasch folgten die Jäger jetzt dem neuen Pfad. Als seien sie erfrischt nach nächtlicher Ruhe, sprangen sie von Stein zu Stein. Schließlich erreichten sie die Kuppe des grauen Bergs, und eine plötzliche Brise ließ ihr Haar wehen und erfaßte ihre Mäntel: der kalte Wind der Morgendämmerung.

Als sie sich umwandten, sahen sie jenseits des Flusses die fernen Berge in Flammen. Der Tag nahm den Himmel in Besitz. Der rote Rand der Sonne stieg über die Grate des dunklen Landes. Vor ihnen im Westen lag die Welt still, formlos und grau; aber während sie noch schauten, lösten sich die Schatten der Nacht auf, die Farben der erwachenden Erde kehrten zurück: Grün überflutete die weiten Wiesen von Rohan; der weiße Nebel schimmerte in den Wassertälern; und zur Linken erhob sich blau und purpurrot in weiter Ferne, dreißig oder mehr Meilen mochten es sein, das Weiße Gebirge, und seine kohlschwarzen Gipfel waren mit schimmerndem Schnee bedeckt und von der Morgenröte rosig überhaucht.

»Gondor! Gondor!« rief Aragorn. »Ich wollte, ich hätte dich in einer glücklicheren Stunde wiedergesehen! Noch führt mein Weg nicht südwärts zu deinen klaren Strömen.

Gondor! Gondor vom Gebirg zum Küstenstrich!
Westwind wehte; das Licht der Königsgärten glich
Hellem Regen: so fiel es auf den Silberbaum
Einstmals. Türme, Thron und Krone, goldner Traum!
Gondor! Gondor! Wird der Westwind wieder wehn?
Werden Menschen den Silberbaum dort wiedersehn?

»Nun laßt uns gehen!« sagte er, wandte seinen Blick vom Süden ab und hielt im Westen und Norden nach dem Weg Ausschau, den er einschlagen mußte.

Der Grat, auf dem die Gefährten standen, fiel vor ihren Füßen jäh ab. Zwanzig Klafter oder mehr unter ihm lag ein breiter und zerklüfteter Felsenvorsprung, der plötzlich in den Rand einer steilen Felswand auslief: der Ostwall von Rohan. So endete der Emyn Muil, und die grünen Ebenen der Rohirrim erstreckten sich vor ihnen, soweit das Auge reichte.

»Schaut!« rief Legolas und wies hinauf in den blassen Himmel. »Da ist der Adler wieder! Er ist sehr hoch. Er scheint jetzt fortzufliegen aus diesem Land zurück nach dem Norden. Er bewegt sich mit großer Schnelligkeit. Schaut!«

»Nein, nicht einmal meine Augen können ihn sehen, mein guter Legolas«, sagte Aragorn. »Er muß wahrlich hoch droben sein. Ich frage mich, welchen Auftrag er hat, wenn es derselbe Vogel ist, den ich schon zuvor gesehen habe. Doch schaut! Ich sehe etwas, das näher ist und dringender; dort auf der Ebene bewegt sich etwas!«

»Vieles«, sagte Legolas. »Es ist eine große Schar zu Fuß, aber mehr kann ich nicht sagen und auch nicht sehen, was für Leute es sein mögen. Sie sind noch viele Wegstunden entfernt: zwölf, vermute ich; aber bei der Flachheit der Ebene läßt sich die Entfernung schwer schätzen.«

»Dennoch glaube ich, daß wir nicht länger irgendeine Spur brauchen, die uns sagt, welchen Weg wir gehen sollen«, sagte Gimli. »Laßt uns so rasch als möglich einen Pfad hinunter zu den Weiden finden.«

»Ich bezweifle, ob wir einen rascheren Pfad finden werden als den von den Orks gewählten«, sagte Aragorn.

Sie folgten ihren Feinden nun bei hellem Tageslicht. Es schien, daß die Orks mit größtmöglicher Schnelligkeit vorwärts gehastet waren. Ab und zu fanden die Verfolger Dinge, die fallengelassen oder weggeworfen worden waren: Beutel mit Wegzehrung, Rinden und Kanten von hartem, grauem Brot, einen zerrissenen, schwarzen Mantel, einen schweren, eisenbeschlagenen Schuh, der auf den Steinen entzwei gegangen war. Die Spur führte sie nach Norden am Kamm des Steilhangs entlang, und schließlich kamen sie zu einer tiefen Spalte, die ein geräuschvoll herabsprudelnder Bach in den Fels eingeschnitten hatte. In der schmalen Schlucht führte ein holpriger Pfad wie eine Treppe hinunter in die Ebene.

Unten kamen sie mit einer seltsamen Plötzlichkeit auf das Gras von Rohan. Wie ein grünes Meer wogte es bis zum Fuß des Emyn Muil. Der herabstürzende Bach verschwand im dichten Wuchs von Kresse und Wasserpflanzen, und sie hörten ihn unter dem Grün dahinplätschern, lange sanfte Abhänge hinunter zu den Sümpfen im fernen Tal der Entwasser. Den Winter, der sich noch in den Bergen hielt, schienen sie hinter sich gelassen zu haben. Hier war die Luft weicher und wärmer und duftete schwach, als ob sich der Frühling schon rege und der Saft wieder steige in Kraut und Blatt. Legolas holte tief Luft wie einer, der nach langem Dürsten in kargen Gegenden einen kräftigen Schluck trinkt.

»Ah, der frische Duft«, sagte er. »Das ist besser als viel Schlaf. Laßt uns laufen!«

»Leichte Füße mögen hier geschwind laufen«, sagte Aragorn. »Geschwinder vielleicht als eisenbeschuhte Orks. Jetzt haben wir Aussicht, ihren Vorsprung zu verringern.«

Einer hinter dem anderen liefen sie wie Jagdhunde auf einer frischen Fährte, und ihre Augen leuchteten vor Ungeduld. Fast genau nach Westen hatten die marschierenden Orks ihre häßliche, breite Spur getrampelt; das duftige Gras von Rohan war zertreten und schwarz geworden, als sie vorübergingen. Plötzlich stieß Aragorn einen Schrei aus und wandte sich zur Seite.

»Bleibt!« rief er. »Folgt mir noch nicht!« Er rannte rasch nach rechts, fort von der Hauptspur; denn er hatte dort Fußstapfen gesehen, die sich von den anderen entfernten, die Abdrücke kleiner, unbeschuhter Füße. Allerdings waren sie nicht weit gelangt, ehe sie von Ork-Abdrücken eingeholt wurden, die von vorn und von hinten von der Hauptspur gekommen waren und gleich wieder umkehrten und sich in dem Getrampel verloren. An der entferntesten Stelle bückte sich Aragorn und hob etwas vom Gras auf; dann lief er zurück.

»Ja«, sagte er, »es ist ganz klar: die Fußstapfen eines Hobbits. Pippins, glaube ich. Er ist kleiner als der andere. Und schaut euch das an!« Er hielt etwas hoch, das im Sonnenschein glitzerte. Es sah aus wie ein Buchenblatt, das sich gerade geöffnet hatte, schön und fremdartig in der baumlosen Ebene.

»Die Brosche eines Elbenmantels!« riefen Legolas und Gimli wie aus einem Munde.

»Nicht zwecklos fallen Lóriens Blätter«, sagte Aragorn. »Dieses ging nicht zufällig verloren: es ist fortgeworfen worden als Zeichen für irgend jemanden, der folgen könnte. Ich glaube, Pippin ist zu diesem Zweck von der Spur fortgelaufen.«

»Dann war er wenigstens am Leben«, sagte Gimli. »Und konnte seinen Verstand gebrauchen, und seine Beine auch. Das ist ermutigend. Unsere Verfolgung ist nicht vergeblich.«

»Hoffen wir, daß er für seine Kühnheit nicht zu teuer bezahlen mußte«, sagte Legolas. »Kommt! Laßt uns weitergehen. Der Gedanke an diese fröhlichen jungen Leute, die wie Vieh dahingetrieben werden, tut mir in der Seele weh.«

Die Sonne erklomm den Mittag und zog dann am Himmel langsam abwärts. Leichte Wolken trieben vom Meer im fernen Süden herauf und wurden vom Wind fortgeblasen. Die Sonne sank. Schatten stiegen in der Ferne auf und streckten vom Osten her lange Arme aus. Noch gaben die Jäger nicht auf. Ein Tag war jetzt vergangen, seit Boromir fiel, und die Orks waren noch weit voraus. Es war nichts mehr von ihnen zu sehen in dem ebenen Flachland.

Als die Schatten der Nacht sie umschlossen, hielt Aragorn an. Nur zweimal während des Tagesmarschs hatten sie eine kurze Weile gerastet, und zwölf Meilen lagen jetzt zwischen ihnen und dem östlichen Wall, wo sie im Morgengrauen gestanden hatten.

»Eine schwierige Entscheidung liegt jetzt vor uns«, sagte er. »Sollen wir bei Nacht ruhen oder weitergehen, solange unser Wille und unsere Kraft reichen?«

»Sofern unsere Feinde nicht auch ruhen, werden sie uns weit zurücklassen, wenn wir hierbleiben, um zu schlafen«, sagte Legolas.

»Sicher werden doch selbst Orks auf dem Marsch eine Rast machen müssen?« fragte Gimli.

»Selten wandern Orks in der Sonne durch offenes Land, doch diese haben es getan«, sagte Legolas. »Gewiß werden sie des Nachts nicht ruhen.«

»Aber wenn sie des Nachts laufen, können wir ihrer Spur nicht folgen«, sagte Gimli.

»Die Spur verläuft ganz gerade und geht weder nach rechts noch nach links, soweit meine Augen sehen können«, sagte Legolas.

»Vielleicht könnte ich euch aufs Geratewohl in der Dunkelheit führen und die Richtung einhalten«, sagte Aragorn. »Aber wenn wir uns verirren oder sie abbiegen, dann könnte es, wenn es hell wird, lange dauern, bis wir die Spur wiederfinden.«

»Und auch das ist zu bedenken«, sagte Gimli, »nur bei Tage können wir irgendwelche Spuren sehen, die vom Wege fortführen. Sollte ein Gefangener entkommen oder einer weggeschleppt werden nach Osten, sagen wir zum Großen Strom, nach Mordor, dann könnten wir die Anzeichen übersehen und es niemals erfahren.«

»Das ist wahr«, sagte Aragorn. »Aber wenn ich die Zeichen an jener Stelle dort hinten richtig gelesen habe, dann setzten sich die Orks der Weißen Hand durch, und die ganze Gruppe ist jetzt auf dem Weg nach Isengart. Ihre bisherige Richtung bestätigt meine Annahme.«

»Dennoch wäre es voreilig, ihrer Absichten ganz sicher zu sein«, sagte Gimli. »Und wie ist es mit dem Entkommen? Im Dunkeln wären wir an den Zeichen vorbeigegangen, die dich zu der Brosche führten.«

»Die Orks werden jetzt doppelt auf der Hut sein, und die Gefangenen noch müder«, sagte Legolas. »Es wird kein Entkommen mehr geben, sofern wir es nicht zuwege bringen. Wie das bewerkstelligt werden soll, läßt sich nicht mutmaßen, aber zuerst müssen wir sie einholen.«

»Doch selbst ich, Zwerg vieler Wanderungen und nicht der am wenigsten ausdauernde meines Volkes, kann nicht den ganzen Weg nach Isengart ohne Rast zurücklegen«, sagte Gimli. »Auch mir tut die Seele weh, und ich wäre gern früher aufgebrochen; aber jetzt muß ich ein wenig ruhen, um besser laufen zu können. Und wenn wir rasten, dann ist die sichtlose Nacht die richtige Zeit, es zu tun.«

»Ich sagte, es sei eine schwierige Entscheidung«, sagte Aragorn. »Wie wollen wir diese Frage lösen?«

»Du bist unser Führer«, sagte Gimli, »und du bist erfahren in der Verfolgung. Du sollst entscheiden.«

»Mein Herz heißt mich weitergehen«, sagte Legolas. »Aber wir müssen zusammenbleiben. Ich werde mich eurer Meinung anschließen.«

»Ihr überlaßt die Wahl einem schlechten Wähler«, sagte Aragorn. »Seit wir durch Argonath gekommen sind, waren meine Entscheidungen falsch.« Er schwieg und schaute lange nach Norden und Westen in die dunkler werdende Nacht.

»Wir werden nicht im Dunkeln gehen«, sagte er schließlich. »Die Gefahr, die Spur oder andere Zeichen des Kommens und Gehens zu übersehen, scheint mir die größere zu sein. Wenn der Mond hell genug wäre, könnten wir sein Licht ausnützen, aber leider geht er früh unter und ist noch schmal und bleich.«

»Und heute nacht ist er sowieso verhangen«, murmelte Gimli. »Ich wünschte, die Herrin hätte uns ein solches Licht gegeben, wie sie es Frodo geschenkt hat!«

»Es wird dort nötiger sein, wo es bewahrt wird«, sagte Aragorn. »Bei ihm liegt die wahre Aufgabe. Die unsere ist nur eine kleine Angelegenheit unter den großen Tagen dieser Zeit. Eine vergebliche Verfolgung von Anfang an, vielleicht, die keine Entscheidung von mir zum Scheitern verurteilen oder zum Guten wenden kann. Nun, ich habe mich entschieden. So laßt uns die Zeit nützen, so gut wir können!«

Er warf sich auf den Boden und schlief sofort ein, denn er hatte nicht geschlafen seit jener Nacht unter dem Schatten von Tol Brandir. Ehe die Morgendämmerung am Himmel erschien, wachte er auf und erhob sich. Gimli schlummerte noch fest, aber Legolas stand schon und schaute nach Norden in die Dunkelheit, nachdenklich und schweigend wie ein junger Baum in einer windlosen Nacht.

»Sie sind weit, weit fort«, sagte er traurig und wandte sich zu Aragorn. »Ich weiß es in meinem Herzen, daß sie in dieser Nacht nicht gerastet haben. Nur ein Adler könnte sie jetzt noch einholen.«

»Trotzdem werden wir ihnen folgen, so gut wir können«, sagte Aragorn. Er bückte sich und weckte den Zwerg. »Komm! Wir müssen weiter«, sagte er. »Die Fährte wird kalt.«

»Aber es ist noch dunkel«, sagte Gimli. »Selbst Legolas auf einer Bergkuppe könnte sie nicht sehen, ehe die Sonne aufgegangen ist.«

»Ich fürchte, sie sind so weit, daß mein Auge sie nicht vom Berg aus noch in der Ebene, nicht unter dem Mond noch in der Sonne erblicken kann«, sagte Legolas.

»Wenn das Auge versagt, bringt die Erde uns vielleicht Botschaft«, sagte Aragorn. »Das Land muß stöhnen unter ihren verhaßten Füßen.« Er streckte sich auf dem Boden aus und preßte das Ohr aufs Gras. Dort lag er so lange reglos, daß Gimli sich fragte, ob er wohl ohnmächtig geworden oder wieder eingeschlafen sei. Schimmernd kam die Morgendämmerung, und langsam breitete sich ein graues Licht um sie aus. Schließlich stand Aragorn auf, und jetzt konnten seine Freunde sein Gesicht sehen: es war bleich und eingefallen, und er sah verwirrt aus.

»Die Botschaft der Erde ist verschwommen und unklar«, sagte er. »Nichts geht auf ihr auf viele Meilen im Umkreis. Schwach und fern sind die Füße unserer Feinde. Aber laut sind die Hufe der Pferde. Mir fällt ein, daß ich sie schon gehört habe, als ich noch im Schlaf auf dem Boden lag, und sie störten meine Träume: galoppierende Pferde, die in den Westen ritten. Aber jetzt entfernen sie sich noch weiter von uns und reiten nach Norden. Ich frage mich, was in diesem Land geschieht!«

»Laßt uns gehen«, sagte Legolas.

So begann der dritte Tag ihrer Verfolgung. Während all ihrer langen Stunden mit Wolken und launischer Sonne hielten sie kaum inne; bald schritten sie kräftig aus, bald rannten sie, als ob keine Müdigkeit das Feuer löschen könne, das sie verzehrte. Sie sprachen selten. Durch die große Einsamkeit eilten sie dahin, und ihre Elbenmäntel waren wie Schatten vor dem Hintergrund der graugrünen Wiesen; sogar im kalten Sonnenschein des Mittags hätten nur wenige elbische Augen sie bemerkt, ehe sie ganz nahe waren. Oft dankten sie in ihrem Herzen der Herrin von Lórien für die Gabe der *lembas,* denn selbst beim Laufen konnten sie davon essen und neue Kraft schöpfen.

Den ganzen Tag führte die Spur ihrer Feinde geradeaus nach Nordwesten ohne eine Unterbrechung oder Abweichung. Als sich wiederum der Tag seinem Ende zuneigte, kamen sie zu langen, baumlosen Abhängen; das Land stieg an und zog sich zu einer Kette buckliger Hügel vor ihnen hinaus. Die Orkspur wurde schwächer, als sie nach Norden zu ihnen abschwenkte, denn der Boden war härter und das Gras kürzer. In weiter Ferne schlängelte sich zur Linken der Fluß Entwasser, ein silbernes Band auf grünem Grund. Kein sich bewegendes Geschöpf war zu sehen. Oft fragte sich Aragorn, warum sie keinerlei Anzeichen von Tier oder Mensch sahen. Die Behausungen der Rohirrim lagen zumeist viele Wegstunden entfernt im Süden, unter den bewaldteten Ausläufern des Weißen Gebirges, das jetzt in Nebel und Wolken verborgen war; indes hatten die Herren der Rösser früher viele Herden und Gestüte in Ostemnet unterhalten, diesem östlichen Teil ihres Bereichs, und die Hirten waren viel gewandert und hatten sogar zur Winterszeit in Lagern und Zelten gelebt. Doch jetzt war das ganze Land verlassen, und es herrschte ein Schweigen, das nicht die Stille des Friedens zu sein schien.

In der Dämmerung hielten sie wieder an. Zweimal zwölf Wegstunden hatten sie jetzt auf den Ebenen von Rohan zurückgelegt, und der Wall des Emyn Muil war in den Schatten des Ostens verschwunden. Der Neumond schimmerte an einem nebligen Himmel, aber er gab nur wenig Licht, und die Sterne waren verschleiert.

»Jetzt ist mir eine Rastzeit oder überhaupt eine Unterbrechung unserer Jagd höchst ärgerlich«, sagte Legolas. »Die Orks sind uns vorausgerannt, als ob Saurons Peitschen hinter ihnen seien. Ich fürchte, sie haben schon den Wald und die dunklen Berge erreicht und verschwinden nun in den Schatten der Bäume.«

Gimli knirschte mit den Zähnen. »Das ist ein bitteres Ende unserer Hoffnung und all unserer Mühe!« sagte er.

»Der Hoffnung vielleicht, aber nicht der Mühe«, sagte Aragorn. »Wir werden hier nicht umkehren. Dennoch bin ich müde.« Er blickte den Weg, den sie gekommen waren, zurück, zur Nacht hin, die sich im Osten zusammenzog. »Irgend etwas Seltsames ist in diesem Land am Werk. Ich mißtraue der Stille. Ich mißtraue selbst dem bleichen Mond. Die Sterne sind matt; und ich bin müde, wie ich es selten zuvor war, müde, wie kein Waldläufer sein sollte, der eine deutliche Spur zu verfolgen hat. Da ist irgendein Wille, der unseren Feinden Schnelligkeit verleiht und vor uns eine unsichtbare Schranke errichtet: eine Müdigkeit, die mehr im Herzen als in den Gliedern sitzt.«

»Fürwahr«, sagte Legolas. »Das habe ich gewußt, seit wir zuerst vom Emyn Muil herabkamen. Denn der Wille ist nicht hinter uns, sondern vor uns.« Er zeigte weit über das Land Rohan in den dunkelnden Westen unter der Mondsichel.

»Saruman!« murmelte Aragorn. »Aber er soll uns nicht dazu bringen, daß wir umkehren! Anhalten müssen wir noch einmal; denn, schaut! selbst der Mond gerät in die sich zusammenziehenden Wolken. Doch unser Weg liegt im Norden zwischen Höhenzug und Fenn, wenn der Tag zurückkehrt.«

Wie zuvor war Legolas als erster auf den Beinen, wenn er überhaupt geschlafen hatte. »Erwacht! Erwacht!« rief er. »Rot ist die Morgendämmerung. Seltsame Dinge erwarten uns am Rande des Waldes. Ob gute oder böse, das weiß ich nicht; aber wir werden gerufen. Erwacht!«

Die anderen sprangen auf und machten sich fast sogleich wieder auf den Weg. Langsam kamen die Höhenzüge näher. Es war noch eine Stunde vor dem Mittag, als sie sie erreichten: grüne Hänge stiegen auf zu kahlen Kämmen, die in einer Reihe genau nach Norden verliefen. Zu ihren Füßen war der Boden trocken und das Gras kurz, aber ein langer Streifen tiefer gelegenes Landes, etwa zehn Meilen breit, erstreckte sich zwischen ihnen und dem Fluß, der in düsteren Dickichten von Schilf und Binsen dahinzog. Genau westlich des südlichsten Hanges war ein großer Kreis, wo die Grasnarbe aufgerissen war und niedergetreten von vielen stampfenden Füßen. Von hier aus ging die Orkspur weiter und wandte sich nach Norden den kahlen Rändern der Berge entlang. Aragorn blieb stehen und untersuchte die Fährte genau.

»Sie rasteten hier eine Weile«, sagte er, »aber selbst die weiterführende Spur ist schon alt. Ich fürchte, dein Herz hat wahr gesprochen, Legolas: dreimal zwölf Stunden, vermute ich, ist es her, daß die Orks hier standen, wo wir jetzt stehen. Wenn sie ihren Schritt beibehielten, müssen sie gestern bei Sonnenuntergang die Grenzen von Fangorn erreicht haben.«

»Ich kann im Norden oder Westen nichts sehen als Gras, das in Nebel übergeht«, sagte Gimli. »Könnten wir den Wald sehen, wenn wir auf die Berge stiegen?«

»Er ist noch weit weg«, sagte Aragorn. »Wenn ich mich recht erinnere, erstrecken sich diese Höhen acht oder mehr Wegstunden nach Norden, und nordwestlich vom Austritt der Entwasser liegt noch ein ausgedehntes Land, weitere fünfzehn Wegstunden mögen es sein.«

»Gut, laßt uns weitergehen«, sagte Gimli. »Meine Füße müssen die Meilen vergessen. Sie wären williger, wenn mein Herz weniger schwer wäre.«

Die Sonne ging unter, als sie sich endlich dem Ende der Höhenzüge näherten. Viele Stunden waren sie ohne Rast marschiert. Jetzt gingen sie langsam, und Gimlis Rücken war gebeugt. Steinhart sind die Zwerge beim Arbeiten oder Wandern, aber diese endlose Jagd nahm ihn allmählich mit, da alle Hoffnung aus seinem Herzen schwand. Aragorn ging hinter ihm, düster und schweigend, und ab und zu bückte er sich, um eine Fußspur oder ein Zeichen auf dem Boden zu untersuchen. Nur Legolas schritt so leicht dahin wie eh und je, und seine Füße schienen das Gras kaum niederzudrücken und hinterließen keine Spuren. Denn in der Wegzehrung der Elben fand er alle Nährkraft, die er brauchte, und er vermochte zu schlafen, wenn es von Menschen schlafen genannt werden konnte, indem er seinen Geist ruhen ließ auf den seltsamen Pfaden elbischer Träume, während er mit offenen Augen im Licht dieser Welt wanderte.

»Laßt uns weiter auf diesen grünen Berg hinaufgehen«, sagte er. Müde folgten ihm die anderen und erklommen den langen Hang, bis sie zum Gipfel kamen. Es war ein kreisrunder Berg, glatt und kahl, der für sich allein stand, der nördlichste dieses Höhenzugs. Die Sonne sank, und die Schatten des Abends fielen wie ein Vorhang. Sie waren allein in einer grauen, gestaltlosen Welt ohne Maß und Ziel. Nur weit entfernt im Nordwesten war eine tiefere Dunkelheit vor dem ersterbenden Licht: das Nebelgebirge und der Wald zu seinen Füßen.

»Nichts ist hier zu sehen, das uns leiten könnte«, sagte Gimli. »Nun müssen wir wieder haltmachen und die Nacht hinter uns bringen. Es wird kalt!«

»Der Wind kommt vom Schnee im Norden«, sagte Aragorn.

»Und ehe es tagt, wird er von Osten kommen«, sagte Legolas. »Aber ruht, wenn ihr müßt. Doch gebt nicht alle Hoffnung auf. Das Morgen ist unbekannt. Rat wird oft gefunden bei Sonnenaufgang.«

»Dreimal ist auf unserer Jagd die Sonne schon aufgegangen und hat keinen Rat gebracht«, sagte Gimli.

Die Nacht wurde immer kälter. Aragorn und Gimli schliefen unruhig, und wann immer sie aufwachten, sahen sie Legolas neben sich stehen oder auf- und abgehen; er sang in seiner eigenen Sprache leise vor sich hin, und während er sang, traten in dem strengen, schwarzen Gewölbe über ihnen die Sterne hervor. So verging die Nacht. Gemeinsam beobachteten sie, wie sich die Morgendämmerung langsam am Himmel ausbreitete, der jetzt nackt und wolkenlos war, bis schließlich die Sonne aufging. Sie war fahl und klar. Der Wind kam von Osten, und der ganze Nebel hatte sich verzogen; weite öde Lande lagen um sie in dem erbarmungslosen Licht.

Vor ihnen und nach Osten sahen sie das dem Wind ausgesetzte Hochland des Ödlands von Rohan, das sie schon vor vielen Tagen vom Großen Strom aus flüchtig erblickt hatten. Nordwestlich erhob sich der dunkle Wald von Fangorn; noch zehn Wegstunden waren es bis zu seinen schattigen Rändern, und seine hinteren Hänge verblaßten in der blauen Ferne. Jenseits des Waldes schimmerte, als schwimme er auf einer grauen Wolke, der weiße Gipfel des hohen Methedras, der letzten Spitze des Nebelgebirges. Aus dem Walde heraus floß ihnen entgegen die Entwasser, ihr Strom war jetzt rasch und schmal und ihr Bett tief eingeschnitten. Die Orkspur hielt von dem Hügelland auf sie zu.

Als Aragorn mit seinen scharfen Augen der Spur zum Fluß folgte und dann vom Fluß wieder zum Wald blickte, sah er auf dem fernen Grün einen Schatten, einen dunklen, sich rasch bewegenden Fleck. Er warf sich auf den Boden und lauschte aufmerksam. Doch Legolas stand neben ihm, beschattete die klaren Elbenaugen mit seiner langen, schlanken Hand und sah nicht einen Schatten, nicht einen Fleck, sondern die kleinen Gestalten von Reitern, vielen Reitern, und der Schein des Morgens auf den Spitzen ihrer Speere war wie das Funkeln winziger Sterne, das sterbliche Augen nicht mehr zu sehen vermögen. Weit hinter ihnen stieg dunkler Rauch in dünnen Ringeln auf.

Es lag eine Stille über den verlassenen Weiden, und Gimli hörte, wie der Wind im Gras raschelte.

»Reiter!« rief Aragorn und sprang auf. »Viele Reiter auf schnellen Pferden kommen uns entgegen!«

»Ja«, sagte Legolas, »es sind einhundertundfünf. Goldblond ist ihr Haar, und ihre Speere leuchten. Ihr Führer ist sehr groß.«

Aragorn lächelte. »Scharf sind die Augen der Elben«, sagte er.

»Nein! Die Reiter sind wenig mehr als fünf Wegstunden entfernt«, sagte Legolas.

»Fünf Wegstunden oder eine«, sagte Gimli, »entkommen können wir ihnen nicht in diesem kahlen Land. Sollen wir hier auf sie warten oder weitergehen?«

»Wir wollen warten«, sagte Aragorn. »Ich bin müde, und unsere Jagd ist gescheitert. Oder zumindest sind uns andere zuvorgekommen; denn diese Reiter kommen auf der Orkspur zurück. Wir können Nachrichten von ihnen bekommen.«

»Oder Speere«, sagte Gimli.

»Ich sehe drei leere Sättel, aber keine Hobbits«, sagte Legolas.

»Ich habe nicht gesagt, daß wir gute Nachrichten hören würden«, sagte Aragorn. »Doch ob schlecht oder gut, wir werden es hier erwarten.«

Die drei Gefährten verließen jetzt die Bergkuppe, wo sie ein leichtes Ziel gegen den blassen Himmel gewesen wären, und gingen langsam den nördlichen Abhang hinunter. Ein wenig oberhalb des Fußes des Berges hielten sie an, hüllten sich in ihre Mäntel und setzten sich zusammengekauert auf das ausgebleichte Gras. Die Zeit verging langsam und schleppend. Der Wind war frisch und durchdringend. Gimli war unruhig.

»Was weißt du über diese Reiter, Aragorn?« fragte er. »Sitzen wir hier und warten auf einen plötzlichen Tod?«

»Ich bin bei ihnen gewesen«, antwortete Aragorn. »Sie sind stolz und eigenwillig, aber aufrichtig und großzügig im Denken und Handeln;

kühn, aber nicht grausam; klug, aber nicht gelehrt; sie schreiben keine Bücher, doch singen sie viele Lieder nach Art der Kinder der Menschen vor den Dunklen Jahren. Aber ich weiß nicht, was in letzter Zeit hier geschehen ist oder welchen Sinnes die Rohirrim jetzt sind angesichts des Verräters Saruman und Saurons Drohung. Sie sind lange Zeit Freunde des Volks von Gondor gewesen, obwohl sie nicht mit ihm verwandt sind. Das war in jenen vergessenen Jahren, lange bevor Eorl der Junge sie aus dem Norden hierherbrachte, und verwandt sind sie eher mit den Bardingern von Thal und den Beorningern vom Wald, unter denen man noch viele Menschen sieht, die so groß und schön sind wie die Reiter von Rohan. Die Orks werden sie zumindest nicht lieben.«

»Aber Gandalf sprach von einem Gerücht, daß sie Tribut an Mordor entrichten«, sagte Gimli.

»Das glaube ich ebensowenig wie Boromir«, antwortete Aragorn.

»Die Wahrheit wirst du bald erfahren«, sagte Legolas. »Sie nähern sich schon.«

Schließlich konnte selbst Gimli den fernen Hufschlag galoppierender Pferde hören. Die Reiter, die der Orkspur folgten, verließen den Fluß und wandten sich dem Höhenzug zu. Sie ritten wie der Wind.

Jetzt schallten die Rufe klarer, kräftiger Stimmen über die Weiden. Plötzlich fegten sie mit Donnergetöse heran, und als der vorderste Reiter, am Fuß des Berges vorbeikam, bog er ab und führte die Schar zurück nach Süden den westlichen Rändern der Höhenzüge entlang. Ihm ritten sie nach: eine große Schar von Männern in Panzerhemden, pfeilgeschwind, schimmernd, schrecklich und schön anzusehen.

Ihre Pferde waren sehr groß, stark und wohlgestaltet; das graue Fell glänzte, die langen Schweife flatterten im Wind, die Mähnen auf den stolzen Hälsen waren geflochten. Die Menschen, die auf ihnen ritten, waren ihnen ebenbürtig; das flachsblonde Haar quoll unter ihren leichten Helmen hervor und wallte in langen Flechten hinter ihnen; die Gesichter waren ernst und kühn. In den Händen hielten sie kräftige Eschenspeere, bemalte Schilde hingen ihnen über den Rücken, lange Schwerter steckten in ihren Gehängen, und die glänzenden Panzerhemden reichten ihnen bis auf die Knie.

Paarweise galoppierten sie vorbei, und obwohl sich von Zeit zu Zeit einer im Steigbügel erhob und nach vorn und nach beiden Seiten schaute, schienen sie die drei Fremden nicht zu bemerken, die still dasaßen und sie beobachteten. Die Heerschar war fast vorüber, als Aragorn plötzlich aufstand und mit lauter Stimme rief:

»Was gibt es Neues im Norden, ihr Reiter von Rohan?«

Mit erstaunlicher Schnelligkeit und Geschicklichkeit brachten sie ihre Pferde zum Stehen, wendeten und kamen angreifend zurück. Bald befanden sich die drei Gefährten in einem Ring von Reitern, die einen geschlossenen Kreis um sie zogen, auf den Berghang hinter ihnen hinauf und hinunter in die Ebene, rund um sie herum, und immer mehr nach innen drängten. Aragorn stand schweigend da, und die beiden anderen saßen reglos und fragten sich, welche Wendung die Dinge wohl nehmen würden.

Ohne ein Wort oder einen Ruf hielten die Reiter plötzlich. Ein Dickicht von Speeren war auf die Fremden gerichtet; und einige der Reiter hatten Bogen in den Händen, die Pfeile bereits auf den Sehnen angelegt. Dann ritt einer vorwärts, ein großer Mann, größer als die übrigen; sein Helmbusch war ein weißer Pferdeschweif. Er näherte sich, bis die Spitze seines Speers einen Fuß von Aragorns Brust entfernt war. Aragorn rührte sich nicht.

»Wer seid Ihr und was tut Ihr in diesem Land?« fragte der Reiter in der Gemeinsamen Sprache des Westens; seine Redeweise und sein Tonfall waren denen von Boromir, des Menschen aus Gondor, ähnlich.

»Streicher werde ich genannt«, antwortete Aragorn. »Ich kam aus dem Norden. Ich jage Orks.«

Der Reiter sprang vom Pferd. Er gab seinen Speer einem anderen, der neben ihn geritten und ebenfalls abgestiegen war, und zog sein Schwert. Er stand Aragorn gegenüber und betrachtete ihn prüfend und nicht ohne Erstaunen. Schließlich sprach er wieder.

»Zuerst dachte ich, Ihr seid selbst Orks«, sagte er. »Aber jetzt sehe ich, daß dem nicht so ist. Ihr wißt wahrlich wenig von Orks, wenn Ihr Euch auf diese Weise aufmacht, sie zu jagen. Sie waren geschwind und wohlbewaffnet, und es waren viele. Ihr wäret bald nicht mehr Jäger, sondern Beute gewesen, hättet Ihr sie je eingeholt. Aber etwas ist seltsam an Euch, Streicher.« Er ließ seine klaren, leuchtenden Augen wieder auf dem Waldläufer ruhen. »Das ist kein Name für einen Menschen, den Ihr angebt. Und seltsam ist auch Eure Kleidung. Seid Ihr aus dem Gras entsprungen? Wie kam es, daß Ihr unserem Blick entgingt? Seid Ihr elbisches Volk?«

»Nein«, sagte Aragorn. »Nur einer ist ein Elb, Legolas aus dem Waldland-Reich im fernen Düsterwald. Aber wir sind durch Lothlórien gekommen, und die Geschenke und die Gunst der Herrin begleiten uns.«

Der Reiter sah sie erneut voll Erstaunen an, aber sein Blick wurde hart. »Dann gibt es also wirklich eine Herrin im Goldenen Wald, wie alte Sagen berichten!« sagte er. »Wenige entgehen ihren Netzen, heißt es. Es sind seltsame Zeiten! Aber wenn Ihr in ihrer Gunst steht, dann seid vielleicht auch Ihr Netzknüpfer und Zauberer.« Er warf plötzlich Legolas und Gimli einen kalten Blick zu. »Warum sprecht Ihr nicht, Ihr Schweigsamen?« fragte er.

Gimli stand auf und stellte sich breitbeinig hin; er packte den Griff seiner Axt, und seine dunklen Augen funkelten. »Nennt mir Euren Namen, Pferde-Herr, dann werde ich Euch meinen nennen und noch einiges dazu sagen«, sagte er.

»Was das betrifft«, sagte der Reiter und starrte hinunter auf den Zwerg, »so sollte sich zuerst der Fremde erklären. Indes heiße ich Éomer, Éomunds Sohn, und werde der Dritte Marschall der Riddermark genannt.«

»Dann, Éomer, Éomunds Sohn, Dritter Marschall der Riddermark, laßt Euch von Gimli, dem Zwerg, Glóins Sohn, vor törichten Worten warnen. Ihr sprecht schlecht von dem, was schöner ist, als Ihr Euch vorzustellen vermögt, und nur geringer Verstand kann Euch entschuldigen.«

Éomers Augen blitzten, und die Menschen von Rohan murrten zornig, drängten heran und hoben die Speere. »Ich würde Euch den Kopf abschlagen, mit Bart und allem, Herr Zwerg, wenn er nur etwas höher über den Erdboden ragte«, sagte Éomer.

»Er steht nicht allein«, sagte Legolas, spannte seinen Bogen und legte einen Pfeil ein mit Händen, die sich so schnell bewegten, daß ihnen der Blick nicht folgen konnte. »Ihr würdet sterben, ehe Ihr zum Streich ausholtet.«

Éomer hob sein Schwert, und die Sache hätte vielleicht ein böses Ende genommen, aber Aragorn sprang zwischen sie und hob die Hand. »Verzeiht, Éomer!« rief er. »Wenn Ihr mehr wißt, werdet Ihr verstehen, warum Ihr meine Gefährten erzürnt habt. Wir haben nichts Böses gegen Rohan im Sinn und gegen keinen Angehörigen seines Volkes, weder Mann noch Pferd. Wollt Ihr nicht hören, was wir zu berichten haben, ehe Ihr zuschlagt?«

»Ja«, sagte Éomer und senkte seine Klinge. »Aber Wanderer in der Riddermark wären gut beraten, wenn sie in diesen Tagen des Zweifels weniger hochmütig wären. Zuerst nennt mir Euren richtigen Namen.«

»Zuerst sagt mir, wem Ihr dient«, antwortete Aragorn. »Seid Ihr Freund oder Feind von Sauron, dem Dunklen Gebieter in Mordor?«

»Ich diene nur dem Herrn der Mark, König Théoden, Thengels Sohn«, erwiderte Éomer. »Wir dienen nicht der Macht des fernen Schwarzen Landes, doch sind wir auch noch nicht in offenem Krieg mit ihm; und wenn Ihr vor ihm flieht, dann verlaßt Ihr am besten dieses Land. An all unseren Grenzen gibt es Unruhe, und wir sind bedroht; doch wünschen wir nur, frei zu sein und zu leben, wie wir gelebt haben, unser Eigentum zu bewahren und keinem fremden Herrn, sei er gut oder böse, zu dienen. In besseren Zeiten hießen wir Gäste freundlich willkommen, aber heutzutage findet uns der ungebetene Fremde vorschnell und hart. Nun sprecht! Wer seid Ihr? Wem dient *Ihr?* Auf wessen Befehl jagt Ihr Orks in unserm Land?«

»Ich diene niemandem«, sagte Aragorn, »aber Saurons Diener verfolge ich in jedem Land, in das sie sich begeben mögen. Unter den sterblichen Menschen gibt es wenige, die mehr über Orks wissen, und nicht aus freien Stücken jage ich sie auf diese Weise. Die Orks, die wir verfolgten, nahmen zwei meiner Freunde gefangen. In solcher Not wird ein Mann, der kein Pferd hat, zu Fuß gehen, und er wird nicht um Erlaubnis bitten, der Spur folgen zu dürfen. Auch wird er die Köpfe der Feinde nicht zählen, es sei denn mit dem Schwert. Ich bin nicht waffenlos.«

Aragorn warf seinen Mantel zurück. Die Elbenscheide glitzerte, als er sie packte, und Andúrils helle Klinge leuchtete wie eine Flamme, als er sie herauszog. »Elendil!« rief er. »Ich bin Aragorn, Arathorns Sohn, und werde Elessar, der Elbenstein, und Dúnadan genannt, der Erbe Isildurs, Elendils Sohn, von Gondor. Hier ist das Schwert, das geborsten war und neu geschmiedet wurde! Wollt Ihr mir helfen oder mich hindern? Entscheidet Euch rasch!«

Gimli und Legolas betrachteten ihren Gefährten erstaunt, denn sie hatten ihn noch nie in solchem Zorn gesehen. Er schien gewachsen zu sein, während Éomer geschrumpft war; und in seinem lebendigen Gesicht erblickten sie flüchtig das Abbild der Macht und Majestät der Könige aus Stein. Einen Augenblick schien es Legolas, als flackere eine weiße Flamme auf Aragorns Stirn wie eine schimmernde Krone.

Éomer trat zurück, und ein Ausdruck ehrfürchtiger Scheu lag auf seinem Gesicht. Er schlug die stolzen Augen nieder. »Es sind wahrlich seltsame Zeiten«, murmelte er. »Träume und Sagen tauchen aus dem Gras auf und werden lebendig.«

»Sagt mir, Herr«, fuhr er fort, »was bringt Euch hierher? Und welche Bedeutung hatten die dunklen Worte? Lange ist Boromir, Denethors Sohn, schon fort, um nach einer Antwort zu forschen, und das Pferd, das wir ihm geliehen haben, kam reiterlos zurück. Welches Gebot bringt Ihr aus dem Norden?«

»Das Gebot der Entscheidung«, sagte Aragorn. »Ihr mögt Théoden, Thengels Sohn, folgendes sagen: offener Krieg liegt vor ihm, mit Sauron oder gegen ihn. Keiner vermag jetzt zu leben, wie er gelebt hat, und wenige werden behalten, was sie ihr eigen nennen. Doch über diese wichtigen Fragen werde ich später sprechen. Wenn die Umstände es erlauben, werde ich selbst zum König kommen. Jetzt bin ich in großer Not und bitte um Hilfe oder wenigstens um Nachrichten. Ihr habt gehört, daß wir ein Orkheer verfolgen, das unsere Freunde verschleppt hat. Was könnt Ihr uns sagen?«

»Daß Ihr sie nicht weiter zu verfolgen braucht«, antwortete Éomer. »Die Orks sind vernichtet.«

»Und unsere Freunde?«

»Wir fanden nur Orks.«

»Aber das ist wahrlich seltsam«, sagte Aragorn. »Habt Ihr die Erschlagenen durchsucht? Waren dort keine anderen Leichen als die von Orks? Sie wären klein gewesen, nur Kinder in Euren Augen, schuhlos, doch in Grau gekleidet.«

»Da waren weder Zwerge noch Kinder«, sagte Éomer. »Wir zählten alle die Erschlagenen und plünderten sie, und dann legten wir sie auf einen Haufen und verbrannten sie, wie es unsere Sitte ist. Die Asche raucht noch.«

»Wir sprechen nicht von Zwergen oder Kindern«, sagte Gimli. »Unsere Freunde waren Hobbits.«

»Hobbits?« fragte Éomer. »Was mag denn das sein? Es ist ein seltsamer Name.«

»Ein seltsamer Name für ein seltsames Volk«, sagte Gimli. »Aber diese Hobbits waren uns sehr teuer. Es scheint, daß Ihr in Rohan von den Worten gehört habt, die Minas Tirith beunruhigten. Diese Hobbits sind Halblinge.«

»Halblinge!« lachte der Reiter, der neben Éomer stand. »Halblinge! Aber das ist doch nur ein kleines Volk in alten Liedern und Kindermärchen aus dem Norden. Leben wir in Sagen oder auf der grünen Erde im Tageslicht?«

»Ein Mensch mag beides tun«, sagte Aragorn. »Denn nicht wir, sondern jene, die nach uns kommen, werden die Sagen unserer Zeit erschaffen. Die grüne Erde, sagt Ihr? Das ist ein gewaltiger Sagenstoff, obwohl Ihr bei hellichtem Tage auf ihr wandelt!«

»Die Zeit drängt«, sagte der Reiter und achtete Aragorns nicht. »Wir müssen nach Süden eilen, Herr. Überlassen wir diese närrischen Leute ihren Hirngespinsten. Oder laßt uns sie fesseln und vor den König bringen.«

»Still, Éothain!« sagte Éomer in seiner eigenen Sprache. »Laß mich eine Weile allein. Sag den *Éored,* sie sollen sich auf dem Pfad sammeln und sich bereitmachen, um zur Entfurt zu reiten.«

Murrend trat Éothain beiseite und sprach mit den anderen. Bald zogen sie sich zurück und ließen Éomer bei den drei Gefährten.

»Alles, was Ihr sagt, ist merkwürdig, Aragorn«, sagte Éomer. »Dennoch sprecht Ihr die Wahrheit, das ist klar: denn die Menschen der Mark lügen nicht, und deshalb werden sie nicht leicht getäuscht. Aber Ihr habt nicht alles gesagt. Wollt Ihr nicht jetzt ausführlicher über Euren Auftrag reden, damit ich beurteilen kann, was zu tun ist?«

»Vor vielen Wochen bin ich von Imladris, wie es in dem Vers genannt wird, aufgebrochen«, antwortete Aragorn. »Mit mir kam Boromir von Minas Tirith. Mein Auftrag lautete, mit Denethors Sohn in jene Stadt zu gehen, um sein Volk im Krieg gegen Sauron zu unterstützen. Doch hatte die Gemeinschaft, mit der ich wanderte, einen anderen Auftrag. Darüber kann ich jetzt nicht sprechen. Gandalf der Graue war unser Führer.«

»Gandalf!« rief Éomer. »Gandalf Graurock ist in der Mark bekannt. Aber ich warne Euch, sein Name ist nicht mehr Losungswort für die Gunst des Königs. Seit Menschengedenken war er viele Male ein Gast des Landes und kam, wie es ihm beliebte, nach kürzerer Zeit oder nach vielen Jahren. Immer ist er der Herold seltsamer Geschehnisse: ein Unglücksbote, sagen manche jetzt.

Tatsächlich sind seit seinem letzten Kommen im Sommer alle Dinge schlecht gelaufen. Zu jener Zeit begann unser Verdruß mit Saruman. Bis dahin zählten wir Saruman zu unseren Freunden, aber Gandalf kam dann und warnte uns, daß sich ein unerwarteter Krieg vorbereite. Er sagte, er selbst sei ein Gefangener in Orthanc gewesen und mit knapper Not entkommen, und er bat um Hilfe. Doch Théoden wollte nicht auf ihn hören, und er ging fort. Sprecht den Namen Gandalf nicht laut vor Théoden aus. Er ist ergrimmt. Denn Gandalf nahm das Pferd, das Schattenfell heißt, das kostbarste aller Rösser des Königs, das Haupt der *Mearas*, die nur der Herr der Mark reiten darf. Denn der Ahne ihrer Rasse war Eorls berühmtes Pferd, das die Sprache der Menschen verstand. Vor sieben Nächten kam Schattenfell zurück; doch der Zorn des Königs ist nicht geringer, denn jetzt ist das Pferd scheu und läßt sich von niemandem anrühren.«

»Dann hat Schattenfell seinen Weg vom fernen Norden allein gefunden«, sagte Aragorn. »Denn dort haben er und Gandalf sich getrennt. Doch wehe! Gandalf wird nicht mehr reiten. Er stürzte in den Minen von Moria in die Dunkelheit und kehrt nicht wieder.«

»Das ist eine schlimme Nachricht«, sagte Éomer. »Zumindest für mich und viele andere; wenngleich nicht für alle, wie Ihr merken werdet, wenn Ihr zum König kommt.«

»Diese Nachricht ist schmerzlicher, als irgendeiner in diesem Lande ermessen kann, obwohl es schwer davon betroffen werden mag, ehe das Jahr viel älter ist«, sagte Aragorn. »Aber wenn die Großen fallen, müssen Geringere die Führung übernehmen. Meine Aufgabe war es, unsere Gemeinschaft auf dem langen Weg von Moria zu führen. Durch Lórien kamen wir — über das Ihr die Wahrheit erfahren solltet, ehe Ihr wieder davon sprecht —, und dann die vielen Wegstunden entlang des Großen Stroms bis zu den Fällen von Rauros. Dort wurde Boromir erschlagen von denselben Orks, die Ihr vernichtet habt.«

»Alle Eure Nachrichten sind schlimm«, rief Éomer bestürzt. »Großes Leid bedeutet dieser Tod für Minas Tirith und für uns alle. Das war ein ehrenwerter Mann. Sein Lob war in aller Munde. Selten kam er in die Mark, denn er war immer in den Kriegen an den Ostgrenzen; aber ich habe ihn gesehen. Mehr wie Eorls flinke Söhne denn wie die ernsten Menschen von Gondor erschien er mir, einer, der sich wahrscheinlich als ein großer Führer seines Volkes erwiesen hätte, wenn seine Zeit gekommen wäre. Aber wir haben über dieses Unglück kein Wort aus Gondor gehört. Wann ist er gefallen?«

»Heute ist es der vierte Tag, seit er erschlagen wurde«, antwortete Aragorn. »Und seit dem Abend jenes Tages sind wir vom Schatten des Tol Brandir bis hierher gewandert.«

»Zu Fuß?« rief Éomer.

»Ja, so wie Ihr uns hier seht.«

Staunen malte sich in Éomers Augen. »Streicher ist ein zu armseliger Name, Arathorns Sohn«, sagte er. »Flügelfuß nenne ich Euch. Diese Heldentat der drei Freunde sollte in so mancher Halle besungen werden. Fünfundvierzig Wegstunden habt Ihr zurückgelegt, ehe der vierte Tag sich neigt. Zäh ist Elendils Geschlecht!

Doch nun, Herr, was wünscht Ihr, daß ich tue? Ich muß in Eile zu Théoden zurückkehren. Ich sprach vorsichtig vor meinen Männern. Es ist richtig, daß wir noch nicht im offenen Krieg mit dem Schwarzen Land sind, und einige, die das Ohr des Königs haben, geben feigen Rat; doch der Krieg kommt. Wir werden unser altes Bündnis mit Gondor nicht lösen, und solange sie kämpfen, werden wir ihnen helfen: so sage ich und alle, die zu mir halten. Die Ostmark, der Bereich des Dritten Marschalls, ist mir unterstellt, und ich habe alle unsere Herden und Hirten herausgeholt und hinter die Entwasser zurückgezogen und niemanden hier gelassen als Wachen und schnelle Späher.«

»Dann entrichtet Ihr keinen Tribut an Sauron?« fragte Gimli.

»Das tun wir nicht und haben es niemals getan«, sagte Éomer, und seine Augen blitzten, »obwohl mir zu Ohren gekommen ist, daß diese

Lüge verbreitet wird. Vor einigen Jahren wünschte der Herr des Schwarzen Landes Pferde von uns zu kaufen um einen hohen Preis, aber wir weigerten uns, denn er braucht Tiere für einen bösen Zweck. Dann schickte er plündernde Orks, und sie schleppen fort, was sie können, und wählen immer die schwarzen Pferde: wenige von diesen sind jetzt noch da. Aus diesem Grunde ist unsere Fehde mit den Orks erbittert.

Doch zurzeit ist Saruman unsere Hauptsorge. Er hat die Oberherrschaft über dieses ganze Land gefordert, und seit vielen Monaten herrscht Krieg zwischen uns. Er hat Orks in seine Dienste genommen und Wolfreiter und böse Menschen, und er hat die Pforte vor uns verschlossen, so daß wir wahrscheinlich von Ost und West bedrängt werden.

Es ist schlimm, mit einem solchen Feind zu tun zu haben: er ist ein verschlagener, gespenstischer und listenreicher Zauberer und hat viele Verkleidungen. Er erscheint hier und dort, heißt es, als ein alter Mann in Kapuze und Mantel, Gandalf sehr ähnlich, wie viele sich jetzt an ihn erinnern. Seine Späher schlüpfen durch jedes Netz, und seine unheilverheißenden Vögel sind überall am Himmel. Ich weiß nicht, wie all das enden wird, und ich ahne Böses; denn mir scheint, nicht alle seine Freunde wohnen in Isengart. Doch wenn Ihr zu des Königs Haus kommt, werdet Ihr es selbst sehen. Wollt Ihr nicht mitkommen? Ist meine Hoffnung vergebens, daß Ihr mir gesandt seid als eine Hilfe in Zweifel und Not?«

»Ich werde kommen, wenn ich kann«, sagte Aragorn.

»Kommt jetzt«, sagte Eomer. »Elendils Erbe wäre wahrlich eine Verstärkung für Eorls Söhne in dieser bösen Zeit. Gerade jetzt ist eine Schlacht auf dem Westemnet im Gange, und ich fürchte, sie mag schlecht für uns ausgehen.

Tatsächlich bin ich zu dem Ritt nach Norden ohne die Erlaubnis des Königs aufgebrochen, und in meiner Abwesenheit ist sein Haus nur schwach bewacht. Aber Späher verständigten mich vor drei Nächten, daß eine Orkschar vom Ostwall herabkommt, und berichteten, daß einige von ihnen das weiße Abzeichen von Saruman tragen. Und da ich argwöhnte, was ich am meisten fürchte, nämlich ein Bündnis zwischen Orthanc und dem Dunklen Turm, zog ich mit meinen *Éored*, den Angehörigen meiner eigenen Hausmacht, aus; und vor zwei Tagen holten wir die Orks bei Einbruch der Nacht in der Nähe des Entwalds ein. Dort umzingelten wir sie und lieferten ihnen gestern im Morgengrauen eine Schlacht. Fünfzehn meiner Leute verlor ich leider, und zwölf Pferde. Denn die Orks waren zahlreicher, als wir erwartet hatten. Andere hatten sich ihnen angeschlossen, die aus dem Osten über den Großen Strom gekommen waren; ihre Spur ist ein wenig nördlich von dieser Stelle deutlich zu sehen. Und noch andere kamen aus dem Wald. Große Orks, die auch die Weiße Hand von Isengart trugen: diese Art ist stärker und grausamer als alle anderen.

Trotzdem machten wir ein Ende mit ihnen. Aber wir sind schon zu lange fort gewesen. Wir werden im Süden und Westen gebraucht. Wollt Ihr nicht mitkommen? Es sind Pferde übrig, wie Ihr seht. Es gibt Arbeit für das Schwert. Ja, und auch für Gimlis Axt und Legolas' Bogen könnten wir Verwendung finden, wenn sie mir meine voreiligen Worte über die Herrin des Waldes verzeihen wollen. Ich sprach nur, wie alle Menschen in meinem Land sprechen, und gern würde ich eines Besseren belehrt werden.«

»Ich danke Euch für Eure schönen Worte«, sagte Aragorn, »und mein Herz verlangt, mit Euch zu kommen; aber ich kann meine Freunde nicht im Stich lassen, solange noch Hoffnung besteht.«

»Es besteht keine Hoffnung«, sagte Éomer. »Ihr werdet Eure Freunde nicht an den Nordgrenzen finden.«

»Dennoch sind unsere Freunde nicht zurückgeblieben. Nicht weit vom Ostwall fanden wir ein deutliches Zeichen, daß zumindest einer von ihnen dort noch am Leben war. Doch zwischen dem Wall und den Höhenzügen haben wir keine weitere Spur von ihnen gefunden, und keine Fährte führte nach dieser oder jener Seite vom Wege ab, wenn mich meine Geschicklichkeit nicht ganz verlassen hat.«

»Was glaubt Ihr denn, was aus ihnen geworden ist?«

»Ich weiß es nicht. Sie mögen erschlagen und zusammen mit den Orks verbrannt worden sein; aber Ihr werdet sagen, das könne nicht sein, und ich fürchte es auch nicht. Ich kann mir nur denken, daß sie vor der Schlacht in den Wald geschleppt worden sind, vielleicht sogar, ehe Ihr Eure Feinde umzingelt habt. Könnt Ihr beschwören, daß keiner Eurem Netz auf diese Weise entgangen ist?«

»Ich würde schwören, daß kein Ork entkam, nachdem wir sie gesichtet hatten«, sagte Éomer. »Wir erreichten den Waldrand vor ihnen, und wenn danach irgendein Lebewesen unseren Ring durchbrach, dann war es kein Ork, sondern besaß irgendeine elbische Macht.«

»Unsere Freunde waren gekleidet wie wir«, sagte Aragorn, »und Ihr seid bei hellem Tageslicht an uns vorübergeritten.«

»Das hatte ich vergessen«, sagte Éomer. »Es ist schwer, irgendeiner Sache sicher zu sein bei so vielen Wundern. Die Welt ist ganz seltsam geworden. Elben und Zwerge wandern gemeinsam über unsere alltäglichen Weiden; und Leute sprechen mit der Herrin des Waldes und sind dennoch am Leben; und das Schwert, das geborsten war in den langen Zeitaltern, ehe die Väter unserer Väter in die Mark ritten, kehrt zurück in den Krieg! Wie soll ein Mensch beurteilen, was er in solchen Zeiten tun soll?«

»Wie er immer geurteilt hat«, sagte Aragorn. »Gut und Böse haben sich nicht in jüngster Zeit geändert; und sie sind auch nicht zweierlei bei Elben und Zwergen auf der einen und Menschen auf der anderen Seite. Ein Mann muß sie unterscheiden können, im Goldenen Wald ebenso wie in seinem eigenen Haus.«

»Das ist freilich wahr«, sagte Éomer. »Aber ich zweifle weder an Euch noch an der Tat, die zu tun mein Herz gebietet. Doch steht es mir nicht frei, alles zu tun, was ich möchte. Fremde in unserem Lande nach Belieben wandern zu lassen, ehe der König selbst ihnen die Erlaubnis gibt, ist gegen unser Gesetz, und noch strenger ist die Vorschrift in diesen Tagen der Gefahr. Ich habe Euch gebeten, freiwillig mit mir zu kommen, und Ihr wollt nicht. Ungern beginne ich einen Kampf von hundert gegen drei.«

»Ich glaube nicht, daß Euer Gesetz für eine solche Gelegenheit gemacht wurde«, sagte Aragorn. »Und auch bin ich kein Fremder, denn ich war schon früher in diesem Land, mehr als einmal, und bin mit dem Heer der Rohirrim geritten, wenngleich unter anderem Namen und in anderer Verkleidung. Euch habe ich noch nie gesehen, denn Ihr seid jung, aber ich habe mit Éomund gesprochen, Eurem Vater, und mit Théoden Thengels Sohn. Niemals in früheren Tagen hätte ein hoher Herr dieses Landes einen Mann gezwungen, eine solche Suche wie die meine aufzugeben. Meine Pflicht zumindest ist klar, nämlich weiterzugehen. Nun kommt, Eomunds Sohn, die Entscheidung muß endlich getroffen werden. Helft uns, oder im schlimmsten Fall laßt uns gutwillig gehen. Oder versucht, Euer Gesetz durchzuführen. Wenn Ihr das tut, werden weniger zu Eurem Krieg oder zu Eurem König zurückkehren.«

Éomer schwieg einen Augenblick, dann sprach er. »Uns beiden tut Eile not«, sagte er. »Meine Schar brennt darauf, fortzureiten, und jede Stunde verringert Eure Hoffnung. Meine Entscheidung lautet: Ihr dürft gehen; und überdies werde ich Euch Pferde leihen. Nur um eins bitte ich Euch: wenn Eure Suche beendet ist oder sich als vergeblich herausstellt, kehrt mit den Pferden über die Entwasser zurück nach Meduseld, dem hohen Haus in Edoras, wo Théoden jetzt seinen Wohnsitz hat. So werdet Ihr ihm beweisen, daß ich nicht falsch geurteilt habe. Mein Ergehen und vielleicht sogar mein Leben hängt also davon ab, daß Ihr Euer Wort haltet. Enttäuscht mich nicht.«

»Das werde ich nicht«, sagte Aragorn.

Es rief großes Erstaunen und viele finstere und zweifelnde Blicke bei seinen Mannen hervor, als Éomer Befehl gab, den Fremden die überzähligen Pferde zu leihen; doch nur Éothain wagte ein offenes Wort.

»Es mag gut und richtig sein für diesen Herrn, der dem Geschlecht von Gondor entstammt, wie er behauptet«, sagte er, »aber wer hat je gehört, daß ein Pferd der Mark einem Zwergen gegeben wird?«

»Niemand«, sagte Gimli. »Und keine Sorge: niemand wird auch je davon hören. Ich würde eher laufen als auf dem Rücken eines so großen Tiers sitzen, ob es mir freiwillig gegeben oder geneidet wird.«

»Aber reiten mußt du, sonst hältst du uns auf«, sagte Aragorn.

»Komm, du sollst hinter mir sitzen, Freund Gimli«, sagte Legolas. »Dann ist alles gut, und du brauchst weder ein Pferd zu leihen noch dich damit zu plagen.«

Ein großes, dunkelgraues Pferd wurde Aragorn gebracht, und er bestieg es. »Hasufel heißt es«, sagte Éomer. »Möge es dich gut tragen und einem besseren Geschick entgegen als Gárulf, seinen letzten Herrn!« Ein kleineres und leichteres, aber ungebärdiges und feuriges Pferd wurde Legolas gebracht. Arod war sein Name. Legolas aber bat, ihm Sattel und Zügel abzunehmen. »Ich brauche sie nicht«, sagte er und sprang leicht hinauf, und zur Verwunderung aller war Arod zahm und willig unter ihm und ging hierhin und dorthin bloß auf ein gesprochenes Wort hin: das war die elbische Art mit allen guten Tieren. Gimli wurde hinter seinen Freund hinaufgehoben, und er klammerte sich an ihm fest, denn er fühlte sich dort ebenso unbehaglich wie Sam Gamdschie in einem Boot.

»Lebt wohl, und möget Ihr finden, was Ihr suchet!« rief Éomer. »Kehrt zurück, so rasch Ihr könnt, und mögen unsere Schwerter hernach sich gemeinsam hervortun!«

»Ich werde kommen«, sagte Aragorn.

»Und ich auch«, sagte Gimli. »Noch steht die Angelegenheit der Frau Galadriel zwischen uns. Ich muß Euch erst die feine Redeweise lehren.«

»Wir werden sehen«, sagte Éomer. »So viele seltsame Dinge haben sich ereignet, daß es nicht als das größte Wunder erscheinen wird, die Lobpreisung einer schönen Frau unter den liebenden Schlägen einer Zwergenaxt zu lernen. Lebt wohl!«

Nach diesen Worten trennten sie sich. Sehr schnell waren die Pferde von Rohan. Als Gimli nach einer kurzen Weile zurückschaute, war Éomers Schar schon klein und weit entfernt. Aragorn schaute nicht zurück: er beobachtete die Spur, während sie dahinsprengten, und er beugte den Kopf tief auf den Hals von Hasufel. Es dauerte nicht lange, da erreichten sie das Ufer der Entwasser, und dort stießen sie auf die andere

Spur, von der Eomer gesprochen hatte, und die vom Osten her aus dem Ödland kam.

Aragorn saß ab und untersuchte den Boden, dann sprang er wieder in den Sattel und ritt ein Stück nach Osten, wobei er sich abseits der Spur hielt, um die Fußabdrücke nicht zu zerstören. Dort stieg er wieder ab und forschte auf der Erde, indem er zu Fuß hin und her ging.

»Da gibt es wenig zu entdecken«, sagte er, als er zurückkam. »Die Hauptspur ist ganz verwischt, seit die Reiter auf dem Rückweg hier vorbeikamen; auf dem Hinweg müssen sie näher am Fluß geritten sein. Doch diese nach Osten gehende Spur ist frisch und deutlich. Es sind keine Anzeichen da, daß irgendwelche Füße in der anderen Richtung gingen, zurück zum Anduin. Jetzt müssen wir langsamer reiten und uns vergewissern, daß keine Fährte oder Fußstapfen auf beiden Seiten abzweigen. Die Orks müssen von diesem Punkt an gemerkt haben, daß sie verfolgt werden; sie haben vielleicht versucht, ihre Gefangenen wegzuschaffen, ehe sie eingeholt wurden.«

Während sie weiterritten, wurde der Tag trübe. Große, graue Wolken zogen über dem Wald auf. Ein Nebel verschleierte die Sonne. Immer näher kamen die baumbestandenen Hänge von Fangorn und wurden langsam dunkler, als die Sonne nach Westen wanderte. Sie sahen kein Zeichen irgendeiner nach rechts oder links abzweigenden Spur, doch hier und dort kamen sie an einzelnen Orks vorbei, die gefallen waren, während sie rannten, und graugefiederte Pfeile steckten ihnen im Rücken oder Hals.

Schließlich, als der Nachmittag verblaßte, kamen sie zum Saum des Waldes, und auf einer offenen Lichtung zwischen den ersten Bäumen fanden sie die Stätte des großen Brandes: die Asche war noch heiß und rauchte. Daneben lag ein großer Haufen von Helmen und Panzern, geborstenen Schildern und zerbrochenen Schwertern, Bogen und Wurfspeeren und anderem Kriegsgerät. Auf einen Pfahl in der Mitte war der Kopf eines großen Bilwiß aufgespießt; an seinem zertrümmerten Helm konnte man das weiße Abzeichen noch erkennen. Etwas entfernt, nicht weit von der Stelle, wo der Fluß aus dem Wald heraustrat, war ein Hügelgrab. Es war neu aufgeworfen; die nackte Erde war mit frisch gestochener Grasnarbe bedeckt; ein Kreis von fünfzehn in den Boden gerammten Speeren umgab es.

Aragorn und seine Gefährten suchten das Schlachtfeld weit und breit ab; aber das Licht wurde schwächer, und bald senkte sich der Abend, düster und neblig. Als die Nacht hereinbrach, hatten sie keine Spur von Merry und Pippin gefunden.

»Wir können nichts mehr tun«, sagte Gimli traurig. »Uns sind viele Rätsel aufgegeben worden, seit wir zum Tol Brandir kamen, aber dies hier ist am schwersten zu lösen. Ich vermute, die verbrannten Knochen der Hobbits sind jetzt vermengt mit denen der Orks. Es wird eine traurige Kunde für Frodo sein, wenn er noch am Leben ist, um sie zu hören, und auch traurig für den alten Hobbit, der in Bruchtal wartet. Elrond war dagegen, daß sie mitkamen.«

»Aber Gandalf nicht«, sagte Legolas.

»Doch Gandalf beschloß, selbst mitzukommen, und er war der erste, der umkam«, antwortete Gimli. »Seine Voraussicht hat ihn getrogen.«

»Gandalfs Entschluß gründete sich nicht auf das Vorherwissen von Sicherheit für ihn oder für andere«, sagte Aragorn. »Es gibt Dinge, die zu beginnen besser ist, als sie zu verweigern, selbst wenn ihr Ausgang dunkel sein mag. Aber ich will noch nicht von diesem Ort aufbrechen. Jedenfalls müssen wir hier das Morgenlicht erwarten.«

Ein Stück Wegs hinter dem Schlachtfeld machten sie sich ihr Lager unter einem ausladenden Baum: er sah wie eine Kastanie aus, doch trug er noch viele breite braune Blätter eines früheren Jahrs, wie trockne Hände mit langen, gespreizten Fingern; sie raschelten traurig im Nachtwind.

Gimli fröstelte. Sie hatten jeder nur eine Decke bei sich. »Laßt uns ein Feuer anzünden«, sagte er. »Ich mache mir nichts mehr aus der Gefahr. Laßt die Orks heranschwirren so zahlreich wie Motten im Sommer um eine Kerze!«

»Wenn diese unglücklichen Hobbits sich im Wald verirrt haben, könnte es sie hierherlocken«, sagte Legolas.

»Und es könnte auch andere Wesen anlocken, weder Orks noch Hobbits«, sagte Aragorn. »Wir sind den Berggemarken des Verräters Saruman nahe. Auch sind wir genau am Rande von Fangorn, und wie es heißt, ist es gefährlich, die Bäume dieses Waldes anzurühren.«

»Aber die Rohirrim haben hier gestern einen großen Brand geschürt«, sagte Gimli, »und sie haben Bäume gefällt für das Feuer, wie man sehen kann. Dennoch haben sie die Nacht heil überstanden, nachdem ihre Arbeit beendet war.«

»Es waren ihrer viele«, sagte Aragorn, »und sie scheren sich nicht um Fangorns Zorn, denn sie kommen selten hierher und gehen nicht unter die Bäume. Doch unser Pfad wird uns wahrscheinlich in den Wald selbst hineinführen. Also sei vorsichtig! Fälle kein lebendes Holz!«

»Das ist auch nicht nötig«, sagte Gimli. »Die Reiter haben genug Späne und Zweige übriggelassen, und es liegt massenhaft totes Holz herum.« Er ging fort, um Brennholz zu sammeln, schichtete es auf und schlug Feuer. Aragorn saß indes schweigend an den großen Baum gelehnt, tief in Gedanken; und Legolas stand allein im Freien, schaute auf den tiefen Schatten des Waldes und beugte sich vor wie einer, der auf Stimmen lauscht, die aus der Ferne rufen.

Als der Zwerg ein kleines, helles Feuer in Gang gebracht hatte, rückten die drei Gefährten nahe heran und schirmten den Lichtschein mit ihren kapuzenverhüllten Gestalten ab. Legolas blickte nach oben zu den Zweigen des Baums über ihnen.

»Schaut!« sagte er. »Der Baum freut sich über das Feuer.«

Es mag sein, daß die tanzenden Schatten ihre Augen narrten, aber gewiß kam es jedem der Gefährten so vor, als beugten sich die Zweige hierhin und dorthin, um über die Flammen zu kommen, während die oberen Äste sich herabneigten; die braunen Blätter standen jetzt steif ab und rieben sich aneinander wie viele kalte aufgesprungene Hände, denen die Wärme wohltut.

Die Gefährten schwiegen, denn plötzlich machte sich der dunkle und unbekannte Wald, der so nahe lag, wie ein großes, bedrückendes geisterhaftes Wesen bemerkbar, das ein geheimes Ziel verfolgte. Nach einer Weile sprach Legolas wieder.

»Celeborn hat uns davor gewarnt, zu weit nach Fangorn hineinzugehen«, sagte er. »Weißt du, Aragorn, warum? Was für Sagen über den Wald hat Boromir gehört?«

»In Gondor und anderswo habe ich viele Geschichten gehört«, sagte Aragorn, »aber hätte Celeborn nicht diese Worte gesprochen, hätte ich sie nur für Märchen gehalten, die sich die Menschen ausgedacht haben, seit das wahre Wissen schwindet. Ich hatte dich schon fragen wollen, was an der Sache eigentlich wahr ist. Und wenn ein Elb des Waldes es nicht weiß, wie soll ein Mensch darauf antworten?«

»Du bist weiter gewandert als ich«, sagte Legolas. »Ich habe in meinem Land nichts davon gehört, außer einigen Liedern, in denen es heißt, daß die Onodrim, die die Menschen Ents nennen, hier vor langer Zeit lebten; denn Fangorn ist alt, alt sogar nach den Maßstäben der Elben.«

»Ja, er ist alt«, sagte Aragorn, »so alt wie der Wald an den Hügelgräberhöhen, und er ist viel größer. Elrond sagt, die beiden seien verwandt, die letzten Bollwerke der mächtigen Wälder der Altvorderenzeit, als die Erstgeborenen wanderten, während die Menschen noch schliefen. Doch hat Fangorn irgendein besonderes Geheimnis. Was es ist, weiß ich nicht.«

»Und ich will es nicht wissen«, sagte Gimli. »Stört nichts, was in Fangorn haust, um meinetwillen!«

Sie losten die Wachen aus, und für die erste Wache fiel das Los auf Gimli. Die beiden anderen legten sich nieder. Fast sofort übermannte sie der Schlummer. »Gimli«, sagte Aragorn schlaftrunken, »denke dran, es ist gefährlich, Ast oder Zweig von einem lebenden Baum in Fangorn abzuhauen. Aber laufe auf der Suche nach totem Holz nicht weit fort. Laß lieber das Feuer ausgehen. Wecke mich im Notfall!«

Damit schlief er fest ein. Legolas lag schon reglos da, die schönen Hände über der Brust gefaltet, und seine Augen, in denen sich die lebendige Nacht und der tiefe Traum vermengten, waren nicht geschlossen, wie es die Art der Elben ist. Gimli saß zusammengekauert am Feuer und fuhr mit dem Daumen nachdenklich über die Schneide seiner Axt. Der Baum raschelte. Kein anderes Geräusch war zu hören.

Plötzlich schaute Gimli auf, und da stand am Rande des Feuerscheins ein alter, gebeugter Mann, auf einen Stab gestützt und in einen grauen Mantel gehüllt; sein breitkrempiger Hut war bis auf die Augen heruntergezogen. Gimli sprang auf, im Augenblick zu verblüfft, um aufzuschreien, obwohl ihm sofort der Gedanke durch den Kopf schoß, daß Saruman sie aufgespürt habe. Aragorn und Legolas, durch seine rasche Bewegung geweckt, setzten sich auf und starrten. Der alte Mann sprach nicht und gab auch kein Zeichen.

»Nun, Vater, was können wir für Euch tun?« fragte Aragorn und sprang auf die Füße. »Kommt und wärmt Euch, wenn Euch kalt ist!« Er tat einen Schritt vorwärts, aber der alte Mann war fort. In der Nähe konnten sie keine Spur von ihm finden, und sie wagten nicht, weit zu wandern. Der Mond war untergegangen und die Nacht sehr dunkel.

Plötzlich stieß Legolas einen Schrei aus: »Die Pferde, die Pferde!«

Die Pferde waren fort. Sie hatten ihre Pflöcke herausgerissen und waren verschwunden. Eine Zeitlang standen die drei Gefährten still und schweigend da, bekümmert über diesen neuen Schicksalsschlag. Sie waren am Saum von Fangorn, und endlose Meilen lagen zwischen ihnen und den Menschen von Rohan, ihren einzigen Freunden in diesem weiten, gefährlichen Land. Während sie dort standen, war es ihnen, als hörten sie fern in der Nacht Pferdegewieher. Dann war wieder alles still bis auf das kalte Rascheln des Windes.

»Nun, sie sind fort«, sagte Aragorn schließlich. »Wir können sie nicht suchen oder einfangen; kommen sie nicht aus freiem Willen wieder, müssen wir uns also ohne sie behelfen. Wir sind zu Fuß aufgebrochen, und die Füße haben wir noch.«

»Füße!« sagte Gimli. »Wir können sie aber nicht ebenso gut essen wie auf ihnen laufen.« Er warf etwas Holz auf das Feuer und hockte sich daneben.

»Erst vor ein paar Stunden warst du nicht bereit, dich auf ein Pferd von Rohan zu setzen«, lachte Legolas. »Du wirst noch ein Reiter werden.«

»Es ist unwahrscheinlich, daß ich Gelegenheit dazu haben werde«, sagte Gimli.

»Wenn ihr wissen wollt, was ich glaube«, begann er nach einer Weile wieder, »ich glaube, daß es Saruman war. Wer sonst? Erinnert euch an Éomers Worte: *er erscheint hier und dort als ein alter Mann in Kapuze und Mantel.* Das waren seine Worte. Er hat unsere Pferde fortgeführt oder so erschreckt, daß sie fortgelaufen sind, und wir sitzen nun da. Wir werden noch mehr Ärger bekommen, merkt euch meine Worte!«

»Ich merke sie mir«, sagte Aragorn. »Aber ich habe auch gemerkt, daß dieser alte Mann einen Hut trug, keine Kapuze. Dennoch zweifle ich nicht, daß du richtig vermutest und wir hier bei Nacht oder Tag in Gefahr sind. Indes können wir einstweilen nichts tun als uns ausruhen, solange es geht. Ich werde jetzt eine Zeitlang wachen, Gimli. Ich habe es nötiger, nachzudenken als zu schlafen.«

Langsam verging die Nacht. Legolas löste Aragorn ab, und Gimli löste Legolas ab, und ihre Wachen verstrichen. Aber nichts geschah. Der alte Mann erschien nicht wieder, und die Pferde kehrten nicht zurück.

DRITTES KAPITEL

DIE URUK-HAI

Pippin hatte einen häßlichen und beängstigenden Traum: er schien den Widerhall seiner eigenen kleinen Stimme in schwarzen Tunneln zu hören, die *Frodo! Frodo!* rief. Aber nicht Frodo kam, sondern Hunderte von abscheulichen Orkgesichtern grinsten ihn aus den Schatten an, Hunderte von abscheulichen Armen griffen von allen Seiten nach ihm. Wo war Merry?

Er erwachte. Kalte Luft blies ihm ins Gesicht. Er lag auf dem Rücken. Der Abend kam, und der Himmel über ihm wurde dämmrig. Er drehte sich um und fand, daß der Traum nur wenig schlimmer gewesen war als das Erwachen. Seine Handgelenke, Beine und Knöchel waren mit Stricken gebunden. Neben ihm lag Merry mit bleichem Gesicht und einem schmutzigen Lappen auf der Stirn. Rings um sie her saßen oder standen viele Orks.

In Pippins schmerzendem Kopf reihte sich die Erinnerung langsam aneinander und löste sich von den Traumschatten. Natürlich: er und Merry waren in den Wald gelaufen. Was war ihnen bloß eingefallen? Warum waren sie so weggestürzt und hatten sich gar nicht um den guten Streicher gekümmert? Sie waren lange gelaufen und hatten gerufen — Pippin konnte sich nicht erinnern, wie weit oder wie lange; und dann plötzlich waren sie genau in eine Gruppe Orks hineingerannt: sie standen lauschend da und schienen Merry und Pippin gar nicht zu sehen, bis sie fast in ihren Armen gelandet waren. Dann schrien sie, und noch Dutzende von Bilwissen sprangen zwischen den Bäumen hervor. Merry und er hatten ihre Schwerter gezogen, aber die Orks wollten nicht kämpfen, sondern versuchten nur, sie zu ergreifen, selbst nachdem Merry verschiedenen die Arme und Hände abgeschlagen hatte. Der gute Merry!

Dann war Boromir zwischen den Bäumen hervorgestürmt. Er hatte sie in einen Kampf verwickelt. Viele von ihnen erschlug er, und die übrigen flohen. Aber sie waren noch nicht weit auf dem Weg zurückgegangen, als sie erneut angegriffen wurden, diesmal von mindestens hundert Orks, von denen einige sehr groß waren, und sie schossen einen Hagel von Pfeilen ab: immer auf Boromir. Boromir hatte sein großes Horn geblasen, bis die Wälder widerhallten, und zuerst waren die Orks erschrocken zurückgewichen; als aber keine Antwort auf die Echos kam, hatten sie wütender denn je angegriffen. An viel mehr entsann sich Pippin nicht. Seine letzte Erinnerung war, daß Boromir an einem Baum lehnte und sich einen Pfeil herauszog; dann hatte sich plötzlich Dunkelheit herabgesenkt.

»Ich nehme an, daß ich einen Schlag auf den Kopf bekam«, sagte Pippin bei sich. »Ich wüßte gern, ob der arme Merry schwer verwundet ist. Was ist mit Boromir geschehen? Warum haben uns die Orks nicht getötet? Wo sind wir und wohin gehen wir?«

Er konnte die Fragen nicht beantworten. Er fror und fühlte sich elend. »Ich wünschte, Gandalf hätte Elrond nicht überredet, uns mitgehen zu lassen«, dachte er. »Was bin ich schon nütze gewesen? Nur eine Last: eine Last, ein Gepäckstück. Und jetzt bin ich gestohlen worden und genauso ein Gepäckstück für die Orks. Ich hoffe, Streicher oder sonst wer wird kommen und uns abholen! Aber darf ich überhaupt darauf hoffen? Würde das nicht alle unsere Pläne umstoßen? Ich wollte, ich könnte mich befreien!«

Er strampelte ein wenig, ganz vergeblich. Einer der in der Nähe sitzenden Orks lachte und sagte zu einem Gefährten etwas in ihrer abscheulichen Sprache. »Ruh dich aus, solange du kannst, kleiner Narr!« sagte er dann zu Pippin in der Gemeinsamen Sprache, die bei ihm fast so häßlich klang wie seine eigene. »Ruh dich aus, solange du kannst! Bald werden wir Verwendung finden für deine Beine. Du wirst noch wünschen, daß du keine hättest, ehe wir nach Hause kommen.«

»Wenn's nach mir ginge, würdest du wünschen, tot zu sein«, sagte der andere. »Ich werde dich zum Quietschen bringen, du jämmerliche Ratte.« Er beugte sich über Pippin und hielt ihm seine gelben Klauen dicht vors Gesicht. Er hatte ein schwarzes Messer mit einer langen, gezackten Klinge in der Hand. »Lieg still, oder ich kitzle dich damit«, zischte er. »Lenke nicht die Aufmerksamkeit auf dich, sonst vergesse ich vielleicht meine Befehle. Verflucht seien die Isengarter! *Uglúk u bagronk sha pushdug Saruman-glob búbhosh skai.*« Er erging sich in seiner eigenen Sprache in einer langen wütenden Rede, die allmählich mit Brummen und Knurren endete.

Erschrocken lag Pippin ganz still, obwohl der Schmerz an seinen Handgelenken und Knöcheln zunahm und die Steine, auf denen er lag, sich in seinen Rücken bohrten. Um seine Gedanken von sich selbst abzulenken, lauschte er angespannt auf alles, was er hören konnte. Es waren viele Stimmen um ihn herum, und obschon die Orksprache immer nach Haß und Wut klang, schien doch deutlich ein Streit ausgebrochen zu sein und immer hitziger zu werden.

Pippin merkte zu seiner Überraschung, daß ein Großteil der Unterhaltung verständlich war; viele der Orks bedienten sich der gewöhnlichen Sprache. Offenbar gehörten sie zwei oder drei verschiedenen Stämmen an und verstanden ihre jeweiligen Orksprachen nicht. Es war eine wütende Auseinandersetzung darüber im Gange, was jetzt zu tun sei: welcher Weg einzuschlagen sei und was mit den Gefangenen geschehen solle.

»Wir haben keine Zeit, sie richtig zu töten«, sagte einer. »Keine Zeit zum Spielen auf der Fahrt.«

»Das läßt sich nicht ändern«, sagte ein anderer. »Aber warum sie nicht rasch töten, sie jetzt töten? Sie sind eine verdammte Last, und wir haben es eilig. Der Abend kommt, und wir sollten uns dranhalten.«

»Befehl«, sagte eine dritte, tief knurrende Stimme. »*Tötet alle, aber* NICHT *die Halblinge; sie sollen so schnell als möglich* LEBENDIG *hergebracht werden.* Das ist mein Befehl.«

»Wofür will man sie?« fragten mehrere Stimmen. »Warum lebendig? Bereiten sie viel Spaß?«

»Nein! Ich habe gehört, daß einer von ihnen etwas hat, etwas, das für den Krieg gebraucht wird, irgendwelche elbischen Ränke. Jedenfalls sollen sie verhört werden.«

»Ist das alles, was du weißt? Warum durchsuchen wir sie nicht und schauen nach? Vielleicht finden wir etwas, das wir selbst brauchen könnten.«

»Das ist eine sehr aufschlußreiche Bemerkung«, höhnte eine Stimme, weicher als die anderen, aber böser. »Ich werde das vielleicht melden müssen. Die Gefangenen dürfen NICHT durchsucht oder ausgeplündert werden: so lautet *mein* Befehl.«

»Und meiner auch«, sagte die tiefe Stimme. »*Lebendig und so wie sie gefangengenommen wurden; nicht ausgeraubt.* Das ist mein Befehl.«

»Aber nicht unserer«, sagten einige der ersten Stimmen. »Wir sind die ganze Strecke von den Minen hergekommen, um zu töten und unsere Leute zu rächen. Ich wünsche zu töten und dann wieder in den Norden zurückzukehren.«

»Dann kannst du noch mal wünschen«, sagte die knurrende Stimme. »Ich bin Uglúk. Ich befehle. Ich kehre auf dem kürzesten Weg nach Isengart zurück.«

»Ist Saruman der Herr oder das Große Auge?« fragte die böse Stimme. »Wir sollten sofort nach Lugbúrz zurückkehren.«

»Wenn wir den Großen Strom überqueren könnten, ginge das vielleicht«, sagte eine andere Stimme. »Aber wir sind nicht genug, um uns hinunter zu den Brücken zu wagen.«

»Ich bin herüber gekommen«, sagte die böse Stimme. »Ein geflügelter Nazgûl erwartet uns nördlich am Ostufer.«

»Mag sein, mag sein! Dann fliegst du mit unseren Gefangenen los und bekommst all den Lohn und das Lob in Lugbúrz, und wir können sehen, wie wir zu Fuß durch dieses Pferde-Land kommen. Nein, wir müssen zusammenbleiben. Diese Lande sind gefährlich: voller widerlicher Aufrührer und Wegelagerer.«

»Freilich müssen wir zusammenbleiben«, knurrte Uglúk. »Ich traue euch kleinen Schweinen nicht. Ihr habt keinen Schneid, wenn ihr nicht in euren Schweineställen seid. Ohne uns wärt ihr schon alle davongelaufen. Wir sind die kämpfenden Uruk-hai! Wir haben den großen Krieger erschlagen. Wir haben die Gefangenen gemacht. Wir sind die Diener von Saruman dem Weisen, der Weißen Hand: die Hand gibt uns Menschenfleisch zu essen. Wir sind aus Isengart gekommen und haben euch hierher geführt, und wir werden euch auch auf dem Weg, den wir wählen, zurückführen. Ich bin Uglúk. Ich habe gesprochen.«

»Du hast mehr als genug gesprochen, Uglúk«, höhnte die böse Stimme. »Ich möchte mal wissen, wie das denen in Lugbúrz gefallen würde. Sie glauben vieleicht, Uglúks Schultern müßten von einem aufgeblasenen Kopf befreit werden. Sie fragen vielleicht, wo seine merkwürdigen Vorstellungen herkommen. Kommen sie womöglich von Saruman? Wofür hält er sich eigentlich, daß er aus sich heraus mit seinen dreckigen weißen Abzeichen anfängt? In Lugbúrz könnten sie vielleicht mir, Grischnákh, beistimmen, ihrem vertrauten Boten; und ich, Grischnákh, sage folgendes: Saruman ist ein Narr, und noch dazu ein dreckiger, verräterischer Narr. Aber das Große Auge ruht auf ihm.

Schweine hat er gesagt? Wie gefällt es euch, von den Schmutzwühlern eines dreckigen kleinen Zauberers *Schweine* genannt zu werden? Orkfleisch ist es, was sie essen, möchte ich wetten.«

Viele laute Rufe in der Orksprache antworteten ihm, und laut klirrten Waffen, die gezogen wurden. Vorsichtig rollte sich Pippin auf die Seite, denn er wollte sehen, was geschehen würde. Seine Bewacher waren aufgestanden, um sich dem Kampf anzuschließen. Im Zwielicht sah er einen großen, schwarzen Ork, wahrscheinlich Uglúk, der Grischnákh gegenüberstand, einem gedrungenen, krummbeinigen Geschöpf mit sehr breiter Brust und langen Armen, die fast bis auf den Boden reichten. Um sie herum standen viele kleinere Bilwisse. Pippin vermutete, daß es die aus dem Norden waren. Sie hatten ihre Messer und Schwerter gezogen, zögerten aber, Uglúk anzugreifen.

Uglúk brüllte, und eine Menge anderer Orks, fast so groß wie er, rannten vorbei. Dann sprang Uglúk plötzlich ohne Warnung vor und schlug mit zwei raschen Hieben zweien seiner Gegner die Köpfe ab. Grischnákh machte einen Schritt zur Seite und verschwand im Schatten. Die anderen wichen zurück, und einer stolperte, als er zurücktrat, fluchend über den am Boden liegenden Merry. Das rettete ihm wahrscheinlich das Leben, denn Uglúks Gefolgsleute sprangen über ihn hinweg und schlugen einen anderen mit ihren breitklingigen Schwertern nieder. Es war der Bewacher mit den gelben Klauen. Er fiel wie ein Sack auf Pippin und hielt immer noch sein langes Messer mit der gezahmten Klinge in der Hand.

»Steckt eure Waffen weg!« schrie Uglúk. »Und macht keinen Unsinn mehr! Wir gehen von hier schnurstracks nach Westen und die Stiege hinunter. Von dort schnurstracks zu den Höhen, dann am Fluß entlang zum Wald. Und wir marschieren Tag und Nacht. Ist klar?«

»Jetzt«, dachte Pippin, »wenn es diesen häßlichen Kerl bloß ein bißchen Zeit kostet, bis er seine Schar wieder in der Gewalt hat, habe ich eine Gelegenheit.« Ein Hoffnungsschimmer war aufgeflackert. Die Schneide des schwarzen Messers hatte seinen Arm aufgeritzt und war dann bis zu seinem Handgelenk gerutscht. Er spürte, wie ihm das Blut auf die Hand tröpfelte, aber er spürte auch den kalten Stahl auf seiner Haut.

Die Orks machten sich fertig, um weiterzumarschieren, doch einige der Nordländer waren noch störrisch, und die Isengarter erschlugen zwei weitere, ehe die übrigen klein beigaben. Es gab viel Flüche und Durcheinander. Im Augenblick war Pippin unbeobachtet. Seine Beine waren fest verschnürt, seine Arme aber nur an den Handgelenken zusammengebunden, und seine Hände lagen vor ihm. Er konnte sie beide zusammen bewegen, obwohl die Fesseln grausam straff waren. Er schob den toten Ork beiseite, und während er kaum zu atmen wagte, fuhr er mit dem Knoten des Stricks auf der Schneide des Messers hin und her. Sie war scharf, und die tote Hand hielt sie fest. Der Strick war durchgeschnitten! Rasch nahm Pippin ihn und knüpfte ihn wieder zu einem lockeren Armband mit zwei Schlingen, das er sich über die Gelenke streifte. Dann lag er ganz still.

»Hebt die Gefangenen da auf!« brüllte Uglúk. »Und daß ihr mir keine Mätzchen mit ihnen macht. Sind sie nicht mehr am Leben, wenn wir zurückkommen, dann wird auch noch jemand sterben.«

Ein Ork nahm Pippin wie einen Sack, steckte seinen Kopf zwischen Pippins gefesselten Händen durch, packte seine Arme und zog sie nach unten, bis Pippins Gesicht gegen den Orknacken gepreßt wurde; dann rannte er mit ihm los. Ein anderer machte es genauso mit Merry. Die klauenhafte Hand des Orks umklammerte Pippins Arme wie Eisen; die

Nägel schnitten ihm ins Fleisch. Er schloß die Augen und sank wieder in häßliche Träume.

Plötzlich wurde er von neuem auf den steinigen Boden geworfen. Es war noch früh in der Nacht, aber der schmale Mond ging schon im Westen unter. Sie waren am Rande einer Felswand, die über ein Meer von bleichem Nebel hinausragte. Man hörte einen Wasserfall in der Nähe.

»Die Späher sind endlich zurückgekommen«, sagte ein Ork.

»Nun, was habt ihr entdeckt?« knurrte Uglúks Stimme.

»Nur einen einzigen Reiter, und er verschwand nach Westen. Jetzt ist alles frei.«

»Na, ich will's glauben. Aber wie lange? Ihr Narren! Ihr hättet ihn erschießen sollen. Er wird Lärm schlagen. Am Morgen werden die verdammten Pferdezüchter von uns hören. Jetzt müssen wir doppelt schnell laufen.«

Ein Schatten beugte sich über Pippin. Es war Uglúk. »Setz dich auf!«, sagte der Ork. »Meine Jungs haben es satt, dich mitzuschleppen. Wir müssen jetzt klettern, und da sollst du deine Beine gebrauchen. Jetzt mach keine Schwierigkeiten. Kein Schreien, kein Fluchtversuch. Wenn du uns Streiche spielst, haben wir Mittel und Wege, dich zu bestrafen, die dir nicht gefallen werden, obwohl sie deine Nützlichkeit für den Herrn nicht beeinträchtigen werden.«

Er schnitt die Riemen um Pippins Beine und Knöchel auf, packte ihn am Haar und stellte ihn auf die Füße. Pippin fiel um, und Uglúk zog ihn wieder am Haar hoch. Mehrere Orks lachten. Uglúk steckte ihm eine Flasche zwischen die Zähne und goß ihm eine brennende Flüssigkeit in den Schlund: Pippin spürte, wie ihn eine gewaltige Wärme durchflutete. Der Schmerz in seinen Beinen und Knöcheln verschwand. Er konnte stehen.

»Und jetzt der andere«, sagte Uglúk. Pippin sah, wie er zu Merry ging, der ganz in der Nähe lag, und ihm einen Fußtritt versetzte. Merry stöhnte. Uglúk packte ihn roh, zog ihn hoch, so daß er saß, und riß ihm den Verband vom Kopf. Dann schmierte er aus einer kleinen Holzschachtel irgendein schwarzes Zeug auf die Wunde. Merry schrie auf und wehrte sich wie wild.

Die Orks klatschten und johlten. »Will seine Medizin nicht nehmen«, höhnten sie. »Weiß nicht, was gut für ihn ist. Hei! Wir werden nachher noch Spaß haben.«

Aber im Augenblick war Uglúk nicht auf Scherze aus. Er brauchte Eile und mußte unwillige Gefolgsleute bei Laune halten. Er heilte Merry auf Ork-Weise, und seine Behandlung wirkte rasch. Nachdem er dem Hobbit mit Gewalt einen Trunk aus seiner Flasche eingeflößt, ihm die

Beinfesseln aufgeschnitten und ihn hochgezerrt hatte, stand Merry auf und sah zwar blaß, aber grimmig und trotzig aus und ganz und gar lebendig. Die klaffende Wunde auf seiner Stirn machte ihm kein Beschwer mehr, aber er behielt eine braune Narbe bis ans Ende seiner Tage.

»Nanu, Pippin!« sagte er. »Du bist also auch mitgekommen auf diesen kleinen Ausflug? Wo bekommen wir Bett und Frühstück?«

»Nun aber Schluß«, sagte Uglúk. »Nichts dergleichen. Haltet den Mund. Keine Gespräche untereinander. Alle Scherereien werden am anderen Ende gemeldet, und Er wird schon wissen, wie es euch zu vergelten ist. Bett und Frühstück werdet ihr schon bekommen: mehr als ihr vertragen könnt.«

Die Orkbande begann, eine schmale Schlucht hinabzusteigen, die nach unten in die neblige Ebene führte. Merry und Pippin, durch ein Dutzend oder mehr Orks voneinander getrennt, kletterten mit ihnen hinab. Unten kamen sie auf Gras, und den Hobbits ging das Herz auf.

»Nun schnurstracks weiter!« brüllte Uglúk. »Westlich und ein bißchen nördlich. Folgt Lugdusch.«

»Aber was machen wir bei Sonnenaufgang?« fragten einige der Nordländer.

»Weiterrennen«, sagte Uglúk. »Was glaubt denn ihr? Uns ins Gras setzen und auf die Weißhäute warten, damit sie mit uns frühstücken?«

»Aber wir können nicht im Sonnenlicht rennen.«

»Ihr werdet rennen, wenn ich hinter euch bin«, sagte Uglúk. »Rennt, oder ihr seht eure geliebten Höhlen nie wieder. Bei der Weißen Hand! Was hat es für einen Zweck, Bergmaden auf die Reise zu schicken, die nur halb ausgebildet sind. Rennt, verflucht nochmal! Rennt, solange es Nacht ist!«

Dann begann die ganze Schar mit den langen, springenden Schritten der Orks zu rennen. Sie hielten keine Ordnung, sondern drängelten, rempelten und fluchten; dennoch war ihre Geschwindigkeit gewaltig. Jeder Hobbit hatte eine Wache von dreien. Pippin war am weitesten zurück. Er fragte sich, wie lange er wohl bei dieser Gangart würde mithalten können: er hatte seit dem Morgen nichts gegessen. Einer der Bewacher hatte eine Peitsche. Aber im Augenblick brannte noch der Ork-Trunk in ihm. Auch sein Verstand war hellwach.

Dann und wann tauchte in seinem Geist ungerufen das scharfgeschnittene Gesicht von Streicher auf, der sich über eine dunkle Fährte beugt und läuft, immer hinterherläuft. Aber was konnte selbst ein Waldläufer sehen außer einer verwischten Spur von Orkfüßen? Seine eigenen kleinen Abdrücke und Merrys waren begraben unter dem Getrampel der eisenbeschlagenen Schuhe vor ihnen und hinter ihnen und um sie herum.

Sie waren etwa eine Meile von der Felswand aus gegangen, als sich das Land hinunterzog in eine breite, flache Senke, wo der Boden weich und naß war. Nebel hing dort, der in den letzten Strahlen der Mondsichel blaß schimmerte. Die dunklen Gestalten der Orks vor ihm wurden undeutlich und dann vom Nebel geschluckt.

»He! Vorsichtig jetzt!« brüllte Uglúk von hinten.

Plötzlich schoß Pippin ein Gedanke durch den Kopf, und er führte ihn sofort aus. Er wandte sich nach rechts und machte einen Satz aus der Reichweite seiner zupackenden Bewacher kopfüber in den Nebel; er landete auf allen Vieren im Gras.

»Halt!« schrie Uglúk.

Es gab einen Augenblick Unruhe und Verwirrung. Pippin sprang auf und rannte. Aber die Orks waren hinter ihm her. Einige tauchten plötzlich vor ihm auf.

»Keine Hoffnung, zu entkommen«, dachte Pippin. »Aber es besteht Hoffnung, daß ich einige meiner Fußspuren unversehrt auf dem nassen Boden hinterlassen habe.« Er faßte mit seinen beiden zusammengebundenen Händen an den Hals und löste die Brosche seines Mantels. Gerade, als lange Arme und harte Klauen ihn ergriffen, ließ er sie fallen. »Da wird sie wohl liegen bis ans Ende der Zeit«, dachte er. »Ich weiß nicht, warum ich das tat. Wenn die anderen entkommen sind, werden sie wahrscheinlich alle mit Frodo mitgegangen sein.«

Ein Peitschenriemen ringelte sich um seine Beine, und er unterdrückte einen Schrei.

»Genug!« schrie Uglúk, als er herbeirannte. »Er muß noch einen weiten Weg laufen. Laßt sie beide rennen! Gebraucht die Peitsche nur als Mahnung.«

»Aber das ist nicht alles«, fauchte er, zu Pippin gewandt. »Ich werde nichts vergessen. Die Strafe ist nur aufgeschoben. Los jetzt!«

Weder Pippin noch Merry wußten später noch viel von dem letzten Teil der Wanderung. Schlechte Träume und böses Erwachen vermengten sich zu einem langen Jammertal, an dessen Ende die Hoffnung immer schwächer schimmerte. Sie rannten und rannten und bemühten sich, den von den Orks angeschlagenen Schritt einzuhalten, und ab und zu wurden sie von einem grausamen Riemen geprügelt, der hinterlistig gehandhabt wurde. Wenn sie stehen blieben oder stolperten, wurden sie gepackt und eine Strecke mitgeschleift.

Die Wärme des Ork-Trankes war vergangen. Pippin fror wieder, und ihm war übel. Plötzlich fiel er mit dem Gesicht ins Gras. Harte Hände mit reißenden Nägeln packten zu und hoben ihn auf. Wieder einmal wurde er wie ein Sack getragen, und Dunkelheit hüllte ihn ein: ob es die Dunkelheit einer weiteren Nacht war oder eine Blindheit seiner Augen, das konnte er nicht sagen.

Undeutlich wurde er sich lärmender Stimmen bewußt: es schien, daß viele Orks eine Rast verlangten. Uglúk schrie. Pippin wurde auf den Boden geschleudert und blieb liegen, wie er hingefallen war, bis schwarze Träume ihn umfingen. Aber nicht für lange entging er dem Schmerz; bald war er wieder im eisernen Griff unbarmherziger Hände. Lange Zeit wurde er geschüttelt und gerüttelt, und dann verging die Dunkelheit langsam, er kehrte zurück in die wache Welt und merkte, daß es Morgen war. Befehle wurden gebrüllt, und er wurde grob ins Gras geworfen.

Dort lag er eine Weile und kämpfte mit der Verzweiflung. Ihm war schwindlig, aber nach der Hitze seines Körpers vermutete er, daß ihm wieder ein Trunk eingeflößt worden war. Ein Ork beugte sich über ihn und warf ihm etwas Brot und einen Streifen rohes, getrocknetes Fleisch hin. Heißhungrig aß er das altbackene, graue Brot, aber nicht das Fleisch. Er war ausgehungert, aber doch nicht so ausgehungert, um Fleisch zu essen, das ihm ein Ork zugeworfen hatte, Fleisch von welchem Lebewesen wagte er nicht zu raten.

Er setzte sich auf und schaute sich um. Merry war nicht weit von ihm. Sie waren am Ufer eines rasch strömenden, schmalen Flusses. In der Ferne türmte sich das Gebirge: ein hoher Gipfel fing die ersten Sonnenstrahlen auf. Wie ein dunkler Schmutzfleck lag an den unteren Hängen vor ihnen ein Wald.

Es gab viel Geschrei und Gerede unter den Orks; ein Streit zwischen den Nordländern und den Isengartern schien gleich ausbrechen zu wollen. Einige zeigten zurück nach Süden und andere nach Osten.

»Sehr gut«, sagte Uglúk. »Überlaßt sie mir! Kein Töten, wie ich euch schon gesagt habe; aber wenn ihr das aufgeben wollt, um dessentwillen wir einen so weiten Weg zurückgelegt haben, um es zu bekommen, dann gebt es auf! Ich werde mich schon drum kümmern. Laßt die kämpfenden Uruk-hai die Arbeit tun, wie gewöhnlich. Wenn ihr vor den Weißhäuten Angst habt, dann lauft! Lauft! Da ist der Wald«, brüllte er und zeigte nach vorn. »Lauft dahin. Das ist das beste, worauf ihr hoffen könnt. Ab mit euch! Und schnell, ehe ich noch ein paar Köpfe abschlage, um den anderen ein wenig Verstand beizubringen.«

Es gab einiges Gefluche und Geschlurre, und dann machte sich die

Mehrzahl der Nordländer davon, und über hundert von ihnen stürzten los und rannten wie wild am Fluß entlang auf das Gebirge zu. Die Hobbits blieben bei den Isengartern: einer grausamen, finsteren Bande von mindestens achtzig großen, schwarzbraunen, schlitzäugigen Orks mit großen Bogen und kurzen, breitklingigen Schwertern. Ein paar von den größeren und kühneren Nordländern waren bei ihnen geblieben.

»Jetzt werden wir uns mit Grischnákh befassen«, sagte Uglúk. Doch selbst einige seiner eigenen Gefolgsleute schauten besorgt nach Süden.

»Ich weiß«, knurrte Uglúk. »Die verfluchten Pferdejungen haben Wind von uns bekommen. Aber das ist allein deine Schuld, Snaga. Dir und den anderen Spähern gehörten die Ohren abgeschnitten. Aber wir sind die Kämpfer. Wir werden uns noch Pferdefleisch oder sogar was Besseres schmecken lassen.«

In diesem Augenblick sah Pippin, warum einige aus der Schar nach Osten gezeigt hatten. Aus dieser Richtung drangen jetzt rauhe Schreie, und Grischnákh war wieder da und hinter ihm ein paar Dutzend seinesgleichen: langarmige, krummbeinige Orks. Ein rotes Auge war auf ihren Schilden aufgemalt. Uglúk ging ihnen entgegen.

»Du bist also zurückgekommen?« sagte er. »Hast es dir anders überlegt, was?«

»Ja, um dafür zu sorgen, daß die Befehle ausgeführt werden, und um zu sehen, ob die Gefangenen in Sicherheit sind«, antwortete Grischnákh.

»Ach wirklich!« sagte Uglúk. »Verschwendete Mühe. Ich sorge dafür, daß die Befehle unter meinem Kommando ausgeführt werden. Und weswegen bist du sonst noch zurückgekommen? Du gingst in Eile fort. Ließest du etwas zurück?«

»Ich ließ einen Narren zurück«, höhnte Grischnákh. »Aber er hatte ein paar handfeste Burschen bei sich, die zu schade sind, um sie zu verlieren. Ich wußte, daß du sie in eine üble Lage bringst. Ich bin gekommen, um ihnen zu helfen.«

»Großartig!« lachte Uglúk. »Aber sofern du nicht einigen Schneid zum Kämpfen hast, hast du den falschen Weg eingeschlagen. Lugbúrz war dein Ziel. Die Weißhäute kommen. Was ist mit deinem schönen Nazgûl geschehen? Ist wiederum ein Reittier unter ihm erschossen worden? Ja, hättest du ihn mitgebracht, hätte das nützlich sein können – wenn diese Nazgûls wirklich alles sind, was sie vorgeben.«

»Nazgûl, Nazgûl«, sagte Grischnákh erschauernd und leckte sich die Lippen, als ob das Wort einen üblen Geschmack habe, den er qualvoll auskostete. »Du sprichst von etwas, das du dir nicht einmal in deinen verworrenen Träumen vorstellen kannst, Uglúk«, sagte er. »*Nazgûl!* Ah!

Alles, was sie vorgeben! Eines Tages wirst du wünschen, du hättest das nicht gesagt. Affe!« fauchte er wütend. »Du sollst wissen, daß sie die Lieblinge des Großen Auges sind. Aber die geflügelten Nazgûl — noch nicht, noch nicht. Er will nicht, daß sie sich schon jenseits des Großen Stroms zeigen, nicht zu bald. Sie sind für den Krieg — und für andere Zwecke.«

»Du scheinst eine Menge zu wissen«, sagte Uglúk. »Mehr, als gut für dich ist, vermute ich. Vielleicht werden sich die in Lugbúrz fragen, woher und warum du so viel weißt. Aber inzwischen können wie gewöhnlich die Uruk-hai von Isengart die Dreckarbeit machen. Steh nicht so geifernd da! Hol deinen Haufen zusammen! Die anderen Schweine laufen in den Wald. Du folgst ihnen besser. Du würdest nicht lebend zum Großen Strom zurückkommen. Los jetzt! Gleich! Ich bleibe dir auf den Fersen.«

Die Isengarter packten Merry und Pippin wieder und hängten sie sich auf den Rücken. Dann machte sich die Schar auf den Weg. Stunde um Stunde liefen sie und hielten nur dann und wann inne, um die Hobbits anderen Trägern aufzupacken. Entweder, weil sie schneller und zäher waren, oder weil Grischnákh irgendeinen Plan dabei verfolgte, ließen die Isengarter allmählich die Orks aus Mordor hinter sich, und Grischnákhs Leute bildeten die Nachhut. Auch der Vorsprung der Nordländer verringerte sich. Der Wald kam immer näher. Pippin wurde gequetscht und gezerrt, und an seinem schmerzenden Kopf scheuerten die dreckige Backe und das haarige Ohr des Orks, der ihn trug. Unmittelbar vor ihm waren gebeugte Rücken und ausdauernde, kräftige Beine, die sich hoben und senkten, unaufhörlich, als ob sie aus Draht und Horn seien und den Takt von Albtraumsekunden einer endlosen Zeit schlagen.

Am Nachmittag überholte Uglúks Schar die Nordländer. Sie waren matt unter den Strahlen der hellen Sonne, obwohl es Wintersonne war, die an einem blassen, kühlen Himmel stand; die Köpfe hingen ihnen herab, und die Zungen streckten sie heraus.

»Maden!« höhnten die Isengarter. »Ihr seid erledigt. Die Weißhäute werden euch fangen und fressen. Sie kommen schon!«

Ein Schrei von Grischnákh zeigte, daß das kein bloßer Witz war. Reiter, die sehr schnell heranfegten, waren tatsächlich gesichtet worden: noch weit zurück, aber sie kamen auf die Orks zu, sie kamen auf sie zu wie eine Flut auf Leute im Wattenmeer, die auf dem Treibsand umherirren.

Die Isengarter begannen jetzt mit doppelter Schnelligkeit zu rennen, die Pippin verblüffte, eine erstaunliche Leistung für das Ende eines

Wettlaufs. Dann sah er, daß die Sonne unterging und hinter dem Nebelgebirge verschwand; Schatten legten sich auf das Land. Die Krieger von Mordor hoben die Köpfe und liefen nun auch schneller. Der Wald war dunkel und dicht. Schon waren sie an ein paar abseits stehenden Bäumen vorbeigekommen. Das Land begann zu steigen, immer steiler; aber die Orks hielten nicht an. Uglúk und Grischnákh schrien beide und spornten sie zu einer letzten Anstrengung an.

»Sie werden es noch schaffen. Sie werden entkommen«, dachte Pippin. Und dann gelang es ihm, den Hals zu drehen, um einen Blick über die Schulter zu werfen. Er sah, daß Reiter im Osten, die über die Ebene galoppierten, schon auf gleicher Höhe mit den Orks waren. Der Sonnenuntergang vergoldete ihre Speere und Helme und schimmerte auf ihrem hellen, flatternden Haar. Sie umringten die Orks, verhinderten, daß sie sich zerstreuten, und trieben sie den Fluß entlang.

Er hätte gern gewußt, welcher Art dieses Volk war. Er wünschte jetzt, er hätte in Bruchtal mehr gelernt und mehr Landkarten und Dinge betrachtet; aber damals schienen die Pläne für die Fahrt in sachverständigeren Händen zu sein, und er hatte nie damit gerechnet, daß er von Gandalf oder Streicher oder selbst Frodo getrennt werden würde. Alles, was er von Rohan wußte, war, daß Gandalfs Pferd, Schattenfell, aus diesem Land stammte. Das klang insoweit hoffnungsvoll.

»Aber woher werden sie wissen, daß wir keine Orks sind?« dachte er. »Ich glaube kaum, daß sie hier unten jemals von Hobbits gehört haben. Ich sollte vermutlich froh sein, daß es so aussieht, als ob die viehischen Orks umgebracht werden, aber ich möchte lieber heil davonkommen.« Wahrscheinlich würden er und Merry zusammen mit ihren Entführern getötet werden, ehe die Menschen von Rohan sie auch nur bemerkten.

Einige der Reiter schienen Bogenschützen zu sein, die geschickt vom galoppierenden Pferd aus schossen. Sie ritten rasch auf Schußweite heran und schossen Pfeile auf die nachzüglerischen Orks, und mehrere von ihnen fielen; dann zogen sich die Reiter aus dem Bereich der antwortenden Bogen ihrer Feinde zurück, die wild schossen, aber nicht anzuhalten wagten. Das geschah mehrmals, und bei einer Gelegenheit fielen Pfeile unter die Isengarter. Genau vor Pippin stolperte einer von ihnen und stand nicht wieder auf.

Die Nacht brach herein, ohne daß die Reiter zur Schlacht antraten. Viele Orks waren gefallen, aber volle zweihundert waren noch übrig. In der frühen Dunkelheit kamen die Orks zu einem Hügel. Der Saum des Waldes war sehr nah, wahrscheinlich nicht mehr als hundertzwanzig

Ruten entfernt, aber sie konnten nicht dahingelangen. Die Reiter hatten sie eingekreist. Eine kleine Gruppe widersetzte sich Uglúks Befehl und rannte auf den Wald zu: nur drei kehrten zurück.

»Ja, da sind wir nun«, höhnte Grischnákh. »Eine feine Führung! Ich hoffe, der große Uglúk wird uns auch wieder hinausführen.«

»Setzt diese Halblinge ab!« befahl Uglúk, ohne sich um Grischnákh zu kümmern. »Du, Lugdusch, hole noch zwei andere und bewache sie. Sie dürfen nicht getötet werden, es sei denn, die dreckigen Weißhäute brechen durch. Verstanden? Solange ich am Leben bin, will ich sie haben. Aber sie dürfen nicht schreien, und sie dürfen nicht befreit werden. Bindet ihnen die Beine!«

Der letzte Teil des Befehls wurde unbarmherzig ausgeführt. Aber Pippin stellte fest, daß er zum erstenmal dicht bei Merry war. Die Orks machten einen gewaltigen Lärm, brüllten und rasselten mit ihren Waffen, und die Hobbits konnten eine Weile miteinander tuscheln.

»Ich halte nicht viel von alledem«, sagte Merry. »Ich bin ziemlich fertig. Ich könnte wohl kaum weit wegkriechen, selbst wenn ich frei wäre.«

»Lembas«, flüsterte Pippin. *»Lembas:* ich habe welche. Du auch? Ich glaube nicht, daß sie uns etwas abgenommen haben außer unseren Schwertern.«

»Ja, ich hatte ein Päckchen in der Tasche«, antwortete Merry, »aber es muß völlig zerkrümelt sein. Außerdem kann ich meinen Mund nicht in die Tasche stecken!«

»Brauchst du auch nicht. Ich habe ...« Aber in diesem Augenblick zeigte ihm ein roher Tritt, daß der Lärm sich gelegt hatte und die Bewacher aufpaßten.

Die Nacht war kalt und still. Rings um den Hügel, auf dem sich die Orks gesammelt hatten, wurden kleine Wachfeuer angezündet, rotgolden in der Dunkelheit, ein vollkommener Kreis. Sie lagen in Reichweite eines weiten Bogenschusses, aber die Reiter ließen sich nicht im Hellen sehen, und die Orks vergeudeten viele Pfeile, als sie auf die Feuer zielten, bis Uglúk es ihnen untersagte. Die Reiter machten kein Geräusch. Später in der Nacht, als der Mond aus dem Nebel heraustrat, konnte man sie gelegentlich sehen, schattenhafte Gestalten, die während ihrer unaufhörlichen Runden dann und wann in dem weißen Licht aufschimmerten.

»Sie wollen auf die Sonne warten, verflucht sollen sie sein!« brummte einer der Bewacher. »Warum scharen wir uns nicht zusammen und brechen durch? Was denkt sich der alte Uglúk eigentlich, das möchte ich gern mal wissen!«

»So, möchtest du?« fauchte Uglúk, der von hinten herankam. »Du glaubst wohl, ich denke überhaupt nicht, was? Verflucht sollst du sein! Du bist ebenso schlecht wie der andere Haufen: die Maden und die Affen aus Lugbúrz. Zwecklos zu versuchen, mit ihnen anzugreifen. Sie würden bloß winseln und ausreißen, und da sind mehr als genug von diesen drekkigen Pferdejungen, um uns allesamt in der Ebene niederzumachen.

Es gibt nur eins, was diese Maden können: wie Holzbohrer können sie im Dunkeln sehen. Aber die Weißhäute haben bessere Nachtaugen als die meisten Menschen, nach allem, was ich gehört habe; und vergeßt ihre Pferde nicht! Sie können den Nachtwind sehen, heißt es. Immerhin gibt's noch etwas, was diese feinen Burschen nicht wissen: Mauhúr und seine Jungs sind im Wald, und sie müßten jetzt eigentlich jeden Augenblick auftauchen.«

Uglúks Worte genügten offenbar, um die Isengarter zu überzeugen, aber die anderen Orks waren sowohl entmutigt als auch aufsässig. Sie stellten ein paar Wachen auf, doch die meisten lagen auf dem Boden und ruhten sich in der angenehmen Dunkelheit aus. Tatsächlich war es wieder sehr dunkel geworden; denn der Mond war im Westen in dicken Wolken verschwunden, und Pippin konnte in ein paar Fuß Entfernung nichts sehen. Die Feuer warfen keinen Lichtschein auf den Hügel. Indes begnügten sich die Reiter nicht damit, nur auf die Morgendämmerung zu warten und ihre Feinde ruhen zu lassen. Ein plötzlicher Aufschrei an der Ostseite der Kuppe zeigte, daß etwas nicht stimmte. Offenbar waren einige der Menschen dicht herangeritten, von den Pferden heruntergeglitten, an den Rand des Lagers gekrochen und hatten mehrere Orks getötet; dann waren sie wieder verschwunden. Uglúk stürzte los, um eine wilde Flucht zu verhindern.

Pippin und Merry setzten sich auf. Ihre Bewacher, Isengarter, waren mit Uglúk mitgegangen. Aber wenn die Hobbits irgendwie an ein Entrinnen gedacht hatten, dann wurde ihre Hoffnung bald zunichte. Ein langer, haariger Arm packte sie beide am Hals und zog sie nahe zueinander. Undeutlich sahen sie Grischnákhs großen Kopf und sein abscheuliches Gesicht zwischen ihnen; sein stinkiger Atem war auf ihren Wangen. Er begann, sie zu betatschen und zu befühlen. Pippin erschauerte, als harte, kalte Finger seinen Rücken entlangfuhren.

»Nun, meine Kleinen!« flüsterte Grischnákh leise. »Genießt ihr die hübsche Rast? Oder nicht? Vielleicht ist der Ort ein wenig ungemütlich: Schwerter und Peitschen auf der einen Seite und garstige Speere auf der anderen! Kleine Leute sollten sich nicht in Angelegenheiten einmischen, die zu groß für sie sind.« Seine Finger tasteten immer noch. Ein Glanz wie von einem schwachen, aber heißen Feuer war in seinen Augen.

Plötzlich schoß Pippin ein Gedanke durch den Kopf, als ob er ihn unmittelbar von dem hartnäckigen Gedanken seines Feindes aufgefangen habe: »Grischnákh weiß von dem Ring! Er sucht nach ihm, während Uglúk beschäftigt ist: wahrscheinlich will er ihn selbst haben.« Kalte Furcht war in Pippins Herzen, doch gleichzeitig überlegte er, wie er Grischnákhs Verlangen für sich ausnützen könne.

»Ich glaube nicht, daß du ihn auf diese Weise findest«, flüsterte er. »Er ist nicht leicht zu finden.«

»*Ihn* finden?« fragte Grischnákh. Seine Finger hörten auf zu krabbeln, und packten Pippins Schulter. »Was finden? Wovon redest du denn, Kleiner?«

Einen Augenblick schwieg Pippin. Dann plötzlich gab er in der Dunkelheit ein kehliges Geräusch von sich: *gollum, gollum*. »Nichts, mein Schatz«, fügte er hinzu.

Die Hobbits spürten, wie Grischnákhs Finger zuckten. »Oho!« zischte der Bilwiß leise. »Das meint er, nicht wahr? Oho! Sehr, *sehr* gefährlich, meine Kleinen.«

»Vielleicht«, sagte Merry, jetzt ganz auf der Hut, denn er hatte Pippins Vermutung erraten. »Vielleicht, und nicht nur für uns. Immerhin weißt du am besten, was du zu tun hast. Du willst ihn haben, oder nicht? Und was würdest du für ihn geben?«

»Will ich ihn? Will ich ihn?« fragte Grischnákh, als ob er verblüfft sei; aber seine Arme zitterten. »Was ich dafür geben würde? Was meint ihr damit?«

»Wir meinen«, sagte Pippin und wählte seine Worte vorsichtig, »daß es keinen Zweck hat, im Dunkeln zu tappen. Wir könnten dir Zeit und Mühe sparen. Aber zuerst mußt du unsere Beine losbinden, oder wir tun gar nichts und sagen nichts.«

»Meine lieben, empfindlichen kleinen Narren«, zischte Grischnákh, »alles, was ihr habt, und alles, was ihr wißt, wird zur rechten Zeit schon aus euch herausgeholt werden: alles! Ihr werdet wünschen, daß es mehr gäbe, was ihr sagen könntet, um den Verhörenden zufriedenzustellen, das werdet ihr wirklich wünschen: ziemlich bald. Wir werden die Untersuchung nicht überstürzen. O ganz gewiß nicht! Was glaubt ihr denn, warum ihr am Leben gelassen wurdet? Meine lieben kleinen Burschen, bitte glaubt mir, wenn ich sage, daß es nicht aus Freundlichkeit geschah: das ist nicht einmal einer von Uglúks Fehlern.«

»Es fällt mir nicht schwer, es zu glauben«, sagte Merry. »Aber ihr habt eure Beute noch nicht zuhause. Und es sieht nicht so aus, als ob sie deinen Weg einschlägt. Wenn wir nach Isengart kommen, dann wird es nicht der große Grischnákh sein, der daraus Vorteil zieht: Saruman wird alles nehmen, was er finden kann. Wenn du etwas für dich haben willst, ist jetzt der Augenblick, etwas zu tun.«

Grischnákh geriet allmählich in Wut. Der Name Saruman schien ihn besonders zu erbosen. Die Zeit verging, und die Unruhe legte sich. Uglúk oder die Isengarter konnten jede Minute zurückkommen. »Habt ihr ihn – einer von euch?« knurrte er.

»Gollum, gollum«, sagte Pippin.

»Binde unsere Beine los!« sagte Merry.

Sie spürten, wie die Arme des Orks heftig zitterten. »Verflucht sollt ihr sein, ihr dreckiges kleines Ungeziefer!« zischte er. »Eure Beine losbinden? Jede Sehne eures Körpers werde ich losbinden. Glaubt ihr, ich kann euch nicht bis auf die Knochen durchsuchen? Euch durchsuchen? Ich werde euch beide in zuckende Fetzen schneiden. Ich brauche die Hilfe eurer Beine nicht, um euch wegzubringen – und euch ganz für mich zu haben!«

Plötzlich packte er sie. Die Kraft in seinen langen Armen und Schultern war entsetzlich. Er klemmte jeden von ihnen in eine Achselhöhle und preßte sie heftig an seine Seiten; eine große, erstickende Hand legte sich ihnen beiden auf den Mund. Dann sprang er, tiefgebückt, vorwärts. Rasch und still ging er, bis er an den Rand des Hügels kam. Dort suchte er sich eine Lücke zwischen den Wachtposten aus und verschwand wie ein böser Schatten in der Nacht, den Abhang hinunter und dann nach Westen auf den Fluß zu, der aus dem Wald herausströmte. In dieser Richtung war ein breiter, offener Raum mit nur einem Feuer.

Nach etwa einem halben Dutzend Klaftern hielt er an, schaute sich um und horchte. Nichts war zu sehen oder zu hören. Er kroch langsam weiter, fast ganz zusammengekrümmt. Dann hockte er sich hin und lauschte wieder. Dann aber stand er auf, als wollte er einen plötzlichen Vorstoß wagen. In eben diesem Augenblick tauchte die dunkle Gestalt eines Reiters genau vor ihm auf. Ein Pferd schnaubte und bäumte sich auf. Ein Mann stieß einen Ruf aus.

Grischnákh warf sich platt auf den Boden und zerrte die Hobbits unter sich; dann zog er sein Schwert. Zweifellos wollte er seine Gefangenen eher töten als zulassen, daß sie entkommen oder befreit werden. Aber es war sein Verderben. Das Schwert klirrte schwach und glänzte ein wenig im Schein des Feuers, das weit weg zu seiner Linken war. Ein Pfeil kam aus der Dunkelheit angeschwirrt: er war geschickt gezielt oder vom Schicksal gelenkt und durchbohrte seine rechte Hand. Grischnákh ließ das Schwert fallen und schrie auf. Man hörte ein rasches Stampfen von

Hufen, und gerade, als Grischnákh aufsprang und lief, wurde er niedergeritten und von einem Speer durchbohrt. Er stieß einen häßlichen zitternden Schrei aus und lag still.

Die Hobbits blieben platt auf dem Boden, wie Grischnákh sie hatte liegen lassen. Noch ein Reiter kam rasch herbei, um seinem Gefährten zu helfen. Ob es nun an einem besonders guten Sehvermögen oder an einer anderen Sinneswahrnehmung lag, jedenfalls stieg das Pferd und sprang leichtfüßig über sie hinweg; aber sein Reiter sah sie nicht, wie sie da in ihren Elbenmänteln lagen, zu verstört im Augenblick und zu verängstigt, um sich zu rühren.

Schließlich regte Merry sich und flüsterte leise: »Bisher ist es ja ganz gut gegangen. Aber wie sollen *wir* der Gefahr entgehen, aufgespießt zu werden?«

Die Antwort kam fast sofort. Die Schreie von Grischnákh hatten die Orks aufgeschreckt. Aus dem Geheul und Gekreische, das von dem Hügel herüberdrang, entnahmen die Hobbits, daß ihr Verschwinden entdeckt worden war: Uglúk schlug vermutlich noch ein paar Köpfe ab. Dann plötzlich kamen antwortende Rufe von Orkstimmen von rechts, außerhalb des Kreises von Wachtfeuern, aus der Richtung des Waldes und des Gebirges. Offenbar war Mauhúr gekommen und griff die Belagerer an. Man hörte Pferde galoppieren. Die Reiter zogen ihren Ring enger um die Kuppe und nahmen die Gefahr der Orkpfeile auf sich, um jeden Ausfall zu verhindern, während eine Gruppe fortritt, um sich mit den Neuankömmlingen auseinanderzusetzen. Plötzlich merkten Merry und Pippin, daß sie, ohne sich fortzubewegen, nun außerhalb des Kreises waren: nichts lag zwischen ihnen und der Flucht.

»Wenn wir«, sagte Merry, »nur die Beine und Hände frei hätten, dann könnten wir jetzt entkommen. Aber ich kann an die Knoten nicht heran und sie auch nicht durchbeißen.«

»Nicht nötig, es zu versuchen«, sagte Pippin. »Das wollte ich dir vorhin sagen: ich konnte meine Hände frei bekommen. Diese Schlingen sind bloß zur Tarnung drangelassen. Aber iß lieber erst ein wenig *lembas.*«

Er streifte den Strick vom Handgelenk und holte ein Päckchen heraus. Die Kuchen waren zerbrochen, aber noch frisch in ihrer Blätterumhüllung. Die Hobbits aßen jeder zwei oder drei Stück. Der Geschmack rief ihnen wieder schöne Gesichter und Gelächter und gesunde Kost aus weit zurückliegenden ruhigen Tagen ins Gedächtnis. Eine Weile aßen sie nachdenklich, saßen im Dunklen und achteten nicht auf die Schreie und Geräusche der nahen Schlacht. Pippin kehrte als erster wieder in die Gegenwart zurück.

»Wir müssen fort«, sagte er. »Einen kleinen Augenblick!« Grischnákhs Schwert lag ganz dicht bei, aber es war zu schwer und unhandlich für ihn; deshalb kroch er weiter, und als er den Leichnam des Bilwiß fand, zog er ein langes scharfes Messer aus seiner Scheide. Damit zerschnitt er rasch ihre Fesseln.

»Nun aber los!« sagte er. »Wenn wir uns ein bißchen warm gemacht haben, können wir vielleicht sogar wieder stehen und gehen. Aber jedenfalls fangen wir lieber mit Kriechen an.«

Sie krochen. Die Grasnarbe war tief und federnd, und das half ihnen; aber es war ein langwieriges, mühseliges Geschäft. Sie machten einen großen Bogen um das Wachtfeuer und arbeiteten sich Stück für Stück vor, bis sie zum Fluß kamen, der in den schwarzen Schatten unter seinen steilen Ufern dahinströmte. Dann schauten sie zurück.

Die Geräusche hatten sich gelegt. Offenbar waren Mauhúr und seine »Jungs« getötet oder vertrieben worden. Die Reiter hatten ihre stille, bedrohliche Wache wieder aufgenommen. Sie würde nicht mehr sehr lange dauern. Schon ging die Nacht ihrem Ende entgegen. Im Osten, der unbewölkt geblieben war, begann der Himmel bleich zu werden.

»Wir müssen in Deckung gehen«, sagte Pippin, »sonst werden wir gesehen. Es wird kein Trost für uns sein, wenn diese Reiter entdecken, daß wir keine Orks sind, nachdem wir tot sind.« Er erhob sich und stampfte mit den Füßen auf. »Diese Stricke haben mich wie Draht eingeschnürt; aber meine Füße werden wieder warm. Ich könnte jetzt weitertorkeln. Wie steht's mit dir, Merry?«

Merry stand auf. »Ja«, sagte er, »ich kann's schaffen. *Lembas* geben einem wirklich neuen Mut. Und außerdem ein gesünderes Gefühl als die Hitze dieses Ork-Tranks. Woraus der wohl bestehen mag? Aber ich nehme an, es ist besser, es nicht zu wissen. Laß uns einen Schluck Wasser trinken, um den Gedanken daran fortzuspülen.«

»Nicht hier, die Ufer sind zu steil«, sagte Pippin. »Nun vorwärts!«

Sie wandten sich um und gingen jetzt nebeneinander langsam den Flußlauf entlang. Hinter ihnen nahm das Licht im Osten zu. Während sie gingen, tauschten sie ihre Gedanken aus und redeten nach Hobbit Art leichthin von dem, was ihnen seit ihrer Gefangennahme widerfahren war. Kein Zuhörer hätte aus ihren Worten entnommen, daß sie grausam gelitten hatten, in entsetzlicher Gefahr und ohne Hoffnung gewesen waren, Folter und Tod zu entgehen; oder daß auch jetzt, wie sie genau wußten, wenig Aussicht bestand, daß sie jemals wieder ihre Freunde finden und in Sicherheit sein würden.

»Du scheinst deine Sache gut gemacht zu haben, Herr Tuk«, sagte

Merry. »Fast ein ganzes Kapitel im Buch des alten Bilbo wirst du bekommen, wenn ich je Gelegenheit habe, es ihm zu berichten. Gute Arbeit: vor allem, daß du erraten hast, was das haarige Scheusal im Schilde führte, und ihm um den Bart gegangen bist. Aber ich frage mich, ob irgend jemand unsere Spur verfolgen und jemals die Brosche finden wird. Mir wäre es gräßlich, meine zu verlieren, doch deine, fürchte ich, ist endgültig weg.

Ich werde mich ein bißchen anstrengen müssen, um mit dir gleichzuziehen. In der Tat wird Vetter Brandybock jetzt vorangehen. Nun ist die Reihe an ihm. Ich vermute, du hast nicht viel Ahnung, wo wir sind; aber ich habe meine Zeit in Bruchtal besser ausgenützt. Wir befinden uns westlich der Entwasser. Das dicke Ende des Nebelgebirges liegt vor uns, und der Fangorn-Wald.«

Während er noch sprach, ragte unmittelbar vor ihnen der dunkle Saum des Waldes drohend auf. Die Nacht schien unter seinen grünen Bäumen Zuflucht gesucht zu haben und vor der kommenden Morgendämmerung davonzukriechen.

»Geh voran, Herr Brandybock!« sagt Pippin. »Oder geh zurück! Wir sind vor Fangorn gewarnt worden. Aber einer, der so klug ist, wird das nicht vergessen haben.«

»Habe ich nicht«, antwortete Merry, »doch der Wald scheint mir trotzdem noch besser zu sein, als umzukehren und mitten in eine Schlacht zu geraten.«

Er führte Pippin unter die riesigen Zweige der Bäume. Wie alt sie waren, ließ sich nicht erraten. Lange, schleppende Bärte von Flechten hingen an ihnen herab, die sich in dem leichten Wind hin- und herwiegten. Aus den Schatten spähten die Hobbits hinaus und blickten hinunter auf den Hang: kleine, heimliche Gestalten, und in dem dämmrigen Licht sahen sie wie Elbenkinder aus, die auf dem Grund der Zeit voll Staunen aus dem Wilden Wald herausschauen und ihre erste Morgendämmerung erblicken.

Weit hinter dem Großen Strom und den Braunen Landen, Wegstunden über graue Wegstunden entfernt, kam die Morgendämmerung, rot wie eine Flamme. Laut erschallten die Jagdhörner, sie zu grüßen. Die Reiter von Rohan wurden plötzlich lebendig. Ein Horn antwortete wiederum dem anderen.

In der kalten Luft hörten Merry und Pippin deutlich das Wiehern von Schlachtrossen und das plötzliche Singen vieler Männer. Der Rand der Sonne erhob sich, ein Feuerbogen, über den Saum der Welt. Dann griffen die Reiter mit einem Schlachtruf vom Osten aus an; das rote Licht glänzte auf Panzerhemden und Speeren. Die Orks schrien und schossen alle Pfeile ab, die ihnen geblieben waren. Die Hobbits sahen mehrere Reiter fallen; aber die anderen sprengten den Berg hinauf und über ihn hinweg und schwenkten ab und griffen von neuem an. Die meisten Orks, die noch am Leben war, gerieten in Unordnung und flohen, hierhin und dorthin, und einer nach dem anderen wurden sie verfolgt bis zum Tod. Aber eine Schar, die sich zu einem schwarzen Keil zusammengerottet hatte, rannte entschlossen in Richtung auf den Wald. Geradenwegs den Hang hinauf stürmten sie auf die Beobachter zu. Jetzt kamen sie näher, und es schien sicher zu sein, daß sie entkommen würden: schon hatten sie drei Reiter niedergehauen, die ihnen den Weg verlegten.

»Wir haben zu lange zugeschaut«, sagte Merry. »Da ist Uglúk! Ich will ihn nicht wiedertreffen.« Die Hobbits wandten sich ab und flohen tief hinein in den schattigen Wald.

So kam es, daß sie den letzten Kampf nicht sahen, als Uglúk eingeholt und genau am Saum von Fangorn gestellt wurde. Dort wurde er schließlich von Éomer, dem Dritten Marschall von Rohan, erschlagen, der abgesessen war und mit ihm Schwert gegen Schwert kämpfte. Und über die weiten Weiden jagten die scharfäugigen Reiter die wenigen Orks, die entkommen waren und noch Kraft hatten, zu fliehen.

Als sie dann ihre gefallenen Gefährten in ein Hügelgrab gelegt und die Heldenklage gesungen hatten, machten die Reiter ein großes Feuer und zerstreuten die Asche ihrer Feinde. So endete der Streifzug, und keine Kunde davon gelangte jemals nach Mordor oder Isengart; doch der Rauch des Brandes stieg zum Himmel empor und wurde von vielen wachsamen Augen gesehen.

VIERTES KAPITEL

BAUMBART

Derweil gingen die Hobbits so rasch, wie der dunkle und dicht verflochtene Wald es zuließ, den Flußlauf entlang nach Westen und hinauf zu den Hängen des Gebirges, tiefer und tiefer nach Fangorn hinein. Langsam legte sich ihre Angst vor den Orks, und ihr Schritt wurde gemächlicher. Ein seltsames Erstickungsgefühl überkam sie, als ob die Luft zum Atmen zu dünn oder zu knapp sei.

Schließlich hielt Merry an. »So können wir nicht weitergehen«, keuchte er. »Ich brauche Luft.«

»Laß uns jedenfalls etwas trinken«, sagte Pippin. »Ich bin ganz ausgedörrt.« Er kletterte zu einer großen Baumwurzel, die sich zum Fluß hinunterwand, bückte sich und schöpfte mit der hohlen Hand etwas Wasser. Es war klar und kalt, und er trank viele Schlucke. Merry folgte ihm. Das Wasser erfrischte sie und schien ihnen neuen Mut einzuflößen; eine Weile saßen sie zusammen am Flußufer, benetzten ihre wunden Füße und Beine und betrachteten die Bäume rundum, die sie still umstanden, eine Reihe hinter der anderen, bis sie in allen Richtungen in grauem Zwielicht verschwanden.

»Ich nehme an, du hast uns bereits in die Irre geführt?« sagte Pippin und lehnte sich an einen großen Baumstamm. »Wir können zumindest an diesem Fluß, Entwasser oder wie immer du ihn nennst, entlanggehen und auf dem Weg, den wir gekommen sind, wieder hinausgelangen.«

»Das könnten wir, wenn unsere Beine es schafften«, sagte Merry, »und wenn wir richtig atmen könnten.«

»Ja, es ist alles sehr düster und stickig hier drinnen«, sagte Pippin. »Es erinnert mich irgendwie an das alte Zimmer in der Großen Behausung der Tuks in den Smials in Buckelstadt: eine riesige Behausung, wo die Möbel seit Generationen niemals umgestellt oder ausgewechselt worden waren. Es heißt, der Alte Tuk habe dort jahrelang gelebt, und er und das Zimmer wurden gemeinsam älter und schäbiger – und es ist auch nichts daran verändert worden, seit er vor hundert Jahren starb. Und der Alte Gerontius war mein Ur-Urgroßvater: es ist also ein bißchen lange her. Aber das ist nichts gegen den Eindruck von Alter, den dieser Wald hervorruft. Schau dir nur die trauernden, hängenden Bärte und Barthaare der

Flechten an! Und die meisten Bäume sind halb bedeckt mit zerfetzten trockenen Blättern, die niemals abzufallen scheinen. Unordentlich. Ich kann mir nicht vorstellen, wie der Frühling hier aussehen würde, wenn er je kommt; und noch weniger ein Frühjahrsputz.«

»Aber die Sonne muß jedenfalls manchmal hereingucken«, sagte Merry. »Es sieht weder so aus, noch hat man ein Gefühl, wie man es nach Bilbos Beschreibung vom Düsterwald hätte. Der war ganz dunkel und schwarz und die Heimat dunkler, schwarzer Geschöpfe. Hier ist es bloß dämmrig und beängstigend baumisch. Man kann sich nicht vorstellen, daß hier überhaupt *Tiere* leben oder sich lange aufhalten.«

»Nein, und Hobbits auch nicht«, sagte Pippin. »Und mir gefällt auch der Gedanke nicht, daß wir versuchen wollen, den Wald zu durchqueren. Nichts zu essen auf hundert Meilen, nehme ich an. Wie steht's mit unseren Vorräten?«

»Die sind knapp«, sagte Merry. »Wir sind losgerannt mit nichts als ein paar spärlichen Päckchen *lembas* in der Tasche und haben alles andere zurückgelassen.« Sie schauten sich an, was ihnen von den Elben-Kuchen noch geblieben war: zerkrümelte Bruchstücke für etwa fünf magere Tage, das war alles. »Und nichts, womit wir uns zudecken können«, sagte Merry. »Wir werden frieren heute nacht, wohin wir auch immer gehen.«

»Na, über den Weg wollen wir uns lieber jetzt gleich klarwerden«, sagte Pippin. »Der Morgen muß schon weit fortgeschritten sein.«

Gerade da bemerkten sie ein gelbes Licht, das etwas weiter weg im Wald erschienen war: Sonnenstrahlen waren wohl plötzlich durch das Walddach gedrungen.

»Nanu! sagte Merry. »Die Sonne muß in eine Wolke geraten sein, während wir unter diesen Bäumen waren, und ist jetzt wieder hervorgekommen; oder aber sie ist schon hoch genug geklettert, um in irgendeine Lichtung hineinzuscheinen. Es ist nicht weit – laß uns hingehen und nachschauen!«

Sie fanden, daß es weiter war, als sie gedacht hatten. Der Boden stieg noch immer steil an und wurde immer steiniger. Das Licht verbreiterte sich, als sie weitergingen, und bald sahen sie, daß eine Felswand vor ihnen lag: die Seite eines Berges oder das schroffe Ende irgendeines langen Ausläufers des fernen Gebirges. Kein Baum wuchs auf ihr, und die Sonne fiel voll auf ihre steinerne Oberfläche. Die Zweige der Bäume an ihrem Fuß waren steif und bewegungslos ausgestreckt, als ob sie sich nach der Wärme reckten. Während bisher alles so schäbig und grau ausgesehen hatte, glänzte der Wald jetzt in satten Brauntönen und dem glatten Schwarzgrau der Rinde wie gewichstes Leder. Die Baumstämme leuchteten in einem sanften Grün wie junges Gras: Vorfrühling oder ein flüchtiges Traumbild des Frühlings lag auf ihnen.

An der Vorderseite der steinernen Wand war etwas Ähnliches wie eine Treppe: eine natürliche vielleicht, die durch das Verwittern und Absplittern des Felsen entstanden war, denn sie war rauh und uneben. Hoch oben, fast in gleicher Höhe mit den Wipfeln der Waldbäume, war eine Felsplatte, überragt von einem Felsen. Nichts wuchs dort außer ein paar Gräsern und Unkräutern an ihrem Rand und einem alten Baumstumpf, der nur noch zwei herabhängende Äste hatte: er sah fast aus wie die Gestalt eines knorrigen alten Mannes, der dort stand und in der Morgensonne blinzelte.

»Da gehen wir hinauf!« sagte Merry fröhlich. »Um Luft zu schnappen und einen Blick auf das Land zu werfen!«

Sie klommen und kletterten den Felsen hinauf. Wenn die Treppe angelegt worden war, dann jedenfalls für größere Füße und längere Beine als ihre. Sie waren zu eifrig bei der Sache, um sich darüber zu verwundern, wie bemerkenswert schnell die Schrammen und Wunden ihrer Gefangenschaft geheilt und ihre Lebenskraft zurückgekehrt war. Schließlich kamen sie zum Rande der Felsplatte fast am Fuße des alten Baumstumpfes; dann sprangen sie auf, wandten dem Berg den Rücken zu, holten tief Luft und schauten hinaus nach Osten. Sie sahen, daß sie erst etwa drei oder vier Meilen weit in den Wald hineingekommen waren: die Kronen der Bäume zogen sich den Hang hinunter bis zur Ebene. Dort, dicht am Saum des Waldes, stieg in hohen Spiralen schwarzer, sich ringelnder Rauch auf, der wallend zu ihnen herüberzog.

»Der Wind springt um«, sagte Merry. »Er hat wieder nach Osten gedreht. Es ist kalt hier oben.«

»Ja«, sagte Pippin, »ich fürchte, es ist nur ein vorübergehender Glanz, und alles wird wieder grau werden. Wie schade! Dieser überwucherte alte Wald sah im Sonnenschein ganz anders aus. Ich hatte fast das Gefühl, daß mir die Gegend gefällt.«

»Hattest fast das Gefühl, daß dir der Wald gefällt! Das ist gut! Das ist ungemein freundlich von dir«, sagte eine fremde Stimme. »Dreht euch mal um und laßt mich eure Gesichter sehen. Ich habe fast das Gefühl, daß ihr mir beide nicht gefallt, aber wir wollen nicht hastig sein. Dreht euch um!« Eine große Hand mit knorrigen Knöcheln legte sich ihnen auf die Schulter, und sie wurden herumgedreht, sanft, aber unwiderstehlich; dann hoben zwei gewaltige Arme sie hoch.

Sie schauten in ein höchst ungewöhnliches Gesicht. Es gehörte zu einer großen, menschenähnlichen, fast trollähnlichen Gestalt, mindestens vierzehn Fuß lang, sehr stämmig, mit einem hohen Kopf und kaum einem Hals. Ob sie in einen Stoff, der wie grüne und graue Rinde aussah, gekleidet war oder ob das ihre Haut war, war schwer zu sagen. Jedenfalls waren die Arme, ziemlich nahe am Rumpf, nicht runzlig, sondern mit einer braunen, glatten Haut bedeckt. Die großen Füße hatten je sieben Zehen. Der untere Teil des langen Gesichts war mit einem wallenden grauen Bart bedeckt, buschig, fast zweigartig an den Wurzeln, dünn und moosig an den Enden. Aber im Augenblick bemerkten die Hobbits wenig außer den Augen. Diese tiefliegenden Augen sahen sie jetzt prüfend an, gemessen und ernst, aber sehr durchdringend. Sie waren braun, mit einem hellen Grün gesprenkelt. Später hat Pippin oft versucht, seinen ersten Eindruck von diesen Augen zu beschreiben.

»Man hatte das Gefühl, als ob ein gewaltiger Brunnenschacht hinter ihnen lag, angefüllt mit den Erinnerungen einer unendlich langen Zeit und langem, bedächtigem, beharrlichem Denken; aber auf ihrer Oberfläche schillerte die Gegenwart: wie Sonne, die auf den äußeren Blättern eines riesigen Baumes schimmert, oder wie das Wellengekräusel auf einem sehr tiefen See. Ich weiß nicht, aber man hatte das Gefühl, als ob etwas, das im Boden wächst – schlafend, könnte man sagen, oder sich einfach selbst als etwas zwischen Wurzelspitze und Blattspitze, zwischen tiefer Erde und Himmel Empfindendes –, plötzlich erwacht war und einen mit derselben bedächtigen Aufmerksamkeit betrachtete, die es seit endlosen Jahren seinen eigenen inneren Gedanken geschenkt hatte.«

»Hram, Hum«, murmelte die Stimme, eine tiefe Stimme wie ein sehr tiefes Holzblasinstrument. »Sehr merkwürdig, in der Tat! Sei nicht hastig, das ist mein Wahlspruch. Aber wenn ich euch gesehen hätte, ehe ich eure Stimmen hörte – die gefielen mir: nette, kleine Stimmen; sie erinnerten mich an etwas, dessen ich mich nicht entsinnen kann –, wenn ich euch gesehen hätte, ehe ich euch hörte, dann hätte ich euch einfach zertreten, ich hätte euch für kleine Orks gehalten und meinen Irrtum hinterher erkannt. Sehr merkwürdig seid ihr, in der Tat. Wurzel und Zweig, sehr merkwürdig!«

Pippin war zwar immer noch erstaunt, fürchtete sich aber nicht mehr. Unter dem Blick dieser Augen verspürte er eine seltsame Bangigkeit, aber keine Furcht. »Bitte«, sagte er, »wer seid Ihr? Und was seid Ihr?«

Die alten Augen bekamen einen sonderbaren Ausdruck, eine Art Vorsicht; die tiefen Brunnen waren jetzt bedeckt. *»Hram,* je nun«, antwortete die Stimme, »ja, ich bin ein Ent, oder so nennen sie mich. Ja, Ent ist das Wort. *Der* Ent bin ich, könntet ihr nach eurer Sprechweise sagen. *Fangorn* lautet mein Name bei manchen, *Baumbart* machen andere daraus. *Baumbart* wird angehen.«

»Ein *Ent?*« fragte Merry. »Was ist das? Aber wie nennt Ihr Euch denn selbst? Wie ist Euer richtiger Name?«

»Hu, nun!« erwiderte Baumbart. »Hu! Das hieße ein Geheimnis verraten! Nicht so hastig. Und *ich* stelle die Fragen. Ihr seid in *meinem* Land. Wer seid ihr, das möchte ich mal wissen? Ich kann euch nicht unterbringen. Ihr scheint nicht auf den alten Listen zu stehen, die ich gelernt habe, als ich jung war. Aber das war vor langer, langer Zeit, und vielleicht sind neue Listen aufgestellt worden. Laßt mich sehen! Laßt mich sehen! Wie ging es doch?

Lerne die Namen der lebenden Wesen!
Erst nenne die vier, die freien Völker:
Die ältesten aller, die Elbenkinder;
Zwerg, der Schatzgräber, hausend im Dunkel;
Ent, der Erdsproß, alt wie die Berge;
Mensch, der sterbliche, Herr der Pferde:

Hm, hm, hm.

Bieber Baumeister, Rehbock Springer,
Bär sucht Honig, Eber will kämpfen:
Hund ist hungrig, Hase ist furchtsam ...

Hm, hm.

Adler in Lüften, Rind auf der Weide,
Hirsch der Geweihfürst; Habicht der Schnellste;
Schwan ist am weißesten, Schlange am kältesten ...

Hum, hm; hum, hm, wie ging es denn? Rum tam, rum tam, rumti tum tam. Es war eine lange Liste. Aber jedenfalls scheint ihr nirgends hineinzupassen!«

»Wir werden offenbar bei den alten Listen immer ausgelassen, und bei den alten Geschichten auch«, sagte Merry. »Und dennoch sind wir schon ziemlich lange da. Wir sind *Hobbits.*«

»Warum nicht eine neue Zeile machen?« fragte Pippin.

Hobbits, die Halblinge, Erdlochbewohner.

Schiebt uns bei den vieren ein, nach dem Menschen (den Großen Leuten), dann habt Ihr es.«

»Hm, nicht schlecht, nicht schlecht«, sagt Baumbart. »Das würde gehen. Ihr lebt also in Höhlen, wie? Das klingt sehr richtig und angemessen. Aber wer nennt euch eigentlich *Hobbits?* Das klingt mir gar nicht elbisch. Die Elben haben all die alten Wörter gemacht: sie haben damit angefangen.«

»Niemand sonst nennt uns Hobbits; so nennen wir uns selbst«, sagte Pippin.

»Hum, hmm! Sachte, sachte! Nicht so hastig! Ihr nennt euch *selbst* Hobbits? Aber das solltet ihr nicht jedem erzählen. Ihr werdet euren eigenen Namen verraten, wenn ihr nicht vorsichtig seid.«

»Damit sind wir nicht vorsichtig«, sagte Merry. »Tatsächlich bin ich ein Brandybock, Meriadoc Brandybock, obwohl mich die meisten Leute einfach Merry nennen.«

»Und ich bin ein Tuk, Peregrin Tuk, aber ich werde im allgemeinen Pippin oder einfach Pip genannt.«

»Hm, aber ihr *seid* wirklich hastige Leute, sehe ich«, sagte Baumbart. »Euer Vertrauen ehrt mich; aber ihr solltet nicht gleich so offenherzig sein. Es gibt Ents und Ents, wißt ihr; oder es gibt Ents und Lebewesen, die wie Ents aussehen, aber keine sind, könnte man sagen. Ich werde euch Merry und Pippin nennen, wenn ihr erlaubt – nette Namen. Denn *meinen* Namen werde ich euch nicht sagen, jedenfalls jetzt noch nicht.« Ein seltsamer Ausdruck, halb listig, halb lustig, trat mit einem grünen Flackern in seine Augen. »Denn erstens würde es viel Zeit kosten: mein Name wächst dauernd, und ich lebe schon sehr, sehr lange; deshalb ist *mein* Name wie eine Geschichte. Wirkliche Namen erzählen einem in meiner Sprache, im alten Entisch, wie ihr sagen könntet, die Geschichte der Dinge, zu denen sie gehören. Es ist eine wunderschöne Sprache, aber es braucht viel Zeit, etwas in ihr zu sagen, weil wir gar nichts in ihr sagen, es sei denn, es lohnt sich, so viel Zeit aufzuwenden, um es zu sagen und anzuhören.

»Aber nun«, und die Augen wurden ganz strahlend und »gegenwärtig« und schienen kleiner zu werden und fast scharf, »was geht eigentlich vor? Und was habt ihr bei alledem zu tun? Ich kann eine Menge sehen und hören (*und* riechen *und* fühlen) von diesem ... von diesem ... von diesem *a-lalla-lalla-rumba-kamanda-lind-or-burúme.* Entschuldigt, das ist ein Teil meines Namens dafür; ich weiß nicht, wie das Wort in den Sprachen draußen heißt: ihr wißt schon, das Ding, auf dem wir sind, wo ich an schönen Morgen stehe und Ausschau halte und über die Sonne nachdenke und über das Gras hinter dem Wald und die Pferde und die Wolken und den Lauf der Welt. Was geht vor? Was führt Gandalf im Schilde? Und diese – *burárum* ...«, er gab einen tiefen, polternden Ton von sich wie ein Mißklang auf einer großen Orgel – »diese Orks, und der junge Saruman unten in Isengart? Ich höre gerne Neuigkeiten. Aber nun nicht zu rasch.«

»Es geht eine ganze Menge vor«, sagte Merry, »und selbst wenn wir versuchten, rasch zu sein, würde es lange Zeit brauchen, es zu erzählen. Aber Ihr sagtet uns, wir sollten nicht hastig sein. Sollten wir Euch irgend etwas so bald erzählen? Würdet Ihr es unhöflich finden, wenn wir fragten, was Ihr mit uns tun wollt und auf welcher Seite Ihr seid? Und habt Ihr Gandalf gekannt?«

»Ja, ich kenne ihn: der einzige Zauberer, der sich wirklich etwas aus Bäumen macht«, sagte Baumbart. »Kennt ihr ihn?«

»Ja«, sagte Pippin traurig. »Wir kannten ihn. Er war ein guter Freund, und er war unser Führer.«

»Dann kann ich eure anderen Fragen beantworten«, sagte Baumbart. »Ich werde nicht irgend etwas *mit* euch tun: nicht, wenn ihr damit meint, ›euch etwas *an*tun‹ ohne eure Einwilligung. Es könnte sein, daß wir zusammen etwas tun. Ich weiß nicht über *Seiten* Bescheid. Ich gehe meinen eigenen Weg; aber euer Weg mag eine Zeitlang neben meinem herlaufen. Doch sprecht ihr von Meister Gandalf, als komme er in einer Geschichte vor, die beendet ist.«

»Ja«, sagte Pippin traurig. »Die Geschichte scheint weiterzugehen, aber ich fürchte, Gandalf kommt nicht mehr darin vor.«

»Hu, sachte, sachte«, sagte Baumbart. »Hum, hm, je nun.« Er hielt inne und schaute die Hobbits lange an. »Hum, je nun, ich weiß nicht, was ich sagen soll. Sachte, sachte!«

»Wenn Ihr gern mehr hören möchtet«, sagte Merry, »werden wir es Euch erzählen. Aber das dauert einige Zeit. Würdet Ihr uns nicht gern absetzen? Könnten wir nicht hier zusammen in der Sonne sitzen, solange sie scheint? Ihr müßt müde werden, wenn Ihr uns immer haltet.«

»Hm, *müde?* Nein, ich bin nicht müde. Ich werde nicht leicht müde. Und ich setze mich nicht hin. Ich bin nicht sehr, hm, biegsam. Aber schaut, die Sonne verschwindet wirklich. Laßt uns fortgehen von diesem – habt ihr gesagt, wie ihr ihn nennt?«

»Berg?« schlug Pippin vor. »Felsplatte? Stufe?« meinte Merry. Baumbart wiederholte die Wörter nachdenklich. *»Berg.* Ja, das war es. Aber es ist ein hastiges Wort für ein Ding, das hier immer gestanden hat, seit dieser Teil der Welt gestaltet wurde. Macht nichts. Laßt uns gehen.«

»Wohin werden wir gehen?« fragte Merry.

»In mein Haus, in eins meiner Häuser«, antwortete Baumbart.

»Ist es weit?«

»Ich weiß nicht. Ihr mögt es vielleicht weit nennen. Aber was macht das schon?«

»Ja, wir haben nämlich all unsere Habe verloren«, sagte Merry. »Wir haben nur wenig zu essen.«

»Oh. Hm. Darüber braucht ihr euch keine Sorgen zu machen«, sagte Baumbart. »Ich kann euch einen Trank geben, der euch für eine lange, lange Zeit frisch und munter erhalten wird. Und wenn wir beschließen, uns zu trennen, dann kann ich euch außerhalb meines Landes an jedem Punkt absetzen, den ihr bestimmt. Laßt uns gehen!«

Baumbart hielt die Hobbits sanft, aber fest, jeden in einer Armbeuge, und hob erst den einen Fuß, dann den anderen, und schob die Füße an den Rand der Felsplatte. Die wurzelähnlichen Zehen krallten sich am Felsen fest. Dann stieg er steifbeinig, vorsichtig und gemessen Stufe um Stufe hinab, bis er zum Grund des Waldes kam.

Dort machte er sich sogleich mit langen, bedächtigen Schritten auf den Weg durch die Bäume, tiefer und tiefer in den Wald hinein, niemals weit vom Fluß, und stetig ging es hinauf zu den Hängen der Berge. Viele der Bäume schienen zu schlafen oder ihn ebenso wenig zu bemerken wie irgendein anderes Geschöpf, das lediglich vorbeiging; doch einige bebten, und einige hoben ihre Äste hoch über seinen Kopf, als er sich näherte. Alldieweil, während er ging, sprach er mit sich selbst in einem langen, ununterbrochenen Schwall melodischer Töne.

Die Hobbits schwiegen eine Zeitlang. Merkwürdigerweise fühlten sie sich sicher und behaglich, und es gab sehr viel, über das sie nachdenken und sich verwundern konnten. Schließlich wagte Pippin, wieder zu sprechen.

»Bitte, Baumbart«, sagte er, »darf ich Euch etwas fragen? Warum hat Celeborn uns vor dem Wald gewarnt? Er sagte uns, wir sollten uns hüten, hineinzugeraten.«

»Hmm, hat er das gesagt?« grummelte Baumbart. »Und ich hätte vielleicht ziemlich dasselbe gesagt, wenn ihr in der anderen Richtung gegangen wärt. Hütet euch, in den Wald von *Laurelindórenan* zu geraten! So pflegten ihn die Elben zu nennen, aber jetzt haben sie den Namen verkürzt: *Lothlórien* nennen sie es. Vielleicht haben sie recht: es mag sein, daß er dahinschwindet und nicht mehr wächst. Das Land des Tals des Singenden Goldes war es einstmals. Jetzt ist es die Traumblume. Nun ja! Aber es ist eine sonderbare Gegend, und nicht jedermann darf sich hineinwagen. Ich bin überrascht, daß ihr überhaupt wieder herauskamt, und noch viel überraschter, daß ihr überhaupt hineinkamt: das ist Fremden seit vielen Jahren nicht gelungen. Es ist ein sonderbares Land.

Und dieses auch. Hier haben die Leute Schaden erlitten. Freilich, Schaden. *Laurelindórenan lindelorendor malinornélion ornemalin«*, summte er vor sich hin. »Sie bleiben hinter der Welt zurück da drinnen, vermute ich«, sagte er. »Weder dieses Land noch irgend etwas anderes außerhalb des Goldenen Waldes ist, was es war, als Celeborn jung war. Immerhin:

Taurelilómëa-tumbalemorna Tumbaletaurëa Lómëanor

das pflegten sie zu sagen. Die Dinge haben sich geändert, aber in manchen Gegenden ist es noch wahr.«

»Was meint Ihr?« fragte Pippin. »Was ist wahr?«

»Die Bäume und die Ents«, sagte Baumbart. »Ich verstehe selbst nicht alles, was vorgeht, deshalb kann ich es euch nicht erklären. Einige von uns sind immer noch wahre Ents und auf unsere Weise lebendig genug, aber viele werden schläfrig, werden baumisch, könnte man sagen. Die meisten Bäume sind natürlich einfach Bäume; aber viele sind halb wach. Manche sind hellwach, und ein paar, nun ja, werden richtig *Entisch*. Das geschieht immer.

»Wenn das einem Baum widerfährt, stellt man fest, daß einige *schlechte* Herzen haben. Das hat nichts mit ihrem Holz zu tun: das meine ich nicht. Nun ja, ich kannte ein paar gute alte Weiden unten an der Entwasser, sie sind schon lange tot, leider! Sie waren ganz hohl, sie brachen tatsächlich auseinander, aber sie waren so friedlich und gutartig wie ein junges Blatt. Und dann gibt es einige Bäume in den Tälern unter dem Gebirge, gesund wie ein Fisch im Wasser und dennoch durch und durch schlecht. Diese Sache scheint sich auszubreiten. Früher gab es einige sehr gefährliche Gegenden in diesem Land. Noch immer gibt es ein paar sehr finstere Stellen.«

»Wie der Alte Wald im Norden, meint Ihr das?« fragte Merry.

»Freilich, freilich, so ähnlich, aber viel schlimmer. Ich zweifle nicht, daß irgendein Schatten der Großen Dunkelheit noch da oben im Norden liegt; und schlechte Erinnerungen sind überliefert. Doch gibt es enge Täler in diesem Land, von denen die Dunkelheit niemals hinweggezogen wurde, und die Bäume sind älter als ich. Immerhin, wir tun, was wir können. Wir halten Fremde und die Waghalsigen fern. Und wir lehren und unterrichten, wir wandern und sehen nach dem Rechten.

Wir sind Baumhirten, wir alten Ents. Wenig genug sind heute von uns noch übrig. Schafe werden wie Schafhirten und Schafhirten wie Schafe, heißt es; aber langsam, und beide weilen nicht lange auf dieser Welt. Es geht schneller und gründlicher bei Bäumen und Ents, und gemeinsam wandeln sie durch die Zeitalter. Denn Ents sind mehr wie Elben: weniger auf sich selbst bezogen als Menschen, und sie vermögen sich besser in andere hineinzuversetzen. Und dennoch sind Ents wiederum den Menschen ähnlicher, wandelbarer als Elben, und nehmen rascher, könnte man sagen, die Farbe der Außenwelt an. Oder besser als beide: denn sie sind standhafter und verfolgen ihre Ziele länger.

Manche von meiner Sippe sehen jetzt genau wie Bäume aus und brauchen etwas Großes, um sie aufzurütteln; und wenn sie sprechen, flüstern sie nur. Aber manche von meinen Bäumen sind astgeschmeidig, und viele können mit mir reden. Natürlich begannen die Elben damit, die Bäume aufzuwecken und sie das Sprechen zu lehren und ihre Baumsprache zu lernen. Sie wollten immer mit allem reden, die alten Elben. Aber dann kam die Große Dunkelheit, und sie zogen über das Meer oder flohen in ferne Täler und verbargen sich und machten Gedichte über die Tage, die niemals wiederkommen werden. Niemals wieder. Freilich, freilich, einstmalen war alles ein Wald von hier bis zu den Bergen von Luhn, und dies hier war einfach das Ostende.

Das waren damals helle Tage! Die Zeit ist vorbei, da ich den ganzen Tag wandern und singen konnte und nichts hörte als den Widerhall meiner eigenen Stimme in den schluchtenreichen Bergen. Die Wälder waren wie die Wälder von Lothlórien, nur dichter, kräftiger, jünger. Und wie die Luft duftete! Ich verbrachte manchmal eine ganze Woche nur mit Atmen.«

Baumbart verfiel in Schweigen, schritt mächtig aus und machte dennoch mit seinen großen Füßen kaum ein Geräusch. Dann begann er wieder zu summen, und daraus entstand eine murmelnde Melodie. Allmählich merkten die Hobbits, daß er ihnen vorsang:

Ich ging durch die Fluren von Tasarinan im Frühling.
Ah! Der Duft und die Farben des Frühlings in Nan-tasarion!
Und ich sagte: Dieses ist gut.
Ich zog durch die Ulmenwälder von Ossiriand im Sommer.
Ah! Die Musik und das Licht im Sommer an den Sieben Strömen von Ossir!
Und ich dachte: Dies ist das Beste.
Zu den Buchen von Neldoreth kam ich im Herbst.

Ah! Das Gold und das Rot und das Seufzen der Blätter im
Herbst in Taur-na-neldor!
Jeder Wunsch war gestillt.
Zu den Kiefern im Hochland von Dorthonion stieg ich
im Winter hinauf.
Ah! Der Wind und das Weiß und das schwarze Geäst des
Winters auf Orod-na-Thôn!
Zum Himmel stieg meine Stimme hinauf und sang.
Nun aber liegen all jene Länder unter der Woge,
Und ich wandre in Ambarona, in Tauremorna, in Aldalómë,
In meinem eigenen Reich, im Fangornlande,
Wo Wurzeln tief hinabreichen.
Und die Jahre schichten sich höher als Laub unter Bäumen
In Tauremornalómë.

Er endete und ging schweigend weiter, und in dem ganzen Wald war, so weit das Ohr reichte, kein Laut zu hören.

Der Tag verblaßte, und die Dämmerung umschlang die Stämme der Bäume. Endlich sahen die Hobbits, düster vor sich aufragend, ein steiles, dunkles Land: sie waren am Fuß des Gebirges angelangt und an den grünen Ausläufern des hohen Methedras. Den Berg herab kam ihnen die junge Entwasser entgegen, von ihren Quellen hoch oben geräuschvoll über Stufe um Stufe springend. Zur Rechten des Flusses erstreckte sich ein langer Abhang, mit Gras bedeckt, jetzt grau im Zwielicht. Keine Bäume wuchsen dort, und er lag offen unter dem Himmel; Sterne funkelten schon in Seen zwischen Ufern aus Wolken.

Baumbart stieg den Abhang hinauf, und sein Schritt verlangsamte sich kaum. Plötzlich sahen die Hobbits eine breite Öffnung vor sich. Zwei Bäume standen dort, einer auf jeder Seite, wie lebende Torpfosten; aber es gab kein Tor, abgesehen von ihren sich kreuzenden und miteinander verflochtenen Zweigen. Als der alte Ent näherkam, hoben die Bäume ihre Äste, und alle ihre Blätter zitterten und raschelten. Denn es waren immergrüne Bäume, und ihre Blätter waren dunkel und glänzend und schimmerten im Zwielicht. Hinter ihnen war ein weiter, ebener Raum, als ob der Fußboden einer großen Halle in den Berg hineingehauen worden sei. Auf beiden Seiten stiegen die Wände schräg an, bis sie fünfzig Fuß oder noch höher waren, und entlang jeder Wand stand eine Reihe Bäume, die nach innen zu auch immer höher wurden.

An ihrem hinteren Ende war die Felswand steil, aber unten war sie ausgehöhlt worden zu einem nicht tiefen Gemach mit einem gewölbten Dach: das einzige Dach der Halle, abgesehen von den Zweigen der Bäume, die am inneren Ende den ganzen Boden beschatteten und nur einen breiten offenen Pfad in der Mitte freiließen. Ein kleiner Bach entwischte oben an den Quellen dem Hauptstrom, stürzte hell klingend über die jäh abfallende Felswand und strömte in silbernen Tropfen wie ein zarter Vorhang vor dem gewölbten Gemach herab. Das Wasser wurde in einem steinernen Becken auf dem Boden zwischen den Bäumen wieder aufgefangen, dort lief es über und floß neben dem offenen Pfad davon, um sich draußen der Entwasser zu ihrer Reise durch den Wald wieder anzuschließen.

»Hm! Da sind wir!« sagte Baumbart und brach damit sein langes Schweigen. »Ich habe euch etwa siebzigtausend Ent-Schritte weit hergebracht, aber wieviel das nach dem Maß eures Landes ist, weiß ich nicht. Jedenfalls sind wir nahe am Fuß des Letzten Berges. Ein Teil des Namens dieses Orts könnte Quellhall sein, wenn er in eure Sprache übersetzt würde. Mir gefällt er. Hier wollen wir heute nacht bleiben.« Er setzte sie auf dem Gras zwischen den Baumreihen ab, und sie folgten ihm zu dem großen Gewölbe. Die Hobbits merkten jetzt, daß er beim Gehen die Knie kaum beugte, seine Beine aber zu langen Schritten ausholten. Seine großen Zehen (und sie waren wirklich groß und sehr breit) setzte er vor jedem anderen Teil seines Fußes fest auf den Boden.

Einen Augenblick blieb Baumbart unter dem Regen der herabstürzenden Quelle stehen und holte tief Luft; dann lachte er und ging hinein. Ein großer Steintisch stand dort, aber kein Stuhl. Im hinteren Teil des Gemachs war es schon ganz dunkel. Baumbart nahm zwei große Gefäße auf und stellte sie auf den Tisch. Sie schienen mit Wasser gefüllt zu sein; doch als er seine Hände über sie hielt, begannen sie sofort zu leuchten, das eine mit einem goldenen und das andere mit einem satten, grünen Licht; vereint erhellten die beiden Lichter das Gemach, als ob die Sommersonne durch ein Dach aus jungen Blättern scheine. Als die Hobbits zurückschauten, sahen sie, daß auch die Bäume in dem Vorhof zu leuchten begonnen hatten, schwach zuerst, aber zunehmend stärker, bis jedes Blatt von Licht gesäumt war: manche grün, manche golden, manche rot wie Kupfer; und die Baumstämme sahen wie Säulen aus leuchtendem Stein aus.

»Gut, gut, jetzt können wir uns wieder unterhalten«, sagte Baumbart. »Ihr seid durstig, nehme ich an. Vielleicht seid ihr auch müde. Trinkt das hier!« Er ging in den hinteren Teil des Gemachs und dann sahen sie, daß dort mehrere große Steinkrüge mit schweren Deckeln standen. Einen der Deckel nahm er ab, tauchte eine große Schöpfkelle in den Krug und füllte drei Schalen, eine sehr große und zwei kleinere Schalen.

»Dies ist ein Ent-Haus«, sagte er, »und da gibt es leider keine Stühle. Aber ihr dürft euch auf den Tisch setzen.« Er hob die Hobbits auf und setzte sie auf die große Steinplatte, sechs Fuß über dem Boden, und da saßen sie, ließen ihre Beine baumeln und tranken in kleinen Schlucken.

Der Trunk war wie Wasser, tatsächlich schmeckte er sehr ähnlich wie das Wasser der Entwasser, das sie nahe am Waldrand getrunken hatten, und trotzdem hatte er einen Duft oder eine Würzigkeit, die sie an den Geruch eines fernen Waldes erinnerte, von einem kühlen Nachtwind herübergetragen. Die Wirkung des Trunks begann in den Zehen, zog durch sämtliche Glieder und brachte Erfrischung und Kraft, während sie bis in die Haarspitzen hinaufstieg. Die Hobbits merkten geradezu, wie sich ihre Haare aufrichteten, sich wellten und kräuselten und wuchsen. Was Baumbart betraf, so badete er zuerst seine Füße in dem Becken unter dem Gewölbe und leerte dann seine Schale in einem Zug, einem langen, langsamen Zug. Die Hobbits glaubten, er würde niemals aufhören.

Endlich setzte er die Schale ab. »Ah — ah«, seufzte er. »Hm, hum, jetzt können wir uns leichter unterhalten. Ihr könnt auf dem Boden sitzen, und ich werde mich niederlegen; das wird verhindern, daß mir der Trunk zu Kopf steigt und mich schläfrig macht.«

Auf der rechten Seite des Gemachs stand ein großes, niedriges Bett, nicht mehr als zwei Fuß hoch, dicht bedeckt mit getrocknetem Gras und Adlerfarn. Baumbart ließ sich langsam darauf nieder (mit nur der leichtesten Andeutung einer Beugung der Körpermitte), bis er lang ausgestreckt dalag, die Arme hinter dem Kopf, und zur Decke hinaufblickte, auf der Lichter flackerten wie das Spiel von Blättern im Sonnenschein. Merry und Pippin saßen neben ihm auf Kissen aus Gras.

»Nun erzählt eure Geschichte, und übereilt euch nicht!« sagte Baumbart.

Die Hobbits begannen, ihm alle ihre Abenteuer seit dem Aufbruch von Hobbingen zu erzählen. Sie hielten die Reihenfolge nicht sehr genau ein, denn sie fielen sich dauernd gegenseitig ins Wort, und Baumbart unterbrach den Sprecher oft und kam auf irgendeinen früheren Punkt zurück oder stellte Fragen über spätere Ereignisse. Sie sagten nicht das Geringste über den Ring und erzählten ihm auch nicht, warum sie sich auf den Weg gemacht hatten oder wohin sie gehen wollten; und er fragte auch gar nicht nach Gründen.

Er war ungemein begierig, über alles etwas zu erfahren: über die Reiter, über Elrond und Bruchtal, über den Alten Wald und Tom Bombadil, die Minen von Moria und Lothlórien und Galadriel. Immer wieder ließ er sich das Auenland und seine Landschaft beschreiben. An diesem Punkt sagte er etwas Merkwürdiges. »Ihr seht niemals irgendwelche, hm, irgendwelche Ents dort in der Gegend, oder?« fragte er. »Na ja, nicht Ents, *Entfrauen* sollte ich eigentlich sagen.«

»Entfrauen?« fragte Pippin. »Sind die überhaupt wie Ihr?«

»Ja, hm, ach nein: ich weiß es jetzt wirklich nicht«, sagte Baumbart nachdenklich. »Aber euer Land würde ihnen gefallen, deshalb kam ich nur drauf.«

Besonders wißbegierig war Baumbart indes bei allem, was Gandalf betraf; und die allergrößte Neugier zeigte er in bezug auf Sarumans Tun und Lassen. Die Hobbits bedauerten sehr, daß sie so wenig darüber wußten: sie konnten sich nur auf einen sehr ungenauen Bericht von Sam stützen über das, was Gandalf dem Rat erzählt hatte. Aber jedenfalls waren sie sich darüber klar, daß Uglúk und seine Schar aus Isengart gekommen waren und von Saruman als ihrem Herrn gesprochen hatten.

»Hm, hum«, sagte Baumbart, als ihre Geschichte nach vielem Hin und Her endlich bei der Schlacht zwischen den Orks und den Reitern von Rohan angekommen war. »Gut, gut! das ist wahrlich ein ganzes Bündel von Neuigkeiten. Ihr habt mir nicht alles erzählt, nein, wirklich nicht, ganz und gar nicht. Aber ich zweifle nicht, daß ihr euch so verhaltet, wie Gandalf es wünschen würde. Da ist etwas sehr Wichtiges im Gange, das kann ich sehen, und was es ist, werde ich vielleicht zur rechten Zeit erfahren, oder zur Unzeit. Bei Wurzel und Zweig, das ist doch eine seltsame Angelegenheit: da wächst ein kleines Volk heran, das nicht in den alten Listen steht, und siehe da! die vergessenen Neun Reiter erscheinen wieder, um sie zu jagen und Gandalf nimmt sie auf eine große Fahrt mit, und Galadriel beherbergt sie in Caras Galadhon, und Orks verfolgen sie über all die Wegstunden von Wilderland: sie scheinen wahrlich in einen großen Sturm geraten zu sein. Ich hoffe, sie überstehen ihn!«

»Und wie ist es mit Euch selbst?« fragte Merry.

»Hum, hm, ich habe mich nicht um die Großen Kriege gekümmert«, sagte Baumbart. »Sie betreffen hauptsächlich Elben und Menschen. Das ist die Angelegenheit von Zauberern: Zauberer kümmern sich immer um die Zukunft. Ich mache mir nicht gern Sorgen um die Zukunft. Ich bin nicht ganz und gar auf der *Seite* von irgend jemandem, denn niemand ist ganz und gar auf meiner *Seite*, wenn ihr versteht, was ich meine: niemandem liegen die Wälder so am Herzen, wie sie mir am Herzen liegen, nicht einmal den Elben heutzutage. Dennoch habe ich freundlichere Gefühle für die Elben als für andere, denn die Elben waren es, die uns vor langer Zeit von der Stummheit heilten, und das war ein großes Geschenk, das nicht vergessen werden kann, obwohl unsere Wege sich seitdem getrennt haben. Und dann gibt es natürlich einige Lebewesen, auf deren Seite ich ganz und gar *nicht* bin: diese *burárum* — wieder gab er einen tiefen, grummelnden Laut des Mißfallens von sich —, diese Orks und ihre Herren.

Ich war damals besorgt, als der Schatten über Düsterwald lag, doch als er sich nach Mordor zurückzog, machte ich mir eine Weile keine Gedanken mehr: Mordor ist weit weg. Doch scheint es, daß der Wind von Osten weht, und es mag sein, daß das Verdorren aller Wälder näherrückt. Es gibt nichts, was ein alter Ent tun kann, um den Sturm aufzuhalten: er muß ihn überstehen oder zugrunde gehen.

Aber Saruman jetzt! Saruman ist ein Nachbar: ihn kann ich nicht übersehen. Ich muß etwas tun, nehme ich an. In letzter Zeit habe ich mich oft gefragt, was ich mit Saruman tun sollte.«

»Wer ist Saruman?« fragte Pippin. »Wißt Ihr etwas über seine Geschichte?«

»Saruman ist ein Zauberer«, antwortete Baumbart. »Mehr als das kann ich nicht sagen. Ich kenne die Geschichte von Zauberern nicht. Sie tauchten zuerst auf, nachdem die Großen Schiffe über das Meer gekommen waren; aber ob sie mit den Schiffen kamen, kann ich nicht sagen. Saruman wurde als groß unter ihnen angesehen, glaube ich. Vor einiger Zeit — ihr würdet es vor sehr langer Zeit nennen — gab er es auf, herumzuwandern und sich um die Angelegenheiten der Menschen und Elben zu kümmern; und er ließ sich in Angrenost oder Isengart, wie die Menschen von Rohan es nennen, nieder. Er war zunächst sehr friedlich, aber sein Ruhm begann zu wachsen. Er wurde zum Haupt des Weißen Rats gewählt, heißt es; aber das ging nicht allzugut aus. Ich frage mich jetzt, ob Saruman nicht schon damals böse Wege einschlug. Aber jedenfalls machte er seinen Nachbarn keine Scherereien. Ich pflegte mich mit ihm zu unterhalten. Es gab eine Zeit, da er immer in meinen Wäldern wanderte. Er war höflich in jenen Tagen, bat stets um meine Erlaubnis (zumindest, wenn er mich traf); und er war immer begierig, zuzuhören. Ich erzählte ihm viele Dinge, die er allein nie herausgefunden hätte; aber ich bekam nie eine Gegenleistung. Ich kann mich nicht erinnern, daß er mir jemals etwas erzählt hat. Und er wurde immer zugeknöpfter; sein Gesicht, wie ich es erinnere — ich habe es seit so manchem Tag nicht gesehen —, wurde wie Fenster in einer Steinmauer: mit Fensterläden auf der Innenseite.

Ich glaube, ich verstehe jetzt, was er vorhat. Er schmiedet Ränke, um eine Macht zu werden. Er hat nur Metall und Räder im Sinn: und ihm liegt nichts an wachsenden Lebewesen, es sei denn insoweit, als sie ihm im Augenblick nützen. Und jetzt ist es klar, daß er ein schändlicher Verräter ist. Er hat sich mit üblem Volk eingelassen, mit den Orks. Brm, hum! Schlimmer als das: er hat ihnen etwas angetan; etwas Gefährliches. Denn diese Isengarter sind eher wie schlechte Menschen. Es ist ein Kennzeichen der bösen Wesen, die in der Großen Dunkelheit kamen, daß sie die Sonne nicht ertragen können; aber Sarumans Orks können sie aushalten, obwohl sie sie hassen. Ich frage mich, was er gemacht hat? Sind es Menschen, die er verdorben hat, oder hat er die Rassen der Orks und der Menschen gekreuzt? Das wäre ein böses Verhängnis!«

Baumbart grummelte einen Augenblick, als ob er irgendeine tiefe, unterirdisch-entische Verwünschung ausstieße. »Vor einiger Zeit begann ich mich zu fragen, wie die Orks es wagen konnten, so schlankweg durch meine Wälder zu gehen«, fuhr er fort. »Erst später erriet ich, daß Saruman dafür verantwortlich war, und daß er vor langer Zeit alle Wege ausgekundschaftet und meine Geheimnisse entdeckt hatte. Er und sein übles Volk richten jetzt Zerstörungen an. Unten an den Grenzen fällen sie Bäume – gute Bäume. Einige der Bäume hauen sie bloß um und lassen sie liegen, daß sie verrotten – Ork-Streiche sind das; aber die meisten werden zerhackt und weggeschleppt, um die Feuer von Orthanc zu schüren. In diesen Tagen steigt immer Rauch auf von Isengart.

Verflucht soll er sein, Wurzel und Ast! Viele dieser Bäume waren meine Freunde, Geschöpfe, die ich von Nuß und Eichel an kannte; viele hatten eine eigene Stimme, die nun auf immer verstummt ist. Und jetzt ist dort ein Ödland voller Baumstümpfe und Dornengestrüpp, wo einst singende Haine waren. Ich bin träge gewesen. Ich ließ die Dinge laufen. Das muß aufhören!«

Baumbart erhob sich mit einem Ruck vom Bett, stand auf und schlug mit der Hand auf den Tisch. Die Lichtgefäße erzitterten und sandten zwei flammende Strahlen aus. Ein Flackern wie grünes Feuer war in Baumbarts Augen, und sein Bart stand steif ab wie ein großer Reisigbesen.

»Ich werde dem ein Ende bereiten!« sagte er dröhnend. »Und ihr sollt mit mir kommen. Vielleicht vermögt ihr mir zu helfen. Und euren Freunden werdet ihr auf diese Weise auch helfen; denn wenn Saruman nicht Einhalt geboten wird, dann werden Rohan und Gondor einen Feind hinter sich und auch einen vor sich haben. Wir haben den gleichen Weg – nach Isengart!«

»Wir werden mit Euch kommen«, sagte Merry. »Wir werden tun, was wir können.«

»Ja!« sagte Pippin. »Ich würde es gern sehen, daß die Weiße Hand besiegt wird. Ich würde gern dort sein, selbst wenn ich nicht viel nützen könnte: ich werde Uglúk und die Durchquerung von Rohan nicht vergessen.«

»Gut! Gut!« sagte Baumbart. »Aber ich sprach hastig. Wir dürfen nicht hastig sein. Ich bin zu hitzig geworden. Ich muß mich abkühlen und nachdenken; denn es ist leichter, *Halt!* zu rufen als Einhalt zu gebieten.« Er ging mit großen Schritten zu dem Gewölbebogen und stellte sich eine Zeitlang unter den Sprühregen der Quelle. Dann lachte er und schüttelte sich, und wo immer die glitzernden Wassertropfen von ihm ab- und auf den Boden fielen, da strahlten sie wie rote und grüne Funken. Er kam zurück, legte sich wieder auf das Bett und schwieg.

Nach einiger Zeit hörten die Hobbits ihn wieder murmeln. Er schien etwas an den Fingern abzuzählen. »Fangorn, Finglas, Fladrif, freilich, freilich«, seufzte er. » »Das Ärgerliche ist, daß nur noch so wenig von uns da sind«, sagte er, zu den Hobbits gewandt. »Nur drei sind übrig von den ersten Ents, die vor der Dunkelheit in den Wäldern wanderten: nur ich, Fangorn, und Finglas und Fladrif — so lauten ihre elbischen Namen; ihr könnt sie Lockenblatt und Borkenhaut nennen, wenn euch das besser gefällt. Und von uns dreien sind Lockenblatt und Borkenhaut für diese Angelegenheit nicht von großem Nutzen. Lockenblatt ist schläfrig geworden, fast baumisch, könnte man sagen: er hat sich angewöhnt, den ganzen Sommer hindurch halb schlafend für sich allein dazustehen, bis zu den Knien im hohen Gras der Wiesen. Bedeckt mit blättrigem Haar ist er. Im Winter pflegte er aufzuwachen; aber in letzter Zeit war er zu träge, selbst dann weit zu gehen. Borkenhaut wohnte an den Berghängen westlich von Isengart. Also dort, wo das Unheil am schlimmsten war. Er wurde von den Orks verwundet, und viele von seinen Leuten und Baumherden wurden ermordet und vernichtet. Er ist hinaufgegangen in die hohen Lagen, zu den Birken, die er am liebsten hat, und er wird nicht herunterkommen wollen. Immerhin glaube ich wohl, daß ich eine ganz ordentliche Gruppe von jüngeren Leuten zusammenbekommen könnte — wenn ich ihnen die Notwendigkeit begreiflich machen könnte; wenn ich sie aufrütteln könnte: wir sind kein hastiges Volk. Wie schade, daß wir nur so wenige sind!«

»Warum gibt es so wenige, wenn Ihr schon so lange in diesem Lande lebt?« fragte Pippin. »Sind viele gestorben?«

»O nein«, sagte Baumbart. »Keiner ist gestorben von innen heraus, wie man sagen könnte. Manche sind natürlich von den Übeln der langen Jahre befallen worden; und mehr noch sind baumisch geworden. Aber wir waren nie sehr zahlreich und haben uns nicht vermehrt. Es hat keine Entings gegeben – keine Kinder, würdet ihr sagen, seit einer langen Reihe von Jahren nicht. Wir haben nämlich die Entfrauen verloren.«

»Wie überaus traurig!« sagte Pippin. »Wie kam es, daß sie alle starben?«

»Sie sind nicht *gestorben*«, sagte Baumbart. »Ich habe nicht *gestorben* gesagt. Wir haben sie verloren, sagte ich. Wir haben sie verloren und können sie nicht wiederfinden.« Er seufzte. »Ich dachte, die meisten Leute wüßten das. Es hat Lieder gegeben über die Suche der Ents nach den Entfrauen, die von Elben und Menschen von Düsterwald bis Gondor gesungen worden sind. Sie können nicht ganz vergessen sein.«

»Nun, ich fürchte, die Lieder sind nicht nach Westen über das Gebirge ins Auenland gekommen«, sagte Merry. »Wollt Ihr uns nicht etwas mehr erzählen oder uns eins der Lieder vorsingen?«

»Ja, das will ich wirklich«, sagte Baumbart anscheinend erfreut über die Bitte. »Aber ich kann es nicht richtig erzählen, nur kurz; und dann müssen wir unsere Unterhaltung beenden: morgen haben wir Versammlungen einzuberufen und Arbeit zu erledigen und vielleicht eine Fahrt zu beginnen.«

»Es ist eine ziemlich merkwürdige und traurige Geschichte«, fuhr er nach einer Pause fort. »Als die Welt jung war und die Wälder weit und wild, wanderten die Ents zusammen mit den Entfrauen – und damals gab es Entmaiden: ah, wie lieblich war Fimbrethil oder Weidenast, die Leichtfüßige, in den Tagen unserer Jugend – und sie hausten auch zusammen. Aber unsere Herzen entwickelten sich dann nicht auf dieselbe Weise: Die Ents schenkten ihre Liebe den Dingen, denen sie in der Welt begegneten, und die Entfrauen dachten an andere Dinge. Denn die Ents liebten die großen Bäume und die wilden Wälder und die Hänge der hohen Berge; und sie tranken aus den Gebirgsbächen und aßen nur jene Früchte, die die Bäume auf ihren Weg fallen ließen; und sie lernten von den Elben und redeten mit den Bäumen. Doch den Entfrauen lag mehr an den geringeren Bäumen und den Wiesen im Sonnenschein jenseits des Fußes der Wälder; und im Frühling sahen sie die Schlehe im Dickicht und den wilden Apfel und die Kirsche blühen und im Sommer die grünen Kräuter in den Bachtälern und auf den herbstlichen Feldern die samentragenden Gräser. Sie hatten nicht das Verlangen, mit diesen Lebewesen zu reden; doch wünschten sie, sie sollten auf das hören und dem gehorchen, was ihnen gesagt wurde. Die Entfrauen befahlen ihnen, nach ihren Wünschen zu wachsen und Blatt und Frucht zu tragen nach ihrem Geschmack; denn die Entfrauen wünschten Ordnung und Überfluß und Frieden (worunter sie verstanden, daß die Pflanzen dort blieben, wo sie sie hingesetzt hatten). So legten die Entfrauen Gärten an, um in ihnen zu leben. Wir Ents aber wanderten weiterhin und kamen nur dann und wann in die Gärten. Als dann die Dunkelheit im Norden hereinbrach, überquerten die Entfrauen den Großen Strom und legten neue Gärten an und bestellten neue Felder, und wir sahen sie seltener. Als die Dunkelheit besiegt war, blühte das Land der Entfrauen üppig, und ihre Felder waren voller Korn. Viele Menschen lernten die Künste der Entfrauen und erwiesen ihnen viel Ehre; aber wir waren nur eine Sage für sie, ein Geheimnis im Herzen des Waldes. Dennoch sind wir immer noch hier, während alle Gärten der Entfrauen verwüstet sind: die Menschen nennen sie jetzt die Braunen Lande.

Ich entsinne mich, es ist schon lange her – zu der Zeit des Krieges zwischen Sauron und den Menschen des Meeres –, da überkam mich der Wunsch, Fimbrethil wiederzusehen. Sehr schön war sie noch in meinen Augen, als ich sie zuletzt gesehen hatte, wenn auch den Entmaiden von einst wenig ähnlich. Denn die Entfrauen waren gebeugt und gebräunt durch ihre schwere Arbeit; ihr Haar war von der Sonne gebleicht und hatte nun die Farbe von reifem Korn, und ihre Wangen waren wie rote Äpfel. Doch ihre Augen waren immer noch die Augen unseres Volkes. Wir überquerten den Anduin und kamen in ihr Land; doch fanden wir eine Wüste; alles war verbrannt und entwurzelt, denn der Krieg war darüber hingegangen. Aber die Entfrauen waren nicht da. Lange riefen wir und suchten lange; und wir fragten alles Volk, dem wir begegneten, wohin die Entfrauen gegangen seien. Einige sagten, sie haben sie nie gesehen; und einige sagten, sie haben sie nach Westen wandern sehen, und manche sagten nach Osten, und andere nach Süden. Doch wo immer wir auch hingingen, nirgends konnten wir sie finden. Unser Kummer war sehr groß. Doch der wilde Wald rief, und so kehrten wir zu ihm zurück. Viele Jahre lang sind wir hin und wieder hinausgegangen und haben nach den Entfrauen gesucht, wir sind weit gewandert und haben sie bei ihren schönen Namen gerufen. Und jetzt sind die Entfrauen nur eine Erinnerung für uns, und unsere Bärte sind lang und grau. Die Elben dichteten viele Lieder über die Suche der Ents, und einige der Lieder sind auch in die Sprachen der Menschen eingegangen. Doch wir dichteten keine Lieder darüber, sondern begnügten uns damit, ihre schönen Namen zu singen, wenn wir an die Entfrauen dachten. Wir glauben, daß wir sie in einer kommenden Zeit vielleicht wiedertreffen und irgendwo ein Land finden, wo wir zusammenleben können und beide Seiten zufrieden sind. Aber es ist geweissagt worden, daß das erst sein wird, wenn sie und wir alles verloren haben, was wir jetzt besitzen. Und es mag wohl sein, daß diese Zeit sich endlich nähert. Denn wenn Sauron einstmals die Gärten zerstörte, so ist es wahrscheinlich, daß heute der Feind alle Wälder vernichten wird.

Es gab ein elbisches Lied, das davon sprach, oder wenigstens verstehe ich es so. Es wurde früher überall am Großen Strom gesungen. Es war niemals ein entisches Lied, wohlgemerkt: auf Entisch wäre es ein sehr langes Lied gewesen. So lautet es in eurer Sprache:

ENT: *Entfaltet Frühling Blatt um Blatt, steht Buche schon im Saft,*
Schießt auch der Wildbach schnell dahin und hat die Sonne Kraft,
Macht in der herben Höhenluft zu wandern wieder Lust,
O, sag mir dann: schön ist Dein Land – und komm an meine Brust.

ENT-FRAU: *Bricht Lenz in meine Gärten ein und ist das Korn gesät,*
Blühn meine Apfelbäume reich, als wie von Schnee verweht,
Und lösen sich die Schauer ab mit Sonnenschein und Duft,
Dann komm ich nicht, mich hält es hier in der geliebten Luft.

ENT: *Wenn Sommer alles überkommt, der Mittag golden webt,*
Wenn unterm Blätterdach im Wald der Sämling träumt und lebt,
Kein beßres Land gibts auf der Welt als dieses meine hier,
O, komm zurück, ich rufe Dich, o, komm zurück zu mir.

ENT-FRAU: *Wenn Sommer Frucht und Beere reift und rundlich schwellen läßt,*
Den Halm vergoldet, Ähre füllt und ruft zum Erntefest,
Wenn Honig quillt und Apfel prallt, weht milder West wie Föhn,
Ich kann nicht fort, ich bleibe hier, mein Land ist wunderschön.

ENT: *Kehrt Winter ein, der Wilde Mann, der Hügel schlägt und Wald,*
Der Bäume stürzt, folgt unbestirnt die Nacht dem Tage bald,
Im bittern Regen und bei Wind, da schau ich nach Dir aus,
Da ruf ich Dich, da möchte ich zu Dir, zu Dir nach Haus.

ENT-FRAU: *Wenn winters Sang und Klang verstummt, das Dunkel niederfällt,*
Der Baum verdorrt, das Licht dahin und tatenlos die Welt,
Wart ich auf Dich und schau nach Dir, bis wir uns wiedersehn,
Im Regen wollen wir den Weg mitsammen wieder gehn!

BEIDE: *Mitsammen ziehen wir den Weg, der in den Westen führt*
Ins Land, das unser beider Herz zur Ruhe bringt und rührt.«

Baumbart beendete seinen Gesang. »So lautet es«, sagte er. »Es ist natürlich elbisch: fröhlich, rasch in Worte gefaßt und bald zu Ende. Ich glaube, es ist recht gut. Aber die Ents könnten ihrerseits mehr sagen, wenn sie Zeit hätten! Doch jetzt will ich aufstehen und ein wenig schlafen. Wo wollt ihr stehen?«

»Wir legen uns gewöhnlich hin zum Schlafen«, sagte Merry. »Wir können gut bleiben, wo wir sind.«

»Hinlegen zum Schlafen!« sagte Baumbart. »Natürlich tut ihr das! Hm hum, das habe ich vergessen: als ich das Lied sang, habe ich mich im Geist in alte Zeiten versetzt; habe fast gedacht, ich unterhielte mich mit jungen Entings. Nun, ihr könnt euch auf das Bett legen. Ich will im Regen stehen. Gute Nacht!«

Merry und Pippin kletterten auf das Bett und kuschelten sich in die weiche Unterlage aus Gras und Farn. Sie war frisch und süßduftend und warm. Die Lichter erloschen langsam, und das Leuchten der Bäume verblaßte; doch draußen unter dem Gewölbebogen sahen sie Baumbart stehen, reglos, die Arme über den Kopf erhoben. Die hellen Sterne blickten vom Himmel herab und erhellten den Wasserfall, der auf seine Finger und seinen Kopf sprühte und in Hunderten von silbernen Tropfen zu seinen Füßen hinabrann. Dem Plätschern der Tropfen lauschend, schliefen die Hobbits ein.

Als sie aufwachten, schien eine kühle Sonne in den großen Vorhof und bis hinein auf den Fußboden des Gemachs. Fetzen hoher Wolken segelten droben in einem steifen Wind aus Osten. Baumbart war nicht zu sehen; aber während Merry und Pippin in dem Becken unter dem Gewölbebogen badeten, hörten sie ihn summen und singen, als er den Pfad zwischen den Bäumen entlangkam.

»Hu, ho! Guten Morgen, Merry und Pippin!« brummelte er, als er sie sah. »Ihr schlaft lange. Ich habe heute schon viele hundert Schritte getan. Jetzt werden wir etwas trinken und dann zum Entthing gehen.«

Er goß ihnen aus einem Steinkrug zwei volle Schalen ein; aber aus einem anderen Krug. Der Geschmack war nicht derselbe wie am Abend zuvor: er war erdiger und gehaltvoller, stärkender und sozusagen mehr wie ein Nahrungsmittel. Während die Hobbits tranken und dabei auf dem Bettrand saßen und kleine Stückchen des Elbenkuchen knabberten (mehr weil sie glaubten, daß Essen nun mal zum Frühstück dazugehöre, als weil sie hungrig waren), blieb Baumbart stehen, summte auf Entisch oder Elbisch oder in irgendeiner fremden Sprache und schaute zum Himmel hinauf.

»Wo ist Entthing?« wagte Pippin zu fragen.

»Hu, wie? Entthing?« sagte Baumbart und drehte sich um. »Das ist kein Ort, es ist eine Versammlung der Ents – was heutzutage nicht oft vorkommt. Aber es ist mir gelungen, von einer ziemlich großen Zahl das Versprechen zu erhalten, daß sie kommen. Wir werden uns an dem Ort treffen, wo wir uns immer getroffen haben: Tarntobel heißt er bei den Menschen. Er liegt weit südlich von hier. Wir müssen vor dem Mittag dort sein.«

Bald machten sie sich auf den Weg. Baumbart trug die Hobbits in den Armen wie am vorigen Tag. Am Eingang zum Vorhof wandte er sich nach rechts, machte einen großen Schritt über den Bach und ging weiter nach Süden am Fuß großer, steiler Hänge entlang, wo wenig Bäume standen. Weiter oben sahen die Hobbits Dickichte von Birken und Ebereschen und dahinter dunkel emporsteigende Tannenwälder. Bald wandte sich Baumbart ein wenig ab von den Bergen und gelangte in tiefe Haine, wo die Bäume größer waren, höher und dichter als alle, die die Hobbits je gesehen hatten. Eine Weile beschlich sie wieder schwach das erstickende Gefühl, das sie bemerkt hatten, als sie sich zuerst nach Fangorn hineingewagt hatten, aber es verging bald. Baumbart redete nicht mit ihnen. Er summte tief und nachdenklich vor sich hin, doch konnten Merry und Pippin keine richtigen Wörter verstehen: es klang wie *bum, bum, rambum, burar, bum bum, darar bum bum, darar bum* und so weiter mit ständigem Wechsel von Ton und Rhythmus. Dann und wann glaubten sie eine Antwort zu hören, ein Summen oder einen bebenden Ton, der aus der Erde zu kommen schien oder aus den Zweigen über ihren Köpfen, oder vielleicht auch von den Stämmen der Bäume; doch Baumbart hielt nicht an und drehte auch den Kopf nicht zur Seite.

Sie waren schon eine lange Zeit gegangen – Pippin hatte versucht, die »Entschritte« zu zählen, aber bei ungefähr dreitausend verhaspelte er sich –, als Baumbart seine Gangart verlangsamte. Plötzlich blieb er stehen, setzte die Hobbits ab, legte die gewölbten Hände an den Mund, so daß sie ein hohles Rohr bildeten; dann blies oder rief er hindurch. Ein gewaltiges *hum, hom* wie ein tieftönendes Horn erschallte im Wald und schien von den Bäumen widerzuhallen. Von weit her kam aus verschiedenen Richtungen ein ähnliches *hum, hom, hum,* das kein Echo, sondern eine Antwort war.

Baumbart setzte sich Merry und Pippin jetzt auf die Schultern und ging weiter, und dann und wann stieß er wieder einen Hornruf aus, und jedesmal waren die Antworten lauter und näher. Auf diese Weise kamen sie schließlich zu einer undurchdringlich erscheinenden Wand aus dunklen, immergrünen Bäumen, Bäume von einer Art, die die Hobbits nie zuvor gesehen hatten: sie verzweigten sich unmittelbar aus den Wurzeln und trugen wie dornenlose Hulstbäume ein dichtes Kleid aus dunklen, glänzenden Blättern und viele steif aufrechtstehende Blütenähren mit großen, olivfarben schimmernden Knospen.

Baumbart wandte sich nach links, ging an dieser riesigen Hecke vorbei und kam mit ein paar großen Schritten zu einem schmalen Einlaß. Durch ihn führte ein ausgetretener Pfad, der plötzlich einen langen, steilen Hang hinunterging. Die Hobbits sahen, daß sie hinunterstiegen in einen großen Tobel, fast so rund wie eine Trinkschale, sehr breit und tief und am Rand gekrönt mit der hohen, dunklen, immergrünen Hecke. Der Tobel war innen glatt und grasbedeckt, und es gab keine Bäume außer drei sehr hohen und schönen Weißbirken, die auf dem Grund der Schale wuchsen. Noch zwei andere Pfade führten hinunter in den Tobel: vom Westen und vom Osten.

Mehrere Ents waren schon eingetroffen. Weitere kamen die anderen Pfade herunter, und einige folgten Baumbart. Als sie sich näherten, starrten die Hobbits sie verwundert an. Sie hatten erwartet, eine Reihe von Geschöpfen zu sehen, die Baumbart so ähnlich waren wie ein Hobbit dem anderen (jedenfalls in den Augen eines Fremden); und sie waren sehr überrascht, daß dem keineswegs so war. Die Ents unterschieden sich voneinander wie Bäume von Bäumen: manche unterschieden sich wie ein Baum von einem anderen desselben Namens, aber mit ganz anderem Wuchs und Werdegang; und manche unterschieden sich so wie eine Baumart von einer anderen, wie Birke von Buche oder Eiche von Tanne. Es waren einige ältere Ents da, bärtig und knorrig wie gesunde, aber uralte Bäume (obwohl keiner so uralt aussah wie Baumbart); und es waren große, starke Ents da, gut gewachsen und glatthäutig wie Waldbäume in der Blüte ihrer Jahre; aber es waren keine jungen Ents da, kein Nachwuchs. Insgesamt waren es etwa zwei Dutzend, die auf dem weiten, grasigen Boden des Tobels standen, und ebenso viele waren noch im Anmarsch.

Zuerst waren Merry und Pippin verblüfft über die Mannigfaltigkeit, die sie sahen: die vielen Formen und Farben und Unterschiede in Umfang und Höhe und Bein- und Armlänge: und in der Zahl der Zehen und Finger (sie schwankten zwischen drei und neun). Ein paar schienen mehr oder weniger mit Baumbart verwandt zu sein und ließen sie an Buchen oder Eichen denken. Aber es gab auch andere Arten.

Manche erinnerten an Kastanien: braunhäutige Ents mit spreizfingrigen Händen und kurzen, dicken Beinen. Manche erinnerten an Eschen: hoch- und gradgewachsene graue Ents mit vielfingrigen Händen und langen

Beinen; manche an Tannen (die größten Ents) und andere wiederum an Birken, Ebereschen und Linden. Aber als sich alle Ents um Baumbart geschart hatten, leicht die Köpfe neigten, mit ihren gemessenen, melodischen Stimmen murmelten und die Fremden lange und aufmerksam betrachteten, sahen die Hobbits, daß sie alle zur selben Familie gehörten und alle dieselben Augen hatten: nicht alle so alt oder so tiefliegend wie Baumbarts, aber alle mit demselben bedächtigen, beharrlichen, nachdenklichen Ausdruck und demselben grünen Aufflackern.

Sobald die ganze Gesellschaft versammelt war und Baumbart in einem großen Kreis umstand, setzte eine seltsame und unverständliche Unterhaltung ein. Die Ents begannen langsam zu murmeln: erst fiel einer ein und dann ein anderer, bis sie alle gemeinsam in einem langen, steigenden und fallenden Rhythmus sangen, bald lauter auf der einen Seite des Rings, bald dort leiser werdend und auf der anderen Seite zu einem Dröhnen ansteigend. Obwohl Pippin keines der Wörter verstehen oder erraten konnte – er nahm an, die Sprache sei Entisch –, fand er zuerst den Klang sehr erfreulich anzuhören; aber allmählich schwand seine Aufmerksamkeit. Nach einer langen Zeit (und der Gesang ließ keinerlei Anzeichen eines Endes erkennen) fragte er sich, da Entisch eine so »unhastige« Sprache war, ob sie schon weitergekommen seien als bis zum »Guten Morgen« und, falls Baumbart alle Anwesenden namentlich aufrufen sollte, wieviele Tage es wohl dauern würde, bis sie alle ihre Namen gesungen hätten. »Ich wüßte gern, was *ja* oder *nein* auf Entisch heißt«, dachte er. Er gähnte.

Baumbart merkte es sofort. »Hm, ha, hei, mein Pippin«, sagte er, und alle anderen Ents hörten mit Singen auf. »Ihr seid ein hastiges Volk, das habe ich vergessen; und es ist sowieso ermüdend, einer Rede zuzuhören, die man nicht versteht. Ihr dürft jetzt hinunter. Ich habe dem Entthing eure Namen gesagt, und die Ents haben euch gesehen und mir zugestimmt, daß ihr keine Orks seid und den alten Listen eine neue Zeile hinzugefügt werden soll. Weiter sind wir noch nicht gekommen, aber für ein Entthing ist das schon rasche Arbeit. Du und Merry, ihr könnt im Tobel herumstreifen, wenn ihr mögt. Da ist eine Quelle mit gutem Wasser, wenn ihr eine Erfrischung braucht, dort drüben am Nordhang. Es sind noch einige Worte zu sagen, ehe das eigentliche Thing beginnt. Ich werde nachher zu euch kommen und erzählen, wie die Dinge laufen.«

Er setzte die Hobbits ab. Ehe sie fortgingen, verbeugten sie sich tief. Diese Artigkeit schien die Ents sehr zu belustigen, nach dem Ton ihres Gemurmels und dem Aufflackern ihrer Augen zu urteilen; aber sie wandten sich bald wieder ihren eigenen Angelegenheiten zu. Merry und Pippin erklommen den Pfad, der von Westen kam und schauten durch die Öffnung in der großen Hecke. Lange, baumbestandene Hänge stiegen vom Rand des Tobels auf, und weit hinter ihnen, über den Tannen des letzten Höhenzuges, erhob sich scharf und weiß der Gipfel eines hohen Bergs. Nach Süden, zu ihrer Linken, sahen sie den Wald in der grauen Ferne abfallen. Sehr weit weg war dort ein blasser, grüner Schimmer, von dem Merry vermutete, daß es die Ebenen von Rohan waren.

»Ich wüßte gern, wo Isengart liegt«, sagte Pippin.

»Ich weiß nicht genau, wo wir sind«, sagte Merry. »Aber dieser Gipfel dort ist wahrscheinlich der Methedras, und soweit ich mich erinnere, liegt der Ring von Isengart in einer Gabelung oder tiefen Kluft am Ende des Gebirges. Wahrscheinlich ist es hinter diesem hohen Kamm. Dort scheint Rauch oder Dunst zu sein, links von dem Gipfel, glaubst du nicht?«

»Wie ist Isengart?« fragte Pippin. »Ich möchte mal wissen, was die Ents überhaupt gegen Isengart ausrichten können.«

»Ich auch«, sagte Merry. »Isengart ist eine Art Ring aus Felsen oder Bergen, glaube ich, mit einer flachen Ebene innen und einer Insel oder Säule aus Felsen in der Mitte, genannt Orthanc. Saruman hat einen Turm darauf. Es gibt ein Tor, vielleicht mehr als eins, in dem umgebenden Wall, und ich glaube, daraus ergießt sich ein Bach; er kommt aus dem Gebirge und fließt dann durch die Pforte von Rohan. Es scheint mir nicht eine Gegend der Art zu sein, die die Ents angreifen können. Aber ich habe ein merkwürdiges Gefühl bei diesen Ents: irgendwie glaube ich nicht, daß sie so ungefährlich und, nun ja, komisch sind, wie sie scheinen. Sie wirken bedächtig, seltsam und geduldig, fast traurig; und doch glaube ich, sie *könnten* aufgerüttelt werden. Wenn das geschieht, dann würde ich lieber nicht auf der anderen Seite sein.«

»Ja«, sagte Pippin, »ich weiß, was du meinst. Es könnte genau derselbe Unterschied sein wie zwischen einer alten Kuh, die daliegt und nachdenklich wiederkäut, und einem angreifenden Stier; und die Veränderung könnte ganz plötzlich kommen. Ich bin gespannt, ob Baumbart sie aufrütteln wird. Ich bin überzeugt, daß er das versuchen will. Aber sie wollen nicht gern aufgerüttelt werden. Baumbart selbst war gestern abend aufgerüttelt, aber dann unterdrückte er es wieder.«

Die Hobbits wandten sich wieder um. Die Stimmen der Ents hoben und senkten sich noch immer bei ihrer Beratung. Die Sonne war jetzt hoch genug gestiegen, um über die hohe Hecke zu schauen: sie schimmerte auf den Wipfeln der Birken und erfüllte die nördliche Seite des Tobels mit einem kalten, gelben Licht. Da sahen sie eine kleine, glitzernde Quelle. Sie gingen am Rand der großen Schale am Fuß der immergrünen Bäume entlang — es war angenehm, das kühle Gras wieder an den Zehen zu spüren und nicht in Eile zu sein —, und dann kletterten sie hinunter zu dem sprudelnden Wasser. Sie tranken ein wenig, es war ein reiner, kalter, herber Trank, und sie setzten sich auf einen moosigen Stein und beobachteten die Sonnenflecken auf dem Gras und die Schatten der segelnden Wolken, die über den Grund des Tobels hinwegzogen. Das Murmeln der Ents ging weiter. Es schien ihnen ein sehr seltsamer und abgeschiedener Ort zu sein, außerhalb ihrer Welt und fern von allem, das ihnen je widerfahren war. Eine große Sehnsucht überkam sie nach den Gesichtern und Stimmen ihrer Gefährten, besonders nach Frodo und Sam, und nach Streicher.

Endlich trat eine Pause im Gespräch der Ents ein; und als die Hobbits aufschauten, sahen sie Baumbart mit einem anderen Ent auf sich zukommen.

»Hm, hum, hier bin ich wieder«, sagte Baumbart. »Werdet ihr müde oder ungeduldig, hm, wie? Nun, ich fürchte, ihr dürft noch nicht ungeduldig werden. Wir haben jetzt den ersten Abschnitt beendet; aber ich muß immer noch denjenigen, die weit weg wohnen, fern von Isengart, alles mögliche erklären, und danach werden wir entscheiden müssen, was zu tun ist. Immerhin, entscheiden, was zu tun ist, dauert für Ents nicht so lange, wie all die Tatsachen und Ereignisse durchzugehen, über die sie sich klarwerden müssen. Indes hat es keinen Zweck, zu leugnen, daß wir noch lange Zeit hier sein werden: ein paar Tage sehr wahrscheinlich. Deshalb habe ich euch einen Gefährten mitgebracht. Er hat ein Enthaus hier in der Nähe. Bregalad ist sein elbischer Name. Er sagt, er habe seinen Entschluß schon gefaßt und brauche nicht bei dem Thing zu bleiben. Hm, hm, er ist derjenige unter uns, der einem hastigen Ent am nächsten kommt. Ihr müßtet euch eigentlich gut vertragen. Auf Wiedersehen!« Baumbart drehte sich um und ging von dannen.

Bregalad blieb eine Weile stehen und betrachtete die Hobbits ernst; und sie schauten ihn an und fragten sich, wann er wohl irgendwelche Anzeichen von »Hastigkeit« erkennen lassen würde. Er war groß und schien einer der jüngeren Ents zu sein; er hatte glatte, glänzende Haut auf Armen und Beinen; seine Lippen waren rötlich und sein Haar graugrün. Er konnte sich biegen und wiegen wie ein schlanker Baum im Wind. Schließlich sprach er, und seine Stimme war zwar volltönend, aber höher und klarer als Baumbarts.

»Ha, hm, meine Freunde, laßt uns einen Spaziergang machen!« sagte er. »Ich bin Bregalad, das ist Flinkbaum in eurer Sprache. Aber natürlich ist das nur ein Spitzname. So haben sie mich genannt, seit ich *ja* zu einem älteren Ent gesagt habe, ehe er seine Frage ganz ausgesprochen hatte. Auch trinke ich flink und gehe schon weg, wenn andere noch ihre Bärte befeuchten. Kommt mit mir!«

Er streckte zwei wohlgestalte Arme aus und gab jedem der Hobbits eine langfingrige Hand. Den ganzen Tag wanderten sie mit ihm durch den Wald, singend und lachend; denn Flinkbaum lachte oft. Er lachte, wenn die Sonne hinter einer Wolke hervorkam, er lachte, wenn sie auf einen Bach oder eine Quelle stießen; dann bückte er sich und spritzte sich Wasser auf die Füße und den Kopf; manchmal lachte er über irgendein Geräusch oder ein Rascheln in den Bäumen. Wann immer er eine Eberesche sah, hielt er an, die Arme ausgestreckt, und sang und wiegte sich, während er sang.

Bei Einbruch der Nacht brachte er sie zu seinem Enthaus: nur ein moosiger Stein war es, der unter einem grünen Steilhang auf den Rasen gesetzt war. Ein Kreis von Ebereschen umstand ihn, und es gab Wasser (wie in allen Enthäusern), eine aus dem Steilhang heraussprudelnde Quelle. Sie unterhielten sich eine Weile, bis sich die Dunkelheit auf den Wald senkte. Nicht weit entfernt hörte man immer noch die Stimmen vom Entthing; aber jetzt schienen sie tiefer und weniger gemächlich, und ab und zu erhob sich eine gewaltige Stimme zu einem hohen und bewegten Gesang, während alle anderen erstarben. Aber neben ihnen redete Bregalad leise, fast flüsternd, in ihrer eigenen Sprache; und sie erfuhren, daß er zu Borkenhauts Familie gehörte, und daß das Land, wo sie gewohnt hatten, verwüstet war. Das schien den Hobbits ausreichend, um seine »Hastigkeit« zu erklären, zumindest, was die Orks betraf.

»Es gab Ebereschen in meiner Heimat«, sagte er, leise und traurig, »Ebereschen, die Wurzeln geschlagen hatten, als ich ein Enting war, vor vielen, vielen Jahren, als die Welt noch friedlich war. Die ältesten hatten die Ents gepflanzt, weil sie die Entfrauen damit erfreuen wollten. Aber die Entfrauen betrachteten die Bäume und lächelten und sagten, sie wüßten, wo weißere Blüten und reichere Früchte wüchsen. Dennoch gibt es keine Bäume dieser ganzen Gattung, der Familie der Rose, die mir so schön vorkommen. Und diese Bäume wuchsen und wuchsen, bis der Schatten eines jeden wie eine grüne Halle war, und ihre roten Beeren im Herbst waren eine Last und eine Schönheit und ein Wunder. Vögel pflegten sich dort zu sammeln. Ich mag Vögel, selbst wenn sie schwatzen; und die Eberesche hat übergenug. Doch wurden die Vögel unfreundlich und gierig und rissen an den Bäumen und warfen die Früchte hinunter und fraßen sie nicht. Dann kamen Orks mit Äxten und fällten meine Bäume.

Ich kam und rief sie bei ihren langen Namen, aber sie erzitterten nicht, sie hörten und antworteten nicht: sie waren tot.

O Orofarnë, Lassemista, Carnimírië!
Dich sah ich, Eberesche mein, im Sommer wunderbar
Und strahlend stehn: Du trugst der Blüten Weiß auf deinem Haar.
Die Rinde hell, das Laub so licht, so sanft der Stimme Ton,
Wie trugst du hoch das Haupt, geziert von goldenroter Kron!
Dein Haar ist grau, dein Laub ist dürr, verblaßt der Krone Rot,
Die liebe Stimme spricht nicht mehr: Du bist auf immer tot.
O Orofarnë, Lassemista, Carnimírië!

Die Hobbits schliefen ein beim Klang von Bregalads leisem Gesang, der in vielen Sprachen den Untergang der Bäume beklagte, die er geliebt hatte.

Auch den nächsten Tag verbrachten sie in seiner Gesellschaft, aber sie gingen nicht weit fort von seinem »Haus«. Meist saßen sie schweigend im Schutz des Steilhangs; denn der Wind war kälter und die Wolken dichter und grauer; es gab wenig Sonnenschein, und in der Ferne hoben und senkten sich immer noch die Stimmen der Ents beim Thing, manchmal laut und kräftig, manchmal leise und traurig, manchmal bewegter, manchmal langsam und feierlich wie ein Klagelied. Eine zweite Nacht kam, und immer noch hielten die Ents ihre Beratung ab unter eilenden Wolken und dann und wann aufleuchtenden Sternen.

Der dritte Tag brach an, düster und windig. Bei Sonnenaufgang stiegen die Stimmen der Ents zu einem großen Geschrei an und erstarben dann wieder. Während der Morgen sich hinzog, legte sich der Wind, und die Luft wurde drückend vor Erwartung. Die Hobbits sahen, daß Bregalad jetzt aufmerksam lauschte, obwohl für sie das Geräusch des Thing in dem engen Tal seines Enthauses nur schwach war.

Der Nachmittag kam, und die Sonne, die nach Westen zum Gebirge vorrückte, sandte lange gelbe Strahlen durch die Spalten und Risse der Wolken. Plötzlich merkten sie, daß alles sehr still war; der ganze Wald lauschte schweigend. Natürlich, die Entstimmen waren verstummt. Was bedeutete das? Bregalad stand hoch aufgerichtet und angespannt da und schaute nach Norden zurück zum Tarntobel.

Dann erschallte mit einem Schmettern ein laut tönender Ruf: *ra-hum-rah!* Die Bäume erzitterten und neigten sich, als ob ein Windstoß sie erfaßt habe. Es trat wieder Stille ein, und dann hob eine Marschmusik an wie feierliche Trommeln, und über die Trommelschläge und das brausende Dröhnen erhoben sich hoch und kräftig singende Stimmen.

Mit Trommelrollen ziehen wir: ta-runda runda runda rom!

Die Ents kamen: immer näher und lauter erklang ihr Lied:

Mit Horn und Trommeln ziehen wir: ta-rūna rūna rūna rom!

Bregalad nahm die Hobbits auf und verließ sein Haus.

Es dauerte nicht lange, da sahen sie die heranmarschierende Schar: mit langen Schritten kamen die Ents den Hang herab auf sie zu. Baumbart ging an der Spitze, und etwa fünfzig folgten ihm, immer zwei nebeneinander, die Füße im Gleichschritt und mit den Händen auf ihren Seiten den Takt schlagend. Als sie näherkamen, sah man das Blitzen und Flackern ihrer Augen.

»Hum, hom! Hier kommen wir mit Gedröhn, hier kommen wir endlich!« rief Baumbart, als er Bregalad und die Hobbits erblickte. »Kommt, schließt euch dem Thing an! Wir sind auf dem Weg. Wir sind auf dem Weg nach Isengart!«

»Nach Isengart!« riefen die Ents vielstimmig.

»Nach Isengart!«

Nach Isengart! Obwohl es hart und steinern droht, vor Waffen starrt,
Wärs noch so ehern, noch so stark, stark bis ins tiefste Knochenmark,
Wir stürmen es, wir dringen ein, zerbrechen Tor und Mauerstein,
Jetzt brennts mit Stumpf und Stiel, es brennt und brüllt im feurigen Element.
Mit Schicksalsbann ins dunkle Land – mit Trommelrollen ziehen wir;
Nach Isengart mit Fluch und Bann!
Mit Fluch und Bann marschieren wir!

So sangen sie, als sie nach Süden marschierten.

Mit glänzenden Augen ordnete sich Bregalad neben Baumbart ein. Der alte Ent nahm jetzt die Hobbits wieder und setzte sie sich auf die Schultern, und so ritten sie stolz an der Spitze der singenden Schar mit klopfenden Herzen und hoch erhobenen Köpfen. Obwohl sie erwartet hatten, daß schließlich etwas geschehen würde, waren sie doch erstaunt über die Veränderung, die mit den Ents vorgegangen war. Sie schien so plötzlich wie der Durchbruch einer Flut, die lange von einem Deich zurückgehalten worden war.

»Die Ents haben zu guter Letzt ihren Entschluß ziemlich rasch gefaßt, nicht wahr?« wagte Pippin nach einiger Zeit zu sagen, als das Singen einen Augenblick innehielt und nur das Taktschlagen von Händen und Füßen zu hören war.

»Rasch?« sagte Baumbart. »Hum, ja, in der Tat. Rascher, als ich erwartet hatte. Ich habe sie tatsächlich seit vielen Zeitaltern nicht so aufgerüttelt gesehen. Wir Ents lassen uns nicht gern aufrütteln; und wir sind nie aufgerüttelt, sofern wir uns nicht darüber klar sind, daß unsere Bäume und unser Leben in großer Gefahr sind. Das ist in diesem Walde nicht geschehen seit den Kriegen zwischen Sauron und den Menschen vom Meer. Es ist das Werk der Orks, das mutwillige Abhacken – *rárum* –, sogar ohne die faule Ausrede, das Feuer müsse geschürt werden, was uns so erzürnt hat; und die Verräterei eines Nachbarn, der uns hätte helfen sollen. Zauberer müßten mehr Verstand haben: sie haben auch mehr Verstand. Es gibt keinen Fluch auf Elbisch, Entisch oder in den Sprachen der Menschen, der kräftig genug ist für eine solche Verräterei. Nieder mit Saruman!«

»Wollt Ihr wirklich die Tore von Isengart aufbrechen?« fragte Merry.

»Ho, hm, nun ja, das könnten wir! Ihr wißt vermutlich nicht, wie stark wir sind. Vielleicht habt ihr von Trollen gehört? Sie sind mächtig stark. Aber Trolle sind nur Nachbildungen, die der Feind in der Großen Dunkelheit erschaffen hat, eine Nachahmung der Ents, ebenso wie Orks den Elben nachgeäfft sind. Wir sind stärker als Trolle. Wir sind aus dem Gebein der Erde gemacht. Wie die Wurzeln von Bäumen können wir Stein zum Bersten bringen, nur schneller, weit schneller, wenn unser Geist wachgerüttelt ist! Wenn wir nicht umgehauen oder durch Feuer oder den Einfluß von Zauberei vernichtet werden, könnten wir Isengart in Stücke reißen und die Mauern in Schutt und Trümmer legen.«

»Aber Saruman wird doch versuchen, Euch aufzuhalten, nicht wahr?«

»Hm, ah, ja, so ist das wohl. Das habe ich nicht vergessen. Ich habe sogar lange darüber nachgedacht. Aber, wißt Ihr, viele der Ents sind jünger als ich, um viele Baumalter. Sie sind nun alle aufgerüttelt, und ihr Sinn ist jetzt nur auf eins gerichtet: Isengart zu zerstören. Aber es wird nicht lange dauern, dann werden sie wieder anfangen zu denken; sie werden ein wenig ruhiger werden, wenn wir unseren Abendtrunk nehmen. Was für einen Durst wir haben werden! Aber laßt sie jetzt marschieren und singen! Wir haben einen weiten Weg, und da bleibt Zeit zum Nachdenken. Es ist schon etwas, daß wir aufgebrochen sind.«

Baumbart marschierte weiter und sang eine Weile mit den anderen. Doch nach einiger Zeit erstarb seine Stimme zu einem Murmeln, und dann schwieg er wieder. Pippin sah, daß seine alte Stirn zusammengezogen und gerunzelt war. Schließlich blickte er auf, und Pippin sah einen traurigen Ausdruck in seinen Augen, traurig, aber nicht unglücklich. Es war ein Licht in ihnen, als ob die grüne Flamme tiefer hineingesunken sei in die dunklen Bronnen seines Denkens.

»Natürlich ist es recht wahrscheinlich, meine Freunde«, sagte er bedächtig, »recht wahrscheinlich, daß wir *unserem* Schicksal entgegengehen: der letzte Marsch der Ents. Aber wenn wir zu Hause blieben und nichts täten, würde uns das Schicksal früher oder später doch ereilen. Dieser Gedanke hat sich schon lange in unseren Herzen festgesetzt; und das ist der Grund, warum wir jetzt marschieren. Es war kein hastiger Entschluß. Nun mag der letzte Marsch der Ents wenigstens ein Lied wert sein. Freilich«, seufzte er, »werden wir vielleicht anderen Leuten helfen, ehe wir dahinscheiden. Immerhin hätte ich es gern erlebt, daß die Lieder über die Entfrauen wahr werden. Von Herzen gern hätte ich Fimbrethil wiedergesehen. Aber so ist es nun mal, meine Freunde, Lieder tragen wie Bäume nur Früchte zu ihrer Zeit und auf ihre Weise: und manchmal sind sie vorzeitig verdorrt.«

Die Ents schritten mit großer Schnelligkeit voran. Sie waren hinuntergestiegen in eine lange Falte des Landes, die nach Süden abfiel; nun begannen sie hinaufzusteigen und immer weiter hinauf auf den hohen westlichen Grat. Die Wälder hörten auf, und sie kamen zu verstreuten Gruppen von Birken und dann zu kahlen Hängen, wo nur ein paar hagere Tannen wuchsen. Die Sonne versank hinter dem dunklen Bergrücken vor ihnen. Eine graue Dämmerung brach herein.

Pippin schaute nach hinten. Die Zahl der Ents war gewachsen — oder was geschah? Wo die düsteren kahlen Hänge, die sie überquert hatten, liegen sollten, glaubte er jetzt Baumgruppen zu sehen. Aber sie bewegten sich! Konnte es sein, daß die Bäume von Fangorn erwacht waren und der Wald sich erhob und über die Berge in den Krieg zog? Er rieb sich die Augen und fragte sich, ob Müdigkeit und Schatten ihn genarrt hätten; aber die großen grauen Gestalten gingen stetig vorwärts. Es war ein Geräusch wie Wind in vielen Zweigen. Die Ents näherten sich jetzt dem Kamm des Berges, und alles Singen hatte aufgehört. Die Nacht brach herein, und es herrschte Schweigen: nichts war zu hören als ein schwaches

Zittern der Erde unter den Füßen der Ents, und ein Rascheln, ein leises Wispern wie von vielen dahinwehenden Blättern. Schließlich standen sie auf dem Gipfel und schauten hinunter in einen dunklen Abgrund: die große Kluft am Ende des Gebirges: Nan Curunír, das Tal von Saruman.

»Nacht liegt über Isengart«, sagte Baumbart.

FÜNFTES KAPITEL

DER WEISSE REITER

»Mir ist kalt bis auf die Knochen«, sagte Gimli, schlug die Arme unter sich und stampfte mit den Füßen auf. Endlich war es Tag geworden. Im Morgengrauen hatten sie sich ein Frühstück bereitet, so gut sie konnten; jetzt machten sie sich in der zunehmenden Helligkeit daran, den Boden wieder nach Spuren der Hobbits abzusuchen.

»Und vergeßt den alten Mann nicht!« sagte Gimli. »Ich wäre glücklicher, wenn ich den Abdruck eines Stiefels sehen könnte.«

»Warum würde dich das glücklicher machen?« fragte Legolas.

»Weil ein alter Mann mit Füßen, die Spuren hinterlassen, vielleicht nicht mehr ist, als er zu sein schien«, antwortete der Zwerg.

»Vielleicht«, sagte der Elb. »Aber hier hinterläßt ein schwerer Stiefel womöglich gar keinen Abdruck: das Gras ist hoch und federnd.«

»Das würde einen Waldläufer nicht täuschen«, sagte Gimli. »Für Aragorn reicht ein umgebogener Halm, um ihn zu deuten. Aber ich erwarte nicht, daß er irgendwelche Spuren findet. Es war ein böses Trugbild von Saruman, was wir gestern gesehen haben. Davon bin ich überzeugt, selbst im hellen Morgenlicht. Seine Augen erblicken uns vielleicht sogar jetzt von Fangorn aus.«

»Das ist recht wahrscheinlich«, sagte Aragorn, »dennoch bin ich nicht sicher. Ich denke an die Pferde. Du sagtest in der Nacht, Gimli, er habe sie so erschreckt, daß sie fortgelaufen seien. Aber das glaube ich nicht. Hast du sie gehört, Legolas? Klang dir das wie erschreckte Tiere?«

»Nein«, sagte Legolas. »Ich habe sie deutlich gehört. Wäre es nicht dunkel und wir selbst verängstigt gewesen, hätte ich eher angenommen, es seien Tiere, die sich plötzlich freuten. Sie gaben Laute von sich, wie Pferde es tun, wenn sie einen Freund treffen, den sie lange vermißt haben.«

»Das fand ich auch«, sagte Aragorn. »Aber ich kann das Rätsel nicht lösen, es sei denn, sie kehrten zurück. Nun kommt! Es wird rasch hell. Laßt uns zuerst nachschauen und später mutmaßen! Wir sollten hier anfangen, in der Nähe unseres Lagerplatzes sorgfältig alles absuchen und uns dann den Hang hinauf zum Wald vorarbeiten. Die Hobbits zu finden, ist unsere Aufgabe, was immer wir auch von unserem Besucher in der

Nacht halten mögen. Wenn sie durch irgendeinen glücklichen Umstand entkommen sind, dann müssen sie sich in den Bäumen versteckt haben, sonst wären sie gesehen worden. Wenn wir zwischen hier und dem Saum des Waldes nichts finden, dann werden wir als letztes noch auf dem Schlachtfeld und in der Asche suchen. Aber da besteht wenig Hoffnung: die Reiter von Rohan haben ihre Arbeit zu gut gemacht.«

Eine Zeitlang krochen und tasteten die Gefährten auf dem Boden herum. Der Baum stand trauervoll über ihnen, seine trockenen Blätter hingen jetzt schlaff herab und raschelten im kalten Ostwind. Aragorn ging langsam weiter. Er kam zur Asche des Wachfeuers in der Nähe des Flußufers und begann dann, den Boden nochmals bis zu der Kuppe, wo der Kampf ausgefochten worden war, sorgfältig zu untersuchen. Plötzlich bückte er sich so tief, daß sein Gesicht fast im Gras war. Dann rief er die anderen. Sie kamen angerannt.

»Hier finden wir endlich eine Nachricht«, sagte Aragorn. Er hob ein beschädigtes Blatt auf, damit sie es sehen konnten, ein großes, fahles Blatt in goldener Tönung, das jetzt verblaßte und braun wurde. »Hier ist ein Mallornblatt aus Lórien, und Krümelchen sind darauf, und noch ein paar Krümel im Gras. Und schaut! da liegen einige Stücke von einem zerschnittenen Strick ganz in der Nähe!«

»Und hier ist das Messer, das sie zerschnitten hat«, sagte Gimli. Er bückte sich und zog aus einem Grasbüschel, in den sie ein schwerer Fuß hineingetreten hatte, eine kurze, gezackte Klinge. Das abgebrochene Heft lag daneben. »Es war eine Orkwaffe«, sagte er, hielt sie behutsam und betrachtete voll Abscheu den geschnitzten Griff: er war wie ein häßlicher Kopf gestaltet mit schielenden Augen und einem gierenden Mund.

»Na, das ist das seltsamste Rätsel, das wir je gefunden haben!« rief Legolas. »Ein gefesselter Gefangener entkommt sowohl den Orks als auch den umzingelnden Reitern. Dann hält er an, während er noch auf freier Flur ist, und zerschneidet seine Fesseln mit einem Orkmesser. Aber wie und warum? Denn wenn seine Beine gebunden waren, wie ging er dann? Und wenn seine Arme gefesselt waren, wie handhabte er dann das Messer? Und wenn weder Beine noch Arme gefesselt waren, warum hat er dann überhaupt den Strick zerschnitten? Erfreut über seine Geschicklichkeit, hat er sich dann hingesetzt und in aller Ruhe etwas Wegzehrung gegessen! Das zumindest beweist ausreichend, daß es ein Hobbit war, auch ohne Mallornblatt. Danach, nehme ich an, hat er seine Arme in Flügel verwandelt und ist singend in die Bäume geflogen. Es müßte leicht sein, ihn zu finden: wir brauchen nur ebenfalls Flügel!«

»Da war bestimmt Zauberei im Spiel«, sagte Gimli. »Was hat dieser alte Mann hier gemacht? Was hast du, Aragorn, zu Legolas' Lesart zu sagen? Kannst du sie verbessern?«

»Vielleicht«, sagte Aragorn lächelnd. »Da sind noch ein paar andere Zeichen in der Nähe, die ihr nicht berücksichtigt habt. Ich stimme euch zu, daß der Gefangene ein Hobbit war und entweder Beine oder Hände frei gehabt haben muß, ehe er hierher kam. Ich vermute, es waren die Hände, weil das Rätsel dann einfacher wird, und auch deshalb, weil er nach meiner Deutung der Spuren von einem Ork bis zu dieser Stelle *getragen* worden war. Blut ist hier vergossen worden, ein paar Schritte entfernt, Orkblut. Und dann sind überall an dieser Stelle Hufspuren und Anzeichen dafür, daß etwas Schweres weggeschleift wurde. Der Ork ist von Reitern erschlagen worden, und später hat man seine Leiche zum Feuer gezerrt. Aber der Hobbit wurde nicht gesehen: er war nicht ›auf freier Flur‹, denn es war Nacht und er trug noch seinen Elbenmantel. Er war erschöpft und hungrig, und es ist nicht verwunderlich, daß er, nachdem er seine Fesseln mit dem Messer seines gefallenen Feindes durchschnitten hatte, sich ausruhte und ein wenig aß, ehe er davonkroch. Aber es ist tröstlich zu wissen, daß er ein paar *lembas* in der Tasche hatte, obwohl er ohne Ausrüstung oder Bündel weggerannt war; das ist vielleicht hobbitähnlich. Ich sage *er*, obwohl ich hoffe und vermute, daß Merry und Pippin hier zusammen waren. Allerdings gibt es keinen sicheren Beweis dafür.«

»Und wie, glaubst du, kam es, daß einer unserer Freunde eine Hand frei hatte?« fragte Gimli.

»Ich weiß nicht, wie das kam«, antwortete Aragorn. »Und ich weiß auch nicht, warum Orks sie wegtrugen. Nicht um ihnen bei der Flucht zu helfen, dessen können wir sicher sein. Nein, ich glaube eher, daß ich jetzt einen Punkt zu verstehen beginne, der mir von Anfang an rätselhaft war: warum haben sich die Orks, als Boromir gefallen war, damit begnügt, Merry und Pippin gefangenzunehmen? Sie haben nicht nach uns anderen gesucht und auch unser Lager nicht angegriffen; statt dessen sind sie in höchster Eile nach Isengart zu gegangen. Nahmen sie an, sie hätten den Ringträger und seinen getreuen Gefährten gefangen? Das glaube ich nicht. Ihre Herren hätten nicht gewagt, Orks so eindeutige Befehle zu erteilen, nicht einmal, wenn sie selbst so viel gewußt hätten; sie hätten ihnen gegenüber nicht so offen von dem Ring gesprochen: Orks sind keine vertrauenswürdigen Diener. Vielmehr glaube ich, daß ihnen befohlen wurde, *Hobbits* gefangenzunehmen, lebendig, um jeden Preis. Jemand unternahm den Versuch, vor der Schlacht mit den wertvollen Gefangenen davonzuschleichen. Verrat vielleicht, ziemlich wahrscheinlich bei diesen Leuten; irgendein großer und kühner Ork mag versucht haben, allein mit der Beute zu entkommen, zu eigenem Nutz und Frommen. So, das ist meine Lesart. Es mag andere geben. Aber auf eines können wir jedenfalls rechnen: zumindest einer unserer Freunde konnte fliehen. Es ist unsere Aufgabe, ihn zu finden und ihm zu helfen, ehe wir nach Rohan zurückkehren. Wir dürfen uns nicht schrecken lassen von Fangorn, da ihn die Not in diese finstere Gegend trieb.«

»Ich weiß nicht, was mich mehr schreckt: Fangorn oder der Gedanke an den langen Weg durch Rohan zu Fuß«, sagte Gimli.

»Dann laßt uns in den Wald gehen«, sagte Aragorn.

Es dauerte nicht lange, da fand Aragorn neue Zeichen. An einer Stelle nahe dem Ufer der Entwasser stieß er auf Fußabdrücke: Hobbit-Abdrücke, aber zu schwach, um viel daraus zu entnehmen. Dann entdeckte er weitere Spuren unter dem Stamm eines großen Baumes genau am Waldrand. Der nackte und trockene Boden verriet nicht viel.

»Zumindest ein Hobbit stand hier eine Weile und blickte zurück; und dann wandte er sich ab und dem Wald zu«, sagte Aragorn.

»Dann müssen wir auch hineingehen«, sagte Gimli. »Aber dieser Fangorn gefällt mir nicht; und wir sind vor ihm gewarnt worden. Ich wünschte, die Jagd hätte woanders hingeführt!«

»Ich glaube nicht, daß der Wald böse ist, was immer die Sagen berichten mögen«, sagte Legolas. Er stand am Saum des Waldes, nach vorn gebückt, als ob er lausche, und starrte mit weit offenen Augen in die Schatten. »Nein, er ist nicht böse; oder das Böse, das es in ihm gibt, ist weit weg. Ich empfange nur ein ganz schwaches Echo von dunklen Orten, wo die Herzen der Bäume schwarz sind. In unserer Nähe ist keine Bosheit; aber ich spüre Wachsamkeit und Zorn.«

»Nun, er hat keinen Grund, auf mich zornig zu sein«, sagte Gimli. »Ich habe ihm nichts zuleide getan.«

»Das ist gut«, sagte Legolas. »Aber dennoch hat er Schaden genommen. Irgend etwas geschieht da drinnen oder wird geschehen. Spürt ihr nicht die Spannung? Es nimmt mir den Atem.«

»Ich spüre, daß die Luft stickig ist«, sagt der Zwerg. »Dieser Wald ist lichter als Düsterwald, aber er ist muffig und schäbig.«

»Er ist alt, sehr alt«, sagte der Elb. »So alt, daß ich mich fast wieder jung fühle, wie ich mich nicht gefühlt habe, seit ich mit euch Kindern wandere. Er ist alt und voller Erinnerung. Ich könnte hier glücklich sein, wenn ich in friedlichen Tagen hergekommen wäre.«

»Das will ich glauben«, schnaubte Gimli. »Du bist sowieso ein Waldelb, obwohl Elben aller Art seltsame Leute sind. Dennoch tröstest du mich. Wo du hingehst, da will ich auch hingehen. Aber halte deinen Bogen griffbereit, und ich will meine Axt locker im Gürtel tragen. Nicht, um sie bei Bäumen zu verwenden«, fügte er hastig hinzu und schaute zu dem Baum auf, unter dem sie standen. »Ich möchte nicht unversehens diesen alten Mann treffen, ohne etwas Schlagkräftiges bei der Hand zu haben, das ist alles. Laßt uns gehen!«

Damit machten sich die drei Jäger in den Wald auf. Legolas und Gimli überließen es Aragorn, die Spur zu finden. Es gab wenig für ihn zu sehen. Der Waldboden war trocken und mit einer Schicht Blätter bedeckt; aber da er vermutete, daß die Flüchtenden sich nahe am Wasser gehalten hatten, kehrte er oft zum Flußufer zurück. So kam er zu der Stelle, an der Merry und Pippin getrunken und ihre Füße gebadet hatten. Dort waren, für alle deutlich zu sehen, die Fußabdrücke von zwei Hobbits, der eine etwas kleiner als der andere.

»Das ist eine gute Botschaft«, sagte Aragorn. »Allerdings sind die Spuren zwei Tage alt. Und es scheint, daß die Hobbits an dieser Stelle das Ufer verlassen haben.«

»Was sollen wir denn nun tun?« sagte Gimli. »Wir können sie doch nicht durch die ganze Festung Fangorn verfolgen. Wir sind schlecht ausgerüstet hierhergekommen. Finden wir sie nicht bald, werden wir ihnen nichts mehr nützen, sondern uns nur neben sie setzen können und ihnen unsere Freundschaft dadurch beweisen, daß wir gemeinsam verhungern.«

»Wenn das wirklich alles ist, was wir tun können, dann müssen wir es tun«, sagte Aragorn. »Laßt uns weitergehen.«

Schließlich kamen sie zu dem jähen Steilhang von Baumbarts Berg und schauten hinauf zu der Felswand und den unebenen Stufen, die zu der hohen Felsplatte führten. Sonnenstrahlen brachen durch die eilenden Wolken, und der Wald sah jetzt weniger grau und düster aus.

»Laßt uns hinaufgehen und uns umschauen«, sagte Legolas. »Mir stockt immer noch der Atem. Ich würde gern eine Weile frischere Luft genießen.«

Die Gefährten kletterten hinauf. Aragorn kam als letzter und ging langsam: er überprüfte die Stufen und Vorsprünge genau.

»Ich bin fast sicher, daß die Hobbits hier oben waren«, sagte er. »Aber da sind noch andere Spuren, sehr seltsame Spuren, die ich nicht begreife. Ich bin gespannt, ob wir von diesem Felsgesims aus etwas sehen werden, das uns erraten läßt, wie sie weitergegangen sind!«

Er trat hinauf und blickte sich um, aber er sah nichts, was irgendwie nützte. Die Felsplatte schaute nach Süden und Osten; aber nur im Osten war die Aussicht frei. Dort konnte er die Wipfel der Bäume sehen, die in Reihen zur Ebene abfielen, aus der die Gefährten gekommen waren.

»Wir haben einen langen Umweg gemacht«, sagte Legolas. »Wir hätten alle zusammen gefahrlos hierher gelangen können, wenn wir den Großen Strom am zweiten oder dritten Tag verlassen und uns nach Westen geschlagen hätten. Wenige können voraussehen, wohin ihr Weg sie führt, ehe sie an seinem Ende angelangt sind.«

»Aber wir wollten gar nicht nach Fangorn kommen«, sagte Gimli.

»Dennoch sind wir hier – und hübsch im Netz gefangen«, sagte Legolas. »Schaut!«

»Wohin schauen?« fragte Gimli.

»Dort zwischen den Bäumen.«

»Wo? Ich habe keine Elbenaugen.«

»Pst! Sprich leiser! Schau!« sagte Legolas und zeigte hinunter. »Dort unten im Wald, auf dem Weg, den wir gerade gekommen sind. Er ist es. Kannst du ihn nicht sehen, wie er von Baum zu Baum geht?«

»Ja, jetzt sehe ich ihn!« zischte Gimli. »Schau, Aragorn! Habe ich euch nicht gewarnt? Da ist der alte Mann. Ganz in schmutzigen, grauen Lumpen: darum habe ich ihn zuerst nicht sehen können.«

Aragorn erblickte eine gebeugte Gestalt, die sich langsam bewegte. Der Mann war nicht weit weg und sah wie ein alter Bettler aus, der müde dahinzog und sich auf einen derben Stock stützte. Er hielt den Kopf gesenkt und schaute nicht zu ihnen auf. In anderen Landen hätten sie ihn mit freundlichen Worten begrüßt; doch jetzt standen sie stumm da, und jeder empfand eine seltsame Erwartung: etwas näherte sich, das eine verborgene Macht besaß – oder etwas Bedrohliches.

Gimli starrte eine Weile mit weit aufgerissenen Augen, während die Gestalt Schritt um Schritt näherkam. Dann vermochte er sich plötzlich nicht mehr zu beherrschen und platzte heraus: »Dein Bogen, Legolas! Spanne ihn! Mach dich bereit! Es ist Saruman. Laß ihn nicht reden oder uns durch einen Zauber blenden! Schieß zuerst!«

Legolas nahm seinen Bogen und spannte ihn, langsam, und als ob ein anderer Wille ihm Widerstand leiste. Er hielt einen Pfeil locker in der Hand, legte ihn aber nicht auf die Sehne. Aragorn stand schweigend da, sein Gesicht war wachsam und angespannt.

»Warum wartest du? Was ist mit dir los?« zischte Gimli flüsternd.

»Legolas hat recht«, sagte Aragorn ruhig. »Wir dürfen nicht auf einen alten Mann schießen, so unvermutet und ohne ihn angerufen zu haben, welche Furcht oder welcher Zweifel auch immer auf uns liegt. Beobachtet ihn und wartet ab!«

In diesem Augenblick beschleunigte der alte Mann seinen Schritt und kam mit überraschender Schnelligkeit zum Fuß der Felswand. Dann schaute er plötzlich auf, während die anderen reglos dastanden und zu ihm hinunterblickten. Es war kein Laut zu hören.

Sie konnten sein Gesicht nicht sehen: er trug eine Kapuze und über der Kapuze einen breitkrempigen Hut, so daß seine Züge bis auf die Nasenspitze und den grauen Bart beschattet waren. Dennoch glaubte Aragorn ein Funkeln scharfer und leuchtender Augen unter den von der Kapuze beschatteten Brauen gesehen zu haben.

Schließlich brach der alte Mann das Schweigen. »Wahrlich gut, daß ich euch treffe, meine Freunde«, sagte er mit leiser Stimme, »ich möchte mit euch reden. Wollt ihr herunterkommen oder soll ich hinaufkommen?« Ohne eine Antwort abzuwarten, begann er hinaufzusteigen.

»Jetzt!« rief Gimli. »Halte ihn auf, Legolas!«

»Habe ich nicht gesagt, daß ich mit euch reden möchte?« fragte der alte Mann. »Leg den Bogen weg, Herr Elb!«

Bogen und Pfeil fielen Legolas aus den Händen, und seine Arme hingen schlaff herab.

»Und du, Herr Zwerg, nimm bitte die Hand vom Axtgriff, bis ich oben bin! Du wirst keine solchen schlagkräftigen Mittel brauchen.«

Gimli fuhr zusammen und stand reglos wie ein Stein da und starrte, während der alte Mann die rohen Stufen hurtig wie eine Ziege hinaufsprang. Alle Müdigkeit schien von ihm abgefallen zu sein. Als er auf die Felsplatte trat, leuchtete etwas auf, zu kurz, als daß man hätte sicher sein können, aber ein rasches Aufblitzen von Weiß ließ vermuten, daß ein von den grauen Lumpen verhülltes weißes Gewand einen kurzen Augenblick durchschimmerte. Gimlis Atemholen war in der Stille als ein lautes Zischen zu hören.

»Gut, daß ich euch treffe, wiederhole ich«, sagte der alte Mann, als er auf sie zukam. Als er ein paar Schritt vor ihnen war, blieb er stehen, beugte sich über seinen Stab, streckte den Kopf vor und sah sie unter seiner Kapuze scharf an. »Und was mögt ihr wohl in dieser Gegend tun? Ein Elb, ein Mensch und ein Zwerg, und alle auf elbische Weise gekleidet. Zweifellos gibt es eine Geschichte hinter alledem, die zu hören sich verlohnt. Solche Dinge sieht man hier nicht oft.«

»Ihr sprecht wie einer, der Fangorn gut kennt«, sagte Aragorn. »Ist dem so?«

»Nicht gut«, sagte der alte Mann. »Das würde den Lerneifer vieler Lebenszeiten erfordern. Aber ich komme ab und zu hierher.«

»Dürften wir Euren Namen erfahren und dann hören, was Ihr uns zu sagen habt?« fragte Aragorn. »Der Morgen vergeht, und wir haben eine Aufgabe, die nicht unerledigt bleiben kann.«

»Was ich zu sagen wünschte, das habe ich gesagt: Was mögt ihr hier tun, und welche Geschichte könnt ihr über euch berichten? Was meinen Namen betrifft ...« Er unterbrach sich und lachte lange und leise. Aragorn spürte, wie ihn bei diesem Klang ein Schauer überlief, ein seltsames, kaltes Erbeben: und dennoch war es nicht Furcht oder Entsetzen, was ihn befiel: es war eher wie die plötzliche Schärfe einer frischen Brise oder das Klatschen von kaltem Regen, der einen unruhigen Schläfer weckt.

»Mein Name!« sagte der alte Mann noch einmal. »Habt ihr ihn nicht bereits erraten? Ihr habt ihn schon früher gehört, glaube ich. Ja, ihr habt ihn schon früher gehört. Aber wie ist das nun mit eurer Geschichte?«

Die drei Gefährten standen stumm da und gaben keine Antwort.

»Manche Leute würden zu zweifeln beginnen, ob euer Auftrag überhaupt aussprechbar ist«, sagte der alte Mann. »Zum Glück weiß ich etwas darüber. Ihr verfolgt die Spuren zweier junger Hobbits, glaube ich. Ja, Hobbits. Starrt mich nicht so an, als hättet ihr diesen seltsamen Namen noch nie gehört. Ihr habt ihn gehört, und ich auch. Ja, vorgestern sind sie hier heraufgeklettert; und sie trafen jemanden, den sie nicht erwartet hatten. Tröstet euch das? Und nun wollt ihr gern wissen, wo sie hingebracht wurden? Nur ruhig, vielleicht kann ich euch darüber etwas Neues sagen. Aber warum steht ihr? Euer Auftrag ist, wie ihr seht, nicht mehr so dringend, wie ihr glaubtet. Wir wollen uns setzen und es uns behaglicher machen.«

Der alte Mann wandte sich um und ging zu einem Haufen herabgefallener Steine und Felsbrocken am Fuß der hinteren Steilwand. Als ob ein Zauberbann gebrochen sei, entspannten sich die anderen sofort und bewegten sich. Gimlis Hand griff gleich nach dem Schaft seiner Axt. Aragorn zog sein Schwert. Legolas hob seinen Bogen auf.

Der alte Mann kümmerte sich nicht darum, sondern setzte sich auf einen niedrigen, flachen Stein. Dann schlug sein grauer Mantel auf, und sie sahen unbezweifelbar, daß er darunter ganz in Weiß gekleidet war.

»Saruman!« rief Gimli und sprang mit der Axt in der Hand auf ihn zu. »Sprecht! Sagt uns, wo Ihr unsere Freunde verborgen habt. Was habt Ihr mit ihnen gemacht? Sprecht, oder ich mache Euch eine Delle in den Hut, mit der fertigzuwerden selbst einem Zauberer schwerfallen wird!«

Der alte Mann war zu schnell für ihn. Er sprang auf die Füße und mit einem Satz auf einen großen Felsblock hinauf. Dort stand er, plötzlich groß geworden, sie überragend. Seine Kapuze und die grauen Lumpen warf er ab. Sein weißes Gewand schimmerte. Er hob seinen Stab, und Gimlis Axt entwand sich seinem Griff und fiel klirrend auf den Boden. Aragorns Schwert, das er fest in der reglosen Hand hielt, loderte von einem plötzlichen Feuer. Legolas stieß einen lauten Ruf aus und schoß einen Pfeil hoch in die Luft; er verschwand in einem Flammenblitz.

»Mithrandir!« rief er. »Mithrandir!«

»Gut, daß ich dich treffe, sage ich wiederum zu dir, Legolas«, sagte der alte Mann.

Sie alle starrten ihn an. Sein Haar war weiß wie Schnee in der Sonne, und schimmernd weiß war sein Gewand; die Augen unter den dichten Brauen funkelten und waren durchdringend wie die Strahlen der Sonne; Macht war in seiner Hand. Hin- und hergerissen zwischen Staunen, Freude und Furcht standen sie da und brachten kein Wort heraus.

Endlich rührte Aragorn sich. »Gandalf!« schrie er. »Wider alle Hoffnung kehrst du in unserer Not zu uns zurück! Welcher Schleier lag auf meinem Blick. Gandalf!« Gimli sagte nichts, sondern sank auf die Knie und legte die Hand vor die Augen.

»Gandalf«, wiederholte der alte Mann, als ob er sich aus alten Erinnerungen eines lange nicht gebrauchten Wortes entsinne. »Ja, das war der Name. Ich war Gandalf.«

Er stieg von dem Felsen herab, nahm seinen grauen Mantel und zog ihn um sich: es war, als habe die Sonne geschienen und sei jetzt wieder in Wolken verborgen. »Ja, ihr dürft mich noch Gandalf nennen«, sagte er, und die Stimme war die Stimme ihres alten Freundes und Führers. »Steh auf, mein guter Gimli! Keine Schuld trifft dich, und mir ist kein Leid geschehen. Fürwahr, meine Freunde, keiner von euch hat eine Waffe, die mich verletzen könnte. Freut euch. Wir sind wieder beisammen. Am Wendepunkt. Der große Sturm kommt, aber das Glück hat sich gewendet.«

Er legte Gimli die Hand auf den Kopf, und der Zwerg schaute auf und lachte plötzlich. »Gandalf!« sagte er. »Aber du bist ja ganz in Weiß!«

»Ja, jetzt bin ich weiß«, sagte Gandalf. »Tatsächlich *bin* ich Saruman, könnte man fast sagen, Saruman, wie er sein sollte. Aber nun kommt, erzählt mir von euch! Ich bin durch Feuer und tiefes Wasser gegangen, seit wir uns getrennt haben. Vieles habe ich vergessen, wovon ich glaubte, daß ich es wisse, und wiederum viel erfahren, das ich vergessen hatte. Viele Dinge kann ich von weither sehen, aber viele Dinge, die ganz nah sind, kann ich nicht sehen. Erzählt mir von euch!«

»Was möchtest du wissen?« fragte Aragorn. »Alles, was geschehen ist, seit wir uns auf der Brücke trennten, wäre eine lange Erzählung. Willst du uns nicht erst Nachricht über die Hobbits geben? Hast du sie gefunden, und sind sie in Sicherheit?«

»Nein, ich habe sie nicht gefunden«, sagte Gandalf. »Es lag Dunkelheit über den Tälern des Emyn Muil, und ich wußte nichts von ihrer Gefangennahme, bis der Adler es mir sagte.«

»Der Adler!« sagte Legolas. »Ich habe einen Adler gesehen, hoch und weit weg: das letzte Mal vor drei Tagen, über dem Emyn Muil.«

»Ja«, sagte Gandalf, »das war Gwaihir, der Herr der Winde, der mich von Orthanc gerettet hat. Ich schickte ihn voraus, um den Fluß zu beobachten und Nachrichten zu sammeln. Sein Auge ist scharf, aber er kann nicht alles sehen, was unter Berg und Baum geschieht. Einiges hat er gesehen, und anderes habe ich gesehen. Dem Ring vermag ich nun nicht mehr zu helfen, und auch keiner von der Gemeinschaft, die sich von Bruchtal aufgemacht hat, vermag es. Um ein Haar wäre er dem Feind enthüllt worden, aber er entkam. Ich war daran beteiligt; denn ich saß an einem hohen Ort und kämpfte mit dem Dunklen Turm; und der Schatten zog vorüber. Dann war ich müde, sehr müde; und ich wanderte lange in dunklen Gedanken.«

»Dann weißt du etwas von Frodo?« fragte Gimli. »Wie geht es ihm?«

»Das kann ich nicht sagen. Er wurde vor einer großen Gefahr gerettet, aber viele liegen noch vor ihm. Er beschloß, allein nach Mordor zu gehen, und er machte sich auf den Weg: das ist alles, was ich sagen kann.«

»Nicht allein«, sagte Legolas. »Wir glauben, daß Sam mit ihm ging.«

»Ach?« sagte Gandalf, und seine Augen leuchteten auf, und er lächelte. »Wirklich? Das ist mir neu, und dennoch überrascht es mich nicht. Gut! Sehr gut! Ihr erleichtert mir das Herz. Ihr müßt mir mehr erzählen. Nun setzt euch zu mir und berichtet von eurer Fahrt.«

Die Gefährten setzten sich auf den Boden zu seinen Füßen, und Aragorn begann die Erzählung. Eine ganze Weile sagte Gandalf nichts und stellte keine Fragen. Er hatte die Hände auf die Knie gelegt und die Augen geschlossen. Als Aragorn schließlich von Boromirs Tod sprach und von seiner letzten Fahrt auf dem Großen Strom, da seufzte der alte Mann.

»Du hast nicht alles gesagt, was du weißt oder errätst, Aragorn, mein Freund«, sagte er leise. »Armer Boromir! Ich konnte nicht sehen, was ihm widerfahren war. Es war eine schwere Versuchung für einen solchen Mann: ein Krieger, ein Fürst der Menschen. Galadriel sagte mir, er sei in

Gefahr. Aber er entkam zuletzt. Dessen bin ich froh. Es war nicht vergebens, daß die jungen Hobbits mit uns kamen, und sei's nur um Boromirs willen. Aber das ist nicht die einzige Rolle, die sie zu spielen haben. Sie sind nach Fangorn gebracht worden, und ihr Kommen war wie das Fallen kleiner Steine, das eine Lawine im Gebirge einleitet. Während wir uns hier unterhalten, höre ich das erste Gepolter. Saruman sollte besser nicht fern von daheim sein, wenn der Damm bricht!«

»In einem Punkt hast du dich nicht geändert, lieber Freund«, sagte Aragorn. »Du sprichst immer noch in Rätseln.«

»Was? In Rätseln?« sagte Gandalf. »Nein! Denn ich sprach laut mit mir selbst. Eine Angewohnheit der Alten: sie wählen den Klügsten der Anwesenden aus, um mit ihm zu reden; die langen Erklärungen, die die Jungen brauchen, sind ermüdend.« Er lachte, aber es klang jetzt warm und freundlich wie ein Sonnenstrahl.

»Ich bin nicht mehr jung, nicht einmal nach der Rechnung der Menschen der Alten Häuser«, sagte Aragorn. »Willst du mir nicht deine Gedanken etwas deutlicher offenbaren?«

»Was soll ich denn sagen?« fragte Gandalf und hielt eine Weile nachdenklich inne. »So sehe ich, kurz gesagt, die Dinge im Augenblick, wenn du meine Meinung so klar wie möglich erfahren willst. Der Feind hat natürlich seit langem gewußt, daß der Ring unterwegs ist und daß ein Hobbit ihn trägt. Er weiß jetzt, wie viele zu unserer Gemeinschaft gehörten, die sich von Bruchtal auf den Weg machte, und welcher Art wir waren. Aber er erkennt unsere Absicht noch nicht genau. Er nimmt an, daß wir alle nach Minas Tirith gehen; denn das ist es, was er an unserer Stelle getan hätte. Und nach seinem Wissen wäre das ein schwerer Schlag für seine Macht gewesen. Tatsächlich fürchtet er sich sehr, weil er nicht weiß, welcher Mächtige plötzlich auftaucht, den Ring besitzt und ihn mit Krieg überzieht, um ihn niederzuwerfen und seinen Platz einzunehmen. Daß wir den Wunsch haben könnten, ihn niederzuwerfen und *niemanden* an seine Stelle zu setzen, ist ein Gedanke, der ihm gar nicht in den Sinn kommt. Daß wir versuchen könnten, den Ring selbst zu zerstören, das stellt er sich auch in seinen dunkelsten Träumen nicht vor. Worin du zweifellos unser Glück und unsere Hoffnung erkennst. Denn da er sich Krieg vorstellt, hat er den Krieg entfesselt, weil er glaubt, er habe keine Zeit zu verlieren; denn derjenige, der den ersten Schlag führt, wenn er hart genug zuschlägt, braucht dann vielleicht nicht weiter zuzuschlagen. Deshalb hat er die Heerscharen, die er längst aufgestellt hat, jetzt in Bewegung gesetzt, früher, als er vorgehabt hatte. Weiser Narr. Denn hätte er seine ganze Macht eingesetzt, um Mordor zu schützen, so daß niemand hineinkann, und seine ganze Arglist darauf gerichtet, dem Ring nachzujagen, dann wäre die Hoffnung wahrlich geschwunden: weder Ring noch Träger hätten ihm lange entgehen können. Aber jetzt starrt sein Auge mehr in die Ferne als in das eigene Land: und vor allem schaut er auf Minas Tirith. Sehr bald wird seine Heeresmacht wie ein Sturm darüber herfallen.

Denn schon weiß er, daß die Boten, die er ausgesandt hat, um der Gemeinschaft aufzulauern, wiederum gescheitert sind. Sie haben den Ring nicht gefunden. Und ebensowenig haben sie irgendwelche Hobbits als Geiseln weggeschleppt. Hätten sie auch nur das vollbracht, wäre es ein schwerer Schlag für uns gewesen, und er hätte tödlich sein können. Aber wir wollen uns nicht das Herz schwermachen, indem wir uns ausmalen, wie ihre anständige Treue im Dunklen Turm auf die Probe gestellt worden wäre. Der Feind war erfolglos — bisher. Dank Saruman.«

»Dann ist Saruman also kein Verräter?« fragte Gimli.

»Oh doch«, sagte Gandalf. »Doppelt sogar. Und ist es nicht seltsam? Nichts, was wir in letzter Zeit erduldet haben, schien so schmerzlich zu sein wie Isengarts Verrat. Selbst wenn man ihn als Landesherrn und Heerführer betrachtet, ist Saruman sehr stark geworden. Er bedroht die Menschen von Rohan und entzieht Minas Tirith ihre Hilfe, während doch der Hauptschlag vom Osten kommt. Aber eine verräterische Waffe ist immer eine Gefahr für die Hand. Auch Saruman hatte im Sinn, den Ring für sich selbst zu erbeuten, oder zumindest einige Hobbits gefangenzunehmen für seine bösen Zwecke. So haben unsere Feinde gemeinsam nur erreicht, daß Merry und Pippin mit wunderbarer Schnelligkeit und gerade zur rechten Zeit nach Fangorn gelangten, wo sie sonst überhaupt nicht hingekommen wären!

Auch sind ihnen jetzt neue Zweifel aufgestiegen, die ihre Pläne stören. Keine Nachricht über die Schlacht wird nach Mordor gelangen, dank den Reitern von Rohan; doch weiß der Dunkle Herrscher, daß zwei Hobbits im Emyn Muil ergriffen und gegen den Willen seiner eigenen Diener nach Isengart verschleppt wurden. Jetzt hat er Isengart ebenso zu fürchten wie Minas Tirith. Wenn Minas Tirith fällt, wird es Saruman schlecht ergehen.«

»Es ist ein Jammer, daß unsere Freunde dazwischen liegen«, sagte Gimli. »Wenn kein Land Isengart von Mordor trennte, dann könnten sie kämpfen, während wir zuschauen und abwarten.«

»Der Sieger würde stärker aus dem Kampf hervorgehen, als sie jetzt beide sind, und frei von Zweifeln«, sagte Gandalf. »Aber Isengart kann nicht gegen Mordor kämpfen, sofern Saruman nicht zuerst den Ring erhält. Den wird er jetzt niemals erhalten. Er weiß noch nicht, in welcher Gefahr er ist. Es gibt vieles, was er nicht weiß. Er war so begierig, seine Beute in die Hand zu bekommen, daß er es nicht zu Hause erwarten konnte, sondern herauskam, um seinen Boten entgegenzugehen und sie zu belauern. Aber er kam ausnahmsweise zu spät, die Schlacht war vorbei, und es gab schon nichts mehr zu helfen, ehe er diese Gegend erreichte. Er ist nicht lange hiergeblieben. Ich blicke ihm ins Herz und sehe seinen Zweifel. Er hat keine Zaubermacht über den Wald. Er glaubt, daß die Reiter auf dem Schlachtfeld alle erschlagen und verbrannt haben; aber er weiß nicht, ob die Orks irgendwelche Gefangenen mitgebracht hatten, oder nicht. Und er weiß nichts von dem Streit zwischen seinen Dienern und den Orks von Mordor; ebensowenig weiß er von dem Geflügelten Boten.«

»Der Geflügelte Bote!« rief Legolas. »Oberhalb von Sarn Gebir habe ich mit Galadriels Bogen auf ihn geschossen und ihn vom Himmel herabgeholt. Er erfüllte uns mit Furcht. Was für ein neuer Schrecken ist das?«

»Einer, den du mit Pfeilen nicht töten kannst«, sagte Gandalf. »Du hast nur sein Roß getötet. Es war eine gute Tat; doch der Reiter bekam bald ein neues Pferd. Denn er war ein Nazgûl, einer der Neun, die jetzt auf geflügelten Rössern reiten. Bald wird ihr Schrecken die letzten Heere unserer Freunde überschatten und die Sonne verdunkeln. Aber noch haben sie keine Erlaubnis, den Strom zu überqueren, und Saruman weiß nichts von dieser neuen Gestalt, die den Ringgeistern verliehen worden ist. Seine Gedanken kreisen immer um den Ring. War er bei der Schlacht? Ist er gefunden worden? Was geschieht, wenn Théoden, der Herr der Mark, ihn erhalten und von seiner Macht erfahren sollte? Das ist die Gefahr, die er sieht, und er ist nach Isengart zurückgeeilt, um seinen Angriff auf Rohan zu verdoppeln und zu verdreifachen. Und die ganze Zeit droht noch eine Gefahr ganz in der Nähe, die er nicht sieht, weil er so mit seinen leidenschaftlichen Gedanken beschäftigt ist. Er hat Baumbart vergessen.«

»Jetzt sprichst du wieder mit dir selbst«, sagte Aragorn lächelnd. »Baumbart ist mir nicht bekannt. Und ich habe einen Teil von Sarumans doppelter Niedertracht erraten; dennoch begreife ich nicht, was es genützt hat, daß zwei Hobbits nach Fangorn kamen, abgesehen davon, daß es uns eine lange und vergebliche Jagd eingetragen hat.«

»Warte eine Minute«, rief Gimli. »Da ist noch etwas, was ich zuerst gern wüßte. Warst du es, Gandalf, oder Saruman, den wir gestern abend sahen?«

»Mich habt ihr gewiß nicht gesehen«, antwortete Gandalf, »daher muß ich annehmen, daß ihr Saruman saht. Offenbar sind wir uns so ähnlich, daß dein Wunsch, eine unheilbare Delle in meinen Hut zu machen, entschuldigt werden muß.«

»Gut, gut!«, sagte Gimli. Ich freue mich, daß du es nicht warst.«

Gandalf lachte wieder. »Ja, mein guter Zwerg, es ist tröstlich, sich nicht in allen Punkten geirrt zu haben. Als ob ich das nicht nur zu gut wüßte! Aber natürlich habe ich dir nie einen Vorwurf deswegen gemacht, wie du mich begrüßt hast. Wie hätte ich das tun können, der ich meinen Freunden so oft den Rat gegeben habe, selbst ihren eigenen Händen zu mißtrauen, wenn sie sich mit dem Feind befassen. Gelobt sollst du sein, Gimli, Glóins Sohn! Vielleicht wirst du uns beide eines Tages zusammen sehen und dir ein Urteil über uns bilden!«

»Aber die Hobbits!« warf Legolas ein. »Wir sind von weither gekommen, um sie zu suchen, und du scheinst zu wissen, wo sie jetzt sind?«

»Bei Baumbart und den Ents«, sagte Gandalf.

»Die Ents!« rief Aragorn. »Dann sind die alten Sagen wahr über die Bewohner der tiefen Wälder und die riesenhaften Hirten der Bäume? Gibt es noch Ents auf der Welt? Ich dachte, sie seien nur eine Erinnerung an alte Zeiten, wenn sie überhaupt mehr sind als eine Sage von Rohan.«

»Eine Sage von Rohan!« rief Legolas. »Nein, jeder Elb in Wilderland hat Lieder von den alten Onodrim und ihrem langwährenden Kummer gesungen. Dennoch sind sie selbst für uns nur eine Erinnerung. Wenn ich einem begegnen sollte, der noch auf dieser Welt wandelt, dann würde ich mich wahrlich wieder jung fühlen! Aber Baumbart: das ist nur eine Übersetzung von Fangorn in die Gemeinsame Sprache; doch scheinst du von einer Person zu sprechen. Wer ist dieser Baumbart?«

»Ah, jetzt fragst du viel«, sagte Gandalf. »Das wenige, was ich von seiner langen und langwierigen Geschichte weiß, würde eine Erzählung ergeben, für die wir jetzt keine Zeit haben. Baumbart ist Fangorn, der Hüter des Waldes; er ist der älteste der Ents, das älteste Lebewesen, das noch unter der Sonne in Mittelerde wandelt. Ich hoffe wirklich, Legolas, daß du ihm begegnen wirst. Merry und Pippin waren glücklich dran; sie trafen ihn hier, just wo wir sitzen. Denn er kam vor zwei Tagen her und brachte sie dann zu seiner fernen Behausung am Fuße des Gebirges. Er kommt oft hierher, besonders wenn er sich Sorgen macht und die Gerüchte aus der Welt draußen ihn beunruhigen. Ich sah ihn vor vier Tagen durch die Bäume streichen, und ich glaube, er sah mich auch, denn er blieb stehen; aber ich sprach nicht, weil ich tief in Gedanken war und müde nach meinem Kampf mit dem Auge von Mordor; und er redete auch nicht und rief auch nicht meinen Namen.«

»Vielleicht hat er dich ebenfalls für Saruman gehalten«, sagte Gimli. »Aber du sprichst von ihm, als sei er ein Freund. Ich dachte, Fangorn sei gefährlich.«

»Gefährlich!« rief Gandalf. »Das bin ich auch, sehr gefährlich: gefährlicher als alles, was dir je begegnen wird, es sei denn, du würdest lebendig vor den Thron des Dunklen Herrschers gebracht werden. Und Aragorn ist gefährlich, und Legolas ist gefährlich. Du bist umgeben von Gefahren, Gimli, Glóins Sohn; denn du selbst bist gefährlich auf deine Weise. Gewiß ist der Wald von Fangorn gefahrvoll – nicht am wenigsten für jene, die zu schnell mit ihren Äxten bei der Hand sind; und Fangorn selbst, er ist auch gefährlich; indes ist er trotzdem weise und freundlich. Doch jetzt brodelt sein lange aufgestauter Zorn über, und der ganze Wald ist davon erfüllt. Die Ankunft der Hobbits und die Nachrichten, die sie mitbrachten, haben seinen Zorn zum Überlaufen gebracht: bald wird er reißend sein wie eine Flut; aber die Flut richtet sich gegen Saruman und die Äxte von Isengart. Etwas ist im Begriff zu geschehen, das seit der Altvorderenzeit nicht geschehen ist: die Ents erwachen und merken, daß sie stark sind.«

»Was werden sie tun?« fragte Legolas voll Staunen.

»Das weiß ich nicht«, sagte Gandalf. »Ich glaube nicht, daß sie selbst es wissen. Ich bin gespannt.« Er schwieg und senkte den Kopf, tief in Gedanken.

Die anderen schauten ihn an. Ein Sonnenstrahl fiel durch rasch dahinziehende Wolken auf seine Hände, die jetzt mit der Innenfläche nach oben auf seinem Schoß lagen: sie schienen mit Licht gefüllt zu sein wie eine Schale mit Wasser. Schließlich blickte er auf und starrte in die Sonne.

»Der Morgen vergeht«, sagte er. »Bald müssen wir aufbrechen.«

»Werden wir aufbrechen, um unsere Freunde zu finden und Baumbart zu sehen?« fragte Aragorn.

»Nein«, sagte Gandalf. »Das ist nicht der Weg, den ihr einschlagen müßt. Ich habe Worte der Hoffnung gesprochen. Aber nur der Hoffnung. Hoffnung ist noch kein Sieg. Krieg steht uns und allen unseren Freunden bevor, ein Krieg, in dem nur die Verwendung des Ringes uns die Gewißheit des Sieges geben könnte. Er erfüllt mich mit großer Sorge und großer Furcht: denn viel wird zerstört werden, und alles mag verloren werden. Ich bin Gandalf, Gandalf der Weiße, aber noch ist Schwarz mächtiger.«

Er stand auf, blickte nach Osten und beschattete seine Augen, als ob er Dinge in weiter Ferne sehe, die niemand sonst sehen konnte. Dann schüttelte er den Kopf. »Nein«, sagte er leise, »er ist für uns nicht mehr erreichbar. Darüber zumindest laßt uns froh sein. Wir können nicht länger in Versuchung geraten, den Ring zu verwenden. Wir müssen hinuntergehen und einer Gefahr, die der Hoffnungslosigkeit nahekommt, ins Auge sehen, doch jene tödliche Gefahr ist beseitigt.«

Er wandte sich um. »Komm, Aragorn, Arathorns Sohn!« sagte er. »Bereue deine Entscheidung im Tal des Emyn Muil nicht, noch nenne es eine vergebliche Verfolgung. Du hast unter Zweifeln den Pfad gewählt, der der richtige schien: die Entscheidung war gut und ist belohnt worden. Denn so haben wir uns rechtzeitig getroffen, die wir uns sonst vielleicht zu spät getroffen hätten. Doch die Aufgabe deiner Gefährten ist beendet. Deine nächste Fahrt ist bestimmt durch dein gegebenes Wort. Du mußt nach Edoras gehen und Théoden in seiner Halle aufsuchen. Denn du wirst gebraucht. Andúrils Glanz muß jetzt in der Schlacht enthüllt werden, worauf er so lange gewartet hat. Es ist Krieg in Rohan, und schlimmer noch: es steht schlecht um Théoden.«

»Dann sollen wir die fröhlichen jungen Hobbits nicht wiedersehen?« fragte Legolas.

»Das habe ich nicht gesagt«, erwiderte Gandalf. »Wer weiß? Habt Geduld. Geht, wohin ihr gehen müßt, und hofft! Nach Edoras. Ich gehe auch dorthin.«

»Es ist ein langer Weg für einen Mann zu Fuß, jung oder alt«, sagte Aragorn. »Ich fürchte, die Schlacht wird längst vorbei sein, ehe ich dort hinkomme.«

»Wir werden sehen, wir werden sehen«, sagte Gandalf. »Willst du nun mit mir kommen?«

»Ja, wir werden zusammen aufbrechen«, sagte Aragorn. »Aber ich zweifle nicht, daß du vor mir ankommen wirst, wenn du es wünschst.« Er stand auf und schaute Gandalf lange an. Die anderen betrachteten sie schweigend, wie sie einander gegenüber standen. Aragorn, Arathorns Sohn, war groß und hart wie Stein, die Hand auf dem Heft seines Schwertes; er sah aus, als habe ein König aus den Nebeln des Meeres die Gestade geringerer Menschen betreten. Gegen ihn wirkte die alte Gestalt demütig, weiß, schimmernd jetzt, als ob ein Licht in ihr flackere, gebeugt unter der Last der Jahre und dennoch über eine Macht gebietend, die die Stärke von Königen übertraf.

»Spreche ich nicht wahr, Gandalf«, sagte Aragorn schließlich, »daß du, wo immer du hingehen möchtest, schneller als ich dort eintreffen könntest? Und auch dies sage ich: du bist unser Heerführer und unser Banner. Der Dunkle Gebieter hat Neun: Aber wir haben Einen, mächtiger als sie: den Weißen Reiter. Er hat das Feuer und den Abgrund überstanden, und sie sollen ihn fürchten. Wir werden dorthin gehen, wohin er uns führt.«

»Ja, gemeinsam werden wir dir folgen«, sagte Legolas. »Doch zuerst würde es mein Herz erleichtern, Gandalf, zu hören, was dir in Moria widerfuhr. Willst du es uns nicht erzählen? Kannst du nicht solange bleiben, um deinen Freunden zu erzählen, wie du errettet wurdest?«

»Ich bin schon zu lange geblieben«, antwortete Gandalf. »Zeit ist knapp. Aber wenn wir ein Jahr dafür aufwenden könnten, würde ich euch nicht alles erzählen.«

»Dann erzähle uns, was du willst und die Zeit erlaubt«, sagte Gimli. »Komm, Gandalf, erzähle uns, wie es dir mit dem Balrog erging.«

»Nenne ihn nicht!« sagte Gandalf, und einen Augenblick schien es, als ob ein Schatten des Schmerzes über sein Gesicht glitt, und er saß schweigend da und sah alt aus wie der Tod. »Lange Zeit fiel ich«, sagte er schließlich zögernd, als ob es schwierig sei daran zurückzudenken. »Lange fiel ich, und er fiel mit mir. Sein Feuer war um mich. Es verbrannte mich. Dann stürzten wir in das tiefe Wasser, und alles war dunkel. Kalt war es wie die Stunde des Todes: fast erstarrte mein Herz.«

»Tief ist der Abgrund, der von Durins Brücke überspannt wird, und niemand hat ihn ermessen«, sagte Gimli.

»Dennoch hat er einen Grund, jenseits von Licht und Wissen«, sagte Gandalf. »Dorthin kam ich zuletzt, zum äußersten Grund des Gesteins. Er war noch bei mir. Sein Feuer war erstickt, aber jetzt war er ein Wesen aus Schleim, stärker als eine würgende Schlange.

Wir kämpften miteinander tief unter der lebendigen Erde, wo Zeit nicht gezählt wird. Immer wieder umschlang er mich, immer wieder hieb ich auf ihn ein, bis er zuletzt in dunkle Gänge entfloh. Sie waren nicht von Durins Volk angelegt, Gimli, Glóins Sohn. Weit, weit unter den tiefsten Grabungen der Zwerge nagen namenlose Wesen an der Welt. Selbst Sauron kennt sie nicht. Sie sind älter als er. Nun bin ich dort gewandert, doch will ich nicht darüber berichten, um das Licht des Tages nicht zu verdunkeln. In dieser Verzweiflung war mein Feind meine einzige Hoffung, und ich verfolgte ihn und blieb ihm auf den Fersen. So brachte er mich schließlich zurück zu den geheimen Wegen von Khazad-Dûm: allzu gut kannte er sie alle. Immer hinauf gingen wir nun, bis wir zur Endlosen Treppe kamen.«

»Lange ist sie vergessen gewesen, sagte Gimli. »Viele haben gesagt, sie sei nie gebaut worden außer in der Sage, aber andere sagen, sie sei zerstört worden.«

»Sie ist gebaut worden und nicht zerstört«, sagte Gandalf. »Von dem tiefsten Verlies bis zum höchsten Gipfel führte sie empor, eine sich unaufhörlich hinaufschraubende Wendeltreppe von vielen tausend Stufen, bis sie endlich in Durins Turm herauskam, der in den lebenden Fels von Zirakzigil hineingemeißelt ist, der Spitze der Silberzinne.

Dort auf dem Celebdil war ein einsames Fenster im Schnee, und davor lag eine schmale Fläche, ein schwindelnd hoher Horst über den Nebeln der Welt. Die Sonne strahlte dort feurig, aber unten war alles in Wolken gehüllt. Dort sprang er hinaus, und als ich eben hinterdreinkam, ging er von neuem in Flammen auf. Es war niemand da, der es sah, sonst würde der Kampf auf dem Gipfel vielleicht noch in späteren Zeitaltern in Liedern besungen werden.« Plötzlich lachte Gandalf. »Aber was würden sie im Lied sagen? Jene, die von weither hinaufschauten, glaubten, ein Gewitter tobe auf dem Berg. Donner hörten sie, und Blitze, sagten sie, schlugen auf Celebdil ein und sprangen zurück als züngelnde Flammen. Ist das nicht genug? Ein mächtiger Rauch stieg um uns auf, Brodem und Dampf. Eis fiel wie Regen. Ich warf meinen Feind nieder, und er stürzte von der Höhe und zertrümmerte die Seite des Berges, wo er bei seinem Fall aufschlug. Dann umfing mich Dunkelheit, und ich irrte umher ohne Gedanken und Zeitgefühl, und ich wanderte auf Wegen, die ich nicht nennen will.

Nackt wurde ich zurückgeschickt – für eine kurze Zeit, bis meine Aufgabe erfüllt ist. Und nackt lag ich auf dem Berggipfel. Der Turm hinter mir war zu Staub zerfallen, das Fenster verschwunden; die eingestürzte Treppe versperrt durch verbranntes und zerbrochenes Gestein. Ich war allein, vergessen, ohne Entrinnen auf der rauhen Zinne der Welt. Dort lag ich und starrte empor, während die Sterne im Kreise zogen, und jeder Tag war so lang wie ein Lebensalter auf der Erde. Schwach drangen an mein Ohr die gesammelten Geräusche aller Lande: Geburt und Tod, Singen und Weinen und das langsame, immerwährende Ächzen von überlastetem Gestein. Und so fand mich schließlich wiederum Gwaihir, der Herr der Winde, und er hob mich auf und trug mich davon.

›Immer ist es mein Schicksal, deine Last zu sein, Freund in Not‹, sagte ich.

›Eine Last bist du gewesen‹, antwortete er, ›aber jetzt nicht. Leicht wie eine Schwanenfeder bist du nun in meinen Klauen. Die Sonne scheint durch dich hindurch. Ich glaube wirklich nicht, daß du mich noch brauchst: ließe ich dich fallen, würdest du im Wind dahintreiben.‹

›Laß mich nicht fallen!‹ keuchte ich, denn ich spürte wieder Leben in mir. ›Trage mich nach Lothlórien!‹

›Das ist auch der Befehl der Frau Galadriel, die mich ausgesandt hat, nach dir zu suchen‹, antwortete er.

So kam ich nach Caras Galadhon und erfuhr, daß ihr erst kürzlich aufgebrochen wart. Ich verweilte in der alterlosen Zeit dieses Landes, wo die Tage Heilung bringen, nicht Verfall. Heilung fand ich, und ich wurde in Weiß gekleidet. Rat gab ich und erhielt Rat. Von dort kam ich auf seltsamen Wegen, und Botschaften bringe ich einigen von euch. Für Aragorn wurde mir folgendes aufgetragen:

Elessar, Elessar, wo sind nun die Dúnedain?
Eure Sippe soll nicht mehr ferne sein.
Bald schlägt die Stunde der Wiederkehr:
Schon reiten die Grauen von Norden her.
Doch dunkel liegt vor Euch der Pfad:
Die Fahrt durch das Land der Toten naht.

Legolas sandte sie dieses Wort:

Legolas Grünblatt, Ihr lebtet bisher
Im Wald voller Freude. Meidet das Meer!
Habt Ihr einmal das Schreien der Möwen gehört,
Ist der Friede der Bäume für Euch zerstört.«

Gandalf schwieg und schloß die Augen.

»Dann hat sie mir keine Botschaft geschickt?« fragte Gimli und senkte den Kopf.

»Dunkel sind ihre Worte«, sagte Legolas, »und wenig bedeuten sie denen, die sie erhalten.«

»Das ist kein Trost«, sagte Gimli.

»Wie denn?« sagte Legolas. »Hättest du es lieber, wenn sie offen zu dir von deinem Tod spräche?«

»Ja, wenn sie nichts anderes zu sagen hätte.«

»Was ist los?« fragte Gandalf und öffnete die Augen. »Ja, ich glaube, ich kann erraten, was ihre Worte bedeuten mögen. Entschuldige, Gimli. Ich habe noch einmal über die Botschaften nachgegrübelt. Doch, sie hat dir eine Nachricht gesandt, und sie ist weder unverständlich noch traurig.

›Gimli, Glóins Sohn‹, sagte sie, ›bestellt die Grüße seiner Herrin. Lokkenträger, wo immer Ihr geht, begleiten Euch meine Gedanken. Doch nehmt Euch in acht, daß Ihr Eure Axt an den richtigen Baum legt!‹«

»In einer glücklichen Stunde bist du zu uns zurückgekehrt, Gandalf«, rief Gimli und machte einen Luftsprung, während er laut in der seltsamen Zwergensprache sang. »Kommt, kommt!« rief er. »Da Gandalfs Kopf jetzt heilig ist, laßt uns einen anderen finden, den zu spalten richtig ist!«

»Da werden wir nicht weit zu suchen brauchen«, sagte Gandalf und stand von seinem Sitz auf. »Kommt! Wir haben die ganze Zeit vertan, die einem Wiedersehen getrennt gewesener Freunde zugebilligt werden muß. Jetzt ist Eile vonnöten.«

Er hüllte sich wieder in seinen alten zerlumpten Mantel und ging voran. Die anderen folgten ihm; rasch stiegen sie von der hohen Felsplatte hinunter und nahmen den Weg zurück durch den Wald bis zum Ufer der Entwasser. Sie sprachen erst wieder, als sie jenseits des Saums von Fangorn auf dem Gras standen. Von ihren Pferden war keine Spur zu sehen.

»Sie sind nicht zurückgekommen«, sagte Legolas. »Es wird eine mühselige Wanderung werden!«

»Ich werde nicht zu Fuß gehen. Die Zeit drängt«, sagte Gandalf. Dann hob er den Kopf und stieß einen langen Pfiff aus. So klar und durchdringend war der Ton, daß die anderen erstaunt waren, eine solche Klangfülle von diesen alten, bärtigen Lippen zu hören. Dreimal pfiff er; und dann schien es, als hörten sie schwach und von fern das Wiehern eines Pferdes, das der Ostwind von der Ebene herübertrug. Sie warteten verwundert. Es dauerte nicht lange, da kam das Geräusch von Hufen, zuerst kaum mehr als ein Zittern des Bodens, nur für Aragorn vernehmbar, der im Gras lag, dann stetig lauter und deutlicher zu einem raschen Trab werdend.

»Da kommt mehr als ein Pferd«, sagte Aragorn.

»Gewiß«, sagte Gandalf. »Wir sind eine zu schwere Last für eins.«

»Es sind drei«, sagte Legolas, der über die Ebene schaute. »Seht, wie sie rennen! Da ist Hasufel und mein Freund Arod neben ihm! Aber da ist noch ein drittes, das vorausgaloppiert: ein sehr großes Pferd. Seinesgleichen habe ich noch nie gesehen.«

»Und wirst du auch nie wieder«, sagte Gandalf. »Das ist Schattenfell. Er ist das Haupt der *Mearas*, der Fürsten unter den Pferden, und nicht einmal Théoden, König von Rohan, hat je ein besseres Roß erblickt. Schimmert es nicht wie Silber und läuft es nicht so sanft und gleichmäßig wie ein flinker Bach? Er ist für mich gekommen: das Pferd des Weißen Reiters. Wir ziehen zusammen in die Schlacht.«

Während der alte Zauberer noch sprach, sprengte das große Pferd den Abhang herauf auf sie zu; sein Fell glänzte, und seine Mähne flatterte im

Wind. Die beiden anderen waren jetzt weit hinter ihm. Sobald Schattenfell Gandalf sah, mäßigte er seinen Schritt und wieherte laut; dann trabte er leicht auf ihn zu, senkte den stolzen Kopf und schnupperte mit seinen großen Nüstern am Hals des alten Mannes.

Gandalf streichelte ihn. »Es ist ein langer Weg von Bruchtal, mein Freund«, sagte er. »Aber du bist klug und schnell und in der Not gekommen. Weit laß uns jetzt zusammen reiten und in dieser Welt uns nicht mehr trennen!«

Bald kamen die anderen Pferde und standen still in der Nähe, als ob sie Befehle erwarteten. »Wir reiten sogleich nach Meduseld, der Halle eures Herrn Théoden«, sagte Gandalf ernst zu ihnen. Sie neigten die Köpfe. »Die Zeit drängt, also wenn ihr erlaubt, wollen wir reiten. Wir bitten euch, so viel Schnelligkeit aufzubieten, wie ihr vermögt. Hasufel soll Aragorn tragen und Arod Legolas. Ich will Gimli vor mich setzen, und mit Schattenfells Erlaubnis wird er uns beide tragen. Wir wollen nur vorher ein wenig trinken.«

»Jetzt verstehe ich einen Teil des Rätsels der letzten Nacht«, sagte Legolas, als er leicht auf Arods Rücken sprang. »Ob sie zuerst aus Angst flohen oder nicht, jedenfalls trafen unsere Pferde Schattenfell, ihren Anführer, und begrüßten ihn voll Freude. Wußtest du, daß er in der Nähe war, Gandalf?«

»Ja, ich wußte es«, sagte der Zauberer. »Ich richtete meine Gedanken auf ihn und bat ihn, sich zu eilen; denn gestern war er noch fern im Süden dieses Landes. Schnell möge er mich wieder zurücktragen!«

Gandalf sprach jetzt mit Schattenfell, und das Pferd schlug einen guten Schritt an, doch nicht zu schnell für die anderen. Nach einer kleinen Weile wandte er sich plötzlich vom Weg ab, und an einer Stelle, wo die Ufer niedriger waren, watete er durch den Fluß und hielt dann in südlicher Richtung auf ein flaches Land zu, baumlos und weit. Wie graue Wellen fuhr der Wind durch die endlosen Meilen von Gras. Es war kein Weg und keine Spur zu sehen, aber Schattenfell zögerte und schwankte nicht.

»Er schlägt jetzt den geraden Weg zu Théodens Hallen unter den Hängen des Weißen Gebirges ein«, sagte Gandalf. »Es wird so schneller gehen. Der Boden ist fest im Ostemnet, wo der Hauptpfad nach Norden liegt, jenseits des Flusses, aber Schattenfell kennt den Weg durch jeden Sumpf und jede Senke.«

Viele Stunden ritten sie durch die Wiesen und Flußlande. Oft war das Gras so hoch, daß es den Reitern bis über die Knie reichte, und ihre Pferde schienen in einem graugrünen Meer zu schwimmen. An vielen verborgenen Teichen kamen sie vorbei und an ganzen Feldern von Riedgras, das über nassen und heimtückischen Sümpfen wogte; doch Schattenfell fand den Weg, und die anderen Pferde folgten ihm auf seiner Spur. Langsam sank die Sonne vom Himmel herab in den Westen. Als die Reiter über die große Ebene blickten, sahen sie sie einen Augenblick wie ein rotes Feuer, das im Gras untertauchte. Auf beiden Seiten erstreckten sich am Saum des Blickfeldes niedrige Bergrücken, die rot schimmerten. Ein Rauch schien aufzusteigen und die Sonnenscheibe zu verdunkeln, bis sie die Farbe von Blut hatte, als ob sie auf ihrem Weg unter den Rand der Erde das Gras in Brand gesteckt habe.

»Dort liegt die Pforte von Rohan«, sagte Gandalf. »Sie ist jetzt fast genau westlich von uns. In dieser Richtung liegt Isengart.«

»Ich sehe einen großen Rauch«, sagte Legolas. »Was mag das sein?«

»Kampf und Krieg!« sagte Gandalf. »Reitet zu!«

SECHSTES KAPITEL

DER KÖNIG DER GOLDENEN HALLE

Sie ritten weiter, während die Sonne unterging, durch die lange Dämmerung und die zunehmende Nacht. Als sie schließlich anhielten und absaßen, war selbst Aragorn steif und müde. Gandalf gestand ihnen nur ein paar Stunden Rast zu. Legolas und Gimli schliefen, und Aragorn lag flach ausgestreckt auf dem Rücken; doch Gandalf blieb stehen, stützte sich auf seinen Stab und starrte in die Dunkelheit nach Ost und West. Alles war still, und kein Lebewesen war zu sehen oder zu hören. Als sie dann aufstanden, war die Nacht von langen Wolken bedeckt, die in einem eisigen Wind segelten. Unter dem kalten Mond ging es wieder weiter, so schnell wie bei Tageslicht.

Stunden vergingen, und immer noch ritten sie dahin. Gimli nickte ein und wäre von seinem Sitz heruntergefallen, wenn Gandalf ihn nicht gepackt und geschüttelt hätte. Hasufel und Arod, müde, aber stolz, folgten ihrem rastlosen Führer, ein grauer Schatten vor ihnen, kaum zu sehen. Meile auf Meile legten sie zurück. Der zunehmende Mond versank im wolkigen Westen.

Die Luft wurde bitterkalt. Langsam verblaßte im Osten die Dunkelheit zu einem kühlen Grau. In weiter Ferne zu ihrer Linken sprangen rote Lichtstrahlen über die schwarzen Wälle des Emyn Muil. Die Morgendämmerung kam klar und strahlend; ein Wind strich über ihren Pfad und raschelte durch die sich biegenden Gräser. Plötzlich blieb Schattenfell stehen und wieherte. Gandalf deutete nach vorn.

»Schaut!« rief er, und sie schlugen die müden Augen auf. Vor ihnen erhob sich das Gebirge des Südens: weißgekrönt und schwarzgestreift. Die Graslande erstreckten sich bis zu den Vorbergen, die sich um den Fuß des Gebirges scharten, und zogen sich hinauf in viele der Täler, die noch düster und dunkel waren, unberührt vom Licht der Morgendämmerung, und bahnten sich den Weg bis ins Herz des großen Gebirges. Unmittelbar vor den Reitern öffnete sich das breiteste dieser Täler wie eine lange Schlucht zwischen den Bergen. Weit drinnen sahen sie undeutlich einen faltigen Gebirgsstock mit einem hohen Gipfel; am Ausgang des Tals stand wie eine Schildwache eine einsame Anhöhe. Zu ihren Füßen floß wie ein Silberfaden der Fluß, der in dem Tal entsprang; am Rand dieser Anhöhe sahen sie, noch weit entfernt, ein Glitzern in der aufgehenden Sonne, einen Schimmer von Gold.

»Sprich, Legolas!« sagte Gandalf. »Sage uns, was du dort vor uns siehst.«

Legolas schaute nach vorn und beschattete seine Augen vor den niedrigen Strahlen der aufgehenden Sonne. »Ich sehe einen weißen Fluß, der vom Schnee herabkommt«, sagte er. »Wo er aus dem Schatten des Tals heraustritt, erhebt sich im Osten ein grüner Berg. Ein Erdwall und mächtige Mauern und eine Dornenhecke umgeben ihn. Darinnen erheben sich die Dächer von Häusern; und in der Mitte steht auf einem grünen Bergsattel hoch oben eine große Halle der Menschen. Und meinen Augen scheint es, als habe sie ein goldenes Dach. Sein Glanz leuchtet weit über das Land. Golden sind auch die Pfosten ihrer Türen. Dort stehen Männer in schimmernder Rüstung; doch alles sonst in den Höfen scheint noch zu schlafen.«

»Edoras werden diese Höfe genannt«, sagte Gandalf, »und Meduseld ist die goldene Halle. Dort wohnt Théoden, Thengels Sohn, König der Mark von Rohan. Wir sind mit der aufgehenden Sonne zugleich gekommen. Nun liegt der Weg klar vor uns. Doch müssen wir vorsichtiger reiten; denn der Krieg ist ausgebrochen, und die Rohirrim, die Herren der Rösser, schlafen nicht, auch wenn es von ferne so aussieht. Zieht keine Waffe, sprecht kein hochmütiges Wort, rate ich euch allen, ehe wir vor Théodens Thron stehen.«

Der Morgen war strahlend und klar, und Vögel sangen, als die Reiter zum Fluß kamen. Er strömte rasch hinab in die Ebene, kreuzte jenseits des Fußes der Berge ihren Pfad in einem großen Bogen und floß dann nach Osten, um sich mit der fernen Entwasser in ihrem schilfigen Bett zu vereinen. Das Land war grün: auf den feuchten Wiesen und an den grasbestandenen Ufern des Flusses wuchsen viele Weiden. In diesem südlichen Land röteten sie sich schon an den Zweigspitzen, da sie das Nahen des Frühlings spürten. Durch den Fluß führte eine Furt zwischen niedrigen Ufern, die stark zertreten war von Pferdehufen. Die Reiter durchquerten sie und kamen auf einen breiten, zerfurchten Weg, der sich zu dem höher gelegenen Land hinaufzog.

Am Fuße des mauerbewehrten Bergs verlief der Weg zwischen den Schatten vieler hoher und grüner Hügelgräber. Auf ihrer westlichen Seite war das Gras weiß wie nach einem Schneetreiben: gleich unzähligen Sternen blühten dort kleine Blumen im Rasen.

»Schaut!« sagte Gandalf. »Wie schön sind diese leuchtenden Augen im Gras! Immertreu werden sie genannt, Simbelmynë in der Sprache der Menschen dieses Landes, denn sie blühen zu allen Jahreszeiten und wachsen, wo tote Männer ruhen. Seht! Wir sind zu den großen Hügelgräbern gekommen, in denen Théodens Ahnherren ruhen.«

»Sieben Hügelgräber auf der Linken und neun auf der Rechten«, sagte Aragorn. »Viele lange Menschenleben sind vergangen, seit die goldene Halle erbaut wurde.«

»Fünfhundertmal sind seitdem in meiner Heimat im Düsterwald die roten Blätter gefallen«, sagte Legolas, »und doch scheint uns das nur eine kurze Spanne zu sein.«

»Aber den Reitern der Mark kommt die Zeit so lang vor«, sagte Aragorn, »daß die Erbauung dieses Hauses nur noch eine Erinnerung im Lied ist, und die Jahre davor sind versunken im Nebel der Zeit. Jetzt nennen sie dieses Land ihre Heimat, ihr Eigen, und ihre Sprache hat sich getrennt von der ihrer nördlichen Verwandten.« Dann begann er leise zu singen in einer dem Elb und dem Zwerg unbekannten getragenen Sprache; indes lauschten sie aufmerksam, denn sie war sehr melodisch.

»Das, nehme ich an, ist die Sprache der Rohirrim«, sagte Legolas. »Denn sie ist wie dieses Land: teils weich und wogend, und dann wieder hart und streng wie das Gebirge. Aber ich kann nicht erraten, was das Lied bedeutet, nur daß es erfüllt ist von der Traurigkeit sterblicher Menschen.«

»So lautet es in der Gemeinsamen Sprache«, sagte Aragorn, »so wortgetreu, wie ich es übersetzen kann:

Wo sind Reiter und Roß und das Horn, das weithin hallende?
Wo sind Harnisch und Helm und das Haar, das glänzend wallende?
Wo ist die Hand an der Harfe? Wo ist das lodernde Feuer?
Wo nun Frühling und Herbst und voll reifen Kornes die Scheuer?
Lang vergangen wie Regen im Wald und Wind in den Ästen;
Im Schatten hinter den Bergen versanken die Tage im Westen.
Wer wird den Rauch des toten Holzes sammeln gehen
Oder die flutenden Jahre vom Meer wiederkehren sehen?

So sprach ein vergessener Dichter in Rohan vor langer Zeit und erinnerte daran, wie groß und schön Eorl der Junge war, der vom Norden hierher ritt; und es waren Flügel an den Füßen seines Rosses Felaróf, des Vaters der Pferde. Das singen die Menschen noch des Abends.«

Mit diesen Worten ritten die Reisenden an den stillen Hügelgräbern vorbei. Sie folgten dem sich an der grünen Schulter der Berge hinaufziehenden Weg und kamen schließlich zu den windgepeitschten Mauern und den Toren von Edoras.

Dort saßen viele Männer in glänzender Rüstung, und sie sprangen sofort auf und versperrten den Weg mit Speeren. »Haltet an, Ihr Fremden, die Ihr hier unbekannt seid!« riefen sie in der Sprache der Riddermark und fragten nach den Namen und dem Vorhaben der Fremden. Erstaunen lag in ihrem Blick, aber wenig Freundlichkeit; und finster schauten sie auf Gandalf.

»Ich verstehe Eure Rede gut«, antwortete er in derselben Sprache, »doch wenige Fremde tun das. Warum sprecht Ihr nicht die Gemeinsame Sprache, wie es Sitte ist im Westen, wenn Ihr eine Antwort erhalten wollt?«

»Es ist König Théodens Befehl, daß niemand durch seine Tore eintreten darf außer jenen, die unsere Sprache verstehen und unsere Freunde sind«, erwiderte einer der Wächter. »Niemand ist uns willkommen, es sei denn, er gehöre zu unserem Volk oder komme aus Mundburg im Lande Gondor. Wer seid Ihr, die Ihr sorglos über die Ebene kommt, so seltsam gekleidet seid und auf Pferden reitet, die wie unsere eigenen Pferde sind? Lange haben wir hier Wache gehalten und Euch schon von weither beobachtet. Niemals haben wir so seltsame Reiter gesehen noch ein Pferd, das stolzer wäre als eines von diesen, die Ihr reitet. Es ist eines der *Mearas,* sofern unsere Augen nicht durch irgendeinen Zauber getäuscht werden. Sagt, seid Ihr nicht ein Zauberer, irgendein Späher von Saruman, oder seid Ihr Gaukelbilder seiner Zauberkraft? Sprecht nun, und zwar rasch!«

»Wir sind keine Gaukelbilder«, sagte Aragorn, »und Eure Augen täuschen Euch nicht. Denn dies sind wahrlich Eure Pferde, die wir reiten, wie Ihr vermutlich sehr wohl wußtet, ehe Ihr fragtet. Doch selten reitet der Dieb heim zum Stall. Hier sind Hasufel und Arod, die Éomer, der Dritte Marschall der Mark, uns erst vor zwei Tagen lieh. Wir bringen sie jetzt zurück, wie wir es ihm versprochen haben. Ist Éomer denn nicht heimgekehrt, und hat er unser Kommen nicht angekündigt?«

Ein betrübter Ausdruck trat in die Augen des Wächters. »Über Éomer habe ich nichts zu sagen«, antwortete er. »Wenn Ihr die Wahrheit sprecht, wird Théoden zweifellos davon gehört haben. Vielleicht ist Euer Kommen nicht völlig unerwartet. Aber erst vor zwei Nächten kam Schlangenzunge zu uns und sagte, daß auf Befehl von Théoden kein Fremder diese Tore durchreiten darf.«

»Schlangenzunge?« sagte Gandalf und sah den Wächter scharf an. »Sagt nichts mehr! Meine Botschaft ist nicht für Schlangenzunge, sondern für den Herrn der Mark bestimmt. Ich bin in Eile. Wollt Ihr nicht gehen oder jemanden schicken, um zu melden, daß wir gekommen sind?« Seine Augen funkelten unter den dichten Brauen, als er seinen Blick auf den Mann richtete.

»Ja, ich will gehen«, antwortete er zögernd. »Aber welche Namen soll ich nennen? Und was soll ich von Euch sagen? Alt und müde erscheint Ihr jetzt, und doch seid Ihr grausam und hart unter Eurem Äußeren, deucht mir.«

»Scharf seht Ihr und sprecht gut«, sagte der Zauberer. »Denn ich bin Gandalf. Ich bin zurückgekehrt. Und siehe da! auch ich bringe ein Pferd zurück. Hier ist Schattenfell der Große, den keine andere Hand zähmen kann. Und neben mir steht Aragorn, Arathorns Sohn, der Erbe von Königen, und er ist auf dem Wege nach Mundburg. Und hier sind Legolas, der Elb, und Gimli, der Zwerg, unsere Gefährten. Geht nun und sagt Eurem Herrn, daß wir an seinem Tor stehen und mit ihm reden möchten, wenn er uns erlaubt, in seine Halle zu kommen.«

»Seltsame Namen wahrlich nennt Ihr! Aber ich werde sie melden, wie Ihr es erbittet, und den Befehl meines Herrn entgegennehmen«, sagte der Wächter. »Wartet hier eine kleine Weile, und ich werde Euch die Antwort bringen, die er für richtig hält. Hofft nicht zu viel! Die Tage sind dunkel.« Er ging rasch von dannen und ließ die Fremden in der wachsamen Obhut seiner Gefährten.

Nach einiger Zeit kam er zurück. »Folgt mir«, sagte er. »Théoden erlaubt Euch, einzutreten; aber alle Waffen, die Ihr tragt, und sei es auch nur ein Stab, müßt Ihr an der Schwelle ablegen. Die Türhüter werden sie verwahren.«

Die dunklen Tore wurden geöffnet. Die Reisenden traten ein und folgten einer hinter dem anderen ihrem Führer. Sie fanden einen breiten Pfad, mit behauenen Steinen gepflastert; bald schlängelte er sich den Berg hinauf, bald erklomm er ihn in kurzen Treppenläufen mit gut angelegten Stufen. An vielen, aus Holz erbauten Häusern und vielen dunklen Türen kamen sie vorbei. Neben dem Weg floß in einer steinernen Rinne ein Bach mit klarem Wasser, glitzernd und plätschernd. Schließlich kamen sie zum Gipfel des Bergs. Dort ragte ein hoher Söller über den grünen Bergsattel; an seinem Fuß sprudelte eine klare Quelle aus einem Stein, in den das Abbild eines Pferdekopfs eingemeißelt war; darunter war ein großes Becken, aus dem das Wasser überlief und den hinabströmenden Bach speiste. Zu dem grünen Bergsattel führte eine Steintreppe, hoch und breit, und auf beiden Seiten der obersten Stufe waren in Stein gehauene Sitze.

Dort saßen weitere Wächter, die gezogenen Schwerter auf den Knien. Das goldblonde Haar hing ihnen in Flechten bis auf die Schultern; die Sonne war das Wappen auf ihren grünen Schilden, ihre langen Harnische waren blankgeputzt, und als sie aufstanden, schienen sie größer zu sein als sterbliche Menschen.

»Dort vor Euch sind die Türen«, sagte der Führer. »Ich muß jetzt zu meinem Dienst am Tor zurück. Lebt wohl! Und möge der Herr der Mark gnädig zu Euch sein!«

Rasch ging er den Weg wieder hinunter. Die anderen stiegen unter den Blicken der hochgewachsenen Wächter die lange Treppe empor. Reglos standen sie oben und sprachen kein Wort, bis Gandalf den gepflasterten Söller am obersten Absatz der Treppe betrat. Dann plötzlich sagten sie mit klaren Stimmen höfliche Worte der Begrüßung in ihrer eigenen Sprache.

»Heil, Ihr Ankömmlinge von weit her!« sagten sie, und sie richteten die Griffe ihrer Schwerter auf die Reisenden als Zeichen des Friedens. Grüne Edelsteine blitzten im Sonnenlicht. Nun trat einer der Wächter vor und redete in der Gemeinsamen Sprache.

»Ich bin Théodens Torwart«, sagte er. »Háma ist mein Name. Ich muß Euch bitten, hier Eure Waffen abzulegen, ehe Ihr eintretet.«

Legolas gab ihm seinen Dolch mit dem silbernen Heft, seinen Köcher und Bogen. »Verwahrt sie gut«, sagte er, »denn sie kommen aus dem Goldenen Wald, und die Herrin von Lothlórien hat sie mir geschenkt.«

Staunen trat in die Augen des Mannes, und er legte die Waffen hastig an die Wand, als ob er sich fürchte, sie in der Hand zu halten. »Kein Mensch wird sie berühren, das verspreche ich Euch«, sagte er.

Aragorn stand eine Weile zögernd da. »Es ist nicht mein Wunsch«, sagte er, »mein Schwert abzulegen und Andúril irgendeinem anderen Menschen in die Hand zu geben.«

»Es ist Théodens Wunsch«, sagte Háma.

»Es leuchtet mir nicht ein, daß der Wunsch von Théoden, Thengels Sohn, und sei er auch der Herr der Mark, mehr gelten soll als der Wunsch von Aragorn, Arathorns Sohn, Elendils Erbe von Gondor.«

»Dies ist Théodens Haus, nicht Aragorns, und wäre er auch König von Gondor auf Denethors Thron«, sagte Háma, trat rasch vor die Tür und versperrte den Weg. Sein Schwert war jetzt in seiner Hand, und die Spitze auf die Fremden gerichtet.

»Das ist müßiges Gerede«, sagte Gandalf. »Unnötig ist Théodens Verlangen, doch ist es sinnlos, es abzulehnen. Ein König setzt seinen Willen in seiner eigenen Halle durch, ob es nun Torheit oder Weisheit ist.«

»Wahrlich«, sagte Aragorn. »Und ich würde tun, um was der Herr des Hauses mich bittet, und wäre dies auch nur eine Holzfällerhütte, wenn ich jetzt irgendein anderes Schwert trüge, und nicht Andúril.«

»Wie immer sein Name sein mag«, sagte Háma, »hier sollt Ihr es ablegen, wenn Ihr nicht allein gegen alle Mannen in Edoras kämpfen wollt.«

»Nicht allein!« sagte Gimli, befühlte die Schneide seiner Axt und blickte finster auf den Wächter, als ob er ein junger Baum sei, den zu fällen Gimli Lust verspürte. »Nicht allein!«

»Ruhig, ruhig«, sagte Gandalf. »Wir alle sind hier Freunde. Oder sollten es sein, denn das Gelächter von Mordor wird unser einziger Lohn sein, wenn wir uns streiten. Mein Auftrag ist eilig. Hier zumindest ist *mein* Schwert, Burgsaß Háma. Verwahrt es gut. Glamdring heißt es, denn die Elben haben es vor langer Zeit geschmiedet. Nun laßt mich durch. Komm, Aragorn!«

Langsam schnallte Aragorn sein Gehänge ab und stellte selbst sein Schwert aufrecht an die Wand. »Hier stelle ich es hin«, sagte er. »Doch befehle ich Euch, es nicht zu berühren und nicht zuzulassen, daß ein anderer die Hand darauf legt. In dieser elbischen Scheide ruht die Klinge, die geborsten war und neu geschmiedet wurde. Telchar hat sie zuerst gearbeitet vor unendlicher Zeit. Zu Tode kommen soll jeder Mann, der Elendils Schwert zieht, außer Elendils Erbe.«

Der Wächter trat zurück und blickte Aragorn verwundert an. »Es scheint, Ihr seid auf den Flügeln des Liedes aus vergessenen Tagen gekommen«, sagte er. »Es soll so sein, wie Ihr befehlt.«

»Gut«, sagte Gimli, »wenn meine Axt Andúril zur Gesellschaft hat, kann sie auch hier bleiben, ohne daß es eine Schande wäre«, und er legte die Axt auf den Fußboden. »Nun also, wenn alles so ist, wie Ihr es wünscht, dann wollen wir gehen und mit Eurem Herrn sprechen.«

Der Wächter zögerte immer noch. »Euer Stab«, sagte er zu Gandalf. »Verzeiht mir, aber auch er muß an der Tür bleiben.«

»Torheit«, sagte Gandalf. »Vorsicht und Unhöflichkeit sind zweierlei. Ich bin alt. Wenn ich mich beim Gehen nicht auf meinen Stab stützen kann, dann werde ich hier draußen sitzen bleiben, bis es Théoden beliebt, selbst herauszuhumpeln, um mit mir zu reden.«

Aragorn lachte. »Jeder hat etwas, das ihm zu lieb ist, um es einem anderen anzuvertrauen. Aber wollt Ihr wirklich einem alten Mann seine Stütze nehmen? Wollt Ihr uns nun nicht eintreten lassen?«

»Der Stab in der Hand eines Zauberers mag mehr sein als eine Hilfe für das Alter«, sagte Háma. Er sah den Eschenstab scharf an, auf den Gandalf sich stützte. »Im Zweifelsfall wird indes ein verantwortungsvoller Mann auf seine eigene Klugheit vertrauen. Ich glaube, Ihr seid Freunde und ehrenwerte Leute, die keine bösen Absichten haben. Ihr dürft hineingehen.«

Die Wächter schoben jetzt die schweren Riegel an den Türen zurück und stießen sie langsam nach innen auf, und sie knarrten in ihren großen Angeln. Die Reisenden traten ein. Drinnen erschien es ihnen dunkel und warm nach der klaren Luft auf dem Berg. Die Halle war lang und breit und von Schatten und Halblicht erfüllt; mächtige Säulen trugen das hohe Dach. Doch hier und dort fielen helle Sonnenstrahlen in schimmernden Bündeln durch die östlichen Fenster hoch unter dem breiten Dachgesims. Durch den Rauchabzug im Dach schimmerte über den dünnen aufsteigenden Rauchschwaden der Himmel blaß und blau. Als sich ihre Augen an das Dämmerlicht gewöhnt hatten, bemerkten die Reisenden, daß der Fußboden mit vielfarbigen Steinen gepflastert war; verästelte Runen und seltsame Sinnbilder verflochten sich unter ihren Füßen. Jetzt sahen sie auch, daß die Säulen reich geschnitzt waren und matt glänzten in Gold und nur halb erkannten Farben. Viele gewebte Decken waren an den Wänden aufgehängt, und auf ihren weiten Flächen ergingen sich Gestalten der alten Sage, einige im Laufe der Jahre verblaßt, einige im Schatten nachgedunkelt. Aber auf eine Gestalt fiel das Sonnenlicht: ein junger Mann auf einem weißen Pferd. Er blies ein großes Horn, und sein goldblondes Haar flatterte im Wind. Das Pferd hatte den Kopf gehoben, und seine Nüstern waren breit und rot, als es wieherte, da es die Schlacht von ferne witterte. Schäumendes Wasser, grün und weiß, rauschte und wallte um seine Knie.

»Schaut! Eorl der Junge!« sagte Aragorn. »So ritt er aus dem Norden zu der Schlacht auf dem Feld von Celebrant.«

Nun schritten die vier Gefährten voran, vorbei an dem hell brennenden Holzfeuer auf dem Herd in der Mitte der Halle. Dann blieben sie stehen. Am hinteren Ende des Hauses, jenseits der Feuerstelle und nach Norden zu den Türen blickend, war ein erhöhter Sitz mit drei Stufen; und in der Mitte des erhöhten Sitzes stand ein großer, vergoldeter Sessel. Darauf saß ein vom Alter so gebeugter Mann, daß er fast ein Zwerg zu sein schien; aber sein weißes Haar war lang und dicht und fiel in großen Flechten unter einem dünnen, goldenen Stirnreif herab. In der Mitte seiner Stirn schimmerte ein einziger weißer Diamant. Sein Bart lag wie Schnee auf seinen Knien; doch seine Augen strahlten noch hell und funkelten, als er die Fremden betrachtete. Hinter seinem Sessel stand eine weißgekleidete Frau. Auf den Stufen zu seinen Füßen saß die zusammengeschrumpfte

Gestalt eines Mannes mit einem bleichen, klugen Gesicht und schwerlidrigen Augen.

Es herrschte Schweigen. Der alte Mann rührte sich nicht auf seinem Sessel. Schließlich sprach Gandalf: »Heil, Théoden, Thengels Sohn! Ich bin zurückgekehrt. Denn seht! Der Sturm kommt, und jetzt sollten sich alle Freunde zusammenscharen, damit nicht jeder einzeln vernichtet werde.«

Langsam erhob sich der alte Mann und stützte sich schwer auf einen kurzen, schwarzen Stab mit einem Griff aus weißem Bein; und jetzt sahen die Fremden, daß er zwar gebeugt, aber noch immer groß war und in seiner Jugend wahrlich stattlich und stolz gewesen sein mußte.

»Ich grüße Euch«, sagte er, »und vielleicht erwartet Ihr ein Willkommen. Doch um die Wahrheit zu sagen, es ist zweifelhaft, ob Ihr hier willkommen seid, Herr Gandalf. Immer seid Ihr ein Vorbote des Leids gewesen. Das Unheil folgt Euch wie Krähen, und je häufiger, um so schlimmer. Ich will Euch nicht darüber täuschen: als ich hörte, daß Schattenfell reiterlos zurückgekommen war, freute ich mich über die Heimkehr des Pferdes, aber mehr noch über das Fehlen des Reiters; und als Éomer die Nachricht brachte, daß Ihr endlich in Euere letzte Heimat gegangen seid, habe ich nicht getrauert. Doch Nachrichten aus der Ferne sind selten wahr. Hier seid Ihr wieder! Und mit Euch kommt schlimmeres Unglück denn zuvor, wie zu erwarten war. Warum sollte ich Euch willkommen heißen, Gandalf Sturmkrähe? Sagt mir das.« Langsam setzte er sich wieder auf seinen Sessel.

»Ihr sprecht wahr, Herr«, sagte der bleiche Mann, der auf den Stufen des erhöhten Sitzes saß. »Keine fünf Tage sind vergangen, seit die bittere Botschaft kam, daß Théored, Euer Sohn, in den Westmarken erschlagen wurde; Eure rechte Hand, der Zweite Marschall der Mark. Auf Éomer ist nicht viel Verlaß. Wenige Mannen wären zurückgeblieben, um Eure Mauern zu schützen, wenn er hätte bestimmen dürfen. Und eben jetzt erfahren wir aus Gondor, daß der Dunkle Herrscher sich im Osten regt. Das ist die Stunde, die dieser Wanderer für seine Rückkehr wählt. Fürwahr, warum sollten wir Euch willkommen heißen, Herr Sturmkrähe? *Láthspell* nenne ich Euch, Schlechte Botschaft; und eine schlechte Botschaft ist ein schlechter Gast, heißt es.« Er lachte grimmig, als er kurz die schweren Lider hob und die Fremden mit dunklen Augen betrachtete.

»Ihr geltet für weise, mein Freund Schlangenzunge, und zweifellos seid Ihr eine große Stütze Eures Herrn«, antwortete Gandalf mit sanfter Stimme. »Dennoch mag ein Mann auf zweierlei Art mit schlechten Nachrichten kommen. Er mag ein Urheber des Bösen sein; oder er mag einer sein, der nicht bessern will, was schon gut ist, sondern nur kommt, um in Zeiten der Not Hilfe zu bringen.«

»So ist es«, sagte Schlangenzunge. »Aber es gibt noch eine dritte Art: Knochenpicker, Leute, die sich in anderer Menschen Trauer einmischen, Aasgeier, die vom Krieg fett werden. Welche Hilfe habt Ihr je gebracht, Sturmkrähe? Und welche Hilfe bringt Ihr jetzt? Von uns habt Ihr Hilfe erbeten, als Ihr das letzte Mal hier wart. Damals hieß Euch mein Herr, irgendein Pferd zu wählen, das Ihr wolltet, und dann zu verschwinden; und zur Verwunderung aller nahmt Ihr in Eurer Unverschämtheit Schattenfell. Mein Herr war überaus betrübt; dennoch schien es manchen, daß kein Preis zu hoch sei, um Euch schnell aus dem Land zu bringen. Ich vermute, jetzt wird es wahrscheinlich wieder einmal auf dasselbe herauslaufen: Ihr werdet eher Hilfe erbitten als gewähren. Bringt Ihr Mannen? Bringt Ihr Pferde, Schwerter, Speere? Das würde ich Hilfe nennen; das ist es, was wir jetzt brauchen. Aber wer sind jene, die an Euren Rockschößen hängen? Drei zerlumpte Wanderer in Grau, und Ihr selbst seid der bettlerähnlichste von den vieren!«

»Die Höflichkeit in Eurer Halle hat letzthin etwas nachgelassen, Théoden, Thengels Sohn«, sagte Gandalf. »Hat der Bote von Eurem Tor nicht die Namen meiner Gefährten gemeldet? Selten hat ein Herr von Rohan drei solche Gäste empfangen. Waffen haben sie an Eurer Tür abgelegt, die so manch einen sterblichen Mann, selbst von den mächtigsten, wert sind. Grau sind ihre Gewänder, denn die Elben haben sie gekleidet, und so sind sie durch den Schatten großer Gefahren bis zu Eurer Halle gelangt.«

»Dann ist es wahr, wie Éomer berichtete, daß Ihr verbündet seid mit der Zauberin des Goldenen Waldes?« fragte Schlangenzunge. »Das ist nicht verwunderlich: Immer wurden Ränke in Dwimordene gesponnen.«

Gimli trat einen Schritt vor, doch spürte er plötzlich Gandalfs Hand auf seiner Schulter, die ihn packte, und er blieb stocksteif stehen.

O Dwimordene, o Lórien,
Selten betreten von Sterblichen
Wenige Menschen bekamen dein Licht,
Das immer leuchtende, je zu Gesicht.
Galadriel! Galadriel!
Klar ist das Wasser in deinem Quell,
Weiß der Stern in weißer Hand,
Schöner noch sind Laub und Land
In Dwimordene, in Lórien
Als die Gedanken der Sterblichen.

So sang Gandalf leise, und dann plötzlich verwandelte er sich. Er warf seinen zerlumpten Mantel ab, reckte sich und stützte sich nicht mehr auf seinen Stab; und er sprach mit einer klaren, kalten Stimme.

»Die Weisen reden nur über das, was sie wissen, Gríma, Gálmóds Sohn. Eine einfältige Schlange seid Ihr geworden. Deshalb schweigt und behaltet Eure gespaltene Zunge hinter Euren Zähnen. Ich bin nicht durch Feuer und Tod gegangen, um verlogene Worte mit einem Diener zu wechseln, bis der Blitz einschlägt.«

Er hob seinen Stab. Ein Donner grollte. Das Sonnenlicht von den östlichen Fenstern war ausgelöscht; die ganze Halle wurde plötzlich dunkel wie die Nacht. Das Feuer verblaßte zu düsterer Glut. Nur Gandalf war zu sehen, er stand weiß und groß vor dem schwarz gewordenen Herd.

In der Finsternis hörten sie Schlangenzunges Stimme zischen: »Habe ich Euch nicht geraten, Herr, seinen Stab zu verbieten? Dieser Narr Háma hat uns betrogen!« Es gab ein Aufflammen, als ob ein Blitz das Dach durchschlagen habe. Dann war alles still. Schlangenzunge lag flach auf dem Bauch, das Gesicht auf den Boden gedrückt.

»Nun, Théoden, Thengels Sohn, wollt Ihr mich anhören?« fragte Gandalf. »Erbittet Ihr Hilfe?« Er hob seinen Stab und zeigte auf ein hohes Fenster. Dort schien sich die Dunkelheit aufzuklären, und durch die Öffnung war, hoch und fern, ein Stückchen des strahlenden Himmels zu sehen. »Nicht alles ist dunkel. Faßt Mut, Herr der Mark; denn bessere Hilfe werdet Ihr nicht finden. Keinen Rat habe ich denen zu geben, die verzweifeln. Doch Rat könnte ich geben, und Botschaft könnte ich Euch übermitteln. Wollt Ihr sie hören? Sie ist nicht für alle Ohren. Ich bitte Euch, kommt hinaus vor Eure Tür und schaut Euch um. Zu lange habt Ihr im Schatten gesessen und entstellten Berichten und verlogenen Einflüsterungen vertraut.«

Langsam erhob sich Théoden von seinem Sessel. Ein schwaches Licht verbreitete sich wieder in der Halle. Die Frau eilte an des Königs Seite und nahm seinen Arm, und mit taumelnden Schritten stieg der alte Mann von dem erhöhten Sitz herab und ging durch die Halle. Schlangenzunge blieb auf dem Boden liegen. Sie kamen zur Tür, und Gandalf klopfte.

»Öffnet!« rief er. »Der Herr der Mark kommt heraus!«

Die Türen öffneten sich, und ein frischer Luftzug blies herein. Ein Wind wehte auf dem Berg.

»Schickt Eure Wächter hinunter zur Treppe«, sagte Gandalf. »Und Ihr, Herrin, laßt mich eine Weile mit ihm allein. Ich will für ihn sorgen.«

»Geh, Éowyn, Schwestertochter«, sagte der alte König. »Die Zeit der Furcht ist vorbei.«

Die Frau ging langsam zurück ins Haus. Als sie zur Tür kam, wandte sie sich um und schaute zurück. Ernst und fürsorglich war ihr Blick, als sie den König voller Mitleid ansah. Sehr schön war ihr Gesicht, und ihr langes Haar war wie eine Flut von Gold. Schlank und groß war sie in ihrem weißen Gewand mit dem silbernen Gürtel; doch stark schien sie zu sein, und hart wie Stahl, eine Tochter von Königen. So erblickte Aragorn zum ersten Mal im hellen Licht des Tages Éowyn, die Herrin von Rohan, und fand sie schön, schön und kalt wie ein Morgen im bleichen Frühling, noch nicht zur Fraulichkeit gereift. Und sie wurde plötzlich seiner gewahr: des kühnen Erben von Königen, weise nach vielen Wintern, graugekleidet und eine Macht verbergend, die sie dennoch spürte. Einen Augenblick stand sie reglos wie ein Stein, dann wandte sie sich rasch um und ging hinein.

»Nun, Herr«, sagte Gandalf, »schaut auf Euer Land! Atmet wieder die frische Luft!«

Von dem hohen Söller auf dem hohen Bergsattel sahen sie jenseits des Stroms die grünen Weiden von Rohan in der grauen Ebene verblassen. Vorhänge von windgetriebenem Regen sanken schräg herab. Der Himmel über ihnen und im Westen war noch dunkel vom Gewitter, und in weiter Ferne flackerten Blitze zwischen den Gipfeln verborgener Berge. Doch hatte der Wind auf Nord gedreht, und schon ließ der Sturm nach, der aus dem Osten gekommen war, und verzog sich nach Süden zum Meer. Plötzlich brach durch einen Wolkenspalt ein Sonnenstrahl. Die herabströmenden Regenschauer glänzten wie Silber, und in der Ferne glitzerte der Fluß wie ein schimmerndes Glas.

»Es ist nicht so dunkel hier«, sagte Théoden.

»Nein«, sagte Gandalf. »Und auch das Alter liegt nicht so schwer auf Euren Schultern, wie manche Euch glauben machen. Werft Eure Stütze fort!«

Aus des Königs Hand fiel der schwarze Stab klappernd auf die Steine. Er richtete sich auf, langsam, wie ein Mann, der steif geworden ist, nachdem er sich lange über eine mühselige Arbeit gebeugt hatte. Jetzt stand er stolz und aufrecht da, und seine Augen waren blau, als er in den sich öffnenden Himmel blickte.

»Dunkel waren meine Träume in letzter Zeit«, sagte er, »aber ich fühle mich wie neu belebt. Jetzt wünschte ich, Ihr wäret früher gekommen, Gandalf. Denn ich fürchte, Ihr seid schon zu spät gekommen und werdet nur die letzten Tage meines Hauses sehen. Nicht lange mehr wird die hohe Halle stehen, die Brego, Eorls Sohn, gebaut hat. Feuer wird den Thron verzehren. Was ist zu tun?«

»Viel«, sagte Gandalf. »Doch zuerst schickt nach Éomer. Vermute ich nicht mit Recht, daß Ihr ihn gefangen haltet, auf Rat von Gríma, den alle außer Euch die Schlangenzunge nennen?«

»Das stimmt«, sagte Théoden. »Er hatte sich gegen meine Befehle aufgelehnt und Gríma in meiner Halle mit dem Tode bedroht.«

»Ein Mann mag Euch lieben und dennoch Schlangenzunge oder seine Ratschläge nicht lieben«, sagte Gandalf.

»Das mag sein. Ich werde tun, was Ihr begehrt. Ruft mir Háma. Da er sich als Torwart als unzuverlässig erwiesen hat, soll er Laufbursche werden. Der Schuldige soll den Schuldigen vor Gericht bringen«, sagte Théoden, und seine Stimme klang streng, doch schaute er Gandalf an und lächelte, und während er das tat, glätteten sich viele Sorgenfalten und kamen nicht wieder.

Als Háma gerufen worden war und wieder ging, führte Gandalf Théoden zu einer steinernen Bank und setzte sich vor dem König auf die oberste Treppenstufe. Aragorn und seine Gefährten standen nahebei.

»Die Zeit reicht nicht, alles zu sagen, was Ihr hören solltet«, sagte Gandalf. »Indes, wenn meine Hoffnung nicht trügt, wird bald eine Zeit kommen, da ich ausführlicher sprechen kann. Schaut! Ihr seid in eine noch größere Gefahr geraten, als Schlangenzunges Verstand in Eure Träume weben konnte. Doch seht! Ihr träumt nicht länger. Ihr lebt. Gondor und Rohan stehen nicht allein. Der Feind ist stärker, als wir ermessen können, doch haben wir eine Hoffnung, an die er nicht gedacht hat.«

Rasch sprach Gandalf jetzt. Seine Stimme war leise und heimlich, und niemand außer dem König hörte, was er sagte. Doch während er sprach, leuchteten Théodens Augen immer heller, und schließlich stand er von seiner Bank auf, streckte sich zu seiner ganzen Größe, und Gandalf trat neben ihn, und gemeinsam schauten sie von der Höhe hinaus nach Osten.

»Wahrlich«, sagte Gandalf nun mit lauter Stimme, scharf und klar, »in dieser Richtung liegt unsere Hoffnung, wo auch unsere größte Furcht sitzt. Das Schicksal hängt noch an einem Faden. Indes besteht Hoffnung, wenn wir nur eine kleine Weile unbesiegt bleiben können.«

Auch die anderen wandten nun ihren Blick nach Osten. Über die trennenden Meilen des Landes schauten sie, soweit das Auge reichte, und Hoffnung und Furcht trugen ihre Gedanken noch weiter, über das dunkle Gebirge hinweg in das Land des Schattens. Wo war jetzt der Ringträger?

Wie dünn war fürwahr der Faden, an dem das Schicksal noch hing! Es schien Legolas, als er seine weitblickenden Augen anstrengte, daß er einen weißen Schimmer erspähte: vielleicht funkelte in der Ferne die Sonne auf einer Zinne des Turms der Wacht. Und noch weiter weg, unendlich fern und dennoch eine gegenwärtige Drohung, war eine kleine Flammenzunge.

Langsam setzte sich Théoden wieder, als ob die Müdigkeit noch darum kämpfte, ihn gegen Gandalfs Willen zu beherrschen. Er wandte sich um und betrachtete sein großes Haus. »O weh!« sagte er, »daß diese schlimmen Tage meine sein müssen und in meinem Alter kommen statt des Friedens, den ich verdient habe. Wehe um Boromir, den Tapferen! Die Jungen gehen dahin, und die Alten bleiben, verdorrend.« Er umklammerte die Knie mit seinen runzligen Händen.

»Eure Finger würden sich ihrer alten Kraft besser erinnern, wenn sie einen Schwertgriff packten«, sagte Gandalf.

Théoden stand auf und legte die Hand an die Seite; aber kein Schwert war an seinem Gehänge. »Wo hat Gríma es verwahrt?« murmelte er flüsternd.

»Nehmt dieses, lieber Herr!« sagte eine helle Stimme. »Es war Euch immer zu Diensten.« Zwei Männer waren leise die Treppe heraufgekommen und standen nun ein paar Stufen unter dem Söller. Éomer war dort. Kein Helm war auf seinem Kopf, kein Harnisch an seiner Brust, doch in der Hand hielt er ein gezogenes Schwert; und als er niederkniete, bot er seinem Herrn das Heft dar.

»Wie kommt das?« fragte Théoden streng. Er wandte sich zu Éomer, und die Männer blickten ihn verwundert an, wie er jetzt stolz und aufrecht dastand. Wo war der alte Mann, der auf seinem Sessel gekauert oder sich auf seinen Stock gestützt hatte?

»Ich habe es getan, Herr«, sagte Háma zitternd. »Ich nahm an, daß Éomer freigelassen werden sollte. So groß war die Freude meines Herzens, daß ich vielleicht gefehlt habe. Indes, da er wieder frei war und ein Marschall der Mark ist, brachte ich ihm sein Schwert, wie er mir gebot.«

»Um es Euch zu Füßen zu legen, mein Gebieter«, sagte Éomer. Einen Augenblick sah Théoden schweigend auf Éomer hinab, der vor ihm kniete. Beide rührten sich nicht.

»Wollt Ihr nicht das Schwert nehmen?« fragte Gandalf.

Langsam streckte Théoden die Hand aus. Als seine Finger den Griff umschlossen, schien es den Umstehenden, daß Festigkeit und Kraft in seinen schwachen Arm zurückkehrten. Plötzlich hob er die Klinge und schwang sie, so daß sie in der Luft schimmerte und pfiff. Dann stieß er einen lauten Ruf aus. Seine Stimme klang klar, als er in der Sprache von Rohan einen Aufruf zu den Waffen sang.

Erhebt euch und hört, Reiter Théodens!
Finstere Tat regt sich im Osten.
Die Rösser gezäumt! Das Horn erschalle!
Auf, Eorlingas!

Die Wächter glaubten, sie werden gerufen, und eilten die Treppe herauf. Sie schauten ihren Herrn voller Verwunderung an, und wie ein Mann zogen sie dann ihre Schwerter und legten sie ihm zu Füßen. »Gebietet über uns!« sagten sie.

»*Westu Théoden hál!*« rief Éomer. »Wir sehen es mit Freude, daß Ihr wieder erlangt, was Euch zusteht. Niemals mehr soll gesagt werden, Gandalf, daß Ihr nur Unglück bringt!«

»Nimm dein Schwert zurück, Éomer, Schwestersohn!« sagte der König. »Geh, Háma, und hole mir mein eigenes Schwert. Gríma hat es in Verwahrung. Bringe ihn ebenfalls zu mir. Nun, Gandalf, Ihr sagtet, Ihr habet Rat zu erteilen, wenn ich ihn hören wollte. Welches ist Euer Rat?«

»Ihr habt ihn schon angenommen«, antwortete Gandalf. »Euer Vertrauen auf Éomer setzen und nicht auf einen Mann von unaufrichtiger Gesinnung. Trauer und Furcht abschütteln. Die nächstliegende Tat tun. Jeder Mann, der reiten kann, sollte sofort nach Westen geschickt werden, wie Éomer Euch geraten hat: wir müssen zuerst die Bedrohung durch Saruman ausschalten, solange wir Zeit haben. Wenn wir scheitern, werden wir untergehen. Wenn wir Erfolg haben — dann werden wir uns der nächsten Aufgabe zuwenden. Derweil sollte Euer Volk, das zurückbleibt, die Frauen und die Kinder und die Alten, sich zu den Zufluchtstätten zurückziehen, die Ihr im Gebirge habt. Waren sie nicht für einen schlimmen Tag wie diesen vorgesehen? Laßt die Leute Vorräte mitnehmen, aber sie sollen nicht säumen und sich nicht mit Schätzen, großen oder kleinen, belasten. Ihr Leben steht auf dem Spiel.«

»Dieser Rat erscheint mir jetzt gut«, sagte Théoden. »Mein ganzes Volk soll sich bereitmachen. Doch Ihr, meine Gäste — mit Recht sagtet Ihr, Gandalf, daß die Höflichkeit in meiner Halle nachgelassen hat. Ihr seid die Nacht hindurch geritten, und der Vormittag vergeht. Ihr habt weder Schlaf noch eine Mahlzeit gehabt. Ein Gästehaus soll bereitgemacht werden: dort sollt Ihr schlafen, wenn Ihr gegessen habt.«

»Nein, Herr«, sagte Aragorn. »Es gibt keine Rast für die Müden. Die Mannen von Rohan müssen heute reiten, und wir werden mit ihnen reiten, Axt, Schwert und Bogen. Wir brachten sie nicht mit, damit sie an Eurer Wand lehnen, Herr der Mark. Und ich habe Éomer versprochen, daß mein Schwert und sein Schwert zusammen gezogen werden sollen.«

»Nun besteht wirklich Hoffnung auf Sieg!« sagte Éomer.

»Hoffnung ja«, sagte Gandalf. »Aber Isengart ist stark. Und andere Gefahren sind im Verzuge. Säumt nicht, Théoden, wenn wir fort sind. Führt Euer Volk geschwind zur Festung Dunharg in den Bergen!«

»Nein, Gandalf«, sagte der König. »Ihr kennt Eure eigene Heilkunst nicht. So soll es nicht sein. Ich selbst will in den Krieg ziehen und in der ersten Schlachtreihe fallen, wenn es sein muß. Dann werde ich besser schlafen.«

»Dann wird selbst die Niederlage von Rohan ruhmreich im Lied besungen werden«, sagte Aragorn. Die Krieger, die in der Nähe standen, klirrten mit ihren Waffen und riefen: »Der Herr der Mark wird reiten! Auf, Eorlingas!«

»Doch Euer Volk darf nicht unbewaffnet und führerlos sein«, sagte Gandalf. »Wer soll es leiten und an Eurer Statt befehligen?«

»Darüber werde ich nachdenken, ehe ich gehe«, antwortete Théoden. »Hier kommt mein Ratgeber.«

In diesem Augenblick trat Háma aus der Halle. Hinter ihm kam, sich zwischen zwei anderen Männern duckend, Gríma, die Schlangenzunge. Sein Gesicht war aschfahl. Seine Augen blinzelten im Sonnenschein. Háma kniete nieder und reichte Théoden ein langes Schwert in einer Scheide mit goldenen Schnallen und mit grünen Edelsteinen besetzt.

»Hier, Herr, ist Herugrim, Eure alte Klinge«, sagte er. »Sie wurde in seiner Truhe gefunden. Nur widerwillig gab er die Schlüssel heraus. Viele andere Dinge sind dort, die Mannen vermißt haben.«

»Du lügst«, sagte Schlangenzunge. »Und dieses Schwert hat mir dein Herr selbst zur Aufbewahrung gegeben.«

»Und jetzt fordert er es zurück«, sagte Théoden. »Mißfällt Euch das?«

»Ganz gewiß nicht, Herr«, sagte Schlangenzunge. »Ich sorge für Euch und die Euren, so gut ich kann. Doch ermüdet Euch nicht und beansprucht Eure Kraft nicht zu schwer. Überlaßt es anderen, sich mit diesen lästigen Gästen zu befassen. Eure Mahlzeit wird gleich auf die Tafel gestellt. Wollt Ihr nicht hingehen?«

»Das will ich«, sagte Théoden. »Und laßt Essen für meine Gäste daneben auf die Tafel stellen. Das Heer reitet heute. Sendet die Herolde aus! Laßt alle zusammenrufen, die nahe wohnen! Jeder Mann und jeder kräftige Bursche, der fähig ist, Waffen zu tragen, alle, die Pferde haben, sollen sich gesattelt am Tor bereithalten vor der zweiten Stunde nach dem Mittag!«

»Lieber Herr!« rief Schlangenzunge. »Es ist, wie ich gefürchtet habe. Dieser Zauberer hat Euch verhext. Soll niemand hier bleiben, um die Goldene Halle Eurer Väter und alle Eure Schätze zu verteidigen? Niemand, um den Herrn der Mark zu schützen?«

»Wenn das Verhexung ist«, sagte Théoden, »dann scheint sie mir heilsamer als Eure Einflüsterungen. Eure Heilkunst hätte mich binnen kurzem dazu gebracht, wie ein Tier auf allen vieren zu gehen. Nein, keiner soll zurückbleiben, nicht einmal Gríma. Auch Gríma soll reiten. Geht! Ihr habt noch Zeit, den Rost von Eurem Schwert zu kratzen.«

»Habt Erbarmen, Herr«, winselte Schlangenzunge, auf dem Boden kriechend. »Habt Mitleid mit einem, der sich in Eurem Dienst aufgerieben hat. Schickt mich nicht von Eurer Seite! Ich zumindest will Euch beistehen, wenn alle anderen fort sind. Schickt Euren treuen Gríma nicht fort!«

»Ihr habt mein Mitleid«, sagte Théoden. »Und ich schicke Euch nicht von meiner Seite. Ich selbst ziehe mit meinen Mannen in den Krieg. Ich heiße Euch, mit mir zu kommen und Eure Treue zu beweisen.«

Schlangenzunge blickte von einem zum anderen. In seinen Augen war der gejagte Blick eines Tieres, das irgendeine Lücke im Kreis seiner Feinde sucht. Er leckte sich die Lippen mit einer langen, blassen Zunge. »Ein solcher Entschluß war vielleicht zu erwarten von einem Fürsten aus Eorls Haus, wenn er auch alt ist«, sagte er. »Doch jene, die ihn aufrichtig lieben, würden ihn in seinen letzten Jahren schonen. Doch sehe ich, daß ich zu spät komme. Andere, denen der Tod meines Herrn vielleicht weniger Kummer bereiten würde, haben ihn schon überredet. Wenn ich ihr Werk nicht ungeschehen machen kann, dann hört wenigstens insoweit auf mich, Herr! Einer, der Eure Gedanken kennt und Eure Befehle in Ehren hält, sollte in Edoras bleiben. Ernennt einen treuen Verwalter. Laßt Euren Ratgeber alles verwahren bis zu Eurer Rückkehr – ich bete, daß wir sie erleben mögen, obwohl kein kluger Mann viel Hoffnung haben darf.«

Éomer lachte. »Und wenn dieser Vorwand Euch nicht vom Krieg befreit, edelste Schlangenzunge«, sagte er, »welches weniger ehrenvolle Amt würdet Ihr annehmen? Einen Sack Mehl ins Gebirge tragen – wenn irgend jemand Euch einen anvertraute?«

»Nein, Éomer, Ihr habt die Absicht von Herrn Schlangenzunge nicht völlig verstanden«, sagte Gandalf und schaute Gríma durchbohrend an. »Er ist kühn und listig. Sogar jetzt spielt er noch mit der Gefahr und gewinnt einen Wurf. Stunden meiner kostbaren Zeit hat er bereits verschwendet. Nieder, Schlange!« sagte er plötzlich mit entsetzlicher Stimme.

»Auf den Bauch mit dir! Wie lange ist es her, daß Saruman dich gekauft hat? Was war der versprochene Preis? Wenn alle Männer tot wären, solltest du dir deinen Teil des Schatzes nehmen und die Frau, die du begehrtest? Zu lange hast du sie unter deinen Augenlidern beobachtet und ihre Schritte belauert.«

Éomer packte sein Schwert. »Das wußte ich schon«, murmelte er. »Aus diesem Grunde wollte ich ihn bereits erschlagen und das Gesetz der Halle mißachten. Aber es gibt noch andere Gründe.« Er trat vor, doch Gandalf gebot ihm mit einer Handbewegung Halt.

»Éowyn ist jetzt in Sicherheit«, sagte er. »Aber du, Schlangenzunge, hast getan, was du konntest, für deinen wahren Herrn. Einigen Lohn hast du zumindest verdient. Doch Saruman könnte seine Abmachungen leicht übersehen. Ich würde dir raten, rasch zu ihm zu gehen und ihn zu erinnern, damit er deine treuen Dienste nicht vergißt.«

»Ihr lügt«, sagte Schlangenzunge.

»Das Wort kommt zu oft und zu leicht von deinen Lippen«, sagte Gandalf. »Ich lüge nicht. Schaut, Théoden, hier ist eine Schlange. Es ist gefährlich, sie mitzunehmen und ebenso, sie hierzulassen. Sie zu erschlagen wäre gerecht. Aber sie war nicht immer so, wie sie jetzt ist. Einst war sie ein Mann und diente Euch auf ihre Weise. Gebt ihm ein Pferd und laßt ihn sofort gehen, wohin er immer will. Nach seiner Entscheidung könnt Ihr ihn beurteilen.«

»Hört Ihr das, Schlangenzunge?« fragte Théoden. »Das steht für Euch zur Wahl: mit mir in den Krieg zu reiten und uns in der Schlacht sehen zu lassen, ob Ihr aufrichtig seid; oder zu gehen, wohin Ihr wollt. Aber wenn wir uns dann wiedertreffen, werde ich nicht barmherzig sein.«

Langsam erhob sich Schlangenzunge. Er sah sie mit halb geschlossenen Augen an. Zuletzt blickte er Théoden scharf an und öffnete den Mund, als ob er sprechen wollte. Dann plötzlich richtete er sich auf. Seine Hände zuckten. Seine Augen funkelten. Eine solche Bosheit lag in ihnen, daß die Männer vor ihm zurückwichen. Er entblößte seine Zähne; und mit einem zischenden Ausatmen spuckte er dem König vor die Füße, sprang zur Seite und floh die Treppe hinunter.

»Ihm nach!« sagte Théoden. »Seht zu, daß er niemandem Schaden zufügt, aber verletzt ihn nicht und hindert ihn nicht. Gebt ihm ein Pferd, wenn er es wünscht.«

»Und wenn eins ihn tragen will«, sagte Éomer.

Einer der Wächter lief die Treppe hinunter. Ein anderer ging zu der Quelle am Fuß des Bergsattels und schöpfte Wasser mit seinem Helm. Damit wusch er die Steine sauber, die Schlangenzunge besudelt hatte.

»Nun, meine Gäste, kommt«, sagte Théoden. »Kommt und nehmt das an Erfrischungen zu Euch, was die Eile erlaubt.«

Sie gingen zurück in das große Haus. Schon hörten sie unten in der Stadt die Herolde rufen und die Kriegshörner blasen. Denn der König sollte ausreiten, sobald die Männer der Stadt und jene, die nahe wohnten, bewaffnet und versammelt werden konnten.

An des Königs Tafel saßen Éomer und die vier Gäste, und auch Frau Éowyn war da und wartete dem König auf. Sie aßen und tranken rasch. Die anderen schwiegen, während Théoden Gandalf über Saruman befragte.

»Wie weit sein Verrat zurückgeht, wer kann das erraten?« sagte Gandalf. »Er war nicht immer böse. Einstmals, daran zweifle ich nicht, war er ein Freund von Rohan; und selbst als sein Herz kälter wurde, fand er Euch noch nützlich. Aber seit langem hat er nun schon Euer Verderben geplant und die Maske der Freundschaft getragen, bis er bereit war. In jenen Jahren war Schlangenzunges Aufgabe leicht, und alles, was Ihr tatet, wurde in Isengart rasch bekannt; denn Euer Land war offen, und Fremde kamen und gingen. Und immer hattet Ihr Schlangenzunges Einflüsterungen im Ohr, sie vergifteten Eure Gedanken, entmutigten Euer Herz, schwächten Eure Glieder, während andere es beobachteten und nichts tun konnten, denn er hielt Euren Willen gefangen.

Aber als ich entfloh und Euch warnte, da war die Maske für jene, die sehen wollten, zerrissen. Danach spielte Schlangenzunge ein gefährliches Spiel und trachtete immer, Euch zurückzuhalten, Euch daran zu hindern, Eure ganze Kraft zu sammeln. Er war geschickt: lullte die Vorsicht der Menschen ein oder schürte die Ängste, wie es dem Zweck dienlich war. Erinnert Ihr Euch nicht, wie hartnäckig er darauf bestand, daß bei einer Wildgansjagd im Norden kein Mann entbehrt werden könne, während die unmittelbare Gefahr im Westen lag? Er überredete Euch, Éomer zu verbieten, die plündernden Orks zu verfolgen. Hätte Éomer nicht Schlangenzunges Stimme, die mit Eurem Munde sprach, Trotz geboten, dann hätten diese Orks inzwischen Isengart erreicht und einen hohen Preis mitgebracht. Nicht gerade den Preis, den Saruman mehr als alles andere begehrt, aber zumindest zwei Angehörige meiner Gemeinschaft, Beteiligte an einer geheimen Hoffnung, über die ich selbst mit Euch, Herr, noch nicht offen sprechen kann. Wagt Ihr Euch vorzustellen, was sie jetzt womöglich erleiden würden oder was Saruman inzwischen zu unserem Unheil erfahren haben könnte?«

»Ich verdanke Éomer viel«, sagte Théoden. »Ein treues Herz mag eine trotzige Zunge haben.«

»Sagt auch«, sagte Gandalf, »daß für schielende Augen die Wahrheit ein schiefes Gesicht haben mag.«

»Meine Augen waren tatsächlich fast blind«, sagte Théoden. »Am meisten von allen verdanke ich Euch, mein Gast. Wieder einmal seid Ihr rechtzeitig gekommen. Ich möchte Euch gern ein Geschenk machen, ehe wir aufbrechen, nach Eurer Wahl. Ihr braucht nur irgend etwas zu nennen, das mir gehört. Allein mein Schwert nehme ich aus!«

»Ob ich rechtzeitig kam oder nicht, bleibt abzuwarten«, sagte Gandalf. »Doch was Euer Geschenk betrifft, Herr, so will ich eins wählen, das mir bietet, was ich brauche: Schnelligkeit und Sicherheit. Gebt mir Schattenfell! Er war mir bisher nur geliehen, wenn man es eine Leihgabe nennen kann. Aber jetzt werde ich ihn in große Gefahr bringen und Silber gegen Schwarz ausspielen: ich möchte nichts gefährden, was mir nicht gehört. Und schon besteht ein Band der Liebe zwischen uns.«

»Ihr habt gut gewählt«, sagte Théoden, »und ich gebe ihn jetzt gern. Immerhin ist es ein großes Geschenk. Schattenfell hat nicht seinesgleichen. In ihm ist eines der mächtigen Rösser der alten Zeit wiedergekehrt. Ein solches wird nicht wiederkommen. Und Euch, meinen anderen Gästen will ich das anbieten, was in meiner Waffenkammer zu finden ist. Schwerter braucht Ihr nicht, doch sind dort Helme und Harnische von trefflicher Arbeit, Geschenke, die mein Vater aus Gondor erhielt. Wählt unter diesen, ehe wir aufbrechen, und mögen sie Euch gute Dienste tun!«

Nun kamen Männer und brachten Kriegsausrüstung aus des Königs Hort, und sie kleideten Aragorn und Legolas in schimmernde Panzer. Auch Helme wählten sie und Rundschilde: ihre Buckel waren mit Gold überzogen und mit grünen, roten und weißen Edelsteinen besetzt. Gandalf nahm keine Rüstung; und Gimli brauchte keinen Kettenpanzer, selbst wenn einer in seiner Größe dagewesen wäre, denn es gab unter den Schätzen von Edoras keine bessere Halsberge als seine kurze Brünne, die unter dem Berg im Norden geschmiedet worden war. Doch wählte er einen Eisenhut mit Leder, der gut auf seinen runden Kopf paßte; und einen kleinen Schild nahm er auch. Er zeigte das laufende Pferd, weiß auf grün, das Wahrzeichen des Hauses von Eorl.

»Möge er Euch gut beschützen«, sagte Théoden. »Er wurde zu Thengels Zeit für mich gemacht, als ich noch ein Knabe war.«

Gimli verneigte sich. »Ich bin stolz, Herr der Mark, Euer Wappen zu tragen«, sagte er. »Tatsächlich möchte ich eher ein Pferd tragen, als von einem getragen werden. Mir sind meine Füße lieber. Aber vielleicht komme ich noch dorthin, wo ich stehen und kämpfen kann.«

»Es mag wohl sein«, sagte Théoden.

Der König erhob sich jetzt, und sofort kam Éowyn herbei und brachte Wein. »*Ferthu Théoden hál!*« sagte sie. »Nimm nun den Humpen und trinke in glücklicher Stunde. Möge Gesundheit dein Kommen und Gehen begleiten!«

Théoden trank aus dem Humpen, und sie bot ihn dann den Gästen an. Als sie vor Aragorn stand, hielt sie plötzlich inne, schaute zu ihm auf, und ihre Augen leuchteten. Und er blickte hinunter auf ihr schönes Gesicht und lächelte; doch als er den Humpen nahm, trafen sich ihre Hände, und er merkte, wie sie bei der Berührung erzitterte. »Heil, Aragorn, Arathorns Sohn!« sagte sie. »Heil, Herrin von Rohan!« antwortete er, aber sein Gesicht war jetzt bekümmert, und er lächelte nicht.

Als sie alle getrunken hatten, ging der König durch die Halle zur Tür. Dort erwarteten ihn die Wächter, und Herolde und alle Ritter und Anführer waren versammelt, die in Edoras geblieben waren oder nahebei wohnten.

»Seht! Ich breche auf, und es mag vielleicht mein letzter Ritt sein«, sagte Théoden. »Ich habe kein Kind. Théodred, mein Sohn, ist erschlagen. Ich bestimme Éomer, meinen Schwestersohn, zu meinem Erben. Kehren wir beide nicht zurück, dann wählt einen neuen Herrn nach euren Wünschen. Aber irgend jemandem muß ich nun mein Volk anvertrauen, das ich zurücklasse, um es an meiner Statt zu führen. Wer von euch will bleiben?«

Niemand sprach.

»Gibt es keinen, den ihr nennen wollt? Zu wem hat mein Volk Vertrauen?«

»Zu Eorls Haus«, antwortete Háma.

»Aber Éomer kann ich nicht entbehren, und er würde auch nicht zurückbleiben wollen«, sagte der König. »Und er ist der Letzte dieses Hauses.«

»Ich habe nicht Éomer gesagt«, antwortete Háma. »Und er ist nicht der Letzte. Da ist Éowyn, Éomunds Tochter, seine Schwester. Sie ist furchtlos und kühn. Alle lieben sie. Laßt sie Herrscherin der Eorlingas sein, während wir fort sind.«

»So soll es sein«, sagte Théoden. »Laßt die Herolde dem Volk verkünden, daß Frau Éowyn es führen wird!«

Dann setzte sich der König auf die Bank vor seiner Tür, und Éowyn kniete vor ihm nieder und empfing von ihm ein Schwert und einen schönen Harnisch. »Lebewohl, Schwestertochter!« sagte er. »Dunkel ist die Stunde, dennoch werden wir vielleicht zur Goldenen Halle zurückkehren.

Doch in Dunharg kann sich das Volk lange verteidigen, und wenn die Schlacht schlecht ausgeht, werden dorthin alle kommen, die entrinnen.«

»Sprich nicht so«, antwortete sie. »Ein Jahr wird für mich jeder Tag dauern, der bis zu deiner Rückkehr vergeht.« Doch als sie sprach, wanderte ihr Blick zu Aragorn, der nahebei stand.

»Der König wird zurückkehren«, sagte er. »Fürchtet Euch nicht! Nicht im Westen, sondern im Osten erwartet uns unser Schicksal.«

Der König ging nun die Treppe hinunter, und Gandalf war an seiner Seite. Die anderen folgten. Aragorn blickte zurück, als sie zum Tor kamen. Allein stand Éowyn vor der Tür des Hauses oben an der Treppe; das Schwert hatte sie senkrecht vor sich gestellt, und ihre Hände lagen auf dem Heft. Sie trug jetzt den Harnisch und schimmerte wie Silber in der Sonne.

Gimli ging neben Legolas, die Axt auf der Schulter. »Na, endlich brechen wir auf!« sagte er. »Die Menschen brauchen vor Taten viele Worte. Meine Axt ist unruhig in meiner Hand. Obwohl ich nicht daran zweifle, daß diese Rohirrim hart zuschlagen können, wenn es so weit ist. Dennoch ist das nicht die Kriegführung, die mir zusagt. Wie soll ich zum Kampf kommen? Ich wünschte, ich könnte zu Fuß gehen und würde nicht wie ein Sack gegen Gandalfs Sattelbaum bumsen.«

»Ein sicherer Sitz als mancher andere, vermute ich«, sagte Legolas. »Doch wird Gandalf dich zweifellos gern absetzen, wenn das Handgemenge beginnt; oder auch Schattenfell selbst. Eine Axt ist keine Waffe für einen Reiter.«

»Und ein Zwerg ist kein Reiter. Orkhälse möchte ich abhauen, nicht die Schädel von Menschen scheren«, sagte Gimli und klopfte auf den Griff seiner Axt.

Am Tor fanden sie ein großes Kriegsheer, alte und junge Männer, und alle saßen schon im Sattel. Mehr als Tausend waren dort versammelt. Ihre Speere waren wie ein aufragender Wald. Laute und freudige Rufe stießen sie aus, als Théoden herankam. Einige hielten des Königs Pferd, Schneemähne, bereit, und andere hielten die Pferde von Aragorn und Legolas. Gimli fühlte sich unbehaglich und runzelte die Stirn, aber Éomer kam zu ihm, sein Pferd am Zügel führend.

»Heil, Gimli, Glóins Sohn!« rief er. »Ich habe noch keine Zeit gehabt, unter Eurer Zuchtrute die feine Redeweise zu lernen, wie Ihr mir versprochen habt. Aber wollen wir unseren Streit nicht auf sich beruhen lassen? Zumindest werde ich nichts Schlechtes mehr über die Herrin des Waldes sagen.«

»Ich will meinen Zorn eine Weile vergessen, Éomer, Éomunds Sohn«, sagte Gimli. »Aber wenn Ihr je Gelegenheit habt, Frau Galadriel mit eigenen Augen zu sehen, dann sollt Ihr bestätigen, daß sie die schönste aller Frauen ist, sonst wird unsere Freundschaft enden.«

»So sei es!« sagte Éomer. »Doch bis dahin vergebt mir, und zum Zeichen Eurer Vergebung, bitte ich Euch, reitet mit mir. Gandalf wird mit dem Herrn der Mark an der Spitze sein; doch Feuerfuß, mein Pferd, wird uns beide tragen, wenn Ihr wollt.«

»Ich danke Euch sehr«, sagte Gimli hocherfreut. »Ich will gern mit Euch kommen, wenn Legolas, mein Gefährte, neben uns reiten darf.«

»So soll es sein«, sagte Éomer. »Legolas zu meiner Linken und Aragorn zu meiner Rechten, und keiner wird wagen, uns die Stirn zu bieten!«

»Wo ist Schattenfell?« fragte Gandalf.

»Er ist auf der Weide und nicht zu bändigen«, antworteten sie. »Von keinem Menschen läßt er sich anrühren. Dort läuft er, unten an der Furt, wie ein Schatten zwischen den Weidenbäumen.«

Gandalf pfiff und rief laut den Namen des Pferdes, und in weiter Ferne hob es den Kopf und wieherte, wandte sich um und schoß wie ein Pfeil auf das Heer zu.

»Könnte der Atem des Westwindes eine sichtbare Gestalt annehmen, dann würde er so aussehen«, sagte Éomer, als das große Pferd herbeieilte und vor dem Zauberer stehen blieb.

»Das Geschenk scheint schon gegeben zu sein«, sagte Théoden. »Doch hört mich alle an! Hier ernenne ich jetzt meinen Gast, Gandalf Graurock, den weisesten aller Ratgeber, den willkommensten der Wanderer, zum Herzog der Mark, zu einem Führer der Eorlingas, solange unser Geschlecht währt, und schenke ihm Schattenfell, den Fürsten der Rösser.«

»Ich danke Euch, König Théoden«, sagte Gandalf. Dann warf er plötzlich seinen grauen Mantel ab, schleuderte den Hut fort und sprang aufs Pferd. Er trug weder Helm noch Harnisch. Sein schneeiges Haar flatterte im Wind, sein weißes Gewand schimmerte blendend in der Sonne.

»Sehet den Weißen Reiter!« rief Aragon, und alle nahmen die Worte auf.

»Unser König und der Weiße Reiter!« riefen sie. »Auf, Eorlingas!«

Die Trompeten erklangen. Die Pferde bäumten sich auf und wieherten. Speere klirrten an Schilde. Dann hob der König die Hand, und so unvermutet wie der plötzliche Ausbruch eines Sturms ritt das letzte Heer von Rohan donnernd gen Westen.

Weit über die Ebene sah Éowyn das Glitzern ihrer Speere, als sie still und allein vor den Türen des schweigenden Hauses stand.

SIEBTES KAPITEL

HELMS KLAMM

Die Sonne stand schon im Westen, als sie von Edoras losritten, und sie schien ihnen in die Augen und verwandelte die welligen Weiden von Rohan in einen goldenen Dunst. Ein viel benutzter Weg führte nach Nordwesten entlang den Vorbergen des Weißen Gebirges hinauf und hinunter in ein grünes Land, und ihm folgten sie und überquerten in vielen Furten kleine rasche Bäche. Weit vor ihnen und zu ihrer Rechten ragte das Nebelgebirge auf; immer dunkler und höher wurde es, je mehr Meilen sie zurücklegten. Die Sonne ging langsam vor ihnen unter. Hinter ihnen zog der Abend herauf.

Das Heer ritt weiter. Die Not trieb sie. Da sie fürchteten, zu spät zu kommen, ritten sie, so schnell sie konnten, und hielten selten an. Geschwind und ausdauernd waren die Rösser von Rohan, aber es waren viele Wegstunden zu bewältigen. Vierzig Wegstunden und mehr waren es, wie der Vogel fliegt, von Edoras zu den Furten des Isen, wo sie die Mannen des Königs zu finden hofften, die Sarumans Heere aufhielten.

Die Nacht umfing sie. Schließlich hielten sie an, um ihr Lager aufzuschlagen. Etwa fünf Stunden waren sie geritten und nun weit draußen in der westlichen Ebene, und dennoch lag mehr als die Hälfte des Wegs noch vor ihnen. In einem großen Kreis unter dem gestirnten Himmel und dem zunehmenden Mond rüsteten sie sich jetzt für die Nacht. Sie zündeten keine Feuer an, denn sie waren unsicher, was geschehen würde. Doch stellten sie berittene Wachen auf, und Späher ritten weit voraus und verschwanden wie Schatten in den Falten des Landes. Die lange Nacht verging ohne Nachrichten oder Warnungen. Im Morgengrauen erschallten die Hörner, und binnen einer Stunde waren sie wieder auf dem Weg.

Noch war der Himmel wolkenlos, doch die Luft war drückend; es war warm für die Jahreszeit. Die aufgehende Sonne war in Dunst gehüllt, und hinter ihr zog langsam eine zunehmende Dunkelheit am Himmel herauf, als ob eine gewaltiges Gewitter von Osten käme. Und fern im Nordwesten schien eine zweite Dunkelheit über dem Fuß des Nebelgebirges zu schweben, ein Schatten, der langsam aus dem Zauberertal herabkroch.

Gandalf blieb zurück und wartete auf Legolas, der neben Éomer ritt.

»Du hast die scharfen Augen deiner schönen Sippe, Legolas«, sagte er, »und sie können einen Spatzen von einem Finken unterscheiden, der eine Wegstunde entfernt ist. Sag mir, kannst du irgend etwas dort drüben in Richtung Isengart sehen?«

»Viele Meilen liegen dazwischen«, sagte Legolas, indem er dorthin starrte und die Augen mit seiner langen Hand beschattete. »Ich sehe eine Dunkelheit. Gestalten bewegen sich darin, große Gestalten weit weg am Ufer des Flusses. Aber was für Geschöpfe es sind, kann ich nicht sagen. Nicht Nebel oder Wolken vereiteln meine Sicht: da ist ein verschleiernder Schatten, den irgendeine Macht über das Land wirft, und er bewegt sich langsam stromabwärts. Es ist, als ob das Zwielicht unter endlosen Bäumen von den Bergen herabflute.«

»Und hinter uns kommt ein wahrer Sturm aus Mordor«, sagte Gandalf. »Es wird eine schwarze Nacht sein.«

Am zweiten Tag ihres Rittes nahm die Schwüle der Luft zu. Am Nachmittag begannen die dunklen Wolken sie zu überholen: ein düsterer Baldachin mit sich auftürmenden Rändern, gesprenkelt mit blendendem Licht. Die Sonne ging unter, blutrot in einem rauchigen Dunst. Die Speere der Reiter bekamen feurige Spitzen, als die letzten Lichtstrahlen die Steilhänge des Gipfels des Thrihyrne erleuchteten: jetzt waren sie dem nördlichsten Arm des Weißen Gebirges sehr nahe, drei gezackten Spitzen, die in den Sonnenuntergang starrten. In dem letzten roten Glühen sahen die Mannen der Vorhut einen schwarzen Fleck, einen Reiter, der auf sie zukam. Sie hielten an und erwarteten ihn.

Er kam, ein müder Mann mit eingedelltem Helm und gespaltenem Schild. Langsam saß er ab und stand eine Weile keuchend da. Schließlich sprach er. »Ist Éomer hier?« fragte er. »Endlich kommt ihr, doch zu spät, und mit zu geringen Kräften. Die Dinge sind schlecht gegangen, seit Théodred fiel. Gestern wurden wir unter schweren Verlusten über den Isen zurückgedrängt; viele kamen um, als sie den Fluß überquerten. Dann stießen in der Nacht frische Heere über den Fluß auf unser Lager vor. Ganz Isengart muß leer sein; und Saruman hat die wilden Bergbewohner und das Hirtenvolk von Dunland jenseits der Flüsse bewaffnet und auch auf uns losgelassen. Wir wurden überwältigt. Der Schildwall brach. Erkenbrand von Westfold ist mit allen Mannen, die er sammeln konnte, zu seiner Festung in Helms Klamm abgezogen. Die übrigen sind verstreut.

Wo ist Éomer? Sagt ihm, vorn ist nichts zu erhoffen. Er sollte nach Edoras zurückkehren, ehe die Wölfe von Isengart hierherkommen.«

Théoden hatte schweigend hinter seinen Wächtern gesessen, verborgen vor den Blicken des Mannes; jetzt trieb er sein Pferd vorwärts. »Komm, tritt vor mich hin, Ceorl!«, sagte er. »Ich bin hier. Das letzte Heer der Eorlingas ist ausgeritten. Es wird nicht ohne Schlacht zurückkehren.«

Das Gesicht des Mannes leuchtete vor Freude und Erstaunen. Er richtete sich auf. Dann kniete er nieder und bot dem König sein schartiges Schwert dar. »Erteilt mir Eure Befehle, Herr!« rief er. »Und verzeiht mir! Ich dachte ...«

»Du dachtest, ich bliebe in Meduseld, gebeugt wie ein alter Baum unter dem Winterschnee. So war es, als du in den Krieg rittest. Doch ein Westwind hat die Zweige geschüttelt«, sagte Théoden. »Gebt dem Mann ein frisches Pferd. Laßt uns reiten und Erkenbrand zu Hilfe kommen!«

Während Théoden sprach, war Gandalf ein Stückchen vorausgeritten, saß dort allein und starrte gen Norden nach Isengart und gen Westen auf die untergehende Sonne. Jetzt kam er zurück.

»Reitet, Théoden!« sagte er. »Reitet nach Helms Klamm. Geht nicht zu den Furten des Isen und bleibt nicht in der Ebene. Ich muß Euch für kurze Zeit verlassen. Schattenfell soll mich jetzt rasch davontragen, um einen Auftrag zu erledigen.« Dann wandte er sich an Aragorn und Éomer und die Mannen aus dem Heerbann des Königs und rief: »Beschützt den Herrn der Mark gut, bis ich zurückkomme. Erwartet mich an Helms Tor! Lebt wohl!«

Er sagte ein Wort zu Schattenfell, und wie ein Pfeil vom Bogen sprang das große Pferd davon. Während sie noch schauten, war es verschwunden: ein Silberblitz im Sonnenuntergang, ein Wind über dem Gras, ein Schatten, der entfloh und dem Blick entschwand. Schneemähne schnaubte und bäumte sich auf und wollte ihm folgen; doch nur ein geschwinder Vogel hätte ihn einholen können.

»Was bedeutet das?« sagte einer der Wächter zu Háma.

»Daß Gandalf Graurock sich eilen muß«, antwortete Háma. »Immer geht und kommt er unerwartet.«

»Wenn Schlangenzunge hier wäre, würde er unschwer eine Erklärung finden«, sagte der andere.

»Das ist wohl wahr«, sagte Háma, »aber was mich betrifft, so will ich warten, bis ich Gandalf wiedersehe.«

»Vielleicht wirst du lange warten«, sagte der andere.

Das Heer verließ jetzt die Straße zu den Furten des Isen und hielt sich mehr nach Süden. Die Nacht brach herein, und immer noch ritten sie. Die

Berge kamen näher, doch die hohen Gipfel des Thrihyrne waren schon verschwommen vor dem sich verdunkelnden Himmel. Noch einige Meilen entfernt, am anderen Ende des Tals von Westfold, lag eine grüne Talmulde, ein großer Einschnitt im Gebirge, von dem aus eine Schlucht in die Berge hineinführte. Die Menschen dieses Landes nannten sie Helms Klamm nach einem Helden aus alten Kriegen, der hier seine Zufluchtstätte gehabt hatte. Immer steiler und schmaler zog sie sich von Norden her unter dem Schatten des Thrihyrne in die Berge hinein, bis sich auf beiden Seiten die von Krähen bevölkerten Felswände wie mächtige Türme erhoben und das Licht ausschlossen.

Bei Helms Tor, am Eingang zur Klamm, stieß von der nördlichen Felswand ein Grat vor. Auf diesem Felsvorsprung standen hohe Mauern aus uralten Steinen und in ihrer Mitte ein stolzer Turm. Bei den Menschen hieß es, in den weit zurückliegenden ruhmreichen Tagen von Gondor haben die Meer-Könige diese Festung mit Hilfe von Riesen gebaut. Die Hornburg wurde sie genannt, denn eine auf dem Turm geblasene Trompete hallte in der Klamm dahinter wider, als ob längst vergessene Heere aus Höhlen unter den Bergen in den Krieg zögen. Auch eine Mauer hatten die Menschen der alten Zeit von der Hornburg zur südlichen Felswand gezogen, um den Eingang zur Schlucht zu versperren. Unter ihr floß in einem breiten, überwölbten Abzugsgraben der Klammbach hindurch. Er schlängelte sich um den Fuß des Hornfelsens und floß dann in einer tiefen Wasserrinne mitten durch eine breite grüne Gehre, die sanft von Helms Tor zu Helms Deich abfiel. Von dort aus floß der Bach ins Klammtal und hinaus in das Tal von Westfold. In der Hornburg am Helms Tor wohnte jetzt Erkenbrand, der Herr von Westfold an den Grenzen der Mark. Da er klug war, hatte er, als die Drohung des Krieges die Tage verdüsterte, die Mauer ausgebessert und die Festung verstärkt.

Die Reiter waren noch in dem tiefen Tal vor dem Eingang zur Klamm, als sie Schreie und Hörnerblasen von ihren Kundschaftern hörten, die vorausgeritten waren. Aus der Dunkelheit kamen Pfeile angeschwirrt. Ein Kundschafter kam rasch zurück und berichtete, überall im Tal seien Wolfreiter, und ein Heer von Orks und wilden Menschen eile von den Furten des Isen nach Süden heran und sei offenbar auf dem Weg nach Helms Klamm.

»Wir haben viele von unseren Leuten hier gefunden, die erschlagen worden sind, als sie hierher flohen«, sagte der Kundschafter. »Und wir haben verstreute Gruppen getroffen, die führerlos herumirrten. Was aus Erkenbrand geworden ist, scheint keiner zu wissen. Wahrscheinlich wird er eingeholt werden, ehe er Helms Tor erreichen kann, wenn er nicht schon umgekommen ist.«

»Hat man von Gandalf etwas gesehen?« fragte Théoden.

»Ja, Herr. Viele haben einen alten Mann in Weiß auf einem Pferd gesehen, der wie der Wind im Gras hierhin und dorthin über die Ebenen geritten ist. Manche glaubten, es sei Saruman. Es heißt, er habe sich vor Einbruch der Nacht nach Isengart aufgemacht. Manche sagen auch, Schlangenzunge sei vorher gesehen worden, er ging nach Norden mit einer Gruppe Orks.«

»Es wird Schlangenzunge schlecht ergehen, wenn Gandalf ihn einholt«, sagte Théoden. »Indes fehlen mir jetzt meine beiden Ratgeber, der alte und der neue. Aber in dieser Not haben wir keine bessere Wahl, als nach Helms Tor zu gehen, wie Gandalf gesagt hat, ob Erkenbrand dort ist oder nicht. Ist es bekannt, wie groß das Heer ist, das von Norden kommt?«

»Es ist sehr groß«, sagte der Kundschafter. »Wer flieht, zählt jeden Feind doppelt, doch habe ich mit beherzten Männern gesprochen, und ich zweifle nicht, daß die Hauptmacht des Feindes viele Male so groß ist wie alles, was wir hier haben.«

»Dann laßt uns rasch sein«, sagte Éomer. »Laßt uns durch jene Feinde hindurchstoßen, die schon zwischen uns und der Festung stehen. Es gibt Höhlen in Helms Klamm, wo sich Hunderte verbergen mögen; und geheime Wege führen von dort hinauf in die Berge.«

»Vertraue nicht auf geheime Wege«, sagte der König. »Saruman hat dieses Land seit langem ausgekundschaftet. Doch mag unsere Verteidigung an diesem Ort lange währen. Laßt uns gehen!«

Aragorn und Legolas waren jetzt mit Éomer in der Vorhut. Weiter ritten sie durch die dunkle Nacht, immer langsamer, als die Dunkelheit zunahm und ihr Weg nach Süden anstieg, höher und immer höher in die düsteren Falten am Fuße der Berge. Sie fanden wenige Feinde vor sich. Hier und dort stießen sie auf herumstreifende Orkbanden; aber sie flohen, ehe die Reiter sie gefangennehmen oder erschlagen konnten.

»Es wird nicht lange dauern, fürchte ich«, sagte Éomer, »bis die Ankunft des Heers des Königs den Führern unserer Feinde bekannt ist, Saruman oder welchen Anführer er auch immer ausgesandt hat.«

Hinter ihnen nahm der Kriegslärm zu. Jetzt hörten sie, durch die Dunkelheit herübergetragen, mißtönendes Singen. Sie waren schon hoch hinauf in das Klammtal gestiegen, als sie zurückblickten. Da sahen sie Fakkeln, unzählige feurige Lichtpunkte, verstreut wie rote Blumen auf den schwarzen Feldern hinter ihnen, oder sich aus dem Tiefland heraufziehend in langen, flackernden Reihen. Hier und dort loderte ein größerer Brand auf.

»Es ist ein großes Heer und uns hart auf den Fersen«, sagte Aragorn.

»Sie bringen Feuer mit«, sagte Théoden, »und verbrennen im Vorbeiziehen Stall, Schober und Baum. Das hier war ein reiches Tal und hatte viele Gehöfte. Wehe für mein Volk!«

»Ich wollte, es wäre Tag und wir könnten ihnen entgegenreiten wie ein Sturm aus dem Gebirge!« sagte Aragorn. »Es grämt mich, vor ihnen zu fliehen.«

»Wir brauchen nicht viel weiter zu fliehen«, sagte Éomer. »Nicht weit vor uns liegt jetzt Helms Deich, ein alter Graben und Schutzwall, die durch die Talmulde gezogen sind, zwei Achtelmeilen unter Helms Tor. Dort können wir wenden und eine Schlacht liefern.«

»Nein, wir sind zu wenige, um den Deich zu verteidigen«, sagte Théoden. »Er ist eine Meile lang oder noch länger, und die Bresche ist breit.«

»An der Bresche muß unsere Nachhut standhalten, wenn wir bedrängt werden«, sagte Éomer.

Weder Sterne noch Mond schienen, als die Reiter zur Bresche im Deich kamen, wo der Bach von oben heraustrat und neben ihm die Straße von der Hornburg herunterführte. Der Schutzwall ragte plötzlich vor ihnen auf, ein hoher Schatten hinter einem dunklen Graben. Als sie darauf zuritten, wurden sie von einem Posten angerufen.

»Der Herr der Mark reitet nach Helms Tor«, antwortete Éomer. »Ich, Éomer, Éomunds Sohn, spreche.«

»Das ist eine gute Botschaft, auf die wir nicht mehr zu hoffen wagten«, sagte der Posten. »Eilt euch! Der Feind ist euch auf den Fersen.«

Das Heer ritt durch die Bresche und hielt auf dem leicht ansteigenden Rasen dahinter an. Sie erfuhren jetzt zu ihrer Freude, daß Erkenbrand zur Verteidigung von Helms Tor viele Krieger zurückgelassen hatte und noch weitere sich hierher gerettet hatten.

»Tausend Mann haben wir vielleicht, die zu Fuß kämpfen können«, sagte Gamling, ein alter Mann, der Führer derjenigen, die den Deich bewachten. »Aber die meisten von ihnen haben zu viele Winter erlebt, wie ich, oder zu wenige, wie meines Sohnes Sohn hier. Was hört man von Erkenbrand? Gestern hieß es, daß er sich hierher zurückzieht mit allen, die von Westfolds Reitern übrig sind. Aber er kam nicht.«

»Ich fürchte, daß er jetzt nicht kommen wird«, sagte Éomer. »Unsere Kundschafter haben keine Nachrichten über ihn erhalten, und das ganze Tal hinter uns wimmelt von Feinden.«

»Ich wünschte, er wäre entkommen«, sagte Théoden. »Er war ein gewaltiger Kämpe. Die Tapferkeit von Helm, der Hammerhand, war in ihm wieder lebendig geworden. Aber hier können wir nicht auf ihn warten. Wir müssen jetzt unsere ganze Streitmacht hinter den Wällen sammeln. Seid ihr gut versorgt? Wir bringen wenig Vorräte mit, denn wir waren ausgeritten zu einer offenen Schlacht, nicht zu einer Belagerung.«

»Hinter uns in den Höhlen der Klamm sind drei Viertel des Volks von Westfold, Alt und Jung, Kinder und Frauen«, sagte Gamling. »Aber auch große Vorräte von Lebensmitteln sind angelegt worden, und viele Tiere sind da und Futter für sie.«

»Das ist gut«, sagte Éomer. »Sie verbrennen und plündern alles, was im Tal zurückgeblieben ist.«

»Wenn sie nach Helms Tor kommen und um unsere Waren feilschen wollen, werden sie einen hohen Preis bezahlen müssen«, sagte Gamling.

Der König und das Heer ritten weiter. Vor dem Dammweg, der den Bach kreuzte, saßen sie ab. In einer langen Reihe führten sie ihre Pferde die Rampe hinauf und durchschritten die Tore der Hornburg. Dort wurden sie wiederum voll Freude und wiedererweckter Hoffnung begrüßt; denn nun waren genug Leute da, um sowohl die Burg als auch den Schutzwall zu bemannen.

Rasch teilte Éomer seine Leute ein. Der König und die Mannen seines Heerbanns besetzten die Hornburg, und dort waren auch viele der Mannen von Westfold. Doch auf den Klammwall und seinen Turm und dahinter stellte Éomer den größten Teil seiner Streitmacht, denn hier schien die Verteidigung bedenklicher, wenn der Angriff entschlossen und in voller Stärke unternommen würde. Die Pferde wurden von den Leuten, die entbehrt werden konnten, weit hinauf in die Klamm geführt.

Der Klammwall war zwanzig Fuß hoch und so breit, daß vier Mann nebeneinander auf ihm gehen konnten, geschützt durch eine Brustwehr, über die nur ein großer Mann hinwegschauen konnte. Hier und dort waren Schießscharten zwischen den Steinen. Diese Festungsmauer war über eine Treppe erreichbar, die von einer Tür im äußeren Hof der Hornburg herabführte; von der Klamm aus führten weiter hinten noch drei Treppen auf den Wall; doch war seine Vorderseite glatt, und seine großen Steine waren so geschickt aufeinandergesetzt, daß kein Fuß Halt finden konnte, und oben hingen sie über wie eine vom Meer ausgehöhlte Klippe.

Gimli stand, gegen die Schanze gelehnt, auf dem Wall. Legolas saß oben auf der Brustwehr, fingerte an seinem Bogen herum und starrte hinaus in die Düsternis.

»Das ist mehr nach meinem Geschmack«, sagte der Zwerg und stampfte mit den Füßen auf die Steine. »Immer geht mir das Herz auf, wenn wir in die Nähe des Gebirges kommen. Das ist guter Felsen hier. Dieses Land hat ein zähes Gebein. Ich spürte es in meinen Füßen, als wir vom Deich heraufkamen. Gib mir ein Jahr Zeit und hundert Mann von meiner Sippe, und ich würde daraus eine Festung machen, an der sich Heere wie Wellen brechen würden.«

»Daran zweifle ich nicht«, sagte Legolas. »Aber du bist ein Zwerg, und Zwerge sind seltsame Leute. Mir gefällt dieser Ort nicht, und auch bei Tageslicht wird er mir nicht besser gefallen. Doch tröstest du mich, Gimli, und ich bin froh, daß du neben mir stehst mit deinen standfesten Beinen und deiner harten Axt. Ich wünschte, es wären mehr von deiner Sippe bei uns. Aber noch mehr würde ich für hundert gute Bogenschützen aus Düsterwald geben. Wir werden sie brauchen. Die Rohirrim haben Schützen, die auf ihre Weise gut sind, aber es sind zu wenige hier, zu wenige.«

»Es ist dunkel zum Schießen«, sagte Gimli. »Tatsächlich ist es Zeit zum Schlafen. Schlafen! Ich habe ein so starkes Bedürfnis danach, wie ich nie glaubte, daß ein Zwerg es haben würde. Reiten macht müde. Dennoch ist meine Axt unruhig in meiner Hand. Gib mir eine Reihe Orknacken und Platz zum Ausholen, und alle Müdigkeit wird von mir abfallen!«

Lang zog sich die Zeit hin. Weit unten im Tal brannten immer noch vereinzelte Feuer. Die Heere von Isengart rückten jetzt schweigend vor. Man konnte ihre Fackeln sehen, die sich in vielen Reihen die Talmulde hinaufzogen.

Plötzlich hörte man vom Deich Schreien und Rufen und das wütende Schlachtgeschrei von Menschen. Flammende Brände erschienen über dem Rand und sammelten sich an der Bresche. Dann zerstreuten sie sich und verschwanden. Männer galoppierten zurück über das Feld und die Rampe zum Tor der Hornburg hinauf. Die Nachhut der Westfolder war gekommen.

»Der Feind ist nahe«, sagten sie. »Wir haben alle Pfeile verschossen, die wir hatten, und der Deich wimmelt von Orks. Aber er wird sie nicht lange aufhalten. Schon erstürmen sie an vielen Punkten die Böschung, in dicken Schwärmen wie Wanderameisen. Aber wir haben sie gelehrt, keine Fackeln zu tragen.«

Es war jetzt nach Mitternacht. Der Himmel war völlig dunkel, und die Unbewegtheit der drückenden Luft kündigte Sturm an. Plötzlich wurden die Wolken von einer blendenden Helligkeit aufgerissen. Verästelte Blitze fuhren nieder auf die östlichen Berge. Für einen kurzen Augenblick sahen die Beobachter auf den Wällen den ganzen Raum zwischen sich und dem Deich von weißem Licht erhellt: er wimmelte von schwarzen Gestalten, einige waren untersetzt und breit, andere hochgewachsen und grimmig mit hohen Helmen und schwarzen Schilden. Hunderte und Aberhunderte ergossen sich über den Deich und durch die Bresche. Die dunkle Flut stieg von Felsen zu Felsen bis zu den Wällen empor. Donner grollte im Tal. Regen peitschte herab.

Ein Hagel von Pfeilen schwirrte über die Festungsmauer und prallte klirrend an den Steinen ab. Manche Pfeile fanden ein Ziel. Der Angriff auf Helms Klamm hatte begonnen, aber kein Laut und kein Ruf von drinnen war zu hören; und es kamen keine Pfeile als Erwiderung.

Die angreifenden Scharen hielten an, verblüfft über die schweigende Drohung von Fels und Wall. Immer wieder und wieder zerrissen Blitze die Dunkelheit. Dann schrien die Orks, schwangen Speer und Schwert und schossen einen Hagel von Pfeilen auf jeden, der sich auf der Festungsmauer zeigte; und die Mannen der Mark blickten verwundert auf ein, wie es ihnen schien, großes Feld von dunklem Korn, geschüttelt vom Sturm des Krieges, und jede Ähre funkelte mit einem gezackten Licht.

Eherne Trompeten erschallten. Der Feind stieß vor, einige gegen den Klammwall, andere gegen den Dammweg und die Rampe, die zu den Toren der Hornburg hinaufführte. Dort waren die größten Orks und die wilden Menschen aus den Dunland-Mooren eingesetzt. Einen Augenblick zögerten sie, und dann gingen sie vor. Im Schein der Blitze sah man auf jedem Helm und Schild als Wappen die grausige Hand von Isengart. Sie erreichten den Gipfel des Felsens; sie drängten zu den Toren.

Dann endlich kam eine Antwort: ein Hagel von Pfeilen und Steinen traf sie. Sie wankten, wichen zurück und griffen wieder an; und wie das heranwogende Meer hielten sie jedesmal an einem höheren Punkt an. Wieder erschallten Trompeten, und eine Gruppe brüllender Menschen sprang vorwärts. Sie hielten ihre großen Schilde über sich wie ein Dach, während sie zwischen sich die großen Stämme zweier mächtiger Bäume trugen. Hinter ihnen scharten sich Ork-Bogenschützen zusammen und schickten einen Hagel von Pfeilen gegen die Bogenschützen auf den Wällen. Sie erreichten die Tore. Die von starken Armen geschwungenen Stämme prallten mit durchdringendem Dröhnen auf das Holz. Wenn ein Mann fiel, zermalmt von einem herabgeschleuderten Stein, sprangen zwei andere an seinen Platz. Immer wieder und wieder stießen die großen Rammen krachend vor.

Eomer und Aragorn standen zusammen auf dem Klammwall. Sie hörten das Brüllen der Stimmen und das dumpfe Schlagen der Rammen; und bei einem plötzlichen Aufleuchten erkannten sie die Gefahr an den Toren.

»Kommt«, sagte Aragorn. »Das ist die Stunde, da wir gemeinsam die Schwerter ziehen werden!«

Blitzschnell rannten sie am Wall entlang und die Stufen hinunter und gelangten in den äußeren Hof auf dem Felsen. Während sie liefen, riefen sie eine Handvoll beherzter Streiter zu sich. Es gab eine kleine Ausfallpforte an einer westlichen Ecke des Burgwalls, wo die Felswand bis zu ihm vorragte. Auf dieser Seite lief ein schmaler Pfad bis zu dem großen Tor zwischen dem Wall und dem steilen Rand des Felsens. Zusammen sprangen Éomer und Aragorn durch diese Tür, dicht gefolgt von ihren Männern. Wie eins fuhren die beiden Schwerter aus der Scheide.

»Gúthwinë!« rief Éomer. »Gúthwinë für die Mark!«

»Andúril!« rief Aragorn. »Andúril für die Dúnedain!«

Von der Seite angreifend, stürzten sie sich auf die wilden Männer. Andúril hob sich und fiel nieder und glänzte mit weißem Feuer. Ein Schrei stieg auf von Wall und Turm: »Andúril! Andúril zieht in den Krieg. Die Klinge, die geborsten war, erstrahlt wieder!«

Voll Schrecken ließen die Rammer die Bäume fallen und wandten sich zur Flucht; doch die Mauer ihrer Schilde geriet ins Wanken, als ob der Blitz eingeschlagen habe, und sie wurden hinweggefegt, niedergemacht oder über den Felsen in den steinigen Bach unten geworfen. Die Ork-Bogenschützen schossen wie wild und flohen dann.

Einen Augenblick hielten Eomer und Aragorn vor den Toren inne. Der Donner grummelte jetzt in der Ferne. Noch zuckten Blitze zwischen den Bergen im Süden. Ein frischer Wind blies wieder von Norden. Die Wolken waren aufgerissen und trieben dahin, und Sterne schimmerten hindurch; und über den Bergen auf der Seite der Talmulde stand im Westen der Mond und schimmerte gelb in den Gewitterwolken.

»Wir sind nicht zu früh gekommen«, sagte Aragorn mit einem Blick auf die Tore. Ihre großen Angeln und eisernen Riegel waren herausgerissen und verbogen; viele ihrer Bohlen waren gebrochen.

»Dennoch können wir nicht hier außerhalb der Wälle bleiben, wenn wir sie verteidigen wollen«, sagte Éomer. »Schaut!« Er zeigte auf den Dammweg. Schon sammelte sich wieder eine große Schar von Orks und Menschen jenseits des Bachs. Pfeile schwirrten herüber und sprangen von den Steinen über ihnen ab. »Kommt! Wir müssen zurück und versuchen, Steine und Balken innen vor den Toren aufzuschichten. Kommt jetzt!«

Sie wandten sich um und rannten. In diesem Augenblick sprang etwa ein Dutzend Orks, die reglos unter den Erschlagenen gelegen hatten, auf und kam leise und rasch hinterher. Zwei warfen sich neben Éomer auf den Boden, brachten ihn zu Fall und stürzten sich auf ihn. Doch eine kleine, dunkle Gestalt, die niemand bemerkt hatte, sprang aus dem Schatten hervor und stieß einen heisernen Schrei aus: *Baruk Khazâd! Khazâd ai-mênu!* Eine Axt wurde geschwungen und sauste noch einmal nieder. Zwei Orks waren die Köpfe abgeschlagen. Die übrigen flohen.

Éomer kam gerade mühsam auf die Beine, als Aragorn zurückrannte, um ihm zu helfen.

Die Ausfallpforte wurde wieder geschlossen, die eiserne Tür verriegelt und auf der Innenseite mit Steinen verrammelt. Als alle in Sicherheit waren, wandte sich Éomer um: »Ich danke Euch, Gimli, Glóins Sohn!« sagte er. »Ich wußte nicht, daß Ihr mit uns den Ausfall gemacht hattet. Aber oft erweist sich der ungebetene Gast als die beste Gesellschaft. Wie kamt Ihr dahin?«

»Ich folgte Euch, um die Schläfrigkeit abzuschütteln«, sagte Gimli. »Aber ich sah mir die Bergbewohner an, und sie schienen mir allzu groß für mich zu sein, deshalb setzte ich mich neben einen Stein, um Eurem Schwertkampf zuzuschauen.«

»Es wird mir nicht leichtfallen, es Euch zu vergelten«, sagte Éomer.

»Es mag sich noch so manche Gelegenheit ergeben, ehe die Nacht vorbei ist«, lachte der Zwerg. »Aber ich bin zufrieden. Bis jetzt hatte ich nichts anderes niedergehauen als Holz, seit ich Moria verließ.«

»Zwei!« sagte Gimli und klopfte auf seine Axt. Er war zu seinem Platz auf dem Wall zurückgekehrt.

»Zwei?« sagte Legolas. »Ich habe es besser gemacht, obwohl ich jetzt nach verschossenen Pfeilen suchen muß; meine sind alle. Immerhin beträgt meine Zahl mindestens zwanzig. Doch sind das nur ein paar Blätter im Wald.«

Der Himmel klärte sich jetzt rasch auf, und der untergehende Mond schien hell. Doch brachte das Licht den Reitern der Mark wenig Hoffnung. Der Feind vor ihnen schien sich vermehrt statt vermindert zu haben, und immer mehr drängten vom Tal durch die Bresche herein. Der Ausfall auf dem Felsen hatte nur kurzen Aufschub gewährt. Der Angriff gegen die Tore wurde verdoppelt. Wie ein Meer brausten die Heere von Isengart gegen den Klammwall. Am Fuß des Walls wimmelte es von einem Ende bis zum anderen von Orks und Bergbewohnern. Seile mit Enterhaken wurden schneller über die Brustwehr geschleudert, als die Männer sie abschneiden oder zurückwerfen konnten. Hunderte von langen Leitern wurden angestellt. Viele wurden umgestürzt und zerstört, aber immer neue angesetzt, und die Orks kletterten an ihnen hinauf wie Affen in den dunklen Wäldern des Südens. Vor dem Wall häuften sich Tote und Verwundete wie Schindeln in einem Sturm; immer höher türmten sich die scheußlichen Haufen, und immer noch griff der Feind an.

Die Männer von Rohan wurden müde. Alle ihre Pfeile waren verbraucht und alle Speere verschossen; ihre Schwerter waren schartig und ihre Schilde gespalten. Dreimal sammelten Éomer und Aragorn sie wieder, und dreimal flammte Anduril bei einem verzweifelten Angriff auf, der den Feind vom Wall vertrieb.

Dann erhob sich ein Lärm hinten in der Klamm. Wie Ratten waren Orks durch den überwölbten Graben, durch den der Bach hinausfloß, gekrochen. Dort hatten sie sich im Schatten der Felsen gesammelt, bis der Angriff oben am hitzigsten war und fast alle Verteidiger auf den Wall gestürzt waren. Dann sprangen sie hinaus. Schon waren einige bis zum Rachen der Klamm vorgedrungen und bei den Pferden angelangt und kämpften mit den Wachen.

Mit einem wilden Schrei, der von den Felsen widerhallte, sprang Gimli vom Wall hinunter. *»Khazâd! Khazâd!«* Bald hatte er Arbeit genug.

»Ai-oi!« rief er. »Die Orks sind hinter dem Wall. Ai-oi! Komm, Legolas! Es sind genug für uns beide. *Khazâd ai-mênu!«*

Der alte Gamling blickte von der Hornburg herab und hörte über all dem Lärm die gewaltige Stimme des Zwergen. »Die Orks sind in der Klamm!« rief er. »Helm! Helm! Vorwärts, Helmingas!« schrie er, als er die Treppe vom Felsen hinuntersprang mit vielen Mannen von Westfold hinter sich.

Ihr Angriff war heftig und plötzlich, und die Orks wichen vor ihnen zurück. Es dauerte nicht lange, da waren sie in der Enge der Schlucht umzingelt, und alle wurden erschlagen oder schreiend in die Tiefe der Klamm getrieben, wo die Wächter der verborgenen Höhlen sie niedermachten.

»Einundzwanzig!« rief Gimli. Er holte zu einem zweihändigen Streich aus und streckte den letzten Ork zu Boden. »Jetzt übertrifft meine Endzahl die von Herrn Legolas wieder.«

»Wir müssen dieses Rattenloch verstopfen«, sagte Gamling. »Zwerge können geschickt mit Steinen umgehen, heißt es. Leistet uns Hilfe, Herr!«

»Wir bearbeiten Steine weder mit Schlachtäxten noch mit unseren Fingernägeln«, sagte Gimli. »Aber ich will helfen, soweit ich kann.«

Sie sammelten alles an kleinen Findlingen und zerbrochenen Steinen, was sie in der Nähe finden konnten, und unter Gimlis Leitung versperrten die Westfold-Mannen das innere Ende des Abflußgrabens, bis nur noch ein schmaler Durchlaß blieb. Der vom Regen angeschwollene Klammbach schäumte und brodelte in seinem eingeengten Bett und breitete sich langsam in kalten Tümpeln von Felsen zu Felsen aus.

»Oben wird es trockner sein«, sagte Gimli. »Kommt, Gamling, laßt uns sehen, wie die Dinge auf dem Wall stehen!«

Er kletterte hinaus und fand Legolas neben Aragorn und Éomer. Der Elb wetzte sein langes Messer. Für eine Weile war eine Stockung im Angriff eingetreten, nachdem der Versuch, durch den Abzugsgraben durchzubrechen, gescheitert war.

»Einundzwanzig!« sagte Gimli.

»Gut!« sagte Legolas. »Aber meine Rechnung beträgt jetzt zwei Dutzend. Es war Messerarbeit hier oben.«

Éomer und Aragorn stützten sich müde auf ihre Schwerter. Zu ihrer Linken wurde das Lärmen und Getöse der Schlacht auf dem Felsen wieder lauter. Doch die Hornburg hielt immer noch stand wie eine Insel im Meer. Ihre Tore waren zerstört; aber über die innen aufgetürmten Balken und Steine war bisher kein Feind vorgedrungen.

Aragorn blickte hinauf zu den bleichen Sternen und zum Mond, der jetzt hinter den westlichen Bergen, die das Tal umschlossen, versank. »Diese Nacht kommt mir wie Jahre vor«, sagte er. »Wie lange will der Tag noch säumen?«

»Die Morgendämmerung ist nicht mehr fern«, sagte Gamling, der heraufgeklettert war und jetzt neben ihm stand. »Aber die Morgendämmerung wird uns nicht helfen, fürchte ich.«

»Dennoch ist die Morgendämmerung immer die Hoffnung der Menschen«, sagte Aragorn.

»Aber diese Geschöpfe von Isengart, diese halben Orks und Bilwißmenschen, die Sarumans verderbte Zauberkraft gezüchtet hat, die werden nicht schwach in der Sonne«, sagte Gamling. »Und ebenso wenig die wilden Menschen aus den Bergen. Hört Ihr nicht ihre Stimmen?«

»Ich höre sie«, sagte Éomer. »Aber in meinen Ohren sind sie nur das Kreischen von Vögeln und das Gebrüll von Tieren.«

»Dennoch sind viele da, die in der Sprache von Dunland schreien«, sagte Gamling. »Ich kenne diese Sprache. Es ist eine alte Menschensprache und wurde einst in vielen westlichen Tälern der Mark gesprochen. Horcht! Sie hassen uns und freuen sich; denn unser Untergang scheint ihnen gewiß zu sein. ›Der König, der König!‹ schreien sie. ›Wir wollen ihren König gefangennehmen. Tod den Forgoil! Tod den Strohköpfen! Tod den Räubern aus dem Norden!‹ Solche Namen geben sie uns. In einem halben Jahrtausend haben sie ihren Groll darüber nicht vergessen, daß die Herren von Gondor Eorl dem Jungen die Mark verliehen und ein Bündnis mit ihm geschlossen haben. Diesen alten Haß hat Saruman geschürt. Sie sind ein kampfwütiges Volk, wenn sie einmal aufgerüttelt sind. Sie werden jetzt nicht zurückweichen, ob nun die Abend- oder Morgendämmerung kommt, bis Théoden gefangengenommen ist oder sie selbst erschlagen sind.«

»Dennoch wird mir der Tag Hoffnung bringen«, sagte Aragorn. »Heißt es nicht, daß die Hornburg noch nie eingenommen wurde, wenn Menschen sie verteidigten?«

»So sagen die Sänger«, sagte Éomer.

»Dann laßt uns sie verteidigen und hoffen!« sagte Aragorn.

Während sie noch miteinander sprachen, schmetterten Trompeten. Dann gab es ein Getöse und ein Aufblitzen von Flammen und Rauch. Das Wasser des Klammbachs ergoß sich zischend und schäumend nach draußen; es war nicht mehr gestaut, ein klaffendes Loch war in den Wall gesprengt worden. Eine Schar dunkler Gestalten strömte hinein.

»Eine Teufelei von Saruman!« rief Aragorn. »Sie sind wieder in den Abzugsgraben gekrochen, während wir uns unterhielten, und haben das Feuer von Orthanc unter unseren Füßen angezündet. Elendil, Elendil!« schrie er und sprang hinunter in die Bresche; aber in eben diesem Augenblick wurden Hunderte von Leitern an die Festungsmauer gestellt. Über den Wall und unter dem Wall wogte der letzte Angriff wie eine dunkle Welle gegen einen Sandhügel. Die Verteidigung wurde davongefegt. Einige der Reiter wurden zurückgetrieben, weiter und immer weiter in die Klamm, sie fielen und kämpften, während sie Schritt um Schritt zu den Höhlen zurückwichen. Andere bahnten sich ihren Weg zurück zur Festung.

Eine breite Treppe führte von der Klamm zu dem Felsen und dem hinteren Tor der Hornburg hinauf. Nahe bei der Treppe stand Aragorn. In seiner Hand glänzte Andúril noch, und der Schrecken des Schwertes hielt den Feind eine Weile zurück, während alle, die die Treppe erreichen konnten, einer nach dem anderen hinauf zum Tor gelangten. Hinter den oberen Stufen kniete Legolas. Sein Bogen war gespannt, aber ein einziger, irgendwo aufgelesener Pfeil war alles, was er noch hatte, und er starrte jetzt hinunter, bereit, den ersten Ork zu erschießen, der es wagen würde, sich der Treppe zu nähern.

»Alle, die können, sind jetzt drinnen und in Sicherheit Aragorn«, rief er. »Komm zurück!«

Aragorn eilte die Treppe hinauf, aber im Laufen stolperte er vor Müdigkeit. Sofort sprangen seine Feinde vor. Schreiend kamen die Orks die Treppe hinauf und streckten ihre langen Arme aus, um ihn zu pakken. Der vorderste fiel mit Legolas' letztem Pfeil in der Kehle, aber die anderen sprangen über ihn hinweg. Dann krachte ein großer Feldstein, der von dem äußeren Wall heruntergeschleudert worden war, auf die Treppe und trieb die Orks in die Klamm zurück. Aragorn erreichte die Tür und schlug sie rasch hinter sich zu.

»Die Dinge stehen schlecht, meine Freunde«, sagte er und wischte sich mit dem Arm den Schweiß von der Stirn.

»Schlecht genug«, sagte Legolas, »aber noch nicht hoffnungslos, solange wir dich bei uns haben. Wo ist Gimli?«

»Das weiß ich nicht«, sagte Aragorn. »Zuletzt sah ich ihn auf dem Platz hinter dem Wall kämpfen, aber der Feind hat uns getrennt.«

»O weh! Das ist eine schlechte Nachricht«, sagte Legolas.

»Er ist beherzt und stark«, sagte Aragorn. »Laßt uns hoffen, daß er nach hinten zu den Höhlen entkommt. Dort würde er eine Weile in Sicherheit sein. Sicherer als wir. Solch ein Zufluchtsort müßte einem Zwergen gefallen.«

»Das muß meine Hoffnung sein«, sagte Legolas. »Aber ich wünschte, er wäre hierher gekommen. Ich wollte Herrn Gimli sagen, daß meine Zahl jetzt neununddreißig beträgt.«

»Wenn er sich zu den Höhlen durchschlägt, wird er dich wieder übertreffen«, lachte Aragorn. »Nie habe ich eine Axt gesehen, die so geschwungen wurde.«

»Ich muß gehen und mir Pfeile suchen«, sagte Legolas. »Ich wollte, die Nacht nähme ein Ende und ich hätte besseres Licht zum Schießen.«

Aragorn ging jetzt in die Festung. Dort hörte er zu seinem Entsetzen, daß Éomer die Hornburg nicht erreicht hatte.

»Nein, er kam nicht zum Felsen«, sagte einer der Westfold-Mannen. »Ich sah ihn zuletzt, als er Männer um sich scharte und am Eingang zur Klamm kämpfte. Gamling war bei ihm, und der Zwerg; aber ich konnte nicht zu ihnen kommen.«

Aragorn ging weiter durch den inneren Hof und stieg hinauf zu einer hohen Kammer im Turm. Dort stand der König, dunkel vor einem schmalen Fenster, und schaute hinaus über das Tal.

»Was gibt es Neues, Aragorn?« fragte er.

»Der Klammwall ist genommen, Herr, und die ganze Verteidigung hinweggefegt; aber viele haben sich hierher auf den Fels gerettet.«

»Ist Éomer hier?«

»Nein, Herr. Doch haben sich viele von Euren Leuten in die Klamm zurückgezogen; und manche sagen, Éomer sei unter ihnen. Am Engpaß mag es ihnen gelingen, den Feind aufzuhalten und in die Höhlen zu entkommen. Welche Hoffnung sie dort haben, weiß ich nicht.«

»Mehr als wir. Gute Vorräte, heißt es. Und die Luft ist bekömmlich dort, weil sie durch Spalten im Fels hoch oben abziehen kann. Niemand kann sich gegen entschlossene Männer den Eingang erzwingen. Sie werden sich dort lange halten können.«

»Aber die Orks haben eine Teufelei aus Orthanc mitgebracht«, sagte Aragorn. »Sie haben ein Sprengfeuer, und damit haben sie den Wall eingenommen. Wenn sie nicht in die Höhlen gelangen können, mag es sein, daß sie die, die drinnen sind, abriegeln. Aber jetzt müssen wir alle unsere Gedanken unserer eigenen Verteidigung zuwenden.«

»Ich verzehre mich in diesem Gefängnis«, sagte Théoden. »Hätte ich einen Speer einlegen und vor meinen Mannen auf das Schlachtfeld reiten können, dann hätte ich vielleicht wieder Kampfeslust verspürt und dabei mein Ende gefunden. Aber hier bin ich wenig nütze.«

»Hier werdet Ihr wenigstens in der stärksten Festung der Mark beschützt«, sagte Aragorn. »Wir haben mehr Hoffnung, Euch in der Hornburg zu verteidigen als in Edoras oder sogar in Dunharg im Gebirge.«

»Es heißt, daß die Hornburg niemals bei einem Angriff eingenommen wurde«, sagte Théoden. »Aber jetzt ist mein Herz voll Zweifel. Die Welt verändert sich, und alles, was einst stark war, erweist sich nun als unsicher. Wie soll irgendein Turm einer solchen Zahl von Feinden und solchem tollkühnen Haß standhalten? Hätte ich gewußt, daß Isengarts Stärke so groß geworden ist, wäre ich ihr vielleicht nicht so unbesonnen entgegengeritten, trotz Gandalfs ganzer Zauberkunst. Sein Rat erscheint jetzt nicht so gut wie im Schein der Morgensonne.«

»Beurteilt Gandalfs Rat nicht, ehe alles vorüber ist, Herr«, sagte Aragorn.

»Das Ende wird nicht lange auf sich warten lassen«, sagte der König. »Aber ich will nicht hier enden, gefangen wie ein alter Dachs in einer Falle. Schneemähne und Hasufel und die Pferde meiner Wache sind im inneren Hof. Wenn die Morgendämmerung kommt, werde ich meinen Mannen befehlen, Helms Horn zu blasen, und ich werde hinausreiten. Wollt Ihr dann mit mir reiten, Arathorns Sohn? Vielleicht werden wir uns einen Weg bahnen oder ein Ende finden, das ein Lied wert sein wird – wenn irgend jemand übrig bleibt, um später von uns zu singen.«

»Ich werde mit Euch reiten«, sagte Aragorn.

Er nahm Abschied und kehrte zu den Wällen zurück, machte überall die Runde, ermutigte die Mannen und leistete Beistand, wo immer der Angriff heftig war. Legolas begleitete ihn. Sprengfeuer flammten von unten auf und erschütterten die Steine. Enterhaken wurden geschleudert und Leitern angestellt. Immer wieder erreichten die Orks die Krone des äußeren Walls, und immer wieder warfen die Verteidiger sie hinunter.

Schließlich stand Aragorn über den großen Toren und achtete nicht der Pfeile des Feindes. Als er hinausschaute, sah er, daß der östliche Himmel blaß wurde. Dann hob er die waffenlose Hand, die Handfläche nach außen als Zeichen der Unterhandlung.

Die Orks brüllten und spotteten. »Komm herunter! Komm herunter!« schrien sie. »Wenn du mit uns sprechen willst, komm herunter! Bring deinen König heraus! Wir sind die kämpfenden Uruk-hai. Wir werden ihn aus seinem Loch herausholen, wenn er nicht kommt. Bring deinen König heraus, den Drückeberger!«

»Der König bleibt oder kommt, wie es ihm beliebt«, sagte Aragorn.

»Was tust du dann hier?« fragten sie. »Warum schaust du hinaus? Willst du die Größe unseres Heeres sehen? Wir sind die kämpfenden Uruk-hai.«

»Ich schaue hinaus, um die Morgendämmerung zu sehen«, sagte Aragorn.

»Und was ist mit der Morgendämmerung?« höhnten sie. »Wir sind die Uruk-hai: wir hören nicht auf zu kämpfen bei Tag oder Nacht, bei schönem Wetter oder Gewitter. Wir kommen, um zu töten, bei Sonne oder Mond. Was ist mit der Morgendämmerung?«

»Niemand weiß, was ihm der neue Tag bringen wird«, sagte Aragorn. »Macht euch davon, ehe er für euch böse ausgeht.«

»Geh weg, oder wir schießen dich vom Wall herunter«, schrien sie. »Das ist keine Unterhandlung. Du hast nichts zu sagen.«

»Das habe ich noch zu sagen«, antwortete Aragorn. »Kein Feind hat bisher die Hornburg eingenommen. Zieht ab, oder kein einziger von euch wird verschont werden. Kein einziger wird am Leben bleiben, um Nachrichten zurück nach dem Norden zu bringen. Ihr wißt nicht, in welcher Gefahr ihr seid.«

Eine solche Macht und königliche Größe wurde an Aragorn offenbar, als er allein über den zerstörten Toren vor dem Heer seiner Feinde stand, daß viele der wilden Menschen innehielten und über die Schulter zurück zum Tal blickten, und manche schauten zweifelnd zum Himmel auf. Aber die Orks lachten mit lauter Stimme; und ein Hagel von Wurfspeeren und Pfeilen schwirrte über den Wall, als Aragorn hinuntersprang.

Es gab ein Getöse und einen Feuerstoß. Der Bogengang über dem Tor, auf dem er vor einem Augenblick noch gestanden hatte, stürzte krachend in Rauch und Staub in sich zusammen. Die Verrammelung wurde auseinandergerissen, als habe der Blitz hier eingeschlagen. Aragorn rannte zum Turm des Königs.

Doch gerade, als das Tor fiel und die Orks ringsum sich schreiend zum Angriff rüsteten, erhob sich ein Gemurmel hinter ihnen, wie ein Wind in der Ferne, und es schwoll an zu einem Geschrei vieler Stimmen, die seltsame Neuigkeiten in der Morgendämmerung ausriefen. Als die Orks auf dem Felsen die Entsetzensrufe hörten, zauderten sie und schauten sich um. Und dann erschallte plötzlich und schrecklich Helms großes Horn.

Alle, die den Klang hörten, zitterten. Viele der Orks warfen sich auf den Boden und hielten sich mit den Klauen die Ohren zu. Aus der Klamm kam der Widerhall zurück, ein Schmettern nach dem anderen, als ob auf jedem Fels und jedem Berg ein mächtiger Herold stünde. Aber auf den Wällen schauten die Männer auf und horchten erstaunt; denn der Widerhall verklang nicht. Die Hornsignale wurden in den Bergen geblasen; näher jetzt und lauter antworteten sie einander und schmetterten ungestüm und ungehemmt.

»Helm! Helm!« riefen die Reiter. »Helm ist auferstanden und zieht wieder in den Krieg. Helm für König Théoden!«

Und zugleich mit diesem Ruf kam der König. Weiß wie Schnee war sein Pferd, golden sein Schild und lang sein Speer. Zu seiner Rechten ritt Aragorn, Elendils Erbe, und hinter ihm die Ritter des Hauses von Eorl dem Jungen. Licht wurde der Himmel. Die Nacht verging.

»Vorwärts, Eorlingas!« Mit einem Kriegsruf und großem Geschrei griffen sie an. Herab von den Toren brausten sie, fegten über den Dammweg und fuhren durch die Heere von Isengart wie ein Wind durch das Gras. Hinter ihnen aus der Klamm erschollen die lauten Rufe der Mannen, die aus den Höhlen herauskamen und den Feind vor sich hertrieben. Heraus kamen alle Mannen, die auf dem Felsen geblieben waren. Und immer noch hallte der Klang blasender Hörner in den Bergen wider.

Voran ritten sie, der König und seine Gefährten. Hauptleute und

Kämpfer fielen oder flohen vor ihnen. Weder Ork noch Mensch hielt ihnen stand. Ihre Rücken waren den Schwertern und Speeren der Reiter und ihre Gesichter dem Tal zugewandt. Sie weinten und jammerten, denn Furcht und großes Staunen waren über sie gekommen mit dem Anbruch des Tages.

So ritt König Théoden von Helms Klamm und bahnte sich den Weg zum großen Deich. Dort hielt das Heer an. Es war nun heller Tag. Sonnenstrahlen flammten über den östlichen Bergen auf und glitzerten auf ihren Speeren. Aber sie saßen stumm auf ihren Pferden und starrten hinunter auf das Klammtal.

Das Land war verwandelt. Wo vorher das grüne Tal gelegen hatte und seine grasbedeckten Hänge sich die emporsteigenden Berge hinaufzogen, ragte jetzt ein Wald auf. Große Bäume, kahl und still, standen dort in einer Reihe hinter der anderen mit verschlungenen Zweigen und altersgrauen Wipfeln; ihre gewundenen Wurzeln waren in dem langen, grünen Gras vergraben. Dunkelheit war unter ihnen. Zwischen dem Deich und dem Saum dieses namenlosen Waldes lagen nur zwei Achtelmeilen. Dort kauerten jetzt Sarumans stolze Heere, voll Schrecken vor dem König und voll Schrecken vor den Bäumen. Sie strömten herab von Helms Tor, bis das ganze Gelände oberhalb des Deichs von ihnen frei war, aber unterhalb waren sie dicht zusammengedrängt wie schwärmende Fliegen. Vergeblich krochen und kletterten sie an den Wänden der Talmulde herum und versuchten, zu entkommen. Im Osten war die Seite des Tals zu steil und steinig; auf der linken Seite, von Westen her, näherte sich ihr endgültiges Verhängnis.

Dort erschien plötzlich auf einem Grat ein Reiter, in Weiß gekleidet, schimmernd in der aufgehenden Sonne. Über die niedrigen Berge erklangen die Hörner. Hinter ihm, über die langen Hänge eilend, kamen tausend Mann zu Fuß; ihre Schwerter hatten sie in den Händen. In ihrer Mitte schritt ein Mann, groß und stark. Sein Schild war rot. Als er an den Rand des Tals kam, setzte er ein großes, schwarzes Horn an die Lippen und blies schmetternd.

»Erkenbrand!« riefen die Reiter. »Erkenbrand!«

»Seht, der Weiße Reiter!« rief Aragorn. »Gandalf ist wiedergekommen!«

»Mithrandir, Mithrandir!« sagte Legolas. »Das ist wahrlich Zauberei! Kommt! Ich möchte mir diesen Wald anschauen, ehe der Zauber vergeht.«

Die Heere von Isengart schrien, lenkten ihre Schritte hierhin und dorthin und fielen von einem Schrecken in den anderen. Wieder erschallte das Horn vom Turm. Hinab durch die Bresche im Deich griff das Heer des Königs an. Hinab von den Bergen sprang Erkenbrand, der Herr von Westfold. Hinab sprang Schattenfell wie ein Hirsch, der trittsicher im Gebirge läuft. Der Weiße Reiter kam über sie, und der Schrecken seiner Ankunft erfüllte den Feind mit Wahnsinn. Die wilden Menschen fielen vor ihm zu Boden. Die Orks wichen zurück und schrien und warfen Schwert und Speer beiseite. Wie ein schwarzer Rauch, von einem aufsteigenden Wind getrieben, flohen sie. Jammernd verschwanden sie unter dem wartenden Schatten der Bäume; und aus diesem Schatten kam keiner jemals zurück.

ACHTES KAPITEL

DER WEG NACH ISENGART

So trafen sich im Lichte eines schönen Morgens König Théoden und Gandalf, der Weiße Reiter, auf dem grünen Gras neben dem Klammbach wieder. Auch Aragorn, Arathorns Sohn, war da, und Legolas der Elb und Erkenbrand von Westfold und die Ritter des Goldenen Hauses. Um sie scharten sich die Rohirrim, die Reiter der Mark; ihr Erstaunen übertraf ihre Siegesfreude, und ihr Blick war auf den Wald gerichtet.

Plötzlich erhob sich ein lauter Ruf, und herab vom Deich kamen jene, die in die Klamm zurückgetrieben worden waren. Es kam der alte Gamling und Éomer, Éomunds Sohn, und neben ihm ging Gimli, der Zwerg. Er hatte keinen Helm, und um seinen Kopf war ein blutbefleckter Leinenverband geschlungen; aber seine Stimme war laut und kräftig.

»Zweiundvierzig, Herr Legolas!« rief er. »Leider ist meine Axt jetzt schartig: der zweiundvierzigste hatte einen eisernen Kragen um den Hals. Wie steht es bei dir?«

»Du hast mein Ergebnis um eins übertroffen«, antwortete Legolas. »Aber ich mißgönne dir die Beute nicht, so froh bin ich, dich auf den Beinen zu sehen!«

»Willkommen, Éomer, Schwestersohn!« sagte Théoden. »Jetzt, da ich dich in Sicherheit sehe, bin ich wahrlich froh.«

»Heil, Herr der Mark!« sagte Éomer. »Die dunkle Nacht ist vergangen, und es ist wieder Tag geworden. Doch der Tag hat seltsame Botschaft gebracht.« Er wandte sich um und blickte erstaunt erst auf den Wald und dann auf Gandalf. »Wieder einmal kommt Ihr in der Stunde der Not, unerwartet«, sagte er.

»Unerwartet?« sagte Gandalf. »Ich habe doch gesagt, ich würde zurückkommen und Euch hier treffen.«

»Aber Ihr habt nicht die Stunde genannt und auch die Art Eures Kommens nicht vorausgesagt. Seltsame Hilfe bringt Ihr. Ihr seid ein mächtiger Zauberer, Gandalf der Weiße!«

»Das mag sein. Aber wenn dem so ist, dann habe ich es bis jetzt noch nicht gezeigt. Ich habe nur guten Rat in der Gefahr gegeben und mir die Schnelligkeit von Schattenfell zunutze gemacht. Eure eigene Tapferkeit hat mehr vollbracht, und die kräftigen Beine der Westfold-Mannen, die durch die Nacht marschiert sind.«

Dann schauten alle mit noch größerer Verwunderung auf Gandalf. Einige warfen finstere Blicke auf den Wald und fuhren sich mit der Hand über die Stirn, als ob sie glaubten, ihre Augen sähen anders als seine.

Gandalf lachte lange und fröhlich. »Die Bäume?« fragte er. »Nein, ich sehe den Wald ebenso deutlich wie Ihr. Aber das ist keine Tat von mir. Das ist etwas, das über den Rat der Weisen hinausgeht. Besser als mein Plan und sogar besser als meine Hoffnung hat sich der Ausgang erwiesen.«

»Wenn es nicht Eure Zauberei war, wessen war es dann?« fragte Théoden. »Sarumans nicht, das ist klar. Gibt es noch einen mächtigeren Weisen, der uns unbekannt ist?«

»Es ist keine Zauberei, sondern eine weit ältere Macht«, sagte Gandalf. »Eine Macht, die auf der Erde wandelte, ehe der Elb sang oder der Hammer erklang.«

Eh Erz ward gefunden und Baum gefällt,
Als jung unterm Monde lag die Welt,
Eh Ring ward geschmiedet, war Er schon alt,
Eh Unheil erweckt, ging Er um im Wald.

»Und was mag die Lösung Eures Rätsels sein?« fragte Théoden.

»Wenn Ihr das erfahren wollt, solltet Ihr mit mir nach Isengart kommen«, antwortete Gandalf.

»Nach Isengart?« riefen sie.

»Ja«, sagte Gandalf. »Ich kehre nach Isengart zurück, und wer will, mag mit mir kommen. Dort werden wir vielleicht seltsame Dinge sehen.«

»Aber es gibt nicht genug Männer in der Mark, nicht einmal, wenn sie alle herangeholt und von Wunden und Müdigkeit geheilt wären, um Sarumans Feste anzugreifen«, sagte Théoden.

»Trotzdem gehe ich nach Isengart«, sagte Gandalf. »Ich werde nicht lange dort bleiben. Mein Weg liegt jetzt ostwärts. Erwartet mich in Edoras, ehe der Mond abnimmt!«

»Nein«, sagte Théoden. »In der dunklen Stunde vor der Morgendämmerung zweifelte ich, aber jetzt wollen wir uns nicht trennen. Ich werde mit Euch kommen, wenn das Euer Rat ist.«

»Ich will mit Saruman sprechen, sobald es jetzt möglich ist«, sagte Gandalf, »und da er Euch großes Unrecht getan hat, wäre es angemessen, wenn Ihr dabei wäret. Doch wie bald und wie schnell werdet Ihr reiten?«

»Meine Mannen sind müde vom Kampf«, sagte der König, »und auch ich bin müde. Denn ich bin weit geritten und habe wenig geschlafen. O weh! Mein Alter ist nicht vorgetäuscht oder nur Schlangenzunges Einflüsterungen zuzuschreiben. Es ist ein Leiden, das kein Arzt völlig heilen kann, nicht einmal Gandalf.«

»Dann laßt alle, die mit mir reiten sollen, jetzt ruhen«, sagte Gandalf. »Wir werden uns im Schatten des Abends auf den Weg machen. Das ist genauso gut; denn mein Rat lautet, daß all Euer Kommen und Gehen von nun an so geheim wie möglich sein sollte. Doch befehlt nicht vielen Männern, Euch zu begleiten, Théoden. Wir gehen zu einer Unterhandlung, nicht zu einem Kampf.«

Der König wählte dann Männer aus, die unverletzt waren und schnelle Pferde hatten, und sandte sie mit der Siegesnachricht in jedes Tal der Mark; und sie überbrachten auch seine Aufforderung, daß alle Männer, junge und alte, eiligst nach Edoras kommen sollten. Dort wollte der Herr der Mark am zweiten Tag nach dem Vollmond eine Versammlung aller, die Waffen tragen konnten, abhalten. Um mit ihm nach Isengart zu reiten, wählte der König Éomer und zwanzig Mann seines Heerbanns aus. Gandalf sollten Aragorn, Legolas und Gimli begleiten. Trotz seiner Verwundung wollte der Zwerg nicht zurückbleiben.

»Es war nur ein schwacher Hieb, und der Helm lenkte ihn ab«, sagte er. »Es bräuchte mehr als einen solchen Orkkratzer, um mich zurückzuhalten.«

»Ich werde die Wunde versorgen, während du ruhst«, sagte Aragorn.

Der König kehrte nun in die Hornburg zurück und schlief so friedlich, wie er seit Jahren nicht geschlafen hatte, und auch seine ausgewählten Begleiter ruhten. Doch die anderen, alle, die nicht verletzt oder verwundet waren, begannen eine schwere Arbeit. Denn viele waren im Kampf gefallen und lagen tot auf dem Schlachtfeld oder in der Klamm.

Kein Ork war am Leben geblieben; ihre Leichen waren unzählig. Aber sehr viele der Bergbewohner hatten sich ergeben; und sie hatten Angst und flehten um Gnade.

Die Menschen der Mark nahmen ihnen die Waffen ab und setzten sie zur Arbeit ein.

»Helft jetzt, das Unheil wiedergutzumachen, zu dem ihr beigetragen habt«, sagte Erkenbrand. »Und nachher sollt ihr einen Eid leisten, niemals wieder bewaffnet die Furten des Isen zu überschreiten oder euch den Feinden der Menschen anzuschließen; und dann sollt ihr frei in euer Land zurückkehren. Denn ihr seid von Saruman verführt worden. Viele von euch haben den Tod gefunden als Entgelt für euer Vertrauen auf ihn; aber hättet ihr gesiegt, wäre euer Lohn nur wenig besser gewesen.«

Die Menschen von Dunland waren erstaunt, denn Saruman hatte ihnen gesagt, die Menschen von Rohan seien grausam und würden ihre Gefangenen lebendig verbrennen.

In der Mitte des Schlachtfelds vor der Hornburg wurden zwei Hügelgräber aufgeworfen und alle Reiter der Mark hineingelegt, die bei der Verteidigung gefallen waren, diejenigen aus den Osttälern auf der einen Seite und diejenigen aus Westfold auf der anderen. In einem Grab allein unter dem Schatten der Hornburg lag Háma, der Hauptmann der Wache des Königs. Er war vor dem Tor gefallen.

Die Orks wurden zu großen Haufen aufgeschichtet, weit ab von den Hügelgräbern der Menschen, nicht fern vom Saum des Waldes. Und die Leute waren sehr besorgt; denn die Berge von Aas waren zu groß, um sie zu begraben oder zu verbrennen. Sie hatten wenig Holz zum Feuermachen, und keiner hätte gewagt, eine Axt an die seltsamen Bäume zu legen, selbst wenn Gandalf sie nicht davor gewarnt hätte, Rinde oder Zweig zu beschädigen, wenn sie nicht große Gefahren auf sich laden wollten.

»Laßt die Orks liegen«, sagte Gandalf. »Der Morgen mag neuen Rat bringen.«

Am Nachmittag machte sich die Begleitung des Königs bereit, aufzubrechen. Das Werk der Bestattung begann gerade erst, und Théoden trauerte um Háma, seinen Hauptmann, und warf die erste Erde auf sein Grab. »Großes Unrecht hat Saruman wahrlich mir und diesem ganzen Land zugefügt«, sagte er. »Und ich werde dessen eingedenk sein, wenn ich ihn treffe.«

Die Sonne näherte sich schon den Bergen westlich der Talmulde, als Théoden und Gandalf und ihre Gefährten vom Deich herabritten. Hinter ihnen hatte sich eine große Menschenmenge angesammelt, sowohl die Reiter als auch das Volk von Westfold, alt und jung, Frauen und Kinder, die aus den Höhlen herausgekommen waren. Mit hellen Stimmen sangen sie ein Siegeslied; und dann schwiegen sie und fragten sich, was wohl geschehen würde, denn ihre Blicke waren auf die Bäume gerichtet, und sie fürchteten sich vor ihnen.

Die Reiter kamen zum Wald und hielten an; Pferd und Mann waren unwillig hineinzureiten. Die Bäume waren grau und drohend, und ein Schatten oder Nebel lag über ihnen. Die Enden ihrer langen, schleppenden Zweige hingen herab wie suchende Finger, ihre Wurzeln erhoben sich vom Boden wie die Glieder seltsamer Ungeheuer, und dunkle Höhlen taten sich unter ihnen auf. Aber Gandalf ritt weiter und führte die

Gruppe an, und wo die Straße von der Hornburg auf die Bäume stieß, sahen sie jetzt eine Öffnung wie ein gewölbtes Tor unter mächtigen Zweigen; durch dieses Tor ritt Gandalf, und sie folgten ihm. Dann merkten sie zu ihrer Verwunderung, daß die Straße weiterführte und der Klammbach an ihr entlanglief; und der Himmel darüber war offen und voll goldenen Lichts. Doch auf beiden Seiten waren die großen Reihen von Bäumen schon in Dämmerung gehüllt und zogen sich hin bis zu undurchdringlichen Schatten; und dort hörten sie das Knarren und Ächzen von Zweigen und ferne Schreie und das Geräusch wortloser Stimmen, die wütend murmelten. Kein Ork oder anderes Lebewesen war zu sehen.

Legolas und Gimli ritten jetzt zusammen auf einem Pferd; und sie hielten sich dicht neben Gandalf, denn Gimli hatte Angst vor dem Wald.

»Es ist heiß hier drinnen«, sagte Legolas zu Gandalf. »Ich spüre einen großen Zorn um mich. Merkst du auch, wie die Luft in deinen Ohren pocht?«

»Ja«, sagte Gandalf.

»Was ist aus den elenden Orks geworden?« fragte Legolas.

»Das, glaube ich, wird keiner jemals erfahren«, sagte Gandalf.

Eine Weile ritten sie schweigend weiter; aber Legolas schaute immer von einer Seite zur anderen und hätte oft angehalten, um auf die Geräusche des Waldes zu lauschen, wenn Gimli es erlaubt hätte.

»Das sind die seltsamsten Bäume, die ich je gesehen habe«, sagte er. »Und ich habe so manche Eiche aus der Eichel bis zum Siechtum des Alters heranwachsen sehen. Ich wünschte, ich hätte jetzt Muße, um unter ihnen herumzuwandern: sie haben Stimmen, und mit der Zeit könnte ich vielleicht ihre Gedanken verstehen.«

»Nein, nein!« sagte Gimli. »Wir wollen sie in Ruhe lassen! Ich errate ihre Gedanken schon: Haß auf alles, was auf zwei Beinen geht; und ihr Gespräch dreht sich um Zermalmen und Erdrosseln.«

»Nicht Haß auf alles, was auf zwei Beinen geht«, sagte Legolas. »Da irrst du dich, glaube ich. Sie hassen die Orks. Denn die Bäume sind nicht von hier und wissen wenig von Elben und Menschen. Weit entfernt sind die Täler, aus denen sie stammen. Aus der Tiefe Fangorns, Gimli, kommen sie vermutlich.«

»Dann ist das der gefährlichste Wald in Mittelerde«, sagte Gimli. »Ich sollte dankbar sein für die Rolle, die sie gespielt haben, aber ich liebe sie nicht. Du magst sie wundervoll finden, doch ich habe ein größeres Wunder in diesem Land gesehen, schöner als jeder Hain und jedes Gehölz, die je wuchsen: mein Herz ist noch ganz erfüllt davon.

Seltsam ist die Art der Menschen, Legolas! Hier haben sie eines der Wunder der Nördlichen Welt, und was sagen sie darüber? Höhlen, sagen sie! Höhlen! Löcher, in die man sich in Kriegszeiten flüchtet, in denen man Futter aufbewahrt! Mein lieber Legolas, weißt du, daß die Grotten von Helms Klamm weit und schön sind? Die Zwerge würden eine endlose Wallfahrt unternehmen, bloß um sie zu betrachten, wenn es nur bekannt wäre, daß es solche Dinge gibt. O ja, sie würden wahrlich reines Gold dafür geben, wenn sie nur einen kurzen Blick darauf werfen könnten!«

»Und ich würde Gold dafür geben, um mich davon freizukaufen«, sagte Legolas. »Und doppelt so viel, um wieder herausgelassen zu werden, wenn ich mich in ihnen verirrte.«

»Du hast sie nicht gesehen, deshalb verzeihe ich dir deinen Scherz«, sagte Gimli. »Aber du redest wie ein Narr. Findest du jene Hallen schön, wo euer König unter dem Berg in Düsterwald wohnt, und bei deren Erschaffung Zwerge vor langer Zeit halfen? Sie sind nur elende Löcher im Vergleich zu den Grotten, die ich hier gesehen habe: unermeßliche Hallen, erfüllt von einer ewigwährenden Musik des Wassers, das hinuntertröpfelt in Teiche, so schön wie Kheled-zâram im Sternenlicht.

Und, Legolas, wenn die Fackeln angezündet werden und Menschen auf den sandigen Böden unter den widerhallenden Gewölben einhergehen, ah, dann, Legolas, dann glitzern Edelsteine und Kristalle und Adern von edlen Erzen in den geglätteten Wänden; und das Licht leuchtet durch Marmorfalten, muschelgleich, durchscheinend wie die lebendigen Hände der Königin Galadriel. Da sind weiße und safrangelbe Säulen und rosige wie die Morgenröte, Legolas, geriffelt und verschlungen in traumhaften Formen; sie streben von vielfarbigen Böden empor zu den Schlußsteinen des Daches: Flügel, Stränge, Vorhänge, so zart wie gefrorene Wolken; Speere, Banner, Zinnen von hängenden Palästen! Stille Seen spiegeln sie wider: eine schimmernde Welt schaut herauf aus dunklen Weihern, bedeckt mit klarem Glas; Städte, wie Durins Geist sie sich kaum im Schlaf hätte ausmalen können, erstrecken sich über Prachtstraßen und Säulenhöfe bis zu den dunklen Winkeln, in die kein Licht dringen kann. Und plink! ein silberner Tropfen fällt, und die runden Kringel auf dem Glas lassen alle Türme sich verbeugen, und wie Wasserpflanzen und Korallen in einer Meeresgrotte wogen sie. Dann wird es Abend: sie verblassen und verbleichen; die Fackeln ziehen weiter in eine andere Kammer und einen anderen Traum. Da ist eine Kammer nach der anderen, Legolas; eine Halle schließt sich an die andere, ein Gewölbe ans andere, Treppe auf Treppe; und immer weiter führen die gewundenen Pfade hinein in das Herz des Gebirges. Höhlen! Die Grotten von Helms Klamm! Ein glücklicher Zufall war es, der mich dorthin verschlug! Es bringt mich zum Weinen, sie zu verlassen.«

»Dann will ich dir zu deinem Trost wünschen, Gimli«, sagte der Elb, »daß du den Krieg heil überstehen mögest und zurückkehren kannst, um sie wiederzusehen. Aber erzähle es nicht deiner ganzen Verwandtschaft! Nach deiner Schilderung gibt es anscheinend nicht mehr viel für sie zu tun. Vielleicht sind die Menschen dieses Landes weise, daß sie so wenig darüber sagen: eine Sippe geschäftiger Zwerge mit Hammer und Meißel könnte mehr verderben, als die Menschen gemacht haben.«

»Nein, du verstehst das nicht«, sagte Gimli. »Kein Zwerg könnte bei solcher Schönheit ungerührt bleiben. Niemand aus Durins Geschlecht würde in diesen Höhlen nach Steinen oder Erz graben, nicht einmal, wenn Diamanten und Gold dort zu finden wären. Fällst du Haine von blühenden Bäumen im Frühling, um Brennholz zu bekommen? Diese Lichtungen von blühendem Stein würden wir hegen und pflegen und nicht Steine darin brechen. Mit behutsamer Geschicklichkeit, ein leichtes Klopfen hier und dort – ein kleiner Felssplitter vielleicht und nicht mehr an einem ganzen bedachtsamen Tag – so könnten wir arbeiten, und im Laufe der Jahre würden wir neue Wege bahnen und ferne Kammern erschließen, die noch dunkel sind und nur als eine Leere hinter Spalten im Fels undeutlich sichtbar werden. Und Lichter, Legolas! Wir würden Lichter machen, Lampen, wie sie einst in Khazad-dûm erstrahlten; und wenn wir es wünschten, würden wir die Nacht vertreiben, die dort liegt, seit die Berge erschaffen wurden, und wenn wir uns nach Ruhe sehnten, würden wir die Nacht zurückkehren lassen.«

»Du rührst mich, Gimli«, sagte Legolas. »So habe ich dich noch nie reden hören. Fast bringst du mich dazu, daß ich es bedauere, die Höhlen nicht gesehen zu haben. Hör zu! Laß uns ein Abkommen treffen – wenn wir beide aus den Gefahren, die uns erwarten, heil zurückkehren, wollen wir eine Weile zusammen wandern. Du sollst mit mir Fangorn besuchen, und dann werde ich dich begleiten, um Helms Klamm zu sehen.«

»Das wäre nicht der Heimweg, den ich wählen würde«, sagte Gimli. »Aber ich werde Fangorn ertragen, wenn du mir versprichst, mit zu den Höhlen zurückzukommen und dich mit mir an ihren Wundern zu erfreuen.«

»Das verspreche ich dir«, sagte Legolas. »Aber nun müssen wir leider Höhlen und Wald eine Weile zurücklassen. Schau! Wir kommen zum Ende der Bäume. Wie weit ist es nach Isengart, Gandalf?«

»Ungefähr fünfzehn Wegstunden, wie Sarumans Krähen fliegen«, sagte Gandalf. »Fünf vom Ausgang des Klammtals bis zu den Furten, und von dort noch zehn bis zu den Toren von Isengart. Aber wir werden heute nacht nicht die ganze Strecke reiten.«

»Und wenn wir dort angekommen, was werden wir da sehen?« fragte Gimli. »Du magst es wissen, aber ich kann es nicht erraten.«

»Ich weiß es selbst nicht ganz sicher«, antwortete der Zauberer. »Ich war gestern bei Einbruch der Nacht dort, aber viel mag seitdem geschehen sein. Dennoch wirst du, glaube ich, nicht sagen, daß die Fahrt vergeblich gewesen sei – auch wenn die Glitzernden Höhlen von Aglarond zurückgeblieben sind.«

Schließlich hatten die Gefährten die Bäume hinter sich gelassen und stellten fest, daß sie auf dem Grund der Talmulde angekommen waren, wo die Straße von Helms Klamm sich teilt und gen Osten nach Edoras und gen Norden zu den Furten des Isen führt. Als sie vom Waldsaum fortschritten, hielt Legolas an und blickte bedauernd zurück. Plötzlich stieß er einen Schrei aus.

»Da sind Augen!« sagte er. »Augen blicken aus den Schatten der Zweige heraus. Noch nie habe ich solche Augen gesehen.«

Überrascht von seinem Aufschrei, hatten auch die anderen angehalten und sich umgewandt; aber Legolas schickte sich an zurückzureiten.

»Nein, nein!« rief Gimli. »Tu, was du willst, in deiner Verrücktheit, aber laß mich erst absteigen. Ich will keine Augen sehen!«

»Bleib hier, Legolas Grünblatt!« sagte Gandalf. »Geh nicht zurück in den Wald, noch nicht! Jetzt ist es nicht die richtige Zeit für dich.«

Während er noch sprach, kamen drei seltsame Gestalten zwischen den Bäumen hervor. Hochgewachsen wie Trolle waren sie, zwölf oder mehr Fuß groß; ihre kräftigen Körper, stämmig wie junge Bäume, schienen mit Gewändern oder einer Haut von eng anliegendem Grau und Braun bekleidet zu sein. Ihre Glieder waren lang, und ihre Hände hatten viele Finger; ihr Haar war steif und ihre Bärte graugrün wie Moos. Sie blickten mit ernsten Augen um sich, aber sie schauten nicht auf die Reiter; ihr Blick war nach Norden gerichtet. Plötzlich legten sie ihre langen Hände an den Mund und sandten schallende Rufe aus, klar wie die Töne eines Horns, aber melodischer und vielfältiger. Die Rufe wurden beantwortet; und als sie sich wieder umdrehten, sahen die Reiter, daß andere Geschöpfe von derselben Art rasch durch das Gras heranschritten. Sie kamen von Norden her, und ihre Gangart erinnerte an watende Reiher, aber nicht ihre Geschwindigkeit; denn bei ihren langen Schritten bewegten sich ihre Beine schneller als die Flügel eines Reihers. Die Reiter schrien laut vor Verwunderung, und einige legten die Hand auf den Schwertgriff.

»Ihr braucht keine Waffen«, sagte Gandalf. »Das sind nur Hirten. Es sind keine Feinde, tatsächlich kümmern sie sich überhaupt nicht um uns.«

So schien es wirklich; denn als er das sagte, schritten die großen Geschöpfe, ohne einen Blick auf die Reiter zu werfen, in den Wald und verschwanden.

»Hirten?« fragte Théoden. »Wo sind ihre Herden? Was für Leute sind das, Gandalf? Denn es ist klar, daß sie Euch jedenfalls nicht fremd sind.«

»Es sind die Hirten der Bäume«, antwortete Gandalf. »Ist es so lange her, seit Ihr den Geschichten am Kamin gelauscht habt? Es gibt Kinder in Eurem Land, die aus den verflochtenen Fäden der Erzählungen die Antwort auf Eure Frage herausfinden könnten. Ihr habt Ents gesehen, o König, Ents aus dem Forst Fangorn, den Ihr in Eurer Sprache Entwald nennt. Habt Ihr geglaubt, der Name sei ihm nur aus bloßer Laune gegeben worden? Nein, Théoden, es ist anders: für sie seid Ihr nur eine vorübergehende Geschichte; all die Jahre von Eorl dem Jungen bis zu Théoden dem Alten zählen wenig für sie; und alle Taten Eures Hauses sind nur Kleinigkeiten.«

Der König antwortete nicht. »Ents!« sagte er schließlich. »Aus den Schatten der Sage beginne ich, das Wunder der Bäume ein wenig zu verstehen. Ich erlebe seltsame Tage. Lange haben wir unsere Tiere versorgt und unsere Felder bestellt, unsere Häuser gebaut, unsere Werkzeuge geschmiedet oder sind hinausgeritten, um Minas Tirith in seinen Kriegen zu unterstützen. Und das nannten wir das Leben der Menschen, den Lauf der Welt. Wenig kümmerten wir uns um das, was jenseits unserer Grenzen lag. Lieder haben wir, die von diesen Dingen berichten, aber wir vergessen sie, nur unsere Kinder lehren wir sie, ein Brauch, über den man nicht viel nachdenkt. Und jetzt sind die Lieder aus seltsamen Gegenden zu uns gekommen und wandeln sichtbar unter der Sonne.«

»Ihr solltet froh sein, König Théoden«, sagte Gandalf. »Denn nicht nur das kleine Leben der Menschen ist jetzt in Gefahr, sondern auch das Leben jener Geschöpfe, die Ihr für einen Sagenstoff gehalten habt. Ihr seid nicht ohne Verbündete, selbst wenn Ihr sie nicht kennt.«

»Dennoch sollte ich auch traurig sein«, sagte Théoden. »Denn wie immer das Kriegsglück ausgehen wird, könnte es nicht damit enden, daß vieles, was schön und wundervoll war, für immer aus Mittelerde verschwinden wird?«

»Das mag sein«, sagte Gandalf. »Das Böse von Sauron läßt sich nicht völlig beseitigen, und es kann auch nicht so getan werden, als sei es gar nicht gewesen. Aber solche Tage zu erleben ist unser Schicksal. Laßt uns nun die Fahrt fortsetzen, die wir begonnen haben!«

Die Gruppe wandte sich dann ab von der Talmulde und dem Wald und schlug die Straße zu den Furten ein. Legolas folgte nur widerstrebend. Die Sonne war untergegangen und schon hinter dem Rand der Welt verschwunden; doch als sie aus dem Schatten der Berge herausritten und nach Westen zur Pforte von Rohan schauten, war der Himmel noch rot, und ein brennendes Licht war unter den treibenden Wolken. Dunkel hoben sich davon viele schwarzgeflügelte Vögel ab, die dort ihre Kreise zogen. Manche, die zu ihren Horsten in den Felsen zurückkehrten, flogen traurig krächzend über sie hinweg.

»Die Aaskrähen waren auf dem Schlachtfeld am Werk«, sagte Éomer.

Sie ritten nun in gemächlichem Schritt weiter, und die Dunkelheit senkte sich auf die Ebenen um sie herab. Langsam zog der zunehmende Mond herauf, der bald voll sein würde, und in seinem kalten Silberlicht hob und senkte sich das ansteigende Grasland wie ein weites, graues Meer. Sie waren von der Wegkreuzung aus etwa vier Stunden geritten, als sie sich den Furten näherten. Lange Hänge zogen sich schnell hinunter, wo sich der Fluß zwischen hohen, grasbestandenen Geländestufen über steinigen Untiefen ausdehnte. Vom Wind herübergetragen, hörten sie das Heulen von Wölfen. Ihre Herzen waren schwer, denn sie gedachten der vielen Mannen, die an dieser Stelle im Kampf gefallen waren.

Die Straße tauchte ein zwischen steilen Rasenböschungen und bahnte sich ihren Weg durch die Geländestufen bis zum Flußufer und dann auf der anderen Seite wieder empor. Es gab drei Reihen flacher Trittsteine über den Fluß und zwischen ihnen für die Pferde Furten, die von beiden Ufern aus zu einem kahlen Werder in der Mitte führten. Die Reiter blickten hinunter auf den Übergang, und er kam ihnen seltsam vor; denn die Furten waren immer eine Stätte gewesen, die erfüllt war von dem Tosen und Plätschern von Wasser über Steine; doch jetzt war es hier still. Das Flußbett war fast trocken, eine öde Wüste von grobem Kies und grauem Sand.

»Das ist eine trostlose Stätte geworden«, sage Éomer. »Welche Krankheit hat den Fluß befallen? Viele schöne Dinge hat Saruman zerstört. Hat er auch die Quellen des Isen vernichtet?«

»So scheint es«, sagte Gandalf.

»O weh!« sagte Théoden. »Müssen wir diesen Weg nehmen, wo die Aas-Tiere so viele gute Reiter der Mark verschlingen?«

»Das ist unser Weg«, sagte Gandalf. »Schmerzlich ist der Tod Eurer Mannen; doch werdet Ihr sehen, daß zumindest die Wölfe des Gebirges sie nicht verschlingen. An ihren Freunden, den Orks, tun sie sich gütlich; das ist es, was ihresgleichen unter Freundschaft versteht. Kommt!«

Sie ritten zum Fluß hinunter, und als sie näherkamen, hörten die Wölfe mit ihrem Geheul auf und schlichen davon. Angst befiel sie, als sie Gandalf im Mondschein sahen und Schattenfell, sein Pferd, das wie Silber glänzte. Die Reiter überquerten die Furt bis zu dem Inselchen, und glitzernde Augen beobachteten sie matt aus den Schatten der Ufer.

»Schaut!« sagte Gandalf. »Hier haben Freunde gearbeitet.«

Und sie sahen, daß in der Mitte des Werders ein Hügelgrab errichtet war, umgeben von einem Kreis aus Steinen und vielen in den Boden gesteckten Speeren.

»Hier liegen alle Menschen der Mark, die in der Nähe dieses Ortes gefallen sind«, sagte Gandalf.

»Hier laßt sie ruhen!« sagte Éomer. »Und wenn ihre Speere vermodert und verrostet sind, möge ihr Hügelgrab noch lange hier stehen und die Furten des Isen bewachen!«

»Ist das auch Euer Werk, Gandalf, mein Freund?« fragte Théoden. »Ihr vollbringt viel an einem Abend und in einer Nacht!«

»Mit Hilfe von Schattenfell – und anderen«, sagte Gandalf. »Ich ritt schnell und weit. Doch hier an diesem Hügelgrab will ich das zu Eurem Trost sagen: viele fielen in den Kämpfen an den Furten, aber weniger, als das Gerücht besagte. Es wurden mehr verstreut als erschlagen; ich sammelte alle, die ich finden konnte. Einige von ihnen schickte ich zu Erkenbrand; einige setzte ich für die Arbeit ein, die Ihr hier seht, und sie sind inzwischen nach Edoras zurückgekehrt. Schon vorher hatte ich viele andere dorthin geschickt, damit sie Euer Haus beschützen. Saruman hatte, wie ich wußte, seine ganze Streitmacht gegen Euch in Marsch gesetzt, und seine Diener hatten alle anderen Aufträge beiseite gelassen und waren nach Helms Klamm gegangen: die Lande schienen frei von Feinden; indes fürchtete ich, daß Wolfreiter und Plünderer dennoch nach Meduseld reiten könnten, während es unverteidigt war. Doch jetzt, glaube ich, braucht Ihr nichts zu fürchten: Ihr werdet Euer Haus wohlvorbereitet auf Eure Rückkehr finden.«

»Und froh werde ich sein, es wiederzusehen«, sagte Théoden, »obwohl mein Aufenthalt dort, daran zweifle ich nicht, jetzt nur kurz sein wird.«

Damit sagte die Gruppe der Insel und dem Hügelgrab Lebewohl und überquerte den Fluß und erklomm das andere Ufer. Dann ritten sie weiter, froh, die traurigen Furten hinter sich gelassen zu haben. Als sie sich entfernten, brach das Geheul der Wölfe von neuem aus.

Hier war eine uralte Straße, die von Isengart herab zu dem Flußübergang führte. Ein Stück verlief sie neben dem Fluß, zuerst nach Osten und dann nach Norden; doch zuletzt verließ sie den Fluß und führte geradenwegs zu den Toren von Isengart; und diese lagen unter der Bergseite im Westen des Tals, sechzehn Meilen oder mehr vom Talausgang entfernt. Dieser Straße folgten sie, aber sie ritten nicht auf ihr; denn der Boden daneben war fest und eben und auf viele Meilen mit kurzem, federndem Rasen bedeckt. Sie ritten jetzt schneller, und um Mitternacht lagen die Furten fast fünf Wegstunden hinter ihnen. Dann hielten sie an und beendeten den Nachtritt, denn der König war müde. Sie waren am Fuß des Nebelgebirges angelangt, und die langen Ausläufer des Nan Curunír reckten sich ihnen entgegen. Dunkel lag das Tal vor ihnen, denn der Mond stand jetzt im Westen, und sein Licht wurde von den Bergen verdeckt. Doch aus den tiefen Schatten des Tals stieg eine riesige Säule von Rauch und Dampf auf; da sie hoch emporragte, fing sie die Strahlen des untergehenden Mondes auf und verbreitete sich in schimmernden Wellen, schwarz und silbern, über den gestirnten Himmel.

»Was hältst du davon, Gandalf?« fragte Aragorn. »Man würde meinen, das ganze Zauberer-Tal stehe in Brand.«

»Heutzutage liegt immer Dunst über diesem Tal«, sagte Éomer. »Aber nie zuvor habe ich etwas Derartiges gesehen. Das ist eher Dampf als Rauch. Saruman heckt irgendeine Teufelei aus, um uns zu begrüßen. Vielleicht kocht er das ganze Wasser des Isen, und das ist der Grund, warum der Fluß ausgetrocknet ist.«

»Vielleicht«, sagte Gandalf. »Morgen werden wir erfahren, was er tut. Nun laßt uns eine Weile ruhen, wenn wir können.«

Sie lagerten sich neben dem Flußbett des Isen; es war immer noch still und leer. Einige von ihnen schliefen ein wenig. Doch später in der Nacht schrien die Wachen auf, und alle erwachten. Der Mond war verschwunden; Sterne standen am Himmel. Aber über den Boden kroch eine Dunkelheit, die schwärzer war als die Nacht. Auf beiden Seiten des Flusses wälzte sie sich auf sie zu und an ihnen vorbei nach Norden.

»Bleibt, wo ihr seid!« sagte Gandalf. »Zieht keine Waffen! Wartet! Und es wird an euch vorbeiziehen!«

Ein Nebel sammelte sich um sie. Über ihnen schimmerten schwach ein paar Sterne; aber auf beiden Seiten erhoben sich Mauern von undurchdringlicher Finsternis; sie waren in einer schmalen Schneise zwischen sich bewegenden Schattentürmen. Stimmen hörten sie, Flüstern und Ächzen und ein endloses, raschelndes Seufzen; die Erde bebte unter ihnen. Lange erschien es ihnen, daß sie da saßen und sich fürchteten; doch schließlich waren die Dunkelheit und das Geräusch vorbeigezogen und verschwanden zwischen den Ausläufern des Gebirges.

Weit im Süden auf der Hornburg hörten die Menschen mitten in der

Nacht einen großen Lärm wie einen Wind im Tal, und der Boden erzitterte; und alle fürchteten sich, und keiner wagte, hinauszugehen. Doch am Morgen gingen sie hinaus und waren erstaunt; denn die erschlagenen Orks waren fort, und die Bäume auch. Weit hinunter in das Tal der Klamm war das Gras niedergetreten und braun getrampelt, als ob Riesen-Hirten große Viehherden dort hätten weiden lassen; doch eine Meile unterhalb des Deichs war eine gewaltige Grube in der Erde ausgehoben worden, und auf ihr waren Steine zu einem Berg angehäuft. Die Menschen glaubten, daß die Orks, die sie erschlagen hatten, dort begraben waren; aber ob jene, die in den Wald geflohen waren, dabei waren, konnte keiner sagen, denn niemand setzte jemals den Fuß auf jenen Berg. Die Todeshöhe wurde er später genannt, und kein Gras wollte dort wachsen. Aber die seltsamen Bäume wurden niemals wieder im Klammtal gesehen; sie waren des Nachts zurückgegangen und weit gewandert bis zu den dunklen Tälern von Fangorn. So hatten sie sich an den Orks gerächt.

Der König und seine Begleitung schliefen in jener Nacht nicht mehr; aber sie sahen und hörten sonst nichts Seltsames, mit einer Ausnahme: die Stimme des Flusses neben ihnen erwachte plötzlich. Es gab ein Rauschen von Wasser, das zwischen den Steinen hinabstürzte; und als es vorüber war, floß und sprudelte der Isen wieder in seinem Bett wie eh und je.

Im Morgengrauen machten sie sich bereit, weiterzureiten. Das Licht kam grau und blaß, und sie sahen die Sonne nicht aufgehen. Die Luft war schwer von Nebel, und Qualm hing über dem Land. Sie ritten langsam und jetzt auf der Straße. Sie war breit und hart und gut gepflegt. Undeutlich konnten sie durch den Dunst die langen Ausläufer des Gebirges erkennen, das zu ihrer Linken aufragte. Sie waren nach Nan Curunír gekommen, in das Zauberer-Tal. Es war ein geschütztes Tal und nur nach Süden offen. Einstmals war es schön und grün gewesen, und der Isen durchfloß es, der schon tief und kräftig war, ehe er die Ebenen erreichte; denn er wurde gespeist von vielen Quellen und kleineren Bächen zwischen den Bergen, von denen der Regen das Erdreich abgeschwemmt hatte, und rings um den Fluß hatte ein erfreuliches, fruchtbares Land gelegen.

So war es jetzt nicht. Unter den Wällen von Isengart waren noch Felder, die Sarumans Hörige bestellt hatten; doch der größte Teil des Tals war eine Wildnis von Unkraut und Dornengestrüpp geworden. Brombeeren wucherten auf dem Boden oder rankten sich über Busch und Böschung und bildeten struppige Höhlen, in denen kleine Tiere hausten. Kein Baum wuchs dort; aber zwischen den üppigen Gräsern konnte man noch die verbrannten und axtbehauenen Stümpfe alter Haine sehen. Es war ein trauriges Land, stumm jetzt bis auf das steinerne Geräusch flinker Gewässer. Rauch und Dampf zogen in finsteren Wolken darüber hin und lagerten in den Senken. Die Reiter sprachen nicht. Viele zweifelten in ihrem Herzen und fragten sich, zu welchem unheilvollen Ende ihre Fahrt wohl führe.

Nachdem sie einige Meilen geritten waren, wurde die Straße ganz breit; sie war mit großen, flachen Steinen gepflastert, die vierkantig behauen und geschickt verlegt waren; kein Grashalm war in irgendeiner Fuge zu sehen. Tiefe Gossen, in denen Wasser tröpfelte, liefen zu beiden Seiten. Plötzlich ragte vor ihnen eine hohe Säule auf. Sie war schwarz; und auf ihr ruhte ein großer Stein, der als das Abbild einer langen Weißen Hand gemeißelt und angemalt war. Ihre Finger zeigten nach Norden. Nicht weit von hier, das wußten sie, mußten jetzt die Tore von Isengart stehen, und ihre Herzen waren schwer; doch ihre Augen konnten den Nebel vor ihnen nicht durchdringen.

Unter dem Ausläufer des Gebirges innerhalb des Zauberer-Tals hatte seit unzähligen Jahren jene alte Stätte gestanden, die die Menschen Isengart nannten. Teilweise war sie geschaffen worden, als das Gebirge entstand, doch mächtige Anlagen hatten die Menschen von Westernis dort einst errichtet; und Saruman hatte lange dort gelebt und war nicht müßig gewesen.

So sah es aus, solange Saruman auf der Höhe seiner Macht war und von vielen für das Oberhaupt der Zauberer gehalten wurde. Ein großer Ringwall aus Stein wie sich türmende Klippen ragte aus dem Schutz des Gebirgshanges heraus, von dem er ausging und dann wieder zu ihm zurückkehrte. Nur ein einziger Eingang war angelegt worden, ein großer Gewölbebogen, der aus dem südlichen Wall herausgemeißelt war. Durch den schwarzen Felsen war hier ein langer Gang gebrochen worden, der an beiden Enden mit mächtigen eisernen Toren abgeschlossen war. Sie waren so gearbeitet und auf ihre gewaltigen Angeln gesetzt, stählerne Pfosten, die in den lebenden Stein getrieben waren, daß sie, wenn sie entriegelt waren, mit einem leichten Stoß der Arme geräuschlos bewegt werden konnten. Wer hineingelangte und schließlich aus dem widerhallenden Gang herauskam, erblickte einen großen Kreis, etwas ausgehöhlt wie eine riesige flache Schüssel: eine Meile maß er von Rand zu Rand. Einst war er grün gewesen und von baumbestandenen Straßen durchzogen und voller Haine früchtereicher Bäume, bewässert von Bächen, die vom Gebirge herab in einen See flossen. Aber nichts Grünes wuchs dort in Sarumans letzten Tagen. Die Wege waren mit Steinplatten gepflastert, dunkel und hart; und an ihren Rändern zogen sich statt der Bäume lange Reihen von Säulen hin, manche aus Marmor, manche aus Kupfer und Eisen, verbunden durch schwere Ketten.

Viele Häuser gab es, Unterkünfte, Hallen und Durchgänge, die auf der inneren Seite in die Wälle hineingehauen worden waren und wieder hinausführten, so daß der offene Kreis von zahllosen Fenstern und dunklen Türen überblickt wurde. Tausende konnten dort hausen, Arbeiter, Diener, Hörige und Krieger mit einem großen Waffenlager; Wölfe wurden in tief darunter liegenden Höhlen gefüttert und wie in einem Stall gehalten. Auch die Ebene war angebohrt und untergraben. Schächte waren tief in den Boden hineingetrieben; ihre oberen Enden waren mit niedrigen Hügeln und Kuppeln aus Stein bedeckt, so daß der Ring von Isengart im Mondschein wie ein Friedhof von unruhigen Toten aussah. Denn der Boden zitterte. Die Schächte führten über viele schräge Stollen und Wendeltreppen hinunter in tiefe Verliese; dort hatte Saruman Schätze, Warenlager, Waffenkammern, Schmieden und große Schmelzöfen. Eiserne Räder drehten sich dort ununterbrochen, und Hämmer dröhnten. Des Nachts strömten Dampfwolken aus den Schloten, auf die von unten rotes oder blaues oder giftgrünes Licht fiel.

Alle Straßen liefen zwischen ihren Ketten auf den Mittelpunkt zu. Dort stand ein Turm von wunderbarer Form. Er war von den alten Baumeistern gestaltet worden, die den Ring von Isengart eingeebnet hatten, und doch schien er ein Gebilde zu sein, das nicht von Menschenhand gefertigt, sondern dereinst bei der Folterung der Berge aus dem Gebein der Erde herausgerissen worden war. Eine Bergspitze war er und eine Felseninsel, schwarz und hart glänzend: vier mächtige Pfeiler aus vielseitigem Stein waren zu einem verbunden, doch nahe dem Gipfel liefen sie in klaffenden Spitzen aus, ihre Zinnen waren hart wie Speerspitzen und scharfkantig wie Messer. Zwischen ihnen war ein schmaler Raum, und dort konnte ein Mann auf einem Boden aus geglättetem Stein, mit seltsamen Zeichen beschriftet, fünfhundert Fuß über der Ebene stehen. Das war Orthanc, Sarumans Burg, deren Name (mit Absicht oder durch Zufall) eine zwiefältige Bedeutung hatte; denn in der elbischen Sprache bedeutet *orthanc* Spitzberg, aber in der alten Sprache der Mark Arglistiger Geist.

Eine starke Festung und wunderbar war Isengart, und lange war es schön gewesen; und mächtige Herren hatten dort gewohnt, Gondors Verweser im Westen, und weise Männer hatten die Sterne beobachtet. Aber Saruman hatte es allmählich seinen sich ändernden Plänen angepaßt und verbessert, wie er glaubte, doch täuschte er sich – denn alle jene Zauberkünste und hinterlistigen Vorhaben, um derentwillen er seiner früheren Weisheit entsagt hatte und die er leichtgläubig für seine eigenen hielt, kamen nur aus Mordor; daher war das, was er machte, ein Nichts, nur eine kleine Nachahmung, der Entwurf eines Kindes oder die Schmeichelei eines Sklaven, jener gewaltigen Festung, Waffenkammer, Gefängnis, Brutstätte großer Macht, Barad-dûr, des Dunklen Turms, der keinen Nebenbuhler duldete und über Schmeichelei lachte und den rechten Augenblick abwarten konnte, siegessicher in seinem Stolz und seiner unermeßlichen Stärke.

Das war Sarumans Feste, wie das Gerücht besagte; denn seit Menschengedenken hatten die Bewohner von Rohan seine Tore nicht durchschritten, abgesehen vielleicht von einigen wenigen wie Schlangenzunge, die heimlich kamen und keinem Menschen erzählten, was sie gesehen hatten.

Jetzt ritt Gandalf zu der großen Säule mit der Hand und an ihr vorbei; und während er das tat, sahen die Reiter zu ihrer Verwunderung, daß die Hand nicht länger weiß zu sein schien. Sie war befleckt wie mit getrocknetem Blut; und als sie genauer hinschauten, erkannten sie, daß ihre Nägel rot waren. Ohne darauf zu achten, ritt Gandalf weiter in den Nebel, und widerstrebend folgten sie ihm. Ringsum erstreckten sich nun, als ob es eine plötzliche Flut gegeben habe, breite Wassertümpel neben der Straße, füllten die Senken aus, und Rinnsale rieselten zwischen den Steinen.

Schließlich hielt Gandalf an und winkte ihnen; und sie kamen und sahen, daß sich hinter ihm der Nebel verzogen hatte und eine blasse Sonne schien. Die Mittagsstunde war vorüber. Sie waren an den Toren von Isengart angelangt.

Aber die Tore waren herausgerissen und lagen beschädigt auf dem Boden. Und ringsum waren weit und breit Steine verstreut, zersprungen und zersplittert in unzählige zackige Bruchstücke oder zu Trümmerhaufen aufgetürmt. Der große Torbogen stand noch, aber er führte jetzt in einen dachlosen Abgrund: der unterirdische Gang war bloßgelegt, und in die klippenähnlichen Wälle an beiden Seiten waren große Spalten und Breschen gerissen; ihre Türme waren zu Staub zertrümmert. Hätte sich das Große Meer im Zorn erhoben und wäre in einem wilden Sturm auf die Berge niedergestürzt, es hätte keine größere Zerstörung anrichten können.

Der Ring hinter dem Tor war mit dampfendem Wasser gefüllt: ein brodelnder Kessel, in dem Trümmer von Balken und Rundhölzern, Kisten und Kästen und zerbrochenes Gerät schwammen und trieben. Verbogene und schräg stehende Säulen ragten mit ihren geborstenen Schäften über die Flut hinaus, aber alle Straßen waren überschwemmt. Fern schien die Stelle zu sein, halb verschleiert in einer wallenden Wolke, wo sich die Felseninsel erhob. Dunkel und hoch, ungebrochen von dem Sturm, stand noch der Turm von Orthanc. Fahles Wasser umspülte seinen Fuß.

Der König und seine Begleitung saßen schweigend auf ihren Pferden und staunten, als sie sahen, daß Sarumans Macht vernichtet war; aber wie, das konnten sie nicht erraten. Und jetzt richteten sie ihren Blick auf den Torbogen und die zerstörten Tore. Dort sahen sie, dicht neben sich, einen großen Trümmerhaufen; und plötzlich bemerkten sie zwei kleine Gestalten, die behaglich auf ihm lagen, grau gekleidet, kaum zu sehen zwischen den Steinen. Da standen Flaschen und Schüsseln und Platten neben ihnen, als ob sie gerade wohl gespeist hätten und sich jetzt von der Anstrengung ausruhten. Einer schien zu schlafen; der andere saß mit gekreuzten Beinen und den Armen hinter dem Kopf an einen Felsbrocken gelehnt und ließ aus seinem Mund lange Schwaden und kleine Ringe aus dünnem, blauem Rauch herausströmen.

Einen Augenblick starrten Théoden und Éomer und seine Mannen sie verblüfft an. Inmitten all der Zerstörung von Isengart schien ihnen das der merkwürdigste Anblick zu sein. Aber ehe der König sprechen konnte, wurde die kleine, rauchausstoßende Gestalt plötzlich ihrer gewahr, wie sie dort schweigend am Rand des Nebels saßen. Er sprang auf. Er sah jung aus, oder wie ein junger Mann, obwohl er nicht viel mehr als halb so groß war wie ein Mann; sein braungelockter Kopf war unbedeckt, doch hatte er einen abgetragenen Mantel an von derselben Farbe und Form wie Gandalfs Gefährten, als sie nach Edoras kamen. Er verbeugte sich sehr tief und legte die Hand auf die Brust. Dann tat er so, als ob er den Zauberer und seine Freunde nicht bemerke, und wandte sich an Éomer und den König.

»Willkommen, meine Herren, in Isengart!« sagte er. »Wir sind die Torwächter. Meriadoc, Saradocs Sohn, ist mein Name; und mein Gefährte, der leider von Müdigkeit übermannt ist ...« – hier gab er dem anderen einen Stoß mit dem Fuß – »ist Peregrin, Paladins Sohn, aus dem Hause Tuk. Fern im Norden liegt unsere Heimat. Der Herr Saruman ist drinnen; doch im Augenblick führt er eine geheime Besprechung mit einem gewissen Schlangenzunge, sonst würde er zweifellos hier sein, um solche Ehrengäste zu empfangen.«

»Das würde er zweifellos!« lachte Gandalf. »Und war es Saruman, der euch befahl, seine beschädigten Tore zu bewachen und auf die Ankunft von Gästen achtzuhaben, sofern eure Aufmerksamkeit von Teller und Flasche abgelenkt werden konnte?«

»Nein, lieber Herr, die Angelegenheit entging ihm«, antwortete Merry würdevoll. »Er ist stark beschäftigt gewesen. Unser Auftrag stammt von Baumbart, der die Verwaltung von Isengart übernommen hat. Er befahl mir, den Herrn von Rohan mit passenden Worten zu begrüßen. Ich habe mein Bestes getan.«

»Und wie steht's mit deinen Gefährten? Wie steht's mit Legolas und mir?« rief Gimli, der sich nicht länger zu beherrschen vermochte. »Ihr Schurken, ihr wollfüßigen und krausköpfigen Faulenzer! Eine feine Jagd habt ihr uns eingebrockt! Zweihundert Wegstunden durch Sumpf und Wald, Schlacht und Tod, um euch zu retten! Und hier finden wir euch schmausend und faulenzend – und rauchend! Rauchend! Wo habt ihr das Kraut her, ihr Schufte? Hammer und Zange! Ich bin so hin- und hergerissen zwischen Zorn und Freude, daß es ein Wunder sein wird, wenn ich nicht platze!«

»Du sprichst mir aus der Seele, Gimli«, lachte Legolas. »Obwohl ich eher erfahren möchte, wie sie an den Wein kamen.«

»Eins habt ihr auf eurer Jagd nicht gefunden, und das ist schärferer Verstand«, sagte Pippin und blinzelte mit einem Auge. »Hier findet ihr uns auf dem Schlachtfeld des Sieges sitzend inmitten der Kriegsbeute ganzer Heere, und ihr wundert euch, wie wir zu ein paar wohlverdienten Annehmlichkeiten kamen!«

»Wohlverdient?« sagte Gimli. »Das kann ich nicht glauben!«

Die Reiter lachten. »Kein Zweifel, wir sind Zeuge des Wiedersehens guter Freunde«, sagte Théoden. »Das sind also die Verlorenen aus Eurer Gemeinschaft, Gandalf? Es ist das Schicksal dieser Tage, daß sie voll Wunder sind. Viele habe ich schon gesehen, seit ich mein Haus verließ; und nun steht hier vor meinen Augen noch ein anderes Volk der Sage. Sind das nicht Halblinge, die manche unter uns Holbytlan nennen?«

»Hobbits, wenn ich bitten darf, Herr«, sagte Pippin.

»Hobbits?« fragte Théoden. »Eure Sprache ist seltsam verändert; aber der Name klingt so nicht unpassend. Hobbits! Kein Bericht, den ich gehört habe, läßt der Wahrheit Gerechtigkeit widerfahren.«

Merry verbeugte sich; und Pippin stand auf und verbeugte sich tief. »Ihr seid sehr gütig, Herr; oder vielmehr hoffe ich, daß ich Eure Worte so auffassen darf«, sagte er. »Und auch das ist ein Wunder! In vielen Landen bin ich gewandert, seit ich meine Heimat verließ, und bis jetzt habe ich niemals Leute gefunden, die irgendwelche Geschichten über Hobbits kannten.«

»Mein Volk kam vor langer Zeit aus dem Norden«, sagte Théoden. »Aber ich will euch nicht täuschen: wir kennen keine Geschichten über Hobbits. Bei uns heißt es lediglich, daß weit entfernt, hinter vielen Bergen und Flüssen, das Volk der Halblinge lebt, das in Höhlen in Sanddünen wohnt. Aber es gibt keine Sagen über ihre Taten, denn es heißt, daß sie wenig tun und den Anblick der Menschen meiden, denn sie vermögen im Handumdrehen zu verschwinden; und sie können ihre Stimmen so verwandeln, daß sie dem Zirpen von Vögeln ähneln. Aber es scheint, daß noch mehr gesagt werden könnte.«

»Das könnte es freilich, Herr«, sagte Merry.

»Zuerst einmal«, sagte Théoden, »habe ich nicht gehört, daß sie Rauch aus dem Mund ausspeien.«

»Das ist nicht überraschend«, antwortete Merry. »Denn das ist eine Kunst, die wir erst seit ein paar Generationen ausgeübt haben. Es war Tobold Hornbläser aus Langgrund im Südviertel, der zuerst das echte Pfeifenkraut in seinen Gärten zog, etwa im Jahr 1070 nach unserer Zeitrechnung. Wie der alte Tobold zu der Pflanze kam ...«

»Ihr wißt nicht, in welcher Gefahr Ihr seid, Théoden«, unterbrach Gandalf. »Diese Hobbits können am Rande des Verderbens sitzen und die Freuden des Tisches erörtern oder von den kleinen Taten ihrer Väter, Großväter und Urgroßväter und entfernter Vettern neunten Grades erzählen, wenn Ihr sie mit übermäßiger Geduld dazu ermutigt. Eine andere Zeit wäre passender für die Geschichte des Rauchens. Wo ist Baumbart, Merry?«

»Drüben auf der Nordseite, glaube ich. Er ging, um sich etwas zu trinken zu holen – sauberes Wasser. Die meisten anderen Ents sind bei ihm, immer noch mit ihrer Arbeit beschäftigt – dort drüben«. Merry deutete mit der Hand auf den dampfenden See; und als sie hinschauten, hörten sie ein fernes Rumpeln und Grollen, als ob eine Lawine vom Gebirge herabstürze. Aus der Ferne kam ein Hum-hom wie Hörner, die zum Sieg bliesen.

»Und ist Orthanc unbewacht geblieben?« fragte Gandalf.

»Da ist das Wasser«, sagte Merry. »Aber Flinkbaum und einige andere passen auf. Nicht alle diese Pfosten und Säulen in der Ebene sind von Saruman gepflanzt. Flinkbaum ist, glaube ich, in der Nähe des Felsens, am Fuß der Treppe.«

»Ja, da steht ein großer, grauer Ent«, sagte Legolas, »aber seine Arme hängen herab, und er steht still wie ein Türpfosten.«

»Die Mittagsstunde ist vorbei«, sagte Gandalf, »und wir haben jedenfalls seit dem frühen Morgen nichts gegessen. Dennoch möchte ich Baumbart so schnell wie möglich sehen. Hat er mir keine Botschaft hinterlassen, oder haben Teller und Flasche es aus eurem Gedächtnis vertrieben?«

»Er hinterließ eine Botschaft«, sagte Merry, »und ich wollte gerade darauf zu sprechen kommen, aber ich wurde durch viele andere Fragen daran gehindert. Ich sollte bestellen, wenn der Herr der Mark und Gandalf zum Nordwall reiten wollen, dann werden sie Baumbart dort finden, und sie werden ihm willkommen sein. Ich darf hinzufügen, daß sie dort auch etwas Vorzügliches zu essen finden, das von Euren gehorsamsten Dienern entdeckt und ausgewählt wurde.« Er verbeugte sich.

Gandalf lachte. »Das ist besser!« sagte er. »Nun, Théoden, wollt Ihr mit mir zu Baumbart reiten? Wir müssen einen Umweg machen, aber es ist nicht weit. Wenn Ihr Baumbart seht, werdet Ihr viel lernen. Denn Baumbart ist Fangorn, der älteste und das Oberhaupt der Ents, und wenn Ihr mit ihm redet, werdet Ihr die Sprache des ältesten aller Lebewesen hören.«

»Ich will mit Euch kommen«, sagte Théoden. »Lebt wohl, meine Hobbits! Mögen wir uns in meinem Hause wiedertreffen! Dort sollt ihr neben mir sitzen und mir alles erzählen, was euer Herz begehrt: die Taten eurer Vorfahren, soweit ihr sie aufzählen könnt; und auch von dem alten Tobold werden wir reden und von seiner Kräuterkunde. Lebt wohl!«

Die Hobbits verbeugten sich tief. »Das also ist der König von Rohan!« sagte Pippin leise. »Ein netter, alter Bursche. Sehr höflich.«

NEUNTES KAPITEL

TREIBGUT UND BEUTE

Gandalf und der König und seine Begleitung ritten davon; sie wandten sich nach Osten, um die zerstörten Wälle von Isengart zu umgehen. Aber Aragorn, Gimli und Legolas blieben zurück. Sie ließen Arod und Hasufel frei laufen, damit sie nach Gras suchen konnten, und kamen und setzten sich dann zu den Hobbits.

»Gut, gut«, sagte Aragorn. »Die Jagd ist vorüber, und endlich treffen wir uns dort wieder, wohin zu kommen keiner von uns je vorgehabt hatte.«

»Und nun, da die Großen fort sind, um wichtige Angelegenheiten zu erörtern«, sagte Legolas, »können die Jäger vielleicht die Lösungen ihrer kleinen Rätsel erfahren. Wir haben eure Spur verfolgt bis zum Wald, aber es gibt noch manches, dessen Wahrheit ich gern erfahren würde.«

»Und es gibt auch noch viele Dinge, die wir über euch wissen wollen«, sagte Merry. »Einiges haben wir von Baumbart gehört, dem Alten Ent, aber das ist bei weitem nicht genug.«

»Alles zu seiner Zeit«, sagte Legolas. »Wir waren die Jäger und ihr solltet als erstes einen Bericht über euch geben.«

»Oder als zweites«, sagte Gimli. »Es würde besser gehen nach einer Mahlzeit. Ich habe eine Kopfwunde; und der Mittag ist schon vorbei. Ihr Faulenzer könntet zur Besserung meiner Gesundheit beitragen, wenn ihr für uns etwas von der Kriegsbeute findet, von der ihr gesprochen habt. Essen und Trinken würden einen Teil meiner Rechnung gegen euch begleichen.«

»Dann sollst du es haben«, sagte Pippin. »Wollt ihr hier essen oder in größerer Behaglichkeit in den Überresten von Sarumans Wachhaus – dort drüben unter dem Torbogen? Wir haben hier draußen getafelt, um ein Auge auf die Straße zu haben.«

»Weniger als ein Auge!« sagte Gimli. »Aber ich will in kein Orkhaus gehen; und auch kein Ork-Fleisch anrühren oder irgend etwas, was sie in den Klauen gehabt haben.«

»Dazu würden wir euch nicht auffordern«, sagte Merry. »Von Orks haben wir selbst genug gehabt, das reicht auf Lebenszeit. Aber es gab noch viel anderes Volk in Isengart. Saruman hat Verstand genug bewahrt, um seinen Orks nicht zu trauen. Er hatte Menschen, die seine Tore bewachten: einige seiner treuesten Diener, nehme ich an. Jedenfalls wurden sie bevorzugt und bekamen gute Verpflegung.«

»Und Pfeifenkraut?« fragte Gimli.

»Nein, das glaube ich nicht«, lachte Merry. »Aber das ist eine andere Geschichte, die bis nach dem Essen warten kann.«

»Dann laßt uns gehen und etwas essen!« sagte der Zwerg.

Die Hobbits gingen voran; sie durchschritten den Torbogen und kamen zu einer breiten Tür auf der linken Seite am oberen Ende einer Treppe. Die Tür führte unmittelbar in eine große Kammer, die weitere kleine Türen an der gegenüberliegenden Wand hatte und einen Herd und Schornstein an einer Seite. Die Kammer war aus dem Gestein herausgehauen; und sie mußte einst dunkel gewesen sein, denn ihre Fenster gingen nur auf den unterirdischen Gang. Aber jetzt drang Licht herein durch das zerstörte Dach. Auf dem Herd brannte ein Holzfeuer.

»Ich habe ein bißchen geheizt«, sagte Pippin. »Das munterte uns auf bei dem Nebel. Es waren wenig Scheite da, und das meiste Holz, das wir finden konnten, war naß. Aber es ist ein mächtiger Zug im Schornstein: er scheint durch den Felsen ins Freie zu führen und ist zum Glück nicht verschüttet. Ein Feuer ist nützlich. Ich werde euch etwas Brot rösten. Es ist nämlich drei oder vier Tage alt, fürchte ich.«

Aragorn und seine Gefährten setzten sich an ein Ende des langen Tisches, und die Hobbits verschwanden durch eine der inneren Türen.

»Der Vorratsraum ist da drinnen, und zum Glück über der Fluthöhe«, sagte Pippin, als sie zurückkamen, beladen mit Tellern, Schalen, Bechern, Messern und Eßwaren aller Art.

»Und du brauchst nicht die Nase zu rümpfen über das Futter, Herr Gimli«, sagte Merry. »Das ist kein Orkzeug, sondern Menschennahrung, wie Baumbart es nennt. Wollt ihr Wein oder Bier? Da ist ein Faß drinnen — sehr annehmbar. Und das hier ist erstklassiges gepökeltes Schweinefleisch. Oder ich kann euch ein paar Schinkenscheiben abschneiden und sie braten, wenn ihr wollt. Es tut mir leid, daß es kein Grünzeug gibt: die Lieferungen waren in den letzten Tagen sozusagen unterbrochen. Als nächsten Gang kann ich euch nur Butter und Honig zu eurem Brot anbieten. Seid ihr damit zufrieden?«

»Allerdings«, sagte Gimli. »Die Rechnung ist beträchtlich ermäßigt.«

Die drei waren bald mit ihrer Mahlzeit beschäftigt; und ohne die geringste Scham machten sich die beiden Hobbits zum zweiten Mal ans Essen. »Wir müssen unseren Gästen Gesellschaft leisten«, sagten sie.

»Ihr seid heute überaus höflich«, lachte Legolas. »Aber wenn wir nicht gekommen wären, würdet ihr euch vielleicht schon gegenseitig wieder Gesellschaft leisten.«

»Mag sein, und warum auch nicht?« sagte Pippin. »Wir wurden schlecht verköstigt bei den Orks und hatten schon vorher tagelang wenig genug gehabt. Es ist lange her, daß wir nach Herzenslust essen konnten.«

»Es scheint euch nicht geschadet zu haben«, sagte Aragorn. »Tatsächlich seht ihr nach blühender Gesundheit aus.«

»Freilich, das tut ihr«, sagte Gimli und sah sie über den Rand seines Bechers scharf an. »Tatsächlich, euer Haar ist doppelt so dick und lockig wie damals, als wir uns trennten; und ich könnte schwören, daß ihr beide etwas gewachsen seid, wenn das bei Hobbits eures Alters möglich ist. Dieser Baumbart hat euch jedenfalls nicht hungern lassen.«

»Das hat er nicht«, sagte Merry. »Aber Ents trinken nur, und trinken ist nicht genug, um einen zufriedenzustellen. Baumbarts Getränke mögen nahrhaft sein, aber man hat das Bedürfnis nach etwas Handfestem. Und selbst *lembas* sind nicht so übel zur Abwechslung.«

»Habt ihr von den Wassern der Ents getrunken?« fragte Legolas. »Dann, glaube ich, ist es wahrscheinlich, daß Gimlis Augen ihn nicht getrogen haben. Seltsame Lieder sind von Fangorns Getränken gesungen worden.«

»Viele seltsame Geschichten sind über das Land erzählt worden«, sagte Aragorn. »Ich bin nie hineingekommen. Erzählt mir doch mehr davon und von den Ents.«

»Die Ents«, sagte Pippin, »die Ents sind – nun ja, die Ents sind vor allen Dingen ganz anders. Aber ihre Augen, ihre Augen sind sehr merkwürdig.« Er versuchte es noch mit ein paar tastenden Worten und gab es dann auf. »Na, ja«, meinte er dann, »einige habt ihr ja schon aus der Ferne gesehen – jedenfalls haben sie euch gesehen und berichtet, daß ihr unterwegs wart – und ihr werdet noch viele andere sehen, nehme ich an, ehe ihr von hier aufbrecht. Ihr müßt euch selbst ein Bild von ihnen machen.«

»Nun, nun«, sagte Gimli. »Wir beginnen die Geschichte in der Mitte. Ich möchte einen Bericht in der richtigen Reihenfolge haben, der mit dem seltsamen Tag beginnt, an dem unsere Gemeinschaft zerbrach.«

»Du sollst ihn bekommen, wenn Zeit dafür ist«, sagte Merry. »Aber zuerst einmal – wenn ihr mit Essen fertig seid – sollt ihr eure Pfeifen stopfen und anzünden. Und dann können wir eine Zeitlang so tun, als seien wir alle wieder heil und sicher in Bree oder in Bruchtal.«

Er zog einen kleinen ledernen Tabaksbeutel heraus. »Wir haben haufenweise Tabak«, sagte er. »Und ihr alle könnt mitnehmen, soviel ihr wollt, wenn wir aufbrechen. Heute morgen haben wir etwas Bergungsarbeit geleistet, Pippin und ich. Eine Menge Sachen schwimmen hier herum. Pippin war es, der zwei kleine Fässer fand, die aus irgendeinem Keller oder Vorratshaus heraufgeschwemmt worden waren, nehme ich an. Als wir sie öffneten, stellten wir fest, daß sie ein so gutes Pfeifenkraut enthielten, wie man es sich nur wünschen kann, und ganz unverdorben.«

Gimli nahm etwas, rieb es zwischen den Handflächen und schnupperte. »Es fühlt sich gut an und riecht gut«, sagte er.

»Es ist auch gut!« sagte Merry. »Mein lieber Gimli, es ist Langgrund-Blatt! Die Hornbläser-Brandmarken waren auf den Fässern, so deutlich wie nur was. Wie es hierher kam, ahne ich nicht. Für Sarumans persönlichen Bedarf, nehme ich an. Ich wußte gar nicht, daß es so weit ins Ausland verschickt wurde. Aber jetzt kommt es uns gut zustatten, nicht wahr?«

»Würde es«, sagte Gimli, »wenn ich eine Pfeife dafür hätte. Leider habe ich meine in Moria oder noch früher verloren. Gibt es keine Pfeife unter all eurer Beute?«

»Nein, leider nicht«, sagte Merry. »Wir haben keine einzige gefunden, nicht einmal hier in den Wachtstuben. Saruman hat diese Köstlichkeit offenbar für seinen Eigenbedarf zurückgehalten. Und ich glaube nicht, daß es Zweck hätte, an den Türen von Orthanc zu klopfen und ihn um eine Pfeife zu bitten. Wir müssen uns in die Pfeifen teilen, wie es gute Freunde in einer Notlage tun sollten.«

»Einen Augenblick mal«, sagte Pippin. Er fuhr mit der Hand in das Bruststück seiner Jacke und holte einen kleinen, weichen Beutel an einer Schnur heraus. »Ich trage ein paar Schätze auf der bloßen Haut, die für mich so kostbar sind wie Ringe. Hier ist einer: meine alte hölzerne Pfeife. Und hier ist noch einer: eine ungebrauchte. Ich habe sie einen weiten Weg mitgeschleppt, obwohl ich nicht weiß warum. Ich hatte wirklich niemals erwartet, irgendwo auf der Fahrt Pfeifenkraut zu finden, wenn mein eigenes alle war. Aber jetzt ist sie also doch sehr nützlich.« Er hielt eine kleine Pfeife mit einem breiten, flachen Kopf hoch und gab sie Gimli. »Gleicht das die Rechnung zwischen uns aus?« fragte er.

»Ausgleichen!« rief Gimli. »Höchst großmütiger Hobbit, ich stehe tief in deiner Schuld.«

»Na, schön, ich gehe wieder in die frische Luft, um zu sehen, was Wind und Himmel treiben«, sagte Legolas.

»Wir kommen mit dir«, sagte Aragorn.

Sie gingen hinaus und setzten sich auf die Steinhaufen vor dem Torweg.

Sie konnten jetzt weit ins Tal hinabblicken; der Nebel hob sich und wurde vom Wind davongetragen.

»Nun wollen wir es uns hier ein wenig gemütlich machen!« sagte Aragorn. »Wir werden am Rande des Verderbens sitzen und schwätzen, wie Gandalf sagt, während er anderswo beschäftigt ist. Ich verspüre eine Müdigkeit wie selten zuvor.« Er zog seinen grauen Mantel um sich, der sein Panzerhemd verbarg, und streckte seine langen Beine aus. Dann legte er sich auf den Rücken und entließ von seinen Lippen eine dünne Rauchfahne.

»Schaut!« sagte Pippin. »Streicher der Waldläufer ist wieder da.«

»Er ist nie weg gewesen«, sagte Aragorn. »Ich bin Streicher und auch Dúnadan, und ich gehöre sowohl zu Gondor wie zum Norden.«

Sie rauchten eine Weile schweigend, und die Sonne schien auf sie nieder; sie schickte ihre Strahlen schräg in das Tal hinein aus weißen Wolken hoch im Westen. Legolas lag still, schaute mit ruhigen Augen zur Sonne und zum Himmel hinauf und sang leise vor sich. Schließlich setzte er sich auf. »Nun aber los«, sagte er. »Die Zeit vergeht, und der Nebel verzieht sich, oder würde es tun, wenn ihr seltsamen Leute euch nicht in Rauch hülltet. Wie ist es mit der Geschichte?«

»Nun, meine Geschichte beginnt damit, daß ich im Dunkeln aufwachte und mich von oben bis unten gefesselt in einem Orklager wiederfand«, sagte Pippin. »Laßt mich mal überlegen, was ist heute für ein Tag?«

»Der fünfte März nach der Auenland-Rechnung«, sagte Aragorn. Pippin rechnete an den Fingern nach. »Erst vor neun Tagen!« sagte er*. »Mir scheint es ein Jahr her zu sein, daß wir gefangengenommen wurden. Na ja, obwohl die Hälfte davon wie ein böser Traum war, nehme ich an, daß es drei sehr entsetzliche Tage waren, die folgten. Merry wird mich berichtigen, wenn ich irgend etwas Wichtiges vergesse – ich will nicht auf Einzelheiten eingehen: die Peitschen und der Schmutz und der Gestank und all das. Es läßt sich nicht erinnern.« Dann begann er mit einem Bericht über Boromirs Kampf und den Orkmarsch vom Emyn Muil bis zum Wald. Die anderen nickten, wenn die verschiedenen Punkte mit ihren Mutmaßungen übereinstimmten.

»Hier sind einige Schätze, die ihr habt fallen lassen«, sagte Aragorn. »Ihr werdet froh sein, sie zurückzubekommen.« Er lockerte sein Gehänge unter dem Mantel und zog die beiden in ihren Scheiden steckenden Dolche heraus.

* Nach dem Auenland-Kalender hatte jeder Monat 30 Tage.

»Na!« sagte Merry. »Ich hatte nie erwartet, sie wiederzusehen! Ich habe ein paar Orks mit meinem gekennzeichnet; aber Uglúk hat sie uns dann abgenommen. Wie er starrte! Zuerst glaubte ich, er würde mich erdolchen, aber dann warf er die Dinger weg, als ob er sich daran verbrannt hätte.«

»Und hier ist auch deine Brosche, Pippin«, sagte Aragorn. »Ich habe sie gut aufgehoben, denn sie ist ein sehr kostbares Stück.«

»Ich weiß«, sagte Pippin. »Es war schmerzlich, sich von ihr zu trennen; aber was hätte ich sonst tun können?«

»Nichts sonst«, antwortete Aragorn. »Einer, der in der Not nicht einen Schatz wegwerfen kann, ist in Fesseln. Du hast recht daran getan.«

»Das Durchschneiden der Stricke an deinen Handgelenken, das war sehr pfiffig«, sagte Gimli. »Glück hast du dabei gehabt; aber du hast die Gelegenheit mit beiden Händen ergriffen, könnte man sagen.«

»Und hast uns ein hübsches Rätsel aufgegeben«, sagte Legolas. »Ich fragte mich, ob dir wohl Flügel gewachsen seien!«

»Leider nicht«, sagte Pippin. »Aber ihr wußtet nichts von Grischnákh.« Ihm schauderte, und er sagte nichts mehr, sondern überließ es Merry, von diesen letzten grauenhaften Augenblicken zu erzählen: den grapschenden Händen, dem heißen Atem und der entsetzlichen Kraft in Grischnákhs haarigen Armen.

»All das über die Orks von Mordor oder Lugbúrz, wie sie es nennen, beunruhigt mich«, sagte Aragorn. »Der Dunkle Herrscher weiß schon zu viel, und seine Diener auch; und offensichtlich sandte Grischnákh nach dem Streit irgendeine Botschaft über den Fluß. Das Rote Auge wird nach Isengart schauen. Aber jedenfalls ist Saruman jetzt in die Grube gefallen, die er selbst gegraben hat.«

»Ja, welche Seite auch immer gewinnt, seine Aussichten sind schlecht«, sagte Merry. »Alles begann für ihn schiefzugehen von dem Augenblick an, da seine Orks in Rohan den Fuß auf die Erde setzten.«

»Wir haben den alten Schuft flüchtig gesehen, oder jedenfalls deutete Gandalf das an«, sagte Gimli. »Am Rand des Forstes.«

»Wann war das?« fragte Pippin.

»Vor fünf Nächten«, sagte Aragorn.

»Laßt mich mal überlegen«, sagte Merry. »Vor fünf Nächten – jetzt kommen wir zu einem Teil der Geschichte, von dem ihr nichts wißt. Wir trafen Baumbart am Morgen nach der Schlacht; und in jener Nacht waren wir in Quellhall, einem seiner Enthäuser. Am nächsten Morgen gingen wir zum Entthing, das heißt zu einer Versammlung der Ents, und das war das Sonderbarste, was ich je in meinem Leben gesehen habe. Das Thing dauerte den ganzen Tag und noch den nächsten; und wir verbrachten die Nächte bei einem Ent mit Namen Flinkbaum. Und dann spät am Nachmittag des dritten Tages ihres Things gerieten die Ents plötzlich in Zorn. Es war erstaunlich. Der Wald war so voller Spannung, als ob sich ein Gewitter in ihm zusammenballe: dann entlud sich alles auf einmal. Ich wünschte, ihr hättet ihr Lied hören können, als sie marschierten.«

»Wenn Saruman es gehört hätte, wäre er jetzt hundert Meilen weit weg, und wenn er auch auf seinen eigenen Beinen hätte rennen müssen«, sagte Pippin.

»Wärs noch so ehern, noch so stark, stark bis ins tiefste Knochenmark,
Wir stürmen es, wir dringen ein, zerbrechen Tor und Mauerstein.

Es war noch sehr viel länger. Ein großer Teil des Liedes hatte keine Worte und war wie eine Melodie von Hörnern und Trommeln. Es war sehr aufregend. Aber ich glaubte, es sei nur eine Marschmusik und nicht mehr, nur ein Lied – bis ich hierher kam. Jetzt weiß ich es besser.«

»Wir kamen über den letzten Kamm nach Nan Curunír herunter, nach Einbruch der Nacht«, fuhr Merry fort. »Da hatte ich zum ersten Mal das Gefühl, daß der Wald selbst hinter uns herging. Ich glaubte, ich träumte einen entischen Traum, aber Pippin hatte es auch bemerkt. Wir hatten beide Angst; aber erst später fanden wir mehr darüber heraus.

Es waren die Huorns, so nennen die Ents sie jedenfalls in der ›Kurzsprache‹. Baumbart wollte nicht viel über sie sagen, aber ich glaube, es sind Ents, die fast wie Bäume geworden sind, jedenfalls dem Aussehen nach. Sie stehen hier und dort im Wald oder am Waldsaum, schweigend und eine endlose Wache über die Bäume haltend; aber tief in den dunkelsten Tälern gibt es Hunderte und aber Hunderte von ihnen, glaube ich.

Es steckt eine große Kraft in ihnen, und sie scheinen imstande zu sein, sich in Schatten zu hüllen: es ist schwierig, sie gehen zu sehen. Aber sie bewegen sich. Sie können sehr rasch gehen, wenn sie wütend sind. Man steht still und schaut sich vielleicht das Wetter an oder lauscht dem Rascheln des Windes, und dann plötzlich merkt man, daß man mitten in einem Wald von großen, umhertappenden Bäumen steht. Sie haben noch Stimmen und können mit den Ents reden – darum werden sie Huorns genannt, sagt Baumbart –, aber sie sind sonderbar und wild geworden. Gefährlich. Ich würde einen mächtigen Schreck bekommen, wenn ich sie träfe und keine echten Ents da wären, die auf sie aufpassen.

Nun ja, in der frühen Nacht krochen wir eine lange Schlucht hinunter in das obere Ende des Zauberer-Tals, die Ents mit all ihren raschelnden

Huorns hinter sich. Wir konnten sie natürlich nicht sehen, aber die ganze Luft war erfüllt von Knarren. Es war sehr dunkel, eine wolkige Nacht. Sie gingen sehr schnell, sobald sie die Berge verlassen hatten, und machten ein Geräusch wie ein brausender Wind. Der Mond kam nicht durch die Wolken, und nicht lange nach Mitternacht stand ein hoher Wald rings um die Nordseite von Isengart. Es waren keine Feinde zu sehen, und auch keine Wachtposten. Ein Licht schimmerte aus einem hohen Fenster im Turm, das war alles.

Baumbart und noch ein paar Ents krochen weiter, ganz herum bis in Sichtweite der großen Tore. Pippin und ich waren bei ihm. Wir saßen auf Baumbarts Schultern, und ich spürte die bebende Gespanntheit in ihm. Aber selbst wenn sie aufgerüttelt sind, können Ents sehr vorsichtig und geduldig sein. Sie standen still wie Bildsäulen, atmend und lauschend.

Dann gab es mit einemmal einen unerhörten Aufruhr. Trompeten erschallten, und die Wälle von Isengart hallten wider. Wir glaubten, wir seien entdeckt worden und die Schlacht würde beginnen. Aber nichts dergleichen. Sarumans ganzes Heer zog ab. Ich weiß nicht viel über diesen Krieg oder über die Reiter von Rohan, aber Saruman scheint vorgehabt zu haben, den König und alle seine Mannen mit einem entscheidenden Schlag fertigzumachen. Er entblößte Isengart. Ich sah den Feind gehen: endlose Reihen marschierender Orks; und Gruppen von ihnen ritten auf großen Wölfen. Auch Abteilungen von Menschen waren dabei. Viele von ihnen trugen Fackeln, und in ihrem Schein konnte ich ihre Gesichter sehen. Die meisten waren gewöhnliche Menschen, ziemlich groß und dunkelhaarig und grimmig, aber nicht besonders böse aussehend. Doch gab es ein paar andere, die waren entsetzlich: mannshoch, aber mit Bilwißgesichtern, bläßlich, tückisch und schlitzäugig. Wißt ihr, sie erinnerten mich sofort an jenen Südländer in Bree; nur war er nicht so offensichtlich orkähnlich wie die meisten von diesen.«

»Ich dachte auch an ihn«, sagte Aragorn. »Wir mußten in Helms Klamm mit vielen von diesen halben Orks fertigwerden. Es scheint jetzt klar zu sein, daß jener Südländer ein Späher von Saruman war; aber ob er mit den Schwarzen Reitern zusammenarbeitete oder für Saruman allein, das weiß ich nicht. Es ist bei diesem üblen Volk schwer festzustellen, wann sie miteinander verbündet sind und wann sie einander betrügen.«

»Nun, von all den verschiedenen Arten zusammen müssen es allermindestens zehntausend gewesen sein«, sagte Merry. »Sie brauchten eine Stunde, um aus den Toren herauszukommen. Einige gingen die Straße hinunter zu den Furten, und einige schwenkten ab nach Osten. Eine Brücke ist dort unten gebaut worden, etwa eine Meile entfernt, wo der

Fluß in einem sehr tiefen Bett strömt. Ihr könntet es von hier sehen, wenn ihr aufstündet. Sie sangen alle mit rauhen Stimmen und lachten und machten einen scheußlichen Lärm. Ich fand, die Sache sah sehr schlecht aus für Rohan. Aber Baumbart rührte sich nicht. Er sagte: ›Meine Aufgabe heute nacht ist Isengart, mit Fels und Stein.‹

Aber obwohl ich nicht sehen konnte, was im Dunkeln geschah, glaube ich doch, daß Huorns sich nach Süden aufmachten, sobald die Tore wieder geschlossen waren. Ihre Aufgabe waren die Orks, nehme ich an. Sie waren am Morgen schon weit unten im Tal; jedenfalls war dort ein Schatten, durch den man nicht hindurchsehen konnte.

Sobald Saruman sein ganzes Heer fortgeschickt hatte, kamen wir zum Zuge. Baumbart setzte uns ab und ging zu den Toren und begann an der Tür zu hämmern und nach Saruman zu rufen. Es kam keine Antwort außer Pfeilen und Steinen von den Wällen. Aber Pfeile nützen nichts gegen Ents. Sie tun ihnen natürlich weh und machen sie wütend: wie Stechfliegen. Aber ein Ent kann mit Orkpfeilen vollgesteckt sein wie ein Nadelkissen und nimmt doch keinen ernstlichen Schaden. Sie können zum Beispiel nicht vergiftet werden; und ihre Haut scheint sehr dick zu sein und zäher als Borke. Es bedarf eines sehr starken Axthiebes, um sie ernstlich zu verletzen. Äxte mögen sie nicht. Aber es müßten sehr viele Axtschwinger auf einen Ent kommen: ein Mann, der einmal auf einen Ent einhaut, hat niemals Gelegenheit zu einem zweiten Hieb. Ein Faustschlag von einem Ent zerknüllt Eisen wie dünnes Blech.

Als Baumbart ein paar Pfeile in sich hatte, kam er allmählich in Fahrt oder wurde ausgesprochen ›hastig‹, wie er sagen würde. Er gab ein gewaltiges *hum-hom* von sich, und noch ein Dutzend Ents kam mit langen Schritten heran. Ein wütender Ent kann einem Angst machen. Ihre Finger und ihre Zehen krallen sich einfach am Felsen fest; und sie reißen ihn auf wie Brotkrusten. Es war, als sähe man die Arbeit von großen Baumwurzeln in hundert Jahren, alles in ein paar Augenblicke zusammengedrängt.

Sie schoben und zogen und rissen und schüttelten und hämmerten; und *knall-bums, klirr-krach,* nach fünf Minuten lagen die riesigen Tore zerstört am Boden; und einige Ents fraßen sich schon in die Wälle hinein wie Kaninchen in eine Sandgrube. Ich weiß nicht, was Saruman glaubte, was da vor sich ging; aber jedenfalls wußte er nicht, wie er damit fertigwerden sollte. Seine Zauberei mag natürlich in letzter Zeit nachgelassen haben; aber jedenfalls glaube ich, daß er nicht viel Schneid hat, nicht viel echten Mut allein in einer mißlichen Lage ohne einen Haufen von Hörigen und Maschinen und Dingen, wenn ihr wißt, was ich meine.

Sehr anders als der alte Gandalf. Ich frage mich, ob sein Ruhm nicht die ganze Zeit hauptsächlich seiner Klugheit zuzuschreiben war, sich in Isengart niederzulassen.«

»Nein«, sagte Aragorn. »Einstmals war er so bedeutend, wie sein Ruhm besagte. Sein Wissen war groß, sein Verstand scharf und seine Hände wunderbar geschickt; und er hatte Macht über die Gedanken von anderen. Die Weisen konnte er überreden, und die kleineren Geister konnte er einschüchtern. Diese Macht besitzt er gewiß noch. Es gibt nicht viele in Mittelerde, von denen ich behaupten würde, daß man sich auf sie verlassen könnte, wenn man sie allein mit ihm reden ließe, nicht einmal jetzt, da er eine Niederlage erlitten hat. Vielleicht Gandalf, Elrond und Galadriel, da jetzt seine Bosheit aufgedeckt ist, aber sehr wenig andere.«

»Auf die Ents kann man sich verlassen«, sagte Pippin. »Er scheint ihnen einmal um den Bart gegangen zu sein, aber niemals wieder. Und jedenfalls hat er sie nicht verstanden; und er beging den großen Fehler, daß er sie bei seinen Berechnungen außer acht ließ. Er hatte sie nicht eingeplant, und es war keine Zeit, einen Plan aufzustellen, nachdem sie sich an die Arbeit gemacht hatten. Kaum hatte unser Angriff begonnen, fingen die paar in Isengart zurückgebliebenen Ratten an, durch jedes Loch zu entwischen, das die Ents gemacht hatten. Die Ents ließen die Menschen gehen, nachdem sie sie verhört hatten, zwei oder drei Dutzend allein an diesem Ende. Ich glaube nicht, daß viele Orks, große oder kleine, entkamen. Jedenfalls nicht den Huorns: ein ganzer Wald von ihnen stand zu jener Zeit rund um Isengart, zusätzlich zu denen, die das Tal hinunter gegangen waren.

Als die Ents einen großen Teil der südlichen Wälle in Schutt verwandelt hatten und der Rest seiner Leute sich aus dem Staube gemacht und ihn verlassen hatte, floh Saruman voller Schrecken. Er scheint am Tor gewesen zu sein, als wir ankamen: Ich nehme an, daß er zuschaute, wie sein prächtiges Heer ausrückte. Als sich die Ents ihren Weg nach drinnen bahnten, verschwand er eiligst. Zuerst entdeckten sie ihn nicht. Aber die Nacht hatte sich ausgebreitet, und die Sterne schienen sehr hell, hell genug für die Ents, um etwas zu sehen, und plötzlich stieß Flinkbaum einen Schrei aus: »Der Baummörder, der Baummörder!« Flinkbaum ist ein sanftes Geschöpf, aber er hat einen um so wilderen Haß auf Saruman, als sein Volk grausam unter Orkäxten zu leiden hatte. Er sprang vom inneren Tor aus den Weg hinunter, und er kann rennen wie der Wind, wenn er aufgerüttelt ist. Eine blasse Gestalt eilte davon zwischen den Schatten der Säulen, und sie hatte die Stufen zur Turmtür schon fast erreicht. Aber es war sehr knapp. Flinkbaum war so wütend hinter ihm her, daß nur ein oder zwei Schritte fehlten, um ihn zu packen und zu erwürgen, als er durch die Tür schlüpfte.

Als Saruman wieder heil in Orthanc war, dauerte es nicht lange, bis er einige seiner wertvollen Vorrichtungen in Gang setzte. Zu dieser Zeit waren viele Ents in Isengart: einige waren Flinkbaum gefolgt, und andere waren vom Norden und Osten hereingekommen; sie streiften jetzt umher und richteten eine Menge Schaden an. Plötzlich stiegen Feuer und verpestete Dünste auf: überall in der Ebene begannen die Schlote und Schächte zu spucken und zu speien. Mehrere Ents wurden angesengt. Einer von ihnen, Buchenbein hieß er, glaube ich, ein sehr großer und stattlicher Ent, geriet in einen Strahl von flüssigem Feuer und brannte wie eine Fackel: ein entsetzlicher Anblick.

Das brachte sie zur Raserei. Ich hatte geglaubt, sie seien vorher schon richtig aufgerüttelt gewesen; aber ich hatte mich geirrt. Jetzt sah ich, wie es wirklich war. Erschütternd war es. Sie schrien und brüllten und trompeteten, bis Steine allein durch den Krach barsten und herabfielen. Merry und ich lagen auf dem Boden und stopften uns die Mäntel in die Ohren. Immer rund um den Felsen von Orthanc stapften und tobten die Ents wie ein heulender Sturm, stürzten Säulen um, schleuderten Lawinen von Feldsteinen die Schächte hinunter, warfen riesige Steinplatten in die Luft wie Blätter. Der Turm stand inmitten eines brausenden Wirbelsturms. Ich sah eiserne Pfosten und Brocken von Mauerwerk Hunderte von Fuß hochfliegen und gegen die Fenster von Orthanc krachen. Aber Baumbart verlor den Kopf nicht. Zum Glück hatte er keine Verbrennungen. Er wollte nicht, daß sich seine Leute in ihrer Wut selbst verletzten, und er wollte nicht, daß Saruman in der allgemeinen Verwirrung durch irgendein Loch entkam. Viele der Ents warfen sich gegen den Orthanc-Felsen; aber an ihm scheiterten sie. Er ist sehr glatt und hart. Irgendeine Zauberei steckt vielleicht in ihm, die älter und stärker ist als Saruman. Jedenfalls konnten sie sich nicht an ihm festkrallen oder ihn auch nur einen Spalt aufreißen; und sie bekamen Prellungen und Verletzungen dabei.

Deshalb ging Baumbart in den Ring und schrie. Seine gewaltige Stimme übertönte all den Lärm. Plötzlich trat Totenstille ein. Da hörten wir ein schrilles Gelächter aus einem hohen Fenster im Turm. Das hatte eine sonderbare Wirkung auf die Ents. Sie hatten vor Wut gekocht; jetzt wurden sie kalt, hart wie Eis und ruhig. Sie verließen die Ebene und scharten sich um Baumbart, der ganz still stand. Er sprach eine Weile in ihrer eigenen Sprache mit ihnen; ich nehme an, er erzählte ihnen von einem Plan, den er schon vor langer Zeit in seinem alten Kopf ausgeheckt hatte. Dann verschwanden sie einfach schweigend in dem grauen Licht. Der Tag brach an zu dieser Zeit.

Sie stellten eine Wache am Turm auf, glaube ich, aber die Wächter waren so gut in den Schatten verborgen und verhielten sich so still, daß ich sie nicht sehen konnte. Die anderen gingen nach Norden. Den ganzen Tag waren sie beschäftigt und außer Sicht. Wir wurden die meiste Zeit allein gelassen. Es war ein trostloser Tag; und wir wanderten ein wenig umher, obwohl wir uns aus dem Blickfeld der Fenster von Orthanc heraushielten, soweit wir konnten: sie starrten uns so bedrohlich an. Ein gut Teil der Zeit verbrachten wir damit, nach etwas Eßbarem zu suchen. Und wir setzten uns auch hin und unterhielten uns und zerbrachen uns den Kopf, was wohl weit im Süden in Rohan geschehe und was aus den übrigen von unserer Gemeinschaft geworden sei. Ab und zu hörten wir in der Ferne das Rumpeln und Fallen von Steinen und dumpfe Schläge, die in den Bergen widerhallten.

Am Nachmittag gingen wir um den Ring herum und wollten schauen was geschah. Da war ein großer schattiger Wald von Huorns oben am Tal und ein weiterer um den Nordwall herum. Wir wagten nicht, hineinzugehen. Aber man hörte, daß drinnen eine zerrende, reißende Arbeit vor sich ging. Ents und Huorns hoben große Gruben und Gräben aus und machten große Teiche und Dämme und sammelten das ganze Wasser des Isen und aller anderen Quellen und Bäche, die sie finden konnten. Wir ließen sie dabei.

In der Dämmerung kam Baumbart zum Tor zurück. Er summte und brummte vor sich hin und schien zufrieden zu sein. Er stand da und reckte seine großen Arme und Beine und holte tief Luft. Ich fragte ihn, ob er müde sei.

›Müde?‹ fragte er, ›müde? Nein, nicht müde, nur steif. Ich brauche einen guten Schluck aus der Entflut. Wir haben schwer gearbeitet; wir haben mehr Steine gebrochen und Erde angenagt als in vielen Jahren vorher. Aber es ist fast fertig. Wenn die Nacht hereinbricht, haltet euch nicht in der Nähe dieses Tors oder in dem alten unterirdischen Gang auf! Da mag Wasser durchkommen – und es wird eine Weile unreines Wasser sein, bis all der Schmutz von Saruman fortgewaschen ist. Dann kann der Isen wieder klar fließen.‹ Er begann, ein bißchen mehr von den Wällen niederzureißen, auf eine gemächliche Weise, nur des Spaßes halber.

Wir überlegten uns gerade, wo wir uns wohl gefahrlos hinlegen und ein wenig schlafen könnten, als das Erstaunlichste von allem geschah. Man hörte einen Reiter rasch die Straße heraufkommen. Merry und ich lagen still, und Baumbart versteckte sich in den Schatten unter dem Torbogen. Plötzlich kam ein großes Pferd angesprengt wie ein Silberblitz. Es wurde schon dunkel, aber ich konnte das Gesicht des Reiters deutlich sehen: es schien zu leuchten, und alle seine Kleider waren weiß. Ich setzte mich bloß auf und starrte mit offenem Mund. Ich versuchte zu rufen, aber ich konnte nicht.

Es war auch nicht nötig. Er hielt genau bei uns an und schaute auf uns herab. ›Gandalf‹ sagte ich schließlich, aber meine Stimme war nur ein Flüstern. Sagte er etwa: ›Nanu, Pippin! Das ist aber eine erfreuliche Überraschung‹? Nein, keineswegs. Er sagte: ›Steh auf, du Einfaltspinsel von einem Tuk! Wo um alles in der Welt ist Baumbart in all diesen Trümmern? Ich will zu ihm. Rasch!‹

Baumbart hörte seine Stimme und kam sofort aus den Schatten heraus; und das war eine seltsame Begegnung. Ich war überrascht, weil sie beide überhaupt nicht überrascht zu sein schienen. Gandalf hatte offensichtlich erwartet, Baumbart hier zu finden; und Baumbart hätte sich fast absichtlich an den Toren aufgehalten haben können, um ihn zu treffen. Doch hatten wir dem alten Ent alles über Moria erzählt. Aber mir fiel dann ein sonderbarer Blick ein, den er uns damals zugeworfen hatte. Ich kann nur annehmen, daß er Gandalf gesehen oder irgendwelche Nachrichten von ihm bekommen hatte, aber nichts in Eile hatte sagen wollen. ›Sei nicht hastig‹ ist sein Wahlspruch. Aber niemand, nicht einmal Elben, werden viel über Gandalfs Tätigkeit sagen, wenn er nicht da ist.

›Hum! Gandalf!‹ sagte Baumbart. ›Ich bin froh, daß Ihr gekommen seid. Holz und Wasser, Stock und Stein, die kann ich beherrschen; aber hier ist ein Zauberer, mit dem man fertigwerden muß.‹

›Baumbart‹, sagte Gandalf, ›ich brauche Eure Hilfe. Ihr habt viel getan, aber ich brauche mehr. Ich muß mit ungefähr zehntausend Orks fertigwerden.‹

Dann gingen die beiden weg und hielten in irgendeiner Ecke eine Beratung ab. Es muß Baumbart sehr hastig vorgekommen sein, denn Gandalf war in fürchterlicher Eile und redete schon sehr schnell, ehe sie außer Hörweite waren. Sie waren nur ein paar Minuten weg, vielleicht eine Viertelstunde. Dann kam Gandalf zu uns zurück und schien erleichtert, fast fröhlich. Jetzt sagte er auch, daß er sich freue, uns zu sehen.

›Aber Gandalf‹, rief ich, ›wo bist du gewesen? Und hast du die anderen gesehen!‹

›Wo immer ich gewesen bin, ich bin zurück‹, antwortete er auf echte Gandalf-Art. ›Ja, ich habe einige der anderen gesehen. Aber die Neuigkeiten müssen warten. Es ist heute eine gefährliche Nacht, und ich muß schnell reiten. Doch mag der Morgen heller sein, und dann werden wir uns wiedersehen. Paßt gut auf euch auf und haltet euch von Orthanc fern. Lebt wohl!‹

Baumbart war sehr nachdenklich, nachdem Gandalf fort war. Offenbar hatte er in kurzer Zeit eine Menge erfahren und verdaute es. Er sah uns an und sagte: ›Hm, na ja, ich finde, ihr seid nicht so hastige Leute, wie ich geglaubt habe. Ihr habt viel weniger gesagt, als ihr hättet sagen können, und nicht mehr, als ihr solltet. Hm, das ist wahrlich ein ganzer Haufen Neuigkeiten. Na, nun muß Baumbart wieder an die Arbeit.‹

Ehe er ging, holten wir noch ein paar Neuigkeiten aus ihm heraus; und sie munterten uns ganz und gar nicht auf. Aber im Augenblick dachten wir mehr an euch drei als an Frodo und Sam oder den armen Boromir. Denn wir schlossen aus alledem, daß eine große Schlacht im Gange war oder bald beginnen würde, und daß ihr hineinverwickelt wart und vielleicht nicht wieder herauskommen würdet.

›Die Huorns werden helfen‹, sagte Baumbart. Dann ging er fort, und wir sahen ihn erst heute morgen wieder.

Es war tiefe Nacht. Wir lagen auf einem Steinhaufen und konnten dahinter nichts sehen. Nebel oder Schatten verhüllten alles um uns wie eine große Decke. Die Luft kam uns heiß und drückend vor; und sie war erfüllt von Geraschel, Knacken und einem Gemurmel wie von vorbeigehenden Stimmen. Ich glaube, daß noch Hunderte der Huorns vorbeigegangen sind, um in der Schlacht zu helfen. Später gab es ein mächtiges Donnergrollen im Süden und Blitze fern über Rohan. Ab und zu konnten wir Berggipfel sehen, Meilen und Abermeilen entfernt, die plötzlich weiß und schwarz herausragten und dann wieder verschwanden. Und hinter uns waren Geräusche wie Donner in den Bergen, aber anders. Zu Zeiten hallte das ganze Tal wider.

Es muß ungefähr um Mitternacht gewesen sein, als die Ents die Dämme durchstachen und all das gesammelte Wasser durch ein Loch im Nordwall nach Isengart hineinleiteten. Die Huorn-Finsternis war vorübergegangen, und der Donner hatte sich verzogen. Der Mond ging hinter dem westlichen Gebirge unter.

Isengart begann sich mit schwarzen kriechenden Bächen und Tümpeln zu füllen. Sie glitzerten im letzten Schein des Mondes, als sie sich über die Ebene ausbreiteten. Dann und wann fanden die Wassermassen ihren Weg hinunter in irgendeinen Schacht oder ein Belüftungsrohr. Mächtige weiße Dämpfe zischten hoch. Rauch stieg in dicken Schwaden auf. Es gab Entladungen und Feuerstöße. Eine große Schlange aus Dampf wirbelte empor und ringelte sich rund um Orthanc, bis er aussah wie ein hoher

Wolkengipfel, feurig von unten und mondbeschienen von oben. Und immer mehr Wassermassen ergossen sich, bis Isengart wie ein riesiger flacher Kochtopf aussah, der dampfte und brodelte.«

»Wir sahen gestern Nacht vom Süden aus eine Wolke von Rauch und Dampf, als wir zur Einmündung von Nan Curunír kamen«, sagte Aragorn. »Wir fürchteten, daß Saruman irgendeine neue Teufelei für uns ausheckte.«

»Er nicht«, sagte Pippin. »Er erstickte wahrscheinlich und lachte nicht mehr. Am Morgen, gestern morgen, war das Wasser in alle Löcher hinabgesunken, und es war dichter Nebel. Wir flüchteten uns in den Wachtraum da drüben; und wir hatten ziemliche Angst. Der See begann überzulaufen und sich durch den alten unterirdischen Gang zu ergießen, und das Wasser stieg rasch die Stufen hinauf. Wir glaubten, wir würden wie die Orks in einer Falle gefangen sein; aber wir fanden eine Wendeltreppe an der Rückseite des Vorratsraums, die uns hinauf auf den Torbogen brachte. Das Hinauskommen war sehr schwierig, denn die Gänge waren zerstört worden und bis oben halb zugeschüttet mit herabgefallenen Steinen. Da saßen wir dann hoch über der Flut und schauten zu, wie Isengart ertrank. Die Ents lenkten immer mehr Wasser hinein, bis alle Feuer ausgelöscht und alle Höhlen voll waren. Der Nebel sammelte sich langsam und verdichtete sich zu einer riesigen Wolkenglocke: sie muß eine Meile hoch gewesen sein. Am Abend stand ein großer Regenbogen über den östlichen Bergen; und dann wurde der Sonnenuntergang durch einen dichten Nieselregen auf den Gebirgshängen verdunkelt. Es war alles ganz still. Ein paar Wölfe heulten klagend in der Ferne. In der Nacht unterbrachen die Ents den Zufluß und leiteten den Isen wieder in sein altes Bett. Und das war das Ende von allem.

Seitdem sinkt das Wasser wieder. Es wird irgendwo unter den Höhlen Abflüsse geben, denke ich mir. Wenn Saruman aus seinen Fenstern schaut, muß alles einen unordentlichen, trostlosen Anblick bieten. Wir kamen uns sehr verlassen vor. Nicht ein einziger Ent war zu sehen, mit dem man sich in all den Trümmern unterhalten konnte, und keine neuen Nachrichten. Wir verbrachten die Nacht da drüben über dem Torbogen, und es war kalt und feucht, und wir schliefen nicht. Wir hatten ein Gefühl, als ob jede Minute etwas geschehen könnte. Saruman ist noch in seinem Turm. Nachts war ein Geräusch zu hören, wie wenn ein Wind das Tal heraufkommt. Ich glaube, die Ents und die Huorns, die weg gewesen waren, kamen dann zurück; aber wo sie jetzt alle hingegangen sind, weiß ich nicht. Es war ein nebliger, feuchter Morgen, als wir herunterkletterten und uns wieder umschauten und niemand da war. Und das ist ungefähr alles, was es zu erzählen gibt. Es erscheint jetzt fast friedlich nach all dem Aufruhr. Und auch irgendwie sicherer, seit Gandalf zurückkam. Ich könnte jetzt schlafen!«

Eine Weile schwiegen sie alle. Gimli stopfte seine Pfeife neu. »Da ist etwas, über das ich mir den Kopf zerbreche«, sagte er, als er sie mit Feuerstein und Zunder anzündete. »Schlangenzunge. Ihr habt Théoden gesagt, er sei bei Saruman. Wie ist er hergekommen?«

»Ach ja, ihn habe ich vergessen«, sagte Pippin. »Er kam erst heute morgen. Wir hatten gerade das Feuer angezündet und etwas gefrühstückt, als Baumbart wieder auftauchte. Wir hörten ihn draußen brabbeln und unsere Namen rufen.

›Ich bin vorbeigekommen, um zu sehen, wie es euch geht, meine Jungs‹, sagte er, ›und euch ein paar Neuigkeiten zu überbringen. Die Huorns sind zurückgekommen. Alles ist gut; freilich, sehr gut sogar!‹ lachte er und schlug sich auf die Schenkel. ›Keine Orks mehr in Isengart, keine Äxte mehr! Und ein paar Leute werden aus dem Süden heraufkommen, ehe der Tag alt ist; einige, die zu sehen ihr froh sein werdet.‹

Kaum hatte er das gesagt, da hörten wir Hufgeräusche auf der Straße. Wir stürzten hinaus vors Tor, und ich stand da und starrte und erwartete halb und halb, Streicher und Gandalf an der Spitze eines Heeres heranreiten zu sehen. Aber aus dem Nebel heraus ritt ein Mann auf einem alten, müden Pferd; und er selbst sah wie ein wunderlich verdrehtes Geschöpf aus. Sonst war niemand da. Als er aus dem Nebel herauskam und plötzlich die Zerstörungen und Verheerungen vor sich sah, saß er da und glotzte, und sein Gesicht wurde fast grün. Er war so bestürzt, daß er uns zuerst gar nicht zu bemerken schien. Als er uns aber sah, stieß er einen Schrei aus und versuchte, seinen Gaul zu wenden und davonzureiten. Doch Baumbart machte drei lange Schritte, streckte seinen langen Arm aus und hob ihn aus dem Sattel. Sein Pferd ging vor Schreck durch, und er warf sich bäuchlings auf den Boden. Er sagte, er sei Gríma, Freund und Ratgeber des Königs, und von Théoden mit wichtigen Botschaften zu Saruman geschickt worden.

›Niemand sonst wagte durch das offene Land zu reiten, wo es von üblen Orks wimmelte‹, sagte er, ›deshalb wurde ich entsandt. Und ich habe eine gefährliche Fahrt hinter mir und bin hungrig und müde. Ich bin weit ab von meinem Weg nach Norden geflohen, von Wölfen verfolgt.‹

Ich bemerkte die Seitenblicke, die er Baumbart zuwarf, und sagte bei mir: ›Lügner‹. Baumbart sah ihn auf seine langsame, gemächliche Weise mehrere Minuten an, bis der unglückliche Mann unruhig auf dem Boden hin- und herrutschte. Dann schließlich sagte er: ›Ha, hm, ich habe Euch erwartet, Herr Schlangenzunge.‹ Der Mann fuhr zusammen bei dem Namen. ›Gandalf war als erster hier. Deshalb weiß ich über Euch so viel, wie ich wissen muß, und ich weiß, was ich mit Euch zu tun habe. Steckt alle Ratten in eine Falle, sagte Gandalf; und das werde ich. Ich bin jetzt der Herr von Isengart, und Saruman ist in seinem Turm eingesperrt; da könnt Ihr hingehen und ihm alle Botschaften bringen, die Ihr Euch ausdenken könnt.‹

›Laßt mich gehen, laßt mich gehen!‹ sagte Schlangenzunge. ›Ich kenne den Weg.‹

›Ihr kanntet den Weg, daran zweifle ich nicht‹, sagte Baumbart. ›Aber die Dinge haben sich hier ein wenig geändert. Geht und seht!‹

Er ließ Schlangenzunge gehen, und er humpelte davon durch den Torbogen, wir dicht hinter ihm her, bis er in den Ring hinein kam und die ganzen Fluten sehen konnte, die zwischen ihm und Orthanc lagen. Dann drehte er sich zu uns um.

›Laßt mich fortgehen!‹ greinte er. ›Laßt mich fortgehen! Meine Botschaften sind jetzt nutzlos.‹

›Das sind sie allerdings‹, sagte Baumbart. ›Aber Ihr habt nur zwei Möglichkeiten: bei mir zu bleiben, bis Gandalf und Euer Herr kommen; oder das Wasser zu überqueren. Welche wollt Ihr?‹

Der Mann zitterte, als sein Herr erwähnt wurde, und setzte einen Fuß ins Wasser; aber er zog ihn wieder zurück. ›Ich kann nicht schwimmen‹, sagte er.

›Das Wasser ist nicht tief‹, sagte Baumbart. ›Es ist schmutzig, aber das wird Euch nicht schaden, Herr Schlangenzunge. Jetzt hinein mit Euch!‹

Daraufhin stolperte der Unglückliche hinein in die Flut. Das Wasser reichte ihm fast bis zum Hals, ehe er so weit weg war, daß ich ihn nicht mehr sehen konnte. Das Letzte, was ich von ihm sah, war, daß er sich an irgendein altes Faß oder Stück Holz klammerte. Aber Baumbart watete hinter ihm her und überwachte sein Vorwärtskommen.

›So, er ist drinnen‹, sagte er, als er zurückkam. ›Ich sah ihn die Stufen hinaufkriechen wie eine schmierige Ratte. Es ist noch jemand im Turm: eine Hand kam heraus und zog ihn hinein. Da ist er nun, und ich hoffe, das Willkommen wird nach seinem Geschmack sein. Jetzt muß ich gehen und mir den Schlamm abwaschen. Ich bin drüben auf der Nordseite, wenn jemand mich sprechen will. Es gibt kein reines Wasser hier unten, das ein Ent trinken oder in dem er baden könnte. Deshalb will ich euch beide bitten, an diesem Tor auf die Leute zu warten, die kommen. Es wird der Herr der Gefilde von Rohan sein, wohlgemerkt! Ihr müßt ihn so gut begrüßen, wie ihr könnt: seine Mannen haben eine große Schlacht mit den Orks ausgefochten. Vielleicht kennt ihr besser als Ents die richtige Art von Menschenworten für einen solchen Herrn. Zu meiner Zeit hat es viele Herren auf den grünen Feldern gegeben, und ich habe ihre Redeweise oder ihre Namen nie gelernt. Sie werden Menschennahrung haben wollen, und ihr wißt darüber Bescheid, nehme ich an. Also sucht etwas, wovon ihr glaubt, daß es für einen König eßbar ist, wenn ihr könnt.‹ Und das ist das Ende der Geschichte. Obwohl ich gern wissen möchte, wer dieser Schlangenzunge ist. War er wirklich des Königs Ratgeber?«

»Das war er«, sagte Aragorn, »und außerdem Sarumans Späher und Diener in Rohan. Das Schicksal war nicht freundlicher zu ihm, als er es verdient. Der Anblick der Zerstörung von allem, was er für stark und großartig hielt, muß fast schon genug Strafe gewesen sein. Doch fürchte ich, daß ihn noch Schlimmeres erwartet.«

»Ja, ich glaube nicht, daß Baumbart ihn aus Freundlichkeit nach Orthanc schickte«, sagte Merry. »Ihm schien die Sache ein grimmiges Vergnügen zu bereiten, und er lachte vor sich hin, als er zu seinem Bad und Trunk ging. Wir hatten eine arbeitsreiche Zeit danach, haben nach Treibgut gesucht und alles durchstöbert. Wir fanden an verschiedenen Stellen in der Nähe zwei oder drei Vorratsräume über der Fluthöhe. Aber Baumbart schickte ein paar Ents herunter, und sie trugen eine ganze Menge von dem Zeug weg.

›Wir brauchen Menschennahrung für fünfundzwanzig‹, sagten die Ents, also könnt ihr sehen, daß jemand eure Gruppe sorgfältig gezählt hat, ehe ihr ankamt. Ihr drei solltet offenbar mit den großen Leuten gehen. Aber dabei wäret ihr auch nicht besser weggekommen. Wir haben genausoviel Gutes behalten, wie wir weggeschickt haben, das verspreche ich euch. Besser sogar, denn wir haben keine Getränke mitgeschickt.

›Wie steht's mit Getränken?‹ fragte ich die Ents.

›Es gibt Wasser vom Isen‹, sagten sie, ›und das ist gut genug für Ents und Menschen‹. Aber ich hoffe, die Ents haben Zeit gefunden, etwas von ihren Tränken aus den Gebirgsquellen zu brauen, und dann werden wir sehen, wie Gandalfs Bart sich kräuselt, wenn er zurückkommt. Nachdem die Ents gegangen waren, waren wir müde und hungrig. Aber wir murrten nicht – unsere Mühen waren wohl belohnt worden. Bei unserer Suche nach Menschennahrung entdeckte Pippin unter all dem Treibgut die Perle, diese Hornbläser-Fässer. ›Pfeifenkraut ist besser nach dem Essen‹, sagte Pippin; so ist die Lage entstanden.«

»Jetzt verstehen wir das alles vollkommen«, sagte Gimli.

»Alles mit einer Ausnahme«, sagte Aragorn. »Tabakblätter aus dem Südviertel in Isengart. Je mehr ich darüber nachdenke, um so seltsamer finde ich es. Ich bin nie in Isengart gewesen, doch ich bin in diesem Land gewandert, und ich kenne die öden Gegenden sehr gut, die zwischen Rohan und dem Auenland liegen. Seit vielen Jahren haben weder Waren noch Leute diesen Weg genommen, nicht offen jedenfalls. Saruman hat geheime Verbindungen zu irgend jemandem im Auenland, vermute ich. Schlangenzunges können vielleicht noch in anderen Häusern als König Théodens gefunden werden. War ein Datum auf den Fässern?«

»Ja«, sagte Pippin. »Es war die 1417er Ernte, also vom vorigen Jahr; nein, nein, vom vorvorigen natürlich; ein guter Jahrgang.«

»Nun ja, welches Unheil auch immer im Gange war, es ist jetzt vorbei, hoffe ich; oder es ist gegenwärtig außerhalb unserer Reichweite«, sagte Aragorn. »Immerhin glaube ich, ich sollte es Gandalf gegenüber erwähnen, wenn es auch als eine Kleinigkeit erscheinen mag bei seinen großen Angelegenheiten.«

»Ich würde gern wissen, was er tut«, sagte Merry. »Der Nachmittag ist schon weit fortgeschritten. Laßt uns gehen und uns umschauen. Jetzt kannst du Isengart jedenfalls betreten, Streicher, wenn du willst. Aber es ist kein sehr erfreulicher Anblick.«

ZEHNTES KAPITEL

SARUMANS STIMME

Sie schritten durch den zerstörten unterirdischen Gang und blieben auf einem Steinhaufen stehen; sie starrten auf den dunklen Felsen Orthanc und seine vielen Fenster, noch immer eine Drohung in der Verwüstung ringsum. Das Wasser war jetzt fast ganz abgelaufen. Hier und dort waren noch ein paar düstere Tümpel übrig geblieben, mit Abschaum und Trümmern bedeckt; doch der größte Teil des weiten Kreises lag wieder offen da, eine Wildnis aus Schlamm und durcheinander gewürfelten Felsbrokken, unterbrochen von geschwärzten Löchern und getüpfelt mit Pfosten und Säulen, die sich gleichsam trunken hierhin und dorthin neigten. Am Rand des zerstörten Kessels lagen gewaltige Erdwälle und Hänge wie Schindeln, die von einem großen Sturm hochgewirbelt worden sind; und dahinter zog sich das grüne und verschlungene Tal in einer langen Schlucht zwischen den dunklen Ausläufern des Gebirges hinauf. Jenseits der Wüstenei sahen sie Reiter, die sich ihren Weg bahnten; sie kamen von der Nordseite und näherten sich Orthanc schon.

»Da ist Gandalf, und Théoden und seine Mannen!« sagte Legolas. »Laßt uns ihnen entgegengehen!«

»Geht vorsichtig!« sagte Merry. »Manche Steinplatten sind lose und könnten hochkippen und euch in irgendeine Grube schleudern, wenn ihr nicht aufpaßt.«

Sie folgten den Überbleibseln der einstigen Straße von den Toren zu Orthanc und gingen langsam, denn die Steinplatten waren gesprungen und glitschig. Als die Reiter sie kommen sahen, hielten sie im Schatten des Felsen an und warteten auf sie. Gandalf ritt ihnen entgegen.

»Ja, Baumbart und ich haben eine anregende Beratung gehabt und ein paar Pläne geschmiedet«, sagte er. »Und wir alle haben die sehr nötige Ruhe gehabt. Jetzt müssen wir weiter. Ich hoffe, ihr Gefährten habt euch auch ausgeruht und erfrischt?«

»Das haben wir«, sagte Merry. »Aber unsere Beratung führte zu nichts. Immerhin sind wir Saruman gegenüber jetzt freundlicher gesinnt als vorher.«

»Wirklich?« sagte Gandalf. »Na, ich nicht. Ich habe noch eine letzte

Aufgabe, ehe ich gehe: Ich muß Saruman einen Abschiedsbesuch abstatten. Gefährlich, und wahrscheinlich nutzlos; aber es muß sein. Wer von euch will, kann mitkommen – aber seid auf der Hut! Und spottet nicht! Das ist jetzt nicht der richtige Augenblick dafür.«

»Ich will mitkommen«, sagte Gimli. »Ich will ihn sehen und feststellen, ob er wirklich aussieht wie du.«

»Und wie willst du das feststellen, Herr Zwerg?« fragte Gandalf. »Saruman könnte in deinen Augen wie ich aussehen, wenn das seinen Absichten, die er dir gegenüber hat, förderlich wäre. Und bist du schon weise genug, alle seine Fälschungen zu durchschauen? Na, wir werden es vielleicht erleben. Es mag sein, daß er sich scheut, sich vor so vielen verschiedenen Augen zu zeigen. Aber ich habe allen Ents befohlen, außer Sichtweite zu bleiben, also können wir ihn vielleicht überreden, herauszukommen.«

»Worin besteht die Gefahr?« fragte Pippin. »Wird er auf uns schießen oder Feuer aus dem Fenster herausgießen? Oder kann er uns aus der Entfernung behexen?«

»Das letzte ist das wahrscheinlichste, wenn man sorglos bis zu seiner Tür reitet«, sagte Gandalf. »Aber man weiß nicht, was er tun kann oder vielleicht versuchen will. Sich einem in die Enge getriebenen wilden Tier zu nähern, ist nicht ungefährlich. Und Saruman besitzt Kräfte, die ihr nicht vermutet. Hütet euch vor seiner Stimme!«

Sie kamen jetzt an den Fuß von Orthanc. Er war schwarz, und der Felsen schimmerte, als ob er naß sei. Die vielen Oberflächen des Steins hatten scharfe Kanten, als ob sie frisch herausgemeißelt worden wären. Ein paar Kerben und am Boden liegende schuppenähnliche Splitter waren die einzigen Spuren, die von der Wut der Ents zurückgeblieben waren.

Auf der östlichen Seite, in dem Winkel zwischen zwei Pfeilern, war eine große Tür hoch über der Erde; und darüber war ein mit Läden versehenes Fenster, das auf einen mit einem Eisengitter umgebenen Balkon hinausging. Bis zur Schwelle der Tür führte eine Treppe von siebenundzwanzig breiten Stufen, die mit Hilfe irgendeiner unbekannten Kunstfertigkeit aus demselben schwarzen Gestein herausgehauen waren. Das war der einzige Eingang zum Turm; aber viele hohe Fenster mit tiefen Leibungen waren in die emporragenden Wände eingeschnitten: hoch oben schauten sie wie kleine Augen auf die steilen Hänge der Berge.

Am Fuße der Treppe saßen Gandalf und der König ab. »Ich will hinaufgehen«, sagte Gandalf. »Ich bin in Orthanc gewesen und kenne meine Gefahr.«

»Und ich will auch hinaufgehen«, sagte der König. »Ich bin alt und fürchte keine Gefahr mehr. Ich wünsche mit dem Feind zu sprechen, der mir so viel Unrecht angetan hat. Éomer soll mit mir kommen und dafür sorgen, daß meine betagten Füße nicht straucheln.«

»Wie Ihr wollt«, sagte Gandalf. »Aragorn soll mit mir mitkommen. Laßt die anderen am Fuße der Treppe auf uns warten. Sie werden dort genug sehen und hören, wenn es etwas zu sehen und zu hören gibt.«

»Nein!« sagte Gimli. »Legolas und ich wollen ihn mehr aus der Nähe sehen. Wir allein vertreten hier unsere Sippen. Wir werden auch mitkommen.«

»Kommt denn!« sagte Gandalf, und damit stieg er die Stufen hinauf, und Théoden ging neben ihm.

Die Reiter von Rohan saßen zu beiden Seiten der Treppe unbehaglich auf ihren Pferden und schauten finster hinauf zu dem großen Turm, besorgt, was ihrem Herrn wohl widerfahren werde. Merry und Pippin saßen auf der untersten Stufe und kamen sich unwichtig vor und auch gefährdet.

»Eine halbe kitzlige Meile von hier bis zum Tor!« murmelte Pippin. »Ich wünschte, ich könnte mich unbemerkt davonstehlen und wieder in den Wachraum gehen. Warum sind wir eigentlich hergekommen? Wir werden nicht gebraucht.«

Gandalf stand vor der Tür von Orthanc und schlug mit seinem Stab dagegen. Es klang hohl. »Saruman, Saruman!« rief er mit lauter, befehlender Stimme. »Saruman, komm heraus!«

Eine Zeitlang kam keine Antwort. Schließlich wurde das Fenster über der Tür aufgeriegelt, aber man sah niemanden in der dunklen Öffnung.

»Wer ist da?« fragte eine Stimme. »Was wünscht ihr?«

Théoden fuhr zusammen. »Ich kenne diese Stimme«, sagte er, »und ich verfluche den Tag, da ich zum erstenmal auf sie hörte.«

»Geh und hole Saruman, nachdem du sein Bedienter geworden bist, Gríma Schlangenzunge!« sagte Gandalf. »Und verschwende unsere Zeit nicht!«

Das Fenster wurde geschlossen. Sie warteten. Plötzlich sprach eine andere Stimme, leise und melodisch, allein ihr Klang war eine Verzauberung. Jene, die arglos dieser Stimme lauschten, konnten selten die Worte berichten, die sie gehört hatten; und wenn sie es taten, wunderten sie sich, denn wenig Überzeugungskraft war in ihnen geblieben. Meistens erinnerten sie sich nur, daß es eine Freude gewesen war, die Stimme sprechen zu hören; alles, was sie sagte, schien klug und vernünftig zu sein, und der Wunsch erwachte in ihnen, durch rasche Zustimmung selbst klug zu erscheinen. Wenn andere sprachen, klangen ihre Stimmen im Vergleich dazu schrill und grob; und wenn sie der Stimme widersprachen, entbrannte Ärger in den Herzen jener, die von ihr bezaubert waren. Bei manchen hielt der Zauber nur so lange an, wie die Stimme zu ihnen sprach, und wenn sie mit einem anderen sprach, lächelten sie, wie Männer lächeln, die das Kunststück eines Gauklers schon durchschauen, während andere noch Mund und Nase aufsperren. Für viele war allein der Klang der Stimme ausreichend, sie im Banne zu halten; aber bei denjenigen, die von ihr bezwungen worden waren, hielt der Zauber an, auch wenn sie weit fort waren, und immer hörten sie diese sanfte Stimme flüstern und sie anspornen. Aber keiner blieb ungerührt; keiner wies ihre Bitten und Befehle zurück ohne eine Anstrengung des Geistes und des Willens, solange er noch die Herrschaft darüber hatte.

»Nun?« fragte sie jetzt sanft. »Warum müßt ihr meine Ruhe stören? Wollt ihr mir überhaupt keinen Frieden gönnen bei Tag oder bei Nacht?« Ihr Ton war der eines freundlichen Herzens, das betrübt ist über unverdiente Ungerechtigkeiten.

Sie schauten erstaunt hinauf, denn sie hatten ihn gar nicht kommen hören; und sie sahen eine Gestalt am Geländer stehen, die zu ihnen herabblickte: ein alter Mann, in einen weiten Mantel gehüllt, dessen Farbe nicht leicht auszumachen war, denn sie änderte sich, wenn sie ihre Augen bewegten oder er sich rührte. Sein Gesicht war lang, die Stirn hoch, und er hatte tiefliegende, dunkle Augen, die schwer zu ergründen waren, obwohl ihr Ausdruck jetzt ernst und gütig war, und ein wenig müde. Haar und Bart waren weiß, doch sah man um Lippen und Ohr noch schwarze Strähnen.

»Ähnlich, und doch unähnlich«, murmelte Gimli.

»Doch was gibt es«, sagte die sanfte Stimme. »Zumindest zwei von euch kenne ich mit Namen. Gandalf kenne ich zu gut, um viel Hoffnung zu haben, daß er hier Hilfe oder Rat sucht. Aber Ihr, Théoden, Herr der Mark von Rohan, seid erkennbar an Eurem edlen Wappen und mehr noch an dem schönen Antlitz des Hauses von Eorl. O würdiger Sohn Thengels, des Höchstberühmten! Warum seid Ihr nicht früher gekommen und als Freund? Sehr habe ich gewünscht Euch zu sehen, den mächtigsten König der westlichen Lande, und besonders in diesen letzten Jahren, um Euch vor den unklugen und bösen Ratgebern zu bewahren, die Euch umgeben. Ist es schon zu spät? Trotz der Unbillen, die mir zugefügt worden sind, an denen die Menschen von Rohan leider einen gewissen Anteil gehabt haben, möchte ich Euch noch immer retten und vor dem Untergang bewahren, der unvermeidlich näherrückt, wenn Ihr auf dieser Straße weiterreitet, die Ihr eingeschlagen habt. Wahrlich, ich allein kann Euch jetzt helfen.«

Théoden machte den Mund auf, als ob er sprechen wollte, aber er sagte nichts. Er blickte hinauf zu Sarumans Gesicht mit den dunklen, ernsten Augen, die auf ihn gerichtet waren, und dann zu Gandalf an seiner Seite; und er schien zu zaudern. Gandalf gab kein Zeichen; er stand still wie Stein, wie einer, der geduldig auf eine Aufforderung wartet, die noch nicht ergangen ist. Die Reiter regten sich zuerst und murmelten beifällig zu Sarumans Worten; und dann waren auch sie still, wie Menschen unter einem Zauberbann. Ihnen schien, als habe Gandalf niemals so schön und passend mit ihrem Herrn gesprochen. Grob und hochmütig erschienen ihnen jetzt alle seine Verhandlungen mit Théoden. Und ein Schatten kroch über ihre Herzen, die Furcht vor einer großen Gefahr: das Ende der Mark in einer Dunkelheit, in die Gandalf sie trieb, während Saruman neben einem Tor zur Flucht stand, das er halb offenhielt, so daß ein Lichtstrahl hindurchfiel. Es herrschte ein bedrücktes Schweigen.

Gimli der Zwerg war es, der es plötzlich brach. »Die Worte dieses Zauberers stehen auf dem Kopf«, grollte er und packte den Griff seiner Axt. »In der Sprache von Orthanc bedeutet Hilfe Untergang und Retten bedeutet Erschlagen, das ist klar. Aber wir sind nicht hierher gekommen, um zu bitten.«

»Ruhig!« sagte Saruman, und für einen flüchtigen Augenblick war seine Stimme weniger milde, und ein Funkeln flackerte in seinen Augen auf und verschwand wieder. »Noch spreche ich nicht mit Euch, Gimli, Glóins Sohn«, sagte er. »Fern ist Eure Heimat, und von geringer Bedeutung sind für Euch die Wirren dieses Landes. Doch war es nicht Eure eigene Absicht, daß Ihr in sie hineinverwickelt wurdet, und deshalb will ich Euch nicht tadeln wegen der Rolle, die Ihr gespielt habt – eine tapfere, daran zweifle ich nicht. Doch bitte ich, erlaubt mir zuerst mit dem König von Rohan zu sprechen, meinem Nachbarn und einst meinem Freund.

Was habt Ihr zu sagen, König Théoden? Wollt Ihr Frieden mit mir haben und alle Hilfe, die mein in langen Jahren erlangtes Wissen zu gewähren vermag? Wollen wir gemeinsam beratschlagen, wie die bösen Zeiten zu bestehen sind, und unsere Schäden wiedergutmachen mit so viel gutem Willen, daß unser beider Besitztümer zu schönerer Blüte kommen denn je zuvor?«

Noch immer antwortete Théoden nicht. Ob er gegen Zorn ankämpfte oder gegen Zweifel, konnte keiner sagen. Éomer sprach.

»Herr, hört mich!« sagte er. »Jetzt verspüren wir die Gefahr, vor der wir gewarnt wurden. Sind wir ausgeritten zum Sieg, um schließlich in Schrecken versetzt zu werden von einem alten Lügner mit Honig auf seiner gespaltenen Zunge? So würde der in der Falle gefangene Wolf mit den Hunden sprechen, wenn er könnte. Welche Hilfe kann er Euch in Wirklichkeit gewähren? Er wünscht sich ja nichts, als seiner jämmerlichen Lage zu entrinnen. Aber wollt Ihr unterhandeln mit diesem Mann, der nur Verräterei und Mord im Sinn hat? Denkt an Théodred an der Furt und das Grab von Háma in Helms Klamm!«

»Wenn wir von vergifteten Zungen reden, was sollen wir dann von Eurer sagen, junge Schlange?« fragte Saruman, und das Aufflammen seiner Wut war jetzt deutlich zu sehen. »Doch kommt, Éomer, Éomunds Sohn!« fuhr er dann wieder mit sanfter Stimme fort. »Jedem Mann seine Rolle. Tapferkeit der Waffen ist die Eure, und hohe Ehre gewinnt Ihr dadurch. Erschlagt, wen Euer Herr als Feinde benennt, und begnügt Euch damit. Mischt Euch nicht in Staatsangelegenheiten, die Ihr nicht versteht. Doch werdet Ihr vielleicht herausfinden, wenn Ihr König werdet, daß man seine Freunde mit Bedacht wählen muß. Sarumans Freundschaft und die Macht von Orthanc können nicht leichthin abgetan werden, welche Gründe zu Klagen, wirkliche oder eingebildete, auch immer vorliegen mögen. Ihr habt eine Schlacht gewonnen, nicht einen Krieg – und das dank einer Hilfe, auf die Ihr nicht wieder rechnen könnt. Es mag sein, daß Ihr den Schatten des Waldes demnächst vor Eurer Tür findet: er ist unberechenbar und unverständig und liebt die Menschen nicht.

Aber, mein Herr von Rohan, muß ich ein Mörder genannt werden, weil tapfere Männer im Kampfe gefallen sind? Wenn Ihr in den Krieg zieht, unnötigerweise, denn ich wollte ihn nicht, dann werden Männer erschlagen. Doch wenn ich deswegen ein Mörder bin, dann ist Eorls ganzes Haus mit Mord befleckt; denn es hat viele Kriege geführt und viele angegriffen, die ihm Trotz boten. Dennoch hat es nachher mit vielen Frieden geschlossen und ist gut dabei gefahren, denn es war staatsmännisch klug. Ich sage, König Théoden: sollen wir Frieden und Freundschaft haben, Ihr und ich? Es liegt in unserer Hand.«

»Wir werden Frieden haben«, sagte Théoden schließlich mit belegter Stimme und mühsam. Einige der Reiter stießen Freudenrufe aus. Théoden hob die Hand. »Ja, wir werden Frieden haben«, sagte er jetzt mit klarer Stimme, »wir werden Frieden haben, wenn Ihr und all Eure Werke vernichtet seid – und die Werke Eures dunklen Herrn, dem ihr uns ausliefern wolltet. Ihr seid ein Lügner, Saruman, und ein Verführer der Herzen der Menschen. Ihr streckt mir die Hand entgegen, und ich erkenne nur einen Finger der Klaue von Mordor. Grausam und kalt! Selbst wenn Euer

Krieg gegen mich gerecht gewesen wäre – was er nicht war, denn wenn ihr zehnmal so klug wäret, hättet Ihr doch kein Recht, mich und mein Reich zu Eurem eigenen Vorteil zu beherrschen, wie Ihr es wünschtet – selbst dann, was werdet Ihr über Eure Feuersbrünste in Westfold sagen und über die Kinder, die dort getötet wurden? Und sie haben Hámas Körper vor den Toren der Hornburg zerhackt, nachdem er tot war. Wenn Ihr an einem Balken Eures Fensters wie an einem Galgen hängt zum Vergnügen Eurer eigenen Krähen, dann werde ich Frieden haben mit Euch und Orthanc. So viel für Eorls Haus. Ein unbedeutender Sohn großer Vorfahren bin ich, aber ich habe es nicht nötig, Euch die Hand zu lecken. Wendet Euch anderswohin. Doch ich fürchte, Eure Stimme hat ihren Zauber verloren.«

Die Reiter starrten zu Théoden hinauf wie Menschen, die aus einem Traum auffahren. Mißtönend wie die Stimme eines alten Raben klang die ihres Herrn in ihren Ohren nach Sarumans Wohllaut. Aber Saruman war eine Weile außer sich vor Zorn. Er beugte sich über das Geländer, als ob er den König mit seinem Stab schlagen wollte. Einigen kam es plötzlich vor, als sähen sie eine Schlange, die sich zusammenrollt, ehe sie ihre Giftzähne in das Opfer schlägt.

»Galgen und Krähen!« zischte er, und es schauderte sie, so abscheulich hatte sich die Stimme verändert. »Schwachsinniger Greis! Was ist Eorls Haus anderes als eine strohgedeckte Scheune, wo Straßenräuber in stinkigem Rauch trinken und ihre Sprößlinge sich zwischen den Hunden auf dem Fußboden sielen? Zu lange sind sie selbst dem Galgen entronnen. Doch der Fallstrick kommt, langsam zieht sich die Schlinge zu, fest und hart zuletzt. Hängt, wen Ihr wollt!« Jetzt änderte sich seine Stimme wieder, während er allmählich seine Selbstbeherrschung zurückgewann. »Ich weiß nicht, warum ich die Geduld aufbringe, mit Euch zu reden. Denn ich brauche Euch nicht, und auch nicht Eure kleine Bande galoppierender Reiter, ebenso bereit zur Flucht wie zum Angriff, Théoden Pferdeherr. Vor langer Zeit bot ich Euch eine Machtstellung an, die Euer Verdienst und Euren Verstand überstieg. Ich habe das Angebot wiederholt, so daß jene, die Ihr in die Irre führt, deutlich sehen können, welcher andere Weg zur Wahl steht. Ihr überschüttet mich mit Prahlereien und Schmähungen. So sei es denn. Kehrt heim in Eure Hütten!

Aber du, Gandalf! Um dich zumindest gräme ich mich, denn deine Schande dauert mich. Wie kommt es, daß du solche Gesellschaft ertragen kannst? Denn du bist stolz, Gandalf – und nicht ohne Verstand, hast einen edlen Sinn und Augen, die sowohl tief als auch weit sehen. Nicht einmal jetzt willst du auf meinen Rat hören?« Gandalf schaute hinauf.

»Was hast du zu sagen, was du nicht schon bei unserer letzten Begegnung gesagt hättest?« fragte er. »Oder vielleicht hast du etwas zu widerrufen?«

Saruman zögerte. »Widerrufen?« widerholte er, als ob er angestrengt nachdächte. »Widerrufen? Ich trachtete, dir zu deinem Nutz und Frommen zu raten, aber du hast kaum zugehört. Du bist stolz und liebst es nicht, Rat zu empfangen, denn du hast fürwahr einen eigenen Schatz an Weisheit. Aber bei jener Gelegenheit irrtest du, glaube ich, und hast meine Absichten bewußt falsch ausgelegt. Ich fürchte, daß ich in meinem Eifer, dich zu überzeugen, die Geduld verlor. Und das bedauere ich wirklich. Denn ich hegte keinen Groll gegen dich, und selbst jetzt hege ich keinen Groll, obwohl du zu mir zurückkehrst in der Gesellschaft von Gewalttätigen und Unwissenden. Wie sollte ich auch? Sind wir nicht beide Mitglieder eines hohen und alten Ordens, des hervorragendsten in Mittelerde? Unsere Freundschaft würde uns beiden zum Nutzen gereichen. Viel könnten wir noch gemeinsam vollbringen, um die Wirren der Welt zu bereinigen. Laß uns einander verstehen und diese geringeren Leute aus unseren Gedanken verbannen! Laß sie unserer Entscheidungen harren! Um des Gemeinwohls willen bin ich bereit, das Gewesene zu berichtigen und dich zu empfangen. Willst du dich nicht mit mir beraten? Willst du nicht heraufkommen?«

So groß war die Macht, die Saruman bei seiner letzten Anstrengung ausübte, daß keiner, der in Hörweite stand, unbeeindruckt blieb. Doch jetzt war die Verzauberung eine völlig andere. Sie hörten die milden Vorwürfe eines gütigen Königs gegen einen irrenden, aber vielgeliebten Diener. Doch waren sie ausgeschlossen, lauschten nur an der Tür auf Worte, die nicht für sie bestimmt waren: unerzogene Kinder oder dumme Dienstboten, die ein schwer verständliches Gespräch der Älteren mitanhören und sich Gedanken darüber machen, wie es sich auf ihr Schicksal auswirken werde. Aus edlerem Holz waren diese beiden geschnitzt: verehrungswürdig und weise. Es war unvermeidlich, daß sie ein Bündnis eingehen würden. Gandalf würde in den Turm hinaufsteigen, um in den hohen Gemächern von Orthanc tiefgründige Dinge zu erörtern, die sie nicht zu begreifen vermochten. Die Tür würde geschlossen werden, und sie würden draußen bleiben, weggeschickt, um die ihnen zugeteilte Arbeit oder Strafe zu erwarten. Selbst in Théodens Geist nahm der Gedanke Gestalt an wie ein Schatten des Zweifels: »Er wird uns verraten; er wird gehen — und wir werden verloren sein.«

Dann lachte Gandalf. Das Trugbild verschwand wie ein Rauchwölkchen.

»Saruman, Saruman!« sagte Gandalf, immer noch lachend. »Saruman, du hast deinen Beruf verfehlt. Du hättest des Königs Hofnarr sein und dein Brot und auch Schläge damit verdienen sollen, daß du seine Ratgeber nachäffst. Du meine Güte!« Er hielt inne, um über seine Heiterkeit hinwegzukommen. »Einander verstehen? Ich fürchte, mich kannst du nicht begreifen. Aber dich, Saruman, verstehe ich jetzt nur zu gut. Deine Beweisführungen und deine Taten habe ich besser im Gedächtnis, als du annimmst. Als ich dich zuletzt besuchte, warst du der Gefängniswärter von Mordor, und dorthin sollte ich geschickt werden. Nein, der Gast, der vom Dach flieht, wird es sich zweimal überlegen, ehe er durch die Tür zurückkommt. Nein, ich glaube nicht, daß ich hinaufkommen werde. Aber höre, Saruman, zum letztenmal! Willst du nicht herunterkommen? Isengart hat sich als weniger stark erwiesen, als du gehofft und dir eingebildet hattest. So mag es auch mit anderen Dingen gehen, auf die du noch vertraust. Wäre es nicht gut, Isengart für eine Weile zu verlassen? Sich vielleicht neuen Dingen zuzuwenden? Überlege es, Saruman! Willst du nicht herunterkommen?«

Ein Schatten zog über Sarumans Gesicht; dann wurde es totenblaß. Ehe er es verbergen konnte, sahen sie hinter der Maske die Seelenqual eines Zweifelnden, der an seiner Zufluchtstätte nicht bleiben will, sich aber fürchtet, sie zu verlassen. Eine Sekunde zögerte er, und alle hielten den Atem an. Dann sprach er, und seine Stimme war schrill und kalt. Stolz und Haß gewannen die Oberhand über ihn.

»Will ich herunterkommen?« spottete er. »Kommt ein unbewaffneter Mann vor die Tür, um mit Räubern zu reden? Ich kann dich von hier aus gut genug hören. Ich bin kein Narr, und ich traue dir nicht, Gandalf. Sie stehen nicht offen auf meiner Treppe, aber ich weiß, wo die wilden Waldgeister auf deinen Befehl lauern.«

»Verräter sind immer argwöhnisch«, antwortete Gandalf müde. »Du brauchst nicht für dein Leben zu fürchten. Ich will dich nicht töten oder verletzen, wie du wissen würdest, wenn du mich wirklich verstündest. Und ich habe die Macht, dich zu schützen. Ich biete dir eine letzte Gelegenheit. Du kannst Orthanc verlassen, frei – wenn du es wünschst.«

»Das klingt gut«, höhnte Saruman. »Ganz und gar nach der Art von Gandalf dem Grauen: so herablassend und so überaus freundlich. Ich zweifle nicht, daß du Orthanc passend und mein Fortgehen zweckdienlich finden würdest. Doch warum sollte ich den Wunsch haben, fortzugehen? Und was meinst du mit ›frei‹? Es gibt Bedingungen, nehme ich an?«

»Gründe für das Fortgehen kannst du von deinen Fenstern aus sehen«, antwortete Gandalf. »Andere werden dir noch einfallen. Deine Diener sind vernichtet und verstreut; deine Nachbarn hast du dir zu Feinden gemacht; und deinen neuen Herrn hast du betrogen oder es wenigstens versucht. Wenn sein Auge sich hierher wendet, wird es das rote Auge des Zorns sein. Aber wenn ich ›frei‹ sage, dann meine ich ›frei‹: frei von Fesseln, Ketten oder Befehl: zu gehen, wohin du willst, sogar — sogar nach Mordor, Saruman, wenn du es wünschst. Doch zuerst wirst du mir den Schlüssel von Orthanc aushändigen, und deinen Stab. Sie sollen Unterpfänder sein für dein Verhalten und dir später zurückgegeben werden, wenn du sie verdienst.«

Sarumans Gesicht wurde leichenblaß, wutverzerrt, und ein rotes Funkeln leuchtete in seinen Augen auf. Er lachte höhnisch. »Später!« rief er, und seine Stimme wurde schrill. »Später! Ja. Wenn du auch die Schlüssel von Barad-dûr selbst hast, nehme ich an; und die Kronen von sieben Königen und die Stäbe der Fünf Zauberer und du dir ein Paar Stiefel besorgt hast, die fünf Nummern größer sind als die, die du jetzt trägst. Ein bescheidener Plan. Kaum einer, bei dem meine Hilfe nötig ist! Ich habe anderes zu tun. Sei kein Narr. Wenn du mit mir verhandeln willst, solange du eine Möglichkeit hast, gehe weg und komme zurück, wenn du nüchtern bist! Und bringe diese Halsabschneider und das kleine Lumpenpack, das an deinen Rockschößen baumelt, nicht wieder mit! Guten Tag!« Er wandte sich um und verließ den Balkon.

»Komm zurück, Saruman!« sagte Gandalf in befehlendem Ton. Zur Verwunderung der anderen wandte sich Saruman wieder um, und als ob er gegen seinen Willen gezogen würde, kam er langsam zu dem eisernen Geländer zurück, stützte sich darauf und atmete mühsam. Sein Gesicht war runzlig und zusammengeschrumpft. Seine Hand umklammerte den schweren schwarzen Stab wie eine Klaue.

»Ich habe dir nicht erlaubt, zu gehen«, sagte Gandalf streng. »Ich bin noch nicht fertig. Du bist ein Narr geworden, Saruman, und dennoch bemitleidenswert. Noch jetzt hättest du von Torheit und Bosheit ablassen und nützlich sein können. Aber du hast dich dafür entschieden, zu bleiben und an den Zielen deiner alten Ränke weiterzunagen. Also bleibe! Aber ich warne dich, du wirst nicht leicht wieder herauskommen. Nicht, ehe die dunklen Hände des Ostens nach dir greifen. Saruman!« rief er, und seine Stimme nahm an Kraft und Nachdruck zu. »Siehe, ich bin nicht Gandalf der Graue, den du betrogen hast. Ich bin Gandalf der Weiße, der vom Tode zurückgekehrt ist. Du hast jetzt keine Farbe, und ich verstoße dich aus dem Orden und aus dem Rat.«

Er hob die Hand und sprach langsam mit einer klaren, kalten Stimme. »Saruman, dein Stab ist zerbrochen.« Man hörte ein Knacken, der Stab zersplitterte in Sarumans Hand, und sein oberes Ende fiel Gandalf vor die

Füße. »Geh!« sagte Gandalf. Mit einem Schrei wich Saruman zurück und kroch davon. In diesem Augenblick wurde ein schwerer, glänzender Gegenstand von oben herabgeschleudert. Er prallte von dem eisernen Geländer ab, als Saruman es gerade verlassen hatte, sauste dicht an Gandalfs Kopf vorbei und fiel auf die Treppenstufe, auf der er stand. Das Geländer gab einen hellen Ton von sich und zerbarst. Die Stufe zersprang und zersplitterte zu glitzernden Bruchstücken. Aber der Ball war unbeschädigt: er rollte die Stufen hinab, eine Kristallkugel, dunkel, von einem inneren Feuer erhellt. Als sie weitersprang zu einem Tümpel, lief Pippin hinterdrein und hob sie auf.

»Dieser Mordbube!« rief Éomer. Aber Gandalf war ungerührt. »Nein, das ist nicht von Saruman geworfen worden«, sagte er, »nicht einmal auf sein Geheiß, glaube ich. Es kam von einem Fenster weiter oben. Ein Abschiedsgeschoß von Herrn Schlangenzunge, vermute ich, aber schlecht gezielt.«

»Vielleicht deshalb schlecht gezielt, weil er sich nicht darüber klar werden konnte, wen er mehr haßte, dich oder Saruman«, sagte Aragorn.

»Das mag wohl sein«, sagte Gandalf. »Geringen Trost werden die beiden darin finden, einander Gesellschaft zu leisten: sie werden sich gegenseitig mit Worten zermürben. Aber die Strafe ist gerecht. Wenn Schlangenzunge jemals aus Orthanc herauskommt, dann ist das mehr, als er verdient.

»Komm, mein Junge, das nehme ich! Ich habe dich nicht aufgefordert, es anzufassen«, rief er, als er sich rasch umdrehte und sah, wie Pippin die Treppe heraufkam, langsam, als ob er eine schwere Last trüge. Er ging ihm entgegen, nahm dem Hobbit hastig die dunkle Kugel ab und verbarg sie in den Falten seines Mantels. »Das werde ich in Verwahrung nehmen«, sagte er. »Dieses Ding hätte Saruman bestimmt nicht gern weggeworfen.«

»Aber vielleicht hat er noch andere Dinge, die er werfen kann«, sagte Gimli. »Wenn dies das Ende der Unterhaltung ist, dann laßt uns wenigstens aus der Steinwurfweite herausgehen!«

»Es ist das Ende«, sagte Gandalf. »Laßt uns gehen.«

Sie kehrten den Türen von Orthanc den Rücken und gingen hinunter. Die Reiter jubelten dem König voll Freude zu und grüßten Gandalf. Sarumans Zauberbann war gebrochen: sie hatten gesehen, wie er auf einen Ruf hin kam und davonkroch, entlassen.

»So, das ist erledigt«, sagte Gandalf. »Jetzt muß ich Baumbart suchen und ihm sagen, wie die Dinge verlaufen sind.«

»Er wird es doch gewiß vermutet haben?« fragte Merry. »Bestand die Wahrscheinlichkeit, daß sie anders ausgehen würden?«

»Nein, es war nicht wahrscheinlich«, antwortete Gandalf, »obwohl es an einem Haar gehangen hatte. Aber ich hatte Gründe, es zu versuchen; einige barmherzige und andere, die es weniger waren. Zum erstenmal wurde Saruman gezeigt, daß die Macht seiner Stimme im Schwinden war. Er kann nicht sowohl Gewaltherrscher als auch Ratgeber sein. Wenn die Zeit für die Verschwörung reif ist, bleibt sie nicht länger geheim. Dennoch geriet er in die Falle und versuchte, mit seinen Opfern einzeln fertigzuwerden, während andere zuhörten. Dann gab ich ihm eine letzte und billige Gelegenheit, sich zu entscheiden: sowohl Mordor als auch seine eigenen Pläne aufzugeben und dadurch Wiedergutmachung zu leisten, daß er uns in unserer Not hilft. Er kennt unsere Not, niemand besser als er. Sehr nützlich hätte er uns sein können. Aber er hat es vorgezogen, uns die Hilfe zu versagen und die Macht von Orthanc zu behalten. Er will nicht dienen, sondern befehlen. Jetzt lebt er in Angst vor dem Schatten von Mordor, und dennoch träumt er davon, den Sturm zu überstehen. Unseliger Narr! Er wird verschlungen werden, wenn die Macht des Ostens ihre Arme nach Isengart ausstreckt. Wir können Orthanc nicht von außen zerstören, aber Sauron — wer weiß, was er tun kann?«

»Und wenn Sauron nicht siegt? Was wirst du ihm dann antun?« fragte Pippin.

»Ich? Nichts!« sagte Gandalf. »Ich will ihm nichts antun. Ich trachte nicht nach Herrschaft. Was aus ihm werden wird? Das kann ich nicht sagen. Es grämt mich, daß so vieles, was gut war, nun in dem Turm verrottet. Immerhin sind die Dinge für uns nicht schlecht gegangen. Seltsam sind die Wendungen des Schicksals! Oft schadet Haß sich selbst! Ich stelle mir vor, selbst wenn wir hineingegangen wären, hätten wir nur wenig Schätze in Orthanc finden können, die kostbarer wären als das Ding, das Schlangenzunge auf uns herabgeworfen hat.«

Ein schriller Schrei, der plötzlich abbrach, kam aus einem offenen Fenster hoch oben.

»Es scheint, daß Saruman das auch findet«, sagte Gandalf. »Überlassen wir sie sich selbst!«

Sie kehrten nun zu dem zerstörten Tor zurück. Kaum waren sie unter dem Gewölbebogen hindurchgegangen, als Baumbart und ein Dutzend anderer Ents aus den Schatten der aufgehäuften Steine, wo sie gestanden hatten, herauskamen. Aragorn, Gimli und Legolas starrten sie verwundert an.

»Hier sind drei meiner Gefährten, Baumbart«, sagte Gandalf. »Ich habe von ihnen gesprochen, aber Ihr habt sie noch nicht gesehen.« Er nannte ihre Namen.

Der Alte Ent sah sie lange und forschend an und sprach dann nacheinander mit ihnen. Zuletzt wandte er sich an Legolas. »So seid Ihr also den ganzen Weg von Düsterwald hergekommen, mein guter Elb? Ein sehr großer Wald war es einst!«

»Und ist es noch«, sagte Legolas. »Aber nicht so groß, daß wir, die wir dort leben, es je müde würden, neue Bäume zu sehen. Ich würde überaus gern in Fangorns Wald wandern. Ich bin kaum über seinen Saum hinausgelangt und hatte nicht den Wunsch, umzukehren.«

Baumbarts Augen strahlten vor Freude. »Ich hoffe, Euer Wunsch wird Euch erfüllt, ehe die Berge viel älter sind«, sagte er.

»Ich werde kommen, wenn ich Gelegenheit habe«, sagte Legolas. »Ich habe ein Abkommen mit meinem Freund getroffen, daß wir, wenn alles gut geht, gemeinsam Fangorn besuchen — mit Eurer Erlaubnis.«

»Jeder Elb, der mit Euch kommt, wird willkommen sein«, sagte Baumbart.

»Der Freund, von dem ich spreche, ist kein Elb«, sagte Legolas. »Ich meine Gimli, Glóins Sohn, hier.« Gimli verbeugte sich tief, und die Axt rutschte aus seinem Gürtel und fiel klirrend auf den Boden.

»Hum, hm! Je nun«, sagte Baumbart und blickte ihn finster an. »Ein Zwerg und Axtträger! Hum! Ich bin den Elben wohlgesinnt, aber Ihr verlangt viel. Das ist eine seltsame Freundschaft!«

»Seltsam mag sie erscheinen«, sagte Legolas. »Aber solange Gimli lebt, werde ich nicht allein nach Fangorn kommen. Seine Axt ist nicht für Bäume, sondern für Orknacken, o Fangorn, Herr von Fangorns Wald. Zweiundvierzig erschlug er in der Schlacht.«

»Hu! Sachte, sachte!« sagte Baumbart. »Das hört sich besser an! Nun, die Dinge werden ihren Lauf nehmen; es ist nicht nötig, ihnen entgegenzueilen. Aber jetzt müssen wir uns für eine Weile trennen. Der Tag nähert sich seinem Ende, doch Gandalf sagt, Ihr müßtet vor Einbruch der Nacht fortreiten, und der Herr der Mark ist ungeduldig, nach Hause zu kommen.«

»Ja, wir müssen gehen, und zwar gleich«, sagte Gandalf. »Ich fürchte, ich muß Euch Eure Torhüter fortnehmen. Aber Ihr werdet auch ohne sie ganz gut zurechtkommen.«

»Das werde ich vielleicht«, sagte Baumbart. »Aber ich werde sie vermissen. Wir sind in so kurzer Zeit Freunde geworden, daß ich glaube, ich werde allmählich hastig — vielleicht wachse ich rückwärts wieder der

Jugend entgegen. Aber jedenfalls waren sie die ersten neuen Lebewesen unter der Sonne oder dem Mond, die ich seit so manchem langen, langen Tag gesehen habe. Ich habe ihre Namen der Langen Liste angefügt. Die Ents werden sie sich merken.

Ents, die Erdsprosse, alt wie die Berge,
Weithin wandernde Wassertrinker,
Und hungrig wie Jäger die Hobbitkinder,
Das lachende Völkchen, die kleinen Leute,

und sie sollen Freunde bleiben, solange Blätter neu entstehen. Lebt wohl! Aber wenn ihr oben in eurem erfreulichen Land, im Auenland, Neues hört, dann gebt mir Bescheid! Ihr wißt, was ich meine, wenn ihr von den Entfrauen etwas hört oder seht. Kommt selbst, wenn ihr könnt!«

»Das werden wir«, sagten Merry und Pippin aus einem Munde, und sie wandten sich rasch ab. Baumbart schaute sie an, schwieg eine Weile und schüttelte nachdenklich den Kopf. Dann wandte er sich an Gandalf.

»Saruman wollte also nicht fortgehen?« fragte er. »Ich hatte es auch nicht angenommen. Sein Herz ist so verstockt wie das eines schwarzen Huorn. Indes, wäre ich besiegt und alle meine Bäume vernichtet worden, würde ich auch nicht herauskommen, wenn ich noch ein dunkles Loch hätte, um mich darin zu verstecken.«

»Nein«, sagte Gandalf. »Aber Ihr habt auch nicht Ränke geschmiedet, um die ganze Welt mit Euren Bäumen zu bedecken und alle anderen Lebewesen zu ersticken. Aber so ist es nun, Saruman bleibt hier, um seinen Haß zu nähren und wieder solche Netze zu spinnen, wie er vermag. Er hat den Schlüssel von Orthanc. Aber er darf nicht entfliehen.«

»Wirklich nicht! Dafür werden die Ents sorgen«, sagte Baumbart. »Saruman soll nicht den Fuß über den Felsen hinaus setzen ohne meine Erlaubnis. Die Ents werden ihn bewachen.«

»Gut«, sagte Gandalf. »Das hatte ich gehofft. Jetzt kann ich gehen und mich anderen Dingen zuwenden und habe eine Sorge weniger. Aber Ihr müßt vorsichtig sein. Das Wasser ist gesunken. Es wird nicht genug sein, Wachen um den Turm aufzustellen, fürchte ich. Ich zweifle nicht daran, daß tiefe Gänge unter Orthanc gegraben worden sind und Saruman hofft, dort bald unbemerkt ein- und ausgehen zu können. Wenn Ihr die Mühe auf Euch nehmen wollt, dann bitte ich Euch, das Wasser wieder hineinfließen zu lassen, und zwar so lange, bis Isengart zu einem stehenden Gewässer geworden ist oder Ihr die Ausgänge entdeckt. Wenn alle unterirdischen Räume überflutet und die Ausgänge versperrt sind, dann muß Saruman oben bleiben und aus den Fenstern gucken.«

»Überlaßt es den Ents!« sagte Baumbart. »Wir werden das Tal von oben bis unten absuchen und unter jedem Kieselstein nachschauen. Es kommen wieder Bäume her, um hier zu leben, alte Bäume, wilde Bäume. Den Wachtwald werden wir ihn nennen. Nicht ein Eichhörnchen wird hier herumlaufen, ohne daß ich davon weiß. Überlaßt es den Ents! Ehe nicht die Jahre, in denen er uns gequält hat, siebenmal verstrichen sind, werden wir nicht müde werden, ihn zu bewachen.«

ELFTES KAPITEL

DER PALANTÍR

Die Sonne sank hinter dem langen westlichen Ausläufer des Gebirges, als Gandalf und seine Gefährten und der König mit seinen Reitern von Isengart aufbrachen.

Gandalf setzte Merry hinter sich, und Aragorn nahm Pippin. Zwei der Mannen des Königs wurden vorausgeschickt, und sie ritten rasch und waren bald unten im Tal und außer Sichtweite. Die anderen folgten in gemächlichem Schritt.

In einer feierlichen Reihe standen Ents wie Statuen am Tor, sie hatten ihre langen Arme gehoben, gaben aber keinen Ton von sich. Merry und Pippin blickten zurück, als sie die gewundene Straße ein Stück hinuntergeritten waren. Noch schien die Sonne am Himmel, aber lange Schatten lagen über Isengart: graue Trümmer, die in der Dunkelheit versanken. Baumbart stand jetzt allein dort wie der ferne Stumpf eines alten Baums: die Hobbits dachten an ihre erste Begegnung auf dem sonnigen Felsvorsprung weit entfernt an Fangorns Grenzen.

Sie kamen zu der Säule der Weißen Hand. Die Säule stand noch, aber die gemeißelte Hand war heruntergeworfen worden und in kleine Stücke zersprungen. Genau in der Mitte der Straße lag der Zeigefinger, weiß in der Dämmerung, sein roter Nagel verdunkelte sich zu schwarz.

»Die Ents achten auf jede Einzelheit«, sagte Gandalf.

Sie ritten weiter, und der Abend senkte sich auf das Tal.

»Reiten wir heute abend weit, Gandalf?« fragte Merry nach einer Weile. »Ich weiß nicht, wie dir zumute ist, wenn kleines Lumpenpack hinter dir baumelt; aber das Lumpenpack ist müde und wird froh sein, mit Baumeln aufzuhören und sich hinzulegen.«

»Du hast das also gehört?« fragte Gandalf. »Laß es dich nicht verdrießen! Sei dankbar, daß keine längeren Worte an dich gerichtet wurden. Er hatte euch im Auge. Wenn das ein Trost ist für deinen Stolz, dann würde ich sagen, daß er im Augenblick mehr an dich und Pippin denkt als an alle anderen von uns. Wer ihr seid; wie ihr dorthin kamt und warum; was ihr wißt; ob ihr gefangengenommen worden wart, und wenn ja, wie ihr entkamt, als alle Orks zugrunde gingen — von solchen kleinen Rätseln wird Sarumans großer Geist geplagt. Eine höhnische Bemerkung von ihm, Meriadoc, ist eine Schmeichelei, wenn du dich durch seine Anteilnahme geehrt fühlst.«

»Danke!« sagte Merry. »Aber es ist eine größere Ehre, an deinen Rockschößen zu baumeln, Gandalf. Erstens einmal hat man in dieser Lage Gelegenheit, eine Frage ein zweites Mal zu stellen. Reiten wir heute abend weit?«

Gandalf lachte. »Nicht kleinzukriegen, dieser Hobbit! Alle Zauberer sollten in ihrer Obhut ein oder zwei Hobbits haben, die die Zauberer die Bedeutung des Worts lehren und sie verbessern. Ich bitte um Entschuldigung. Aber ich habe mir sogar über diese einfachen Dinge Gedanken gemacht. Wir werden noch ein paar Stunden weiterreiten, gemächlich, bis wir zum Ende des Tals kommen. Morgen müssen wir schneller reiten.

Als wir kamen, hatten wir vor, von Isengart aus schnurstracks über die Ebene zum Haus des Königs in Edoras zurückzukehren, ein Ritt von ein paar Tagen. Aber wir haben es uns überlegt und den Plan geändert. Boten sind schon nach Helms Klamm unterwegs, um die Rückkehr des Königs für morgen anzukündigen. Von dort wird er mit vielen Mannen auf Pfaden durch die Berge nach Dunharg reiten. Von nun an sollen nie mehr als zwei oder drei zusammen offen über Land gehen, bei Tage oder Nacht, wenn es sich vermeiden läßt.«

»Nichts oder eine doppelte Zuteilung, das ist deine Art!« sagte Merry. »Ich fürchte, ich schaue nicht weiter als bis zum Bett heute nacht. Wo und was ist Helms Klamm und alles andere? Ich weiß nicht das Geringste über dieses Land.«

»Dann lernst du besser etwas, wenn du begreifen willst, was geschieht. Aber nicht gerade jetzt und nicht von mir: ich muß über zu viele dringende Dinge nachdenken.«

»Gut, ich werde mich am Lagerfeuer an Streicher heranmachen: er ist weniger reizbar. Aber warum all diese Geheimhaltung? Ich dachte, wir hätten die Schlacht gewonnen?«

»Ja, wir haben gewonnen, aber nur den ersten Sieg errungen, und das vergrößert an sich schon unsere Gefahr. Es gab irgendein Bindeglied zwischen Isengart und Mordor, das ich noch nicht ergründet habe. Wie sie Nachrichten austauschten, weiß ich nicht genau, aber sie taten es. Das Auge von Barad-dûr wird ungeduldig nach dem Zauberer-Tal blicken, glaube ich; und nach Rohan. Je weniger es sieht, um so besser.«

Die Straße zog sich langsam ins Tal hinunter. Einmal entfernter, einmal näher floß der Isen in seinem steinigen Bett. Die Nacht kam vom

Gebirge herab. Der ganze Nebel hatte sich gehoben. Ein kalter Wind blies. Der zunehmende Mond, jetzt schon fast voll, erfüllte den östlichen Himmel mit einem bleichen, kühlen Schein. Die Schultern des Gebirges zu ihrer Rechten fielen ab in kahle Berge. Die weite Ebene erschloß sich grau vor ihnen.

Schließlich hielten sie an. Dann verließen sie die Straße und ritten auf dem lieblichen Hochlandgras weiter. Nach einer Meile in westlicher Richtung kamen sie zu einem schmalen Tal. Es öffnete sich nach Süden und schmiegte sich an den Hang des runden Dol Baran, des letzten Bergs der nördlichen Kette, grün an seinem Fuß, der Gipfel mit Heide bestanden. Die Talseiten waren überwuchert von vorjährigen Farnwedeln, und zwischen ihnen stießen die fest zusammengerollten Frühjahrstriebe gerade durch die süßduftende Erde. Dornbüsche standen dicht auf den unteren Hängen, und unter ihnen schlugen sie ihr Lager auf, zwei Stunden etwa vor der Mitternacht. In einer Mulde zündeten sie ein Feuer an, zwischen den Wurzeln eines ausladenden Weißdorns, groß wie ein Baum, gekrümmt vom Alter, aber gesund in jedem Ast. Knospen schwellten an jeder Zweigspitze.

Posten wurden aufgestellt, jeweils zwei für eine Wache. Die übrigen hüllten sich, nachdem sie zu Abend gegessen hatten, in einen Mantel und eine Decke und schliefen. Die Hobbits lagen für sich allein in einem Winkel auf einem Haufen von altem Farn. Merry war schläfrig, aber Pippin schien seltsam unruhig. Der Farn knackte und raschelte, während er sich herumwarf und -wälzte.

»Was ist los?« fragte Merry. »Liegst du auf einem Ameisenhaufen?«

»Nein«, sagte Pippin, »aber es ist so unbehaglich. Ich möchte mal wissen, wie lange es her ist, daß ich in einem Bett geschlafen habe?«

Merry gähnte. »Zähl es an den Fingern ab!« sagte er. »Du mußt doch wissen, wie lange es her ist, daß wir Lórien verließen.«

»Ach, das«, sagte Pippin. »Ich meine ein richtiges Bett in einem Schlafzimmer.«

»Na, dann Bruchtal«, sagte Merry. »Aber ich könnte heute überall schlafen.«

»Du hast Glück gehabt, Merry«, sagte Pippin leise nach einer Pause. »Du bist mit Gandalf geritten.«

»Na und?«

»Hast du irgendwelche Neuigkeiten, irgendwelche Aufklärungen aus ihm herausgeholt?«

»Ja, eine ganze Menge. Mehr als gewöhnlich. Aber du hast es alles oder das meiste davon gehört. Du warst ganz in der Nähe, und wir haben keine Geheimnisse ausgetauscht. Aber morgen kannst du mit ihm reiten, wenn du glaubst, daß du mehr aus ihm herausholen kannst — und wenn er dich haben will.«

»Kann ich? Gut! Aber er ist zugeknöpft, nicht wahr? Er hat sich ganz und gar nicht geändert.«

»Oh doch«, sagte Merry und wachte ein bißchen auf. Er begann sich zu fragen, was seinen Gefährten eigentlich quälte. »Er ist gewachsen oder so etwas Ähnliches. Er kann sowohl freundlicher als auch beängstigender, sowohl fröhlicher als auch feierlicher sein als früher, glaube ich. Er hat sich verändert, nur haben wir noch keine Gelegenheit gehabt, festzustellen, wie sehr. Aber denke doch an den letzten Teil der Sache mit Saruman! Erinnere dich, daß Saruman einst Gandalfs Oberer war: der Oberste des Rats, was immer das genau sein mag. Er war Saruman der Weiße. Gandalf ist jetzt der Weiße. Saruman kam, als es ihm befohlen wurde, und sein Stab wurde ihm genommen; und dann wurde ihm einfach befohlen, zu gehen, und er ging!«

»Na, wenn Gandalf sich überhaupt geändert hat, dann ist er zugeknöpfter denn je, das ist alles«, behauptete Pippin. »Dieser — Glasball zum Beispiel. Er scheint mächtig erfreut darüber zu sein. Er weiß oder vermutet etwas darüber. Aber sagt er uns, was? Nein, nicht ein Wort. Immerhin habe ich ihn aufgehoben und davor bewahrt, in einen Tümpel zu rollen. *Komm, mein Junge, das nehme ich* — das war alles. Ich möchte gern wissen, was für ein Ding das ist. Es war so sehr schwer.« Pippin wurde ganz leise, als ob er ein Selbstgespräch führte.

»Ach so«, sagte Merry, »das ist es, was dich plagt? Nun Pippin, mein Junge, vergiß nicht Gildors Ausspruch — den Sam immer anführte: *Misch dich nicht in die Angelegenheiten von Zauberern ein, denn sie sind schwierig und rasch erzürnt.*«

»Aber seit Monaten war unser ganzes Leben nur ein einziges Einmischen in die Angelegenheiten von Zauberern«, sagte Pippin. »Ich hätte gern ein paar Auskünfte und nicht nur Gefahr. Ich würde mir den Ball gern mal genau ansehen.«

»Schlaf jetzt!« sagte Merry. »Früher oder später wirst du genug erfahren. Mein lieber Pippin, kein Tuk hat jemals einen Brandybock an Neugier übertroffen; aber ist das jetzt der richtige Zeitpunkt?«

»Schon gut! Was schadet es, wenn ich dir sage, was ich gern möchte: einen Blick auf diesen Stein werfen? Ich weiß, daß ich ihn nicht haben kann, weil der alte Gandalf draufsitzt wie eine Henne auf dem Ei. Aber es hilft mir nicht viel, wenn ich von dir nichts höre, als *du kannst es nicht haben, also schlaf!*«

»Was könnte ich sonst sagen?« fragte Merry. »Es tut mir leid, Pippin, aber du mußt wirklich bis zum Morgen warten. Nach dem Frühstück werde ich ebenso neugierig sein wie du und auf jede nur mögliche Weise behilflich sein beim Zauberer-Beschwatzen. Aber ich kann jetzt nicht länger wachbleiben. Wenn ich noch einmal gähne, werde ich Kiefersperre bekommen. Gute Nacht!«

Pippin sagte nichts mehr. Er lag jetzt still, doch der Schlaf wollte nicht kommen; und er wurde auch nicht gefördert durch das leise Atemgeräusch von Merry, der ein paar Minuten, nachdem er Gute Nacht gesagt hatte, eingeschlafen war. Der Gedanke an die dunkle Kugel schien stärker zu werden, als alles ruhig wurde. Pippin spürte wieder ihr Gewicht in den Händen und sah wieder die geheimnisvolle rote Tiefe, in die er einen Augenblick geschaut hatte. Er warf sich hin und her und versuchte, an etwas anderes zu denken.

Schließlich konnte er es nicht länger ertragen. Er stand auf und schaute sich um. Es war kühl, und er zog seinen Mantel um sich. Der Mond schien kalt und weiß unten in dem engen Tal, und die Schatten der Büsche waren schwarz. Ringsum lagen schlafende Gestalten. Die beiden Wachen waren nicht zu sehen: vielleicht waren sie oben auf dem Berg oder im Farn verborgen. Von irgendeinem plötzlichen Drang getrieben, den er nicht verstand, ging Pippin leise zu der Stelle, wo Gandalf lag. Er blickte auf ihn hinunter. Der Zauberer schien zu schlafen, aber er hatte die Lider nicht ganz geschlossen: da war ein Glitzern von Augen unter den langen Wimpern. Pippin trat rasch zurück. Aber Gandalf rührte sich nicht; und wiederum vorwärtsgetrieben, halb gegen seinen Willen, kroch der Hobbit hinter dem Kopf des Zauberers heran. Gandalf war in eine Decke eingerollt und hatte seinen Mantel darüber gebreitet; und dicht neben ihm, zwischen seiner rechten Seite und dem angewinkelten Arm, war ein Hügelchen, etwas Rundes, in ein dunkles Tuch gehüllt; Gandalfs Hand schien gerade erst heruntergeglitten zu sein und lag jetzt auf dem Boden.

Mit angehaltenem Atem kroch Pippin näher, Fuß um Fuß. Schließlich kniete er sich hin. Verstohlen streckte er die Hände vor und hob den Klumpen langsam hoch: er schien jetzt nicht so schwer zu sein, wie er erwartet hatte. »Also vielleicht doch bloß ein Lumpenbündel«, dachte er mit einem seltsamen Gefühl der Erleichterung; aber er legte das Bündel nicht wieder hin. Einen Augenblick blieb er stehen. Dann kam ihm ein Gedanke. Er schlich auf Zehenspitzen weg und kam mit einem großen Stein zurück.

Rasch zog er jetzt das Tuch ab, hüllte den Stein darin ein, kniete sich wieder hin und legte ihn neben die Hand des Zauberers. Dann endlich sah er sich das Ding an, das er ausgewickelt hatte. Da war es: eine glatte Kristallkugel, dunkel jetzt und erloschen, lag bloß vor seinen Knien. Pippin hob sie auf, bedeckte sie hastig mit seinem Mantel und hatte sich schon halb umgedreht, um wieder zu seiner Lagerstatt zu gehen. In diesem Augenblick bewegte sich Gandalf im Schlaf und murmelte einige Wörter: sie schienen aus einer fremden Sprache zu sein; er streckte die Hand aus und umklammerte den eingewickelten Stein, dann seufzte er und bewegte sich nicht mehr.

»Du alberner Tor!« murmelte Pippin zu sich selbst. »Du bringst dich in furchtbare Schwierigkeiten. Leg das Ding schnell wieder hin.« Aber jetzt merkte er, daß seine Knie zitterten, und er wagte nicht, nah genug zu dem Zauberer hinzugehen, um das Bündel zu erreichen. »Nun kann ich es nicht wieder zurücklegen«, dachte er, »ohne ihn zu wecken, nicht, ehe ich ein bißchen ruhiger bin. Also kann ich es mir auch erst mal betrachten. Allerdings nicht gerade hier.« Er stahl sich davon und setzte sich auf ein Grashügelchen nicht weit von seiner Lagerstatt. Der Mond schien jetzt über den Rand des Tals herein.

Pippin hatte die Knie angezogen und hielt den Ball zwischen ihnen. Er beugte sich tief darüber und sah aus wie ein naschhaftes Kind, das sich in einem Winkel fern von den anderen über eine Schüssel mit Essen hermacht. Er zog seinen Mantel beiseite und starrte auf den Ball. Die Luft schien still und spannungsgeladen zu sein. Zuerst war die Kugel dunkel, schwarz wie Pechkohle, und das Mondlicht glänzte auf ihrer Oberfläche. Dann kamen ein schwaches Glühen und eine Bewegung in ihrer Mitte, und die Kugel hielt Pippins Augen fest, so daß er jetzt nicht wegschauen konnte. Bald schien das ganze Innere zu brennen; der Ball drehte sich, oder die Lichter innen kreisten. Plötzlich gingen die Lichter aus. Pippin keuchte und wehrte sich; aber er blieb vorgebeugt sitzen und umklammerte den Ball mit beiden Händen. Tiefer und immer tiefer beugte er sich und wurde dann steif; seine Lippen bewegten sich eine Weile lautlos. Dann fiel er mit einem Schrei zurück und lag still.

Der Schrei war durchdringend. Die Wachen sprangen vom Abhang auf. Bald war das ganze Lager auf den Beinen.

»So, das ist der Dieb!« sagte Gandalf. Hastig warf er seinen Mantel über die Kugel und ließ sie liegen. »Aber du, Pippin! Das ist eine schmerzliche Wendung der Dinge!« Er kniete neben Pippin nieder. Der Hobbit lag reglos auf dem Rücken und starrte mit leerem Blick zum Himmel empor. »Diese Teufelei! Welches Unheil hat er angerichtet – für sich selbst und uns alle?« Das Gesicht des Zauberers war verzerrt und verstört.

Er nahm Pippins Hand, beugte sich über sein Gesicht und horchte, ob er atme; dann legte er ihm die Hand auf die Stirn. Der Hobbit erschauerte. Seine Augen schlossen sich. Er schrie auf; und während er sich aufsetzte, starrte er bestürzt auf all die Gesichter um ihn, die bleich waren im Mondlicht.

»Er ist nicht für dich, Saruman!« rief er mit schriller und tonloser Stimme und wich vor Gandalf zurück. »Ich werde sofort danach schicken. Verstehst du? Sage nur das!« Dann versuchte er aufzustehen und zu fliehen, aber Gandalf hielt ihn sanft fest.

»Peregrin Tuk!« sagte er. »Komm zurück!«

Der Hobbit entspannte sich, ließ sich zurückfallen und umklammerte die Hand des Zauberers. »Gandalf!« rief er. »Gandalf, verzeih mir!«

»Verzeihen?« sagte der Zauberer. »Sag mir erst, was du getan hast!«

»Ich ... ich habe den Ball genommen und ihn angeschaut«, stammelte Pippin. »Und ich sah Dinge, die mich erschreckten. Und ich wollte weggehen, aber ich konnte nicht. Und dann kam er und verhörte mich, und er sah mich an und – und das ist alles, woran ich mich erinnere.«

»Das genügt nicht«, sagte Gandalf streng. »Was hast du gesehen und was hast du gesagt?«

Pippin schloß die Augen und zitterte, sagte aber nichts. Sie alle starrten ihn schweigend an, nur Merry wandte sich ab. Aber Gandalfs Gesicht war immer noch hart. »Rede!« sagte er.

Mit leiser, zögernder Stimme begann Pippin, und langsam wurden seine Worte klarer und nachdrücklicher. »Ich sah einen dunklen Himmel und hohe Festungsmauern«, sagte er. »Und winzige Sterne. Es schien sehr weit weg und vor langer Zeit, und dennoch scharf und deutlich. Dann leuchteten die Sterne auf und verschwanden – sie wurden verdeckt von Lebewesen mit Flügeln. Sehr großen, glaube ich, in Wirklichkeit; aber in dem Glas sahen sie wie Fledermäuse aus, die um den Turm schwirrten. Ich glaubte, es seien neun. Eines begann stracks auf mich zuzufliegen und wurde größer und größer. Es hatte ein entsetzliches – nein, nein! Ich kann es nicht sagen.

Ich versuchte fortzukommen, weil ich glaubte, es würde herausfliegen; aber als es die ganze Kugel bedeckte, verschwand es. Dann kam *er*. Er sprach nicht, so daß ich keine Worte hören konnte. Er schaute nur, und ich verstand.

›So, du bist also zurückgekommen? Warum hast du es so lange unterlassen, Bericht zu erstatten?‹

Ich antwortete nicht. Er sagte: ›Wer bist du?‹ Ich antwortete immer noch nicht, aber es tat entsetzlich weh; und er bedrängte mich, deshalb sagte ich: ›Ein Hobbit‹.

Dann schien er mich plötzlich zu sehen, und er lachte mich aus. Es war grausam. Es war, als ob ich von Dolchen durchbohrt würde. Ich wehrte mich. Aber er sagte: ›Warte einen Augenblick. Wir werden uns bald wiedertreffen. Sage Saruman, diese Köstlichkeit ist nicht für ihn. Ich werde sofort danach schicken. Verstehst du? Sage nur das!‹ Dann starrte er mich hämisch an. Ich hatte das Gefühl, als ob ich zerbreche. Nein, nein! Ich kann nicht mehr sagen. Ich erinnere mich an sonst nichts.«

»Schau mich an!« sagte Gandalf.

Pippin sah ihm unmittelbar in die Augen. Schweigend hielt der Zauberer seinen Blick eine kurze Weile fest. Dann wurde sein Gesicht freundlicher, und der Schatten eines Lächelns erschien. Er legte Pippin sanft die Hand auf den Kopf.

»Es ist gut«, sagte er. »Sage nichts mehr. Du hast keinen Schaden davongetragen. Es ist keine Lüge in deinen Augen, wie ich gefürchtet hatte. Aber er hat nicht lange mit dir gesprochen. Ein Narr, aber ein ehrlicher Narr bleibst du, Peregrin Tuk. Klügere hätten in einer solchen Lage vielleicht Schlimmeres angerichtet. Aber merke dir das! Du und auch alle deine Freunde, ihr seid durch einen glücklichen Zufall, wie man das nennt, gerettet worden. Du kannst nicht ein zweites Mal darauf rechnen. Wenn er dich gleich und auf der Stelle verhört hätte, dann hättest du fast gewiß alles gesagt, was du weißt, zu unser aller Verderben. Aber er war zu habgierig. Er wollte nicht nur Auskünfte: er wollte *dich*, und zwar rasch, um sich in aller Ruhe im Dunklen Turm mit dir zu befassen. Schaudere nicht! Wenn du dich in die Angelegenheiten von Zauberern einmischen willst, dann mußt du bereit sein, an solche Dinge zu denken. Doch laß es gut sein. Ich verzeihe dir. Sei getrost! Die Dinge haben sich als nicht so schlimm erwiesen, wie sie hätten sein können.«

Er hob Pippin sanft auf und trug ihn zu seiner Lagerstatt. Merry folgte ihm und setzte sich neben Pippin. »Bleibe liegen und ruhe dich aus, Pippin, wenn du kannst«, sagte Gandalf. »Vertraue mir. Wenn du wieder ein Jucken in den Händen verspürst, sage es mir! Dergleichen kann geheilt werden. Aber jedenfalls, mein lieber Hobbit, lege mir nicht wieder einen Felsbrocken unter den Ellbogen. So, jetzt werde ich euch beide eine Weile allein lassen.«

Damit kehrte Gandalf zu den anderen zurück, die immer noch besorgt und nachdenklich bei dem Orthanc-Stein standen. »Gefahr kommt in der

Nacht, wenn man es am wenigsten erwartet«, sagte er. »Wir sind mit knapper Not davongekommen!«

»Wie geht es Pippin, dem Hobbit?« fragte Aragorn.

»Ich glaube, es wird jetzt alles gut sein«, antwortete Gandalf. »Er wurde nicht lange festgehalten, und Hobbits haben ein erstaunliches Erholungsvermögen. Die Erinnerung oder der Schrecken davon werden wahrscheinlich rasch verblassen. Zu rasch vielleicht. Willst du, Aragorn, den Orthanc-Stein nehmen und ihn behüten? Es ist eine gefährliche Verantwortung.«

»Gefährlich fürwahr, aber nicht für alle«, sagte Aragorn. »Es gibt einen, der von Rechts wegen Anspruch auf ihn erheben kann. Denn dies ist der *Palantír* von Orthanc aus Elendils Schatz, den die Könige von Gondor dort hingebracht haben. Jetzt rückt meine Stunde näher. Ich werde ihn nehmen.«

Gandalf sah Aragorn an, und zur Überraschung der übrigen hob er dann den bedeckten Stein auf und verneigte sich, als er ihn überreichte.

»Empfangt ihn, Herr«, sagte er, »als Vorboten anderer Dinge, die zurückgegeben werden sollen. Aber wenn ich Euch für den Gebrauch Eures Eigentums einen Rat geben darf, so gebraucht ihn nicht – noch nicht. Seid vorsichtig!«

»Wann bin ich hastig oder unvorsichtig gewesen, der ich so viele lange Jahre gewartet und mich vorbereitet habe?« fragte Aragorn.

»Niemals bisher. Dann strauchelt nicht am Ende des Wegs«, antwortete Gandalf. »Doch zumindest haltet dieses Ding geheim. Ihr und alle anderen, die hier stehen! Der Hobbit Peregrin sollte vor allem nicht wissen, wo es aufbewahrt wird. Die böse Anwandlung mag ihn wieder überkommen. Denn leider hat er den Stein in der Hand gehabt und hineingeschaut, was niemals hätte geschehen dürfen. Er hätte ihn in Isengart nicht berühren sollen, und ich hätte rascher sein müssen. Aber meine Gedanken waren auf Saruman gerichtet, und ich erriet die Art des Steins erst, als es zu spät war. Erst jetzt bin ich mir über ihn klargeworden.«

»Ja, es kann kein Zweifel bestehen«, sagte Aragorn. »Zumindest kennen wir jetzt das Bindeglied zwischen Isengart und Mordor und wie es wirkte. Viel ist damit erklärt.«

»Seltsame Kräfte haben unsere Feinde, und seltsame Schwächen«, sagte Théoden. »Aber es gibt einen alten Spruch: *Oft wird böser Wille Böses vereiteln.*«

»Das hat man viele Male erlebt«, sagte Gandalf. »Aber diesmal haben wir merkwürdiges Glück gehabt. Es könnte sein, daß ich durch den Hobbit vor einem schweren Fehler bewahrt wurde. Ich hatte darüber nachgedacht, ob ich diesen Stein selbst erproben sollte oder nicht, um seine Verwendungszwecke herauszufinden. Hätte ich das getan, dann hätte ich mich ihm offenbart. Noch bin ich nicht bereit für eine solche Prüfung, falls ich es wirklich je sein werde. Aber selbst wenn ich die Kraft gehabt hätte, mich zurückzuziehen, wäre es verhängnisvoll gewesen, wenn er mich gesehen hätte, jetzt schon – ehe die Stunde kommt, da Geheimhaltung nicht länger nützt.«

»Diese Stunde ist jetzt gekommen, glaube ich«, sagte Aragorn.

»Noch nicht«, sagte Gandalf. »Es bleibt eine kurze Zeit des Zweifels, die wir ausnützen müssen. Der Feind glaubt, das ist klar, daß der Stein in Orthanc sei – warum sollte er das auch nicht glauben? Und daß daher der Hobbit dort gefangen war und von Saruman, der ihn foltern wollte, gezwungen wurde, in das Glas zu schauen. Dieser dunkle Geist wird jetzt erfüllt sein von der Stimme und dem Gesicht des Hobbits und von Erwartung: es mag einige Zeit dauern, bis er seinen Irrtum erkennt. Wir müssen diese Zeit wahrnehmen. Wir sind zu gemächlich gewesen. Wir müssen aufbrechen. Die Nachbarschaft von Isengart ist keine Gegend, in der man sich aufhalten sollte. Ich werde sofort mit Peregrin Tuk vorausreiten. Für ihn wird es besser sein, als im Dunkeln zu liegen, während andere schlafen.«

»Ich will Éomer und zehn Reiter hier behalten«, sagte der König. »Sie sollen früh am Tag mit mir reiten. Die übrigen können mit Aragorn mitgehen und reiten, sobald ihnen der Sinn danach steht.«

»Wie Ihr wollt«, sagte Gandalf. »Aber begebt Euch, so schnell Ihr könnt, in den Schutz der Berge, nach Helms Klamm.«

In diesem Augenblick fiel ein Schatten auf sie. Das helle Mondlicht war plötzlich gleichsam abgeschnitten. Einige der Reiter schrien laut auf und duckten sich und hielten die Arme über den Kopf, als wollten sie einen Schlag von oben abwehren: eine blinde Furcht und eine Todeskälte befiel sie. Kauernd blickten sie auf. Eine riesige, geflügelte Gestalt zog wie eine schwarze Wolke vor dem Mond vorbei. Kreisend schwenkte sie nach Norden ab und flog mit größerer Geschwindigkeit als jeder Wind von Mittelerde. Die Sterne verblaßten vor ihr. Sie war fort.

Sie standen auf, starr wie Steine. Gandalf blickte nach oben, die Arme nach unten ausgestreckt, die Hände zur Faust geballt.

»Nazgûl!« rief er. »Der Bote von Mordor. Der Sturm kommt. Die Nazgûl haben den Fluß überquert. Reitet, reitet! Wartet nicht auf die Morgendämmerung! Laßt nicht die Schnellen auf die Langsamen warten! Reitet!«

Er lief fort und rief Schattenfell, während er rannte. Aragorn folgte ihm. Gandalf ging zu Pippin und nahm ihn in die Arme. »Du sollst diesmal mit mir kommen«, sagte er. »Schattenfell soll dir seine Gangart zeigen.« Dann rannte er zu der Stelle, wo er geschlafen hatte. Schattenfell stand schon da. Der Zauberer hängte sich den kleinen Beutel, der sein ganzes Gepäck war, über die Schulter und sprang auf den Rücken des Pferdes. Aragorn hob Pippin auf und legte ihn, eingehüllt in Mantel und Decke, Gandalf in die Arme.

»Lebt wohl! Folgt rasch!« rief Gandalf. »Fort, Schattenfell!«

Das große Pferd warf den Kopf zurück. Sein wallender Schweif zuckte im Mondlicht. Dann sprang er vorwärts, die Erde mit den Hufen schlagend, und brauste dahin wie der Nordwind vom Gebirge.

»Eine schöne, geruhsame Nacht!« sagte Merry zu Aragorn. »Manche Leute haben unwahrscheinliches Glück. Er wollte nicht schlafen und er wollte mit Gandalf reiten — beides hat er erreicht. Statt in einen Stein verwandelt zu werden, der als eine Warnung auf immerdar hier steht.«

»Wenn du der erste gewesen wärst, der den Orthanc-Stein aufhob, und nicht er, wie wäre es dann jetzt?« fragte Aragorn. »Du hättest Schlimmeres anrichten können. Wer kann es sagen? Aber jetzt ist es dein Glück, mit mir mitzukommen, fürchte ich. Sofort. Geh und mach dich fertig und bringe alles mit, was Pippin zurückgelassen hat. Eil dich!«

Über die Ebene flog Schattenfell dahin und brauchte nicht angespornt oder gelenkt zu werden. Weniger als eine Stunde war vergangen, und sie hatten die Furten des Isen erreicht und durchquert. Das Hügelgrab der Reiter und seine kalten Speere lagen grau hinter ihnen.

Pippin erholte sich. Ihm war warm, aber der Wind auf seinem Gesicht war scharf und erfrischend. Er war bei Gandalf. Der Schrecken des Steins und des abscheulichen Schattens vor dem Mond verblaßten wie Dinge, die im Nebel des Gebirges oder in einem flüchtigen Traum zurückblieben. Er holte tief Luft.

»Ich wußte gar nicht, daß du ungesattelt reitest, Gandalf«, sagte er. »Du hast weder Geschirr noch Zügel.«

»Ich reite sonst nicht auf Elbenart, außer auf Schattenfell,« sagte Gandalf. »Aber Schattenfell will kein Zaumzeug haben. Man reitet Schattenfell nicht: er ist gewillt, einen zu tragen — oder nicht. Wenn er gewillt ist, dann reicht das. Dann ist es seine Angelegenheit, dafür zu sorgen, daß man auf seinem Rücken bleibt, sofern man nicht in die Luft springt.«

»Wie schnell trabt er?« fragte Pippin. »Fast so schnell wie der Wind, aber sehr gleichmäßig. Und wie leicht seine Tritte sind!«

»Er trabt jetzt so geschwind, wie das schnellste Pferd galoppieren könnte«, antwortete Gandalf, »aber für ihn ist das nicht schnell. Das Land steigt hier ein wenig und ist unebener als jenseits des Flusses. Aber schau, wie das Weiße Gebirge näherrückt unter den Sternen. Dahinter stehen die Zinnen des Thrihyrne wie schwarze Speere. Es wird nicht lange dauern, dann erreichen wir die Wegkreuzung und kommen zum Klammtal, wo vor zwei Nächten die Schlacht geschlagen wurde.«

Pippin schwieg eine Weile. Er hörte Gandalf leise vor sich hinsingen und kurze Bruchstücke von Versen in vielen Sprachen murmeln, während die Meilen unter ihnen dahinliefen. Schließlich ging Gandalf zu einem Lied über, dessen Worte der Hobbit verstehen konnte: einige Zeilen drangen durch das Brausen des Windes deutlich an sein Ohr:

Hohe Schiffe, hohe Herrscher,
Drei mal drei,
Was brachten sie aus versunkenem Land
Über das flutende Meer?
Sieben Sterne und sieben Steine
Und einen weißen Baum.

»Was sagst du, Gandalf?« fragte Pippin.

»Ich bin gerade im Geist einige Gedichte der Überlieferung durchgegangen«, antwortete der Zauberer. »Die Hobbits, nehme ich an, haben sie vergessen, selbst diejenigen, die sie einst kannten.«

»Nein, nicht alle«, sagte Pippin. »Und wir haben viele eigene, die dich vielleicht nicht fesseln würden. Aber dieses habe ich nie gehört. Worüber ist es – die sieben Sterne und sieben Steine?«

»Über die *Palantíri* der Könige von einst«, sagte Gandalf.

»Und was sind Palantíri?«

»Der Name bedeutet *das, was in weite Ferne schaut*. Der Orthanc-Stein war einer davon.«

»Dann ist er nicht – nicht« – Pippin zögerte – »nicht vom Feind gemacht?«

»Nein«, sagte Gandalf. »Und auch nicht von Saruman. Das übersteigt seine Gelehrsamkeit, und Saurons auch. Die *Palantíri* kommen von noch weiter her als Westernis, aus Eldamar. Die Noldor haben sie gemacht. Fëanor selbst hat sie vielleicht gearbeitet in Tagen, die so lange vergangen sind, daß sich die Zeit in Jahren nicht ermessen läßt. Aber es gibt nichts, was Sauron nicht bösen Zwecken zuführen kann. Wehe für Saruman! Es war sein Untergang, wie ich jetzt erkenne. Gefährlich für uns alle sind die Erfindungen eines Wissens, das größer ist als unser eigenes. Dennoch muß er die Schuld auf sich nehmen. Narr! ihn zu seinem eigenen Vorteil geheimzuhalten. Kein Wort davon hat er je zu irgendeinem Mitglied des Rats gesagt. Es war uns nicht bekannt, daß einer der *Palantíri* Gondors Untergang überdauert hatte. Außerhalb des Rats erinnerte man sich unter den Elben und den Menschen nicht einmal, daß es derartige Dinge gegeben hatte, abgesehen von einem einzigen Gedicht der Überlieferung, das unter Aragorns Volk erhalten geblieben war.«

»Wofür haben die Menschen von einst sie gebraucht?« fragte Pippin, erfreut und erstaunt, daß er Antwort auf so viele Fragen erhielt, und gespannt, wie lange das anhalten würde.

»Um weit zu sehen und in Gedanken miteinander zu sprechen«, sagte Gandalf. »Auf diese Weise haben sie das Reich Gondor lange beherrscht und geeint. Sie hatten Steine in Minas Anor und Minas Ithil und in Orthanc im Ring von Isengart. Der beherrschende und vortrefflichste dieser Steine war unter der Kuppel der Sterne in Osgiliath vor dessen Zerstörung. Die drei anderen waren weit weg im Norden. Im Hause von Elrond wird erzählt, sie seien in Annúminas und Amon Sûl gewesen, und Elendils Stein war auf den Turmbergen, die nach Mithlond schauen im Golf von Luhn, wo die grauen Schiffe liegen.

Jeder Palantír sprach mit jedem, aber in Osgiliath konnte man sie alle zusammen zur gleichen Zeit betrachten. Jetzt zeigt es sich, daß der Palantír von Orthanc erhalten geblieben ist, weil dieser Turm den Stürmen der Zeit widerstanden hat. Doch allein könnte er nur kleine Bilder von weit entfernten Dingen und längst vergangenen Tagen sehen. Sehr nützlich war das zweifellos für Saruman; indes scheint es, daß er damit nicht zufrieden war. Weiter und weiter hinaus schaute er, bis er einen Blick auf Barad-dûr warf. Dann war er entdeckt!

Wer weiß, wo alle jene anderen Steine jetzt liegen, zerbrochen oder vergraben oder im Meer versunken? Doch einen zumindest muß Sauron erhalten und seinen Zwecken untertan gemacht haben. Ich vermute, es war der Ithil-Stein, denn er hat Minas Ithil vor langer Zeit erobert und in einen bösen Ort verwandelt: Minas Morgul ist es geworden.

Leicht kann man sich jetzt vorstellen, wie schnell Sarumans schweifendes Auge eingefangen und festgehalten wurde; und wie er seitdem immer aus der Ferne überredet wurde und eingeschüchtert, wenn die Überredung nicht ausreichte. Der betrogene Betrüger, der Habicht in der Gewalt des Adlers, die Spinne in einem stählernen Netz! Seit wann, frage ich mich, ist er gezwungen worden, oft zu seinem Glas zu kommen, um überwacht und geleitet zu werden, und wie lange schon ist der Orthanc-Stein immer so auf Barad-dûr ausgerichtet, daß er die Gedanken und den Anblick eines jeden, der hineinschaut, dorthin trägt, sofern der Hineinschauende nicht einen adamantenen Willen hat. Und wie er einen anzieht! Habe ich es nicht selbst verspürt? Sogar jetzt verlangt mein Herz danach, meinen Willen an ihm zu erproben, um herauszufinden, ob ich ihm den Stein nicht entreißen und ihn dorthin richten könnte, wohin ich wollte – um über die weiten Ströme des Meeres und der Zeit auf das Schöne Tirion zu blicken und die unvorstellbare Hand und den Geist von Fëanor an der Arbeit zu sehen, als der Weiße und auch der Goldene Baum noch blühten!« Er seufzte und schwieg.

»Ich wünschte, ich hätte das alles vorher gewußt«, sagte Pippin. »Ich hatte keine Ahnung, was ich tat.«

»O doch, das hattest du«, sagte Gandalf. »Du wußtest, daß du dich falsch und töricht verhieltest; und das hast du dir selbst gesagt, obwohl du nicht darauf hörtest. Ich habe dir das alles nicht vorher gesagt, denn nur dadurch, daß ich über alles nachgedacht habe, was geschehen ist, habe ich es endlich verstanden, jetzt erst, da wir zusammen reiten. Aber hätte ich früher gesprochen, dann hätte es dein Verlangen nicht vermindert oder es dir leichter gemacht, ihm zu widerstehen. Im Gegenteil! Nein, verbrannte Finger sind der beste Lehrmeister. Danach geht ein Rat über Feuer zu Herzen.«

»Allerdings«, sagte Pippin. »Wenn alle sieben Steine jetzt vor mir ausgebreitet wären, würde ich die Augen schließen und die Hände in die Taschen stecken.«

»Gut«, sagte Gandalf. »Das hatte ich gehofft.«

»Aber ich würde gern wissen ...«, begann Pippin.

»Erbarmen!« rief Gandalf. »Wenn die Erteilung von Auskünften dich von deiner Neugier heilen soll, dann werde ich den Rest meiner Tage damit verbringen, dir zu antworten. Was willst du noch wissen?«

»Die Namen aller Sterne und aller Lebewesen und die ganze Geschichte von Mittelerde und des Oberhimmels und der Trennenden Meere«, lachte Pippin. »Natürlich! Warum weniger? Aber ich habe es nicht eilig heute nacht. Im Augenblick machte ich mir nur Gedanken über den schwarzen Schatten. Ich hörte dich rufen ›Bote von Mordor‹. Was war das? Was konnte er in Isengart tun?«

»Es war ein Schwarzer Reiter mit Flügeln, ein Nazgûl«, sagte Gandalf. »Er hätte dich mitnehmen und zum Dunklen Turm bringen können.«

»Aber er ist doch nicht gekommen, um mich zu holen?« stammelte Pippin. »Ich meine, er wußte nicht, daß ich ...«

»Natürlich nicht«, sagte Gandalf. »Es sind sechshundert Meilen oder mehr im geraden Flug von Barad-dûr nach Orthanc, und selbst ein Nazgûl würde ein paar Stunden für die Strecke brauchen. Aber Saruman hat gewiß seit dem Orküberfall in den Stein geblickt, und ich zweifle nicht, daß mehr von seinen geheimen Gedanken gelesen worden sind, als er beabsichtigte. Ein Bote ist ausgesandt worden, um herauszufinden, was er tut. Und nach dem, was heute nacht geschehen ist, wird noch einer kommen, glaube ich, und zwar rasch. So wird der letzte Druck des Schraubstocks, in den Saruman seine Hand gesteckt hat, ausgeübt. Er hat keinen Gefangenen, den er schicken könnte. Er hat keinen Stein, um damit zu sehen, und er kann den Aufforderungen nicht Folge leisten. Sauron wird glauben, er halte den Gefangenen nur zurück und weigere sich, den Stein zu gebrauchen. Es wird Saruman nichts nützen, wenn er dem Boten die Wahrheit sagt. Denn Isengart mag zerstört sein, doch er ist in Orthanc immer noch in Sicherheit. Ob er will oder nicht, er wird immer als Aufrührer erscheinen. Dennoch hat er uns zurückgewiesen, so als ob er gerade das vermeiden wollte! Was er in einer derart hoffnungslosen Lage tun will, kann ich nicht erraten. Solange er in Orthanc ist, hat er, glaube ich, die Macht, den Neun Reitern zu widerstehen. Das mag er versuchen. Er mag versuchen, den Nazgûl in die Falle zu locken oder zumindest das Geschöpf, auf dem er jetzt reitet, zu töten. In diesem Fall muß Rohan auf seine Pferde aufpassen!

Aber ich kann nicht sagen, wie es für uns ausgehen wird, ob gut oder schlecht. Es mag sein, daß die Ratschlüsse des Feindes verwirrt oder verhindert werden durch seinen Zorn auf Saruman. Vielleicht wird er erfahren, daß ich auf der Treppe von Orthanc stand — mit Hobbits an meinen Rockschößen. Oder daß ein Erbe von Elendil lebt und neben mir stand. Wenn sich Schlangenzunge nicht durch die Rüstung von Rohan täuschen ließ, wird er sich an Aragorn erinnern und an den Rechtsanspruch, den er erhob. Das ist es, was ich fürchte. Und so fliehen wir — nicht vor der Gefahr, sondern in eine größere Gefahr. Jeder Schritt von Schattenfell bringt dich dem Land des Schattens näher, Peregrin Tuk.«

Pippin antwortete nicht, sondern packte seinen Mantel, als ob ihm plötzlich kalt geworden sei. Graues Land zog unter ihnen vorbei.

»Schau jetzt!« sagte Gandalf. »Die Westfold-Täler liegen vor uns. Hier kommen wir wieder auf die östliche Straße zurück. Der dunkle Schatten dort drüben ist der Ausgang des Klammtals. In dieser Richtung liegen Aglarond und die Glitzernden Höhlen. Frage mich nicht nach ihnen. Frage Gimli, wenn ihr euch wiedertrefft, und zum erstenmal wirst du vielleicht eine längere Antwort erhalten, als du wünschst. Du wirst die Höhlen nicht selbst sehen, nicht auf dieser Fahrt. Bald werden sie weit hinter uns liegen.«

»Ich dachte, du würdest in Helms Klamm haltmachen«, sagte Pippin. »Wohin willst du denn?«

»Nach Minas Tirith, ehe die Wogen des Krieges es umschließen.«

»Oh! Und wie weit ist das?«

»Meilen über Meilen«, antwortete Gandalf. »Dreimal so weit wie die Behausungen des Königs Théoden, und diese liegen mehr als hundert Meilen östlich von hier, wie der Bote von Mordor fliegt. Schattenfell muß eine längere Strecke laufen. Wer wird sich als schneller erweisen?

Wir werden jetzt bis Tagesanbruch reiten, und das sind noch einige Stunden. Dann muß selbst Schattenfell ruhen, in irgendeinem Tal in den Bergen: in Edoras, hoffe ich. Schlafe, wenn du kannst! Den ersten Schimmer der Morgenröte siehst du vielleicht auf dem goldenen Dach von Eorls Haus. Und zwei Tage später wirst du den purpurnen Schatten des Berges Mindolluin auf den Wällen des Turms von Denethor sehen, weiß im Morgenlicht.

Fort nun, Schattenfell! Laufe, du Großherziger, laufe, wie du nie zuvor gelaufen bist! Jetzt kommen wir zu den Landen, wo du als Fohlen aufwuchst und jeden Stein kennst. Laufe nun! In der Schnelligkeit liegt unsere Hoffnung!«

Schattenfell warf den Kopf zurück und wieherte laut, als ob eine Trompete ihn zur Schlacht gerufen habe. Dann schnellte er davon. Funken stoben unter seinen Hufen; die Nacht senkte sich auf ihn herab.

Als ihn allmählich der Schlaf übermannte, hatte Pippin ein seltsames Gefühl: er und Gandalf waren still wie Stein und saßen auf dem Standbild eines rennenden Pferdes, während die Welt unter seinen Füßen dahinzog und der Wind heftig brauste.

VIERTES BUCH

ERSTES KAPITEL

SMÉAGOLS ZÄHMUNG

»Ja, Herr, jetzt sitzen wir wirklich in der Patsche«, sagte Sam Gamdschie. Verzagt stand er neben Frodo, ließ die Schultern hängen und starrte mit zusammengekniffenen Augen hinaus in die Düsternis.

Es war der dritte Abend, seit sie sich von der Gemeinschaft getrennt hatten, soweit sie wußten: fast waren sie mit dem Zählen der Stunden durcheinandergekommen, in denen sie geklettert und zwischen den kahlen Hängen und Felsen des Emyn Muil herumgeirrt waren; manchmal mußten sie umkehren, weil es nicht weiterging, und manchmal wanderten sie in einem großen Kreis zu einer Stelle zurück, an der sie schon vor Stunden gewesen waren. Dennoch hatten sie sich im großen und ganzen stetig nach Osten vorgearbeitet und sich so nahe am äußeren Kamm dieses seltsam verflochtenen Knäuels von Bergen gehalten, wie sie nur einen Weg finden konnten. Doch immer fanden sie, daß die äußeren Bergseiten steil, hoch und unwegsam waren und finster auf die Ebene hinabblickten; hinter ihren durcheinandergewürfelten Ausläufern lagen fahle, faulige Sümpfe, wo nichts sich bewegte und nicht einmal ein Vogel zu sehen war.

Die Hobbits standen jetzt am Rande einer hohen, kahlen und düsteren Felswand, deren Fuß in Nebel gehüllt war; hinter ihnen erhob sich das zerklüftete Hochland, gekrönt von ziehenden Wolken. Ein kalter Wind blies von Osten. Die Nacht verdichtete sich über den gestaltlosen Landen vor ihnen; ihr blasses Grün verblich zu einem düsteren Braun. Fern zu ihrer Rechten floß der Anduin, der während des Tages dann und wann aufgeschimmert hatte, wenn die Sonne durchbrach; jetzt war er in Schatten verborgen. Aber ihre Augen blickten nicht über den Fluß hinweg zurück nach Gondor, zu ihren Freunden, zu den Landen der Menschen. Nach Süden und Osten starrten sie, wo am Rande der nahenden Nacht eine dunkle Linie zu erkennen war wie ein fernes Gebirge von bewegungslosem Rauch. Dann und wann flackerte an der Kimm zwischen Himmel und Erde ein winziger roter Schimmer auf.

»Was für eine Patsche!« sagte Sam. »Das ist der einzige Ort in all den Landen, von denen wir gehört haben, den wir nicht von nah sehen wollen; und genau das ist der einzige Ort, an den wir zu gelangen suchen!

Und gerade da können wir ganz und gar nicht hinkommen. Wir sind den falschen Weg gekommen, scheint es. Wir können nicht hinunter; und wenn wir hinunterkämen, würden wir feststellen, daß das ganze grüne Land ein ekelhaftes Moor ist, da wette ich. Pfui! Riechst du es?« Er schnupperte im Wind.

»Ja, ich rieche es«, sagte Frodo, aber er rührte sich nicht, und seine Augen blickten weiterhin starr auf die dunkle Linie und die flackernde Flamme. »Mordor!« flüsterte er. »Wenn ich schon da hingehen muß, dann wünschte ich, ich könnte schnell hinkommen und Schluß machen!« Ihm schauderte. Der Wind war kühl und dennoch geschwängert mit einem kalten Modergeruch. »Nun ja«, sagte er und wandte endlich seinen Blick ab, »wir können nicht die ganze Nacht hierbleiben, Patsche oder nicht. Wir müssen eine geschütztere Stelle finden und noch einmal lagern; und vielleicht wird der nächste Tag uns einen Pfad zeigen.«

»Oder der übernächste und der überübernächste«, brummte Sam. »Oder vielleicht gar kein Tag. Wir sind den falschen Weg gekommen.«

»Ich wüßte es gern«, sagte Frodo. »Es ist mein Schicksal, glaube ich, zu diesem Schatten da drüben zu gehen, so daß ein Weg sich finden wird. Aber wird Gut oder Böse ihn mir zeigen? Unsere Hoffnung beruhte auf Schnelligkeit. Verzug spielt dem Feind in die Hände – und jetzt haben wir's: ich bin im Verzug. Ist es der Wille des Dunklen Turms, der uns lenkt? Alle meine Entscheidungen haben sich als schlecht erwiesen. Ich hätte die Gemeinschaft schon viel früher verlassen und von Norden her kommen sollen, östlich des Stroms und des Emyn Muil, und dann weiter über den festen Grund und Boden der Walstatt bis zu den Pässen von Mordor. Aber jetzt können du und ich allein den Weg zurück nicht finden, und die Orks streifen auf dem Ostufer umher. Jeder Tag, der vergeht, bedeutet, daß ein kostbarer Tag verloren ist. Ich bin müde, Sam. Ich weiß nicht, was wir machen sollen. Was haben wir noch an Verpflegung?«

»Nur diese, wie heißen sie, *lembas*, Herr Frodo. Eine ganze Menge. Aber sie sind besser als nichts auf die Dauer. Obwohl ich damals, als ich sie zuerst zwischen die Zähne steckte, nicht glaubte, daß ich mir jemals eine Abwechslung wünschen würde. Jetzt tue ich es aber: ein Stück einfaches Brot und ein Krug – ach, ein halber Krug Bier, die würden richtig rutschen. Den ganzen Weg vom letzten Lager habe ich mein Kochgeschirr mitgeschleppt, und was hat es genützt? Nichts, um Feuer zu machen, damit fängt's schon an; und nichts zu kochen, nicht mal Gras!«

Sie drehten sich um und gingen hinunter in eine steinige Senke. Die im Westen untergehende Sonne versank in Wolken, und die Nacht kam rasch. Abwechselnd schliefen sie, so gut sie bei der Kälte konnten, in einer Kuhle zwischen großen gezackten Zinnen von verwittertem Fels; wenigstens waren sie vor dem Ostwind geschützt.

»Hast du sie wieder gesehen, Herr Frodo?« fragte Sam, als sie im kalten frühen Morgengrauen steif und verfroren dasaßen und *lembas* kauten.

»Nein«, sagte Frodo. »Seit zwei Nächten habe ich nichts gehört und nichts gesehen.«

»Ich auch nicht«, sagte Sam. »Br! Diese Augen haben mir wirklich Angst gemacht! Aber vielleicht haben wir ihn endlich abgeschüttelt, den elenden Schleicher. Gollum! Ich will ihm *gollum* in die Kehle geben, wenn ich je seinen Hals in die Finger bekomme.«

»Ich hoffe, das wirst du nicht brauchen«, sagte Frodo. »Ich weiß nicht, wie er uns gefolgt ist; aber vielleicht hat er uns wieder verloren, wie du sagst. In diesem trockenen, öden Land können wir nicht viele Fußabdrücke oder Witterung hinterlassen, nicht einmal für seine schnüffelnde Nase.«

»Ich hoffe, so ist es«, sagte Sam. »Ich wünschte, wir könnten ihn ein für allemal loswerden!«

»Ich auch«, sagte Frodo, »aber er ist nicht meine Hauptsorge. Ich wünschte, wir könnten von diesen Bergen wegkommen! Ich hasse sie. Ich fühle mich ganz nackt auf der Ostseite, so aufgepflanzt hier mit nichts als dem toten Flachland zwischen mir und diesem Schatten da drüben. Da ist ein Auge drin. Komm weiter! Wir müssen heute irgendwie hinunterkommen.«

Aber der Tag zog sich hin, und als der Nachmittag in den Abend überging, kletterten sie immer noch an dem Grat entlang und hatten keinen Ausweg gefunden.

Manchmal bildeten sie sich in der Stille des wüsten Landes ein, daß sie schwache Geräusche hinter sich hörten, einen fallenden Stein oder den Schritt tapsender Füße auf dem Felsen. Doch wenn sie anhielten und lauschten, hörten sie nichts mehr, nichts als den Wind, der seufzend über die Kanten der Steine fuhr – doch selbst das erinnerte sie an Atem, der leise zwischen scharfen Zähnen zischte.

Den ganzen Tag, während sie sich vorankämpften, hatte sich der äußere Kamm des Emyn Muil allmählich nach Norden gezogen. An seinem Rand erstreckte sich jetzt eine weite abfallende Ebene von zerklüftetem und verwittertem Fels, hier und dort durchschnitten von grabenartigen Rinnen, die sich steil hinunterzogen zu tiefen Klüften in der Felswand. Um einen Pfad in diesen Schluchten zu finden, die immer tiefer und häufiger wurden, mußten sich Frodo und Sam nach links halten, ziemlich weit weg von der Kante, und sie merkten gar nicht, daß sie schon mehrere Meilen langsam, aber stetig bergab gegangen waren: die Oberkante der Felswand näherte sich der Ebene des Tieflandes.

Schließlich wurden sie zum Anhalten gezwungen. Der Grat machte jetzt eine schärfere Kehre nach Norden und wurde durch eine tiefere Schlucht unterbrochen. Auf der anderen Seite stieg er wieder an, viele Klafter in einem einzigen Sprung: eine große graue Felswand erhob sich vor ihnen, jäh abgeschnitten wie mit dem Messer. Sie konnten nicht weiter geradeaus gehen, sondern mußten sich entweder nach Westen oder Osten halten. Aber im Westen würden sie nur in neue Mühsal und Verzögerungen geraten und zurück zum Herzen der Berge kommen; im Osten würden sie zum äußeren Abhang gelangen.

»Es bleibt nichts übrig, als diese Rinne hinunterzuklettern, Sam«, sagte Frodo. »Laß uns sehen, wo sie hinführt!«

»In einen scheußlichen Abgrund, da wette ich«, sagte Sam.

Die Kluft war länger und tiefer, als es den Anschein gehabt hatte. Ein Stück weiter unten fanden sie ein paar knorrige und verkrüppelte Bäume, die ersten, die sie seit Tagen sahen: größtenteils verkrüppelte Birken und hier und dort eine Tanne. Viele waren abgestorben und dürr, bis aufs Mark von den Ostwinden zerbissen. Einst in milderen Tagen mußte es ein recht dichtes Gebüsch in der Schlucht gewesen sein, aber jetzt hörten die Bäume nach etwa fünfundzwanzig Klaftern auf, obwohl sich alte, geborstene Stumpen fast bis zum Rand der Felswand hinzogen. Der Boden der Rinne, die an einer Felsverwerfung entlanglief, war uneben durch abgesplitterte Steine und fiel steil ab. Als sie schließlich an ihrem Ende angelangt waren, beugte Frodo sich vor und sah über den Rand.

»Schau!« sagte er. »Wir müssen ein schönes Stück heruntergekommen sein, oder aber die Felswand ist niedriger geworden. Hier ist sie viel niedriger als vorher und sieht leichter aus.«

Sam kniete sich neben ihn und schaute widerstrebend hinunter. Dann blickte er hinauf zu der großen Felswand, die sich zu ihrer Linken erhob. »Leichter!« brummte er. »Na ja, ich nehme an, es ist immer leichter, hinunter- als hinaufzugehen. Wer nicht fliegen kann, kann springen.«

»Das wäre allerdings ein großer Sprung«, sagte Frodo. »Ungefähr, na ja ...« er maß die Entfernung kurz mit den Augen — »ungefähr achtzehn Klafter, würde ich schätzen. Nicht mehr.«

»Und das ist genug!« sagte Sam. »Uff! Wie ich es hasse, von einer Höhe hinunterzusehen. Aber sehen ist besser als klettern.«

»Trotzdem glaube ich«, sagte Frodo, »wir könnten hier klettern; und ich glaube, wir werden es versuchen müssen. Schau, der Fels ist ganz anders als vor ein paar Meilen. Er hat sich gesenkt und ist rissig geworden.«

Tatsächlich war die Außenseite nicht mehr steil, sondern neigte sich ein wenig nach außen. Sie sah wie ein großer Festungswall oder ein Hafendamm aus, deren Grundmauern sich verlagert hatten, so daß sich ihre Schichten verschoben hatten und durcheinander geraten waren, und große Spalten und lange schräge Vorsprünge waren zurückgeblieben, die stellenweise die Breite von Treppenstufen hatten.

»Und wenn wir versuchen wollen, hier herunterzukommen, dann versuchen wir es besser gleich. Es wird früh dunkel. Ich glaube, es gibt ein Gewitter.«

Der rauchige Dunst des Gebirges im Osten verlor sich in einer tieferen Schwärze, die sich schon mit langen Armen westwärts ausstreckte. Der aufkommende Wind trug ein fernes Donnergrollen herüber. Frodo schnupperte in der Luft und warf einen zweifelnden Blick zum Himmel. Er schnallte sich den Gürtel über den Mantel, zog ihn fest und hängte sich seinen leichten Rucksack über den Rücken. Dann trat er an den Rand. »Ich will's versuchen«, sagte er.

»Sehr gut«, sagte Sam finster. »Aber ich gehe zuerst.«

»Du?« fragte Frodo. »Wieso, hast du deine Ansicht über das Klettern geändert?«

»Ich habe meine Ansicht nicht geändert. Aber es ist nur vernünftig: den nach unten zu tun, der am wahrscheinlichsten ausrutschen wird. Ich will nicht auf dich drauffallen und dich mitreißen — sinnlos, zwei mit einem Sturz umzubringen.«

Ehe Frodo ihn davon abhalten konnte, setzte er sich hin, schwang die Beine über den Rand, drehte sich um und suchte mit den Zehen nach einem Platz zum Stehen. Es ist zweifelhaft, ob er kaltblütig jemals etwas getan hat, das tapferer oder unvernünftiger war.

»Nein, nein, Sam, du alter Esel!« sagte Frodo. »Du bringst dich bestimmt um, wenn du da runtergehst, ohne auch nur einen Blick, um zu sehen, wo du eigentlich hinwillst. Komm zurück!« Er packte Sam unter den Achselhöhlen und zog ihn wieder herauf. »Nun warte ein bißchen und habe Geduld!« sagte er. Dann legte er sich auf den Boden, beugte sich vor und schaute hinunter; aber das Licht schien rasch zu schwinden, obwohl die Sonne noch nicht untergegangen war. »Ich glaube, hier können wir es schaffen«, sagte er plötzlich. »Ich jedenfalls könnte es; und du auch, wenn du nicht den Kopf verlierst, sondern mir genau folgst.«

»Ich weiß nicht, wie du so sicher sein kannst«, sagte Sam. »Bei diesem Licht kannst du ja gar nicht bis unten sehen. Und wenn du nun zu einer

Stelle kommst, wo es nichts gibt, wo du deine Füße oder Hände hinsetzen kannst?«

»Dann klettere ich eben zurück, nehme ich an«, sagte Frodo.

»Leicht gesagt«, wandte Sam ein. »Besser, bis zum Morgen warten, wenn es heller ist.«

»Nein, nicht, wenn ich's vermeiden kann«, sagte Frodo mit einer seltsamen, plötzlichen Heftigkeit. »Mir ist es um jede Stunde, um jede Minute leid. Ich gehe jetzt hinunter und versuche es. Bleibe oben, bis ich zurückkomme oder dich rufe!«

Er hielt sich mit den Händen an der steinernen Kante des Abhangs fest und ließ sich langsam hinab, und erst, als seine Arme fast ganz ausgestreckt waren, fanden seine Zehen einen Vorsprung. »Ein Schritt nach unten«, sagte er. »Und dieser Vorsprung verbreitert sich nach rechts. Da könnte ich sogar stehen, ohne mich festzuhalten. Ich will...« Seine Worte wurden jäh unterbrochen.

Die eilende Dunkelheit, die jetzt immer schneller wurde, brauste vom Osten heran und verschlang den Himmel. Es gab einen trockenen, durchdringenden Donnerschlag unmittelbar über ihnen. Sengende Blitze fuhren zwischen den Bergen nieder. Dann setzte ein wütender Sturm ein, und vermischt mit seinem Brausen kam ein hoher, schriller Schrei. Genauso einen Schrei hatten die Hobbits fern von hier im Bruch gehört, nachdem sie Hobbingen verlassen hatten, und selbst dort in den Wäldern des Auenlandes war ihnen das Blut in den Adern erstarrt. Hier draußen in der Wildnis war der Schrecken noch weit größer; er durchbohrte sie mit kalten Klingen des Entsetzens und der Verzweiflung, Herz und Atem stockte ihnen. Sam fiel flach aufs Gesicht. Unwillkürlich legte Frodo die Hände über den Kopf und die Ohren und hielt sich nicht mehr fest. Er schwankte, rutschte und schlitterte mit einem Wehgeschrei abwärts.

Sam hört ihn und kroch mit letzter Anstrengung an den Rand. »Herr, Herr!« rief er. »Herr!«

Es kam keine Antwort. Sam zitterte am ganzen Leibe, aber er holte tief Luft und schrie noch einmal: »Herr!« Der Wind schien seine Stimme in seine Kehle zurückzublasen, aber als er vorbeizog, die Rinne hinaufbrauste und dann über die Berge hinweg, drang ein leiser, antwortender Ruf an sein Ohr:

»Schon gut, schon gut! Ich bin hier. Aber ich kann nichts sehen.«

Frodo rief mit schwacher Stimme. Tatsächlich war er gar nicht weit weg. Er war geschlittert und nicht gefallen und mit einem Ruck auf einem breiteren Vorsprung, nur ein paar Ellen tiefer, wieder auf die Beine gekommen. Zum Glück war die Felswand an dieser Stelle eingebaucht, und der Wind hatte ihn gegen die Wand gedrückt, so daß er nicht vornüber gekippt war. Er stützte sich etwas ab, legte sein Gesicht an den kalten Stein und fühlte, wie sein Herz schlug. Aber entweder war es völlig dunkel geworden, oder seine Augen hatten die Sehkraft verloren. Alles war schwarz um ihn. Er fragte sich, ob er blind geworden sei. Er holte tief Luft.

»Komm zurück! Komm zurück!« hörte er Sams Stimme aus der Schwärze oben.

»Ich kann nicht«, sagte er. »Ich kann nicht sehen. Ich kann mich nicht festhalten. Ich kann mich noch nicht bewegen.«

»Was kann ich tun, Herr Frodo? Was kann ich tun?« rief Sam und beugte sich gefährlich weit vor. Warum konnte sein Herr nicht sehen? Es war düster, gewiß, aber doch nicht so dunkel. Er sah Frodo unter sich, eine graue, verlorene Gestalt, gegen den Felsen gelehnt. Aber er war weit außerhalb der Reichweite einer helfenden Hand.

Es gab einen weiteren Donnerschlag; und dann kam der Regen. In Strömen, mit Hagel vermischt, peitschte er gegen den Felsen, bitterkalt.

»Ich komme runter zu dir«, schrie Sam, obwohl er nicht hätte sagen können, wie er ihm eigentlich zu Hilfe kommen sollte.

»Nein, nein, warte!« rief Frodo, jetzt schon etwas lauter. »Mir wird's bald bessergehen. Ich fühle mich schon besser. Warte! Du kannst nichts tun ohne ein Seil.«

»Ein Seil!« rief Sam und redete in seiner Aufregung und Erleichterung wirres Zeug. »Ja, wenn ich's nicht verdiene, am Ende von einem aufgehängt zu werden als Warnung für Dummköpfe. Nichts als ein Tölpel bist du, Sam Gamdschie: oft genug hat der Ohm das zu mir gesagt, eine stehende Redensart von ihm. Ein Seil!«

»Hör mit Schwätzen auf!« rief Frodo, der sich jetzt so weit erholt hatte, daß er zugleich belustigt und verärgert war. »Laß den Ohm aus dem Spiel! Soll dein Gerede bedeuten, daß du ein Seil in der Tasche hast? Wenn ja, dann heraus damit!«

»Ja, Herr Frodo, in meinem Rucksack. Hunderte von Meilen habe ich's mitgeschleppt und schlankweg vergessen!«

»Dann mach dich an die Arbeit und laß ein Ende herunter!«

Rasch nahm Sam seinen Rucksack und wühlte darin. Tatsächlich lag auf dem Boden eine Rolle des seidig-grauen Seils, das das Volk von Lórien angefertigt hatte. Er warf seinem Herrn ein Ende zu. Die Dunkelheit löste sich von Frodos Augen, oder sein Sehvermögen kehrte zurück. Er konnte die graue Leine sehen, wie sie baumelnd herunterkam, und er glaubte, einen schwachen Silberschein zu sehen. Jetzt, da er einen Punkt in der

Dunkelheit hatte, auf den er seinen Blick richten konnte, war ihm weniger schwindlig. Er beugte sich vor, knotete sich das Ende um die Körpermitte und packte die Leine dann mit beiden Händen.

Sam trat einen Schritt zurück, stemmte die Füße gegen einen Baumstumpf ein paar Ellen vom Rand entfernt. Halb gezogen, halb kletternd kam Frodo herauf und warf sich auf den Boden.

Donner grummelte und rumpelte in der Ferne, und es regnete noch stark. Die Hobbits krochen in die Rinne zurück; aber sie fanden da nicht viel Schutz. Bächlein begannen herabzurinnen; bald wurden sie zu einer Flut, die auf den Steinen spritzte und schäumte und über den Felsen sprudelte wie aus den Traufen eines großen Daches.

»Ich wäre da unten halb ertrunken oder einfach weggespült worden«, sagte Frodo. »Welch Glück, daß du das Seil hattest.«

»Mehr Glück, wenn ich früher daran gedacht hätte«, sagte Sam. »Vielleicht erinnerst du dich, daß sie die Seile in die Boote legten, als wir aufbrachen: in dem elbischen Land. Ich hatte Gefallen an ihnen gefunden und verstaute eine Rolle in meinem Rucksack. Jahrelang her, so kommt's mir vor. ›Sie mögen eine Hilfe sein in manchen Notlagen‹, sagte er: Haldir oder einer von diesen Leuten. Und er hat recht gehabt.«

»Ein Jammer, daß ich nicht daran gedacht habe, auch eine Rolle mitzunehmen«, sagte Frodo. Aber ich habe die Gemeinschaft in solcher Eile und Verwirrung verlassen. Wenn wir genug davon hätten, könnten wir das Seil benutzen, um hinunterzukommen. Wie lang ist dein Stück eigentlich?«

Sam rollte es langsam ab und maß es mit dem Arm: »Fünf, zehn, zwanzig, dreißig Ellen, mehr oder weniger«, sagte er.

»Wer hätte das gedacht!« rief Frodo.

»Ja, wer wohl?« sagte Sam. »Elben sind wunderbare Leute. Es sieht ein bißchen dünn aus, aber es ist fest und in der Hand weich wie Milch. Packt sich auch gut zusammen und ist federleicht. Wunderbare Leute, bestimmt!«

»Dreißig Ellen«, sagte Frodo nachdenklich. »Ich glaube, das würde reichen. Wenn das Gewitter vorbei ist, ehe die Nacht hereinbricht, dann will ich's versuchen.«

»Der Regen hat schon fast aufgehört«, sagte Sam. »Aber mach nicht wieder irgend was Gefährliches im Dunkeln, Herr Frodo! Und ich bin noch nicht über diesen Schrei bei dem Sturm weggekommen, oder du etwa? Wie ein Schwarzer Reiter klang es – aber einer hoch oben in der Luft, als ob sie fliegen können. Ich glaube, wir lassen diesen Versuch lieber, bis die Nacht vorbei ist.«

»Und ich glaube, ich möchte nicht einen Augenblick länger, als es sein muß, auf diesem Grat festsitzen, während die Augen des Dunklen Landes über die Sümpfe herüberstarren«, sagte Frodo.

Damit stand er auf und ging wieder zum Grund der Rinne hinunter. Er schaute hinaus. Im Osten wurde der Himmel wieder klar. Die Ränder der zerfetzten und nassen Gewitterwolken hoben sich, die Hauptschlacht hatte sich verzogen und breitete ihre großen Flügel über dem Emyn Muil aus, über dem Saurons dunkle Gedanken eine Weile schwebten. Von dort wandten sie sich ab, stießen mit Hagel und Blitz auf das Tal des Anduin nieder und warfen ihren Schatten mit der Drohung des Krieges auf Minas Tirith. Dann senkten sie sich auf das Gebirge, sammelten ihre großen Flammenzungen und zogen langsam über Gondor und die Außenbezirke von Rohan, bis die Reiter auf der fernen Ebene, als sie gen Westen ritten, sahen, wie sich schwarze Massen hinter der Sonne auftürmten. Aber hier, über der Wüstenei und den üble Dünste ausströmenden Sümpfen war der tiefblaue Abendhimmel wieder offen, und ein paar bleiche Sterne erschienen wie kleine weiße Löcher im Himmelszelt über dem zunehmenden Mond.

»Es tut gut, wieder sehen zu können«, sagte Frodo und atmete tief. »Weißt du, daß ich eine Weile glaubte, ich hätte mein Augenlicht verloren? Von dem Blitz oder etwas noch Schlimmeren. Ich konnte nichts sehen, überhaupt nichts, bis das graue Seil herunterkam. Es schien irgendwie zu schimmern.«

»Es sieht sozusagen silbern im Dunkeln aus«, sagte Sam. »Hab es nie vorher bemerkt, allerdings kann ich mich auch nicht erinnern, daß ich es je herausgeholt habe, nachdem ich es einmal verstaut hatte. Aber wenn du so entschlossen bist, zu klettern, Herr Frodo, wie willst du es dann verwenden? Dreißig Ellen, oder sagen wir zehn Klafter: deiner Schätzung nach ist die Felswand nicht höher.«

Frodo dachte eine Weile nach. »Mach es an dem Baumstumpf fest, Sam«, sagte er. »Dann sollst du, glaube ich diesmal deinen Willen haben und als erster gehen. Ich werde dich hinunterlassen, und du brauchst nicht mehr zu tun, als dich mit Händen und Füßen vom Felsen abzustoßen. Allerdings, wenn du ab und zu mit deinem ganzen Gewicht auf einige der Vorsprünge trittst und mir eine Ruhepause gönnst, wird das hilfreich sein. Wenn du unten bist, komme ich nach. Ich fühle mich jetzt wieder ganz gut.«

»Sehr schön«, sagte Sam bedrückt. »Wenn es schon sein muß, dann wollen wir es gleich hinter uns bringen!« Er nahm das Seil und befestigte es an dem Baumstumpf, der dem Rand am nächsten war; das andere Ende knüpfte er sich dann um den Leib. Widerstrebend drehte er sich um und schickte sich an, zum zweiten Mal den Weg nach unten anzutreten.

Es erwies sich jedoch als nicht halb so schlimm, wie er erwartet hatte. Das Seil schien ihm Zuversicht einzuflößen, obwohl er mehr als einmal die Augen schloß, wenn er nach unten zwischen seine Füße sah. Eine unangenehme Stelle kam, wo es keinen Vorsprung gab und die Felswand steil und ein kurzes Stück sogar unterhöhlt war; da rutschte er ab und baumelte an der silbernen Leine. Aber Frodo ließ ihn langsam und stetig hinab, und schließlich war es überstanden. Seine größte Angst war gewesen, daß das Seil zu Ende sein könnte, während er noch hoch oben war, doch hatte Frodo noch eine gute Bucht in der Hand, als Sam auf dem Boden anlangte und rief: »Ich bin unten!« Seine Stimme drang deutlich herauf, aber Frodo konnte ihn nicht sehen; sein grauer Elbenmantel verschwamm im Zwielicht.

Frodo brauchte etwas mehr Zeit, um ihm zu folgen. Er hatte das Seil um den Leib und oben war es fest, und er hatte es gekürzt, so daß es ihn hochziehen würde, ehe er den Boden erreichte; er wollte die Gefahr eines Sturzes ausschalten, denn er hatte nicht ebensoviel Zutrauen zu dieser dünnen, grauen Leine wie Sam. Dennoch gab es zwei Stellen, an denen er sich ganz und gar der Leine anvertrauen mußte: glatte Flächen, wo selbst seine kräftigen Hobbitfinger keinen Halt fanden, und die Vorsprünge waren weit auseinander. Aber schließlich war auch er unten.

»Gut!« rief er. »Wir haben's geschafft! Wir sind dem Emyn Muil entkommen. Und was kommt nun, frage ich mich? Vielleicht werden wir uns bald wieder nach gutem, hartem Felsen unter den Füßen sehnen.«

Aber Sam antwortete nicht: er starrte zurück auf die Felswand. »Tölpel!« sagte er. »Dummköpfe! Mein schönes Seil! Da ist es an einen Baumstumpf geknüpft, und wir sind unten. Eine so nette kleine Treppe für den schleichenden Gollum, wie wir nur hinterlassen konnten. Am besten stellen wir noch ein Schild auf, damit er weiß, welchen Weg wir gegangen sind. Ich fand, es ging alles ein bißchen zu glatt.«

»Wenn du dir eine andere Möglichkeit vorstellen kannst, wie wir beide das Seil hätten benutzen und es dennoch mit herunterbringen können, dann darfst du den Tölpel oder jeden anderen Namen, den der Ohm dir gab, an mich weiterreichen«, sagte Frodo. »Klettere hinauf, mach es los und laß dich selbst hinunter, wenn du willst!«

Sam kratzte sich den Kopf. »Nein, ich kann mir auch nicht vorstellen, wie, ich bitte um Entschuldigung«, sagte er. »Aber ich lasse es nicht gern dort, und das ist eine Tatsache.« Er streichelte das Seil und schüttelte es sanft. »Es fällt mir schwer, mich von irgend etwas zu trennen, was ich aus dem Elbenland mitgebracht habe. Vielleicht hat Galadriel es sogar selbst gemacht. Galadriel«, murmelte er und nickte traurig mit dem Kopf. Er schaute hinauf und zog zum letzten Mal an dem Seil, gleichsam zum Abschied.

Zur völligen Überraschung der beiden Hobbits kam es los. Sam fiel vornüber, und das lange graue Seil glitt leise herunter und blieb auf ihm liegen. Frodo lachte. »Wer hat das Seil geknotet?« fragte er. »Gut, daß es wenigstens so lange gehalten hat. Wenn ich daran denke, daß ich deinem Knoten mein ganzes Gewicht anvertraut habe!«

Sam lachte nicht. »Vielleicht bin ich nicht tüchtig beim Klettern, Herr Frodo«, sagte er in beleidigtem Ton, »aber von Seilen und Knoten verstehe ich etwas. Es liegt in der Familie, könnte man sagen. Schließlich hatten mein Großvater und nach ihm mein Onkel Andi, was der älteste Bruder vom Ohm ist, viele Jahre eine Seilerbahn drüben in Reepfeld. Und ich habe einen so festen Knoten an dem Baumstumpf gemacht, wie nur irgendeiner im Auenland oder sonstwo ihn hätte machen können.«

»Dann muß das Seil gerissen sein – aufgescheuert an der Felskante, nehme ich an«, sagte Frodo.

»Ich wette, das ist es nicht!« sagte Sam mit einer noch beleidigteren Stimme. Er bückte sich und untersuchte die Enden. »Nein, das ist es auch nicht. Nicht eine Strähne.«

»Dann, fürchte ich, muß es doch der Knoten gewesen sein«, sagte Frodo.

Sam schüttelte den Kopf und antwortete nicht. Nachdenklich ließ er das Seil durch die Finger gleiten. »Du kannst es halten, wie du willst, Herr Frodo«, sagte er schließlich, »aber ich glaube, das Seil kam von selbst herunter – als ich rief.« Er rollte es auf und verstaute es liebevoll in seinem Rucksack.

»Jedenfalls kam es«, sagte Frodo, »und das ist die Hauptsache. Aber jetzt müssen wir uns unseren nächsten Schritt überlegen. Es wird bald Nacht sein. Wie schön die Sterne sind und der Mond!«

»Dabei geht einem wirklich das Herz auf, nicht wahr?« sagte Sam und schaute hinauf. »Elbisch sind sie irgendwie. Und der Mond nimmt zu. Ein oder zwei Nächte haben wir ihn bei diesem wolkigen Wetter gar nicht gesehen. Er scheint schon ziemlich hell.«

»Ja«, sagte Frodo, »aber es dauert noch ein paar Tage, bis er voll ist. Ich glaube, wir wollen es mit den Sümpfen lieber nicht beim Licht eines halben Mondes versuchen.«

In den ersten Schatten der Nacht machten sie sich auf zum nächsten

Abschnitt ihrer Wanderung. Nach einer Weile schaute Sam sich um und blickte dorthin zurück, woher sie gekommen waren. Der Ausgang der Rinne war eine schwarze Einkerbung in der düsteren Felswand. »Ich bin froh, daß wir das Seil haben«, sagte er. »Jedenfalls haben wir diesem Wegelagerer ein kleines Rätsel aufgegeben. Er kann es mit seinen häßlichen Flossenfüßen auf diesen Vorsprüngen versuchen!«

Sie bahnten sich einen Weg fort von der Felswand, durch eine Wildnis von Findlingen und rauhen Steinen, die nach dem heftigen Regen naß und schlüpfrig waren. Das Gelände fiel noch immer stark ab. Sie waren noch nicht weit gegangen, als sie zu einer großen Spalte kamen, die plötzlich schwarz zu ihren Füßen gähnte. Sie war nicht breit, aber doch zu breit, um sie in dem düsteren Licht zu überspringen. Sie glaubten Wasser in der Tiefe gurgeln zu hören. Die Spalte zog sich links von ihnen nach Norden hin, zurück zu den Bergen, und versperrte ihnen also den Weg in dieser Richtung, jedenfalls solange es dunkel war.

»Wir sollten es lieber wieder weiter südlich an der Felswand entlang versuchen, glaube ich«, sagte Sam. »Vielleicht finden wir da irgendein Versteck oder sogar eine Höhle oder so was.«

»Ich nehme es an«, sagte Frodo. »Ich bin müde und glaube nicht, daß ich heute nacht noch viel länger zwischen Steinen herumklettern kann – obwohl mir die Verzögerung ärgerlich ist. Ich wünschte, wir hätten einen klaren Weg vor uns. Dann würde ich weitergehen, bis meine Beine nicht mehr mitmachen.«

Sie fanden das Gehen an dem zerklüfteten Fuß des Emyn Muil nicht einfacher. Und Sam fand auch keinerlei Versteck oder Mulde, die Schutz geboten hätten: nur kahle, steinige Hänge, über denen sich die Felswand auftürmte und immer höher und steiler wurde, je weiter sie zurückgingen. Erschöpft warfen sie sich einfach auf den Boden auf der windgeschützten Seite eines Findlings nicht weit vom Fuß des Abgrunds. Dort saßen sie eine Weile traurig zusammengekauert in der kalten, steinigen Nacht. Der Mond stand jetzt hoch am Himmel und war klar. Sein dünnes, weißes Licht beleuchtete die Vorderseiten der Steine und die kalte, drohende Felswand und verwandelte die ganze dräuende Dunkelheit in kühles, blasses Grau, von schwarzen Schatten durchschnitten.

»Na ja«, sagte Frodo, stand auf und zog seinen Mantel fester um sich. »Du schläfst jetzt ein bißchen, Sam, und nimmst meine Decke. Ich gehe eine Weile als Posten auf und ab.« Plötzlich erstarrte er, bückte sich und packte Sam am Arm. »Was ist das?« flüsterte er. »Schau, dort drüben auf der Felswand!«

Sam blickte hinüber und pfiff durch die Zähne. »Sss!« sagte er. »Da haben wir's. Das ist dieser Gollum! Schlangen und Nattern! Und wenn man sich vorstellt, daß ich geglaubt hatte, wir verwirren ihn mit unserem bißchen Klettern! Schau dir das an! Wie eine scheußliche krabbelnde Spinne auf einer Wand.«

Auf der Vorderseite einer Berglehne, steil und fast glatt schien sie im Mondlicht zu sein, bewegte sich ein kleines schwarzes Geschöpf mit gespreizten Gliedern abwärts. Vielleicht fanden seine weichen, sich anklammernden Hände und Zehen Spalten und Stützen, die kein Hobbit je hätte sehen oder benutzen können, aber es sah aus, als ob es einfach auf klebrigen Pfoten kröche wie irgendein großes beutelüsternes, insektenähnliches Tier. Und es kam herunter mit dem Kopf zuerst, als ob es seinen Weg wittere. Ab und zu hob es langsam den Kopf und drehte ihn bis nach hinten auf seinem langen, mageren Hals, und die Hobbits sahen flüchtig zwei kleine, blaß leuchtende Punkte, seine Augen, die kurz zum Mond hinaufblinzelten und dann rasch wieder von den Lidern bedeckt wurden.

»Glaubst du, er kann uns sehen?« fragte Sam.

»Ich weiß es nicht«, sagte Frodo leise. »Aber ich glaube nicht. Sogar für freundliche Augen sind diese Elbenmäntel schwer zu sehen. Selbst auf ein paar Schritt Entfernung kann ich dich im Schatten nicht sehen. Und ich habe gehört, daß er Sonne oder Mond nicht mag.«

»Warum kommt er dann aber gerade hier herunter?« fragte Sam.

»Leise, Sam!« sagte Frodo. »Er kann uns vielleicht riechen. Und er kann so gut hören wie Elben, glaube ich. Ich denke mir, er hat jetzt etwas gehört: unsere Stimmen wahrscheinlich. Wir haben da drüben eine Menge geschrien; und bis vor einer Minute haben wir uns viel zu laut unterhalten.«

»Na, ich habe ihn längst satt«, sagte Sam. »Für mich ist er einmal zu oft gekommen, und ich werde ein Wörtchen mit ihm reden, wenn ich kann. Ich glaube sowieso nicht, daß wir ihm entkommen könnten.« Sam zog sich seine graue Kapuze gut übers Gesicht und kroch verstohlen zur Klippe.

»Vorsichtig!« flüsterte Frodo, der hinterher kam. »Erschrecke ihn nicht. Er ist viel gefährlicher, als er aussieht.«

Das schwarze kriechende Geschöpf hatte jetzt drei Viertel des Wegs nach unten geschafft und war vielleicht fünfzig Fuß oder weniger über dem Fuß der Klippe. Mäuschenstill kauerten die Hobbits im Schatten des großen Findlings und beobachteten ihn. Er schien zu einer schwierigen Stelle gekommen oder über irgend etwas beunruhigt zu sein. Sie hörten ihn schnüffeln, und ab und zu stieß er einen mißtönenden, zischenden Schnaufer aus, der wie ein Fluch klang. Er hob den Kopf, und sie glaubten, ihn spucken zu hören. Dann setzte er sich wieder in Bewegung. Jetzt hörten sie seine krächzende und pfeifende Stimme.

»Ach, sss! Vorsicht, mein Schatz! Mehr Eile, weniger Schnelligkeit. Wir dürfen uns nicht den Hals brechen, nicht wahr, Schatz? Nein, Schatz – *gollum*!« Er hob wieder den Kopf, blinzelte zum Mond und schloß rasch die Augen. »Wir hassen es«, zischte er. »Häßliches häßliches schauderhaftes Licht isses – spuckt uns an, Schatz – tut unseren Augen weh.«

Er kam jetzt tiefer herunter, und sein Zischen wurde deutlicher und klarer. »Wo ist er, wo ist er, mein Schatz, mein Schatz? Es ist unserer, jawohl, und wir wollen ihn. Die Diebe, die Diebe, die dreckigen kleinen Diebe. Wo sind sie mit meinem Schatz? Verflucht sollen sie sein! Wir hassen sie.«

»Es klingt nicht, als ob er wüßte, wo wir sind, nicht wahr?« flüsterte Sam. »Und was ist sein Schatz? Meint er den ...«

»Pst!« hauchte Frodo. »Er kommt jetzt näher, nah genug, um ein Flüstern zu hören.«

Tatsächlich hatte Gollum plötzlich wieder innegehalten und seinen großen Kopf an dem dürren Hals von einer Seite zur anderen gestreckt, als ob er lausche. Seine blassen Augen waren halb offen. Sam hielt sich zurück, obwohl es ihm in den Fingern zuckte. Seine Augen, voller Wut und Abscheu, waren auf das elende Geschöpf geheftet, das jetzt wieder weiterging und immer noch vor sich hin flüsterte und zischte.

Schließlich war er nicht mehr als etwa zwölf Fuß vom Boden, direkt über ihren Köpfen. Von dieser Stelle aus ging es steil nach unten, denn der Felsen war leicht ausgehöhlt, und selbst Gollum konnte keinerlei Halt finden. Er schien den Versuch zu machen, sich umzudrehen, damit er mit den Beinen zuerst nach unten käme, als er plötzlich mit schrillem, pfeifendem Schrei abstürzte. Im Fallen schlang er seine Arme und Beine um sich wie eine Spinne, deren abwärtsführender Faden gerissen ist.

Sam war im Nu aus seinem Versteck heraus und mit ein paar Sätzen am Fuß der Klippe. Ehe Gollum aufstehen konnte, war er über ihm. Aber er stellte fest, daß Gollum ein härterer Brocken war, als er erwartet hatte, selbst so unerwartet überrumpelt und nicht auf der Hut nach seinem Sturz. Ehe Sam ihn packen konnte, schlangen sich lange Arme und Beine um ihn und hielten seine Arme fest, und ein klammernder Griff, sanft, aber entsetzlich stark, umschnürte ihn wie sich langsam zuziehende Stricke; feuchtkalte Finger tasteten nach seiner Kehle. Dann bissen ihn scharfe Zähne in die Schultern. Er konnte nichts tun, als seinen harten, runden Schädel dem Geschöpf seitlich ins Gesicht zu stoßen. Gollum zischte und spuckte, ließ aber nicht los.

Es wäre Sam schlecht ergangen, wenn er allein gewesen wäre. Aber Frodo sprang auf und riß Stich aus der Scheide. Mit der linken Hand zog er Gollums Kopf an seinem dünnen, glatten Haar zurück, bis sein langer Hals gestreckt war, und zwang seine blassen, giftigen Augen, in den Himmel zu starren.

»Laß los, Gollum«, sagte er. »Das ist Stich. Du hast ihn schon einmal gesehen. Laß los, oder du bekommst ihn diesmal zu spüren. Ich werde dir die Kehle durchschneiden.«

Gollum brach zusammen und wurde schlaff wie ein nasser Faden. Sam stand auf und betastete seine Schulter. Seine Augen sprühten vor Zorn, aber er konnte sich nicht rächen: sein elender Feind lag demütig auf den Steinen und wimmerte.

»Tut uns nicht weh! Laß nicht zu, daß sie uns weh tun, Schatz! Sie werden uns doch nicht weh tun, die netten kleinen Hobbitse? Wir hatten nichts Böses vor, aber sie sprangen auf uns wie Katzen auf arme Mäuser, das taten sie, Schatz. Und wir sind so allein, *gollum*. Wir werden nett zu ihnen sein, sehr nett, wenn sie nett zu uns sind, nicht wahr, ja, ja.«

»Na, was soll nun mit ihm geschehen?« fragte Sam. »Fesseln, damit er uns nicht mehr nachschleichen kann, das sage ich.«

»Aber das bringt uns um, das bringt uns um«, wimmerte Gollum. »Grausame kleine Hobbitse. Uns fesseln in dem kalten harten Land und uns verlassen, *gollum, gollum.*« Schluchzer stiegen auf in seiner kollernden Kehle.

»Nein«, sagte Frodo. »Wenn wir ihn töten, dann müssen wir ihn ganz und gar töten. Aber das können wir nicht, so wie die Dinge liegen. Armer Kerl! Er hat uns kein Leid getan.«

»Ach, hat er nicht!« sagte Sam und rieb seine Schulter. »Jedenfalls hatte er es vor *und* hat es vor, da wett ich. Uns im Schlaf erwürgen, das ist sein Plan.«

»Das will ich glauben«, sagte Frodo. »Aber was er wirklich vorhat, ist etwas anderes.« Er hielt eine Weile inne und dachte nach. Gollum lag still und hörte mit Wimmern auf. Sam starrte ihn finster an.

Dann schien es Frodo, als höre er, ganz deutlich, aber weit entfernt, Stimmen aus der Vergangenheit:

Welch ein Jammer, daß Bilbo dieses elende Geschöpf nicht erdolcht hat, als er die Gelegenheit hatte!

Ein Jammer? Ihn jammerte Gollum. Mitleid und Erbarmen hielten seine Hand zurück: nicht ohne Not wollte er töten.

Ich empfinde keinerlei Mitleid für Gollum. Er verdient den Tod.

Verdient ihn! Das will ich glauben. Viele, die leben, verdienen den Tod. Und manche, die sterben, verdienen das Leben. Kannst du es ihnen geben? Dann sei auch nicht so rasch mit einem Todesurteil bei der Hand, weil du um deine eigene Sicherheit fürchtest. Denn selbst die Weisen können nicht alle Absichten erkennen.

»Nun gut«, antwortete er laut und senkte sein Schwert. »Aber ich habe immer noch Angst. Und dennoch werde ich, wie du siehst, diesem armen Wicht nichts zuleide tun. Denn jetzt, da ich ihn sehe, habe ich Mitleid mit ihm.«

Sam starrte seinen Herrn an, denn er schien mit jemandem zu reden, der nicht da war. Gollum hob den Kopf.

»Ja, armer Kerl sind wir, Schatz«, greinte er. »Elend, Elend! Hobbits werden uns nicht töten, nette Hobbits.«

»Nein, das werden wir nicht«, sagte Frodo. »Aber wir werden dich auch nicht laufen lassen. Du bist voller Bosheit und Schlechtigkeit, Gollum. Du wirst mit uns mitkommen müssen, das ist alles, damit wir ein Auge auf dich haben. Aber du mußt uns helfen, wenn du kannst. Eine Liebe ist der anderen wert.«

»Ja, ja, wirklich«, sagte Gollum und setzte sich auf. »Nette Hobbits! Wir werden mit ihnen kommen. Ihnen sichere Wege suchen in der Dunkelheit, ja, das werden wir. Und wo gehen sie hin in diesen kalten harten Landen, das möchten wir wissen, ja, das möchten wir wissen.« Er schaute zu ihnen auf, und in seinen blassen, blinzelnden Augen flackerte für eine Sekunde ein schwacher Schimmer von Verschlagenheit und Begehrlichkeit auf.

Sam sah ihn wütend an und saugte an seinen Zähnen; aber er schien zu spüren, daß etwas an der Stimmung seines Herrn sonderbar war und es bei der Sache nichts mehr zu erörtern gab. Dennoch war er erstaunt über Frodos Antwort.

Frodo sah Gollum direkt in die Augen, die zusammenzuckten und seinem Blick auswichen. »Du weißt es oder errätst es wenigstens, Sméagol«, sagte er leise und streng. »Wir gehen natürlich nach Mordor. Und du weißt den Weg dorthin, glaube ich.«

»Ach! Sss!« sagte Gollum und preßte die Hände auf die Ohren, als ob ihm eine solche Freimütigkeit und das offene Aussprechen der Namen weh tue. »Wir haben's erraten, ja, wir haben's erraten«, flüsterte er. »Und wir wollten nicht, daß sie gehen, nicht wahr? Nein, Schatz, nicht die netten Hobbits. Asche, Asche und Staub, und Durst gib's da. Und

Höhlen, Höhlen, Höhlen und Orks, Tausende von Orks. Nette Hobbits dürfen nicht — sss — zu solchen Orten gehen.«

»Du bist also dagewesen?« drängte Frodo. »Und es zieht dich dorthin zurück, nicht wahr?«

»Ja. Ja. Nein!« kreischte Gollum. »Einmal, durch Zufall war es, nicht wahr, Schatz? Ja, durch Zufall. Und wir wollen nicht zurückgehen, nein, nein!« Dann plötzlich änderten sich seine Stimme und Sprache, und er schluchzte kehlig und redete, aber nicht mit ihnen. »Laß mich zufrieden, *gollum!* Du tust mir weh. O, meine armen Hände, *gollum!* Ich, wir, ich will nicht zurückkommen. Ich kann ihn nicht finden. Ich bin müde. Ich, wir können ihn nicht finden, *gollum, gollum!* Nein, nirgends. Sie sind immer wach. Zwerge, Menschen und Elben, entsetzliche Elben mit hellen Augen. Ich kann ihn nicht finden. Ach!« Er stand auf und ballte seine lange Hand zu einer knochigen, fleischlosen Faust und drohte damit gen Osten. »Wir wollen nicht!« rief er. »Nicht für dich.« Dann brach er wieder zusammen. *»Gollum, gollum«*, wimmerte er mit dem Gesicht auf dem Boden. »Schau uns nicht an! Geh weg! Geh schlafen!«

»Er wird nicht weggehen oder schlafen auf deinen Befehl, Sméagol«, sagte Frodo. »Aber wenn du wirklich wieder frei sein willst von ihm, dann mußt du mir helfen. Und das, fürchte ich, bedeutet, daß du für uns einen Weg zu ihm finden mußt. Du brauchst nicht die ganze Strecke mitzugehen, nicht über die Tore dieses Landes hinaus.«

Gollum setzte sich wieder auf und sah ihn mit halbgeschlossenen Lidern an. »Er ist da drüben«, krächzte er. »Immer da. Orks werden euch den ganzen Weg bringen. Leicht, Orks zu finden östlich des Stroms. Bitte nicht Sméagol. Armer, armer Sméagol, er ging schon vor langer Zeit weg. Sie nahmen ihm seinen Schatz, und jetzt ist er verloren.«

»Vielleicht werden wir ihn wiederfinden, wenn du mit uns mitkommst«, sagte Frodo.

»Nein, nein, niemals! Er ist verloren, sein Schatz«, sagte Gollum.

»Steh auf«, sagte Frodo.

Gollum stand auf und wich zurück an die Felswand.

»Nun höre«, sagte Frodo. »Kannst du einen Weg leichter bei Tag oder bei Nacht finden? Wir sind müde; aber wenn du dich für die Nacht entscheidest, werden wir heute nacht aufbrechen.«

»Die großen Lichter tun unseren Augen weh, wirklich«, jammerte Gollum. »Nicht unter dem Weißen Gesicht, noch nicht. Bald wird es hinter die Berge gehen, ja. Ruht euch erst ein bißchen aus, nette Hobbits!«

»Dann setz dich hin«, sagte Frodo, »und rühr dich nicht!«

Die Hobbits setzten sich neben ihn, jeder auf einer Seite, lehnten den

Rücken an die Felswand und streckten die Beine aus. Es war nicht nötig, sich mit Worten zu verständigen: sie wußten, daß sie nicht einen Augenblick schlafen durften. Langsam zog der Mond vorbei. Schatten fielen von den Bergen, und alles wurde dunkel vor ihnen. Die Sterne wurden dicht und hell am Himmel oben. Keiner der drei bewegte sich. Gollum saß mit angezogenen Beinen da, die Knie unter dem Kinn, Hände und Füße flach auf dem Boden gespreizt, die Augen geschlossen; aber er schien angespannt zu sein, als ob er nachdenke oder lausche.

Frodo blickte zu Sam hinüber. Ihre Blicke trafen sich, und sie verstanden sich. Sie setzten sich geruhsamer hin, lehnten die Köpfe zurück und schlossen die Augen, oder taten so. Bald war ihr leises Atemgeräusch zu hören. Gollums Hände zuckten ein wenig. Kaum wahrnehmbar bewegte er den Kopf nach links und rechts, und ein Schlitz öffnete sich, erst in einem Auge und dann im anderen. Die Hobbits gaben kein Zeichen. Mit einer überraschenden Behendigkeit und Schnelligkeit stürzte Gollum plötzlich mit einem Sprung wie ein Grashüpfer oder Frosch vom Boden weg in die Dunkelheit. Aber das war genau das, was Frodo und Sam erwartet hatten. Sam war über ihm, ehe er nach seinem Sprung zwei Schritte gemacht hatte. Frodo kam hinterher, packte ihn am Bein und zog ihn zurück.

»Dein Seil könnte sich wiederum als nützlich erweisen, Sam«, sagte er.

Sam holte das Seil heraus. »Und wo wollteste du hin in den kalten, harten Landen, Herr Gollum?« brummte er. »Das möchten wir wissen, freilich, das möchten wir wissen. Um einige von deinen Orksfreunden zu finden, da wette ich. Du häßliches, tückisches Geschöpf. Um den Hals sollte dir das Seil geschlungen werden, und mit einem festen Knoten dazu.«

Gollum lag still und versuchte keine weiteren Kniffe. Er antwortete Sam nicht, warf ihm aber einen raschen, giftigen Blick zu.

»Wir brauchen ihn nur festzuhalten«, sagte Frodo. »Wir wollen, daß er läuft, also hat es keinen Zweck, seine Beine zu fesseln – oder seine Arme, die scheint er fast ebensoviel zu gebrauchen. Knüpfe ein Ende um seinen Knöchel und behalte das andere Ende fest in der Hand.«

Er paßte auf Gollum auf, während Sam den Knoten machte. Das Ergebnis überraschte sie beide. Gollum begann zu schreien, ein dünnes, durchdringendes Gekreisch, sehr scheußlich anzuhören. Er krümmte und wand sich und versuchte, mit dem Mund zum Knöchel zu kommen und das Seil durchzubeißen. Er schrie immer weiter.

Schließlich war Frodo überzeugt, daß er wirklich Schmerzen hatte. Aber es konnte nicht von dem Knoten sein. Er untersuchte ihn und fand, daß er nicht zu fest war, vielmehr kaum fest genug. Sam war gutmütiger als seine Worte. »Was ist los mit dir?« fragte er. »Wenn du versuchst, wegzurennen, mußt du angebunden werden; aber wir wollen dir nicht wehtun.«

»Es tut uns weh, es tut uns weh«, zischte Gollum. »Es ist eiskalt, es schneidet ein. Elben haben es zusammengedreht, verflucht sollen sie sein! Häßliche, grausame Hobbits! Darum haben wir natürlich zu fliehen versucht, Schatz. Wir ahnten, daß sie grausame Hobbits sind. Sie besuchen Elben, wilde Elben mit leuchtenden Augen. Nehmt es uns ab! Es tut uns weh.«

»Nein, ich werde es dir nicht abnehmen«, sagte Frodo, »sofern du nicht« – er unterbrach sich und dachte einen Augenblick nach – »sofern du nicht irgendein Versprechen abgibst, auf das ich mich verlassen kann.«

»Wir werden schwören zu tun, was er will, ja, ja«, sagte Gollum, sich immer noch windend und nach seinem Knöchel fassend. »Es tut uns weh.«

»Schwörst du?« fragte Frodo.

»Sméagol«, sagte Gollum plötzlich und deutlich, öffnete die Augen weit und starrte Frodo mit einem seltsamen Funkeln an. »Sméagol wird auf den Schatz schwören.«

Frodo richtete sich auf, und wieder war Sam verblüfft über seine Worte und seine strenge Stimme. »Auf den Schatz? Wie kannst du es wagen?« sagte er. »Denke doch!

Ein Ring, sie zu knechten, sie alle zu finden.

Würdest du dein Versprechen daran binden, Sméagol? Er wird dich damit festhalten. Aber er ist noch verräterischer als du. Er mag deine Worte verdrehen. Sei vorsichtig!«

Gollum duckte sich. »Auf den Schatz, auf den Schatz!« wiederholte er.

»Und was würdest du schwören?« fragte Frodo.

»Sehr, sehr gut zu sein«, sagte Gollum. Dann kroch er zu Frodos Füßen, blieb vor ihm auf dem Boden liegen und flüsterte heiser; ein Schauer überrann ihn, als ob die Worte sogar seine Knochen vor Angst zittern ließen: »Sméagol wird schwören, niemals, niemals zuzulassen, daß Er ihn bekommt. Niemals! Sméagol wird ihn retten. Aber er muß auf den Schatz schwören.«

»Nein! Nicht auf ihn«, sagte Frodo und blickte streng, aber mitleidig auf ihn hinunter. »Du willst ihn ja nur sehen und berühren, wenn du kannst, obwohl du weißt, daß er dich verrückt machen würde. Nicht auf ihn. Schwöre bei ihm, wenn du willst. Denn du weißt, wo er ist. Ja, du weißt es, Sméagol. Er ist vor dir.«

Einen Augenblick schien es Sam, als sei sein Herr gewachsen und Gollum geschrumpft: ein großer, strenger Schatten, ein mächtiger Herr, der seine Pracht in einer grauen Wolke verhüllt, und zu seinen Füßen ein kleiner, winselnder Hund. Dennoch waren die beiden in irgendeiner Weise einander verwandt und nicht fremd: sie konnten einer des anderen Gedanken erraten. Gollum richtete sich auf und begann, Frodo zu tätscheln und vor seinen Knien zu scharwenzeln.

»Nieder! Nieder«, sagte Frodo. »Jetzt sage dein Versprechen!«

»Wir versprechen, ja, ich verspreche!« sagte Gollum. »Ich will dem Herrn des Schatzes dienen. Guter Herr, guter Sméagol, *gollum gollum*!« Plötzlich begann er zu weinen und wieder in seinen Knöchel zu beißen.

»Nimm das Seil ab, Sam«, sagte Frodo.

Widerstrebend gehorchte Sam. Sofort stand Gollum auf und begann herumzuspringen wie ein geprügelter Köter, dessen Herr ihn gestreichelt hat. Von diesem Augenblick an kam eine Veränderung über ihn, die einige Zeit anhielt. Er sprach mit weniger Zischen und Wimmern, und er redete unmittelbar mit seinen Gefährten, nicht mehr mit seinem Schatz. Er duckte sich und wich zurück, wenn sie in seine Nähe kamen oder eine plötzliche Bewegung machten, und er vermied es, ihre Elbenmäntel zu berühren; aber er war freundlich und wirklich bemitleidenswert bestrebt, ihnen zu gefallen. Er kicherte und sprang vor Freude in die Luft, wenn irgendein Scherz gemacht wurde oder auch, wenn Frodo freundlich mit ihm sprach, und er weinte, wenn Frodo ihn zurechtwies. Sam sagte eigentlich wenig zu ihm. Er mißtraute ihm mehr denn je und mochte den neuen Gollum, den Sméagol, noch weniger als den alten, wenn das überhaupt möglich war.

»So, Gollum oder wie immer wir dich nennen sollen«, sagte er, »nun aber los! Der Mond ist weg, und die Nacht vergeht. Wir brechen besser auf.«

»Ja, ja«, stimmte Gollum zu und hüpfte herum. »Los gehen wir! Es geht nur einen Weg hinüber zwischen dem Nordende und dem Südende. Ich habe ihn gefunden, wirklich. Orks benutzen ihn nicht, Orks kennen ihn nicht. Orks gehen nicht über die Sümpfe, sie gehen Meilen und Meilen drum herum. Ein Glück, daß ihr hier lang kamt. Ein Glück, daß ihr Sméagol gefunden habt, ja. Folgt Sméagol!«

Er ging ein paar Schritte weg und blickte fragend zurück wie ein Hund, der sie zu einem Spaziergang auffordert. »Warte ein bißchen, Gollum!«

rief Sam. »Geh jetzt nicht zu weit voraus. Ich will dir auf den Fersen bleiben und habe das Seil griffbereit.«

»Nein, nein!« sagte Gollum. »Sméagol hat versprochen.«

In tiefer Nacht unter den harten, klaren Sternen brachen sie auf. Gollum führte sie ein Stück zurück nach Norden auf dem Weg, den sie gekommen waren; dann bog er nach rechts ab von dem steilen Rand des Emyn Muil über die zerklüfteten steinigen Hänge zu dem unermeßlichen Sumpfgebiet unten. Rasch und leise verschwanden sie in der Dunkelheit. Über all den vielen öden Meilen vor den Toren von Mordor lag ein schwarzes Schweigen.

ZWEITES KAPITEL

DIE DURCHQUERUNG DER SÜMPFE

Gollum ging rasch, dabei streckte er Kopf und Hals vor und benutzte oft seine Hände ebenso wie die Füße. Frodo und Sam mußten sich sehr anstrengen, um mit ihm Schritt zu halten; aber er schien nicht mehr an Flucht zu denken, und wenn sie zurückblieben, drehte er sich um und wartete auf sie. Nach einiger Zeit brachte er sie an den Rand der schmalen Rinne, auf die sie schon früher gestoßen waren; aber jetzt waren sie weiter weg von den Bergen.

»Hier ist es!« rief er. »Da unten drin ist ein Weg, ja. Jetzt folgen wir ihm nach draußen, da drüben.« Er zeigte nach Süden und Osten auf die Sümpfe. Deren Dünste stiegen ihnen in die Nase, schwer und faul selbst in der kalten Nachtluft.

Gollum suchte oben und unten entlang des Randes, und schließlich rief er ihnen zu: »Hier! Hier können wir runtergehen. Sméagol ging diesen Weg einmal: ich ging diesen Weg, als ich mich vor den Orks versteckte.«

Er ging voran, die Hobbits folgten ihm und stiegen hinunter in die Düsternis. Es war nicht schwierig, denn die Spalte war an dieser Stelle nur etwa fünfzehn Fuß tief und etwa ein Dutzend breit. Auf dem Grund floß Wasser: tatsächlich war es das Bett eines der vielen kleinen Flüsse, die von den Bergen herabtröpfelten und die stehenden Tümpel und Sümpfe speisten. Gollum hielt sich nach rechts, mehr oder weniger nach Süden, und ging planschend durch den seichten, steinigen Bach. Er schien hoch entzückt zu sein, das Wasser an den Füßen zu spüren, lachte vergnügt vor sich hin und krächzte sogar manchmal eine Art Lied.

Das wüstige Land,
Es beißt die Hand,
Es nagt am Fuß.
Felsen und Stein
Kein Fleisch, nur Gebein,
Fraß aus, ist Schluß.
Doch in kühlen Pfuhlen
Woll'n wir uns suhlen
Und Füße im Fluß.
Nun wollen wir gern ...

»Ha! Ha! Was wollen wir?« sagte er und warf den Hobbits einen verstohlenen Blick zu. »Wir wollen's euch sagen«, krächzte er. »Er hat's schon lange erraten, der Beutlin hat's erraten.« Seine Augen funkelten, und als Sam den Schimmer in der Dunkelheit sah, fand er ihn keineswegs erfreulich.

Ohne Atemhauch
Wie die Toten auch,
Trotzdem lebendig,
Schlüpfrig behendig,
Im Sumpf nicht versinken,
doch immerzu trinken;
Auf dürrem Stein
Geht Armer ein,
Aber wir gewinnen,
Wo Wasser rinnen.
Ein süßer Fisch
Den fangen wir noch
Im Wasserloch!
So saftig-frisch!

Diese Worte machten Sam nur eine Schwierigkeit deutlicher und dringlicher, die ihn von dem Augenblick an beunruhigt hatte, als er begriff, daß sein Herr Gollum als Führer annehmen wollte: die Schwierigkeit der Ernährung. Er kam nicht drauf, daß sein Herr auch daran gedacht haben könnte, aber von Gollum nahm er es an. Wie hatte sich Gollum überhaupt bei seiner ganzen einsamen Wanderung ernährt? »Nicht zu gut«, dachte Sam. »Er sieht ganz schön verhungert aus. Nicht zu wählerisch, um zu versuchen, wie Hobbits schmecken, wenn's keine Fische gibt, da wette ich – vorausgesetzt, er könnte uns im Schlaf überrumpeln. Na, das wird er nicht – Sam Gamdschie zum Beispiel nicht.«

Sie stolperten eine lange Zeit durch die dunkle, sich windende Rinne, oder jedenfalls kam es den müden Füßen von Frodo und Sam so vor. Die Rinne zog sich nach Osten, und als sie weitergingen, verbreiterte sie sich und wurde allmählich flacher. Schließlich wurde der Himmel oben blaß vom ersten Morgengrauen. Gollum hatte kein Zeichen von Müdigkeit erkennen lassen, aber jetzt schaute er auf und blieb stehen.

»Tag ist nah«, flüsterte er, als ob Tag etwas sei, das ihn hören und ihn anspringen könnte. »Sméagol will hierbleiben: ich will hierbleiben, und das Gelbe Gesicht wird mich nicht sehen.«

»Wir wären froh, die Sonne zu sehen«, sagte Frodo, »aber wir wollen auch hier bleiben: wir sind zu müde, um jetzt noch weiterzugehen.«

»Ihr seid nicht klug, daß ihr froh seid über das Gelbe Gesicht«, sagte Gollum. »Es verrät euch. Nette, vernünftige Hobbits bleiben bei Sméagol. Orks und böse Wesen sind unterwegs. Sie können weit sehen. Bleibt hier und versteckt euch mit mir!«

Die drei ließen sich am Fuß der felsigen Wand der Rinne nieder, um sich auszuruhen. Die Rinne war hier nicht viel höher, als daß ein großer Mann darin stehen konnte, und auf dem Boden waren breite, und trokkene flache Felsvorsprünge; das Wasser floß in einem Bett auf der anderen Seite. Frodo und Sam setzten sich auf einen der Vorsprünge und ruhten ihre Rücken aus. Gollum paddelte und krabbelte im Bach herum.

»Wir müssen ein wenig essen«, sagte Frodo. »Bist du hungrig, Sméagol? Wir haben nicht viel, aber wir werden dir etwas übrig lassen.«

Bei dem Wort *hungrig* trat ein grünliches Funkeln in Gollums bleiche Augen, und sie schienen mehr denn je aus seinem dünnen, ungesunden Gesicht hervorzuragen. Einen Augenblick fiel er in seine alte Gollum-Art zurück. »Wir sind ausgehungert, ja, ausgehungert sind wir, Schatz«, sagte er. »Was isses was sie essen? Haben sie gute Fische?« Seine Zunge hing zwischen seinen scharfen, gelben Zähnen heraus, und er leckte sich die farblosen Lippen.

»Nein, wir haben keinen Fisch«, sagte Frodo. »Wir haben nur das hier ...«, er hielt eine *lembas*-Waffel hoch, »und Wasser, wenn das Wasser hier trinkbar ist.«

»Ja, ja, gutes Wasser«, sagte Gollum. »Trinkt es, trinkt es, solange wir können! Aber was ist es, was sie haben, Schatz? Kann man es kauen? Schmeckt es?«

Frodo brach ein Stückchen von einer Waffel ab und gab es ihm auf der Blätterverpackung. Gollum schnüffelte an dem Blatt, und sein Ausdruck änderte sich: sein Gesicht verzog sich voll Abscheu und zeigte wieder einen Anflug seiner alten Bosheit. »Sméagol riecht es«, sagte er. »Blätter aus dem Elbenland, pfui! Sie stinken. Er kletterte in diesen Bäumen, und er konnte den Geruch nicht von den Händen abwaschen, meinen netten Händen.« Er ließ das Blatt fallen, nahm eine Ecke von den *lembas* und knabberte daran. Er spuckte und wurde von einem Hustenanfall gepackt.

»Ach! Nein!« stotterte er. »Ihr wollt den armen Sméagol ersticken. Staub und Asche, das kann er nicht essen. Er muß hungern. Aber Sméagol macht das nichts aus. Nette Hobbits! Sméagol hat versprochen. Er wird hungern. Hobbitnahrung kann er nicht essen. Er wird hungern. Armer dünner Sméagol!«

»Es tut mir leid«, sagte Frodo, »aber ich kann dir nicht helfen, fürchte ich. Ich glaube, diese Nahrung wird dir gut tun, wenn du sie nur versuchen würdest. Aber vielleicht kannst du nicht einmal versuchen, jedenfalls jetzt noch nicht!«

Die Hobbits kauten schweigend an ihren *lembas*. Sam fand, sie schmeckten irgendwie viel besser als in der ganzen letzten Zeit: Gollums Verhalten hatte ihn wieder auf ihre Würzigkeit aufmerksam gemacht. Aber er fühlte sich nicht wohl in seiner Haut. Gollum beobachtete jeden Krümel von der Hand bis zum Mund wie ein bettelnder Hund neben dem Stuhl eines Essenden. Erst als sie fertig waren und sich anschickten, sich auszuruhen, sah er offenbar ein, daß sie keine heimlichen Leckerbissen hatten, von denen er etwas abbekommen könnte. Dann stand er auf und setzte sich ein paar Schritte entfernt hin und wimmerte ein wenig.

»Hör mal«, flüsterte Sam Frodo zu, nicht allzu leise: es war ihm eigentlich gleichgültig, ob Gollum ihn hörte oder nicht. »Wir müssen etwas schlafen; aber nicht beide zugleich, wenn dieser hungrige Schuft in der Nähe ist, Versprechen hin, Versprechen her. Sméagol oder Gollum wird seine Gewohnheiten nicht in aller Eile ändern, da könnt ich schwören. Schlaf du jetzt, Herr Frodo, und ich wecke dich, wenn ich meine Lider nicht mehr aufhalten kann. Immer abwechselnd, wie bisher, solange er frei herumläuft.«

»Vielleicht hast du recht, Sam«, sagte Frodo, ohne die Stimme zu senken. »Es *ist* eine Veränderung in ihm vorgegangen, aber welcher Art sie ist und wie tief sie geht, darüber bin ich mir noch nicht klar. Im Ernst glaube ich allerdings nicht, daß wir uns fürchten müssen – zurzeit. Immerhin wache, wenn du willst. Laß mich zwei Stunden schlafen. Aber nicht mehr, und wecke mich dann.«

So müde war Frodo, daß ihm der Kopf auf die Brust sank und er schon schlief, nachdem er diese Worte kaum gesprochen hatte. Gollum schien keine Angst mehr zu haben. Er rollte sich zusammen und schlief ganz sorglos rasch ein. Bald zischte sein Atem leise durch seine zusammengebissenen Zähne, aber er lag mäuschenstill. Weil Sam nach einer Weile fürchtete, daß er auch einnicken würde, wenn er so dasaß und seine zwei Gefährten atmen hörte, stand er auf und stieß Gollum sanft an. Seine Hände streckten sich und zuckten, aber sonst bewegte er sich nicht. Sam beugte sich zu ihm hinunter und sagte dicht an seinem Ohr *Fisch*, aber es kam keine Antwort von Gollum, nicht einmal ein Stocken des Atems.

Sam kratzte sich den Kopf. »Er muß wirklich schlafen«, murmelte er. »Und wenn ich wie Gollum wäre, würde er nie wieder aufwachen.« Er unterdrückte den Gedanken an sein Schwert und das Seil, der ihm in den Sinn gekommen war, ging wieder zu seinem Herrn und setzte sich neben ihn.

Als er aufwachte, war der Himmel über ihm düster, nicht heller, sondern dunkler als bei ihrem Frühstück. Sam sprang auf. Nicht zuletzt daran, daß er sich so kräftig fühlte und hungrig war, erkannte er plötzlich, daß er den ganzen hellichten Tag verschlafen hatte, neun Stunden mindestens. Frodo schlief immer noch ganz fest und lag jetzt ausgestreckt auf der Seite. Gollum war nicht zu sehen. Verschiedene vorwurfsvolle Namen für sich selbst gingen Sam durch den Kopf, die aus dem väterlichen Wortschatz des Ohm stammten; dann fiel ihm auch ein, daß sein Herr Recht gehabt hatte: im Augenblick hatte es nichts gegeben, wovor man sich schützen mußte. Sie waren jedenfalls beide am Leben und nicht erwürgt.

»Armer Kerl!« sagte er halb reumütig. »Ich möchte mal wissen, wo er hingegangen ist?«

»Nicht weit, nicht weit«, sagte eine Stimme über ihm. Er schaute auf und sah den Umriß von Gollums großem Kopf und seinen Ohren gegen den Abendhimmel.

»He, was machst du denn?« rief Sam; sein Argwohn kehrte zurück, kaum daß er dieses Geschöpf sah.

»Sméagol ist hungrig«, sagte Gollum. »Bin gleich zurück.«

»Komm jetzt zurück!« schrie Sam. »He! Komm zurück!« Aber Gollum war verschwunden.

Frodo wachte auf, als er Sam rufen hörte; er setzte sich auf und rieb sich die Augen. »Nanu«, sagte er. »Ist was los? Wie spät ist es?«

»Weiß nicht«, sagte Sam. »Nach Sonnenuntergang, schätze ich. Und er ist weg. Sagt, er ist hungrig.«

»Beunruhige dich nicht«, sagte Frodo. »Da kann man nichts machen. Er wird zurückkommen, du wirst es sehen. Das Versprechen wird noch eine Weile halten. Und seinen Schatz will er sowieso nicht verlassen.«

Frodo machte nicht viel Aufhebens davon, als er hörte, daß sie beide stundenlang fest geschlafen hatten, während Gollum, und zwar ein sehr hungriger Gollum, frei und ungebunden neben ihnen gewesen war. »Denk dir keine von den Schimpfnamen des Ohms aus«, sagte er. »Du warst todmüde, und es hat sich als gut herausgestellt: jetzt sind wir beide ausgeruht. Und wir haben einen harten Weg vor uns, den schlimmsten Weg von allen.«

»Was das Essen betrifft«, sagte Sam. »Wie lange werden wir brauchen, um diese Sache zu erledigen? Und wenn sie erledigt ist, was werden wir dann tun? Diese Wegzehrung hält uns auf wunderbare Art auf den Beinen, obwohl sie das Innere nicht so recht befriedigt, wie man sagen könnte: nach meinem Gefühl jedenfalls nicht, was keine Unhöflichkeit gegen die sein soll, die sie gemacht haben. Aber etwas davon muß man jeden Tag essen, und es wird nicht mehr. Ich schätze, wir haben genug für, sagen wir, drei Wochen oder so, und das mit eng geschnalltem Riemen und nur für den hohlen Zahn, wohlgemerkt. Wir sind bisher ein bißchen großzügig damit umgegangen.«

»Ich weiß nicht, wie lange wir brauchen, um — um fertig zu werden«, sagte Frodo. »Wir sind in den Bergen jämmerlich aufgehalten worden. Aber, Samweis Gamdschie, mein lieber Hobbit — wirklich, Sam, mein liebster Hobbit, mein allerbester Freund —, ich glaube nicht, daß wir uns darüber Gedanken machen müssen, was nachher kommt. *Die Sache erledigen,* wie du es ausdrückst — welche Hoffnung besteht, daß wir sie je erledigen werden? Und wenn wir es tun, wer weiß, was dabei herauskommt? Wenn der Eine ins Feuer geht und wir in der Nähe sind? Ich frage dich, Sam, wird es je wahrscheinlich sein, daß wir wieder Brot brauchen? Ich glaube es nicht. Wenn wir unsere Glieder so ernähren können, daß sie uns bis zum Schicksalsberg bringen, dann ist das alles, was wir tun können. Mehr als ich tun kann, das Gefühl habe ich allmählich.«

Sam nickte schweigend. Er nahm die Hand seines Herrn und beugte sich über sie. Er küßte sie nicht, doch seine Tränen fielen darauf. Dann wandte er sich ab, fuhr sich mit dem Ärmel über die Nase, stand auf, stapfte herum, versuchte zu pfeifen und sagte zwischen seinen verschiedenen Bemühungen: »Wo ist das verflixte Geschöpf?«

Tatsächlich dauerte es nicht lange, bis Gollum zurückkam; aber er kam so leise, daß sie ihn nicht hörten, ehe er vor ihnen stand. Seine Finger und sein Gesicht waren mit schwarzem Schlamm beschmiert. Er kaute und sabberte noch. Was er kaute, fragten sie nicht und mochten auch nicht dran denken.

»Würmer oder Käfer oder irgendwas Schleimiges aus den Löchern«, dachte Sam. »Brr! Das abscheuliche Geschöpf; der arme Kerl!«

Gollum sagte nichts zu ihnen, bis er kräftig getrunken und sich im Bach gewaschen hatte. Dann kam er zu ihnen, sich die Lippen leckend. »Besser jetzt«, sagte er. »Sind wir ausgeruht? Bereit zu gehen? Nette Hobbits, sie schlafen schön. Vertraut ihr Sméagol jetzt? Sehr, sehr gut.«

Der nächste Abschnitt ihrer Fahrt war ziemlich genauso wie der letzte. Als sie weitergingen, wurde die Rinne immer flacher und das Gefälle ihres Bodens immer allmählicher. Ihr Grund war weniger steinig, sondern erdiger, und langsam gingen ihre Wände in bloße Böschungen über. Sie begann sich zu winden und zu wandern. Die Nacht näherte sich ihrem Ende, aber Wolken verhüllten jetzt Mond und Sterne, und sie merkten das Kommen des Tages nur daran, daß sich langsam ein spärliches, graues Licht verbreitete.

In einer kühlen Stunde kamen sie zum Ende des Wasserlaufs. Die Böschungen wurden moosgrüne Erdhügel. Über den letzten Vorsprung aus verwittertem Gestein stürzte der Bach gurgelnd hinab in ein braunes Moor und ward nicht mehr gesehen. Trockenes Schilf zischte und raschelte, obwohl kein Wind zu spüren war.

Auf beiden Seiten und vor ihnen lagen jetzt ausgedehnte Fenne und Sümpfe, die sich in dem dämmrigen Zwielicht weit nach Süden und Osten erstreckten. Nebelschwaden stiegen, sich kräuselnd und dampfend, von dunklen und eklen Tümpeln auf, deren Gestank stickig in der stillen Luft hing. Weit in der Ferne, jetzt fast genau südlich, erhoben sich die Gebirgswälle von Mordor wie eine zerklüftete schwarze Wolkenbank über einem gefährlichen, in Nebel gehüllten Meer.

Die Hobbits waren jetzt völlig im Gollums Hand. Sie wußten nicht und konnten es in der dunstigen Beleuchtung nicht erraten, daß sie in Wirklichkeit am nördlichen Ende der Sümpfe waren, die sich von hier aus nach Süden erstrecken. Sie hätten, wenn sie das Land gekannt hätten, ohne große Verzögerung einfach ein Stück zurückgehen können, und wenn sie sich dann nach Osten gehalten hätten, wären sie über harte Straßen zu der kahlen Ebene Dargolad gekommen: dem alten Schlachtfeld vor den Toren von Mordor. Viel Hoffnung bot ein solcher Weg allerdings auch nicht. Auf jener steinigen Ebene gab es keine Deckung, und die Straßen der Orks und der Soldaten des Feindes führten über sie hinweg. Nicht einmal die Mäntel von Lórien hätten sie dort verborgen.

»Welche Richtung wollen wir nun einschlagen, Sméagol?« fragte Frodo. »Müssen wir diese übelriechenden Fenne überqueren?«

»Nicht nötig, gar nicht nötig«, sagte Gollum. »Nicht, wenn die Hobbits das dunkle Gebirge erreichen und Ihn sehr schnell sehen wollen. Zurück ein bißchen und herum ein bißchen ...« – sein knochiger Arm deutete nach Norden und Osten – »und ihr könnt auf harten, kalten Straßen bis zu den Toren seines Landes kommen. Eine Menge von seinen Leuten wird dort nach Gästen Ausschau halten, sehr erfreut, sie gleich zu Ihm zu bringen, o ja. Sein Auge bewacht die ganze Zeit den Weg. Es hat Sméagol dort erwischt vor langer Zeit.« Gollum erschauerte. »Aber Sméagol hat seitdem seine Augen gebraucht, ja, ja: seitdem habe ich Augen und Füße und Nase gebraucht. Ich kenne andere Wege. Schwierigere, nicht so schnelle; aber bessere, wenn wir nicht von Ihm gesehen werden wollen. Folgt Sméagol! Er kann euch durch die Sümpfe bringen, durch die Nebel, nette, dicke Nebel. Folgt Sméagol sehr vorsichtig, dann könnt ihr einen langen Weg, einen recht langen Weg gehen, ehe Er euch erwischt, ja, vielleicht.«

Es war schon heller Tag, ein windloser und trüber Morgen, und die Sumpfdünste hingen schwer in der Luft. Kein Sonnenstrahl durchbrach den niedrigen Wolkenhimmel, und Gollum schien daran zu liegen, die Wanderung gleich fortzusetzen. So machten sie sich nach einer kurzen Rast gleich wieder auf den Weg und waren bald von einer schattigen, schweigenden Welt umschlossen, abgeschnitten von jedem Blick auf das umliegende Land, und sie sahen weder die Berge, die sie verlassen hatten, noch das Gebirge, das sie suchten. Sie gingen langsam hintereinander: Gollum, Sam, Frodo.

Frodo schien von den dreien der müdeste zu sein, und obwohl sie langsam gingen, blieb er oft zurück. Die Hobbits merkten bald, daß das, was wie ein einziges riesiges Fenn ausgesehen hatte, in Wirklichkeit ein endloses Netzwerk von Tümpeln, weichen Mooren und sich windenden, halb erstickten Wasserläufen war. Zwischen diesen konnten geschickte Augen und Füße einen verschlungenen Pfad finden. Gollum besaß gewiß diese Geschicklichkeit und brauchte sie auch. Sein Kopf an dem langen Hals drehte sich hierhin und dorthin, und er schnüffelte und murmelte die ganze Zeit vor sich hin. Manchmal hob er die Hand und gebot ihnen Halt, während er ein Stückchen weiterkroch, den Boden mit den Fingern oder Zehen abtastete oder bloß lauschte, ein Ohr auf die Erde gepreßt.

Es war langweilig und ermüdend. Kalter, feuchter Winter herrschte noch in diesem verlassenen Land. Das einzige Grün war der Schaum von bleichem Kraut auf den dunklen, fettigen Oberflächen der trüben Gewässer. Tote Gräser und faulendes Schilf ragte auf in den Nebeln wie gezackte Schatten von langvergessenen Sommern.

Im Laufe des Tages wurde es ein wenig heller, der Nebel hob sich und wurde dünner und durchsichtiger. Hoch über der Fäulnis und den Dünsten der Welt zog die Sonne jetzt golden ihre Bahn in einem heiteren Land und spiegelte sich in schimmernden Meeren, aber nur ein flüchtiges Gespenst von ihr konnten sie hier unten sehen, verschwommen, bleich, das weder Farbe noch Wärme abgab. Aber schon bei diesem schwachen Hinweis auf ihr Dasein blickte Gollum finster drein und schauderte. Er unterbrach ihre Wanderung, und sie rasteten, wie gejagte kleine Tiere an den Rändern eines großen braunen Schilfdickichts hockend. Es herrschte eine tiefe Stille, nur oberflächlich unterbrochen von dem schwachen Beben leerer Samenbüschel und dem Zittern abgebrochener Grashalme in kleinen Luftbewegungen, die sie nicht spüren konnten.

»Nicht ein Vogel«, sagte Sam traurig.

»Nein, keine Vögel«, sagte Gollum. »Nette Vögel!« Er leckte sich die Zähne. »Keine Vögel hier. Es gibt Schlangen, Würmer, Tiere in den Tümpeln. Haufenweise Tiere, haufenweis häßliche Tiere. Keine Vögel«, schloß er betrübt. Sam sah ihn voll Abscheu an.

So verbrachten sie den dritten Tag ihrer Wanderung mit Gollum. Ehe die Schatten des Abends in glücklicheren Ländern lang wurden, gingen sie weiter, immer weiter und weiter mit nur kurzen Unterbrechungen. Nicht so sehr, um sich auszuruhen, hielten sie an, sondern um Gollum zu helfen; denn jetzt mußte selbst er mit großer Sorgfalt vorgehen, und manchmal war er eine Weile unsicher. Sie hatten genau die Mitte der Totensümpfe erreicht, und es war dunkel.

Sie gingen langsam, gebückt, dicht hintereinander, und verfolgten aufmerksam jede Bewegung, die Gollum machte. Die Fenne wurden nasser und gingen in ausgedehnte, stehende Tümpel über, zwischen denen es immer schwieriger wurde, feste Stellen zu finden, wo Füße treten konnten, ohne in gurgelnden Morast einzusinken. Die Wanderer waren leicht, sonst hätte vielleicht keiner von ihnen einen Weg hindurchgefunden.

Plötzlich wurde es ganz dunkel: selbst die Luft schien schwarz zu sein, und das Atmen fiel ihnen schwer. Als Lichter auftauchten, rieb Sam sich die Augen: er dachte, er sei verrückt geworden. Erst sah er ein Licht im linken Augenwinkel, den Hauch eines blassen Scheins, der wieder verschwand. Aber bald kamen neue: manche wie düster schimmernder Rauch, manche wie neblige Flammen, die schwach über unsichtbaren Kerzen flackern; hier und dort wanden sie sich wie Gespensterlaken, die von verborgenen Händen geschwenkt werden. Aber keiner seiner Gefährten sprach ein Wort. Schließlich konnte Sam es nicht länger ertragen. »Was ist all das, Gollum?« fragte er flüsternd. »Diese Lichter? Sie sind jetzt rings um uns. Sind wir eingeschlossen? Was für Lichter sind das?«

Gollum schaute auf. Ein dunkles Wasser war vor ihm, und er kroch auf dem Boden, hierhin und dorthin, im Zweifel über den Weg. »Ja, sie sind rings um uns«, flüsterte er. »Die tückischen Lichter. Kerzen von Leichen, ja, ja. Achte nicht drauf! Sieh sie nicht an. Folge ihnen nicht! Wo ist der Herr?«

Sam schaute sich um und stellte fest, daß Frodo wieder zurückgeblieben war. Er konnte ihn nicht sehen. Er ging ein paar Schritte in die Dunkelheit zurück, wagte aber nicht, sich weit zu entfernen oder lauter zu rufen als mit einem heiseren Flüstern. Plötzlich stieß er an Frodo, der in Gedanken verloren dastand und die fahlen Lichter betrachtete. Seine Hände hingen schlaff an seinen Seiten; Wasser und Schlamm tropfte von ihnen herab.

»Komm, Herr Frodo«, sagte Sam. »Sieh sie nicht an! Gollum sagt, wir sollten es nicht tun. Laß uns mit ihm Schritt halten und so schnell wie möglich aus dieser verfluchten Gegend rauskommen – wenn wir können!«

»Ganz recht«, sagte Frodo, als ob er aus einem Traum zurückkehrte. »Ich komme. Geh weiter!«

Als Sam wieder vorwärtseilte, stolperte er über eine alte Wurzel oder ein Grasbüschel. Er fiel auf die Hände, die tief in zähen Morast einsanken, so daß sein Gesicht dicht an die Oberfläche des dunklen Pfuhls kam. Es gab ein schwaches Zischen, ein widerlicher Geruch stieg auf, die Lichter flackerten und tanzten und wirbelten. Einen Augenblick lang sah das Wasser unter ihm aus wie ein Fenster, mit einer schmutzigen Scheibe verglast, durch die er blickte. Er zerrte seine Hände aus dem Morast heraus und sprang mit einem Schrei zurück. »Da sind Tote, tote Gesichter im Wasser«, sagte er voll Entsetzen. »Tote Gesichter!«

Gollum lachte. »Die Totensümpfe, ja, ja: so heißen sie«, kicherte er. »Du solltest nicht hineinsehen, wenn die Kerzen angezündet sind.«

»Wer ist das? Was ist das?« fragte Sam schaudernd und wandte sich zu Frodo um, der jetzt hinter ihm war.

»Ich weiß es nicht«, sagte Frodo mit traumähnlicher Stimme. »Aber ich habe sie auch gesehen. In den Tümpeln, als die Kerzen angezündet wurden. Sie liegen in all den Tümpeln, bleiche Gesichter, tief, tief unter dem dunklen Wasser. Ich sah sie: grimmige Gesichter und böse, und edle Gesichter und traurige. Viele Gesichter stolz und schön, mit Kraut in dem silbrigen Haar. Aber alle verfault, verwest, alle tot. Ein unheimliches Licht ist in ihnen.« Frodo bedeckte die Augen mit der Hand. »Ich weiß nicht, wer sie sind; aber ich glaubte Menschen und Elben zu sehen, und Orks neben ihnen.«

»Ja, ja«, sagte Gollum. »Alle tot, alle verfault. Elben und Menschen und Orks. Die Totensümpfe. Hier war vor langer Zeit eine große Schlacht, ja, das haben sie Sméagol erzählt, als er jung war, als ich jung war, ehe der Schatz kam. Es war eine gewaltige Schlacht. Große Menschen mit langen Schwertern und entsetzliche Elben und schreiende Orks.

Sie kämpften Tage und Monate lang auf der Ebene bei den Schwarzen Toren. Aber die Sümpfe sind seitdem gewachsen und haben die Gräber geschluckt; immer wandernd, wandernd.«

»Aber das war vor einem Zeitalter oder mehr«, sagte Sam. »Die Toten können doch nicht wirklich da sein! Ist das irgendwie Schurkerei, die im Dunklen Land ausgeheckt wurde?«

»Wer weiß? Sméagol weiß es nicht«, antwortete Gollum. »Man kann sie nicht erreichen, man kann sie nicht berühren. Wir haben es einmal versucht, ja, Schatz. Ich versuchte es einmal; aber man kann sie nicht erreichen. Nur Gestalten sind zu sehen, man kann sie nicht anfassen. Nein, Schatz! Alle tot.«

Sam sah ihn finster an, und es schauderte ihn wieder, als er erraten zu können glaubte, warum Sméagol versucht habe, sie anzufassen. »Na, ich will sie nicht sehen«, sagte er. »Niemals wieder! Können wir nicht weitergehen, damit wir wegkommen?«

»Ja, ja«, sagte Gollum. »Aber langsam, ganz langsam. Sehr vorsichtig! Sonst gehen Hobbits hinunter zu den Toten und zünden auch kleine Kerzen an. Folgt Sméagol! Schaut nicht nach Lichtern!«

Er kroch nach rechts und suchte nach einem Pfad um den Pfuhl herum. Die beiden anderen kamen dicht hinter ihm, gebückt, und gebrauchten oft ihre Hände, wie er auch. »Drei köstliche kleine Gollums in einer Reihe werden wir sein, wenn das noch lange so weitergeht«, dachte Sam.

Schließlich kamen sie zum Ende des schwarzen Pfuhls, und es war gefährlich, wie sie ihn kriechend oder von einem vereinzelten trügerischen Grasbüschel zum nächsten springend überquerten. Oft stolperten sie, traten oder fielen mit den Händen zuerst in Wasser, das so übel roch wie eine Jauchegrube, und zuletzt waren sie fast bis zum Hals verschmiert und besudelt und ekelten sich voreinander.

Es war spät in der Nacht, als sie endlich wieder auf festeren Boden kamen. Gollum zischte und flüsterte vor sich hin, aber offenbar war er zufrieden: auf irgendeine geheimnisvolle Weise, durch irgendeine Verbindung von Tast- und Geruchssinn und ein unheimliches Erinnerungsvermögen an Formen im Dunkeln schien er genau zu wissen, wo er wieder war und wie der Weg dann verlief.

»Jetzt gehen wir weiter«, sagte er. »Nette Hobbits! Tapfere Hobbits! Sehr müde natürlich; das sind wir auch, mein Schatz, wir alle. Aber wir müssen den Herrn von den bösen Lichtern wegbringen, ja, ja, das müssen wir.« Mit diesen Worten machte er sich wieder auf, nahezu im Trab, und es schien fast ein Pfad zwischen hohen Binsen zu sein, auf dem sie hinter ihm herstolpern, so schnell sie konnten. Aber nach einer kleinen Weile blieb er plötzlich stehen, schnupperte unschlüssig in der Luft und zischte, als ob er besorgt oder wieder unzufrieden sei.

»Was ist los?« brummte Sam, der die Zeichen falsch verstand. »Warum mußt du schnuppern? Der Gestank wirft mich fast um, wenn ich mir die Nase zuhalte. Du stinkst und der Herr stinkt; die ganze Gegend stinkt.«

»Ja, ja, und Sam stinkt!« antwortete Gollum. »Der arme Sméagol riecht es, aber der gute Sméagol erträgt es. Hilft dem netten Herrn. Aber das macht nichts. Die Luft bewegt sich, es ändert sich was. Sméagol macht sich Gedanken; er ist nicht froh.«

Er ging wieder weiter, aber seine Unruhe wuchs, und dann und wann richtete er sich zu seiner ganzen Größe auf und reckte den Hals nach Osten und Süden. Eine Zeitlang konnten die Hobbits weder hören noch spüren, was ihn bedrückte. Dann blieben sie plötzlich alle drei stehen, erstarrten und lauschten. Frodo und Sam schien es, als hörten sie in weiter Ferne einen klagenden Schrei, hoch und dünn und grausam. Sie erschauerten. In demselben Augenblick wurden sie gewahr, daß sich die Luft bewegte; und es wurde sehr kalt. Als sie angespannt lauschten, hörten sie ein Geräusch wie ein in der Ferne aufkommender Wind. Die nebligen Lichter flackerten, verdunkelten sich und erloschen.

Gollum rührte sich nicht. Zitternd und vor sich hinschnatternd stand er da, bis der Wind, der zischend und fauchend über die Sümpfe fegte, sie erfaßte. Die Nacht wurde weniger dunkel, hell genug, daß sie formlose Nebelschwaden sehen oder halb sehen konnten, die, sich windend und drehend, sie einhüllten und über sie hinwegzogen. Als sie aufschauten, bemerkten sie, daß die Wolken aufrissen und in Fetzen dahinsegelten; und dann schimmerte hoch im Süden der Mond durch das ziehende Gewölk.

Einen Augenblick erfreute sein Anblick die Herzen der Hobbits; aber Gollum kauerte sich hin und murmelte Flüche auf das Weiße Gesicht. Als Frodo und Sam zum Himmel hinaufstarrten und tief die frischere Luft einatmeten, sahen sie sie dann kommen: eine kleine Wolke, die von den verfluchten Bergen heranflog; ein schwarzer Schatten aus Mordor; eine riesige Gestalt, geflügelt und unheilvoll. Sie zog vor dem Mond vorbei und flog mit einem mörderischen Schrei nach Westen, mit ihrer unheimlichen Geschwindigkeit den Wind überholend.

Sie fielen vornüber und blieben achtlos auf der kalten Erde liegen. Aber der Schatten des Schreckens wendete und kehrte zurück, flog jetzt niedriger genau über ihnen und wirbelte mit seinen gespenstigen Flügeln die Sumpfdünste auf. Und dann war er fort, zurückgeflogen nach Mordor mit der Schnelligkeit des Zorns von Sauron; und hinter ihm brauste der Wind und ließ die Totensümpfe kahl und öde zurück. Soweit das Auge reichte, bis zu der fernen Drohung des Gebirges, war die nackte Wildnis gesprenkelt mit dem dann und wann aufschimmernden Mondlicht.

Frodo und Sam standen auf und rieben sich die Augen wie Kinder, die aus einem bösen Traum aufwachen und merken, daß die vertraute Nacht die Welt noch umfängt. Aber Gollum lag auf dem Boden, als ob er betäubt sei. Sie hoben ihn unter Mühen auf, und eine Zeitlang wollte er nicht aufschauen, sondern kniete, auf die Ellbogen gestützt, und bedeckte den Hinterkopf mit seinen großen, ausgebreiteten Händen.

»Geister!« wimmerte er. »Geister mit Flügeln! Der Schatz ist ihr Herr. Sie sehen alles, alles. Nichts kann sich vor ihnen verbergen. Verflucht sei das Weiße Gesicht! Und sie werden Ihm alles sagen. Er sieht, Er weiß. Ach, *gollum, gollum, gollum*!« Erst als der Mond im Westen weit hinter Tol Brandir untergegangen war, stand er auf und ging weiter.

Von dieser Zeit an glaubte Sam, wieder eine Veränderung bei Gollum zu spüren. Er scharwenzelte mehr und war scheinbar freundlich; aber zu Zeiten bemerkte Sam einen seltsamen Ausdruck in seinen Augen, besonders Frodo gegenüber; und mehr und mehr fiel er wieder in seine alte Sprechweise zurück. Noch etwas machte Sam zunehmend Sorge. Frodo schien müde zu sein, eine Müdigkeit, die an Erschöpfung grenzte. Er sagte nichts, ja, er sprach überhaupt kaum; und er klagte nicht, aber er ging wie einer, der eine Last trägt, deren Gewicht immer größer wird. Und er schleppte sich dahin, langsamer und immer langsamer, so daß Sam oft Gollum bitten mußte, zu warten und ihren Herrn nicht zurückzulassen.

Tatsächlich spürte Frodo bei jedem Schritt, der ihn den Toren von Mordor näherbrachte, daß der Ring an der Kette um seinen Hals bedrükkender wurde. Er empfand ihn jetzt allmählich als ein wirkliches Gewicht, das ihn nach Osten zog. Aber weit mehr wurde er beunruhigt durch das Auge: so nannte er es bei sich. Es war mehr als das Zerren des Ringes, was bewirkte, daß er sich beim Gehen duckte und bückte. Das Auge: dieses entsetzliche, wachsende Gefühl, daß ein feindlicher Wille mit großer Macht darum rang, alle Schatten der Wolken und der Erde und des Fleisches zu durchdringen und einen zu sehen: einen unter seinen tödlichen Blick zu bannen, nackt, bewegungslos. So dünn, so schwach und dünn waren die Schleier geworden, die diesen Blick noch abwehrten. Frodo wußte genau, wo dieser Wille sich gegenwärtig aufhielt und wo sein Mittelpunkt war: ebenso genau, wie ein Mann die Richtung der Sonne mit geschlossenen Augen angeben kann. Er wandte sich ihm zu und spürte seine Kraft auf seiner Stirn.

Gollum empfand wahrscheinlich etwas Ähnliches. Aber was in seinem unglücklichen Herzen vorging zwischen dem Drängen des Auges und der Gier nach dem Ring, der so nahe war, und seinem demütigen Versprechen, das er halb aus Furcht vor kaltem Stahl abgegeben hatte, ahnten die Hobbits nicht. Frodo verschwendete keinen Gedanken daran. Sam war hauptsächlich mit seinem Herrn beschäftigt und bemerkte kaum die dunkle Wolke, die auf sein eigenes Herz gefallen war. Er ließ Frodo jetzt vor sich gehen, hatte ein wachsames Auge auf jede seiner Bewegungen, stützte ihn, wenn er strauchelte, und versuchte, ihm mit unbeholfenen Worten Mut zuzusprechen.

Als es endlich Tag wurde, waren die Hobbits überrascht, wieviel näher sie dem unheilvollen Gebirge schon gekommen waren. Die Luft war jetzt klarer und kälter; und obwohl die Wälle von Mordor noch weitab lagen, waren sie dennoch nicht länger eine wolkige Drohung am Rande der Sicht, sondern blickten wie grimmige schwarze Türme finster über eine trostlose Einöde. Die Sümpfe hörten auf und verloren sich in totem Torfboden und ausgedehnten, mit trockenem, rissigem Schlamm bedeckten Niederungen. Das Land vor ihnen stieg in langen, flachen Hängen, kahl und erbarmungslos, zu der Wüstenei an, die an Saurons Tor lag.

Solange das graue Licht anhielt, hockten sie wie Würmer zusammengekauert unter einem schwarzen Stein, damit der geflügelte Schrecken mit seinen grausamen Augen sie nicht im Vorbeifliegen erspähe. Der Rest dieser Wanderung war der Schatten einer wachsenden Furcht, bei der die Erinnerung nichts finden konnte, das sie begründete. Zwei weitere Nächte kämpften sie sich durch das beschwerliche, pfadlose Land. Die Luft schien ihnen rauh zu werden und war erfüllt von einem bitteren Gestank, der ihnen den Atem nahm und den Mund ausdörrte.

Am fünften Morgen, seit sie sich mit Gollum auf den Weg gemacht hatten, hielten sie wieder einmal an. Dunkel in der Morgendämmerung reckte sich das große Gebirge empor zu Hauben aus Rauch und Wolken. Am Fuße des Gebirges erstreckten sich gewaltige Vorsprünge und zerklüftete Berge, von denen die nächsten kaum ein Dutzend Meilen entfernt waren. Frodo blickte sich voll Entsetzen um. So grausig die Totensümpfe und die unfruchtbaren Moore des Niemandslandes gewesen waren, weit abscheulicher war das Land, das der herankriechende Tag seinen zurückschreckenden Augen enthüllte. Selbst zu dem Pfuhl der Toten Gesichter würde ein abgehärmtes Trugbild des grünen Frühlings kommen; aber hierher würden Frühling oder Sommer niemals wieder kommen. Hier lebte nichts, nicht einmal die aussätzigen Gewächse, die von Fäulnis zehren. Die schwer atmenden Tümpel waren bedeckt mit Asche und kriechendem Schlamm, widerwärtig weiß und grau, als ob das Gebirge den Schmutz seiner Eingeweide über das Land gespien habe. Hohe Hügel von zerbröckeltem und zermalmtem Fels, große Kegel aus verbrannter und giftbefleckter Erde standen in endlosen Reihen da wie ein ekelhafter Friedhof, der langsam in dem widerstrebenden Licht sichtbar wurde.

Sie waren zu der Einöde gekommen, die vor Mordor lag: das dauerhafte Denkmal der dunklen Arbeit seiner Hörigen, das bleiben sollte, wenn alle ihre Ziele zunichte gemacht wären; ein geschändetes Land, unheilbar erkrankt – es sei denn, das Große Meer würde es überfluten und mit Vergessenheit reinigen. »Mir ist schlecht«, sagte Sam. Frodo sprach nicht.

Eine Weile standen sie da wie Männer am Rande eines Schlafs, in dem ein Albtraum lauert, und den sie abwehren, obwohl sie wissen, daß sie nur durch die Dunkelheit zum Morgen gelangen können. Das Licht breitete sich aus und wurde härter. Die keuchenden Gruben und giftigen Hügel wurden abscheulich klar. Die Sonne stand hoch zwischen Wolken und langen Rauchfahnen, aber selbst das Sonnenlicht war geschändet. Die Hobbits begrüßten dieses Licht nicht; unfreundlich erschien es ihnen, es verriet sie in ihrer Hilflosigkeit – kleine piepsende Gespenster, die zwischen den Aschenhaufen des Dunklen Herrschers einherwanderten.

Zu müde, um weiterzugehen, suchten sie nach irgendeinem Platz, wo sie rasten konnten. Eine Weile saßen sie, ohne zu sprechen, im Schatten eines Schlackenhügels; doch faule Dämpfe entströmten ihm, reizten ihre Kehlen und nahmen ihnen den Atem. Gollum war der erste, der aufstand. Spuckend und fluchend erhob er sich, und ohne ein Wort oder einen Blick auf die Hobbits kroch er auf allen Vieren davon. Frodo und Sam krochen ihm nach, bis sie zu einer breiten, fast runden Senke mit hohen Böschungen nach Westen kamen. Sie war kalt und tot, und ein fauliger Sumpf von öligem, vielfarbigem Schlick bedeckte ihren Boden. In diesem üblen Loch kauerten sie sich nieder und hofften, in seinem Schatten der Aufmerksamkeit des Auges zu entgehen.

Der Tag verging langsam. Ein großer Durst quälte sie, aber sie tranken nur ein paar Tropfen aus ihren Flaschen – sie hatten sie zuletzt in der Rinne gefüllt, die ihnen jetzt, wenn sie an sie zurückdachten, als ein Platz des Friedens und der Schönheit erschien. Die Hobbits übernahmen abwechselnd die Wache. Zuerst konnten sie beide überhaupt nicht schlafen, so müde sie auch waren; doch als die Sonne in ferne, langsam ziehende Wolken hinabsank, schlummerte Sam ein. Frodo war an der Reihe, Wache zu halten. Er legte sich zurück auf den Abhang der Senke, aber das erleichterte das Gefühl der Bürde nicht, die auf ihm lastete. Er blickte hinauf zu dem rauchgestreiften Himmel und sah seltsame Trugbilder, dunkle, reitende Gestalten und Gesichter aus der Vergangenheit. Er brachte die Zeiten durcheinander und schwebte zwischen Schlaf und Wachsein, bis ihn Vergessen überkam.

Plötzlich wachte Sam auf und glaubte, er habe seinen Herrn rufen hören. Es war Abend. Frodo konnte nicht gerufen haben, denn er war eingeschlafen und hinuntergerutscht fast bis auf den Grund der Senke. Gollum war bei ihm. Einen Augenblick glaubte Sam, er wolle Frodo wekken; dann sah er, daß dem nicht so war. Gollum redete mit sich selbst. Sméagol war in einer Auseinandersetzung begriffen mit irgendeinem anderen Gedanken, der dieselbe Stimme gebrauchte, sie aber piepsen und zischen ließ. Ein bleiches Funkeln und ein grünes Funkeln wechselten in seinen Augen ab, während er sprach.

»Sméagol hat versprochen«, sagte der erste Gedanke.

»Ja, ja, mein Schatz«, kam die Antwort, »wir haben versprochen: unseren Schatz zu retten, damit Er ihn nicht bekommt – niemals. Aber er geht zu Ihm, ja, mit jedem Schritt näher. Was will der Hobbit mit ihm machen, das möchten wir wissen, ja, das möchten wir wissen.«

»Ich weiß es nicht. Ich kann's nicht ändern. Der Herr hat ihn. Sméagol hat versprochen, dem Herrn zu helfen.«

»Ja, ja, dem Herrn zu helfen: dem Herrn des Schatzes. Aber wenn wir der Herr wären, dann könnten wir uns selbst helfen, ja, und immer noch das Versprechen halten.«

»Aber Sméagol sagte, er wolle sehr, sehr gut sein. Netter Hobbit! Er nahm den grausamen Strick von Sméagols Bein ab. Er spricht freundlich mit mir.«

»Sehr sehr gut, wie, mein Schatz? Laß uns gut sein, gut wie Fisch, Süßer, aber nur zu uns. Dem netten Hobbit natürlich nicht weh tun, nein, nein.«

»Aber bei dem Schatz haben wir das Versprechen abgegeben«, wandte Sméagols Stimme ein.

»Dann nimm ihn«, sagte die andere, »und wir wollen ihn selbst behalten! Dann werden wir der Herr sein, *gollum!* Laß den anderen Hobbit, den häßlichen, mißtrauischen Hobbit, laß ihn kriechen, ja, *gollum!*«

»Aber nicht den netten Hobbit?«

»Ach nein, nicht, wenn es uns nicht gefällt. Immerhin ist er ein Beutlin, mein Schatz, ja, ein Beutlin. Ein Beutlin hat ihn gestohlen. Er fand ihn und hat nichts gesagt, nichts. Wir hassen Beutlins.«

»Nein, nicht diesen Beutlin.«

»Doch, jeden Beutlin. Alle Leute, die den Schatz behalten. Wir müssen ihn haben!«

»Aber Er wird es sehen, Er wird es wissen. Er wird ihn uns wegnehmen!«

»Er sieht. Er weiß. Er hat gehört, wie wir das alberne Versprechen abgaben — gegen Seinen Befehl, ja. Müssen ihn nehmen. Die Geister suchen. Müssen ihn nehmen.«

»Nicht für Ihn!«

»Nein, Süßer. Schau, mein Schatz: wenn wir ihn haben, dann können wir entfliehen, selbst vor Ihm, nicht wahr? Vielleicht werden wir sehr stark, stärker als die Geister. Herr Sméagol? Gollum der Große? *Der* Gollum! Jeden Tag Fisch essen, dreimal am Tag, frisch aus dem Meer. Allerhöchster Gollum! Müssen ihn haben. Wir wollen ihn, wir wollen ihn, wir wollen ihn!«

»Aber sie sind zwei. Sie werden zu schnell aufwachen und uns töten«, wimmerte Sméagol mit letzter Anstrengung. »Nicht jetzt. Noch nicht.«

»Wir wollen ihn! Aber« — und hier gab es eine lange Pause, als ob ein neuer Gedanke erwacht sei. »Noch nicht, wie? Vielleicht nicht. Sie könnte helfen. Ja, Sie.«

»Nein, nein! So nicht!« jammerte Sméagol.

»Ja! Wir wollen ihn! Wir wollen ihn!«

Jedesmal, wenn der zweite Gedanke sprach, schob sich Gollums lange Hand vor und tatschte nach Frodo, und dann wurde sie mit einem Ruck zurückgezogen, wenn Sméagol wieder sprach. Schließlich schlossen sich seine beiden Arme mit den langen gebogenen und zuckenden Fingern um seinen Hals.

Sam hatte ganz still gelegen, gefesselt von dieser Auseinandersetzung, aber jede Bewegung, die Gollum machte, unter seinen halbgeschlossenen Lidern beobachtet. Seinem einfachen Gemüt war gewöhnlicher Hunger, das Verlangen, Hobbits zu essen, als die Hauptgefahr erschienen, die von Gollum ausging. Jetzt erkannte er, daß dem nicht so war: Gollum verspürte die entsetzliche Anziehung des Ringes. Der Dunkle Herrscher war natürlich Er; aber Sam zerbrach sich den Kopf, wer Sie wohl sei. Irgend jemand, mit dem sich das arme Wurm auf seinen Wanderungen angefreundet hatte, vermutete er. Dann vergaß er diesen Punkt, denn die

Dinge waren deutlich zu weit gegangen und wurden gefährlich. Alle seine Glieder waren mächtig schwer, aber er rappelte sich mühsam auf und setzte sich hin. Etwas warnte ihn, vorsichtig zu sein und nicht zu zeigen, daß er die Auseinandersetzung mitangehört hatte. Er stieß einen lauten Seufzer aus und gähnte herzhaft.

»Wie spät ist es?« fragte er verschlafen.

Gollum stieß einen langen Zischlaut durch die Zähne. Er stand einen Augenblick auf, gespannt und drohend; und dann brach er zusammen, fiel nach vorn auf alle Viere und kroch die Böschung der Senke hinauf. »Nette Hobbits! Netter Sam!« sagte er. »Schlafmützen, ja Schlafmützen! Laßt den guten Sméagol wachen! Aber es ist Abend. Dämmerung kriecht heran. Zeit, zu gehen.«

»Höchste Zeit«, dachte Sam. »Und auch Zeit, daß wir uns trennen.« Dennoch kam ihm der Gedanke, ob es jetzt nicht ebenso gefährlich sei, Gollum frei laufen zu lassen, als ihn bei ihnen zu behalten. »Verflucht soll er sein! Ich wünschte, er würde erwürgt!« murmelte er. Er stolperte die Böschung hinunter und weckte seinen Herrn.

Seltsam, aber Frodo fühlte sich erfrischt. Er hatte geträumt. Der dunkle Schatten war vorübergezogen, und ein schönes Wunschbild hatte ihn in diesem Land der Krankheit heimgesucht. Nichts blieb davon in seiner Erinnerung, dennoch war er dieses Traums wegen froh, und ihm war leichter ums Herz. Seine Bürde lastete weniger auf ihm. Gollum begrüßte ihn mit hundeähnlicher Freundlichkeit. Er kicherte und schwatzte, ließ seine langen Finger knacken und tätschelte Frodos Knie. Frodo lächelte ihn an.

»Komm!« sagte er. »Du hast uns gut und treu geführt. Dies ist der letzte Abschnitt. Bring uns zum Tor, und dann werde ich nicht von dir verlangen, weiterzugehen. Bring uns zum Tor, und du magst gehen, wohin du willst – nur nicht zu unseren Feinden.«

»Zum Tor, wie?« quietschte Gollum, offenbar überrascht und erschreckt. »Zum Tor, sagt der Herr! Ja, so sagt er. Und der gute Sméagol tut, um was er bittet, o ja. Aber wenn wir näher kommen, werden wir vielleicht sehen, dann werden wir sehen. Es wird gar nicht nett aussehen. O nein! O nein!«

»Los mit dir!« sagte Sam. »Nun wollen wir's hinter uns bringen!«

In der herabsinkenden Dämmerung kletterten sie aus der Senke heraus und suchten sich langsam ihren Weg durch das tote Land. Sie waren noch nicht weit gegangen, da verspürten sie wiederum die Angst, die sie befallen hatte, als die geflügelte Gestalt über die Sümpfe gefegt war. Sie blieben stehen und kauerten sich auf den übelriechenden Boden; aber sie sahen nichts am düsteren Abendhimmel, und bald zog die Drohung vorüber, hoch über ihren Köpfen, vielleicht ausgesandt zu einem raschen Auftrag von Barad-dûr. Nach einer Weile stand Gollum auf und kroch wieder weiter, murrend und zitternd.

Etwa eine Stunde nach Mitternach befiel sie die Furcht ein drittes Mal, aber jetzt schien es entfernter zu sein, als ob das Wesen mit entsetzlicher Geschwindigkeit hoch über den Wolken gen Westen flöge. Gollum war indes hilflos vor Entsetzen und überzeugt, daß sie gejagt würden, daß ihr Kommen bekannt sei.

»Dreimal!« wimmerte er. »Dreimal ist eine Drohung. Sie spüren uns hier, sie spüren den Schatz. Der Schatz ist ihr Herr. Wir können auf diesem Weg nicht weitergehen, nein. Es hat keinen Zweck, keinen Zweck!«

Bitten und freundliche Worte nützten nichts mehr. Erst als Frodo es ihm wütend befahl und die Hand auf den Schwertgriff legte, stand Gollum wieder auf. Dann endlich erhob er sich knurrend und ging wie ein geprügelter Hund vor ihnen her.

So stolperten sie weiter durch das beschwerliche Ende der Nacht, und bis zur Ankunft eines weiteren Tages der Angst gingen sie schweigend mit gesenkten Köpfen; sie sahen nichts und hörten nichts als das Brausen des Windes in ihren Ohren.

DRITTES KAPITEL

DAS SCHWARZE TOR IST VERSPERRT

Ehe der nächste Tag graute, war ihre Wanderung nach Mordor vorüber. Die Sümpfe und die Wüste lagen hinter ihnen. Vor ihnen ragten, dunkel vor einem bleichen Himmel, die bedrohlichen Gipfel der großen Gebirge empor.

Im Westen von Mordor erstreckte sich die düstere Kette des Ephel Dúath, des Schattengebirges, und im Norden erhoben sich die zerklüfteten Spitzen und kahlen Grate des Ered Lithui, grau wie Asche. Doch dort, wo sich diese Ketten einander näherten, die in Wirklichkeit nur Teile eines einzigen großen Walles um die düsteren Ebenen Lithlad und Gorgoroth und das rauhe Binnenmeer Núrnen waren, reckten sie lange Arme nach Norden; und zwischen diesen Armen lag ein tiefer Einschnitt. Das war Cirith Gorgor, der Geisterpaß, der Eingang zum Lande des Feindes. Hohe Felswände fielen auf beiden Seiten zu dem Paß ab, von dem aus zwei steile Berge vorstießen, beinschwarz und kahl. Auf ihnen standen die Zähne von Mordor, zwei starke und hohe Türme. In längst vergangenen Tagen waren sie von den Menschen von Gondor erbaut worden in ihrem Stolz und ihrer Macht nach Saurons Niederwerfung und Flucht, damit er nicht versuchen sollte, in sein altes Reich zurückzukehren. Doch Gondors Stärke schwand, und die Menschen waren untätig, und lange Jahre standen die Türme leer. Dann kehrte Sauron zurück. Nun wurden die Wachtürme, die verfallen waren, ausgebessert und mit Waffen bestückt und mit unaufhörlicher Wachsamkeit bemannt. Steinverkleidet waren sie, mit dunklen Fensterhöhlen, die nach Norden und Osten und Westen gingen, und aus jedem Fenster starrten schlaflose Augen.

Quer über den Paß, von Felswand zu Felswand, hatte der Dunkle Herrscher einen steinernen Schutzwall gebaut. In ihm gab es ein einziges eisernes Tor, und auf seinen Zinnen schritten Posten unaufhörlich auf und ab. Unter den Bergen waren Hunderte von Höhlen und Madenlöchern in den Fels gebohrt; dort lauerte ein Heer von Orks, um auf ein Zeichen hin herauszustürzen wie schwarze Ameisen, die in den Krieg ziehen. Niemand konnte an den Zähnen von Mordor vorbei, ohne ihren Biß zu spüren, es sei denn, Sauron habe ihn zu sich bestellt, oder er wisse die geheime Losung, die ihm Morannon, das schwarze Tor dieses Landes, öffnet.

Die beiden Hobbits starrten voll Verzweiflung auf die Türme und den Wall. Selbst aus der Entfernung sahen sie in dem dämmrigen Licht die Bewegung der schwarzen Wachen auf dem Wall und die Posten vor dem Tor. Liegend blickten sie jetzt über den Rand einer felsigen Mulde unter dem ausgestreckten Schatten des nördlichsten Ausläufers des Ephel Dúath. In geradem Flug hätte eine Krähe vielleicht nur eine Achtelmeile zwischen ihrem Versteck und der schwarzen Spitze des nähergelegenen Turms zurückgelegt. Ein schwacher Rauch kräuselte sich über ihm, als ob in dem Berg darunter Feuer schwelte.

Der Tag kam, und die fahle Sonne schien matt über die leblosen Grate des Ered Lithui. Dann hörte man plötzlich den Klang ehern schmetternder Trompeten: von den Wachtürmen erschallten sie, und in der Ferne antworteten Fanfaren aus verborgenen Festungen und Vorposten in den Bergen; und aus noch größerer Ferne, aber tief und unheilvoll, hallten in dem leeren Land dahinter die mächtigen Hörner und Trommeln von Barad-dûr wider. Ein neuer schrecklicher Tag der Angst und des Kampfes war für Mordor angebrochen; die Nachtwachen wurden in ihre Verliese und tiefen Hallen geschickt, und die Tagwachen, bösäugig und grausam, zogen auf ihre Posten. Stahl schimmerte undeutlich auf den Zinnen.

»Na, hier sind wir!« sagte Sam. »Hier ist das Tor, und für mich sieht es so aus, als ob das ungefähr so weit ist, wie wir je kommen werden. Mein Wort, der Ohm würde einiges zu sagen haben, wenn er mich jetzt sähe. Hat oft gesagt, mit mir würde es ein böses Ende nehmen, wenn ich nicht aufpasse. Aber jetzt glaube ich nicht, daß ich den Alten je wiedersehen werde. Seine Gelegenheit, *ich hab dir's ja gesagt, Sam,* wird er verpassen: um so schlimmer. Von mir aus könnte er es mir so lange sagen, wie ihm die Puste reicht, wenn ich nur sein altes Gesicht wiedersehen könnte. Aber ich müßte mich wohl erst waschen, sonst würde er mich nicht erkennen. Ich nehme an, es hat keinen Zweck zu fragen: ›welchen Weg nehmen wir jetzt?‹ Wir können nicht weitergehen – es sei denn, wir wollen die Orks um Hilfe bitten.«

»Nein, nein«, sagte Gollum. »Keinen Zweck. Wir können nicht weitergehen. Sméagol hat es gesagt. Er sagte: wir werden zum Tor gehen, und dann werden wir sehen. Und wir sehen es. O ja, mein Schatz, wir sehen es. Sméagol wußte, daß die Hobbits nicht diesen Weg gehen können. O ja, Sméagol wußte es.«

»Warum zum Henker hast du uns dann hierher gebracht?« fragte Sam, der nicht in der Stimmung war, gerecht oder vernünftig zu sein.

»Der Herr hat's gesagt. Der Herr sagt: Bring uns zum Tor. Also gut, Sméagol tut es. Der Herr hat's gesagt, der kluge Herr.«

»Das habe ich getan«, sagte Frodo. Sein Gesicht war finster und starr, aber entschlossen. Er war schmutzig, hager und von Müdigkeit verzehrt, aber er duckte sich nicht länger, und seine Augen waren klar. »Ich habe das gesagt, weil ich beabsichtige, nach Mordor zu gehen, und keinen anderen Weg weiß. Daher werde ich diesen Weg nehmen. Ich bitte niemanden, mit mir zu gehen.«

»Nein, nein, Herr!« jammerte Gollum, tätschelte ihn und schien sehr bekümmert zu sein. »Keinen Zweck, dieser Weg! Keinen Zweck! Bring den Schatz nicht zu Ihm! Wenn Er ihn bekommt, wird er uns alle vernichten, die ganze Welt vernichten. Behalte ihn, netter Herr, und sei freundlich zu Sméagol. Laß nicht Ihn ihn bekommen. Oder geh weg, geh weg zu netten Orten, und gibt ihn dem kleinen Sméagol zurück. Ja, ja, Herr; gib ihn zurück, wie? Sméagol wird ihn gut aufheben; er wird viel Gutes tun, besonders den netten Hobbits. Hobbits gehen nach Hause. Geht nicht zum Tor!«

»Mir ist befohlen worden, in das Land Mordor zu gehen, und deshalb werde ich gehen«, sagte Frodo. »Wenn es nur einen einzigen Weg gibt, dann muß ich ihn nehmen. Was dann kommt, muß eben kommen.«

Sam sagte nichts. Der Ausdruck von Frodos Gesicht war genug für ihn; er wußte, daß jedes Wort von ihm nutzlos war. Und schließlich hatte er die Sache von Anfang an nicht wirklich hoffnungsvoll betrachtet; doch da er ein fröhlicher Hobbit war, brauchte er keine Hoffnung, solange die Verzweiflung hinausgeschoben werden konnte. Nun waren sie zum bitteren Ende gekommen. Aber er hatte die ganze Zeit treu zu seinem Herrn gehalten; darum war er ja auch hauptsächlich mitgekommen, und er würde weiter zu ihm halten. Sein Herr würde nicht allein nach Mordor gehen. Sam würde mit ihm gehen – und jedenfalls würden sie Gollum loswerden.

Gollum ließ sich indes nicht abschütteln. Er kniete vor Frodo, rang die Hände und greinte. »Nicht diesen Weg, Herr!« bettelte er. »Es gibt einen anderen Weg. O ja, wirklich. Einen anderen Weg, dunkler, schwieriger zu finden, geheimer. Aber Sméagol kennt ihn. Laß Sméagol ihn dir zeigen!«

»Einen anderen Weg?« fragte Frodo zweifelnd und blickte forschend auf Gollum hinab.

»Ja! Ja, wirklich! Es *gab* einen anderen Weg. Sméagol fand ihn. Laß uns gehen und sehen, ob er noch da ist.«

»Du hast vorher nie davon gesprochen.«

»Nein. Der Herr hat nichts gefragt. Der Herr sagte nicht, was er vorhatte. Er erzählt es dem armen Sméagol nicht. Er sagt: Sméagol, bring mich zum Tor – und dann Auf Wiedersehen! Sméagol kann weglaufen und gut sein. Aber jetzt sagt er: ich beabsichtige, auf diesem Weg nach Mordor zu gehen. Deshalb hat Sméagol große Angst. Er will den netten Herrn nicht verlieren. Und er hat versprochen, hat dem Herrn sein Versprechen gegeben, den Schatz zu retten. Aber der Herr wird ihn zu Ihm bringen, stracks zur Schwarzen Hand, wenn der Herr diesen Weg geht. Also muß Sméagol sie beide retten, und ihm fällt ein anderer Weg ein, der früher einmal da war. Netter Herr. Sméagol sehr gut, hilft immer.«

Sam runzelte die Stirn. Hätte er mit den Augen Löcher in Gollum bohren können, er hätte es getan. Sein Sinn war von Zweifeln erfüllt. Allem Anschein nach war Gollum aufrichtig bekümmert und bestrebt, Frodo zu helfen. Aber als Sam sich der mitangehörten Auseinandersetzung entsann, fiel es ihm schwer zu glauben, daß der lange unterdrückte Sméagol sich durchgesetzt haben sollte: diese Stimme jedenfalls hatte nicht das letzte Wort bei der Auseinandersetzung gehabt. Sam vermutete, daß die beiden Hälften von Sméagol und Gollum (oder Schleicher und Stinker, wie er sie im Geist nannte) Waffenstillstand und ein einstweiliges Bündnis geschlossen hatten: keiner von beiden wollte, daß der Feind den Ring bekam; beide wollten Frodo vor der Gefangennahme bewahren und so lange als möglich im Auge behalten – jedenfalls solange Stinker eine Möglichkeit hatte, die Hand auf seinen »Schatz« zu legen. Ob es wirklich einen anderen Weg nach Mordor gab, bezweifelte Sam.

»Und es ist gut, daß die beiden Hälften des alten Bösewichts nicht wissen, was der Herr wirklich vorhat«, dachte er. »Wenn er wüßte, daß Herr Frodo versucht, mit seinem Schatz ein für allemal Schluß zu machen und all das, dann würde es ziemlich rasch Ärger geben, da wette ich. Irgendwie hat der alte Stinker solche Angst vor dem Feind – und steht unter einer Art Befehl von ihm oder sonst was –, daß er uns eher verraten würde, als sich dabei erwischen zu lassen, daß er uns hilft; und eher, als zuzulassen, daß sein Schatz vielleicht eingeschmolzen wird. Das zumindest ist meine Vorstellung. Und ich hoffe, der Herr wird's sich genau überlegen. Er ist so klug wie nur einer, aber er ist weichherzig, das ist er. Es übersteigt die Fähigkeit eines Gamdschie, zu erraten, was er als nächstes tun wird.«

Frodo antwortete Gollum nicht sofort. Während Sam diese Zweifel durch den schwerfälligen, aber gescheiten Kopf gingen, starrte Frodo hinüber zu den dunklen Felswänden von Cirith Gorgor. Die Senke, in der sie Zuflucht gesucht hatten, war in die Seite eines niedrigen Berges eingegraben, ein wenig höher als ein langes, grabenartiges Tal, das zwischen diesem Berg und den Ausläufern des Gebirges lag. In der Mitte des Tals standen die schwarzen Grundmauern des westlichen Wachturms. Im Morgenlicht waren jetzt die Straßen, die bei dem Tor von Mordor zusammenliefen, deutlich zu sehen, blaß und staubig; eine schlängelte sich zurück nach Norden; eine zweite verschwand östlich in den Nebeln, die am Fuß des Ered Lithui hingen; eine dritte lief auf ihn zu. Sie machte eine scharfe Kehre um den Turm, tauchte in eine schmale Talschlucht ein und kam dann nicht weit unterhalb der Senke, wo er stand, vorbei. Im Westen, zu seiner Rechten, bog sie ab, zog sich an den Schultern des Gebirges entlang und verschwand dann nach Süden in den tiefen Schatten, die die ganze westliche Seite des Ephel Dúath einhüllten; wo er sie nicht mehr sehen konnte, wanderte sie weiter in dem schmalen Land zwischen dem Gebirge und dem Großen Strom.

Während er schaute, bemerkte Frodo, daß auf der Ebene viel Aufruhr und Bewegung war. Es schien, als ob ganze Heere auf dem Marsch seien, obwohl sie zum größten Teil durch die Dünste und Dämpfe, die aus den Fennen und Sümpfen dahinter aufstiegen, verborgen waren. Doch hier und dort sah er flüchtig Speere und Helme aufschimmern; und auf den Seitenstreifen der Straßen ritten Reiter in vielen Gruppen. Er entsann sich dessen, was er von ferne auf dem Amon Hen gesehen hatte; vor so wenigen Tagen war es erst gewesen, dennoch schien es jetzt, als sei es viele Jahre her. Dann wußte er, daß die Hoffnung, die sich einen verrückten Augenblick lang in seinem Herzen geregt hatte, vergebens war. Die Trompeten waren nicht als Herausforderung erschallt, sondern als Gruß. Das war kein Angriff gegen den Dunklen Herrscher durch die Menschen von Gondor, auferstanden wie Rachegeister aus den Gräbern längst vergangener Tapferkeit. Diese hier waren Menschen von anderer Rasse, aus den gewaltigen Ostlanden, die sich auf Befehl ihres Oberherrn einfanden; Heere, die des Nachts vor seinem Tor gelagert hatten und nun hineinmarschierten, um seine Streitmacht zu verstärken. Als ob er sich plötzlich der Gefahr ihrer Lage bewußt geworden sei, allein im zunehmenden Licht des Tages, so nahe dieser gewaltigen Bedrohung, zog sich Frodo rasch seine dünne Kapuze fest über den Kopf und trat zurück in die Mulde. Dann wandte er sich an Gollum.

»Sméagol«, sagte er. »Ich will dir noch einmal vertrauen. Tatsächlich muß ich es wohl tun, und es scheint mein Schicksal zu sein, Hilfe von dir zu erhalten, von dem ich sie am wenigsten erwartete, und dein Schicksal, mir zu helfen, nachdem du mich lange mit böser Absicht verfolgt hast. Bisher hast du dich um mich verdient gemacht und dein Versprechen getreulich gehalten. Fürwahr, ich sage das und meine es so«, fügte er mit einem Blick auf Sam hinzu, »denn zweimal sind wir nun in deiner Gewalt gewesen, und du hast uns kein Leid getan. Auch hast du nicht versucht, mir das abzunehmen, wonach du einst trachtetest. Möge das dritte Mal sich als das beste erweisen! Aber ich warne dich, Sméagol, du bist in Gefahr.«

»Ja, ja, Herr«, sagte Gollum. »Schreckliche Gefahr! Sméagols Knochen zittern, wenn er daran denkt, aber er läuft nicht fort. Er muß dem netten Herrn helfen.«

»Ich meinte nicht die Gefahr, die für uns alle besteht«, sagte Frodo. »Ich meine eine Gefahr für dich allein. Du hast dein Versprechen beschworen bei dem, was du den Schatz nennst. Denke daran! Er wird dich damit festhalten; aber er wird nach einer Möglichkeit trachten, es zu deinem eigenen Verderben zu verdrehen. Schon jetzt bist du unaufrichtig. Ganz töricht hast du dich mir gegenüber gerade verraten. *Gib ihn Sméagol zurück*, hast du gesagt. Sage das nicht wieder! Laß diesen Gedanken nicht in dir großwerden! Du wirst ihn niemals zurückbekommen. Aber das Verlangen nach ihm mag dich zu einem bitteren Ende verleiten. Du wirst ihn niemals zurückbekommen. In der höchsten Not, Sméagol, würde ich den Schatz aufsetzen; und der Schatz hat dich schon vor langer Zeit beherrscht. Wenn ich ihn tragen und dir befehlen würde, dann würdest du gehorchen, und sei es auch, von einer Klippe herabzuspringen oder dich ins Feuer zu stürzen. Und das würde mein Befehl sein. Also sei vorsichtig, Sméagol!«

Sam sah seinen Herrn anerkennend, aber auch überrascht an: er hatte einen Ausdruck im Gesicht und einen Ton in der Stimme, die Sam noch nie erlebt hatte. Er hatte immer die Vorstellung gehabt, daß die Freundlichkeit des lieben Herrn Frodo von so hohem Rang sei, daß sie ein gewisses Maß von Blindheit einschließen müsse. Natürlich war er, obwohl das dazu im Widerspruch stand, der festen Überzeugung, daß Herr Frodo das klügste Geschöpf der Welt sei (möglicherweise mit Ausnahme vom alten Herrn Bilbo und von Gandalf). Gollum hätte auf seine Weise, und sehr viel gerechtfertigter, weil er Frodo erst sehr viel kürzer kannte, vielleicht denselben Fehler begehen und Freundlichkeit mit Blindheit verwechseln können. Jedenfalls versetzte ihn diese Rede in Verlegenheit und Schrekken. Er wälzte sich auf dem Boden und konnte kein klares Wort sprechen außer *netter Herr*.

Frodo wartete eine Weile geduldig, dann sprach er wieder, und weniger streng. »So, Gollum oder Sméagol, wenn du willst, nun erzähle mir von diesem anderen Weg und zeige mir, wenn du kannst, welche Hoffnung in ihm liegt, genug, um es zu rechtfertigen, wenn ich von meinem klaren Weg abweiche. Ich bin in Eile.«

Aber Gollum war in einem jammervollen Zustand, und Frodos Drohung hatte ihn ganz zermürbt. Es war nicht einfach, einen klaren Bericht von ihm zu erhalten bei all seinem Gemurmel und Gepiepse und den häufigen Unterbrechungen, wenn er auf dem Boden herumkroch und sie beide bat, sie sollten zum »armen kleinen Sméagol« freundlich sein. Nach einer Weile wurde er etwas ruhiger, und Frodo erfuhr Stück für Stück, daß ein Wanderer, wenn er der Straße folgte, die von Ephel Dúath nach Westen führte, nach einiger Zeit zu einer Kreuzung in einem Kreis dunkler Bäume käme. Zur Rechten ging eine Straße hinunter nach Osgiliath und zu den Brücken des Anduin; die Straße in der Mitte ging nach Süden.

»Weiter, weiter, weiter«, sagte Gollum. »Wir sind nie diesen Weg gegangen, aber es heißt, er ist hundert Wegstunden lang, bis man das Große Wasser sehen kann, das nie still ist. Da gibt es massenhaft Fische und große Vögel, die Fische fressen: nette Vögel. Aber wir sind nie dahin gegangen, leider nein, wir hatten nie Gelegenheit. Und noch weiter, da sind mehr Länder, heißt es, aber das Gelbe Gesicht ist dort sehr heiß, und es gibt selten Wolken, und die Menschen sind grausam und haben dunkle Gesichter. Wir wollen dieses Land nicht sehen.«

»Nein«, sagte Frodo. »Aber du schweifst von deinem Weg ab. Was ist mit der dritten Abzweigung?«

»O ja, o ja, es gibt einen dritten Weg«, sagte Gollum. »Das ist die Straße nach links. Sofort beginnt sie zu steigen, hoch, hoch hinauf windet sie sich und klettert zurück zu den hohen Schatten. Wenn sie sich um den schwarzen Felsen herumzieht, dann wirst du sie sehen, plötzlich wirst du sie über dir sehen, und du wirst dich verbergen wollen.«

»Sie sehen, sie sehen? Was wird man sehen?«

»Die alte Festung, sehr alt, sehr schrecklich jetzt. Wir hörten früher Geschichten aus dem Süden, als Sméagol jung war, vor langer Zeit. O ja, wir hörten viele Geschichten des Abends, wenn wir am Ufer des Großen Stroms saßen, in dem Weidenland, als auch der Strom jünger war *gollum gollum*.« Er begann zu weinen und zu murmeln. Die Hobbits warteten geduldig.

»Geschichten aus dem Süden«, fuhr Gollum dann fort, »über die hochgewachsenen Menschen mit den leuchtenden Augen und ihre Häuser wie Berge aus Stein und die silberne Krone ihres Königs und seinen Weißen Baum: wunderschöne Geschichten. Sie bauten sehr hohe Türme, und einer war silberweiß, und in ihm war ein Stein wie der Mond, und rundum waren große weiße Mauern. O ja, es gab viele Geschichten über den Turm des Mondes.«

»Das muß Minas Ithil gewesen sein, das Isildur, Elendils Sohn, baute«, sagte Frodo. »Isildur war es, der dem Feind den Finger abschnitt.«

»Ja — Er hat nur vier an der Schwarzen Hand, aber das ist genug«, sagte Gollum erschauernd. »Und Er haßt Isildurs Stadt.«

»Was haßt er nicht?« fragte Frodo. »Aber was hat der Turm des Mondes mit uns zu tun?«

»Nun, Herr, er war da und er ist da: der hohe Turm und die weißen Häuser und die Mauer; aber nicht nett jetzt, nicht schön. Er hat ihn vor langer Zeit erobert. Jetzt ist es ein entsetzlicher Ort. Wanderer zittern, wenn sie ihn sehen, sie kriechen außer Sicht, sie vermeiden seinen Schatten. Aber der Herr wird diesen Weg gehen müssen. Es ist der einzige andere Weg. Denn das Gebirge ist dort niedriger, und die alte Straße geht hinauf und hinauf, bis sie oben einen dunklen Paß erreicht, und dann geht sie wieder hinunter — nach Gorgoroth.« Seine Stimme erstarb zu einem Flüstern, und er erschauerte.

»Aber wie soll uns das helfen?« fragte Sam. »Gewiß weiß der Feind alles über sein eigenes Gebirge, und jene Straße wird doch wohl ebenso scharf bewacht wie diese hier? Der Turm ist doch nicht leer, nicht wahr?«

»O nein, nicht leer«, flüsterte Gollum. »Er erscheint leer, aber er ist es nicht, o nein! Sehr schreckliche Wesen leben da. Orks, ja, immer Orks; aber noch schlimmere Wesen, noch schlimmere Wesen leben da auch. Die Straße steigt genau bis unter den Schatten des Walls und führt durch das Tor. Nichts bewegt sich auf dieser Straße, über das sie nicht Bescheid wissen. Die Wesen drinnen wissen es, die Stummen Wächter.«

»Das ist also dein Rat«, sagte Sam, »daß wir noch einen weiteren langen Marsch nach Süden machen, bloß damit wir in derselben oder einer noch schlimmeren Patsche sitzen, wenn wir dahin kommen, falls es uns überhaupt gelingt?«

»Nein, wirklich nicht«, sagte Gollum. »Die Hobbits müssen das einsehen, müssen versuchen, es zu verstehen. Er erwartet keinen Angriff an dieser Straße. Sein Auge ist überall, aber es schaut aufmerksamer auf manche Gegenden als auf andere. Er kann nicht überall zugleich sein, noch nicht. Er hat nämlich das ganze Land westlich vom Schattengebirge bis hinunter zum Strom erobert, und Er hält jetzt die Brücken besetzt. Er glaubt, niemand könne zum Mondturm kommen, ohne an den Brücken eine große Schlacht zu schlagen oder ohne eine Menge Boote, die man nicht verbergen kann, und Er würde es erfahren.«

»Du scheinst eine Menge zu wissen über das, was Er tut und denkt«, sagte Sam. »Hast du in letzter Zeit mit ihm gesprochen? Oder bloß mit Orks geplaudert?«

»Kein netter Hobbit, nicht vernünftig«, sagte Gollum mit einem wütenden Blick auf Sam; er wandte sich an Frodo. »Sméagol hat mit Orks gesprochen, ja, natürlich, ehe er den Herrn traf, und mit vielen Leuten: er ist weit gewandert. Und was er jetzt sagt, sagen viele Leute. Hier im Norden ist die große Gefahr für Ihn, und für uns. Er wird aus dem Schwarzen Tor herauskommen, eines Tages, bald. Das ist der einzige Weg, auf dem große Heere marschieren können. Aber dort unten im Westen hat Er keine Angst, und da sind die Stummen Wächter.

»Eben!« sagte Sam, der nicht aus der Fassung zu bringen war. »Und da sollen wir also hinaufgehen und am Tor klopfen und fragen, ob das der richtige Weg nach Mordor ist? Oder sind sie zu stumm, um zu antworten? Das ist nicht vernünftig. Das könnten wir genauso gut hier tun und uns eine lange Wanderung ersparen.«

»Mach keine Witze darüber«, zischte Gollum. »Es ist nicht komisch. O nein! Nicht belustigend. Es ist überhaupt nicht vernünftig, zu versuchen, nach Mordor hineinzukommen. Aber wenn der Herr sagt, *ich muß gehen* oder *ich will gehen*, dann muß er es irgendwie versuchen. Aber er darf nicht zu der entsetzlichen Stadt gehen, o nein, natürlich nicht. Darum hilft Sméagol, der nette Sméagol, obwohl niemand ihm sagt, worum es sich eigentlich handelt. Sméagol hilft wieder. Er fand ihn. Er kennt ihn.«

»Was hast du gefunden?« fragte Frodo.

Gollum kauerte sich nieder, und seine Stimme wurde wieder zu einem Flüstern. »Einen kleinen Pfad, der ins Gebirge hinaufführt; und dann eine Treppe, eine schmale Treppe, o ja, sehr lang und schmal. Und dann noch mehr Stufen. Und dann ...«, seine Stimme wurde noch leiser, »... einen Gang, einen dunklen Gang; und schließlich eine kleine Schlucht und einen Pfad hoch über dem Hauptpaß. Das war der Weg, auf dem Sméagol aus der Dunkelheit entkam. Aber es war vor Jahren. Der Pfad mag jetzt verschwunden sein; aber vielleicht nicht, vielleicht nicht.«

»Das gefällt mir alles ganz und gar nicht«, sagte Sam. »Klingt zu einfach, jedenfalls beim Erzählen. Wenn dieser Pfad noch da ist, dann wird er auch bewacht sein. War er nicht bewacht, Gollum?« Als er das fragte, sah er ein grünes Funkeln in Gollums Auge, oder glaubte es zu sehen. Gollum murmelte, antwortete aber nicht.

»Ist er nicht bewacht?« fragte Frodo streng. »Und bist du aus der Dunkelheit *entkommen*, Sméagol? War dir nicht vielmehr erlaubt worden, zu gehen, um einen Auftrag zu erledigen? Das zumindest glaubte Aragorn, der dich vor einigen Jahren an den Totensümpfen fand.«

»Es ist eine Lüge!« zischte Gollum, und ein böses Funkeln trat in seine Augen, als Aragorn genannt wurde. »Er log über mich, ja, das tat er. Ich bin entkommen, ich Armer ganz allein. Tatsächlich wurde mir gesagt, ich solle nach dem Schatz suchen; und ich habe gesucht und gesucht, natürlich habe ich das. Aber nicht für den Schwarzen. Der Schatz war unserer, er war meiner, das sage ich dir. Ich bin entkommen.«

Frodo empfand eine seltsame Gewißheit, daß Gollum bei dieser Sache ausnahmsweise nicht so weit von der Wahrheit entfernt war, wie vermutet werden konnte; daß er irgendwie einen Weg aus Mordor gefunden hatte und zumindest glaubte, es sei auf seine eigene Geschicklichkeit zurückzuführen gewesen. Erstens einmal fiel ihm auf, daß Gollum das Wort *ich* gebraucht hatte, und das war gewöhnlich ein Zeichen dafür, so selten es auch vorkam, daß irgendwelche Reste der alten Wahrhaftigkeit und Aufrichtigkeit im Augenblick die Oberhand hatten. Aber selbst wenn er Gollum in diesem Punkt trauen konnte, vergaß Frodo dennoch die Listen des Feindes nicht. Das »Entkommen« konnte erlaubt oder so eingerichtet worden und im Dunklen Turm wohlbekannt gewesen sein. Und jedenfalls behielt Gollum ganz deutlich eine Menge für sich.

»Ich frage dich noch einmal«, sagte er, »wird dieser geheime Weg nicht bewacht?«

Aber Aragorns Name hatte Gollum die Laune verdorben. Er hatte das gekränkte Gebaren eines der Lüge Verdächtigen, der ausnahmsweise die Wahrheit gesprochen oder einen Teil der Wahrheit gesagt hatte. Er antwortete nicht.

»Ist er nicht bewacht?« wiederholte Frodo.

»Ja, ja, vielleicht. Keine sicheren Orte in diesem Land«, sagte Gollum mürrisch. »Keine sicheren Orte. Aber der Herr muß es versuchen oder nach Hause gehen. Kein anderer Weg.« Sie konnten ihn nicht dazu bringen, mehr zu sagen. Den Namen des gefährlichen Ortes und des hohen Passes konnte oder wollte er nicht nennen.

Der Name war Cirith Ungol, ein übel beleumdeter Name. Aragorn hätte ihnen vielleicht den Namen und seine Bedeutung sagen können; Gandalf hätte sie gewarnt. Aber sie waren allein, und Aragorn war weit und Gandalf stand inmitten der Verwüstung von Isengart und kämpfte mit Saruman, aufgehalten durch Verrat. Doch auch während er seine letzten Worte an Saruman richtete und der Palantír krachend und feurig auf die Stufen von Orthanc fiel, war sein Denken bei Frodo und Samweis, über die langen Meilen forschte sein Sinn nach ihnen voll Hoffnung und Mitleid.

Vielleicht spürte Frodo es, ohne es zu wissen, ebenso, wie er es auf Amon Hen gespürt hatte, obwohl er doch glaubte, daß Gandalf dahingegangen sei, für immer dahingegangen in den Schatten im fernen Moria. Er saß eine lange Zeit auf dem Boden, schweigend, den Kopf gesenkt, und trachtete sich alles ins Gedächtnis zurückzurufen, was Gandalf ihm gesagt hatte. Aber für seine Entscheidung konnte er sich keines Rats entsinnen. Tatsächlich war ihnen Gandalfs Führung zu früh genommen worden, zu früh, während das Dunkle Land noch weit entfernt war. Wie sie es schließlich betreten sollten, hatte Gandalf nicht gesagt. Vielleicht konnte er es nicht sagen. In die Festung des Feindes im Norden, nach Dol Guldur, hatte Gandalf sich einmal gewagt. Aber war er jemals nach Mordor, zum Feurigen Berg und nach Barad-dûr gewandert, nachdem der Dunkle Herrscher wieder zur Macht gelangt war? Frodo glaubte es nicht. Und hier war er, ein kleiner Halbling aus dem Auenland, ein einfacher Hobbit vom Lande, und von ihm wurde erwartet, daß er einen Weg finde, den die Großen nicht gehen konnten oder nicht zu gehen wagten. Es war ein böses Schicksal. Aber er hatte es selbst auf sich genommen in seinem eigenen Wohnzimmer in jenem weit zurückliegenden Frühling eines anderen Jahres, so weit zurückliegend, daß es jetzt wie ein Kapitel in einer Geschichte von der Jugend der Welt war, als die Bäume von Silber und Gold noch in Blüte standen. Es war eine böse Entscheidung. Welchen Weg sollte er wählen? Und wenn beide zu Schrecken und Tod führten, welchen Wert hatte dann eine Entscheidung überhaupt?

Der Tag zog sich hin. Ein tiefes Schweigen breitete sich über die kleine graue Mulde aus, in der sie lagen, so nahe den Grenzen des Landes der Furcht: ein Schweigen, das spürbar war, als wäre es ein dicker Schleier, der sie von der ganzen Umwelt abschloß. Über ihnen war ein blasses Himmelsgewölbe, gestreift mit flüchtigem Rauch, aber es schien hoch und fern zu sein, als ob es durch einen unendlichen Luftraum, bleiern von grübelnden Gedanken, erblickt werde.

Nicht einmal ein vor der Sonne schwebender Adler würde die Hobbits bemerkt haben, wie sie da unter der Last des Schicksals saßen, schweigend, reglos, in ihre dünnen grauen Mäntel gehüllt. Einen Augenblick hätte er vielleicht innegehalten, um Gollum zu betrachten, eine winzige, auf dem Boden ausgestreckte Gestalt: da lag vielleicht das Gerippe eines verhungerten Menschenkindes, an dem die zerlumpten Kleider noch hingen, die langen Arme und Beine fast knochenweiß und knochendürr: kein Fleisch, an dem zu picken sich lohnte.

Frodo hatte den Kopf über die Knie gebeugt, aber Sam lehnte sich zurück, die Hände hinter dem Kopf, und starrte aus seiner Kapuze heraus auf den leeren Himmel. Zumindest war er eine ganze Weile leer. Dann plötzlich glaubte Sam eine vogelähnliche Gestalt zu sehen, die in seinen Gesichtskreis hineinflog, dort schwebte und dann wieder fortflog. Zwei weitere folgten ihr, und dann eine vierte. Sie sahen klein aus, dennoch wußte er irgendwie, daß sie riesig waren, eine gewaltige Flügelspannweite hatten und in großer Höhe flogen. Er bedeckte die Augen und beugte sich geduckt vor. Er war von derselben warnenden Furcht erfüllt, die er bei der Anwesenheit der Schwarzen Reiter verspürt hatte, dem hilflosen Entsetzen, das der Schrei im Wind und der Schatten auf dem Mond ausgelöst hatten, obwohl es jetzt nicht so niederdrückend und zwingend war: die Bedrohung war entfernter. Aber eine Bedrohung war es. Frodo empfand sie auch. Sein Gedankengang war unterbrochen. Er bewegte sich und erschauerte, aber er schaute nicht auf. Gollum rollte sich zusammen wie eine in die Enge getriebene Spinne. Die geflügelten Gestalten kreisten, stießen rasch herab und eilten zurück nach Mordor.

Sam holte tief Luft. »Die Reiter sind wieder unterwegs, hoch oben in der Luft«, sagte er, heiser flüsternd. »Ich habe sie gesehen. Glaubst du, sie konnten uns sehen? Sie waren sehr hoch. Und wenn es Schwarze Reiter sind, dieselben wie früher, dann können sie bei Tage nicht viel sehen, nicht wahr?«

»Nein, vielleicht nicht«, sagte Frodo. »Aber ihre Rösser könnten sehen. Und diese geflügelten Wesen, auf denen sie jetzt reiten, können wahrscheinlich mehr sehen als jedes andere Geschöpf. Sie sind wie große Aasvögel. Sie suchen nach etwas: der Feind hält Ausschau, fürchte ich.«

Das Gefühl des Schreckens verging, aber die sie einhüllende Stille war unterbrochen. Eine Zeitlang waren sie von der Welt abgeschnitten gewesen wie auf einer unsichtbaren Insel; jetzt waren sie wieder schutzlos, die Gefahr war zurückgekehrt. Aber Frodo sprach nicht mit Gollum und traf keine Entscheidung. Er hatte die Augen geschlossen, als ob er träume oder nach innen blicke in sein Herz und in die Erinnerung. Endlich stand er auf, und es schien, als wolle er sprechen und einen Entschluß fassen. Doch sagte er: »Horch! Was ist das?«

Eine neue Furcht packte sie. Sie hörten Singen und heisere Rufe. Zuerst schien es weit weg zu sein, aber es näherte sich: es kam auf sie zu. Ihnen allen schoß der Gedanke durch den Kopf, daß die Schwarzen Schwingen sie erspäht und Bewaffnete geschickt hatten, um sie zu ergreifen: keine Geschwindigkeit schien zu groß für diese entsetzlichen Diener von Sauron. Sie kauerten sich hin und lauschten. Die Stimmen und das Klirren von Waffen und Ausrüstung waren sehr nah. Frodo und Sam lockerten ihre kleinen Schwerter in den Scheiden. Eine Flucht war unmöglich.

Gollum erhob sich langsam und kroch insektengleich zum Rand der

Senke. Sehr vorsichtig richtete er sich Zoll um Zoll auf, bis er zwischen zwei Felszacken hinüberschauen konnte. Dort blieb er eine Zeitlang, ohne sich zu bewegen oder ein Geräusch zu machen. Plötzlich entfernten sich die Stimmen wieder und wurden langsam unhörbar. In der Ferne blies ein Horn auf dem Festungswall von Morannon. Dann zog sich Gollum zurück und schlüpfte hinunter in die Mulde.

»Mehr Menschen gehen nach Mordor«, sagte er leise. »Dunkle Gesichter. Wir haben Menschen wie diese noch nie gesehen, nein, Sméagol nicht. Sie sind grimmig. Sie haben schwarze Augen und langes schwarzes Haar und goldene Ringe in den Ohren; ja, massenhaft schönes Gold. Und manche haben rote Farbe auf ihren Wagen, und rote Mäntel; und ihre Fahnen sind rot und die Spitzen ihrer Speere; und sie haben runde Schilde, gelb und schwarz mit großen Stacheln. Nicht nett; wie sehr grausame, böse Menschen sehen sie aus. Fast so schlimm wie Orks, und viel größer. Sméagol glaubt, sie sind aus dem Süden gekommen, jenseits vom Ende des Großen Stroms: diese Straße kamen sie herauf. Sie sind weitergezogen zum Schwarzen Tor; aber noch mehr mögen folgen. Immer mehr Volk kommt nach Mordor. Eines Tages werden alle Völker drinnen sein.«

»Waren da irgendwelche Olifanten?« fragte Sam und vergaß seine Angst, weil er so begierig war auf Neuigkeiten von fremden Gegenden.

»Nein, keine Olifanten. Was sind Olifanten?« fragte Gollum.

Sam stand auf, legte die Hände auf den Rücken (wie er es immer tat, wenn er »Poesie aufsagte«) und begann:

Grau wie die Maus,
Groß wie ein Haus,
Schnauze wie Schlange;
Erde bebt bange,
Zieh ich durchs Gras,
Baum bricht wie Glas.
Hörner im Maul
Schüttle ich faul
Mein Ohrenpaar;
Jahr um Jahr
Zieh ich dahin,
Leg mich nie hin.
Olifant bin ich benannt,
Größter im Land,
Riesig und alt.
Meine Gestalt,

Sahst du mich hie,
Vergißt du nie,
Sahst du mich nicht
Glaubst du auch nicht,
Daß es mich gibt.
Doch als ehrlicher Olifant
Bleib ich bekannt.

»Das«, sagte Sam, als er mit Aufsagen fertig war, »das ist ein Gedicht aus dem Auenland. Unsinn vielleicht, und vielleicht auch nicht. Aber wir haben auch unsere Geschichten und Neuigkeiten aus dem Süden, weißt du. In den alten Tagen haben Hobbits ab und zu Wanderungen unternommen. Allerdings kamen nicht viele zurück, und nicht alles, was sie erzählten, wurde geglaubt: *Neuigkeiten aus Bree* und nicht *verläßlich wie Auenlandgerüchte,* wie man so sagt. Aber ich habe Geschichten gehört über die großen Leute da unten in den Sonnenlanden. Schwärzlinge nennen wir sie in unseren Geschichten; und sie reiten auf Olifanten, heißt es, wenn sie kämpfen. Sie stellen Häuser und Türme auf die Rücken der Olifanten und was nicht alles, und die Olifanten bewerfen sich gegenseitig mit Felsbrocken und Bäumen. Als du sagtest: ›Menschen aus dem Süden, alle in Rot und Gold‹, da sagte ich: ›Waren da irgendwelche Olifanten?‹ Denn wenn welche da wären, dann wollte ich sie mir ansehen, Gefahr oder nicht. Aber nun nehme ich nicht an, daß ich jemals Olifanten sehen werde. Vielleicht gibt es solche Tiere gar nicht.« Er seufzte.

»Nein, keine Olifanten«, sagte Gollum wieder. »Sméagol hat nicht von ihnen gehört. Er will nicht, daß es sie gibt. Sméagol will von hier fortgehen und sich irgendwo verstecken, wo es sicherer ist. Sméagol will, daß der Herr geht. Netter Herr, will er nicht mit Sméagol mitkommen?«

Frodo stand auf. Er hatte bei all seinen Sorgen gelacht, als Sam das alte Lied vom *Olifant* zum besten gab, und das Lachen hatte ihn von der Unschlüssigkeit befreit. »Ich wünschte, wir hätten tausend Olifanten mit Gandalf auf einem weißen an der Spitze«, sagte er. »Dann würden wir uns vielleicht einen Weg bahnen in dieses böse Land. Aber wir haben sie nicht; bloß unsere eigenen müden Beine, das ist alles. Nun, Sméagol, der dritte Weg mag sich als der beste erweisen. Ich werde mit dir kommen.«

»Guter Herr, kluger Herr, netter Herr!« rief Gollum entzückt und tätschelte Frodos Knie. »Guter Herr! Dann ruht jetzt, nette Hobbits, im Schatten der Steine, dicht unter den Steinen! Ruht euch aus und liegt still, bis das Gelbe Gesicht fortgeht. Dann können wir schnell laufen. Leise und schnell wie Schatten müssen wir sein.«

VIERTES KAPITEL

KRÄUTER UND KANINCHENPFEFFER

Die wenigen Stunden, da es noch hell war, ruhten sie und rückten immer in den Schatten nach, während die Sonne weiterwanderte, bis endlich der Schatten des westlichen Rands ihrer Mulde lang wurde und Dunkelheit die ganze Senke erfüllte. Dann aßen sie ein wenig und tranken sparsam. Gollum aß nichts, nahm aber gern etwas Wasser an.

»Jetzt bekommen wir bald mehr«, sagte er und leckte sich die Lippen. »Gutes Wasser fließt in den Bächen hinab zum Großen Strom, nettes Wasser in den Landen, in die wir gehen. Sméagol wird dort vielleicht auch Nahrung finden. Er ist sehr hungrig, ja, *gollum!*« Er legte seine beiden großen flachen Hände auf seinen eingesunkenen Leib, und ein blasses grünes Funkeln trat in seine Augen.

Die Dämmerung war tief, als sie sich endlich aufmachten, über den westlichen Rand der Mulde krochen und wie Geister in dem zerklüfteten Land an den Rändern der Straße verschwanden. Der Mond war jetzt drei Nächte vor dem Vollmond, aber erst kurz vor der Mitternacht erhob er sich über das Gebirge, und die frühe Nacht war sehr dunkel. Ein einziges rotes Licht brannte hoch oben in den Türmen der Wehr, doch sonst war von der schlaflosen Wache auf dem Morannon nichts zu sehen oder zu hören.

Viele Meilen schien das rote Auge ihnen nachzustarren, als sie flohen und durch unwirtliches, steiniges Land stolperten. Sie wagten nicht, auf der Straße zu gehen, sondern behielten sie zur Linken und folgten ihrem Lauf, so gut sie konnten, in geringer Entfernung. Schließlich, als die Nacht alt wurde und sie schon müde waren, denn sie hatten nur eine knappe kurze Rast gemacht, schrumpfte das Licht zu einem kleinen feurigen Punkt zusammen und verschwand dann: sie hatten die dunkle nördliche Schulter des niedrigeren Gebirges umrundet und gingen nun nach Süden.

Mit seltsam erleichtertem Herzen rasteten sie nun wieder, aber nicht lange. Für Gollum gingen sie nicht rasch genug. Nach seiner Schätzung waren es fast dreißig Wegstunden von Morannon bis zur Wegkreuzung oberhalb von Osgiliath, und er hoffte, diese Strecke in vier Nachtmärschen zurückzulegen. Deshalb machten sie sich bald wieder auf, bis sich die Morgendämmerung langsam in der weiten, grauen Einsamkeit auszudehnen begann. Fast acht Wegstunden waren sie gelaufen, und die Hobbits hätten nicht weitergehen können, selbst wenn sie es gewagt hätten.

Das zunehmende Licht enthüllte ihnen ein Land, das schon weniger unwirtlich und verheert war. Das Gebirge ragte immer noch unheilvoll zu ihrer Linken auf, aber nahebei sahen sie die südliche Straße, die nun von dem schwarzen Fuß der Berge fortstrebte und schräg nach Westen verlief. Hinter ihr waren Abhänge, die mit düsteren Bäumen wie mit dunklen Wolken bedeckt waren, aber ringsum lag ein zerklüftetes Heideland, bestanden mit Besenheide und Ginster und Hartriegel und anderen Sträuchern, die sie nicht kannten. Hier und dort sahen sie Gruppen von hohen Tannen. Trotz ihrer Müdigkeit ging den Hobbits das Herz ein wenig auf: die Luft war frisch und duftend und erinnerte sie an das Hochland im fernen Nordviertel. Es tat gut, gleichsam einen Aufschub zu haben, in einem Land zu wandern, das erst seit ein paar Jahren unter der Herrschaft des Dunklen Gebieters stand und noch nicht völlig verkommen war. Aber sie vergaßen ihre Gefahr nicht, und auch nicht das Schwarze Tor, das noch allzu nahe war, wenn auch verborgen hinter den düsteren Höhen. Sie sahen sich nach einem Versteck um, wo sie Schutz fänden vor bösen Augen, solange das Tageslicht andauerte.

Der Tag verging unbehaglich. Sie lagen tief in der Heide und zählten die langsam vergehenden Stunden aus, in denen sich wenig zu verändern schien; denn immer noch waren sie unter den Schatten des Ephel Dúath, und die Sonne war verschleiert. Frodo schlief zeitweise, tief und friedlich; entweder vertraute er Gollum, oder er war zu müde, um sich seinetwegen zu beunruhigen. Aber Sam vermochte nicht mehr als zu dösen, selbst als Gollum offensichtlich fest schlief und sich in seinen geheimen Träumen hin- und herwarf und zuckte. Hunger, vielleicht mehr noch als Mißtrauen, hielt Sam wach: er sehnte sich allmählich nach einer guten Mahlzeit wie daheim, »etwas Heißem aus dem Topf«.

Sobald das Land unter der kommenden Nacht zu einem formlosen Grau verblaßte, brachen sie wieder auf. Nach einer kleinen Weile führte Gollum sie hinunter zu der südlichen Straße; und danach gingen sie rascher, obwohl die Gefahr größer war. Sie spitzten die Ohren nach dem Geräusch von Hufen oder Füßen auf der Straße vor ihnen oder hinter ihnen; aber die Nacht verging, und sie hörten weder Fußgänger noch Reiter.

Die Straße war in einer längst vergangenen Zeit angelegt worden, und auf einer Strecke von etwa dreißig Meilen unterhalb des Morannon war sie neuerlich ausgebessert worden, doch weiter im Süden griff die Wildnis auf sie über. Das Werk der Menschen von einst war noch zu sehen an ihrer geraden, stetigen Richtung und ihrem ebenen Verlauf: dann und wann schnitt sie ihren Weg durch Berghänge oder übersprang einen Bach auf einem breiten, schöngeformten Bogen aus dauerhaftem Mauerwerk; aber schließlich verschwanden alle Spuren von Steinmetzarbeiten, abgesehen von einem gebrochenen Pfeiler hier und dort, der noch aus den Büschen an der Seite herausschaute, oder alten Pflastersteinen, die zwischen Unkraut und Moos verborgen waren. Heide und Bäume und Adlerfarn krochen herunter und hingen über die Böschungen oder breiteten sich auf der Straße selbst aus. Zuletzt sah sie nur noch wie ein wenig benutzter ländlicher Karrenweg aus; aber sie schlängelte sich nicht, sondern behielt ihre stetige Richtung bei und brachte die Wanderer auf dem schnellsten Wege voran.

So gelangten sie in die nördlichen Gemarken jenes Landes, das die Menschen einst Ithilien nannten, ein liebliches Land mit emporklimmenden Wäldern und rasch herabstürzenden Bächen. Die Nacht wurde schön unter den Sternen und dem runden Mond, und es schien den Hobbits, daß der Duft der Luft zunahm, während sie weitergingen; aus Gollums Schnaufen und Murren war zu entnehmen, daß auch er ihn bemerkte und nicht schätzte. Bei den ersten Anzeichen des Tages hielten sie wieder an. Sie waren zum Ende eines langen Durchstichs gekommen, tief und steilwandig in der Mitte, durch den sich die Straße ihren Weg durch einen steinigen Kamm bahnte. Jetzt kletterten sie die westliche Böschung hinauf und schauten sich um.

Der Tag begann am Himmel, und sie sahen, daß der Abstand vom Gebirge jetzt viel größer war; es zog sich in einer langen Krümmung nach Osten zurück und verlor sich in der Ferne. Vor ihnen fielen nach Westen sanfte Hänge ab und liefen tief unten in verschwommenen Dunstschleiern aus. Ringsum waren kleine Wälder von harzigen Bäumen, Tannen und Zedern und Zypressen und andere Arten, die im Auenland unbekannt waren, mit breiten Lichtungen zwischen ihnen. Und überall war eine Fülle von süßduftenden Kräutern und Sträuchern. Die lange Wanderung von Bruchtal hatte sie weit südlich ihres eigenen Landes geführt, aber erst jetzt in dieser geschützteren Gegend empfanden die Hobbits, daß sie in einem anderen Landstrich waren. Hier war der Frühling schon am Werk. Grüne Triebe durchstießen Moos und Laub, die Lärchen waren grüngefingert, kleine Blumen öffneten sich im Gras, die Vögel sangen.

Ithilien, der jetzt verlassene Garten von Gondor, besaß noch immer eine zerzauste, feenhafte Lieblichkeit.

Nach Süden und Westen blickte er auf die warmen unteren Täler des Anduin, war nach Osten abgeschirmt durch den Ephel Dúath, und dennoch nicht im Bergschatten, gegen Norden geschützt durch den Emyn Muil, und den südlichen Lüften und feuchten Winden vom fernen Meer zugänglich. Viele große Bäume wuchsen dort, vor langer Zeit gepflanzt, doch ungepflegt im Alter inmitten eines Gewirrs sorglos wuchernder Abkömmlinge; und Haine und dichte Gebüsche gab es mit Tamarisken und scharfen Terpentinpistazien, mit Oliven und Lorbeer; und es gab Wacholder und Myrten; und Thymian, der in Büschen wuchs oder mit seinen holzigen kriechenden Trieben verborgene Steine mit dunklen Teppichen überzog; Salbeien vieler Arten trugen blaue oder rote oder blaßgrüne Blüten; und Majoran und frisch sprießende Petersilie und viele Kräuter, deren Formen und Gerüche Sams Gartenkunde überstiegen. Die Grotten und Felswände waren schon besternt mit Steinbrech und Mauerpfeffer. Schlüsselblumen und Anemonen erwachten in den Haselgebüschen; und Narzissen und viele Lilienblüten nickten mit ihren halbgeöffneten Köpfen im Gras: dunkelgrünes Gras wuchs an den Weihern, kühlen Mulden, in denen herabstürzende Bäche auf ihrer Wanderung hinab zum Anduin verweilten.

Die Reisenden kehrten der Straße den Rücken und gingen bergab. Während sie sich ihren Weg durch Busch und Kraut bahnten, stiegen süße Düfte um sie auf. Gollum hustete und würgte; aber die Hobbits atmeten tief, und plötzlich lachte Sam, aus Herzenslust, nicht wegen eines Scherzes. Sie folgten einem Bach, der hurtig vor ihnen hinabplätscherte. Plötzlich brachte er sie zu einem kleinen, klaren See in einer flachen Mulde: er lag in den verfallenen Überbleibseln eines alten steinernen Bekkens, dessen gemeißelter Rand fast ganz von Moos und Rosenranken überwuchert war; Iris-Schwerter standen in Reihen herum, und Seerosenblätter schwammen auf seiner dunklen, sich sanft kräuselnden Oberfläche, aber er war tief und frisch, und am hinteren Ende lief er über eine Steinschwelle sanft über.

Hier wuschen sie sich und tranken sich satt an dem hereinströmenden Bach. Dann suchten sie nach einem Rastplatz und Versteck; denn dieses Land, so schön es ihnen erschien, war jetzt dennoch feindliches Gebiet. Noch waren sie nicht sehr weit von der Straße, und selbst auf dieser kurzen Strecke hatten sie die Narben alter Kriege und die frischeren Wunden gesehen, die von Orks und anderen abscheulichen Dienern des Dunklen Herrschers geschlagen worden waren: eine Grube mit unbedecktem Unrat und Abfall; willkürlich abgehackte und zum Sterben liegengelassene Bäume, und böse Runen oder das grausame Zeichen des Auges waren mit rohen Axthieben in die Rinde eingeschnitten.

Sam kletterte unterhalb des Abflusses des Sees herum, beroch und befühlte die ihm nicht vertrauten Pflanzen und Bäume, und für einen Augenblick vergaß er Mordor, wurde indes plötzlich wieder an die allgegenwärtige Gefahr erinnert. Er stolperte über einen noch vom Feuer versengten Kreis, und in seiner Mitte fand er einen Haufen verkohlter und zertrümmerter Knochen und Schädel. Der rasche Wuchs der Wildnis mit Brombeeren und Heckenrosen und kriechender Waldrebe zog bereits einen Schleier über diese Stätte des entsetzlichen Schmausens und Schlachtens; aber sie war nicht alt. Sam eilte zurück zu seinen Gefährten, sagte aber nichts: die Knochen sollten lieber in Ruhe gelassen und nicht von Gollum befühlt und durchstöbert werden.

»Laßt uns oben einen Platz suchen, wo wir uns hinlegen können«, sagte er. »Nicht unten. Weiter oben, wenn's nach mir geht.«

Ein Stückchen oberhalb des Sees fanden sie ein tiefes braunes Bett aus vorjährigem Farn. Dahinter stand eine Gruppe dunkelblättriger Lorbeerbäume; sie zogen sich eine steile Böschung hinauf, die oben mit alten Zedern bestanden war. Hier beschlossen sie zu rasten und den Tag zu verbringen, der schon sonnig und warm zu werden versprach. Ein schöner Tag, um auf ihrem Weg entlang den Hainen und Lichtungen von Ithilien umherzustreifen; aber wenn Orks auch das Sonnenlicht scheuen mögen, so gab es hier doch zu viele Plätze, wo sie sich verstecken und auf der Lauer liegen konnten; und andere böse Augen waren unterwegs: Sauron hatte viele Diener. Gollum jedenfalls würde sich unter dem Gelben Gesicht nicht von der Stelle rühren. Bald würde es über die dunklen Grate des Ephel Dúath blicken, und Gollum würde schwach werden und sich vor Licht und Hitze ducken.

Sam hatte, während sie marschierten, ernstlich über die Ernährungsfrage nachgedacht. Jetzt, da die Verzweiflung des undurchschreitbaren Tors hinter ihm lag, neigte er nicht so wie sein Herr dazu, keinen Gedanken darauf zu verschwenden, wie sie ihr Leben fristen sollten, wenn ihr Auftrag erst einmal erfüllt war; und jedenfalls erschien es ihm klüger, die Wegzehung der Elben für kommende schlechte Zeiten aufzusparen. Sechs Tage waren vergangen, seit er geschätzt hatte, daß sie nur noch einen knappen Vorrat für drei Wochen hätten. »Erreichen wir das Feuer in dieser Zeit, können wir unter diesen Umständen von Glück sagen«, dachte er. »Und vielleicht wollen wir auch zurückkommen. Vielleicht.«

Außerdem war er nach dem langen Nachtmarsch, dem Baden und

Trinken noch hungriger als gewöhnlich. Ein Abendbrot oder ein Frühstück am Feuer in der alten Küche am Beutelhaldenweg, das war es, was er eigentlich wollte. Ein Gedanke kam ihm, und er drehte sich zu Gollum um. Gollum war gerade im Begriff, sich allein davonzuschleichen, und kroch auf allen Vieren durch den Farn.

»He, Gollum!« rief Sam. »Wo gehst du hin? Auf die Jagd? Hör zu, alter Schnüffler, du magst unser Essen nicht, und auch ich hätte nichts gegen eine Abwechslung. Dein neuer Wahlspruch ist: *immer hilfsbereit.* Könntest du nicht für einen hungrigen Hobbit etwas Geeignetes finden?«

»Ja, vielleicht«, sagte Gollum. »Sméagol hilft immer, wenn sie bitten — wenn sie nett bitten.«

»Richtig!« sagte Sam. »Ich bitte. Und wenn das nicht nett genug ist, bettele ich.«

Gollum verschwand. Er war einige Zeit weg, und nachdem Frodo ein paar Bissen *lembas* gegessen hatte, legte er sich tief in den braunen Farn und schlief ein. Sam schaute ihn an. Das frühe Morgenlicht kroch gerade erst herab in die Schatten unter den Bäumen, aber er sah das Gesicht seines Herrn sehr deutlich, und auch seine Hände, die entspannt neben ihm auf dem Boden lagen. Das erinnerte ihn plötzlich daran, wie Frodo dagelegen hatte, als er in Elronds Haus schlief nach seiner tödlichen Verwundung. Damals hatte Sam, als er Wache hielt, bemerkt, daß zu Zeiten ein Licht schwach in ihm zu schimmern schien; aber jetzt war das Licht sogar noch deutlicher und stärker. Frodos Gesicht war friedvoll, die Spuren von Angst und Sorge waren verschwunden; aber es sah alt aus, alt und schön, als ob sich die Jahre der Reife, die sich in vielen feinen Linien ausprägen und vorher verborgen waren, jetzt enthüllten, obwohl das Gesicht dasselbe geblieben war. Nicht, daß Sam Gamdschie es sich selbst gegenüber so ausdrückte. Er schüttelte den Kopf, als ob er Worte sinnlos fände, und murmelte: »Ich liebe ihn. So ist er, und manchmal schimmert es irgendwie durch. Aber ich liebe ihn, ob er nun so ist oder nicht.«

Gollum kam leise zurück und schaute Sam über die Schulter. Als er Frodo sah, schloß er die Augen und kroch, ohne einen Laut von sich zu geben, zurück. Sam kam einen Augenblick später zu ihm und fand ihn kauend und vor sich hinmurmelnd. Auf dem Boden neben ihm lagen zwei kleine Kaninchen, die er gierig zu beäugen begann.

»Sméagol hilft immer«, sagte er. »Er hat Kaninchen gebracht, nette Kaninchen. Aber der Herr schläft, und vielleicht will Sam auch schlafen. Will er jetzt keine Kaninchen? Sméagol versucht zu helfen, aber er kann nicht im Handumdrehen Viecher fangen.«

Sam hatte indes nicht das Geringste gegen Kaninchen und sagte es. Zumindest nicht gegen gekochte Kaninchen. Alle Hobbits können natürlich kochen, denn diese Kunst beginnen sie schon vor dem Lesen und Schreiben zu lernen (was manche nie erreichen); aber Sam war ein guter Koch, selbst nach Hobbit-Maßstäben, und auf ihren Wanderungen hatte er ein groß Teil der Lagerkocherei erledigt, wenn dazu Gelegenheit war. Hoffnungsvoll schleppte er immer noch etwas von seiner Ausrüstung mit: eine kleine Zunderbüchse, zwei kleine, flache Kochtöpfe, von denen der kleinere in den größeren paßte, drinnen lagen ein Holzlöffel, eine kurze, zweizinkige Gabel und ein paar Fleischspieße; und ganz zuunterst im Rucksack war in einer flachen Holzschachtel ein dahinschwindender Schatz versteckt, etwas Salz. Aber er brauchte Feuer und noch einiges dazu.

Er dachte ein bißchen nach, während er sein Messer herausholte, es saubermachte und wetzte und die Kaninchen vorzubereiten begann. Er wollte den schlafenden Frodo auch nicht ein paar Minuten allein lassen.

»Höre, Gollum«, sagte er, »ich habe noch einen Auftrag für dich. Geh und fülle diese Töpfe mit Wasser und bring sie mir zurück!«

»Sméagol wird Wasser holen, ja«, sagte Gollum. »Aber wofür will der Hobbit so viel Wasser haben? Er hat getrunken, er hat sich gewaschen.«

»Zerbrich dir nicht den Kopf«, sagte Sam. »Wenn du es nicht erraten kannst, wirst du es bald herausfinden. Und je schneller du das Wasser holst, um so schneller wirst du es erfahren. Beschädige meine Töpfe nicht, sonst mach ich Hackfleisch aus dir.«

Als Gollum fort war, betrachtete Sam Frodo noch einmal. Er schlief immer noch ruhig, aber Sam war jetzt vor allem betroffen von der Magerkeit seines Gesichts und seiner Hände. »Zu dünn und abgezehrt ist er«, murmelte er. »Das ist nicht richtig für einen Hobbit. Wenn ich es schaffe, diese Karnickel zu kochen, dann werde ich ihn wecken.«

Sam suchte sich etwas von dem trockensten Farn zusammen, dann kletterte er die Böschung hinauf und sammelte ein Bündel Zweige und abgebrochenes Holz; der heruntergefallene Ast einer Zeder weiter oben lieferte ihm eine ansehnliche Menge. Er stach ein paar Rasensoden am Fuß der Böschung gleich neben dem Farrendickicht aus, machte ein flaches Loch und legte sein Brennholz hinein. Da er geschickt war mit Feuerstein und Zunder, hatte er bald ein kleines Feuer in Gang. Es machte wenig oder gar keinen Rauch, duftete aber würzig. Er bückte sich gerade über sein Feuer, schirmte es ab und legte dickeres Holz nach, als Gollum zurückkam; er trug die Töpfe vorsichtig und brummte vor sich hin.

Er setzte die Töpfe ab, und dann plötzlich sah er, was Sam tat. Er gab einen dünnen, zischenden Schrei von sich und schien sowohl erschreckt als auch ärgerlich zu sein. »Ach! Sss – nein!« rief er. »Nein! Alberne Hobbits, töricht, ja, töricht! Das dürfen sie nicht tun!«

»Was dürfen sie nicht tun?« fragte Sam überrascht.

»Nicht die garstigen roten Zungen machen!« zischte Gollum. »Feuer, Feuer! Das ist gefährlich, ja, das ist es. Es brennt, es tötet. Und es wird Feinde anlocken, ja, das wird es.«

»Das glaube ich nicht«, sagte Sam. »Ich sehe nicht ein, warum es das sollte, wenn man kein nasses Zeug drauf wirft und dicken Qualm macht. Aber wenn es qualmt, dann qualmt es eben. Darauf will ich's ankommen lassen. Ich will diese Karnickel kochen.«

»Kaninchen kochen!« zeterte Gollum entsetzt. »Das schöne Fleisch verderben, das Sméagol für dich aufgespart hat, der arme, hungrige Sméagol! Wozu? Wozu, alberner Hobbit? Sie sind jung, sie sind zart, sie sind nett. Iß sie, iß sie!« Er griff nach dem nächstgelegenen Kaninchen, das schon abgezogen war.

»Nun, nun«, sagte Sam. »Jeder auf seine Weise. Unser Brot würgt dich, und mich würgt rohes Karnickel. Wenn du mir ein Karnickel schenkst, dann ist das Karnickel meins, verstehst du, und ich kann's kochen, wenn ich Lust dazu habe. Und das habe ich. Du brauchst mir nicht zuzusehen. Geh und fang noch eins und iß es, wie du es magst – irgendwo für dich außer Sicht. Dann wirst du das Feuer nicht sehen und ich werde dich nicht sehen, und wir beide werden glücklicher sein. Ich werde dafür sorgen, daß das Feuer nicht raucht, wenn das ein Trost für dich ist.«

Gollum zog sich murrend zurück und kroch in den Farn. Sam beschäftigte sich mit seinen Töpfen. »Was ein Hobbit zu Karnickeln braucht«, sagte er zu sich, »sind Kräuter und Wurzeln, besonders Tüften – ganz zu schweigen von Brot. Kräuter, das läßt sich offenbar einrichten.«

»Gollum«, rief er leise. »Aller guten Dinge sind drei. Ich brauche ein paar Kräuter.« Gollum streckte den Kopf aus dem Farn, aber sein Ausdruck war weder hilfreich noch freundlich. »Ein paar Lorbeerblätter, etwas Thymian und Salbei, das reicht – ehe das Wasser kocht«, sagte Sam.

»Nein!« sagte Gollum. »Sméagol ist nicht erfreut. Und Sméagol mag riechende Blätter nicht. Er ißt kein Gras oder Wurzeln, nein, Schatz, nicht ehe er verhungert oder sehr krank ist, armer Sméagol.«

»Sméagol wird in Teufels Küche kommen, wenn dieses Wasser kocht und er nicht tut, worum er gebeten wird«, brummte Sam. »Sam wird seinen Kopf hineinstecken, ja, Schatz. Und ich würde ihn auch nach Rüben und Möhren und Tüften suchen lassen, wenn die Jahreszeit danach wäre.

Ich wette, es gibt alle möglichen guten Dinge, die in diesem Land wild wachsen. Für ein halbes Dutzend Tüften würde ich viel geben.«

»Sméagol wird nicht gehen, o nein, Schatz, diesmal nicht«, zischte Gollum. »Er hat Angst und ist sehr müde, und dieser Hobbit ist nicht nett, ganz und gar nicht nett. Sméagol will nicht nach Wurzeln und Möhren graben und – Tüften. Was sind Tüften, Schatz, wie, was sind Tüften?«

»Kar-tof-feln«, sagte Sam. »Die ganze Wonne des Ohm, und eine selten gute Unterlage für einen leeren Magen. Du wirst keine finden, also brauchst du auch nicht danach zu suchen. Aber sei ein lieber Sméagol und hole mir die Kräuter, dann werde ich eine bessere Meinung von dir haben. Und überdies, wenn du dich besserst und auch gut bleibst, werde ich dir demnächst mal Tüften kochen. Das werde ich: gebackenen Fisch und Bratkartoffeln, angerichtet von S. Gamdschie. Da könntest du nicht nein sagen.«

»Doch, doch, wir könnten. Netten Fisch verderben, ihn verbrennen. Gib mir *jetzt* Fisch und behalte deine garstigen Bratkartoffeln!«

»Du bist ein hoffnungsloser Fall«, sagte Sam. »Geh schlafen!«

Zu guter Letzt mußte er sich selbst suchen, was er haben wollte; aber er brauchte nicht weit zu gehen und konnte die Stelle, wo sein Herr lag, im Auge behalten. Eine Weile saß Sam nachdenklich da und unterhielt das Feuer, bis das Wasser heiß war. Das Tageslicht nahm zu, und die Luft wurde warm; der Tau verschwand von Gras und Blatt. Bald lagen die Kaninchen, in Stücke geschnitten, mit den zusammengebundenen Kräutern in den Töpfen und kochten. Fast wäre Sam dabei eingeschlafen. Er ließ sie fast eine Stunde brutzeln, prüfte sie ab und zu mit der Gabel und kostete die Brühe.

Als er glaubte, daß alles fertig sei, nahm er die Töpfe vom Feuer und kroch zu Frodo. Frodo öffnete die Augen halb, als Sam bei ihm stand, und dann wachte er aus seinem Traum auf: ein weiterer freundlicher, nicht wiederbelebbarer Traum des Friedens.

»Nanu, Sam!« sagte er. »Du ruhst nicht? Ist irgendwas nicht in Ordnung? Wie spät ist es?«

»Ein paar Stunden nach Tagesanbruch«, sagte Sam, »und nahe an halb neun nach der Auenland-Uhr, vielleicht. Aber es ist soweit alles in Ordnung. Obwohl es nicht ganz das ist, was ich richtig nennen würde: keine Suppenwürze, keine Zwiebeln, keine Tüften. Ich habe ein bißchen Fleisch für dich, und etwas Brühe, Herr Frodo. Wird dir gut tun. Du mußt sie aus deinem Becher trinken, oder gleich aus dem Topf, wenn sie ein bißchen abgekühlt ist. Ich habe keine Schüsseln mitgebracht und überhaupt nichts Richtiges.«

Frodo gähnte und streckte sich. »Du hättest dich ausruhen sollen, Sam«, sagte er. »Und ein Feuer anzünden war gefährlich in dieser Gegend. Aber ich bin wirklich hungrig. Hm! Kann ich es von hier aus riechen? Was hast du gekocht?«

»Ein Geschenk von Sméagol«, sagte Sam. »Ein paar junge Karnickel. Obwohl ich mir vorstelle, daß sie Gollum jetzt leid tun. Aber es gibt nichts dazu außer ein paar Kräutern.«

Sam und sein Herr setzten sich in den Farn, aßen ihren Kaninchenpfeffer gleich aus den Töpfen und teilten sich in die alte Gabel und den Löffel. Sie gönnten sich dazu jeder ein halbes Stück von der elbischen Wegzehrung. Es kam ihnen wie ein Festmahl vor.

»He, Gollum!« rief Sam und pfiff leise. »Komm her. Noch ist Zeit, dich anders zu besinnen. Es ist noch etwas übrig, wenn du doch noch gekochtes Karnickel versuchen willst.« Es kam keine Antwort.

»Na schön, er wird wohl weggegangen sein, um sich auch etwas zu suchen. Wir werden's aufessen«, sagte Sam.

»Und dann mußt du etwas schlafen«, sagte Frodo.

»Aber nicke du nicht ein, wenn ich die Augen zumache, Herr Frodo. Ich bin nicht allzu sicher, was ihn betrifft. Da ist eine ganze Menge von Stinker – dem bösen Gollum, wenn du mich verstehst – in ihm, und das wird stärker. Obwohl ich glaube, daß er jetzt zuerst versuchen würde, mich zu erwürgen. Wir sind uns nicht ganz einig, und er ist nicht zufrieden mit Sam, o nein, Schatz, ganz und gar nicht zufrieden.«

Sie aßen auf, und Sam ging zum Bach, um sein Geschirr zu spülen. Als er aufstand, um zurückzugehen, schaute er den Abhang hinauf. In diesem Augenblick sah er die Sonne auftauchen aus dem Qualm oder Dunst oder dunklen Schatten oder was immer es war, was im Osten hing, und sie schickte ihre goldenen Strahlen hinab auf die Bäume und Lichtungen ringsum. Dann bemerkte er ein dünnes Geringel von blaugrauem Rauch, deutlich zu sehen im Sonnenlicht, der aus dem Dickicht vor ihm aufstieg. Es traf ihn wie ein Schlag, daß dies der Rauch von seinem kleinen Kochfeuer war, das er zu löschen versäumt hatte.

»Das geht nicht! Nie hätte ich gedacht, daß man es so sieht!« murmelte er und schickte sich an, zurückzueilen. Plötzlich blieb er stehen und lauschte. Hatte er einen Pfiff gehört oder nicht? Oder war es der Ruf eines fremden Vogels? Wenn es ein Pfiff war, dann war er nicht aus Frodos Richtung gekommen. Jetzt pfiff es wieder von einer anderen Stelle! Sam begann so schnell bergauf zu rennen, wie er nur konnte.

Er stellte fest, daß ein Kien, der am äußeren Ende noch gebrannt hatte, etwas Farn am Rande des Feuers entzündet hatte, und der aufflammende Farn hatte die Grassoden zum Schwelen gebracht. Hastig trat er die Reste des Feuers aus, verstreute die Asche und legte die Grassoden über das Loch. Dann kroch er zu Frodo zurück.

»Hast du einen Pfiff gehört und etwas, das wie eine Anwort klang?« fragte er. »Vor ein paar Minuten. Ich hoffe, es war nur ein Vogel, aber es klang eigentlich nicht so: eher wie jemand, der einen Vogelruf nachmacht, fand ich. Und ich fürchte, mein bißchen Feuer hat geraucht. Wenn ich jetzt Unheil angerichtet habe, werde ich es mir nie verzeihen. Und vielleicht auch keine Gelegenheit mehr dazu haben!«

»Pst!« flüsterte Frodo. »Ich glaube, ich habe Stimmen gehört.«

Die beiden Hobbits packten ihre Rucksäcke, schnallten sie um, bereit zur Flucht, und krochen tiefer in den Farn. Dort hockten sie sich hin und lauschten.

Es waren unzweifelhaft Stimmen. Sie sprachen leise und verstohlen, aber sie waren nah und kamen immer näher. Dann sprach plötzlich eine Stimme ganz dicht.

»Hier! Hier ist es, wo der Rauch hergekommen ist!« sagte sie. »Es wird ganz nah sein. Im Farn, zweifellos. Wir werden's gleich haben wie ein Karnickel in der Falle. Dann werden wir sehen, was für ein Wesen es ist.«

»Freilich, und was es weiß«, sagte eine zweite Stimme.

Auf einmal kamen vier Menschen aus verschiedenen Richtungen durch den Farn gestapft. Da Flucht und Verstecken nicht länger möglich war, sprangen Frodo und Sam auf die Füße, stellten sich Rücken an Rücken und zogen ihre kleinen Schwerter.

Wenn sie erstaunt waren über das, was sie sahen, dann waren ihre Häscher noch erstaunter. Vier hochgewachsene Menschen standen da. Zwei hatten Speere in den Händen mit breiten, glänzenden Spitzen. Zwei hatten große Bogen, fast mannshoch, und große Köcher mit langen grüngefiederten Pfeilen. Alle hatten Schwerter an der Seite und waren in Grün und Braun von verschiedener Tönung gekleidet, als ob das günstiger sei, um ungesehen in den Lichtungen von Ithilien zu wandern. Grüne Stulpenhandschuhe bedeckten ihre Hände, und ihre Gesichter waren verhüllt durch Kapuzen und grüne Masken, mit Ausnahme der Augen, die sehr scharf und strahlend waren. Sofort dachte Frodo an Boromir, denn in ihrem Wuchs, ihrer Haltung und Redeweise waren diese Menschen ihm ähnlich.

»Wir haben nicht gefunden, was wir suchten«, sagte einer. »Aber was haben wir eigentlich gefunden?«

»Keine Orks«, sagte ein anderer und ließ das Heft seines Schwertes los, das er gepackt hatte, als er Stich in Frodos Hand blinken sah.

»Elben?« sagte ein dritter, zweifelnd.

»Nein, keine Elben«, sagte der vierte, der größte von ihnen und, wie es schien, ihr Anführer. »Elben wandern heutzutage nicht in Ithilien. Und Elben sind wunderschön anzusehen, oder so heißt es jedenfalls.«

»Womit Ihr meint, daß wir nicht schön sind, wenn ich Euch richtig verstehe«, sagte Sam. »Vielen Dank. Und wenn Ihr fertig seid, über uns zu reden, dann sagt Ihr uns vielleicht, wer *Ihr* seid und warum Ihr zwei müde Wanderer nicht ruhen lassen könnt.«

Der große Mann lachte grimmig. »Ich bin Faramir, Heermeister von Gondor«, sagte er. »Aber es gibt keine Wanderer in diesem Land: nur die Diener des Dunklen Turms oder des Weißen.«

»Aber wir sind weder das eine noch das andere«, sagte Frodo. »Und Wanderer sind wir, was immer Heermeister Faramir auch sagen mag.«

»Dann eilt Euch, Euch und Euren Auftrag zu erklären«, sagte Faramir. »Wir haben ein Werk zu vollbringen, und dies ist weder die richtige Zeit noch der richtige Ort zum Rätselraten oder um Verhandlungen zu führen. Nun los! Wo ist der Dritte von Eurer Gruppe?«

»Der Dritte?«

»Ja, der schleichende Kerl, den wir da unten seine Nase in den Teich stecken sahen. Er sieht häßlich aus. Irgendeine als Späher gezüchtete Orkgattung, nehme ich an, oder ein Handlanger von ihnen. Aber er ist uns entkommen durch irgendeine Arglist.«

»Ich weiß nicht, wo er ist«, sagte Frodo. »Er ist nur ein Zufallsgefährte, den wir unterwegs getroffen haben, und ich bin nicht für ihn verantwortlich. Wenn Ihr ihn findet, verschont ihn. Bringt ihn her oder schickt ihn zu uns. Er ist nur ein elender Landstreicher, und ich habe ihn eine Weile unter meine Obhut genommen. Aber was uns betrifft, so sind wir Hobbits aus dem Auenland, das fern im Norden und Westen hinter vielen Flüssen liegt. Frodo, Drogos Sohn, ist mein Name, und mit mir ist Samweis, Hamfasts Sohn, ein ehrenwerter Hobbit in meinen Diensten. Wir haben weite Wege zurückgelegt, denn wir sind aus Bruchtal gekommen oder Imladris, wie manche es nennen.« Hier stutzte Faramir und lauschte aufmerksam. »Sieben Gefährten hatten wir. Einen verloren wir in Moria, die anderen verließen wir bei Parth Galen oberhalb von Rauros: zwei Verwandte von mir; auch ein Zwerg war dabei und ein Elb, und zwei Menschen. Es waren Aragorn und Boromir, der sagte, er sei aus Minas Tirith gekommen, einer Stadt im Süden.«

»Boromir!« riefen die vier Menschen wie aus einem Munde.

»Boromir, der Sohn des Herrn Denethor?« fragte Faramir, und sein Gesicht nahm einen seltsam strengen Ausdruck an. »Ihr kamt mit ihm? Das ist fürwahr eine Neuigkeit, wenn sie zutrifft. Wisset, Ihr kleinen Fremden, daß Boromir, Denethors Sohn, der Hohe Verweser des Weißen Turms war und unser Ober-Heermeister: schmerzlich vermissen wir ihn. Wer seid Ihr denn, und was hattet Ihr mit ihm zu schaffen? Antwortet rasch, denn die Sonne steigt schon!«

»Sind Euch die räteselhaften Worte bekannt, die Boromir nach Bruchtal brachte?« erwiderte Frodo.

Das geborstne Schwert sollt ihr suchen,
Nach Imladris ward es gebracht.

»Die Worte sind fürwahr bekannt«, sagte Faramir erstaunt. »Es ist ein Beweis für Eure Aufrichtigkeit, daß Ihr sie ebenfalls kennt.«

»Aragorn, den ich nannte, ist der Träger des Schwerts, das geborsten war«, sagte Frodo. »Und wir sind die Halblinge, von denen in dem Gedicht die Rede ist.«

»Das sehe ich«, sagte Faramir nachdenklich. »Oder vielmehr sehe ich, daß es so sein könnte. Aber was ist Isildurs Fluch?«

»Das ist geheim«, antwortete Frodo. »Zweifellos wird es zu gegebener Zeit erklärt werden.«

»Wir müssen mehr darüber erfahren«, sagte Faramir, »und hören, was Euch so weit gen Osten gebracht hat unter den Schatten von drüben –« er deutete hinüber und nannte keinen Namen. »Aber nicht jetzt. Wir haben etwas zu erledigen. Ihr seid in Gefahr, und Ihr hättet heute weder über Feld noch Straße weit kommen können. Es wird hier in der Nähe harte Gefechte geben, ehe der Tag sich vollendet. Dann Tod oder rasche Flucht zurück zum Anduin. Ich werde zwei Mann zu Eurem Schutz zurücklassen, zu Eurem und meinem Besten. Der kluge Mann vertraut keinen Zufallsbegegnungen auf der Straße in diesem Land. Wenn ich zurückkehre, will ich mehr mit Euch sprechen.«

»Lebt wohl!« sagte Frodo und verbeugte sich tief. »Glaubt, was Ihr mögt, aber ich bin ein Freund aller Feinde des Einen Feindes. Wir würden mit Euch gehen, wenn wir Halblinge hoffen könnten, Euch nützlich zu sein, so beherzten und starken Männern, wie Ihr zu sein scheint, und wenn mein Auftrag es erlaubte. Möge das Licht leuchten auf Euren Schwertern!«

»Die Halblinge sind höfliche Leute, was immer sie sonst sein mögen«, sagte Faramir. »Lebt wohl!«

Die Hobbits setzten sich wieder hin, aber sie sprachen nicht miteinander über ihre Gedanken und Zweifel. Dicht bei ihnen, im gesprenkelten Schatten der dunklen Lorbeerbäume, blieben zwei Männer als Wache. Ab und zu nahmen sie ihre Masken ab, um sich abzukühlen, als die Hitze des Tages zunahm, und Frodo sah, daß sie stattliche Menschen waren, blaßhäutig, dunkelhaarig, mit grauen Augen und traurigen und stolzen Gesichtern. Sie unterhielten sich leise untereinander, zuerst in der Gemeinsamen Sprache, aber nach der Art der älteren Zeit, und dann gingen sie zu einer anderen Sprache über, ihrer eigenen. Zu seiner Verwunderung merkte Frodo, während er zuhörte, daß sie sich der Elbensprache bedienten oder einer, die nur wenig anders war; und er sah sie erstaunt an, denn er wußte nun, daß sie Dúnedain des Südens sein mußten, Menschen vom Stamme der Herren von Westernis.

Nach einer Weile sprach er zu ihnen; aber sie waren zögernd und vorsichtig mit ihren Antworten. Sie hießen Mablung und Damrod, Söldner von Gondor, und sie waren Waldläufer von Ithilien; denn ihre Vorfahren hatten einst in Ithilien gelebt, ehe es überrannt wurde. Unter diesen Männern wählte der Herr Denethor diejenigen aus, die für ihn Streifzüge unternahmen und heimlich den Anduin überquerten (wie und wo, wollten sie nicht sagen), um Orks und andere Feinde, die sich zwischen dem Ephel Dúath und dem Fluß herumtrieben, zu überfallen.

»Es sind annähernd zehn Wegstunden von hier zum Ostufer des Anduin«, sagte Mablung, »und wir kommen selten so weit ins Land. Aber wir haben bei dieser Fahrt einen neuen Auftrag: wir sind gekommen, um den Menschen aus Harad aus dem Hinterhalt aufzulauern. Verflucht sollen sie sein!«

»Freilich, verflucht seien die Südländer!« sagte Damrod. »Es heißt, einst haben Verbindungen bestanden zwischen Gondor und den Königreichen des Harad im Fernen Süden; obwohl es niemals Freundschaft war. Damals verliefen unsere Grenzen weit südlich jenseits der Mündungen des Anduin, und Umbar, das nächstgelegene ihrer Reiche, erkannte unsere Herrschaft an. Aber das war vor langer Zeit. Seit vielen Menschenaltern hat es keinen Verkehr mehr zwischen uns gegeben. Nun haben wir letzthin erfahren, daß der Feind bei ihnen gewesen ist, und sie sind zu Ihm übergegangen oder zurück zu Ihm — sie waren immer geneigt, sich seinem Willen zu unterwerfen — wie auch so viele im Osten. Ich zweifle nicht, daß Gondors Tage gezählt und die Mauern von Minas Tirith dem Untergang geweiht sind, so groß ist Seine Stärke und Bosheit.«

»Aber dennoch wollen wir nicht müßig dasitzen und Ihn alles tun lassen, wie er es möchte«, sagte Mablung. »Diese verfluchten Südländer kommen jetzt die alten Straßen heraufmarschiert, um die Streitmacht im Dunklen Turm zu verstärken. Ja, auf eben den Straßen, die Gondors Geschicklichkeit angelegt hat. Und sie gehen immer unbekümmerter, wie wir hören, weil sie glauben, die Macht ihres neuen Herrn sei groß genug, so daß der bloße Schatten Seiner Berge sie beschützen wird. Wir kommen, um ihnen eine andere Lehre zu erteilen. Große Verbände von ihnen sind, wie uns vor einigen Tagen gemeldet wurde, auf dem Marsch nach Norden. Eine ihrer Abteilungen muß unserer Schätzung nach irgendwann vor dem Mittag hier vorbeikommen — auf der Straße oben, wo sie den Durchstich durchläuft. Die Straße mag durchlaufen, aber die Südländer nicht! Nicht, solange Faramir Heermeister ist. Er ist jetzt der Führer bei allen gefährlichen Unterfangen. Aber sein Leben ist gefeit, oder das Schicksal schont ihn für irgendeinen anderen Zweck.«

Ihre Unterhaltung erstarb zu einem lauschenden Schweigen. Alle waren still und aufmerksam. Sam hockte am Rande des Farndickichts und hielt Ausschau. Mit seinen scharfen Hobbitaugen sah er, daß noch viel mehr Menschen in der Nähe waren. Er sah, wie sie die Hänge hinaufschlichen, einzeln oder in langen Reihen, und sich dabei immer im Schatten der Haine oder Dickichte hielten, oder, in ihrer braunen und grünen Kleidung kaum sichtbar, durch Gras und Farn krochen. Alle trugen Kapuzen und Masken, hatten Stulpenhandschuhe an den Händen und waren bewaffnet wie Faramir und seine Gefährten. Es dauerte nicht lange, da waren alle an ihnen vorbei und verschwunden. Die Sonne stieg, bis sie sich dem Süden näherte. Die Schatten schrumpften.

»Ich möchte mal wissen, wo der verflixte Gollum ist«, dachte Sam, als er in den tieferen Schatten zurückkroch. »Er hat gute Aussicht mit einem Ork verwechselt und aufgespießt oder vom Gelben Gesicht geröstet zu werden. Aber ich nehme an, er wird schon auf sich aufpassen.« Er legte sich neben Frodo und schlummerte ein.

Als er aufwachte, glaubte er, Hörner blasen zu hören. Er setzte sich auf. Es war hoch am Mittag. Die Posten standen wachsam und angespannt im Schatten der Bäume. Plötzlich erschallten die Hörner lauter und zweifellos von oben, von der Kuppe des Hanges. Sam glaubte Schreie und auch wildes Gebrüll zu hören, aber das Geräusch war schwach, als käme es aus irgendeiner fernen Höhle. Dann brach plötzlich ganz in der Nähe Kampflärm aus, genau über ihrem Versteck. Er hörte deutlich das hallende Knirschen von Stahl auf Stahl, das Klirren von Schwertern auf Eisenhüten, den dumpfen Schlag von Klingen auf Schilden; Menschen schrien und kreischten, und eine helle, laute Stimme rief *Gondor! Gondor!*

»Es klingt, als ob hundert Schmiede alle zugleich hämmern«, sagte Sam zu Frodo. »Näher möchte ich sie jetzt nicht haben.«

Aber der Lärm näherte sich. »Sie kommen!« rief Damrod. »Schaut! Einige der Südländer sind aus der Falle ausgebrochen und fliehen von der Straße. Da sind sie! Unsere Leute verfolgen sie, und der Heermeister vorneweg.«

Begierig, mehr zu sehen, stand Sam auf und begab sich zu den Wachposten. Er kletterte ein wenig bergauf bis zu dem größeren der Lorbeerbäume. Flüchtig sah er schwärzliche Menschen in Rot, die in einiger Entfernung den Hang hinunterrannten, und grüngekleidete Krieger eilten ihnen nach und hauten sie nieder, während sie flohen. Viele Pfeile schwirrten durch die Luft. Dann plötzlich fiel ein Mann unmittelbar über den Rand der schützenden Böschung und stürzte zwischen den schlanken Bäumen hindurch fast auf sie drauf. Er blieb in dem Farn ein paar Fuß entfernt liegen, das Gesicht nach unten, und grüngefiederte Pfeile staken unter einem goldenen Kragen in seinem Hals. Sein purpurrotes Gewand war zerfetzt, sein Panzerhemd aus übereinandergreifenden Bronzeplättchen war zerrissen und zerhauen, seine schwarzen, mit Gold durchwirkten Haarflechten blutgetränkt. Seine braune Hand umklammerte noch das Heft eines geborstenen Schwertes.

Es war die erste Schlacht von Menschen gegen Menschen, die Sam miterlebte, und sie gefiel ihm nicht sehr. Er war froh, daß er das Gesicht des Toten nicht sehen konnte. Er fragte sich, wie der Mann wohl hieß und wo er herkam und ob er wirklich ein böses Herz hatte, oder welche Lügen oder Drohungen ihn zu dem langen Marsch von seiner Heimat veranlaßt hatten; und ob er nicht in Wirklichkeit lieber in Frieden dort geblieben wäre – all diese Gedanken gingen ihm blitzschnell durch den Kopf, wurden aber bald wieder vertrieben. Denn gerade, als Mablung auf den Gefallenen zutrat, erhob sich ein neuer Lärm. Großes Geschrei und Gerufe. Und mittendrin hörte Sam ein schrilles Gebrüll oder Trompeten. Und dann ein mächtiges Stoßen und Stampfen wie gewaltige Rammen, die auf den Boden auftreffen.

»Obacht! Obacht!« rief Damrod seinem Gefährten zu. »Mögen die Valar ihn abwenden! Mûmak! Mûmak!«

Zu seiner Verwunderung und seinem Entsetzen und nachhaltigem Entzücken sah Sam eine riesige Gestalt durch die Bäume brechen und den Abhang herunterrennen. Groß wie ein Haus, viel größer als ein Haus schien er ihm zu sein, ein in Grau gehüllter, sich bewegender Berg. Furcht und Staunen vergrößerten ihn vielleicht in den Augen des Hobbits, aber der Mûmak von Harad war tatsächlich ein Tier von gewaltigen Ausmaßen, und seinesgleichen wandelt heute nicht mehr in Mittelerde; seine Stammesgenossen, die noch in jüngerer Zeit leben, sind nur Andeutungen seiner Größe und Hoheit. Heran kam er, stracks auf die Beobachter zu, und dann schwenkte er gerade im rechten Augenblick zur Seite, raste nur ein paar Ellen entfernt vorbei, und der Boden schwankte unter ihren Füßen: wie Bäume waren die großen Beine, die ungeheuren Ohren standen ab, der lange Rüssel war erhoben wie eine riesige Schlange, die gerade die Giftzähne in ihr Opfer schlagen will, die kleinen roten Augen wutentbrannt. Die hornartigen, nach oben gerichteten Stoßzähne waren mit goldenen Bändern umwunden und tropften von Blut. Sein Zaumzeug in Purpur und Rot hing in Fetzen um ihn. Was auf seinem stampfenden Rücken lag, waren offenbar die Reste eines regelrechten Kriegsturms, der bei seinem wütenden Rasen durch den Wald zertrümmert worden war; und hoch auf seinem Nacken klammerte sich noch verzweifelt eine winzige Gestalt fest – ein gewaltiger Krieger, ein Riese unter den Schwärzlingen.

Weiter donnerte das große Tier und stapfte in blinder Wut durch Teich und Dickicht. Pfeile sprangen und hüpften, ohne Schaden anzurichten, über die dreifache Haut seiner Flanken. Männer beider Seiten flohen vor ihm, aber viele überholte er und zertrampelte sie am Boden. Bald war er außer Sicht, aber immer noch trompetete und schnaubte er in der Ferne. Was aus ihm wurde, hat Sam nie erfahren: ob er entkam und eine Zeitlang in der Wildnis umherstreifte, bis er fern der Heimat zugrunde ging, oder ob er weiterraste, bis er in den Großen Strom stürzte und verschlungen wurde.

Sam holte tief Luft. »Ein Olifant war es!« sagte er. »Es gibt also Olifanten, und ich habe einen gesehen. Wie aufregend! Aber niemand zu Hause wird es mir glauben. Na, wenn das vorbei ist, dann will ich ein bißchen schlafen.«

»Schlaft, solange Ihr könnt«, sagte Mablung. »Aber der Heermeister wird zurückkommen, wenn er unverletzt ist; und wenn er kommt, werden wir rasch aufbrechen. Wir werden verfolgt werden, sobald die Nachricht von unserer Tat den Feind erreicht, und das wird nicht lange dauern.«

»Geht leise, wenn Ihr müßt«, sagte Sam. »Nicht nötig, meinen Schlaf zu stören. Ich bin die ganze Nacht gewandert.«

Mablung lachte. »Ich glaube nicht, daß der Heermeister Euch hierlassen will, Herr Samweis«, sagte er. »Aber wir werden's ja sehen.«

FÜNFTES KAPITEL

DAS FENSTER NACH WESTEN

Sam glaubte nur ein paar Minuten geschlafen zu haben, als er aufwachte und feststellte, daß es schon spät am Nachmittag und Faramir zurückgekommen war. Er hatte viele Menschen mitgebracht; tatsächlich waren jetzt alle, die den Überfall überlebt hatten, auf dem nahen Abhang versammelt, zwei- oder dreihundert Mann. Sie saßen in einem weiten Halbkreis, und an der offenen Seite saß Faramir auf dem Boden, während Frodo vor ihm stand. Es sah seltsam aus, wie das Verhör eines Gefangenen.

Sam kroch aus dem Farn heraus, aber niemand beachtete ihn, und er setzte sich ans Ende der Reihen der Männer, wo er alles, was vor sich ging, sehen und hören konnte. Er paßte auf und lauschte aufmerksam, bereit, seinem Herrn zu Hilfe zu eilen, falls es nötig wäre. Er sah Faramirs Gesicht, der jetzt keine Maske trug: es war streng und herrisch, und ein scharfer Verstand sprach aus seinem forschenden Blick. Zweifel stand in den grauen Augen, die Frodo unverwandt anstarrten.

Sam merkte bald, daß der Heermeister in verschiedenen Punkten von Frodos Bericht über sich selbst nicht befriedigt war: welche Rolle er in der Gemeinschaft spielte, die von Bruchtal aufbrach; warum er Boromir verlassen hatte und wohin er jetzt gehe. Insbesondere kam er oft auf Isildurs Fluch zurück. Offenbar erkannte er, daß Frodo eine Angelegenheit von großer Bedeutung vor ihm verbarg.

»Aber beim Kommen des Halblings sollte Isildurs Fluch erwachen, so muß man jedenfalls die Worte verstehen«, beharrte er. »Wenn Ihr also der Halbling seid, der genannt wurde, dann habt Ihr dieses Ding, was immer es sein mag, gewiß zu dem Rat mitgebracht, von dem Ihr sprecht, und dort sah Boromir es. Leugnet Ihr das?«

Frodo antwortete nicht. »Aha!« sagte Faramir. »Dann möchte ich mehr von Euch darüber erfahren; denn was Boromir angeht, geht auch mich an. Ein Orkpfeil tötete Isildur, wie alte Erzählungen berichten. Aber Orkpfeile gibt es viele, und den Anblick von einem hätte Boromir von Gondor nicht als ein Zeichen des Schicksals angesehen. Hattet Ihr das Ding in Verwahrung? Es ist geheim, sagt Ihr; aber ist es das nicht, weil Ihr es verbergen wolltet?«

»Nein, nicht weil ich es so wollte«, antwortete Frodo. »Es gehört mir nicht. Es gehört keinem Sterblichen, keinem großen und keinem kleinen; wenn einer Anspruch darauf erheben könnte, dann wäre es Aragorn, Arathorns Sohn, den ich genannt habe, der Führer unserer Gemeinschaft von Moria bis Rauros.«

»Warum er und nicht Boromir, Fürstensohn der Stadt, die von Elendils Söhnen gegründet wurde?«

»Weil Aragorn in direkter Linie, von Vater zu Vater, von Isildur, Elendils Sohn, abstammt. Und das Schwert, das er trägt, ist Elendils Schwert.«

Ein Murmeln der Verwunderung durchlief den Kreis der Männer. Einige riefen laut: »Elendils Schwert! Elendils Schwert kommt nach Minas Tirith! Das ist eine große Botschaft!« Aber Faramirs Gesicht war ungerührt.

»Vielleicht«, sagte er. »Aber ein so hoher Anspruch wird begründet werden müssen, und klare Beweise werden gefordert werden, wenn dieser Aragorn jemals nach Minas Tirith kommt. Er war nicht gekommen, noch irgendeiner von Eurer Gemeinschaft, als ich vor sechs Tagen aufbrach.«

»Boromir gab sich zufrieden mit diesem Anspruch«, sagte Frodo. »Fürwahr, wenn Boromir hier wäre, würde er alle Eure Fragen beantworten. Und da er schon vor vielen Tagen in Rauros war und beabsichtigte, gleich zu Eurer Stadt zu gehen, werdet Ihr, wenn Ihr zurückkehrt, die Antworten dort erfahren. Mein Anteil an der Gemeinschaft war ihm bekannt, wie auch allen anderen, denn der Auftrag war mir von Elrond von Imladris selbst vor dem ganzen Rat erteilt worden. In Erfüllung jenes Auftrags kam ich in dieses Land, aber es steht mir nicht zu, ihn irgend jemandem außerhalb der Gemeinschaft zu offenbaren. Dennoch würden jene, die behaupten, gegen den Feind zu kämpfen, gut daran tun, meinen Auftrag nicht zu hindern.«

Frodos Ton war stolz, wie immer ihm zumute sein mochte, und Sam billigte ihn, aber er besänftigte Faramir nicht.

»So!« sagte er. »Ihr heißt mich, mich um meine eigenen Angelegenheiten zu kümmern und nach Hause zu gehen und Euch in Frieden zu lassen. Boromir wird mir alles erzählen, wenn er kommt. Wenn er kommt, sagt Ihr! Wart Ihr ein Freund von Boromir?«

Lebhaft tauchte vor Frodos geistigem Auge die Erinnerung daran auf, wie Boromir ihn angegriffen hatte, und einen Augenblick zögerte er. Faramirs Blick, der ihn beobachtete, wurde härter. »Boromir war ein tapferes Mitglied unserer Gemeinschaft«, sagte Frodo schließlich. »Ja, ich für mein Teil war sein Freund.«

Faramir lächelte grimmig. »Dann würde es Euch betrüben zu erfahren, daß Boromir tot ist?«

»Das würde mich fürwahr betrüben«, sagte Frodo. Dann bemerkte er den Ausdruck in Faramirs Augen und stammelte. »Tot?« fragte er. »Meint Ihr, er *ist* tot und Ihr wußtet es? Habt Ihr versucht, mich mit Worten hereinzulegen und Euer Spiel mit mir zu treiben? Oder versucht Ihr jetzt, mich mit einer Lüge in die Falle zu locken?«

»Ich würde nicht einmal einen Ork mit einer Lüge in die Falle locken«, sagte Faramir.

»Wie ist er denn gestorben und woher wißt Ihr es? Da Ihr doch sagt, keiner der Gemeinschaft habe die Stadt erreicht, als Ihr sie verließet?«

»Was die Art seines Todes betrifft, so hatte ich gehofft, daß sein Freund und Gefährte mir berichten würde, wie es dazu kam.«

»Aber er war gesund und munter, als wir uns trennten. Und er ist noch am Leben, soviel ich weiß. Obwohl es gewiß viele Gefahren auf der Welt gibt.«

»Viele fürwahr«, sagte Faramir, »und Verrat ist nicht die geringste.«

Sam war immer ungeduldiger und wütender geworden bei dieser Unterhaltung. Diese letzten Worte waren mehr, als er ertragen konnte, und er platzte mitten in den Kreis hinein und stellte sich neben seinen Herrn.

»Entschuldige, Herr Frodo«, sagte er, »aber das hat jetzt lange genug gedauert. Er hat kein Recht, so mit dir zu reden. Nach allem, was du durchgemacht hast, ebenso zu seinem und all dieser großen Menschen Vorteil, wie für sonst jemanden.

»Hört mal, Heermeister!« Er pflanzte sich genau vor Faramir auf, die Hände in die Hüften gestemmt und mit einem Ausdruck im Gesicht, als ob er es mit einem jungen Hobbit zu tun habe, der ihm »pampig« gekommen war, als er ihn wegen Besuchen im Obstgarten verhörte. Es gab einiges Gemurmel, aber auch Grinsen auf den Gesichtern der zuschauenden Männer: der Anblick ihres Heermeisters, der auf dem Boden saß, Auge in Auge mit einem jungen Hobbit, der breitbeinig und zornsprühend dastand, das war etwas, was sie noch nicht erlebt hatten. »Hört mal!« sagte er. »Worauf wollt Ihr hinaus? Laßt uns zur Sache kommen, ehe alle Orks von Mordor über uns herfallen! Wenn Ihr glaubt, mein Herr habe diesen Boromir ermordet und sei dann weggelaufen, dann habt Ihr keinen Verstand; aber sagt es und damit Schluß! Und dann laßt uns wissen, was Ihr deswegen zu tun gedenkt. Aber es ist ein Jammer, daß Leute, die davon reden, daß sie gegen den Feind kämpfen, nicht andere ihre Pflicht auf ihre Weise erledigen lassen können, ohne sich einzumischen. Der

Feind würde sich mächtig freuen, wenn er Euch jetzt sehen könnte. Würde glauben, er hat 'nen neuen Freund bekommen.«

»Geduld!« sagte Faramir, aber ohne Ärger. »Rede nicht vor deinem Herrn, der mehr Verstand hat als du. Aber du brauchst mich nicht über unsere Gefahr zu belehren. Selbst so nehme ich mir ein wenig Zeit, um in einer schwierigen Angelegenheit richtig zu urteilen. Wäre ich so hastig wie du, hätte ich dich vielleicht schon längst erschlagen. Denn mein Befehl lautet, alle zu erschlagen, die ich in diesem Lande finde und die keine Erlaubnis des Herrn von Gondor haben. Aber ich erschlage Mensch oder Tier nicht ohne Not, und auch nicht gern, wenn es nötig ist. Und ebenso wenig rede ich unnütz. Also sei getröstet. Setze dich zu deinem Herrn und schweige still!«

Sam setzte sich schwerfällig hin, und die Röte war ihm ins Gesicht gestiegen. Faramir wandte sich wieder an Frodo. »Ihr fragtet, woher ich wisse, daß Denethors Sohn tot ist. Todesbotschaften haben viele Flügel. *Oft bringt die Nacht den nächsten Angehörigen Nachricht,* heißt es. Boromir war mein Bruder.«

Ein Schatten des Kummers zog über sein Gesicht. »Erinnert Ihr Euch an etwas Besonderes, das zur Ausrüstung des Herrn Boromir gehörte?«

Frodo dachte einen Augenblick nach, fürchtete, es könne wieder eine Falle sein, und fragte sich, wie diese Auseinandersetzung wohl enden würde. Mit knapper Not hatte er den Ring vor dem lüsternen Zugriff von Boromir bewahrt, und wie es ihm nun unter so vielen kriegerischen und starken Menschen ergehen würde, wußte er nicht. Dennoch hatte er im Grunde seines Herzens das Gefühl, daß Faramir, obwohl er seinem Bruder sehr ähnlich sah, ein weniger eigennütziger und ernsterer und klügerer Mann war. »Ich erinnere mich, daß Boromir ein Horn bei sich trug«, sagte er schließlich.

»Ihr erinnert Euch gut und wie einer, der ihn wirklich gesehen hat«, sagte Faramir. »Dann könnt Ihr es vielleicht vor Eurem geistigen Auge sehen: ein großes Horn des Auerochsen aus dem Osten, mit Silber beschlagen und mit altertümlichen Buchstaben beschriftet. Dieses Horn hat seit vielen Generationen der älteste Sohn unseres Hauses getragen; und es heißt, wenn es in der Not irgendwo innerhalb von Gondors Grenzen, die das Reich einst hatte, geblasen werde, verhalle sein Ruf nicht ungehört.

Fünf Tage, ehe ich mich zu dieser Fahrt aufmachte, heute vor elf Tagen etwa um diese Stunde, hörte ich das Horn erschallen: vom Norden her, wie es schien, aber undeutlich, als wäre es nur ein Echo im Geist. Für eine böse Vorbedeutung hielten wir es, mein Vater und ich, denn wir hatten keine Nachrichten von Boromir gehabt, seit er fortgegangen war, und kein Wächter an unseren Grenzen hatte ihn zurückkommen sehen. Und in der dritten Nacht danach widerfuhr mir etwas noch Seltsameres.

Ich saß des Nachts an den Wassern des Anduin in der grauen Dunkelheit unter dem jungen, blassen Mond und bewachte den ewig dahinziehenden Strom; und das traurige Schilf raschelte. So bewachen wir immer die Ufer nahe Osgiliath, das unsere Feinde jetzt teilweise besetzt haben; denn von dort machen sie Ausfälle, um unsere Lande zu verwüsten. Doch in jener Nacht schlief die ganze Welt zur Mitternachtsstunde. Dann sah ich ein Boot oder glaubte es zu sehen, das auf dem Wasser trieb, grau schimmernd, ein kleines Boot von seltsamer Form mit einem hohen Bug, und niemand war da, der es ruderte oder steuerte.

Ein Schrecken befiel mich, denn es war von einem bleichen Licht umgeben. Doch stand ich auf und ging ans Ufer und begann hinauszuwaten in den Strom, denn ich wurde zu ihm hingezogen. Dann dreht das Boot auf mich zu und verlangsamte seine Geschwindigkeit und trieb gemächlich in Reichweite meiner Hand an mir vorbei, doch wagte ich nicht, es zu berühren. Es lag tief im Wasser, als sei es schwer beladen, und mir schien, als es unter meinem Blick vorbeizog, daß es fast ganz mit klarem Wasser gefüllt sei, von dem das Licht ausging; und umgeben vom Wasser lag ein schlafender Krieger.

Ein geborstenes Schwert lag auf seinen Knien. Ich sah viele Wunden an ihm. Es war Boromir, mein Bruder, tot. Ich erkannte seine Rüstung, sein Schwert, sein geliebtes Gesicht. Eins nur vermißte ich: sein Horn. Eins nur kannte ich nicht: einen schönen Gürtel um seinen Leib, der aussah, als bestünde er aus verschlungenen goldenen Blättern. *Boromir!* rief ich. *Wo ist dein Horn? Wohin gehst du? O Boromir!* Doch er war fort. Das Boot drehte wieder in die Strömung und verschwand schimmernd in der Nacht. Traumhaft war es, und doch kein Traum, denn es gab kein Erwachen. Und ich zweifle nicht daran, daß er tot ist und den Strom hinabgefahren ist zum Meer.«

»O weh!« sagte Frodo. »Fürwahr, das war Boromir, wie ich ihn kannte. Denn der goldene Gürtel war ihm in Lothlórien von Frau Galadriel geschenkt worden. Sie war es, die uns so kleidete, wie Ihr uns seht, in Elben-Grau. Diese Spange ist von derselben Machart.« Er zeigte auf das grüne und silberne Blatt, das seinen Mantel unterhalb des Halses zusammenhielt.

Faramir betrachtete sie genau. »Sie ist schön«, sagte er. »Ja, es ist dieselbe Arbeit. Ihr seid also durch das Land Lórien gekommen? Laurelindórenan wurde es einst genannt, aber nun ist es schon lange aus dem

Wissen der Menschen entschwunden«, fügte er leise hinzu und betrachtete Frodo mit einem neuen Erstaunen in seinen Augen. »Vieles, was mir an Euch seltsam erschien, beginne ich jetzt zu verstehen. Wollt Ihr mir nicht mehr sagen? Denn es ist ein bitterer Gedanke, daß Boromir in Sichtweite seines Heimatlandes starb.«

»Nicht mehr kann ich sagen, als was ich gesagt habe«, antwortete Frodo. »Obwohl Eure Erzählung mich mit bösen Ahnungen erfüllt. Ein Traumbild war es, was Ihr saht, und nicht mehr, irgendein Schatten eines Unglücks, das sich ereignet hat oder sich ereignen wird. Sofern es nicht tatsächlich eine lügenhafte List des Feindes war. Ich habe die Gesichter von schönen Kriegern aus alter Zeit schlafend unter den Tümpeln der Totensümpfe gesehen, oder es schien so durch seine böse Zauberkunst.«

»Nein, so war es nicht«, sagte Faramir. »Denn seine Werke erfüllen das Herz mit Abscheu, aber mein Herz war von Kummer und Mitleid erfüllt.«

»Doch wie könnte dergleichen in Wirklichkeit geschehen?« fragte Frodo. »Denn kein Boot hätte von Tol Brandir über die felsigen Berge getragen werden können; und Boromir beabsichtigte, über die Entwasser und die Felder von Rohan heimzukehren. Und wie hätte denn ein Schiff die schäumende Flut der Fälle durchfahren können, ohne in den brodelnden Gewässern unterzugehen, auch wenn es mit Wasser geladen war?«

»Ich weiß es nicht«, sagte Faramir. »Aber woher kam das Boot?«

»Aus Lórien«, sagte Frodo. »In drei solchen Booten ruderten wir den Anduin hinunter bis zu den Fällen. Sie waren auch Elben-Werk.«

»Ihr seid durch das Verborgene Land gekommen«, sagte Faramir, »aber es scheint, als habet Ihr wenig von seiner Macht verstanden. Wenn Menschen mit der Herrin der Zauberei, die im Goldenen Wald wohnt, zu tun haben, dann mag es sein, daß sie seltsamer Dinge gewärtig sein müssen. Denn es ist gefährlich für sterbliche Menschen, außerhalb der Welt dieser Sonne zu wandeln, und wenige kamen dereinst unverändert von dort zurück, heißt es.

»O Boromir, o Boromir!« rief er. *»Was hat sie zu dir gesagt, die Herrin, die nicht stirbt? Was hat sie gesehen? Was erwachte damals in deinem Herzen? Warum bist du je nach Laurelindórenan gegangen und nicht auf deinem eigenen Weg gekommen und nicht am Morgen auf den Pferden von Rohan heimgeritten?«*

Dann wandte er sich wieder an Frodo und sprach wie vorher mit leiser Stimme. »Auf diese Fragen, nehme ich an, könntet Ihr, Frodo, Drogos Sohn, einige Antworten geben. Aber vielleicht nicht hier und nicht jetzt. Aber damit Ihr nicht immer noch meine Erzählung für ein Traumbild haltet, will ich Euch dieses sagen: Boromirs Horn kehrte schließlich in Wirklichkeit zurück, und nicht nur scheinbar. Das Horn kam, aber es war in zwei Teile gespalten, sei es durch einen Axthieb oder Schwertstreich. Die Bruchstücke wurden einzeln an Land gespült: eines wurde zwischen dem Schilf gefunden, wo Späher von Gondor Wache hielten, im Norden unterhalb der Entwasser-Mündungen; das andere wurde, in der Flut wirbelnd, von einem gefunden, der einen Auftrag auf dem Wasser hatte. Seltsame Zufälle, aber die Sonne bringt es an den Tag, heißt es.

Und nun liegt das Horn des ältesten Sohns in zwei Stücken auf Denethors Schoß, der auf seinem Thron sitzt und auf Nachrichten wartet. Und Ihr könnt mir nichts darüber sagen, wie das Horn gespalten wurde?«

»Nein, ich wußte nichts davon«, sagte Frodo. »Aber der Tag, an dem Ihr es erschallen hörtet, wenn Eure Schätzung stimmt, war der Tag, an dem wir uns trennten, als ich und mein Diener die Gemeinschaft verließen. Und nun erfüllt mich Eure Erzählung mit Furcht. Denn wenn Boromir damals in Gefahr war und erschlagen wurde, dann muß ich befürchten, daß auch alle meine Gefährten zugrunde gegangen sind. Und sie waren meine Verwandten und meine Freunde.

Wollt Ihr nicht Euren Zweifel beiseite schieben und mich gehen lassen? Ich bin müde und kummervoll und verängstigt. Aber ich habe noch eine Tat zu tun oder sie zu versuchen, ehe auch ich erschlagen werde. Und Eile ist um so mehr geboten, wenn wir zwei Halblinge als einzige von unserer Gemeinschaft übrig geblieben sind.

Kehrt zurück, Faramir, tapferer Heermeister von Gondor, und verteidigt Eure Stadt, solange Ihr könnt, und laßt mich gehen, wohin mein Schicksal mich führt.«

»Für mich gibt es keinen Trost bei unserer Unterhaltung«, sagte Faramir, »aber Ihr schließt daraus auf mehr Schrecken, als notwendig. Sofern das Volk von Lórien nicht selbst zu ihm kam, wer hat dann Boromir wie für ein Begräbnis hergerichtet? Nicht Orks oder Diener des Namenlosen. Einige von Eurer Gemeinschaft, vermute ich, sind noch am Leben.

Aber was immer auch in der Nordmark geschah, an Euch, Frodo, zweifle ich nicht länger. Wenn harte Zeiten mir die Fähigkeit gegeben haben, Worte und Taten von Menschen zu beurteilen, dann mag ich auch Halblinge richtig einschätzen! Allerdings ...« — und jetzt lächelte er — »habt Ihr etwas Seltsames an Euch, Frodo, vielleicht ein elbisches Wesen. Doch mehr hängt von unseren Worten ab, die wir miteinander sprechen, als ich zuerst glaubte. Ich sollte Euch mit zurück nach Minas Tirith nehmen, damit Ihr vor Denethor Rede und Antwort steht, und mein Leben wird zu Recht verwirkt sein, wenn ich jetzt einen Weg einschlage, der sich für meine Stadt als schlecht erweist. Deshalb will ich nicht hastig entscheiden, was geschehen soll. Indes müssen wir ohne Verzögerung von hier aufbrechen.«

Er sprang auf und gab einige Befehle. Sofort verteilten sich die Männer, die im Kreis um ihn gesessen hatten, in kleine Gruppen, die einen gingen hierhin, die anderen dorthin, und rasch verschwanden sie in den Schatten der Felsen und Bäume. Bald waren nur Mablung und Damrod zurückgeblieben.

»Nun werdet ihr, Frodo und Samweis, mit mir und meinen Leibwächtern mitkommen«, sagte Faramir. »Auf der Straße könnt Ihr nicht nach Süden weitergehen, wenn das Eure Absicht war. Sie wird einige Tag lang unsicher sein und nach diesem Handgemenge noch schärfer beobachtet werden als bisher. Und heute, glaube ich, könnt Ihr sowieso nicht mehr weit gehen, denn Ihr seid müde. Und wir auch. Wir gehen jetzt zu einer geheimen Stätte, die wir haben, etwas weniger als zehn Meilen von hier. Die Orks und Späher des Feindes haben sie noch nicht gefunden, und wenn sie es täten, könnten wir den Ort lange gegen viele halten. Dort können wir eine Weile rasten und uns ausruhen, und Ihr mit uns. Am Morgen werde ich dann entscheiden, was für mich das Beste zu tun ist, und für Euch.«

Frodo blieb nichts anderes übrig, als diesem Begehren zu entsprechen. Es schien jedenfalls im Augenblick ein kluges Vorgehen zu sein, denn durch diesen Überfall der Menschen von Gondor war eine Wanderung in Ithilien gefährlicher denn je geworden.

Sie machten sich sofort auf den Weg: Mablung und Damrod gingen ein Stück voraus, und Faramir folgte mit Frodo und Sam. Sie hielten sich diesseits des Teichs, in dem die Hobbits gebadet hatten, überquerten den Bach, erklommen eine lange Böschung und verschwanden in dem grünschattigen Waldland, das sich abwärts und nach Westen hinzog. Während sie gingen, so rasch, wie die Hobbits konnten, unterhielten sie sich leise.

»Ich habe unsere Unterhaltung abgebrochen«, sagte Faramir, »und zwar nicht nur, weil die Zeit drängte, woran mich Meister Samweis erinnerte, sondern auch deshalb, weil wir auf Dinge kamen, die besser nicht offen vor vielen Menschen erörtert werden. Aus diesem Grunde wandte ich mich lieber der Angelegenheit meines Bruders zu und ließ *Isildurs Fluch* beiseite. Ihr wart nicht völlig aufrichtig mit mir, Frodo.«

»Ich habe nicht gelogen und von der Wahrheit alles gesagt, was ich konnte«, erwiderte Frodo.

»Ich mache Euch keinen Vorwurf«, sagte Faramir. »Ihr spracht gewandt in einer schwierigen Lage, und klug, wie mir schien. Aber ich erfuhr oder erriet mehr von Euch, als Eure Worte sagten. Ihr wart Boromir nicht freundlich gesinnt oder trenntet Euch nicht in Freundschaft. Ihr und auch Meister Samweis hegtet irgendeinen Groll. Nun, ich liebte ihn sehr und würde seinen Tod gern rächen, dennoch kannte ich ihn gut. *Isildurs Fluch* – ich würde mutmaßen, daß *Isildurs Fluch* zwischen Euch stand und der Anlaß zum Hader in Eurer Gemeinschaft war. Gewiß handelt es sich dabei um ein wichtiges Erbstück irgendeiner Art, und derlei Dinge stiften keinen Frieden unter Verbündeten, nicht, wenn aus alten Erzählungen etwas gelernt werden kann. Treffe ich nicht fast ins Schwarze?«

»Fast«, sagte Frodo, »aber nicht ganz. Es gab keinen Hader in unserer Gemeinschaft, obwohl Zweifel bestanden: Zweifel, welchen Weg wir vom Emyn Muil aus einschlagen sollten. Aber mag das sein, wie ihm wolle, alte Erzählungen lehren uns auch die Gefahr unbesonnener Worte über solche Dinge wie – Erbstücke.«

»Ah, dann ist es so, wie ich es mir dachte: Ihr hattet allein mit Boromir Verdruß. Er wollte, daß dieses Ding nach Minas Tirith gebracht werde. O weh! es ist ein böses Schicksal, das Euch, der Ihr ihn zuletzt sahet, die Lippen verschließt und mir vorenthält, was ich erfahren möchte: was bewegte sein Herz und seine Gedanken in seinen letzten Stunden. Ob er fehlging oder nicht, dessen bin ich sicher: er starb gut und vollbrachte etwas Gutes. Sein Gesicht war sogar schöner als im Leben.

Aber, Frodo, ich bedrängte Euch zuerst schwer wegen *Isildurs Fluch*. Verzeiht mir! Es war unklug zu solcher Stunde und an solchem Ort. Ich hatte nicht Zeit gehabt zum Nachdenken. Wir hatten eine schwere Schlacht geschlagen, und es gab mehr als genug, was meinen Geist beschäftigte. Doch während ich noch mit Euch sprach, kam ich dem Ziel näher und schoß deshalb absichtlich daneben. Denn Ihr müßt wissen, daß vieles noch bewahrt ist von alter Kunde unter den Herrschern der Stadt, was im Ausland nicht bekannt ist. Wir von meinem Haus stammen nicht von Elendil ab, obwohl das Blut von Númenor in unseren Adern fließt. Denn unsere Linie geht zurück auf Mardil, den guten Truchseß, der an des Königs Statt herrschte, als der König in den Krieg zog. Und das war König Eärnur, der letzte der Linie von Anárion, und er war kinderlos und kehrte nicht zurück. Und die Truchsesse haben seit jenem Tag in der Stadt geherrscht, obwohl es vor vielen Menschenaltern war.

Und daran erinnere ich mich von Boromir, als er ein Knabe war und wir zusammen die Vergangenheit unserer Vorfahren und die Geschichte unserer Stadt lernten, daß es ihm immer mißfiel, daß sein Vater kein König war.

›Wie viele hundert Jahre braucht es, bis ein Truchseß König wird, wenn der König nicht zurückkehrt?‹ fragte er. ›Wenige Jahre vielleicht an anderen Orten mit einer geringeren Königswürde‹, antwortete mein Vater. ›In Gondor würden zehntausend Jahre nicht reichen.‹ O weh! der arme Boromir. Verrät Euch das nicht etwas über ihn?«

»O ja«, sagte Frodo. »Dennoch behandelte er Aragorn immer mit Ehrerbietung.«

»Daran zweifle ich nicht«, sagte Faramir. »Wenn er überzeugt war von Aragorns Anspruch, wie Ihr sagt, dann verehrte er ihn gewiß sehr. Aber der Ernstfall war noch nicht eingetreten. Noch waren sie nicht nach Minas Tirith gekommen oder Nebenbuhler in den Kriegen von Minas Tirith geworden.

Doch schweife ich ab. Wir im Hause von Denethor besitzen viel altes Wissen aus langer Überlieferung, und viele Dinge sind überdies in unseren Schatzkammern aufbewahrt: Bücher und Tafeln, auf vergilbtes Pergament geschrieben, ja, sogar auf Stein und auf Blättern von Gold und Silber in verschiedener Schrift. Manche kann heute niemand mehr lesen; und im übrigen schlagen nur wenige sie jemals auf. Ich vermag ein wenig darin zu lesen, denn ich habe Unterricht gehabt. Wegen dieser Aufzeichnungen kam der Graue Pilger zu uns. Ich sah ihn zuerst, als ich ein Kind war, und seitdem ist er zwei- oder dreimal dagewesen.«

»Der Graue Pilger?« fragte Frodo. »Hatte er einen Namen?«

»Mithrandir nannten wir ihn nach Elbenart«, sagte Faramir, »und er war es zufrieden. *Viele Namen habe ich in vielen Ländern,* sagte er. *Mithrandir heiße ich bei den Elben, Tharkûn bei den Zwergen; Olórin war ich in meiner Jugend im Westen, der vergessen ist, im Süden Incánus, im Norden Gandalf; in den Osten gehe ich nicht.*«

»Gandalf!« sagte Frodo. »Ich dachte mir schon, daß er es sei. Gandalf der Graue, der teuerste aller Ratgeber. Der Führer unserer Gemeinschaft. Er ist in Moria umgekommen.«

»Mithrandir ist umgekommen!« sagte Faramir. »Ein böses Schicksal scheint Eure Gemeinschaft verfolgt zu haben. Es ist wahrlich schwer zu glauben, daß einer mit so viel Weisheit und Macht – denn viele wundervolle Dinge hat er unter uns getan – sterben und so viel Wissen der Welt verlorengehen soll. Seid Ihr dessen sicher und hat er Euch nicht einfach verlassen und ist dort hingegangen, wohin er wollte?«

»Leider nein«, sagte Frodo. »Ich sah ihn in den Abgrund stürzen.«

»Ich begreife, daß es dabei irgendeine große Geschichte des Schreckens gibt«, sagte Faramir, »die Ihr mir vielleicht des Abends erzählt. Dieser Mithrandir war, wie ich jetzt vermute, mehr als ein Gelehrter: ein großer

Urheber von Taten, die in unserer Zeit geschehen. Hätte er unter uns geweilt, um uns über die schwierigen Worte unseres Traums zu beraten, dann hätte er sie uns erklären können, ohne daß es nötig gewesen wäre, einen Boten zu entsenden. Indes würde er es vielleicht nicht getan haben, und Boromirs Fahrt war vom Schicksal gewollt. Mithrandir sprach niemals zu uns von zukünftigen Dingen, noch enthüllte er seine Absichten. Er erhielt Erlaubnis von Denethor, wie, weiß ich nicht, sich die Geheimnisse unserer Schatzkammer anzusehen, und ich lernte ein wenig von ihm, wenn er lehren wollte (und das war selten). Immer suchte er und befragte uns vor allem über die Große Schlacht, die in Dargolad ausgefochten wurde, als Gondor entstand, nachdem Er, dessen Namen wir nicht nennen, besiegt war. Und er war begierig, Geschichten über Isildur zu hören, obwohl wir über ihn weniger zu erzählen hatten; denn nichts Genaues war jemals bei uns bekannt über sein Ende.«

Jetzt senkte Faramir seine Stimme zu einem Flüstern. »Aber soviel erfuhr oder erriet ich und habe es seitdem immer in meinem Herzen geheimgehalten: daß Isildur etwas von der Hand des Ungenannten nahm, ehe er von Gondor fortging und niemals wieder unter sterblichen Menschen gesehen wurde. Hier, glaube ich, lag die Antwort auf Mithrandirs Fragen. Aber es schien damals eine Frage zu sein, die nur jene etwas anging, die nach Gelehrsamkeit der alten Zeit trachteten. Auch als die rätselhaften Worte unseres Traums unter uns erörtert wurden, dachte ich nicht daran, daß *Isildurs Fluch* dasselbe sein könnte. Denn Isildur wurde aus dem Hinterhalt überfallen und von Orkpfeilen getötet, wie die einzige Sage berichtet, die wir kannten, und Mithrandir hat mir nie mehr gesagt.

Was dieses Ding in Wirklichkeit ist, vermag ich nicht zu erraten; aber irgendein machtvolles und gefährliches Erbstück muß es sein. Eine grausame Waffe vielleicht, vom Dunklen Herrscher ersonnen. Wenn es ein Ding wäre, das Vorteil in der Schlacht gewährt, dann will ich wohl glauben, daß Boromir, der Stolze und Furchtlose, oft unbesonnen, immer besorgt um den Sieg von Minas Tirith (und seinen eigenen Ruhm dabei), ein solches Ding begehren und von ihm verlockt werden könnte. Ach, daß er je diesen Auftrag erhielt! Ich hätte dazu erwählt werden sollen von meinem Vater und dem Rat der Alten, aber er drängte sich vor, da er der Ältere und Kühnere war (was beides stimmt), und er ließ sich nicht zurückhalten.

Aber fürchte dich nicht mehr! Ich würde dieses Ding nicht nehmen, und wenn ich es auf der Straße fände. Nicht, wenn Minas Tirith in Schutt und Asche fiele und ich allein die Stadt dadurch retten könnte, daß ich die Waffe des Dunklen Herrschers zu ihrem Wohl und meinem Ruhm verwende. Nein, ich trage kein Verlangen nach solchen Siegen, Frodo, Drogos Sohn.«

»Und der Rat auch nicht«, sagte Frodo. »Und ich ebenfalls nicht. Ich möchte nichts zu tun haben mit derlei Dingen.«

»Was mich betrifft«, sagte Faramir, »ich möchte den Weißen Baum wieder in Blüte sehen in den Höfen der Könige, und daß die Silberne Krone zurückkehre und Minas Tirith Frieden habe: daß es wieder das Minas Anor von einst sei, voll von Licht, erhaben und lieblich, schön wie eine Königin unter anderen Königinnen: nicht eine Gebieterin über viele Hörige, nein, nicht einmal eine gütige Herrin williger Höriger. Krieg muß sein, solange wir unser Leben verteidigen gegen einen Zerstörer, der sonst uns alle verschlingen würde; aber das blanke Schwert liebe ich nicht um seiner Schärfe willen, den Pfeil nicht um seiner Schnelligkeit willen, den Krieger nicht um seines Ruhmes willen. Ich liebe nur das, was sie verteidigen: die Stadt der Menschen von Númenor; und ich möchte, daß sie geliebt werde wegen ihrer Erinnerungskraft, ihres Alters, ihrer Schönheit und jetzigen Weisheit. Nicht gefürchtet soll sie werden, es sei denn so, wie Menschen die Würde eines alten und weisen Mannes fürchten.

Also fürchtet Euch nicht vor mir. Ich verlange nicht, daß Ihr mir mehr sagt. Ich verlange nicht einmal, daß Ihr mir sagt, ob ich jetzt mehr ins Schwarze treffe. Aber wenn Ihr mir vertrauen wollt, dann kann ich Euch vielleicht bei Eurer jetzigen Aufgabe, was immer sie sein mag, Rat erteilen und vielleicht Hilfe gewähren.«

Frodo antwortete nicht. Fast hätte er dem Verlangen nach Hilfe und Rat und dem Wunsch nachgegeben, diesem ernsten jungen Mann, dessen Worte klug und ehrlich klangen, alles zu sagen, was ihn bewegte. Aber irgend etwas hielt ihn zurück. Sein Herz war bedrückt von Furcht und Sorge: wenn er und Sam, wie es fast schien, allein von den Neun Wanderern übrig geblieben waren, dann waren sie die einzigen, die noch das Geheimnis ihres Auftrags kannten. Besser unverdientes Mißtrauen als unbesonnene Worte. Und die Erinnerung an Boromir, an die entsetzliche Veränderung, die die Verlockung des Ringes bei ihm bewirkt hatte, war ihm sehr gegenwärtig, wenn er Faramir anschaute und seiner Stimme lauschte: unähnlich waren sie einander, und doch auch nah verwandt.

Sie wanderten eine Weile schweigend, zogen wie graue und grüne Schatten unter den alten Bäumen dahin, und ihre Füße machten kein Geräusch; über ihnen sangen viele Vögel, und die Sonne glitzerte auf dem blanken Dach aus dunklen Zweigen in den immergrünen Wäldern von Ithilien.

Sam hatte sich an der Unterhaltung nicht beteiligt, obwohl er zugehört hatte; und gleichzeitig hatte er mit seinen scharfen Hobbit-Ohren auf alle leisen Waldgeräusche ringsum geachtet. Etwas war ihm aufgefallen: daß in dem ganzen Gespräch Gollums Name kein einziges Mal vorgekommen war. Er war froh darüber, obgleich er das Gefühl hatte, er könne wohl kaum darauf hoffen, den Namen nie wieder zu hören. Bald merkte er auch, daß sie zwar für sich gingen, aber doch viele Menschen in der Nähe waren: nicht nur Damrod und Mablung huschten vor ihnen in die Schatten und wieder hinaus, sondern auch andere an beiden Seiten, alle waren rasch und heimlich auf dem Weg zu irgendeinem bestimmten Ort.

Einmal, als er plötzlich zurückschaute, als ob ein Kribbeln der Haut ihm verriete, daß er von hinten beobachtet werde, glaubte er kurz eine kleine, dunkle Gestalt zu sehen, die hinter einen Baumstamm schlüpfte. Er machte schon den Mund auf, um etwas zu sagen, dann schloß er ihn wieder. »Ich bin nicht sicher«, sagte er zu sich, »und warum soll ich sie an den alten Bösewicht erinnern, wenn sie ihn vergessen haben? Ich wünschte, ich könnte es!«

So gingen sie weiter, bis der Wald lichter wurde und das Land steil abzufallen begann. Dann wandten sie sich wieder nach rechts und kamen bald zu einem kleinen Fluß in einer engen Schlucht: es war derselbe Bach, der weit oberhalb aus dem runden Teich herausgetröpfelt war; jetzt war er zu einem reißenden Wildbach geworden und sprang über viele Steine in einem tief eingegrabenen Bett, das mit Stechpalmen und Buchsbaum überwachsen war. Als sie nach Westen schauten, sahen sie unter sich in hellem Dunst Tiefland und ausgedehnte Wiesen, und fern in der untergehenden Sonne glitzerten die breiten Gewässer des Anduin.

»Hier muß ich Euch leider eine Unhöflichkeit antun«, sagte Faramir. »Ich hoffe, Ihr werdet es einem verzeihen, der bisher bei seinen Befehlen Höflichkeit walten und Euch weder erschlagen noch fesseln ließ. Aber es ist eine Vorschrift, daß kein Fremder, nicht einmal einer aus Rohan, das mit uns kämpft, mit offenen Augen den Weg sehen soll, den wir jetzt gehen. Ich muß Euch die Augen verbinden.«

»Wie Ihr wollt«, sagte Frodo. »Selbst die Elben tun es notfalls, und mit verbundenen Augen haben wir die Grenzen des schönen Lothlórien überschritten. Gimli der Zwerg nahm es übel, aber die Hobbits ertrugen es.«

»Es ist kein so schöner Ort, zu dem ich Euch führen werde«, sagte Faramir. »Aber ich bin froh, daß Ihr es willig und nicht erzwungen auf Euch nehmt.«

Leise rief er, und sofort traten Mablung und Damrod aus den Bäumen hervor und kamen zu ihm zurück. »Verbindet diesen Gästen die Augen«, sagte Faramir. »Fest, aber so, daß es ihnen kein Unbehagen verursacht. Die Hände fesselt ihnen nicht. Sie werden ihr Wort geben, daß sie nicht zu sehen versuchen. Ich könnte ihnen vertrauen, daß sie freiwillig die Augen schließen, aber Augen werden zwinkern, wenn Füße stolpern. Führt sie so, daß sie nicht straucheln.«

Mit grünen Schärpen verbanden die Wächter den Hobbits nun die Augen und zogen ihnen die Kapuzen fast bis auf den Mund hinunter; dann ergriffen sie jeder einen bei der Hand und gingen weiter. Alles, was Frodo und Sam von dieser letzten Meile des Weges wußten, errieten sie im Dunkeln. Nach einer kleinen Weile merkten sie, daß sie auf einem stark abschüssigen Pfad waren; bald wurde er so schmal, daß sie hintereinander gehen mußten und auf beiden Seiten eine steinige Wand streiften; ihre Wächter leiteten sie von hinten, indem sie die Hände fest auf ihre Schultern legten. Dann und wann kamen sie an rauhe Stellen und wurden eine Weile hochgehoben und dann wieder abgesetzt. Immer war das Geräusch des fließenden Wassers zu ihrer Rechten, und es kam näher und wurde lauter. Schließlich wurden sie angehalten. Rasch drehten Mablung und Damrod sie mehrmals, so daß sie jedes Richtungsgefühl verloren. Sie stiegen ein wenig aufwärts: es kam ihnen kalt vor, und das Rauschen des Bachs war leiser geworden. Dann wurden sie aufgehoben und hinuntergetragen, viele Stufen hinunter und um eine Ecke. Plötzlich hörten sie das Wasser wieder, laut jetzt, rauschend und plätschernd. Es schien rings um sie zu sein, und sie spürten einen feinen Regen auf Händen und Wangen. Schließlich wurden sie wieder auf die Füße gestellt. Einen Augenblick standen sie so, halb ängstlich, mit verbundenen Augen, und wußten nicht, wo sie waren; und niemand sprach.

Dann hörten sie Faramir hinter sich. »Laßt sie sehen!« sagte er. Die Schärpen wurden ihnen abgenommen und die Kapuzen zurückgezogen, und sie blinzelten und rangen nach Luft.

Sie standen auf einem nassen Boden aus geglättetem Stein, sozusagen der Schwelle zu einem roh behauenen Felsentor, das sich hinter ihnen öffnete. Aber vor ihnen hing ein dünner Schleier aus Wasser, so nah, daß Frodo ihn mit ausgestrecktem Arm hätte erreichen können. Er blickte nach Westen. Die waagerechten Strahlen der untergehenden Sonne trafen auf ihn, und das rote Licht brach sich in viele flackernde Strahlen von ständig wechselnder Farbe. Es war, als stünden sie am Fenster irgendeines Elbenturms mit einem Vorhang aus aufgefädeltem Geschmeide aus Silber und Gold und Rubinen, Saphiren und Amethysten, beleuchtet von einem nicht verzehrenden Feuer.

»Wenigstens sind wir durch einen glücklichen Zufall in der richtigen Stunde gekommen, um Euch für Eure Geduld zu belohnen«, sagte Faramir. »Dies ist das Fenster des Sonnenuntergangs, Henneth Annûn, des schönsten aller Wasserfälle in Ithilien, dem Land vieler Quellen. Wenige Fremde haben es je gesehen. Aber es liegt keine königliche Halle hinter ihm, die ihm entspräche. Tretet nun ein und schaut!«

Während er noch sprach, versank die Sonne, und das Feuer verblaßte in dem fließenden Wasser. Sie wandten sich um und gingen unter dem niedrigen bedrohlichen Torbogen hindurch. Gleich waren sie in einer Felsenkammer, weit und roh, mit einem ungleichmäßig geneigten Dach. Ein paar Fackeln waren angezündet und warfen ein düsteres Licht auf die gleißenden Wände. Viele Menschen waren schon da. Andere kamen immer noch zu zweit und zu dritt durch eine dunkle, schmale Tür an einer Seite. Als ihre Augen sich an die Dunkelheit gewöhnt hatten, sahen die Hobbits, daß die Höhle größer war, als sie vermutet hatten, und gewaltige Vorräte an Waffen und Lebensmitteln barg.

»Ja, das ist unsere Zufluchtstätte«, sagte Faramir. »Kein sehr behaglicher Ort, aber hier könnt Ihr die Nacht in Frieden verbringen. Wenigstens ist es trocken, und es gibt etwas zu essen, wenn auch kein Feuer. Früher floß das Wasser durch diese Höhle und durch den Torbogen hinaus, aber weiter oben in der Schlucht hatten einst geschickte Handwerker seinen Lauf verändert, und der Bach wurde ganz oben mit einem doppelt hohen Gefälle über die Felsen geleitet. Alle Zugänge zu dieser Grotte wurden damals gegen das Eindringen von Wasser und allem anderen gesichert, mit Ausnahme von einem. Jetzt gibt es nur zwei Wege nach draußen: der Durchgang dort drüben, durch den Ihr mit verbundenen Augen kamt, und durch den Fenstervorhang in ein tiefes Becken voll steinerner Dolche. Nun ruht eine Weile, bis die Abendmahlzeit angerichtet ist.«

In einem Winkel wurde den Hobbits ein niedriges Bett angewiesen, auf das sie sich legen konnten, wenn sie wollten. Die Menschen machten sich derweil leise und mit ruhiger Eilfertigkeit in der Höhle zu schaffen. Leichte Tische, die an den Wänden gelehnt hatten, wurden auf Böcke gesetzt und Geschirr darauf gestellt. Das Geschirr war einfach und größtenteils unverziert, aber von guter und schöner Machart: runde Platten, Schüsseln und Teller aus braunem, glasiertem Ton oder gedrechseltem Buchsbaumholz, glatt und sauber. Hier und dort stand ein Becher oder eine Schale aus Bronze; und ein Humpen aus glattem Silber wurde vor den Platz des Heermeisters in der Mitte des innersten Tisches gestellt.

Faramir ging zwischen den Leuten auf und ab und befragte jeden, der hereinkam, mit leiser Stimme. Manche kamen zurück von der Verfolgung der Südländer; andere, die als Späher in der Nähe der Straße zurückgelassen worden waren, kamen als letzte. Alle Südländer waren getötet worden, mit Ausnahme des großen Mûmak: was aus ihm geworden war, konnte keiner sagen. Keinerlei Bewegungen des Feindes waren zu sehen gewesen; nicht einmal ein Ork-Späher war unterwegs.

»Du hast nichts gesehen und gehört, Anborn?« fragte Faramir denjenigen, der als letzter kam.

»Nein, Herr«, sagte der Mann. »Wenigstens keinen Ork. Aber ich sah etwas, das ein wenig seltsam war, oder glaubte es zu sehen. Es wurde schon sehr dunkel, und dann machen die Augen die Dinge größer, als sie sein sollten. Also vielleicht war es nicht mehr als ein Eichhörnchen.« Sam spitzte die Ohren, als er das hörte. »Wenn es eins war, dann jedenfalls ein schwarzes Eichhörnchen, und ich sah keinen Schwanz. Es war wie ein Schatten auf dem Boden, und es huschte hinter einen Baumstamm, als ich näherkam, und kletterte so schnell hinauf, wie es nur ein Eichhörnchen könnte. Ihr wollt ja nicht, daß wir wilde Tiere ohne Grund erschlagen, und es schien nicht mehr zu sein, deshalb versuchte ich es nicht mit einem Pfeil. Es war sowieso zu dunkel für einen sicheren Schuß, und das Geschöpf war im Handumdrehen in der Finsternis der Blätter verschwunden. Aber ich blieb eine Weile stehen, denn es kam mir seltsam vor, und dann eilte ich hierher. Ich glaubte zu hören, daß das Geschöpf mich von oben anzischte, als ich weiterging. Ein großes Eichhörnchen, vielleicht. Mag sein, daß unter dem Schatten des Ungenannten einige Tiere von Düsterwald hierher in unsere Wälder wandern. Dort gibt es schwarze Eichhörnchen, wie es heißt.«

»Vielleicht«, sagte Faramir. »Aber das wäre ein böses Vorzeichen, wenn es so wäre. Wir wollen nicht die aus dem Düsterwald Entkommenen in Ithilien haben.« Sam bildete sich ein, daß er einen raschen Blick auf die Hobbits warf, als er sprach; aber Sam sagte nichts. Eine Weile lagen er und Frodo auf dem Rücken und beobachteten die Fackeln und die Menschen, die hin und her gingen und leise miteinander redeten. Dann schlief Frodo plötzlich ein.

Sam kämpfte mit sich und erhob alle möglichen Einwendungen. »Er mag ganz in Ordnung sein«, dachte er, »aber vielleicht auch nicht. Schöne Reden mögen ein verderbtes Herz verbergen.« Er gähnte. »Eine ganze Woche könnte ich schlafen, und es würde mir gut bekommen. Und was kann ich tun, wenn ich wach bleibe, ich allein unter all diesen großen Menschen? Nichts, Sam Gamdschie; aber trotzdem mußt du wachbleiben.« Und irgendwie brachte er es auch fertig. Das Licht verblaßte vor der Höhlentür, der graue Schleier des herabstürzenden Wassers wurde düster und verlor sich in den wachsenden Schatten. Immer hielt das Geräusch des Wassers an, niemals änderte es seine Melodie, des Morgens, des Abends oder des Nachts. Es murmelte und flüsterte von Schlaf. Sam bohrte sich die Knöchel in die Augen.

Jetzt wurden noch mehr Fackeln angezündet. Ein Faß Wein wurde angestochen. Vorratsfässer wurden geöffnet. Die Menschen holten Wasser vom Wasserfall. Einige wuschen sich die Hände in Becken. Eine große Kupferschale wurde Faramir gebracht, und er wusch sich auch.

»Weckt unsere Gäste«, sagte er, »und bringt ihnen Wasser. Es ist Essenszeit.«

Frodo setzte sich auf, gähnte und reckte sich. Sam, der es nicht gewöhnt war, bedient zu werden, sah den großen Menschen überrascht an, der sich bückte und ihm ein Wasserbecken hinhielt.

»Stellt es auf den Boden, Herr, bitte schön«, sagte er. »Es ist einfacher für mich und für Euch.« Zur Verwunderung und Belustigung der Menschen tauchte er dann seinen Kopf in das kalte Wasser und benetzte Hals und Ohren.

»Ist es Sitte in eurem Land, sich vor dem Abendessen den Kopf zu waschen?« fragte der Mann, der die Hobbits bediente.

»Nein, vor dem Frühstück«, sagte Sam. »Aber wenn man wenig geschlafen hat, ist kaltes Wasser auf dem Hals wie Regen auf einem verwelkten Salatkopf. So! Jetzt kann ich lange genug wachbleiben, um ein bißchen zu essen.«

Sie wurden zu Sitzen neben Faramir geführt: mit Fellen bedeckten Fässern, die zu ihrer Bequemlichkeit höher als die Bänke der Menschen waren. Ehe sie aßen, drehten sich Faramir und alle seine Mannen um und blickten einen Augenblick schweigend nach Westen. Faramir bedeutete Frodo und Sam, es gleichfalls zu tun.

»Das tun wir immer«, sagte er, als sie sich setzten. »Wir blicken nach Nûmenor, das war, und jenseits davon nach Elbenheim, das ist, und nach dem, was jenseits von Elbenheim ist und immer sein wird. Habt Ihr keine solche Sitte bei den Mahlzeiten?«

»Nein«, sagte Frodo und kam sich seltsam bäurisch und unerzogen vor. »Aber wenn wir Gäste sind, verbeugen wir uns vor unserem Gastgeber, und nachdem wir gegessen haben, stehen wir auf und danken ihm.«

»Das tun wir auch«, sagte Faramir.

Nach so langen Wanderungen, dem Lagerleben und den in der einsamen Wildnis verbrachten Tagen kam den Hobbits das Abendessen wie ein Festmahl vor: blaßgelben Wein zu trinken, der kühl und würzig war, und Brot und Butter, gepökeltes Fleisch und getrocknete Früchte und guten rohen Käse zu essen mit sauberen Händen und sauberem Besteck und Geschirr. Weder Frodo noch Sam lehnten irgend etwas ab, das ihnen angeboten wurde, und griffen auch ein zweites und sogar ein drittes Mal zu. Der Wein durchströmte ihre Adern und müden Glieder, sie fühlten sich so glücklich und es war ihnen so leicht ums Herz wie nicht mehr, seit sie das Land Lórien verlassen hatten.

Nach der Mahlzeit führte Faramir sie in einen abgelegenen Winkel im hinteren Teil der Höhle, der teilweise sogar durch Vorhänge abgeschirmt war; ein Stuhl und zwei Hocker wurden dorthin gebracht. Eine kleine Steingutlampe brannte in einer Nische.

»Ihr werdet vielleicht bald den Wunsch haben, zu schlafen«, sagte er, »und besonders der gute Samweis, der vor dem Essen nicht die Augen schließen wollte – ob er fürchtete, einen prächtigen Hunger damit abzustumpfen, oder aus Furcht vor mir, das weiß ich nicht. Aber es ist nicht gut, gleich nach einer Mahlzeit zu schlafen, vor der man lange gefastet hat. Wir wollen uns eine Weile unterhalten. Auf Eurer Wanderung von Bruchtal müßt Ihr viel Erzählenswertes erlebt haben. Und auch Ihr würdet vielleicht gern etwas von uns und den Landen, wo Ihr jetzt seid, erfahren. Erzählt mir von Boromir, meinem Bruder, und vom alten Mithrandir und dem schönen Volk von Lothlórien.«

Frodo war nicht mehr schläfrig und war bereit, zu erzählen. Aber obwohl ihm das Essen und der Wein die innere Unruhe genommen hatten, hatte er doch nicht seine ganze Vorsicht eingebüßt. Sam strahlte und summte vor sich hin, aber als Frodo redete, begnügte er sich zuerst damit zuzuhören und nur gelegentlich seine Zustimmung zu äußern.

Frodo erzählte viele Geschichten, aber immer lenkte er das Gespräch von der Aufgabe der Gemeinschaft und vom Ring ab und ließ sich statt dessen weitläufig über die tapfere Rolle aus, die Boromir bei all ihren Abenteuern gespielt hatte, bei den Wölfen in der Wildnis, im Schnee unter dem Caradhras und in den Minen von Moria, wo Gandalf umkam. Faramir war sehr beeindruckt von der Schilderung des Kampfes auf der Brücke.

»Es muß für Boromir sehr ärgerlich gewesen sein, vor Orks davonzulaufen«, sagte er, »oder auch vor dem grausamen Wesen, das Ihr erwähnt habt, dem Balrog – obwohl er der letzte war, der ging.«

»Er war der letzte«, sagte Frodo, »aber Aragorn mußte uns weiter führen. Er allein kannte nach Gandalfs Tod den Weg. Aber hätten sie nicht die Sorge um uns kleinere Leute gehabt, dann glaube ich nicht, daß er oder Boromir geflohen wären.«

»Vielleicht wäre es besser gewesen, wenn Boromir dort mit Mithrandir umgekommen wäre«, sagte Faramir, »und nicht dem Schicksal entgegengegangen wäre, das ihn oberhalb der Fälle von Rauros erwartete.«

»Vielleicht. Aber erzählt mir nun von Euren Schicksalen«, sagte Frodo und lenkte damit wieder ab. »Denn ich würde gern mehr von Minas Ithil und Osgiliath erfahren und Minas Tirith, dem lange ausharrenden. Welche Hoffnung habt Ihr für diese Stadt in Eurem langen Krieg?«

»Welche Hoffnung wir haben?« sagte Faramir. »Es ist lange her, daß wir noch Hoffnung hatten. Elendils Schwert mag sie, wenn es wirklich zurückkehrt, neu entflammen, aber ich glaube nicht, daß es mehr bewirken wird, als den bösen Tag hinausschieben, es sei denn, es käme noch unerwartete andere Hilfe, von Elben oder Menschen. Denn der Feind nimmt an Stärke zu, und wir nehmen ab. Wir sind ein schwindendes Volk, ein frühlingsloser Herbst.

Die Menschen von Númenor hatten sich weitum an den Ufern und in meerwärts gelegenen Gebieten der Großen Lande niedergelassen, aber zum größten Teil verfielen sie in Verderbtheit und Torheit. Viele fühlten sich hingezogen zur Dunkelheit und den schwarzen Künsten; manche ergaben sich völlig dem Müßiggang und Wohlleben, und manche kämpften untereinander, bis sie in ihrer Schwäche von den wilden Menschen besiegt wurden.

Das heißt nicht, daß böse Künste je in Gondor ausgeübt oder der Namenlose dort jemals in Ehren genannt wurde; und die aus dem Westen mitgebrachte Weisheit und Schönheit weilten lange im Reich der Söhne von Elendil dem Schönen und sind auch heute noch dort erhalten. Dennoch hat Gondor seinen Niedergang selbst herbeigeführt, denn es verfiel allmählich in Narrheit und glaubte, der Feind, der doch nur verbannt und nicht vernichtet war, sei untätig.

Der Tod war allgegenwärtig, weil die Númenorer immer noch, wie sie es auch in ihrem alten Königreich getan und es deshalb verloren hatten, nach einem sich niemals ändernden Leben trachteten. Die Könige ließen Grabmäler bauen, die prächtiger waren als die Häuser der Lebenden, und schätzten alte Namen ihres Stammbaums höher ein als die Namen der Söhne. Kinderlose Fürsten saßen in altersgrauen Hallen und grübelten über Ahnenkunde; in geheimen Kammern mischten verwelkte Greise starke Zaubertränke oder befragten auf hohen, kalten Türmen die Sterne. Und der letzte König von Anárions Stamm hatte keinen Erben.

Aber die Truchsesse waren klüger und glücklicher. Klüger, denn sie frischten die Kraft unseres Volkes mit dem standhaften Volk von der Meeresküste auf und mit den kühnen Bergbewohnern von Ered Nimrais. Und sie schlossen Waffenstillstand mit den stolzen Völkern des Nordens, die uns oft angegriffen hatten, Menschen von großer Tapferkeit, aber entfernt mit uns verwandt, unähnlich den wilden Ostlingen oder den grausamen Haradrim.

So geschah es, daß sie uns in den Tagen von Cirion, des Zwölften Truchsesses (und mein Vater ist der sechsundzwanzigste) zu Hilfe kamen und auf dem großen Schlachtfeld von Celebrant unsere Feinde vernichteten, die unsere nördlichen Bezirke besetzt hatten. Es sind die Rohirrim, wie wir sie nennen, die Herren der Rösser, und wir traten ihnen die Felder von Calenardhon ab, die seitdem Rohan heißen; denn dieser Bezirk war lange nur spärlich bevölkert gewesen. Und sie wurden unsere Verbündeten und haben sich immer als treu erwiesen, uns in der Not geholfen und unsere Nordmarken und die Pforte von Rohan beschützt.

Von unserem überlieferten Wissen und unseren Sitten haben sie gelernt, was sie wollten, und ihre Edelleute sprechen zur Not unsere Sprache; dennoch halten sie an den Bräuchen ihrer Väter und an ihren Erinnerungen fest, und untereinander sprechen sie ihre nördliche Sprache. Und wir lieben sie: hochgewachsene Männer und schöne Frauen, beide gleich tapfer, blondhaarig, mit hellen Augen und stark; sie erinnern uns an die Jugend der Menschen, wie sie in der Altvorderenzeit waren. Tatsächlich behaupten unsere Gelehrten, daß sie seit alters her diese Ähnlichkeit mit uns haben, weil sie aus denselben Drei Häusern der Menschen stammen, die die Númenorer zu Beginn waren; vielleicht stammen sie nicht von Hador dem Goldhaarigen, dem Elbenfreund, ab, doch von denjenigen seiner Söhne und seines Volkes, die nicht über das Meer in den Westen gingen und dem Ruf nicht folgten.

Denn so schätzen wir die Menschen in unserer Überlieferung ein: die Hohen oder die Menschen des Westens nennen wir diejenigen, die Númenorer waren; und die Mittleren Völker, die Menschen des Zwielichts wie die Rohirrim und ihre Verwandten, die noch fern im Norden leben; und die Wilden, die Menschen der Dunkelheit.

Wenn indes die Rohirrim in mancher Beziehung uns ähnlicher geworden sind und an Kunstfertigkeit und Sanftmut zugenommen haben, so sind auch wir ihnen ähnlicher geworden und können kaum noch die Bezeichnung Hoch beanspruchen. Wir sind Mittlere Menschen des Zwielichts geworden, haben aber die Erinnerung an andere Dinge bewahrt. Denn ebenso wie die Rohirrim erachten wir jetzt den Krieg und die Tapferkeit als etwas an sich Gutes, sowohl ein Zeitvertreib als auch ein Ziel; und obgleich wir immer noch der Ansicht sind, daß ein Krieger mehr Fähigkeiten und Wissen besitzen sollte als nur die Fertigkeit der Waffen und des Tötens, schätzen wir einen Krieger nichtsdestotrotz höher ein als Männer anderer Berufe. Das ist in unseren Tagen eine Notwendigkeit. Gerade so war mein Bruder Boromir: ein heldenmütiger Mann, und deshalb galt er als der beste Mann in Gondor. Und fürwahr sehr tapfer war er: seit langen Jahren ist kein Erbe von Minas Tirith so kühn im Streit gewesen, immer vorn in der Schlacht, und keiner hat auf dem Großen Horn einen gewaltigeren Ton geblasen.« Faramir seufzte und schwieg eine Weile.

»Ihr sagt in all Euren Geschichten nicht viel über die Elben, Herr«, sagte Sam, der plötzlich Mut gefaßt hatte. Ihm war aufgefallen, daß Faramir die Elben voll Ehrerbietung zu erwähnen schien, und das war es, weniger seine Höflichkeit, sein Essen und der Wein, was ihm Sams Hochachtung eingetragen und seinen Argwohn beschwichtigt hatte.

»Freilich nicht, Meister Samweis«, sagte Faramir, »denn ich bin nicht gelehrt in Elbenkunde. Doch berührst du hier einen weiteren Punkt, in dem wir uns geändert haben bei unserem Niedergang von Númenor zu Mittelerde. Denn wie du vielleicht weißt, wenn Mithrandir euer Gefährte war und ihr mit Elrond gesprochen habt, kämpften die Edain, die Väter der Númenorer, in den ersten Kriegen an der Seite der Elben und wurden belohnt mit der Verleihung des Königreichs inmitten des Meers, in Sichtweite von Elbenheim. Aber in Mittelerde haben sich in den Tagen der Dunkelheit die Menschen und Elben einander entfremdet, durch die Listen des Feindes und den langsamen Wandel der Zeiten, in denen jede Gattung ihre getrennten Wege weiter hinabschritt. Die Menschen fürchten die Elben jetzt und mißtrauen ihnen, und dennoch wissen sie wenig von ihnen. Und wir in Gondor werden wie andere Menschen, wie die Menschen in Rohan; denn selbst sie, die doch Feinde des Dunklen Herrschers sind, meiden die Elben und sprechen voll Furcht von dem Goldenen Wald.

Indes gibt es unter uns noch einige, die sich mit den Elben einlassen, wenn sie können, und dann und wann geht einer heimlich nach Lórien und kehrt selten zurück. Ich nicht. Denn ich halte es für gefährlich für sterbliche Menschen, willentlich das Ältere Volk aufzusuchen. Dennoch beneide ich euch, daß ihr mit der Weißen Herrin gesprochen habt.«

»Der Herrin von Lórien! Galadriel!« rief Sam. »Ihr solltet sie sehen, wirklich, Ihr solltet sie sehen, Herr. Ich bin nur ein Hobbit, und Gärtner bin ich zu Hause von Beruf, Herr, wenn Ihr mich versteht, und ich bin nicht sehr gut in der Dichtkunst – kann keine Gedichte machen, ein paar komische Verse vielleicht, ab und zu, versteht Ihr, aber keine richtigen Gedichte –, und deshalb kann ich Euch nicht sagen, wie ich es meine. Es sollte gesungen werden. Ihr müßtet Streicher hier haben, das heißt Aragorn, oder auch den alten Herrn Bilbo. Aber ich wünschte, ich könnte ein Lied über sie dichten. Schön ist sie, Herr! Wunderschön! Manchmal wie ein großer blühender Baum, manchmal wie eine weiße Narzisse, klein und schlank. Hart wie Diamant, sanft wie Mondschein. Warm wie Sonnenschein, kalt wie Frost in den Sternen. Stolz und fern wie ein Schneegebirge und so fröhlich wie nur irgendein junges Mädchen, das ich je sah mit Tausendschönchen im Haar zur Frühlingszeit. Aber das ist eine Menge Unsinn und trifft es nicht.«

»Dann muß sie fürwahr lieblich sein«, sagte Faramir. »Gefährlich schön.«

»Ich weiß nichts über *gefährlich*«, sagte Sam. »Mir kommt es so vor, daß die Leute ihre Gefahr mit sich nach Lórien bringen und sie da finden, weil sie sie mitgebracht haben. Aber vielleicht könntet Ihr sie gefährlich nennen, weil sie in sich so stark ist. Ihr, Ihr könntet an ihr zerschellen wie ein Schiff an einem Felsen; oder Euch ertränken wie ein Hobbit in einem Fluß. Aber weder Felsen noch Fluß wären daran Schuld. Nun, Boro ...« Er hielt inne und wurde rot.

»Ja? *Nun ? Boromir* wolltest du sagen?« fragte Faramir. »Was wolltest du sagen? Er brachte seine Gefahr mit?«

»Ja, Herr, verzeiht, auch wenn er ein großartiger Mann war, Euer Bruder, wenn ich das sagen darf. Ihr seid die ganze Zeit auf der richtigen Fährte gewesen. Nun, ich habe Boromir beobachtet und ihm zugehört, den ganzen Weg von Bruchtal – ich paßte auf meinen Herrn auf, wie Ihr verstehen werdet, und meinte es nicht böse mit Boromir –, und es ist meine Ansicht, daß er erst in Lórien klar erkannte, was ich schon früher erraten hatte: was er wollte. Von dem Augenblick an, da er ihn zuerst sah, wollte er den Ring des Feindes!«

»Sam!« rief Frodo entsetzt. Er war eine Zeitlang tief in seine eigenen Gedanken versunken gewesen und wurde plötzlich und zu spät aus ihnen herausgerissen.

»Bewahr' mich!« sagte Sam und wurde erst blaß und dann purpurrot. »Da habe ich wieder was angerichtet! *Sobald du deinen großen Mund aufmachst, trittst du ins Fettnäpfchen* sagte der Ohm immer zu mir, und recht hatte er. Ach, du liebes Bißchen!

Nun hört mal, Herr!« Er schaute zu Faramir auf mit allem Mut, den er aufbringen konnte. »Laßt es meinen Herrn nicht entgelten, daß sein Diener nichts als ein Narr ist. Ihr habt die ganze Zeit sehr schön gesprochen, da bin ich nicht mehr auf der Hut gewesen, als Ihr von Elben und all dem erzählt habt. Aber *Großmütig ist, wer großmütig handelt* heißt es bei uns. Jetzt habt Ihr Gelegenheit, zu zeigen, was Ihr wert seid.«

»So scheint es«, sagte Faramir zögernd und sehr leise mit einem seltsamen Lächeln. »Das ist also die Lösung all der Rätsel! Der Eine Ring, von dem angenommen wurde, er sei aus der Welt verschwunden. Und Boromir versuchte, ihn sich mit Gewalt zu nehmen? Und ihr entkamt? Und ranntet den ganzen Weg – zu mir! Und hier in der Wildnis habe ich euch: zwei Halblinge, und ein Heer von Menschen unter meinem Befehl, und den Ring der Ringe. Ein schöner Glücksfall! Eine Gelegenheit für Faramir, Heermeister von Gondor, zu zeigen, was er wert ist! Ha!« er stand auf, sehr groß und streng, und seine grauen Augen funkelten.

Frodo und Sam sprangen von ihren Hockern auf und stellten sich nebeneinander mit dem Rücken zur Wand und tasteten nach ihren Schwertgriffen. Es herrschte Schweigen. All die Menschen in der Höhle hörten auf zu reden und sahen sie verwundert an. Aber Faramir setzte sich wieder auf seinen Stuhl und begann leise zu lachen, und dann wurde er plötzlich wieder ernst.

»Wehe für Boromir! Es war eine zu schwere Anfechtung!« sagte er. »Wie habt ihr meine Trauer vermehrt, ihr zwei fremden Wanderer aus einem fernen Land, die ihr die Gefahr der Menschen bei euch tragt! Aber ihr könnt Menschen schlechter beurteilen als ich Halblinge. Wir sind aufrichtig, wir Menschen von Gondor. Wir rühmen uns selten und handeln dann oder sterben bei dem Versuch. *Nicht, wenn ich es auf der Straße fände, würde ich dieses Ding nehmen,* habe ich gesagt. Selbst wenn ich ein Mann wäre, den es nach diesem Dinge gelüstet, und obwohl ich gar nicht genau wußte, was dieses Ding war, als ich es sagte, würde ich diese Worte immer noch als ein Gelübde ansehen und daran gebunden sein.

Aber ich bin kein solcher Mann. Oder ich bin klug genug, um zu wissen, daß es Gefahren gibt, vor denen ein Mensch fliehen muß. Bleibt in Frieden sitzen! Und sei getröstet, Samweis. Wenn es scheint, als habest du gefehlt, dann denke, daß es vom Schicksal so bestimmt war. Dein Herz ist nicht nur treu, sondern auch hellsichtig und sah klarer als deine Augen. Denn so seltsam es scheinen mag, es war ungefährlich, mir das kundzutun. Es mag sogar deinem Herrn, den du liebst, nützen. Es soll sich zu seinem Vorteil auswirken, wenn es in meiner Macht steht. Also sei getröstet. Aber nenne dieses Ding nicht wieder laut bei Namen. Einmal ist genug.«

Die Hobbits kamen zu ihren Hockern zurück und setzten sich ganz still hin. Die Menschen wandten sich wieder ihren Getränken und Gesprächen zu, denn sie nahmen an, ihr Heermeister habe mit den kleinen Gästen irgendeinen Spaß getrieben, und er sei jetzt vorbei.

»Ja, Frodo, nun endlich verstehen wir einander«, sagte Faramir. »Wenn Ihr dieses Ding auf Euch genommen habt, nicht freiwillig, sondern auf Bitten anderer, dann dauert Ihr mich und ich ehre Euch. Und ich staune über Euch: daß Ihr es verborgen haltet und nicht benutzt. Ihr seid ein neues Volk und eine neue Welt für mich. Ist Eure ganze Sippe von gleicher Art? Euer Land muß ein Reich des Friedens und der Zufriedenheit sein, und Gärtner müssen dort hoch in Ehren stehen.«

»Nicht alles ist gut dort«, sagte Frodo, »doch Gärtner werden allerdings geehrt.«

»Aber die Leute müssen dort müde werden, selbst in ihren Gärten, wie alle Lebewesen unter der Sonne dieser Welt. Und ihr seid fern der Heimat und ermüdet vom Wandern. Nichts mehr heute abend. Schlaft ihr beiden – in Frieden, wenn ihr könnt. Fürchtet euch nicht! Ich will ihn nicht sehen oder berühren oder mehr von ihm wissen, als ich weiß (was genug ist), damit nicht womöglich die Gefahr mir auflauere und ich die Prüfung schlechter bestehe als Frodo, Drogos Sohn. Geht nun zur Ruhe – aber erst sagt mir noch, wenn Ihr wollt, wohin Ihr zu gehen und was Ihr zu tun wünscht. Denn ich muß wachen und warten und nachdenken. Die Zeit vergeht. Am Morgen müssen wir jeder den uns vorgeschriebenen Weg schnell beschreiten.«

Frodo hatte gemerkt, wie er zitterte, nachdem der erste Schreck vorbei war. Nun umfing ihn eine große Müdigkeit wie eine Wolke. Er konnte sich nicht mehr verstellen und Widerstand leisten.

»Ich wollte einen Weg nach Mordor suchen«, sagte er matt. »Ich wollte nach Gorgoroth gehen. Ich muß den Feurigen Berg suchen und das Ding in den Krater der Schicksalsklüfte werfen. Gandalf hat das gesagt. Ich glaube nicht, daß ich jemals dorthin gelange.«

Faramir starrte ihn einen Augenblick ernst und verwundert an. Dann fing er ihn auf, als er plötzlich schwankte, hob ihn sanft hoch und trug ihn zu dem Bett, wo er ihn niederlegte und warm zudeckte. Frodo fiel sofort in tiefen Schlaf.

Ein zweites Bett wurde neben ihn gestellt für seinen Diener. Sam zögerte einen Augenblick, dann verbeugte er sich sehr tief: »Gute Nacht, Heermeister, mein Herr«, sagte er. »Ihr habt die Gelegenheit ergriffen, Herr.«

»Habe ich das getan?« fragte Faramir.

»Ja, Herr, und Euren Wert bewiesen: den höchsten.«

Faramir lächelte. »Ein vorwitziger Diener, Meister Samweis. Aber nein, das Lob der Lobenswerten ist der höchste Lohn. Dennoch gab es hier nichts zu loben. Ich war weder in Versuchung noch hatte ich den Wunsch, etwas anderes zu tun, als was ich getan habe.«

»Nun ja, Herr«, sagte Sam, »Ihr habt gesagt, mein Herr habe etwas Elbenhaftes an sich, und das war gut und richtig. Aber ich kann dies sagen: auch Ihr habt etwas an Euch, Herr, das mich – nun ja, an Gandalf, den Zauberer, erinnert.«

»Vielleicht«, sagte Faramir. »Vielleicht erkennst du von ferne etwas von Númenor. Gute Nacht!«

SECHSTES KAPITEL

DER VERBOTENE WEIHER

Als Frodo aufwachte, beugte sich Faramir über ihn. Für eine Sekunde packten ihn die alten Ängste, und er setzte sich auf und schreckte zurück.

»Es gibt nichts zu fürchten«, sagte Faramir.

»Ist es schon Morgen?« fragte Frodo gähnend.

»Noch nicht, aber die Nacht nähert sich ihrem Ende, und der Vollmond geht unter. Wollt Ihr kommen und es sehen? Auch geht es um etwas, wozu ich Euren Rat haben möchte. Es tut mir leid, Euch aus dem Schlaf zu wecken, aber wollt Ihr kommen?

»Ich komme«, sagte Frodo, stand auf und fröstelte ein wenig, als er die Decke und warmen Felle verließ. Es kam ihm kalt vor in der feuerlosen Höhle. Das Rauschen des Wassers war laut in der Stille. Er zog seinen Mantel an und folgte Faramir.

Sam wurde durch irgendein Gefühl der Vorsicht plötzlich wach, sah zuerst das leere Bett seines Herrn und sprang auf. Dann sah er zwei dunkle Gestalten, Frodo und einen Menschen, unter dem Torbogen stehen, der jetzt von einem blassen, weißen Licht erfüllt war. Er eilte ihnen nach, an Reihen von Menschen vorbei, die auf Matratzen entlang der Wand schliefen. Als er zum Höhlenausgang kam, sah er, daß der Vorhang jetzt ein blendender Schleier aus Seide und Perlen und Silberfäden geworden war: schmelzende Eiszapfen aus Mondschein. Aber er hielt nicht inne, um es zu bewundern, sondern wandte sich um und folgte seinem Herrn durch die schmale Tür in der Höhlenwand.

Zuerst gingen sie einen schwarzen Gang entlang, dann viele nasse Stufen hinauf, und so kamen sie zu einem kleinen Treppenabsatz; er war in den Fels hineingehauen und von dem blassen Himmel erleuchtet, der hoch über einem langen, tiefen Schacht schimmerte. Von hier aus führten zwei Treppenläufe weiter: der eine schien zu dem hohen Ufer des Bachs zu gehen; der andere nach links. Diesem folgten sie. Er wendelte sich nach oben wie eine Turmtreppe.

Endlich kamen sie aus der steinernen Dunkelheit heraus und schauten sich um. Sie standen auf einem breiten, flachen Felsen ohne Geländer oder Brüstung. Zu ihrer Rechten, im Osten, sprang der Wildbach über viele Felsenstufen, strömte dann durch ein steiles Bett und füllte eine glattgehauene Rinne mit dunklen, schaumgesprenkelten Wassermassen. Fast zu ihren Füßen stürzte er wirbelnd und brodelnd jäh über den Grat in einen Abgrund, der zu ihrer Linken gähnte. Nahe am Rand stand dort schweigend ein Mann und blickte hinunter.

Frodo wandte sich um und beobachtete, wie die geschmeidigen Wasserarme sich krümmten und tauchten. Dann hob er die Augen und blickte in die Ferne. Die Welt war still und kalt, als ob die Morgendämmerung nahe sei. Weit im Westen ging der Vollmond unter, rund und weiß. Bleiche Nebel schimmerten in dem großen Tal unten: eine breite Kluft voll silbrigem Dunst, unter dem die kühlen Nachtgewässer des Anduin dahinströmten. Jenseits lauerte eine schwarze Dunkelheit, und in ihr funkelten hier und dort, kalt, scharf, fern und weiß wie Zähne von Gespenstern die Gipfel des Ered Nimrais, des Weißen Gebirges im Reiche Gondor, die Spitzen mit ewigem Schnee bedeckt.

Eine Weile stand Frodo dort auf dem hohen Fels, und ein Schauer überrann ihn, als er sich fragte, ob irgendwo in der Weite der nächtlichen Lande seine alten Gefährten wanderten oder schliefen oder tot dalagen, in ein Leichentuch aus Nebel gehüllt. Warum war er hierher gebracht und aus dem Schlaf, der Vergessen bescherte, gerissen worden?

Sam war auf eine Antwort auf dieselbe Frage erpicht und konnte sich nicht zurückhalten, nur für das Ohr seines Herrn bestimmt, wie er glaubte, zu murmeln: »Eine schöne Aussicht, ohne Zweifel, Herr Frodo, aber kalt fürs Herz, ganz zu schweigen von den Knochen! Was geht hier vor?«

Faramir hörte es und antwortete darauf. »Monduntergang über Gondor. Ithil der Schöne verläßt Mittelerde und blickt auf die weißen Haare des alten Mindolluin. Das ist ein wenig Frösteln wert. Aber nicht um das zu sehen, habe ich euch hergebracht — obwohl du, Sam, überhaupt nicht hergebracht wurdest, sondern nur die Strafe für deine Vorsicht bezahlst. Ein Schluck Wein soll es wiedergutmachen. Doch schaut nun!«

Er ging hinauf zu dem schweigenden Posten an dem dunklen Rand, und Frodo folgte ihm. Sam blieb zurück. Er fühlte sich sowieso schon unsicher auf dieser hohen, nassen Felsplatte. Faramir und Frodo blickten hinunter. Tief unten sahen sie, wie sich die weißen Gewässer in ein schäumendes Becken ergossen und dann in einem ovalen Teich zwischen den Felsen dunkel herumwirbelten, bis sie wieder ihren Weg hinaus fanden durch eine schmale Pforte und davonflossen, schäumend und plätschernd, zu ruhigeren und ebeneren Bereichen. Das Mondlicht fiel noch schräg auf den Fuß des Wasserfalls und schimmerte auf den Wellen des

Teichs. Plötzlich bemerkte Frodo ein kleines, dunkles Geschöpf auf dem diesseitigen Ufer, aber während er es noch betrachtete, tauchte es und verschwand genau hinter dem Sprudeln und Brodeln des Wasserfalles und durchschnitt das schwarze Wasser so säuberlich wie ein Pfeil oder ein hochkantiger Stein.

Faramir wandte sich an den Mann neben ihm. »Nun, was meinst du, was das ist, Anborn? Ein Eichhörnchen oder ein Eisvogel! Gibt es schwarze Eisvögel in den Nachtweihern von Düsterwald?«

»Es ist kein Vogel, was immer es sonst sein mag«, antwortete Anborn. »Es hat vier Gliedmaßen und taucht wie ein Mensch; und es beherrscht die Kunst sehr gut. Worauf ist es aus? Sucht es einen Weg zu unserem Versteck hinter dem Vorhang? Es scheint, daß wir endlich entdeckt worden sind. Ich habe meinen Bogen hier, und andere Bogenschützen, fast so gute Schützen wie ich selbst, stehen an jedem Ufer. Wir warten nur auf Euren Befehl zum Schießen, Heermeister.«

»Sollen wir schießen?« fragte Faramir, zu Frodo gewandt.

Frodo antwortete einen Augenblick nicht. Dann sagte er: »Nein! Nein, ich bitte Euch, nicht zu schießen.« Wenn Sam es gewagt hätte, hätte er »Ja!« gesagt, rascher und lauter. Er konnte es selbst nicht sehen, aber er erriet aus ihren Worten sehr wohl, was sie betrachteten.

»Ihr wißt also, was für ein Geschöpf das ist?« fragte Faramir. »Nun, nachdem Ihr es gesehen habt, sagt mir, warum es geschont werden soll. Bei unseren ganzen Unterhaltungen habt Ihr kein einziges Mal von Eurem Wandergefährten gesprochen, und ich ließ ihn vorläufig beiseite. Das konnte warten, bis er gefangen und vor mich gebracht würde. Ich schickte meine tüchtigsten Jäger aus, ihn zu suchen, aber er entschlüpfte ihnen, und sie bekamen ihn nicht mehr zu Gesicht, außer Anborn hier, der ihn gestern in der Dämmerung sah. Aber jetzt hat er eine schlimmere Übertretung begangen, als bloß Karnickel zu fangen im Hochland: er hat es gewagt, nach Henneth Annûn zu kommen, und sein Leben ist verwirkt. Ich staune über das Geschöpf: so heimlich und durchtrieben, wie er ist, kommt er und vergnügt sich in dem Teich genau vor unserem Fenster. Glaubt er, Menschen schlafen die ganze Nacht ohne Wachen? Warum tut er das?«

»Darauf gibt es zwei Antworten, glaube ich«, sagte Frodo. »Zum einen weiß er wenig von Menschen, und wenn er auch durchtrieben ist, so ist Eure Zufluchtstätte so versteckt, daß er vielleicht gar nicht weiß, daß hier Menschen verborgen sind. Zum anderen glaube ich, daß er durch ein beherrschendes Verlangen hierher gelockt wird, das stärker ist als seine Vorsicht.«

»Er wird hierher gelockt, sagt Ihr?« fragte Faramir leise. »Kann er denn von Eurer Bürde wissen, oder weiß er es sogar?«

»Allerdings. Er trug sie selbst viele Jahre.«

»*Er* trug sie?« fragte Faramir und holte tief Luft vor Verwunderung. »Diese Sache verwickelt sich in immer neue Rätsel. Dann verfolgt er ihn?«

»Vielleicht. Er ist ihm teuer. Aber davon sprach ich nicht.«

»Was sucht das Geschöpf denn dann?«

»Fisch«, sagte Frodo. »Schaut!«

Sie starrten hinunter auf den dunklen Weiher. Ein kleiner schwarzer Kopf tauchte am hinteren Ende des Teichs auf, gerade außerhalb der tiefen Schatten des Felsen. Kurz blitzte etwas Silbernes auf, und es gab einen Wirbel kleiner Wellen. Dann schwamm etwas an die Seite, und mit wunderbarer Behendigkeit kletterte eine froschähnliche Gestalt aus dem Wasser und das Ufer hinauf. Sofort setzte sie sich hin und begann an dem kleinen silbernen Ding zu nagen, das glitzerte, als es bewegt wurde: die letzten Strahlen des Mondes fielen jetzt hinter die Felswand am Ende des Weihers.

Faramir lachte leise. »Fisch!« sagte er. »Das ist ein weniger gefährlicher Hunger. Oder vielleicht auch nicht: Fisch aus dem Weiher Henneth Annûn mag ihn alles kosten, was er zu geben hat.«

»Jetzt habe ich ihn genau vor dem Pfeil«, sagte Anborn. »Soll ich nicht schießen, Heermeister? Denn unaufgefordert hierher zu kommen bedeutet nach unserem Gesetz den Tod.«

»Warte, Anborn«, sagte Faramir. »Dies ist eine schwierigere Angelegenheit, als es scheint. Was habt Ihr jetzt zu sagen, Frodo? Warum sollten wir ihn schonen?«

»Das Geschöpf ist unglücklich und hungrig«, sagte Frodo, »und sich seiner Gefahr nicht bewußt. Und Gandalf, Euer Mithrandir, würde Euch geheißen haben, ihn aus diesem und anderen Gründen nicht zu töten. Er verbot den Elben, es zu tun. Ich weiß nicht genau, warum, und über das, was ich mutmaße, kann ich hier nicht offen sprechen. Aber dieses Geschöpf ist in irgendeiner Weise mit meinem Auftrag verknüpft. Bis Ihr uns fandet und mitnahmt, war er mein Führer.«

»Euer Führer!« sagte Faramir. »Die Sache wird immer seltsamer. Ich würde viel für Euch tun, Frodo, aber das kann ich nicht zugestehen: diesen durchtriebenen Wanderer nach seinem Willen frei von hier weggehen zu lassen, um sich Euch später wieder anzuschließen, wenn es ihm beliebt, oder von Orks gefangen zu werden und unter Androhung von Strafe alles zu sagen, was er weiß. Er muß getötet oder gefangengenommen werden. Getötet, wenn er nicht sehr rasch gefangengenommen wird. Aber wie kann dieses schlüpfrige Wesen von vielerlei Gestalt gefangen werden, wenn nicht durch einen gefiederten Pfeil?«

»Laßt mich leise zu ihm hinuntergehen«, sagte Frodo. »Ihr könnt Eure Bogen gespannt lassen und wenigstens mich erschießen, wenn es mir mißlingt. Ich werde nicht davonlaufen.«

»Geht denn und eilt Euch!« sagte Faramir. »Wenn er lebend davonkommt, sollte er für den Rest seiner unglücklichen Tage Euer getreuer Diener sein. Führe Frodo zum Ufer hinunter, Anborn, und geht leise. Das Geschöpf hat Nase und Ohren. Gib mir deinen Bogen.«

Murrend ging Anborn voraus über die Wendeltreppe bis zu dem Treppenabsatz und dann über die andere Treppe, und schließlich kamen sie zu einem kleinen, hinter dichten Büschen verborgenen Durchgang. Leise schritten sie hindurch und Frodo sah, daß sie oben am südlichen Ufer des Weihers standen. Es war jetzt dunkel, und der Wasserfall war blaß und grau und spiegelte nur den noch am westlichen Himmel verweilenden Mond wieder. Er konnte Gollum nicht sehen. Er ging ein kurzes Stück weiter, und Anborn kam leise hinter ihm her.

»Geht weiter!« flüsterte er Frodo ins Ohr. »Seid auf Eurer Rechten vorsichtig. Wenn Ihr in den Weiher fallt, kann Euch niemand außer Eurem fischenden Freund helfen. Und vergeßt nicht, daß Bogenschützen in der Nähe sind, auch wenn Ihr sie nicht seht.«

Frodo kroch weiter und gebrauchte seine Hände nach Gollum-Art, um seinen Weg zu ertasten und sich abzustützen. Die Felsen waren größtenteils flach und glatt, aber schlüpfrig. Er hielt inne und lauschte. Zuerst hörte er keinen Laut außer dem unaufhörlichen Rauschen des Wasserfalls hinter ihm. Dann hörte er, nicht weit vorn, ein zischendes Murmeln.

»Fisch, netter Fisch. Weißes Gesicht ist endlich verschwunden, ja, Schatz. Jetzt können wir Fisch in Frieden essen. Nein, nicht in Frieden, Schatz. Denn Schatz ist verloren; ja, verloren. Dreckige Hobbits, gräßliche Hobbits. Weg und haben uns verlassen, *gollum*; und Schatz ist weg. Nur der arme Sméagol ist ganz allein. Kein Schatz. Gräßliche Menschen, sie werden ihn nehmen, werden meinen Schatz stehlen. Diebe. Wir hassen sie. Fisch, netter Fisch. Macht uns stark. Macht Augen scharf, Finger kräftig, ja. Sie erwürgen, Schatz. Sie alle erwürgen, ja, wenn wir Gelegenheit haben. Netter Fisch. Netter Fisch!«

So ging es weiter, fast ebenso unaufhörlich wie der Wasserfall, nur unterbrochen von einem schwachen sabbernden und glucksenden Geräusch. Frodo überlief es kalt, als er voll Mitleid und Abscheu lauschte. Er wünschte, es würde aufhören und er brauchte diese Stimme nie wieder zu hören. Anborn war nicht weit hinter ihm. Er könnte zurückkriechen und ihn bitten, zu veranlassen, daß die Jäger schießen. Wahrscheinlich könnten sie dicht genug herankommen, während Gollum fraß und nicht auf der Hut war. Nur ein Schuß, der traf, und Frodo würde die jämmerliche Stimme auf immer lossein. Aber nein, Gollum hatte jetzt einen Anspruch gegen ihn. Ein Diener hat einen Anspruch gegen den Herrn auf Dienstleistung, selbst Dienstleistung in Angst. Sie wären zugrunde gegangen in den Totensümpfen ohne Gollum. Frodo wußte auch irgendwie ganz genau, daß Gandalf es nicht gewünscht hätte.

»Fisch, netter Fisch«, sagte die Stimme.

»Sméagol!« sagte er ein wenig lauter. Die Stimme brach ab.

»Sméagol, der Herr ist gekommen, um nach dir zu suchen. Der Herr ist hier. Komm, Sméagol!« Es kam keine Antwort, aber ein leises Zischen wie beim Atemholen.

»Komm, Sméagol«, sagte Frodo. »Wir sind in Gefahr. Die Menschen werden dich töten, wenn sie dich hier finden. Komm schnell, wenn du dem Tod entgehen willst. Komm zum Herrn!«

»Nein«, sagte die Stimme. »Kein netter Herr. Verläßt den armen Sméagol und geht mit neuen Freunden. Der Herr kann warten. Sméagol ist noch nicht fertig.«

»Wir haben keine Zeit«, sagte Frodo. »Bring deinen Fisch mit. Komm!«

»Nein, muß erst den Fisch aufessen.«

»Sméagol«, sagte Frodo verzweifelt. »Schatz wird böse sein. Ich werde den Schatz nehmen und sagen: Laß ihn die Gräten schlucken und dran ersticken. Dann wirst du nie wieder Fisch essen. Komm, Schatz wartet!«

Es gab ein scharfes Zischen. Plötzlich kam Gollum aus der Dunkelheit angekrochen, auf allen Vieren, wie ein stromernder Hund, dem »Platz!« zugerufen wird. Er hatte einen halbgegessenen Fisch im Mund und einen zweiten in der Hand. Er kam dicht an Frodo heran, fast Nase an Nase, und schnüffelte an ihm. Seine bleichen Augen leuchteten. Dann nahm er den Fisch aus dem Mund und stand auf.

»Netter Herr«, flüsterte er. »Netter Hobbit, kommt zurück zum armen Sméagol. Der gute Sméagol kommt. Nun laß uns gehen, schnell gehen, ja. Durch die Bäume, solange die Gesichter dunkel sind. Ja, komm, laß uns gehen!«

»Ja, wir werden bald gehen«, sagte Frodo. »Aber nicht gleich. Ich werde mit dir mitgehen, wie ich versprochen habe. Ich verspreche es noch einmal. Aber nicht jetzt. Du bist noch nicht in Sicherheit. Ich will dich retten, aber du mußt mir vertrauen.«

»Wir müssen dem Herrn vertrauen?« fragte Gollum zweifelnd. »Warum? Warum nicht gleich gehen? Wo ist der andere, der mürrische, unhöfliche Hobbit? Wo ist er?«

»Da oben«, sagte Frodo und zeigte auf den Wasserfall. »Ich gehe nicht ohne ihn. Wir müssen zu ihm zurückgehen.« Sein Mut sank. Das sah zu sehr nach Betrug aus. Er fürchtete nicht wirklich, daß Faramir zulassen würde, Gollum zu töten, aber wahrscheinlich würde er ihn gefangennehmen lassen und fesseln; und was Frodo tat, würde dem armen, hinterhältigen Geschöpf sicher wie Verräterei vorkommen. Wahrscheinlich würde es unmöglich sein, es ihm verständlich oder glaubhaft zu machen, daß Frodo ihm auf die einzige Weise, die ihm zur Verfügung stand, das Leben rettete. Was sonst konnte er tun, um beiden Seiten gegenüber soweit als möglich Wort zu halten? »Komm!« sagte er. »Sonst wird Schatz ärgerlich. Wir gehen jetzt zurück, den Bach hinauf. Geh los, geh los, geh du voraus!«

Gollum kroch ein Stückchen dicht am Rand entlang, schnüffelnd und mißtraurisch. Mit einemmal hielt er an und hob den Kopf. »Da ist was!« sagte er. »Kein Hobbit.« Plötzlich drehte er sich um. Ein grünes Funkeln flackerte in seinen vorstehenden Augen. »Herr, Herr! Böse! Tückisch! Falsch!« zischte er. Er spuckte und streckte seine langen Arme mit den weißen, knackenden Fingern aus.

In diesem Augenblick ragte Anborns große schwarze Gestalt drohend hinter ihm auf und nahm ihn sich vor. Eine große starke Hand packte ihn im Genick und hielt ihn fest. Er fuhr herum wie der Blitz, ganz naß und schleimig, wie er war, wand sich wie ein Aal und biß und kratzte wie eine Katze. Aber noch zwei Männer kamen aus den Schatten.

»Halt still«, sagte der eine. »Sonst stecken wir dich voll Nadeln wie ein Igel. Halt still!«

Gollum wurde schlaff und begann zu winseln und zu weinen. Sie fesselten ihn, nicht gerade sehr sanft.

»Sachte, sachte«, sagte Frodo. »Er kann es an Kraft mit Euch nicht aufnehmen. Tut ihm nicht weh, wenn Ihr's vermeiden könnt. Er wird ruhiger sein, wenn Ihr es nicht tut. Sméagol! Sie werden dir nicht weh tun. Ich werde mit dir gehen, und dir soll kein Leid geschehen. Es sei denn, sie würden mich auch töten. Vertraue dem Herrn!«

Gollum drehte sich um und spie ihn an. Die Männer hoben ihn hoch, zogen ihm eine Kapuze über die Augen und trugen ihn fort.

Frodo folgte ihnen und fühlte sich sehr unglücklich. Sie gingen durch den Eingang hinter den Büschen und dann die Treppen hinunter durch die Gänge in die Höhle. Zwei oder drei Fackeln waren angezündet worden.

Die Männer wachten auf. Sam war da. Er warf dem schlaffen Bündel, das die Männer trugen, einen sonderbaren Blick zu. »Hast ihn erwischt?« fragte er Frodo.

»Ja. Oder vielmehr nein, ich habe ihn nicht erwischt. Er kam zu mir, weil er mir zuerst vertraute, fürchte ich. Ich wollte nicht, daß er so gefesselt würde. Ich hoffe, es wird gutgehen, aber mir ist das Ganze gräßlich.«

»Mir auch«, sagte Sam. »Und nichts wird jemals gutgehen, wenn dieses Häufchen Elend dabei ist.«

Ein Mann kam, winkte den Hobbits und brachte sie zu dem Nebenraum im Hintergrund der Höhle. Faramir saß dort auf seinem Stuhl, und die Lampe in der Nische über seinem Kopf war wieder angezündet worden. Er bedeutete ihnen, sich auf die Hocker neben ihm zu setzen. »Bringt Wein für die Gäste«, sagte er. »Und bringt den Gefangenen zu mir.«

Der Wein wurde gebracht, und dann kam Anborn und trug Gollum. Er zog Gollum die Kapuze vom Kopf und stellte ihn auf die Füße, wobei er hinter ihm stand, um ihn zu stützen. Gollum blinzelte und verbarg die Bosheit seiner Augen hinter den schweren, bleichen Lidern. Sehr jämmerlich sah er aus, tropfend und naß, und er roch nach Fisch (einen hielt er noch in der Hand); sein spärliches Haar hing ihm wie geiles Unkraut über die knochige Stirn; seine Nase triefte.

»Laßt uns los! Laßt uns los!« sagte er. »Der Strick tut uns weh, ja, das tut er, er tut uns weh, und wir haben nichts getan.«

»Nichts?« fragte Faramir und sah das unglückliche Geschöpf scharf an, aber sein Gesicht drückte weder Ärger noch Mitleid oder Erstaunen aus. »Nichts? Hast du niemals etwas getan, das Fesseln oder eine noch schlimmere Strafe verdient? Indes habe ich zum Glück darüber nicht zu befinden. Aber heute Nacht bist du dorthin gekommen, wohin zu kommen den Tod bedeutet. Die Fische dieses Weihers sind teuer erkauft.«

Gollum ließ den Fisch fallen. »Will keinen Fisch«, sagte er.

»Der Preis ist nicht für den Fisch festgesetzt«, sagte Faramir. »Nur herzukommen und den Weiher zu betrachten schließt die Todesstrafe ein. Ich habe dich bisher verschont auf Bitten von Frodo, der sagt, daß du zumindest von ihm einigen Dank verdient hast. Aber du mußt auch mir Rede und Antwort stehen. Wie heißt du? Woher kommst du? Und wohin willst du gehen? Was ist deine Aufgabe?«

»Wir sind verloren, verloren«, sagte Gollum. »Kein Name, keine Aufgabe, kein Schatz, nichts. Nur verlassen, nur hungrig. Ja, wir sind hungrig. Ein paar kleine Fische, gräßliche, grätige kleine Fisch für ein armes Geschöpf, und sie sagen Tod. So weise sind sie; so gerecht, so überaus gerecht.«

»Nicht sehr weise«, sagte Faramir. »Aber gerecht: ja, vielleicht, so gerecht, wie unser bißchen Weisheit zuläßt. Binde ihn los, Frodo!« Faramir nahm ein kleines Nagelmesser aus dem Gürtel und gab es Frodo. Gollum mißverstand die Geste, kreischte und fiel zu Boden.

»Nun, Sméagol«, sagte Frodo. »Du mußt mir vertrauen. Ich werde dich nicht im Stich lassen. Antworte wahrheitsgemäß, wenn du kannst. Es wird zu deinem Vorteil und nicht zu deinem Schaden sein.« Er durchschnitt die Stricke an Gollums Handgelenken und Knöcheln und stellte ihn auf die Füße.

»Komm hierher!« sagte Faramir. »Schau mich an! Kennst du den Namen dieses Orts? Bist du schon früher hier gewesen?«

Langsam hob Gollum den Blick und schaute Faramir unwillig in die Augen. Alles Funkeln war aus seinen Augen verschwunden, und sie starrten eine kurze Zeit trübe und bleich in die klaren, beharrlichen Augen des Menschen von Gondor. Es herrschte ein unbewegtes Schweigen. Dann ließ Gollum den Kopf sinken und sackte zusammen, bis er zitternd am Boden lag. »Wir wissen es nicht und wir wollen es nicht wissen«, wimmerte er. »Kamen niemals her; werden niemals wiederkommen.«

»Es gibt versperrte Türen und verschlossene Fenster in deinem Geist und dunkle Räume hinter ihnen«, sagte Faramir. »Aber in diesem Fall schätze ich, daß du die Wahrheit sprichst. Das ist günstig für dich. Welchen Eid willst du schwören, niemals zurückzukehren und niemals irgendein Lebewesen durch Wort oder Zeichen hierherzuführen?«

»Der Herr weiß es«, sagte Gollum mit einem Seitenblick auf Frodo. »Ja, er weiß es. Wir werden es dem Herrn versprechen, wenn er uns rettet. Wir werden es bei Ihm versprechen, ja.« Er kroch zu Frodos Füßen. »Rette uns, netter Herr!« wimmerte er. »Sméagol verspricht beim Schatz, verspricht es aufrichtig. Niemals wiederkommen, niemals reden, nein, niemals! Nein, Schatz, nein!«

»Seid Ihr damit zufrieden?« fragte Faramir.

»Ja«, sagte Frodo. »Zumindest müßt Ihr entweder dieses Versprechen annehmen oder Euer Gesetz ausführen. Mehr werdet Ihr nicht erhalten. Aber ich habe ihm versprochen, daß ihm, wenn er zu mir käme, kein Leid geschähe. Und ich möchte mich nicht gern als unaufrichtig erweisen.«

Faramir überlegte einen Augenblick. »Sehr gut«, sagte er schließlich. »Ich überantworte dich deinem Herrn, Frodo, Drogos Sohn. Er soll erklären, was er mit dir tun will.«

»Aber, Herr Faramir«, sagte Frodo und verbeugte sich, »Ihr habt bis jetzt noch nicht Euren Entschluß hinsichtlich des besagten Frodo verkündet, und ehe er nicht bekannt ist, kann Frodo seine Pläne für sich oder seine Gefährten nicht festlegen. Euer Urteil war bis zum Morgen hinausgeschoben, doch der Morgen ist jetzt nahe.«

»Dann will ich meinen Urteilsspruch fällen«, sagte Faramir. »Was Euch betrifft, Frodo, erkläre ich Euch, soweit es an mir liegt mit höherer Genehmigung, frei im Gebiet von Gondor bis zu den weitesten seiner alten Grenzen; mit der einzigen Ausnahme, daß weder Ihr noch jemand, der Euch begleitet, Erlaubnis hat, ungebeten wieder zu diesem Ort zu kommen. Dieser Urteilsspruch soll ein Jahr und einen Tag gelten und dann enden, es sei denn, daß Ihr vor dieser Zeit nach Minas Tirith kommt und vor dem Herrn und Truchseß der Stadt erscheint. Dann werde ich ihn bitten, zu bestätigen, was ich getan habe, und es lebenslang zu machen. Inzwischen soll, wen immer Ihr unter Euren Schutz nehmt, auch unter meinem Schutz und dem Schirm von Gondor stehen. Seid Ihr befriedigt?«

Frodo verbeugte sich tief. »Ich bin befriedigt«, sagte er, »und ich stelle mich Euch zur Verfügung, wenn das für einen so edlen und ehrenvollen Herrn von Wert ist.«

»Es ist von großem Wert«, sagte Faramir. »Und nehmt Ihr nun dieses Geschöpf Sméagol unter Euren Schutz?«

»Ich nehme Sméagol unter meinen Schutz«, sagte Frodo. Sam seufzte hörbar; aber nicht über den Austausch von Höflichkeiten, die er, wie es jeder Hobbit tun würde, durchaus billigte. Tatsächlich hätte eine solche Angelegenheit im Auenland sehr viel mehr Worte und Verbeugungen erfordert.

»Dann sage ich zu dir«, wandte sich Faramir an Gollum, »daß du unter Todesstrafe stehst; aber solange du mit Frodo wanderst, bist du für unser Teil sicher. Solltest du indes jemals von einem Menschen von Gondor herumirrend und ohne ihn gefunden werden, soll das Urteil vollstreckt werden. Und möge dich der Tod rasch ereilen, in Gondor oder außerhalb, wenn du ihm nicht gut dienst. Jetzt antworte mir: wohin willst du gehen? Du warst sein Führer, sagt er. Wohin hast du ihn geführt?« Gollum antwortete nicht.

»Ich will nicht, daß das geheim bleibt«, sagte Faramir. »Antworte mir, oder ich werde mein Urteil umstoßen.« Gollum antwortete immer noch nicht.

»Ich werde für ihn antworten«, sagte Frodo. »Er brachte mich zum Schwarzen Tor, wie ich gebeten hatte; aber es war undurchschreitbar.«

»Es gibt kein offenes Tor zum Namenlosen Land«, sagte Faramir.

»Als wir das sahen, kehrten wir um und gingen auf der Südstraße weiter«, fuhr Frodo fort. »Denn er sagte, es gebe einen Weg in der Nähe von Minas Ithil, oder es könne ihn geben.«

»Minas Morgul«, sagte Faramir.

»Ich weiß es nicht genau«, sagte Frodo. »Aber der Pfad klimmt, glaube ich, hinauf ins Gebirge an der Nordseite jenes Tals, in dem die alte Stadt liegt. Er führt hinauf zu einer hohen Schlucht und dann hinunter zu – dem, was jenseits liegt.«

»Wißt Ihr den Namen dieses hohen Passes?« fragte Faramir.

»Nein«, sagte Frodo.

»Er heißt Cirith Ungol.« Gollum zischte scharf und begann, vor sich hinzumurmeln. »Ist das nicht sein Name?« fragte Faramir, zu ihm gewandt.

»Nein!« sagte Gollum, und dann schrie er schrill auf, als ob ihn etwas gestochen habe. »Ja, ja, wir hörten den Namen einmal. Aber was bedeutet uns der Name? Der Herr sagt, er muß hinein. Also müssen wir irgendeinen Weg versuchen. Es gibt keinen anderen Weg, den man versuchen kann, nein.«

»Keinen anderen Weg?« fragte Faramir. »Woher weißt du das? Und wer hat all die Grenzgebiete dieses dunklen Reichs erforscht?« Er sah Gollum lange und nachdenklich an. Dann sprach er wieder. »Bring dieses Geschöpf weg, Anborn. Behandele ihn sanft, aber bewache ihn. Und du, Sméagol, versuche nicht, in den Wasserfall zu tauchen. Die Felsen haben dort solche Zacken, daß du vor deiner Zeit getötet würdest. Verlaß uns jetzt und nimm deinen Fisch mit.«

Anborn ging hinaus, und Gollum kroch vor ihm her. Der Vorhang zu dem Nebenraum wurde zugezogen.

»Frodo, ich glaube, in diesem Punkt handelt Ihr sehr unklug«, sagte Faramir. »Ihr solltet nicht mit diesem Geschöpf mitgehen. Es ist böse.«

»Nein, nicht durchweg böse«, sagte Frodo.

»Nicht ganz, vielleicht«, sagte Faramir, »aber Bosheit frißt an ihm wie ein Krebsgeschwür, und das Böse wächst. Er wird Euch zu nichts Gutem führen. Wenn Ihr Euch von ihm trennen wollt, werde ich ihm freies Geleit und einen Führer geben zu jedem Ort an den Grenzen von Gondor, den er nennen mag.«

»Er würde das nicht annehmen«, sagte Frodo. »Er würde mir folgen, wie er es lange getan hat. Und ich habe ihm viele Male versprochen, ihn unter meinen Schutz zu nehmen und da hinzugehen, wohin er mich führt. Ihr wollt mich doch nicht auffordern, ihm gegenüber treubrüchig zu werden?«

»Nein«, sagte Faramir. »Aber mein Herz wollte es. Denn es erscheint weniger verwerflich, einem anderen Mann zu raten, die Treue zu brechen, als es selbst zu tun, besonders wenn man sieht, wie ein Freund, ohne es zu wissen, in sein Verderben rennt. Aber nein — wenn er mit Euch gehen will, müßt Ihr ihn nun ertragen. Doch glaube ich nicht, daß Ihr gehalten seid, nach Cirith Ungol zu gehen, wovon er Euch weniger gesagt hat, als er weiß. Soviel habe ich klar in seinem Geist erkannt. Geht nicht nach Cirith Ungol!«

»Wohin soll ich denn gehen?« fragte Frodo. »Zurück zum Schwarzen Tor und mich der Wache ausliefern? Was wißt Ihr von diesem Ort, das seinen Namen so schrecklich macht?«

»Nichts Genaues«, sagte Faramir. »Wir von Gondor gehen heutzutage niemals weiter nach Osten als bis zur Straße, und keiner von uns jüngeren Männern hat es je getan oder den Fuß auf das Schattengebirge gesetzt. Von ihm kennen wir nur alte Berichte und die Gerüchte vergangener Tage. Aber irgendein dunkler Schrecken haust in den Pässen oberhalb von Minas Morgul. Wenn Cirith Ungol genannt wird, erbleichen alte Männer und Gelehrte und schweigen.

Das Tal von Minas Morgul verfiel dem Bösen vor sehr langer Zeit, und es war eine Drohung und ein Gegenstand des Schreckens, während der verbannte Feind noch in der Ferne weilte und Ithilien größtenteils in unserer Hand war. Wie Ihr wißt, war diese Stadt einst eine Festung, stolz und schön, Minas Ithil, die Zwillingsschwester unserer eigenen Stadt. Aber sie wurde erobert von grausamen Menschen, die der Feind in seiner ersten Macht beherrschte und die nach seinem Sturz heimatlos und herrenlos umherwanderten. Es heißt, daß ihre Fürsten Menschen von Númenor waren, die der Bosheit verfallen waren; ihnen hatte der Feind Ringe der Macht gegeben, und er hat sie hinweggerafft: lebende Geister sind sie geworden, entsetzlich und böse. Nachdem er fort war, nahmen sie Minas Ithil ein und wohnten dort, und sie brachten die Stadt und das ganze Tal ringsum in Verfall. Sie schien leer und war es doch nicht, denn eine gestaltlose Furcht lebte innerhalb der zerstörten Mauern. Neun Fürsten waren dort, und nach der Rückkehr ihres Herrn, die sie heimlich förderten und vorbereiteten, wurden sie wieder stark. Dann kamen die Neun Reiter aus den Toren des Schreckens heraus, und wir konnten ihnen nicht Widerstand leisten. Nähert Euch nicht ihrer Feste, Ihr werdet erspäht werden. Es ist ein Ort schlafloser Bosheit, voller lidloser Augen. Geht nicht diesen Weg!«

»Doch wohin sonst wollt Ihr mich weisen?« fragte Frodo. »Ihr selbst, sagt Ihr, könnt mich nicht zum Gebirge führen und auch nicht hinüberbringen. Aber über die Berge muß ich, denn ich bin durch feierliches Gelöbnis gegenüber dem Rat verpflichtet, einen Weg zu finden oder zugrunde zu gehen. Und wenn ich jetzt umkehre und das bittere Ende des Weges verweigere, wohin soll ich dann unter Elben oder Menschen gehen? Würdet Ihr wollen, daß ich mit diesem Ding nach Gondor komme, dem Ding, das Euren Bruder vor Begierde wahnsinnig machte? Welchen Zauber würde es in Minas Tirith bewirken? Soll es zwei Städte Minas Morgul geben, die einander die Zähne zeigen über ein totes Land hinweg, erfüllt von Fäulnis?«

»Das würde ich nicht wollen«, sagte Faramir.

»Was wollt Ihr denn, daß ich tue?«

»Ich weiß es nicht. Nur möchte ich nicht, daß Ihr Tod oder Folterung entgegengeht. Und ich glaube nicht, daß Mithrandir diesen Weg gewählt hätte.«

»Aber nachdem er nicht mehr da ist, muß ich die Pfade einschlagen, die ich finden kann. Und die Zeit reicht nicht, lange zu suchen«, sagte Frodo.

»Es ist ein hartes Schicksal und ein hoffnungsloser Auftrag«, sagte Faramir. »Aber zumindest erinnert Euch meiner Warnung: hütet Euch vor diesem Führer Sméagol. Er hat schon früher gemordet. Das lese ich in ihm.« Er seufzte.

»Ja, so haben wir uns getroffen und trennen uns, Frodo, Drogos Sohn. Ihr braucht keine mitleidigen Worte: ich hege keine Hoffnung, Euch jemals unter dieser Sonne wiederzusehen. Aber Ihr sollt nun mit meinen Segenssprüchen für Euch und Euer ganzes Volk von dannen gehen. Ruht ein wenig, während eine Mahlzeit für Euch bereitet wird.

Ich würde gern erfahren, wie dieser schleichende Sméagol in den Besitz des Dinges kam, von dem wir sprechen, und wie er es verlor, aber jetzt will ich Euch nicht damit belästigen. Wenn Ihr entgegen aller Erwartungen in die Lande der Lebenden zurückkehrt und wir unsere Geschichte nochmals erzählen, in der Sonne an einer Mauer sitzend, über alten Kummer lachend, dann sollt Ihr es mir erzählen. Bis dahin oder bis zu einer anderen Zeit, die selbst die Sehenden Steine von Númenor nicht zu erkennen vermögen, lebt wohl!«

Er stand auf, verbeugte sich tief vor Frodo, zog den Vorhang auf und ging hinaus in die Höhle.

SIEBTES KAPITEL

WANDERUNG ZUM SCHEIDEWEG

Frodo und Sam kehrten zu ihren Betten zurück, legten sich schweigend hin und ruhten ein wenig, während die Menschen sich regten und die Aufgaben des Tages begannen. Nach einer Weile wurde ihnen Wasser gebracht, und dann wurden sie zu einem Tisch geführt, auf dem Essen für drei angerichtet war. Faramir frühstückte mit ihnen. Seit der Schlacht am Tage zuvor hatte er nicht geschlafen, dennoch sah er nicht müde aus.

Als sie fertig waren, standen sie auf. »Möge kein Hunger Euch unterwegs quälen«, sagte Faramir. »Ihr habt wenig Wegzehrung, aber ich habe angeordnet, daß ein kleiner Vorrat von Lebensmitteln, die für Wanderer geeignet sind, in Eure Rucksäcke gepackt wird. Ihr werdet keinen Mangel an Wasser haben, solange Ihr in Ithilien wandert, aber trinkt von keinem Bach, der von Imlad Morgul herabfließt, dem Tal des Lebenden Todes. Das muß ich Euch auch sagen. Meine Späher und Beobachter sind alle zurückgekehrt, sogar einige, die bis in Sichtweite des Morannon gekrochen sind. Sie alle stellten etwas Merkwürdiges fest. Das Land ist leer. Nichts ist auf der Straße, kein Geräusch von Fuß, Horn oder Bogensehne ist irgendwo zu hören. Eine abwartende Stille liegt über dem Namenlosen Land. Ich weiß nicht, was das bedeutet. Aber die Zeit einer wichtigen Entscheidung nähert sich. Ein Sturm kommt. Eilt Euch, solange Ihr könnt! Wenn Ihr bereit seid, laßt uns gehen. Die Sonne wird sich bald über die Schatten erheben.«

Die Rucksäcke der Hobbits wurden ihnen gebracht (ein wenig schwerer waren sie als vorher), und auch zwei kräftige Stöcke aus geglättetem Holz, mit Eisen beschlagen und mit geschnitzten Knäufen, durch die geflochtene Lederriemen liefen.

»Ich habe keine passenden Geschenke, die ich Euch bei unserem Abschied geben könnte«, sagte Faramir, »aber nehmt diese Stöcke an. Sie mögen denjenigen dienlich sein, die in der Wildnis wandern oder klettern. Die Menschen des Weißen Gebirges benutzen sie; diese allerdings sind auf Eure Größe zurechtgeschnitten und neu beschlagen worden. Sie sind aus dem schönen Baum *Lebethron* hergestellt, den die Schreiner von Gondor lieben, und eine Zauberkraft ist ihnen verliehen worden, zu finden und zurückzukehren. Möge diese Zauberkraft nicht versagen unter dem Schatten, in den Ihr geht!«

Die Hobbits verbeugten sich tief.

»Höchst gütiger Gastgeber«, sagte Frodo, »mir war von Elrond dem Halbelben gesagt worden, ich würde Freundschaft unterwegs finden, heimliche und unerwartete. Gewiß erwartete ich nicht solche Freundschaft, wie Ihr sie mir bewiesen habt. Sie gefunden zu haben, verwandelt Unglück in großes Glück.«

Nun machten sie sich zum Aufbruch bereit. Gollum wurde aus irgendeinem Winkel oder Versteck hergebracht, und er schien zufriedener zu sein als vorher, obwohl er sich dicht an Frodo hielt und Faramirs Blick auswich.

»Eurem Führer müssen die Augen verbunden werden«, sagte Faramir, »doch Euch und Samweis erlasse ich es, wenn Ihr es wünscht.«

Gollum winselte und wand sich und hielt sich an Frodo fest, als sie kamen, um ihm die Augen zu verbinden. Und Frodo sagte: »Verbindet uns allen dreien die Augen, und mir zuerst, dann wird er vielleicht sehen, daß ihm nichts zuleide getan werden soll.« So geschah es, und sie wurden aus der Höhle Henneth Annûn hinausgeführt. Nachdem sie die Gänge und Treppen hinter sich hatten, spürten sie die kühle Morgenluft, frisch und lieblich, um sich. Immer noch blind, gingen sie eine kurze Zeit weiter, zuerst hinauf und dann sanft abwärts. Schließlich befahl Faramir, ihnen die Binden abzunehmen. Sie standen wieder unter den Zweigen des Waldes. Nichts war von dem Wasserfall zu hören, denn ein langer, sich nach Süden erstreckender Hang lag jetzt zwischen ihnen und der Schlucht, in der der Bach floß. Im Westen sahen sie Licht durch die Bäume schimmern, als ob die Welt dort plötzlich ein Ende habe an einem Rand, der nur auf den Himmel hinausblickt.

»Hier trennen sich unsere Wege«, sagte Faramir. »Wenn Ihr meinem Rat folgt, dann werdet Ihr Euch noch nicht nach Osten wenden. Geht geradeaus weiter, denn so werdet Ihr auf viele Meilen durch den Wald gedeckt sein. Westlich von Euch ist ein Grat, von dem aus das Land in die großen Täler abfällt, manchmal plötzlich und steil, manchmal in langen Hängen. Haltet Euch dicht an diesem Grat und den Ausläufern des Waldes. Zu Beginn Eurer Wanderung könnt Ihr bei Tageslicht laufen, glaube ich. Das Land gibt sich einem Traum von falschem Frieden hin, und für eine Weile hat sich alles Böse zurückgezogen. Laßt es Euch gut ergehen, solange Ihr könnt!«

Dann umarmte er die Hobbits nach der Sitte seines Volkes; er bückte sich, legte die Hände auf ihre Schultern und küßte sie auf die Stirn. »Geht mit den guten Wünschen aller guten Menschen!« sagte er.

Sie verbeugten sich bis zum Boden. Dann wandte er sich um, und ohne zurückzuschauen verließ er sie und ging zu seinen beiden Wächtern, die ein wenig abseits standen. Die Hobbits staunten, mit welcher Schnelligkeit diese grüngekleideten Menschen jetzt ausschritten, und fast im Handumdrehen waren sie verschwunden. Der Wald, wo Faramir gestanden hatte, schien leer und öde, als ob ein Traum vorübergezogen sei.

Frodo seufzte und wandte sich nach Süden. Als ob er seine Mißachtung all solcher Höflichkeiten bekunden wollte, scharrte Gollum in der lockeren Erde am Fuße eines Baums. »Schon wieder hungrig?« dachte Sam. »So, nun aber weiter!«

»Sind sie endlich weg?« fragte Gollum. »Gräßliche, böse Menschen! Sméagols Hals tut immer noch weh, ja, tut weh. Laßt uns gehen!«

»Ja, laßt uns gehen«, sagte Frodo. »Aber wenn du nur schlecht sprechen kannst von jenen, die dir Gnade erwiesen, dann schweige!«

»Netter Herr!« sagte Gollum. »Sméagol hat nur Spaß gemacht. Er verzeiht immer, ja, ja, selbst die kleinen Betrügereien des netten Herrn. O ja, netter Herr, netter Sméagol!«

Frodo und Sam antworteten nicht. Sie schulterten ihre Rucksäcke, nahmen die Stöcke in die Hand und gingen hinein in die Wälder von Ithilien.

Zweimal rasteten sie an diesem Tage und aßen etwas von den Vorräten, die Faramir ihnen mitgegeben hatte: getrocknete Früchte und Pökelfleisch, genug für viele Tage; und Brot, das so lange reichen würde, wie es noch frisch war. Gollum aß nichts.

Die Sonne stieg und zog ungesehen über ihren Köpfen dahin und begann zu sinken, und das Licht, das durch die Bäume fiel, wurde golden im Westen; und immer noch wanderten sie weiter in dem kühlen, grünen Schatten, und ringsum war Stille. Die Vögel schienen alle fortgeflogen oder stumm geworden zu sein.

Die Dunkelheit kam früh zu dem schweigenden Wald, und ehe die Nacht hereinbrach, hielten sie an, denn sie waren müde, nachdem sie von Henneth Annûn sieben oder mehr Wegstunden gelaufen waren. Frodo legte sich hin und schlief die ganze Nacht durch in dem tiefen Laub unter einem alten Baum. Sam neben ihm war unruhiger: er wachte viele Male auf, aber niemals war etwas von Gollum zu sehen, der sich davongemacht hatte, als die anderen sich zur Ruhe legten. Ob er selbst in irgendeinem nahegelegenen Loch geschlafen oder ruhelos nach Beute stöbernd durch die Nacht gewandert war, sagte er nicht; aber mit dem ersten Tagesschimmer kam er zurück und weckte seine Gefährten.

»Müssen aufstehen, ja, müssen sie«, sagte er. »Lange Wege noch zu gehen, nach Süden und Osten. Hobbits müssen sich eilen!«

Der Tag verging ungefähr wie der vorige, nur daß die Stille noch tiefer erschien; die Luft war drückend, und es wurde stickig unter den Bäumen. Es war, als ob sich ein Gewitter zusammenbraue. Gollum blieb oft stehen, schnupperte in der Luft, murmelte dann vor sich hin und drängte sie zu größerer Eile.

Während des dritten Abschnitts ihres Tagesmarsches und als der Nachmittag seinem Ende zuging, lockerte sich der Wald auf, und die Bäume waren größer und wuchsen vereinzelter. Große Stechpalmen von gewaltigem Umfang standen dunkel und feierlich an ausgedehnten Lichtungen, hier und da auch altersgraue Eschen und riesige Eichen, die gerade ihre braun-grünen Knospen ausstreckten. Ringsum lagen freie grüne Grasflächen, gesprenkelt mit Schöllkraut und Anemonen, weiß und blau, die sich jetzt zum Schlafen eingerollt hatten; und es gab ganze Felder mit Blättern von Waldhyazinthen: ihre geschmeidigen Glockenstengel stießen eben durch die weiche Erde. Kein Lebewesen, Tier oder Vogel, war zu sehen, aber auf diesen offenen Stellen bekam Gollum Angst, und sie gingen jetzt vorsichtig und huschten von einem langen Schatten zum nächsten.

Das Licht verblaßte, als sie zum Ende des Waldes kamen. Dort setzten sie sich unter eine alte knorrige Eiche, die ihre wie Schlangen geringelte Wurzeln eine steile, abbröckelnde Böschung hinabsandte. Ein tiefes, düsteres Tal lag vor ihnen. Auf den jenseitigen Hängen war der Wald wieder dichter, blau und grau unter dem trüben Abend, und erstreckte sich weiter nach Süden. Zu ihrer Rechten erglühte das Gebirge von Gondor fern im Westen unter einem feuergefleckten Himmel. Zu ihrer Linken lag Dunkelheit: die hochragenden Wälle von Mordor; und aus dieser Dunkelheit kam das langgestreckte Tal und fiel in einer immer breiter werdenden Senke steil zum Anduin ab. Auf der Talsohle floß ein hurtiger Bach: Frodo hörte seine steinerne Stimme durch die Stille heraufdringen; und neben ihm schlängelte sich auf dieser Seite des Tals wie ein blasses Band eine Straße hinunter in kühle, graue Nebel, die kein Strahl der untergehenden Sonne erreichte. Dort schien es Frodo, als erkenne er, gleichsam auf einem schattigen Meer schwimmend, die hohen düsteren Spitzen und gezackten Zinnen alter Türme, verloren und dunkel.

Er wandte sich an Gollum. »Weißt du, wo wir sind?« fragte er.

»Ja, Herr. Gefährliche Orte. Dies ist die Straße vom Turm des Mondes, die hinunterführt zu der zerstörten Stadt an den Ufern des Stroms. Die zerstörte Stadt, ja, sehr häßlicher Ort, voller Feinde. Wir hätten den Rat der Menschen nicht befolgen sollen. Die Hobbits sind weit vom Wege abgekommen. Müssen jetzt nach Osten gehen, dort hinauf.« Er deutete mit seinem knochigen Arm auf das dunkelnde Gebirge. »Und wir können diese Straße nicht benutzen. O nein! Grausame Leute kommen hier lang, herunter von dem Turm.«

Frodo blickte hinab auf die Straße. Jetzt jedenfalls ging niemand dort. Sie erschien einsam und verlassen, als führe sie zu unbewohnten Trümmern im Nebel. Doch lag eine Feindseligkeit in der Luft, als ob tatsächlich Wesen diese Straße hinauf- und hinuntergehen könnten, die kein Auge zu sehen vermochte. Frodo erschauerte, als er wieder auf die fernen Zinnen blickte, die jetzt in der Nacht verschwanden, und das Geräusch des Wassers schien kalt und grausam: die Stimme des Morgulduin, des verpesteten Bachs, der vom Geistertal herabfloß.

»Was sollen wir tun?« fragte er. »Wir sind lange und weit gelaufen. Sollen wir uns irgendeinen Platz im Wald suchen, wo wir uns verstecken und hinlegen können?«

»Nicht gut, sich im Dunkeln verstecken«, sagte Gollum. »Am Tage müssen sich die Hobbits jetzt verstecken, ja, am Tage.«

»Ach, komm«, sagte Sam. »Wir müssen uns ein bißchen ausruhen, selbst wenn wir mitten in der Nacht wieder aufstehen. Dann wird es noch stundenlang dunkel sein, Zeit genug für einen langen Marsch, wenn du den Weg weißt.«

Widerstrebend war Gollum damit einverstanden, und er wandte sich wieder den Bäumen zu und ging eine Weile nach Osten, entlang dem unregelmäßigen Saum des Waldes. Er wollte so nahe der üblen Straße nicht auf dem Boden rasten, und nach einigen Erörterungen kletterten sie hinauf in die Gabelung einer großen Steineiche, deren dicke Äste zusammen aus dem Stamm heraustraten und ein gutes Versteck und eine recht behagliche Zuflucht boten. Die Nacht brach herein, und es wurde stockdunkel unter dem Schutzdach des Baums. Frodo und Sam tranken ein wenig Wasser und aßen etwas Brot und getrocknete Früchte, aber Gollum rollte sich sofort zusammen und schlief. Die Hobbits taten kein Auge zu.

Es muß kurz nach Mitternacht gewesen sein, als Gollum aufwachte: plötzlich bemerkten sie, daß seine blassen Augen lidlos zu ihnen herüberschimmerten. Er lauschte und schnüffelte, und das schien, wie ihnen schon früher aufgefallen war, seine übliche Art und Weise zu sein, die Stunde der Nacht ausfindig zu machen.

»Sind wir ausgeruht? Haben wir schön geschlafen?« fragte er. »Laßt uns gehen!«

»Weder das eine noch das andere«, brummte Sam. »Aber wir werden gehen, wenn wir müssen.«

Gollum ließ sich sofort von den Zweigen des Baums hinunter auf alle Viere fallen, und die Hobbits folgten ihm etwas langsamer.

Kaum waren sie unten, gingen sie weiter, Gollum wiederum voran, nach Osten, die dunklen Hänge hinauf. Sie konnten wenig sehen, denn es war jetzt so tiefe Nacht, daß sie die Baumstämme kaum bemerkten, ehe sie gegen sie stießen. Der Boden wurde unebener und das Gehen schwieriger, aber Gollum schien keineswegs beunruhigt. Er führte sie durch Dickichte und Dornengestrüpp; manchmal am Rand einer tiefen Schlucht oder entlang eines dunklen Grabens, manchmal hinunter in schwarze, von Büschen verdeckte Senken und wieder hinaus; aber wenn sie je ein wenig bergab gingen, dann war der nächste Hang immer länger und steiler. Sie stiegen ständig. Als sie das erstemal anhielten, schauten sie zurück und nahmen die Wipfel des Waldes, den sie hinter sich gelassen hatten, undeutlich wie einen riesigen dichten Schatten wahr, eine dunklere Nacht unter dem dunklen, leeren Himmel. Eine große Schwärze schien sich langsam vom Osten her aufzutürmen und die bläßlich verschwommenen Sterne zu verschlingen. Später entkam der untergehende Mond der verfolgenden Wolke, aber er hatte einen Hof, der in einem kränklichen Gelb leuchtete.

Schließlich wandte sich Gollum an die Hobbits. »Bald Tag«, sagte er. »Hobbits müssen schnell machen. Ist gefährlich, in diesen Gegenden ohne Deckung zu sein. Eilt euch!«

Er beschleunigte seinen Schritt, und sie folgten ihm müde. Bald begannen sie, einen großen Bergrücken zu erklimmen. Größtenteils war er mit dicht wachsendem Stechginster und Preiselbeeren bestanden und mit niedrigem, kräftigem Dornengestrüpp, obwohl sich hier und dort Lichtungen auftaten, die Narben frischer Brände. Die Ginsterbüsche wurden zahlreicher, als sie sich der Bergkuppe näherten; sehr alt und groß waren sie, dürr und langbeinig unten, aber oben dicht und schon mit gelben Blüten besteckt, die in der Dämmerung schimmerten und einen schwachen, süßen Duft ausströmten. So hoch waren die dornigen Dickichte, daß die Hobbits aufrecht unter ihnen laufen konnten wie durch lange, trockene Schneisen auf einem Teppich aus einer dicken, stachligen Laubschicht.

Am jenseitigen Ende dieses breiten Bergrückens unterbrachen sie ihren Marsch und krochen, um sich zu verstecken, unter ein dichtes Gestrüpp von Dornbüschen. Die ineinander verflochtenen Zweige hingen bis zum Boden hinab und wurden überwuchert von einem rankenden Gewirr alter

Wildrosen. Tief drinnen war eine hohle Halle mit Dachsparren aus toten Zweigen und Ranken und einem Dach aus den ersten Blättern und Trieben des Frühlings. Dort lagen sie eine Weile, noch zu müde, um zu essen; und durch die Löcher in ihrem Versteck hinausschauend, warteten sie, daß es langsam Tag werde.

Aber es wurde nicht Tag, sondern es kam nur ein totes, braunes Zwielicht. Im Osten war ein dunkelroter Glanz unter den drohenden Wolken: es war nicht das Rot der Morgendämmerung. Über das abfallende Land dazwischen blickte das Gebirge Ephel Dúath finster zu ihnen herüber, schwarz und formlos unten, wo die Nacht noch dicht lag und nicht hinwegzog, oben mit gezackten Spitzen und Graten, die sich hart und drohend von dem feurigen Glanz abhoben. Fern zu ihrer Rechten ragte nach Westen ein großer Vorsprung des Gebirges empor, dunkel und schwarz inmitten der Schatten.

»Welchen Weg gehen wir von hier aus?« fragte Frodo. »Ist das der Eingang zum – zum Morgultal, dort drüben hinter dieser schwarzen Bergmasse?«

»Müssen wir jetzt schon darüber nachdenken?« sagte Sam. »Wir werden doch bestimmt am heutigen Tag nicht weitergehen, wenn's überhaupt Tag ist.«

»Vielleicht nicht, vielleicht nicht«, sagte Gollum. »Aber wir müssen bald gehen, zum Scheideweg. Ja, zum Scheideweg. Das ist der Weg da drüben, ja, Herr.«

Der rote Glanz über Mordor verging. Das Zwielicht wurde dunkler, als gewaltige Dämpfe im Osten aufstiegen und über sie hinwegzogen. Frodo und Sam aßen ein wenig und legten sich dann hin, aber Gollum war unruhig. Er wollte nichts von ihren Vorräten essen, aber er trank ein wenig Wasser und kroch dann unter den Büschen umher, schnüffelnd und murmelnd. Dann verschwand er plötzlich.

»Um zu jagen, nehme ich an«, sagte Sam und gähnte. Er war als erster mit Schlafen an der Reihe, und bald war er tief in einem Traum. Er glaubte, er sei wieder im Garten von Beutelsend und suche nach etwas; aber er hatte einen schweren Sack auf dem Rücken, so daß er gebückt ging. Alles schien sehr verunkrautet und irgendwie verwildert zu sein, und Dornengestrüpp und Farn machten sich auf den Beeten unten an der Hecke breit.

»Ein Stück Arbeit für mich, das sehe ich; aber ich bin so müde«, sagte er dauernd. Plötzlich fiel ihm ein, was er suchte. »Meine Pfeife!« sagte er, und damit wachte er auf.

»Albern!« sagte er zu sich, als er die Augen aufmachte und sich fragte, warum er eigentlich unter der Hecke liege. »Sie ist doch die ganze Zeit in deinem Rucksack!« Dann wurde er sich als erstes darüber klar, daß die Pfeife zwar in seinem Rucksack sein könnte, er aber keinen Tabak hatte, und als zweites, daß er Hunderte von Meilen von Beutelsend entfernt war. Er setzte sich auf. Es schien fast dunkel zu sein. Warum hatte ihn sein Herr außer der Reihe weiterschlafen lassen, gleich bis zum Abend?

»Hast du nicht geschlafen, Herr Frodo?« fragte er. »Wie spät ist es? Es scheint recht spät zu sein.«

»Nein«, sagte Frodo. »Aber der Tag wird dunkler statt heller: dunkler und dunkler. Meiner Ansicht nach ist es noch nicht Mittag, und du hast nur ungefähr drei Stunden geschlafen.«

»Ich möchte mal wissen, was los ist«, sagte Sam. »Zieht ein Gewitter auf? Wenn ja, dann wird es das schlimmste sein, das es je gab. Wir werden uns wünschen, in einem tiefen Loch zu sein, und nicht bloß unter einer Hecke.« Er lauschte. »Was ist das? Donner oder Trommeln oder was?«

»Ich weiß es nicht«, sagte Frodo. »Es ist schon eine ganze Weile im Gange. Manchmal scheint der Boden zu zittern, manchmal ist es, als poche einem die drückende Luft in den Ohren.«

Sam sah sich um. »Wo ist Gollum?« fragte er. »Ist er noch nicht zurückgekommen?«

»Nein«, sagte Frodo. »Von ihm ist nichts zu sehen und nichts zu hören.«

»Na, ich kann ihn nicht ausstehen«, sagte Sam. »Tatsächlich, ich habe niemals etwas auf eine Wanderung mitgenommen, bei dem ich weniger traurig wäre, es unterwegs zu verlieren. Aber es würde ihm ähnlich sehen, nachdem er all diese Meilen mitgekommen ist, daß er gerade jetzt verlorengeht, wenn wir ihn am nötigsten brauchen — das heißt, wenn er überhaupt je von Nutzen ist, was ich bezweifle.«

»Du vergißt die Sümpfe«, sagte Frodo. »Ich hoffe, es ist ihm nichts geschehen.«

»Und ich hoffe, er führt nichts Böses im Schilde. Und außerdem hoffe ich, daß er nicht in andere Hände fällt, wie man sagen könnte. Denn dann werden wir auch bald in Schwierigkeiten geraten.«

In diesem Augenblick war wieder ein rollendes und dröhnendes Geräusch zu hören, lauter jetzt und tiefer. Der Boden schien unter ihren Füßen zu erzittern. »Ich glaube, wir sind sowieso in Schwierigkeiten«, sagte Frodo. »Ich fürchte, unsere Wanderung nähert sich ihrem Ende.«

»Vielleicht«, sagte Sam. »Aber *wo Leben ist, ist noch Hoffnung,* wie der Ohm zu sagen pflegte; *und Verlangen nach der Weinbuddel,* wie er meistens hinzufügte. Iß einen Happen, Herr Frodo, und schlaf dann ein bißchen.«

Der Nachmittag, wie Sam annahm, daß man ihn nennen mußte, schleppte sich hin. Wenn er aus dem Versteck hinausschaute, sah er nur eine schwarzgraue, schattenlose Welt, die langsam zu einer gestaltlosen, farblosen Düsternis verblaßte. Es war schwül, aber nicht warm. Frodo schlief unruhig, warf sich hin und her und murmelte manchmal. Zweimal glaubte Sam zu hören, daß er Gandalfs Namen aussprach. Die Zeit schien sich unendlich hinzuziehen. Plötzlich hörte Sam ein Zischen hinter sich, und da war Gollum auf allen Vieren und starrte sie mit funkelnden Augen an.

»Wacht auf, wacht auf, ihr Schlafmützen!« flüsterte er. »Wacht auf! Keine Zeit zu verlieren. Wir müssen gehen, ja, wir müssen sofort gehen. Keine Zeit zu verlieren!«

Sam blickte ihn argwöhnisch an: er schien erschreckt oder aufgeregt. »Jetzt gehen? Was führst du im Schilde? Es ist noch nicht Zeit. Es kann noch nicht einmal Tee-Zeit sein, zumindest nicht in anständigen Gegenden, wo man Tee trinkt.«

»Dummkopf!« zischte Gollum. »Wir sind nicht in anständigen Gegenden. Die Zeit wird knapp, ja, sie läuft schnell. Keine Zeit zu verlieren. Wir müssen gehen. Wach auf, Herr, wach auf!« Er griff nach Frodo; und Frodo, aus dem Schlaf gerissen, setzte sich auf und packte ihn am Arm. Gollum riß sich los und wich zurück.

»Sie dürfen nicht dumm sein«, zischte er. »Wir müssen gehen. Keine Zeit zu verlieren!« Und sonst nichts konnten sie aus ihm herausholen. Wo er gewesen sei und was er glaube, daß sich zusammenbraue, und weshalb er so auf Eile drängte, das wollte er nicht sagen. Sam war von tiefem Mißtrauen erfüllt und zeigte das auch; aber Frodo ließ nicht erkennen, was ihm durch den Kopf ging. Er seufzte, schulterte seinen Rucksack und machte sich bereit, in die sich immer mehr zusammenziehende Dunkelheit hinauszugehen.

Sehr verstohlen führte Gollum sie den Berghang hinunter, blieb in Dekkung, wo immer es möglich war, und rannte, fast zum Boden gebeugt, über alle offenen Stellen. Doch war das Licht jetzt so trübe, daß selbst ein scharfäugiges Tier der Wildnis die Hobbits unter ihren Kapuzen und in ihren grauen Mänteln kaum hätte sehen oder auch hören können, denn sie gingen so vorsichtig, wie es die kleinen Leute vermögen. Ohne daß ein Zweig knackte oder ein Blatt raschelte, liefen sie vorüber und verschwanden.

Ungefähr eine Stunde gingen sie so, schweigend, einer hinter dem anderen, bedrückt von der Düsternis und der völligen Stille des Landes, die nur dann und wann unterbrochen wurde von dem schwachen Grollen wie von weit entferntem Donner oder Trommelschlägen in irgendeinem Tal der Berge. Herunter gingen sie von ihrem Versteck, dann wandten sie sich nach Süden und gingen einen so geraden Weg, wie ihn Gollum nur finden konnte, über einen langen zerklüfteten Hang, der sich zum Gebirge hinaufzog. Plötzlich erblickten sie vor sich, wie eine schwarze, aufragende Mauer, eine Baumreihe. Als sie näherkamen, sahen sie, daß es Bäume von riesigem Umfang waren, sehr alt schienen sie zu sein, und immer noch ragten sie hoch auf, wenngleich ihre Wipfel dürr und abgebrochen waren, als ob Sturm und Blitz über sie hinweggefegt waren, sie indes nicht zu töten oder ihre unergründlichen Wurzeln zu erschüttern vermocht hatten.

»Der Scheideweg, ja«, flüsterte Gollum, die ersten Worte, die gesprochen worden waren, seit sie ihr Versteck verlassen hatten. »Wir müssen hierlang gehen.« Er wandte sich jetzt nach Osten und führte sie den Hang hinauf; und dann plötzlich lag sie vor ihnen: die Südstraße, die sich an den Ausläufern des Gebirges entlangzog, bis sie mit einemmal in den großen Kreis von Bäumen eintauchte.

»Dies ist der einzige Weg«, flüsterte Gollum. »Keine Pfade jenseits der Straße. Keine Pfade. Wir müssen zum Scheideweg gehen. Aber eilt euch! Seid leise!«

So heimlich wie Späher im Lager von Feinden krochen sie hinunter auf die Straße und stahlen sich an ihrem westlichen Rand unter der steinernen Böschung entlang, selbst grau wie Steine und leichtfüßig wie jagende Katzen. Schließlich erreichten sie die Bäume und fanden, daß sie in einem großen, dachlosen Kreis standen, in der Mitte offen unter dem düsteren Himmel; und die Zwischenräume zwischen den gewaltigen Stämmen waren wie die großen dunklen Bögen irgendeiner zerstörten Halle. Genau in der Mitte trafen sich vier Wege. Hinter ihnen lag die Straße zum Morannon; vor ihnen machte sie sich wieder auf zu ihrer langen Wanderung nach Süden; zu ihrer Rechten kam die Straße vom alten Osgiliath herauf, überquerte die Kreuzung und verlief dann nach Osten in die Dunkelheit: der vierte Weg, die Straße, die sie einschlagen mußten.

Als Frodo dort einen Augenblick stand, von Furcht erfüllt, wurde er gewahr, daß ein Licht leuchtete; er sah den Widerschein auf Sams Gesicht neben ihm. Als er sich dorthin umwandte, sah er hinter einem Bogen aus Zweigen die Straße nach Osgiliath, die, fast so gerade wie ein gestrecktes Band, hinunter, immer hinunter gen Westen führte. Dort in der Ferne, hinter dem traurigen Gondor, jetzt in Schatten begraben, ging die Sonne unter; endlich fand sie den Saum der großen, langsam dahinziehenden Wolkendecke und stürzte in einem unheilvollen Feuer hinab in das noch unbefleckte Meer. Das kurze Leuchten fiel auf eine riesige sitzende Gestalt, still und feierlich wie die großen Steinkönige von Argonath. Die Jahre hatten an ihr genagt, und gewalttätige Hände hatten sie verstümmelt. Ihr Kopf fehlte, und an seine Stelle war zum Hohn ein runder, grob behauener Stein gesetzt worden, roh angemalt von ruppigen Händen, so daß er wie ein grinsendes Gesicht aussah mit einem einzigen roten Auge mitten auf der Stirn. Auf den Knien der Gestalt, auf ihrem mächtigen Thron und überall auf dem Sockel waren sinnlose Kritzeleien, vermischt mit den abscheulichen Schriftzeichen, die das Madenvolk von Mordor verwendete.

Plötzlich sah Frodo, als die waagrechten Strahlen darauf fielen, den Kopf des alten Königs: er war beiseite gerollt und lag am Straßenrand. »Schau, Sam!« rief er, so verblüfft, daß er es nicht für sich behalten konnte. »Schau! Der König hat wieder eine Krone!«

Die Augen waren hohl und der herausgemeißelte Bart beschädigt, aber die hohe, strenge Stirn schmückte eine kleine Krone aus Silber und Gold. Eine rankende Pflanze mit Blüten wie kleine weiße Sterne hatte sich über die Brauen geschlungen, als wolle sie dem gefallenen König Ehrerbietung bezeugen, und in den Spalten zwischen seinem steinernen Haar schimmerte gelber Mauerpfeffer.

»Sie können nicht auf immer siegen!« sagte Frodo. Und dann plötzlich war das kurze Aufleuchten vorbei. Die Sonne tauchte unter und verschwand, und als ob eine Lampe verdunkelt würde, brach die schwarze Nacht herein.

ACHTES KAPITEL

DIE TREPPEN VON CIRITH UNGOL

Gollum zerrte an Frodos Mantel und zischte vor Angst und Ungeduld. »Wir müssen gehen«, sagte er. »Wir dürfen hier nicht stehen bleiben. Eilt Euch!«

Widerstrebend wandte Frodo dem Westen den Rücken und folgte seinem Führer, der ihm voranging in die Dunkelheit des Ostens. Sie verließen den Kreis der Bäume und schlichen entlang der Straße auf das Gebirge zu. Auch diese Straße lief eine Weile geradeaus, aber bald bog sie nach Süden ab, bis sie genau unter den großen Felsvorsprung kam, den sie aus der Ferne gesehen hatten. Schwarz und drohend ragte er über ihnen auf, dunkler als der dunkle Himmel dahinter. Unter seinem Schatten kroch die Straße weiter, umrundete ihn, drehte dann wieder nach Osten und begann steil zu steigen.

Frodo und Sam schleppten sich schweren Herzens voran und vermochten sich nicht mehr groß um ihre Gefahr zu sorgen. Frodo hielt den Kopf gesenkt; seine Last zog ihn wieder nach unten. Kaum war die große Wegscheide überschritten, da nahm ihr Gewicht, das er in Ithilien fast vergessen hatte, wieder zu. Jetzt, da er merkte, daß der Weg vor seinen Füßen steil wurde, blickte er müde auf; und dann sah er sie, wie Gollum es vorausgesagt hatte: die Stadt der Ringgeister. Er verkroch sich an die steinige Böschung.

Ein lang ansteigendes Tal, ein tiefer Abgrund des Schattens, zog sich weit hinauf in das Gebirge. Jenseits, aber noch vom Tal umschlossen, erhoben sich auf einem Felsen über den schwarzen Knien des Ephel Dúath die Mauern und der Turm von Minas Morgul. Alles war ringsum dunkel, Erde und Himmel, aber Minas Morgul war von Licht erhellt. Es war nicht das eingefangene Mondlicht, das vor langer Zeit durch die Marmorwälle von Minas Ithil flutete, dem Turm des Mondes, der schön und strahlend in der Senke zwischen den Bergen stand. Bleicher vielmehr als der an einer langsamen Verfinsterung siechende Mond war das Licht jetzt, flakkernd und wehend wie eine ungesunde Ausdünstung von Verwesung, ein Leichenlicht, ein Licht, das nichts erhellte. In den Mauern und im Turm waren Fenster zu sehen wie unzählige schwarze Löcher, die nach innen ins Leere schauten; aber die oberste Steinschicht des Turms drehte sich langsam, zuerst hierhin und dann dorthin, ein riesiger gespenstischer Kopf, der in die Nacht hinausschielte. Einen Augenblick standen die drei Gefährten verschreckt da und starrten hinauf mit unwilligen Augen. Gollum war der erste, der sich faßte. Wieder zerrte er drängend an ihren Mänteln, aber er sprach kein Wort. Fast zog er sie mit sich. Jeder Schritt war widerstrebend, und die Zeit schien sich zu verlangsamen, so daß zwischen dem Anheben und dem Aufsetzen eines Fußes Minuten des Widerwillens vergingen.

So kamen sie langsam zu der weißen Brücke. Hier überquerte die schwach schimmernde Straße den Bach in der Mitte des Tals und zog sich in Windungen hinauf zum Tor der Stadt: eine schwarze Öffnung im äußeren Ring der nördlichen Wälle. Breite Niederungen erstreckten sich auf beiden Ufern, schattige Wiesen voll blasser, weißer Blumen. Leuchtend waren auch sie, schön und dennoch von schauerlicher Form, wie Wahngebilde in einem unruhigen Traum; und sie strömten einen schwachen, widerwärtigen Leichengeruch aus; ein Hauch von Fäulnis lag in der Luft. Von Wiese zu Wiese sprang die Brücke. Steinbilder standen am Brückenkopf, gekonnt in menschlicher und tierischer Gestalt gemeißelt, aber alle waren entstellt und ekelhaft. Das Wasser, das unten floß, war still, aber es dampfte, doch der Dampf, der aufstieg und um die Brücke wogte und wallte, war tödlich kalt. Frodo spürte, wie seine Sinne sich vernebelten und sein Verstand sich verdunkelte. Dann plötzlich, als ob eine andere Kraft als sein eigener Wille am Werk sei, begann er zu eilen, vorwärts zu taumeln, die Hände tastend ausgestreckt, sein Kopf von einer Seite zur anderen baumelnd. Sam und Gollum rannten ihm beide nach. Sam fing seinen Herrn in den Armen auf, als er stolperte und gerade auf der Schwelle der Brücke fast gefallen wäre.

»Nicht da lang! Nein, nicht da lang!« flüsterte Gollum, aber der Atem zwischen seinen Zähnen schien die drückende Stille wie ein Pfiff zu zerreißen, und er kauerte sich voll Entsetzen auf den Boden.

»Halt an, Herr Frodo!« sagte Sam Frodo ins Ohr. »Komm zurück! Nicht da lang. Gollum sagt nein, und diesmal bin ich seiner Meinung.«

Frodo fuhr sich mit der Hand über die Stirn und zwang sich, den Blick von der Stadt auf dem Berg abzuwenden. Der leuchtende Turm zog ihn in seinen Bann, und er kämpfte gegen den Wunsch, der ihn gepackt hatte, die schimmernde Straße bis zu dem Tor hinaufzulaufen. Mit Mühe drehte er sich schließlich um, und dabei spürte er, wie der Ring ihm Widerstand leistete und an der Kette zog, die er um den Hals trug; auch schienen seine Augen, als er fortschaute, für einen Augenblick blind geworden zu sein. Die Dunkelheit vor ihm war undurchdringlich.

Gollum, der wie ein erschrecktes Tier auf dem Boden kroch, verschwand schon in der Düsternis. Sam stützte und führte seinen taumelnden Herrn und folgte ihm, so rasch er konnte. Nicht weit vom diesseitigen Ufer des Bachs war ein Loch in der Steinmauer neben der Straße. Dort gingen sie hindurch, und Sam sah, daß sie auf einem schmalen Pfad waren, der wie die Hauptstraße zuerst schwach schimmerte. Doch nachdem er die Wiesen der tödlichen Blumen hinter sich gelassen hatte, verblaßte er und wurde dunkel, während er sich im Zickzack an den nördlichen Hängen des Tals hinaufwand.

Auf diesem Pfad schleppten sich die Hobbits voran; sie gingen nebeneinander und konnten Gollum vor sich nicht sehen, außer wenn er sich umdrehte und ihnen winkte. Dann schimmerten seine Augen grünlichweiß; vielleicht spiegelten sie den ungesunden Morgul-Schein wider oder waren entflammt von einer entsprechenden inneren Stimmung. Dieses tödlichen Glanzes und der dunklen Augenhöhlen waren sich Frodo und Sam immer bewußt, dauernd blickten sie ängstlich über die Schulter und dauernd zwangen sie ihren Blick wieder auf den dunkel werdenden Pfad. Langsam schleppten sie sich voran. Als sie über den Gestank und die Dämpfe des giftigen Bachs hinauskamen, wurde ihr Atem leichter und ihre Köpfe klarer; aber jetzt waren ihre Glieder todmüde, als ob sie die ganze Nacht schwer beladen gelaufen oder lange gegen eine starke Strömung geschwommen seien. Schließlich konnten sie nicht weitergehen ohne eine Unterbrechung.

Frodo blieb stehen und setzte sich auf einen Stein. Sie hatten jetzt den Gipfel eines kahlen, felsigen Höckers erklommen. Vor ihnen lag eine Einsenkung in der Talseite, und um deren oberen Rand herum ging der Pfad weiter, und er war nicht mehr als ein breites Gesims mit einem Abgrund zur Rechten; über die steile Flanke des Gebirges kroch er hinauf, bis er oben in der Schwärze verschwand.

»Ich muß eine Weile rasten, Sam«, flüsterte Frodo. »Er ist so schwer, Sam, mein Junge, sehr schwer. Ich möchte mal wissen, wie weit ich ihn noch tragen kann? Jedenfalls muß ich mich ausruhen, ehe ich mich da hinaufwage.« Er zeigte auf den schmalen Weg.

»Pst! Pst!« zischte Gollum und eilte zu ihnen zurück. »Pst!« Er legte den Finger auf die Lippen und schüttelte nachdrücklich den Kopf. Er zog Frodo am Ärmel und deutete auf den Pfad. Aber Frodo wollte nicht weitergehen.

»Noch nicht«, sagte er, »noch nicht.« Müdigkeit und mehr als Müdigkeit bedrückte ihn; es schien, als ob ein starker Zauberbann auf seinem Geist und seinem Körper läge. »Ich muß mich ausruhen«, murmelte er.

Nun wurden Gollums Angst und Unruhe so groß, daß er wieder sprach und hinter der vorgehaltenen Hand zischte, als wolle er verhindern, daß ungesehene Lauscher in der Luft das Geräusch hören. »Nicht hier, nein. Nicht hier rasten, Narren! Augen können uns sehen. Wenn sie auf die Brücke kommen, werden sie uns sehen. Kommt weg! Klettert, klettert! Kommt!«

»Komm, Herr Frodo«, sagte Sam. »Er hat wieder recht. Wir können hier nicht bleiben.«

»Nun gut«, sagte Frodo mit einer fernen Stimme wie einer, der halb im Schlaf spricht. »Ich will's versuchen.« Müde stand er auf.

Aber es war zu spät. In diesem Augenblick erbebte der Fels und zitterte unter ihnen. Das mächtige rumpelnde Geräusch, lauter als zuvor, dröhnte im Boden und hallte in den Bergen wider. Dann kam mit versengender Plötzlichkeit ein großer roter Blitz. Weit hinter dem östlichen Gebirge fuhr er über den Himmel und färbte die finster drohenden Wolken mit hellem Rot. In diesem Tal des Schattens und des kalten, tödlichen Lichts erschien das unerträglich gewalttätig und heftig. Wie gezackte Dolche hoben sich Felsgipfel und Grate in greller Schwärze von der auflodernden Flamme in Gorgoroth ab. Dann kam ein gewaltiger Donnerschlag.

Und Minas Morgul antwortete. Fahle Blitze flammten auf: gezackte blaue Flammen schossen vom Turm und den umgebenden Bergen empor in die dunklen Wolken. Die Erde stöhnte; und aus der Stadt kam ein Schrei. Vermischt mit rauhen, hohen Stimmen wie von Raubvögeln und dem schrillen Wiehern von Pferden, wild vor Raserei und Angst, kam ein zerreißender Schrei, zitternd und rasch zu einer durchdringenden Tonhöhe ansteigend, die nicht mehr anzuhören war. Die Hobbits fuhren herum, warfen sich zu Boden und hielten sich mit den Händen die Ohren zu.

Als der entsetzliche Schrei endete und über ein langes, abscheuliches Wehklagen in Stille überging, hob Frodo langsam den Kopf. Jenseits des engen Tals, fast auf gleicher Höhe mit seinen Augen, standen die Wälle der bösen Stadt, und ihr höhlenartiges Tor, das wie ein offener Mund mit schimmernden Zähnen gestaltet war, öffnete sich weit. Und aus dem Tor kam ein Heer.

Die ganze Feldschar war schwarz gekleidet, dunkel wie die Nacht. Vor den düsteren Mauern und dem leuchtenden Pflaster der Straße konnte Frodo sie sehen, kleine, schwarze Gestalten, eine Reihe hinter der anderen rasch und leise marschierend, und sie ergossen sich aus dem Tor in einem endlosen Strom. Vor ihnen ritt eine große Schar Reiter, die sich wie befohlene Schatten bewegten, und an ihrer Spitze war einer, der größer war als alle anderen; ein Reiter, ganz schwarz bis auf den Helm, den er auf dem kapuzenbedeckten Kopf trug und der wie eine Krone aussah und mit einem gefährlichen Licht flackerte. Jetzt näherte er sich unten der Brücke, und Frodos starrende Augen folgten ihm, unfähig zu zwinkern oder sich abzuwenden. Gewiß war das der Herr der Neun Reiter, der zur Erde zurückgekehrt war, um sein gespenstisches Heer in die Schlacht zu führen. Hier, ja, hier war tatsächlich der hagere König, dessen kalte Hand den Ringträger mit seinem tödlichen Dolch niedergestreckt hatte. Die alte Wunde bebte vor Schmerz, und eine große Kälte griff nach Frodos Herzen.

Während diese Gedanken ihn mit Grauen erfüllten und er festgebannt war wie durch einen Zauber, hielt der Reiter plötzlich, unmittelbar vor dem Zugang zur Brücke, und hinter ihm blieb das ganze Heer stehen. Er zögerte, und es herrschte Totenstille. Vielleicht war es der Ring, der den Geisterfürsten rief, und einen Augenblick war er beunruhigt, denn er spürte irgendeine andere Macht in seinem Tal. Hierhin und dorthin wandte er voll Furcht den behelmten und gekrönten Kopf und suchte mit seinen unsichtbaren Augen die Schatten ab. Frodo wartete wie ein Vogel auf das Näherkommen einer Schlange, unfähig, sich zu bewegen. Und während er wartete, vernahm er drängender denn je zuvor den Befehl, den Ring aufzusetzen. Aber so stark der Drang auch war, so verspürte er jetzt keine Neigung, ihm nachzugeben. Er wußte, daß der Ring ihn nur verraten würde und daß er, selbst wenn er ihn aufsetzte, nicht die Macht hatte, dem Morgul-König die Stirn zu bieten — noch nicht. Es gab in seinem eigenen Willen nichts mehr, was diesem Befehl Folge zu leisten bereit war, obwohl er doch in Angst und Schrecken versetzt war, und er spürte nur, daß eine große Macht von außen auf ihn einstürmte. Sie ergriff seine Hand, und während Frodo im Geist zuschaute, es nicht wollte, aber gespannt war (als ob er irgendeine weit zurückliegende Geschichte betrachte), schob sie seine Hand Zoll um Zoll zu der Kette um seinen Hals. Dann regte sich sein eigener Wille; langsam zwang er die Hand zurück und veranlaßte sie, etwas anderes zu suchen, etwas, das an seiner Brust verborgen lag. Kalt und hart schien es zu sein, als sein Griff es umschloß: Galadriels Phiole, die er so lange wie einen Schatz gehütet und bis zu dieser Stunde fast vergessen hatte. Als er sie berührte, war für eine Weile jeder Gedanke an den Ring aus seinem Sinn verbannt. Er seufzte und senkte den Kopf.

In diesem Augenblick wandte sich der Geisterkönig ab, gab seinem

Pferd die Sporen und ritt über die Brücke, und sein ganzes dunkles Heer folgte ihm. Vielleicht trotzten die Elbenkapuzen seinen unsichtbaren Augen, und der Geist seines kleinen Feindes, der gestärkt worden war, hatte sein Denken abgelenkt. Aber er war in Eile. Schon hatte die Stunde geschlagen, und auf seines großen Herrn Geheiß mußte er gegen den Westen in den Krieg ziehen.

Bald war er vorbeigeritten, wie ein Schatten in den Schatten, die sich schlängelnde Straße hinunter, und hinter ihm überquerten die dunklen Reihen noch immer die Brücke. Seit den Tagen von Isildurs Macht war niemals ein so großes Heer aus diesem Tal gekommen; kein so grausames und waffenstarkes Heer hatte je die Furten des Anduin angegriffen; und dennoch war es nur eins und nicht das größte der Heere, die Mordor jetzt aussandte.

Frodo bewegte sich. Und plötzlich schlug sein Herz Faramir entgegen. »Der Sturm ist endlich losgebrochen«, dachte er. »Dieses große Aufgebot an Speeren und Schwertern geht nach Osgiliath. Wird Faramir rechtzeitig hinkommen? Er vermutete es, aber wußte er die Stunde? Und wer kann jetzt die Furten halten, wenn der König der Neun Reiter kommt? Und noch andere Heere werden kommen. Ich bin zu spät dran. Alles ist verloren. Zu lange säumte ich unterwegs. Alles ist verloren. Selbst wenn mein Auftrag ausgeführt wird, wird niemand es erfahren. Niemand wird da sein, dem ich es sagen kann. Es wird vergebens sein.« Übermannt von Schwäche, weinte er. Und immer noch zog das Heer von Mordor über die Brücke.

Dann hörte er aus großer Ferne, als ob es aus den Erinnerungen des Auenlandes käme, an einem sonnenhellen frühen Morgen, wenn der Tag sich meldete und Türen geöffnet wurden, Sams Stimme. »Wach auf, Herr Frodo! Wach auf!« Hätte die Stimme hinzugefügt: »Dein Frühstück ist fertig«, dann wäre er kaum überrascht gewesen. Sam machte es gewiß sehr dringend. »Wach auf, Herr Frodo! Sie sind weg«, sagte er.

Es gab einen dumpfen Klang. Die Tore von Minas Morgul hatten sich geschlossen. Die letzte Reihe von Speerträgern war die Straße hinuntergezogen und verschwunden. Der Turm zeigte noch über das Tal hinweg die Zähne, aber das Licht in ihm verblaßte. Die ganze Stadt verfiel wieder in einen dunklen, schwer lastenden Schatten und in Stille. Wenngleich still, so war sie doch voller Wachsamkeit.

»Wach auf, Herr Frodo! Sie sind weg, und wir gehen besser auch. Da ist irgend etwas noch lebendig in dieser Gegend, etwas mit Augen, oder mit einem sehenden Verstand, wenn du weißt, was ich meine; und je länger wir an einer Stelle bleiben, um so eher wird es uns ausfindig machen. Komm weiter, Herr Frodo.«

Frodo hob den Kopf und stand dann auf. Die Verzweiflung war nicht von ihm gewichen, aber die Schwäche war vorbei. Er lächelte sogar grimmig, denn er empfand jetzt ebensoklar, wie er einen Augenblick zuvor noch das Gegenteil empfunden hatte, daß er nämlich das, was er zu tun hatte, tun mußte, wenn er konnte, und daß es unwichtig war, ob Faramir oder Aragorn oder Elrond oder Galadriel oder Gandalf oder sonst jemand es je erführe. Er nahm seinen Stock in eine Hand und die Phiole in die andere. Als er sah, daß das klare Licht ihm schon durch die Finger strömte, schob er die Phiole unter seinen Mantel und drückte sie ans Herz. Dann wandte er sich ab von der Stadt Morgul, die jetzt nicht mehr war als ein grauer Schimmer über einem dunklen Abgrund, und schickte sich an, den Weg nach oben einzuschlagen.

Offenbar war Gollum auf dem Gesims weiter in die Dunkelheit gekrochen, als sich die Tore von Minas Morgul auftaten, und hatte die Hobbits gelassen, wo sie waren. Jetzt kroch er zurück, mit klappernden Zähnen und zuckenden Fingern. »Töricht! Dumm!« zischte er. »Eilt euch! Sie dürfen nicht glauben, daß die Gefahr vorbei ist. Ist sie nicht. Eilt euch!«

Sie antworteten nicht, folgten ihm aber auf das ansteigende Gesims. Es gefiel ihnen beiden nicht sehr, nicht einmal, nachdem sie so vielen anderen Gefahren ins Auge gesehen hatten; aber es war nicht lang. Bald erreichte der Pfad eine abgerundete Kante, wo sich der Berghang wieder ausbauchte, und dort tauchte er plötzlich durch eine schmale Öffnung in den Fels ein. Sie waren zu der ersten Treppe gekommen, von der Gollum gesprochen hatte. Es war fast völlig dunkel, und sie konnten nicht viel weiter sehen als bis zu ihren ausgestreckten Händen; doch schimmerten Gollums Augen blaß, mehrere Fuß über ihnen, als er sich zu ihnen umdrehte.

»Vorsichtig!« flüsterte er. »Stufen. Eine Menge Stufen. Müßt vorsichtig sein!«

Vorsicht war gewiß vonnöten. Zuerst war Frodo und Sam wohler zumute, weil sie nun auf beiden Seiten eine Wand hatten, aber die Treppe war fast so steil wie eine Leiter, und während sie immer höher hinaufstiegen, wurden sie sich mehr und mehr des langen schwarzen Gefälles hinter ihnen bewußt. Und die Stufen waren schmal, in ungleichmäßigem Abstand und oft tückisch: sie waren abgetreten und glatt an den Kanten, manche waren geborsten und manche zersprangen, wenn man den Fuß darauf setzte. Die Hobbits quälten sich voran, bis sie sich schließlich mit verzweifelten Fingern an den oberen Stufen festklammerten und ihre schmerzenden Knie zwangen, sich zu beugen und zu strecken; und je tiefer sich die Treppe in den steilen Berg hineinfraß, um so höher reckten sich die Felswände über ihren Köpfen.

Endlich, als sie gerade das Gefühl hatten, sie könnten es nicht mehr ertragen, sahen sie Gollums Augen wieder zu ihnen herunterschauen. »Wir sind oben«, flüsterte er. »Die erste Treppe ist vorbei. Kluge Hobbits, daß sie so hoch klettern, sehr kluge Hobbits. Nur noch ein paar Stufen, und das ist alles, ja.«

Schwindlig und sehr müde folgten Sam und Frodo ihm, krochen die letzten Stufen hinauf, setzten sich dann hin und rieben ihre Beine und Knie. Sie waren in einem tiefen, dunklen Durchgang, der immer noch vor ihnen zu steigen schien, wenn auch mählicher und ohne Stufen. Gollum ließ sie nicht lange rasten.

»Es kommt noch eine Treppe«, sagte er. »Eine viel längere Treppe. Ruht euch aus, wenn wir oben sind auf der nächsten Treppe. Jetzt noch nicht.«

Sam stöhnte. »Länger, sagtest du?« fragte er.

»Ja, ja, länger«, sagte Gollum. »Aber nicht so schwierig. Die Hobbits sind die Gerade Treppe hinaufgeklettert. Jetzt kommt die Gewundene Treppe.«

»Und was dann?« fragte Sam.

»Wir werden sehen«, sagte Gollum sanft. »O ja, wir werden sehen!«

»Ich dachte, du hast gesagt, da sei ein unterirdischer Gang«, sagte Sam. »Ist da nicht ein Gang oder irgend etwas, durch das wir durchmüssen?«

»O ja, da ist ein Gang«, sagte Gollum. »Aber die Hobbits können sich ausruhen, ehe sie es mit ihm versuchen. Wenn sie da durchkommen, dann sind sie schon beinahe oben. Sehr nahe, wenn sie da durchkommen. O ja!«

Frodo fröstelte. Das Klettern hatte ihn in Schweiß gebracht, aber jetzt war ihm kalt, und es zog entsetzlich in dem dunklen Durchgang, kalt blies es von den unsichtbaren Höhen oben herab. Er stand auf und schüttelte sich. »Na ja, gehen wir weiter«, sagte er. »Das hier ist kein Platz zum Sitzen.«

Der Durchgang schien sich meilenweit hinzuziehen, und immer strömte die eisige Luft über sie hinweg, die allmählich zu einem bitterkalten Wind wurde. Das Gebirge schien zu versuchen, sie mit seinem tödlichen Atem einzuschüchtern, sie zur Umkehr zu veranlassen, ehe sie zu den Geheimnissen auf den Höhen gelangten, oder sie wegzublasen in die Dunkelheit hinter ihnen. Sie merkten nur, daß sie das Ende des Ganges erreicht hatten, als sie plötzlich zu ihrer Rechten keine Wand mehr fühlten. Sie konnten sehr wenig sehen. Große schwarze, formlose Bergmassen und tiefe graue Schatten türmten sich über ihnen und ringsum auf, aber dann und wann flackerte ein schwaches rotes Licht unter den drohenden Wolken auf, und für einen Augenblick merkten sie, daß hohe Gipfel vor ihnen und auf beiden Seiten wie Säulen ein riesiges, durchhängendes Dach trugen. Sie schienen Hunderte von Fuß geklettert und nun auf einem breiten Felsvorsprung zu sein. Eine Felswand war zu ihrer Linken, ein Abgrund zu ihrer Rechten.

Gollum ging voran, dicht unter der Felswand. Vorläufig stiegen sie nicht mehr, aber der Boden war jetzt zerklüfteter und gefährlich im Dunkeln, und es lagen Felsblöcke und herabgefallene Steinbrocken auf dem Weg. Sie gingen langsam und vorsichtig. Wie viele Stunden verstrichen waren, seit sie ins Morgul-Tal gekommen waren, konnten weder Sam noch Frodo schätzen. Die Nacht erschien endlos.

Schließlich wurden sie wiederum einer sich auftürmenden Wand gewahr, und wiederum lag eine Treppe vor ihnen. Wieder blieben sie stehen, und wieder begannen sie zu klettern. Es war ein langer und mühseliger Aufstieg; aber diese Treppe grub sich nicht in die Bergseite ein. Hier war die gewaltige Felswand nach hinten geneigt, und wie eine Schlange wand sich der Weg über sie hin und her. An einer Stelle kroch er genau am Rand des dunklen Abgrunds entlang, und als Frodo hinunterblickte, sah er unter sich wie eine riesige tiefe Grube die große Schlucht am oberen Ende des Morgul-Tals. In ihrer Tiefe schimmerte wie eine Glühwürmchen-Kette die Geisterstraße von der toten Stadt zum Namenlosen Paß. Er wandte sich hastig ab.

Immer weiter und höher hinauf zog und wand sich die Treppe, bis sie schließlich mit einem letzten kurzen und geraden Lauf zu einer weiteren ebenen Fläche heraufklomm. Der Pfad hatte sich von dem Hauptpaß in der großen Schlucht entfernt und verfolgte jetzt seinen eigenen gefährlichen Weg auf dem Grund einer kleineren Schlucht in den höheren Bereichen des Ephel Dúath. Undeutlich konnten die Hobbits hohe Pfeiler und gezackte Felszinnen auf beiden Seiten erkennen, und dazwischen waren große Spalten und Risse, die schwärzer als die Nacht gähnten, wo vergessene Winter genagt und den sonnenlosen Stein geformt hatten. Und jetzt schien das rote Licht am Himmel stärker zu werden; allerdings wußten sie nicht, ob tatsächlich ein furchtbarer Morgen zu diesem Ort des Schattens kam, oder ob sie nur die Flammen irgendeiner Gewalttätigkeit von

Sauron bei der Folterung von Gorgoroth auf der anderen Seite sahen. Immer noch weit entfernt und immer noch hoch oben sah Frodo, als er aufschaute, wie er vermutete, die Krönung dieses bitteren Weges. Gegen die dunkle Röte des östlichen Himmels zeichnete sich in dem obersten Grat eine Schlucht ab, schmal und tief eingeschnitten zwischen zwei schwarzen Vorsprüngen; und auf jedem Vorsprung waren zwei Hörner aus Stein.

Er blieb stehen und schaute aufmerksamer. Das Horn zur Linken war hoch und schlank; und in ihm brannte ein rotes Licht, oder aber das rote Licht im Land dahinter schimmerte durch ein Loch hindurch. Jetzt sah er es: es war ein schwarzer Turm, der über dem äußeren Paß aufragte. Er berührte Sams Arm und zeigte dorthin.

»Das gefällt mir nicht!« sagte Sam. »Also ist dieser geheime Weg von dir doch bewacht«, brummte er, zu Gollum gewandt. »Wie du die ganze Zeit wußtest, nehme ich an?«

»Alle Wege sind bewacht, ja«, sagte Gollum. »Natürlich sind sie bewacht. Aber irgendeinen Weg müssen die Hobbits versuchen. Es könnte sein, daß dieser am wenigsten bewacht ist. Vielleicht sind sie alle in die große Schlacht gezogen, vielleicht!«

»Vielleicht«, murrte Sam. »Na, es scheint noch weit weg zu sein, und es geht noch ein ganzes Stück 'rauf, bis wir da sind. Und dann kommt noch der unterirdische Gang. Ich glaube, du solltest dich jetzt ausruhen, Herr Frodo. Ich weiß nicht, wie spät es ist, ob Tag oder Nacht, aber wir sind schon Stunden und Stunden gegangen.«

»Ja, wir müssen Rast machen«, sagte Frodo. »Laßt uns irgendeinen windgeschützten Winkel suchen und Kraft sammeln — für die letzte Runde.« Denn so, glaubte er, wäre es. Die Schrecken des Landes dort drüben und die dort zu erfüllende Aufgabe schienen entrückt, noch zu fern, um ihn zu beunruhigen. Sein ganzer Sinn war darauf gerichtet, hindurch oder über diese unüberwindliche Mauer und Schutzwehr hinwegzukommen. Sobald er dieses Ding der Unmöglichkeit vollbringen konnte, würde der Auftrag dann irgendwie schon erledigt werden. So schien es ihm wenigstens in dieser dunklen Stunde der Müdigkeit, während er sich noch in den steinigen Schatten unter Cirith Ungol abquälte.

In einer dunklen Spalte zwischen zwei großen Felsenpfeilern setzten sie sich hin: Frodo und Sam ein wenig weiter drinnen, und Gollum hockte nahe am Eingang auf dem Boden. Dort nahmen die Hobbits ihre, wie sie annahmen, letzte Mahlzeit ein, ehe sie in das Namenlose Land hinuntergingen, oder vielleicht sogar die letzte Mahlzeit, die sie je zusammen einnehmen würden. Sie aßen von den Vorräten aus Gondor und Waffeln von der Wegzehrung der Elben, und sie tranken ein wenig. Aber mit ihrem Wasser gingen sie sparsam um und gönnten sich nur soviel, um ihre trokkenen Münder anzufeuchten.

»Ich möchte mal wissen, wann wir wieder Wasser finden werden?« sagte Sam. »Aber ich nehme an, selbst da drüben werden sie trinken? Orks trinken doch, nicht wahr?«

»Ja, sie trinken«, sagte Frodo. »Aber davon wollen wir nicht sprechen. Solche Getränke sind nichts für uns.«

»Dann ist es um so nötiger, unsere Flaschen zu füllen«, sagte Sam. »Aber hier gibt es gar kein Wasser. Kein Plätschern und kein Rieseln habe ich gehört. Und außerdem sagte Faramir, wir sollten kein Wasser in Morgul trinken.«

»Kein Wasser, das aus Imlad Morgul herausfließt, waren seine Worte«, sagte Frodo. »Wir sind jetzt nicht in diesem Tal, und wenn wir auf eine Quelle stoßen würden, dann würde sie hinein- und nicht herausfließen.«

»Ich würde ihr nicht trauen«, sagte Sam, »nicht, bis ich am Verdursten wäre. Man spürt irgend etwas Bösartiges an diesem Ort.« Er schnupperte. »Und einen Geruch, glaube ich. Merkst du es? Ein komischer Geruch, stikkig. Gefällt mir nicht.«

»Mir gefällt hier überhaupt gar nichts«, sagte Frodo. »Weder Stufe noch Stein, weder Hauch noch Rauch. Erde, Luft und Wasser, alles scheint verwünscht zu sein. Aber unser Weg ist nun einmal so festgelegt.«

»Ja, das ist er«, sagte Sam. »Und wir würden überhaupt gar nicht hier sein, wenn wir mehr darüber gewußt hätten, ehe wir aufbrachen. Aber ich nehme an, daß es oft so ist. Die tapferen Taten in den alten Geschichten und Liedern, Herr Frodo: Abenteuer, wie ich sie immer nannte. Ich glaubte, das wären Taten, zu denen die wundervollen Leute in den Geschichten sich aufmachten und nach denen sie Ausschau hielten, weil sie es wollten, weil das aufregend war und das Leben ein bißchen langweilig, eine Art Zeitvertreib, könnte man sagen. Aber so ist es nicht bei den Geschichten, die wirklich wichtig waren, oder bei denen, die einem im Gedächtnis bleiben. Gewöhnlich scheinen die Leute einfach hineingeraten zu sein – ihre Wege waren nun einmal so festgelegt, wie du es ausdrückst. Aber ich nehme an, sie hatten eine Menge Gelegenheiten, wie wir, umzukehren, nur taten sie es nicht. Und wenn sie es getan hätten, dann wüßten wir's nicht, denn dann wären sie vergessen worden. Wir hören von denen, die einfach weitergingen – und nicht alle zu einem guten Ende, wohlgemerkt; zumindest nicht zu dem, was die Leute in einer Geschichte und nicht außerhalb ein gutes Ende nennen. Du weißt schon, nach Hause kommen und feststellen, daß alles in Ordnung ist, wenn auch nicht ganz wie vorher – wie beim alten Herrn Bilbo. Aber das sind nicht immer die besten Geschichten zum Hören, obwohl sie die besten Geschichten sein mögen, in die man hineingeraten kann! Ich möchte mal wissen, in was für einer Art Geschichte wir sind?«

»Da bin ich auch gespannt«, sagte Frodo. »Aber ich weiß es nicht. Und so ist das bei einer wirklichen Geschichte. Nimm irgendeine, die du gern hast. Du weißt oder errätst vielleicht, was für eine Art Geschichte es ist, ob sie ein glückliches oder ein trauriges Ende hat, aber die Leute in der Geschichte wissen es nicht. Und du willst auch nicht, daß sie es wissen.«

»Nein, Herr, natürlich nicht. Beren zum Beispiel, er hat niemals geglaubt, daß er diesen Silmaril aus der Eisernen Krone in Thangorodrim bekommen würde, und er bekam ihn doch, und das war eine schlimmere Gegend und eine schwärzere Gefahr als unsere. Aber das ist natürlich eine lange Geschichte, und sie geht über Glück hinaus bis zu Gram und auch darüber hinaus – und der Silmaril ging weiter und kam zu Eärendil. Ach, und daran habe ich ja nie gedacht, Herr! Wir haben – du hast etwas von dem Licht in diesem Sternenglas, das die Herrin dir gab! Wenn man sich das überlegt, dann sind wir ja immer noch in derselben Geschichte! Sie geht noch weiter. Hören denn die großen Geschichten niemals auf?«

»Nein, als Geschichten enden sie niemals«, sagte Frodo. »Aber die Leute in ihnen kommen und gehen, wenn ihr Anteil endet. Unser Anteil wird später enden – oder früher.«

»Und dann können wir uns ausruhen und etwas schlafen«, sagte Sam. Er lachte bitter. »Und genau das meine ich, Herr Frodo. Ich meine schlicht und einfach Ruhe und Schlaf, und am Morgen aufwachen, um im Garten zu arbeiten. Ich fürchte, das ist alles, worauf ich zurzeit hoffe. All die großen, wichtigen Pläne sind nicht für meinesgleichen. Immerhin wüßte ich gern, ob wir jemals in Liedern oder Geschichten vorkommen werden. Wir sind natürlich in einer; aber ich meine: in Worte gefaßt, weißt du, am Kamin erzählt oder aus einem großen, dicken Buch mit roten und schwarzen Buchstaben vorgelesen, Jahre und Jahre später. Und die Leute werden sagen: ›Laß uns von Frodo und dem Ring hören!‹ Und sie werden sagen: ›Das ist eine meiner Lieblingsgeschichten. Frodo war sehr tapfer, nicht wahr, Papa?‹ – ›Ja, mein Junge, der berühmteste der Hobbits, und das sagt viel.‹ «

»Es sagt viel zuviel«, sagte Frodo, und er lachte, lange und klar und aus Herzensgrund. Ein solches Geräusch war in diesen Gegenden nicht gehört worden, seit Sauron nach Mittelerde kam. Sam schien es plötzlich, als ob alle Steine lauschten und die hohen Felsen sich über sie beugten. Aber Frodo achtete ihrer nicht; er lachte wieder. »Ach, Sam«, sagte er, »dir zuzuhören macht mich irgendwie so fröhlich, als ob die Geschichte schon geschrieben sei. Aber du hast eine der wichtigsten handelnden Personen ausgelassen: Samweis den Beherzten. ›Ich will mehr von Sam hören, Papa. Warum hast du nicht mehr davon erzählt, wie er redet, Papa? Das mag ich gern, das bringt mich zum Lachen. Und Frodo wäre ohne Sam nicht weit gekommen, nicht wahr, Papa?‹ «

»Aber, Herr Frodo«, sagte Sam, »du solltest dich nicht darüber lustig machen. Ich habe es ernst gemeint.«

»Ich auch«, sagte Frodo, »und ich meine es noch ernst. Wir eilen den Dingen zu sehr voraus. Du und ich, Sam, wir stecken immer noch an den schlimmsten Orten der Geschichte, und höchstwahrscheinlich wird irgend jemand an dieser Stelle sagen: ›Klapp jetzt das Buch zu, Papa; wir wollen nicht mehr weiterlesen.‹ «

»Vielleicht«, sagte Sam. »Aber ich wäre es nicht, der das sagte. Dinge, die getan und vorbei sind und zu einer großen Geschichte gehören, sind anders. Ja, sogar Gollum könnte in einer Geschichte gut sein, besser jedenfalls, als ihn um sich zu haben. Und er hat früher Geschichten auch gern gehabt, nach seiner eigenen Behauptung. Ich möchte mal wissen, ob er sich für den Helden oder für den Bösewicht hält?«

»Gollum!« rief er. »Möchtest du gern der Held sein? – Na, wo ist er denn jetzt wieder hin?«

Es war keine Spur von ihm zu sehen am Ausgang ihres Schlupfwinkels oder in den Schatten nahebei. Er hatte ihr Essen abgelehnt, obwohl er, wie gewöhnlich, einen Schluck Wasser angenommen hatte; und dann hatte es so ausgesehen, als ob er sich zusammenrollte, um zu schlafen. Sie hatten angenommen, daß jedenfalls eins seiner Ziele, als er am Tage zuvor so lange abwesend war, die Jagd auf irgend etwas Eßbares nach seinem eigenen Geschmack gewesen war. Aber warum heute?

»Mir gefällt es nicht, wenn er sich so wegschleicht, ohne etwas zu sagen«, sagte Sam. »Und am allerwenigsten jetzt. Hier oben kann er nicht nach etwas Eßbarem suchen, es sei denn, es gibt irgendeine Art Felsen, die ihm zusagt. Nicht mal ein bißchen Moos gibt es!«

»Es hat keinen Zweck, sich jetzt über ihn zu ärgern«, sagte Frodo. »Ohne ihn hätten wir nicht so weit kommen können, nicht einmal bis in Sichtweite des Passes, und deshalb müssen wir uns mit seinen Eigenheiten abfinden. Wenn er falsch ist, ist er eben falsch.«

»Trotzdem würde ich ihn lieber im Auge behalten«, sagte Sam. »Um so mehr, wenn er falsch ist. Erinnerst du dich, daß er niemals sagen wollte, ob dieser Paß bewacht ist oder nicht? Und jetzt sehen wir da einen Turm – und er mag verlassen sein oder auch nicht. Glaubst du, er ist weggegangen, um sie zu holen. Orks oder was immer sie sind?«

»Nein, das glaube ich nicht«, antwortete Frodo. »Selbst, wenn er irgend etwas Böses im Schilde führt, und das ist, schätze ich, nicht unwahrscheinlich. Ich glaube nicht, daß es das ist: Orks holen oder irgendwelche anderen Diener des Feindes. Warum hätte er damit bis jetzt warten und die ganze Mühe der Kletterei auf sich nehmen und so dicht an das Land herankommen sollen, das er fürchtet? Wahrscheinlich hätte er uns, seit wir ihn trafen, schon viele Male an die Orks verraten können. Nein, wenn überhaupt, dann ist es ein kleiner Winkelzug von ihm allein, den er für ganz geheim hält.«

»Ja, ich glaube, du hast recht, Herr Frodo«, sagte Sam. »Nicht, daß es mich mächtig tröstet. Darüber bin ich mir völlig klar: ich zweifle nicht, daß er *mich* mit Kußhand den Orks ausliefern würde. Aber ich habe seinen – Schatz vergessen. Nein, ich nehme an, es war die ganze Zeit *Der Schatz für den armen Sméagol.* Das ist der einzige Gedanke bei all seinen kleinen Ränken, wenn er welche schmiedet. Aber wie ihm das dabei nützen soll, daß er uns hier heraufgebracht hat, das ist mehr, als ich erraten kann.«

»Sehr wahrscheinlich kann er es selbst nicht erraten«, sagte Frodo. »Und ich glaube auch nicht, daß er nur einen klaren Plan in seinem verwirrten Kopf hat. Ich glaube, einesteils versucht er wirklich, den Schatz vor dem Feind zu retten, solange er kann. Denn es würde auch für ihn das endgültige Verhängnis sein, wenn der Feind ihn bekäme. Und zum anderen Teil wartet er vielleicht nur den richtigen Augenblick und eine günstige Gelegenheit ab.«

»Ja, Schleicher und Stinker, wie ich ihn nannte«, sagte Sam. »Aber je näher die beiden dem Land des Feindes kommen, um so ähnlicher wird Schleicher und Stinker. Merk dir meine Worte: wenn wir je den Paß erreichen, wird er uns bestimmt das kostbarste Ding nicht über die Grenze bringen lassen, ohne uns irgendwelche Schwierigkeiten zu machen.«

»Noch sind wir nicht da«, sagte Frodo.

»Nein, aber wir sollten die Augen aufhalten bis dahin. Wenn wir schlafend erwischt werden, wird Stinker sehr bald die Oberhand gewinnen. Nicht, daß es gefährlich für dich wäre, wenn du jetzt die Augen zumachst. Ungefährlich, wenn du dicht bei mir liegst. Ich wäre herzlich froh, wenn du etwas schläfst. Ich werde Wache halten; und sowieso, wenn du dicht bei mir bist und ich den Arm um dich lege, könnte niemand nach dir grapschen, ohne daß dein Sam es merkt.«

»Schlafen!« sagte Frodo und seufzte, als ob er von einer Wüste aus die Luftspiegelung von kühlem Grün gesehen habe. »Ja, selbst hier könnte ich schlafen.«

»Dann schlafe, Herr! Leg deinen Kopf in meinen Schoß!«

Und so fand Gollum sie nach Stunden, als er zurückkam, den Pfad hinunter krauchend und kriechend aus der Düsternis weiter vorn. Sam saß gegen den Stein gelehnt, sein Kopf war zur Seite gesunken, und er atmete schwer. In seinem Schoß lag Frodos Kopf, tief im Schlaf; auf Frodos weißer Stirn lag eine von Sams braunen Händen, und die andere hatte er seinem Herrn leicht auf die Brust gelegt. Ihrer beider Gesichter waren friedlich.

Gollum betrachtete sie. Ein seltsamer Ausdruck huschte über sein mageres, hungriges Gesicht. Der Glanz verblaßte in seinen Augen, und sie wurden trübe und grau, alt und müde. Ein schmerzhafter Krampf schien ihn zu befallen, er wandte sich ab, schaute hinauf zum Paß und schüttelte den Kopf, als ob er einen inneren Kampf ausfechte. Dann kam er zurück, streckte zögernd seine zitternde Hand aus und berührte sehr vorsichtig Frodos Knie — aber die Berührung war fast eine Liebkosung. Hätte einer der Schläfer ihn sehen können, dann würden sie für einen flüchtigen Augenblick geglaubt haben, einen alten, müden Hobbit zu erblicken, zusammengeschrumpft unter der Last der Jahre, die ihn weit über seine Zeit hinausgebracht haben, über Freunde und Verwandte hinaus und die Felder und Bäche der Jugend, ein altes, verhungertes, bemitleidenswertes Geschöpf.

Aber bei dieser Berührung bewegte sich Frodo und schrie leise auf im Schlaf, und sofort war Sam hellwach. Das erste, was er sah, war Gollum — »nach dem Herrn grapschend«, dachte er.

»He, du!« sagte er grob. »Was hast du vor?«

»Nichts, nichts«, sagte Gollum sanft. »Netter Herr!«

»Das will ich meinen«, sagte Sam. »Aber wo bist du gewesen — weggeschlichen zum Schnüffeln und wieder zurückgeschlichen, du alter Bösewicht?«

Gollum wich zurück, und ein grünes Funkeln flackerte unter seinen schweren Lidern auf. Fast spinnenartig sah er jetzt aus mit seinen vorstehenden Augen und auf seinen angewinkelten Gliedern hockend. Der flüchtige Augenblick war unwiderruflich vorüber. »Schnüffeln, schnüffeln«, zischte er. »Hobbits sind immer so höflich, ja. Oh, nette Hobbits. Sméagol bringt sie auf geheimen Wegen herauf, die sonst niemand finden könnte. Müde ist er, durstig ist er, ja, durstig; und er führt sie und sucht nach Pfaden, und sie sagen *schnüffeln, schnüffeln.* Sehr nette Freunde, o ja, mein Schatz, sehr nett.«

Sam hatte etwas Gewissensbisse, allerdings auch nicht mehr Zutrauen. »Entschuldige«, sagte er. »Entschuldige, aber du hast mich aus dem Schlaf aufgeschreckt. Und ich hätte nicht schlafen dürfen, und deshalb war ich ein bißchen scharf. Aber Herr Frodo, der ist so müde, daß ich ihn bat, ein Auge zuzutun; na ja, und so ist das gekommen. Entschuldige. Aber wo *bist* du gewesen?«

»Schnüffeln«, sagte Gollum, und das grüne Funkeln verschwand nicht aus seinen Augen.

»Bitte schön«, sagte Sam, »ganz wie du willst! Ich vermute, es ist nicht weit von der Wahrheit entfernt. Und jetzt schleichen wir wohl besser alle zusammen weiter. Wie spät ist es? Ist es heute oder morgen?«

»Es ist morgen«, sagte Gollum, »oder es war morgen, als die Hobbits einschliefen. Sehr töricht, sehr gefährlich – wenn der arme Sméagol nicht herumgeschnüffelt hätte, um aufzupassen.«

»Ich glaube, von dem Wort werden wir bald genug haben«, sagte Sam. »Aber mach dir nichts draus. Ich werde den Herrn aufwecken.« Liebevoll strich er Frodo das Haar aus der Stirn, beugte sich hinunter und sprach leise zu ihm.

»Wach auf, Herr Frodo! Wach auf!«

Frodo bewegte sich und machte die Augen auf, und als er Sams Gesicht über sich gebeugt sah, lächelte er. »Du weckst mich aber früh, Sam, nicht wahr?« sagte er. »Es ist ja noch dunkel!«

»Ja, hier ist es immer dunkel«, sagte Sam. »Aber Gollum ist zurückgekommen, Herr Frodo, und er sagt, es ist morgen. Wir müssen also weitergehen. Die letzte Runde.«

Frodo holte tief Luft und setzte sich auf. »Die letzte Runde!« sagte er. »Nanu, Sméagol? Hast du was zu essen gefunden? Hast du dich ausgeruht?«

»Nichts zu essen, keine Rast, nichts für Sméagol«, sagte Gollum. »Er ist ein Schnüffler.«

Sam schnalzte mit der Zunge, bezähmte sich aber.

»Leg dir nicht selber Schimpfnamen zu, Sméagol«, sagte Frodo. »Das ist unklug, ob sie wahr oder falsch sind.«

»Sméagol hat zu nehmen, was ihm gegeben wird«, antwortete Gollum. »Ihm wurde der Name von dem freundlichen Meister Samweis gegeben, dem Hobbit, der so viel weiß.«

Frodo sah Sam an. »Ja, Herr«, sagte er. »Ich habe das Wort gebraucht, als ich plötzlich aus dem Schlaf aufwachte und all das und ihn in der

Nähe fand. Ich sagte, mir täte es leid, aber bald wird's mir nicht mehr leid tun.«

»Ach, reden wir nicht mehr davon«, sagte Frodo. »Aber jetzt scheinen wir am entscheidenden Punkt angelangt zu sein, du und ich, Sméagol. Sag mir, können wir den weiteren Weg allein finden? Wir sind in Sichtweite des Passes, eines Weges hinein, und wenn wir ihn jetzt finden können, dann nehme ich an, daß man unser Abkommen als erledigt betrachten kann. Du hast getan, was du versprochen hast, und du bist frei: frei, dahin zurückzugehen, wo du Nahrung und Ruhe findest, wo immer du hingehen willst, außer zu den Dienern des Feindes. Und eines Tages werde ich dich vielleicht belohnen, ich oder jene, die sich meiner erinnern.«

»Nein, nein, noch nicht«, jammerte Gollum. »O nein! Sie können den Weg nicht selbst finden, oder? O nein, wirklich nicht. Da kommt noch der unterirdische Gang. Sméagol muß weiter mitgehen. Keine Ruhe. Keine Nahrung. Noch nicht.«

NEUNTES KAPITEL

KANKRAS LAUER

Es mochte jetzt tatsächlich Tag sein, wie Gollum sagte, aber die Hobbits konnten wenig Unterschied sehen, es sei denn, daß der düstere Himmel vielleicht nicht ganz so schwarz war, sondern eher wie eine große Rauchglocke; statt der Dunkelheit der tiefen Nacht, die sich noch immer in Spalten und Senken aufhielt, verhüllte ein grauer, verschwommener Schatten die steinerne Welt ringsum. Sie gingen weiter, Gollum voraus und die Hobbits jetzt nebeneinander, die lange Schlucht hinauf zwischen den Pfeilern und Säulen aus zersplittertem und verwittertem Fels, die wie riesige ungestalte Standbilder zu beiden Seiten aufragten. Kein Laut war zu hören. Etwas weiter vorn, ungefähr eine Meile vielleicht, war eine große graue Wand, die letzte gewaltige emporgeschleuderte Masse von Gebirgsgestein. Dunkler ragte sie auf und wurde immer höher, je näher sie kamen, bis sie sich hoch über ihnen auftürmte und die Aussicht auf alles, was jenseits lag, versperrte. Tiefer Schatten hatte sich zu ihren Füßen gesammelt. Sam schnupperte in der Luft.

»Huh! Dieser Geruch!« sagte er. »Er wird stärker und stärker.« Plötzlich waren sie in dem Schatten, und in seiner Mitte sahen sie die Öffnung einer Höhle. »Da geht der Weg hinein«, sagte Gollum leise. »Das ist der Eingang zu dem unterirdischen Gang.« Er sprach seinen Namen nicht aus: Torech Ungol, Kankras Lauer. Ein Gestank kam aus ihm heraus, nicht der widerwärtige Verwesungsgeruch von den Morgul-Wiesen, sondern eine üble Ausdünstung, als ob unbeschreibbarer Unrat drinnen im Dunkeln aufgehäuft und gesammelt werde.

»Ist das der einzige Weg, Sméagol?« fragte Frodo.

»Ja, ja«, antwortete er. »Ja, wir müssen jetzt diesen Weg gehen.«

»Willst du damit sagen, daß du schon mal durch dieses Loch gegangen bist?« fragte Sam. »Pfui! Aber vielleicht machen dir schlechte Gerüche nichts aus.«

Gollums Augen funkelten. »Er weiß nicht, was uns was ausmacht, nicht war, Schatz? Nein, er weiß es nicht. Aber Sméagol kann was ertragen. Ja. Er ist durchgegangen. O ja, ganz durch. Es ist der einzige Weg.«

»Und woher kommt der Geruch, das möchte ich mal wissen«, sagte

Sam. »Er ist wie — na, ich möchte nicht sagen, wie. Irgendein viehisches Orkloch, da wette ich, mit ihrem Dreck von hundert Jahren drin.«

»Nun ja«, sagte Frodo, »Orks oder nicht, wenn's der einzige Weg ist, müssen wir ihn einschlagen.«

Sie holten tief Luft und gingen hinein. Nach ein paar Schritten waren sie von äußerster und undurchdringlicher Dunkelheit umgeben. Seit den lichtlosen Gängen von Moria hatten Frodo oder Sam nicht mehr solche Dunkelheit erlebt, und wenn das überhaupt möglich war, dann war sie hier noch tiefer und dichter. Dort hatte sich die Luft bewegt, hatte man einen Widerhall gehört und ein Raumgefühl gehabt. Hier war die Luft still, stehend, drückend, und der Schall verhallte nicht. Sie wanderten sozusagen in einem von echter Dunkelheit hervorgebrachtem Dunst, der, wenn er eingeatmet wurde, nicht nur die Augen, sondern auch den Geist mit Blindheit schlug, so daß selbst die Erinnerung an Farben und Formen und Licht überhaupt aus den Gedanken verschwand. Nacht war immer gewesen und würde immer sein, und Nacht war alles.

Aber eine Zeitlang konnten sie noch fühlen, und tatsächlich schien zuerst der Tastsinn ihrer Füße und Finger fast schmerzhaft geschärft. Die Wände fühlten sich zu ihrer Überraschung glatt an, und bis auf eine Stufe dann und wann war der Boden nicht holprig, sondern gleichmäßig und stieg stetig und stark. Der Gang war hoch und breit, so breit, daß die Hobbits, obwohl sie nebeneinander gingen und die Seitenwände nur berührten, wenn sie die Hände ausstreckten, abgesondert waren, abgeschnitten und allein in der Dunkelheit.

Gollum war als erster hineingegangen und schien nur ein paar Schritte vor ihnen zu sein. Solange sie noch auf solche Dinge zu achten vermochten, hörten sie seinen zischenden und keuchenden Atem genau vor sich. Aber nach einiger Zeit wurden ihre Sinne empfindungsloser, sowohl Tastgefühl als auch Gehör stumpften ab, und immer weiter gingen sie und tasteten sich voran hauptsächlich durch die Willenskraft, mit der sie hineingegangen waren, dem Willen, durchzukommen, und dem Wunsch, schließlich das hohe Tor dahinter zu erreichen.

Ehe sie sehr weit gegangen waren — vielleicht, aber Zeit und Entfernung konnte Sam sehr bald nicht mehr abschätzen —, merkte er, als er die Wand befühlte, daß auf der Seite eine Öffnung war: einen Augenblick verspürte er einen schwachen Hauch von weniger drückender Luft, und dann waren sie vorbeigegangen.

»Hier gibt es mehr als einen Gang«, flüsterte er mühsam: es war schwierig, seinem Atem Klang zu verleihen. »Es ist ein so orkähnlicher Ort, wie es nur einen geben kann.«

Danach kam zuerst er auf der Rechten und dann Frodo auf der Linken an drei oder vier solcher Öffnungen vorbei, manche breiter, manche kleiner; aber noch bestand kein Zweifel über den Hauptweg, denn er war gerade, bog nicht ab und ging stetig aufwärts. Aber wie lang war er, wieviel von alledem würden sie noch ertragen müssen oder ertragen können? Die Unbewegtheit der Luft nahm immer mehr zu, während sie stiegen; und jetzt war es ihnen, als spürten sie in dem blinden Dunkel irgendeinen Widerstand, der dichter war als die verpestete Luft. Als sie sich vorankämpften, fühlten sie Dinge an ihren Köpfen entlangstreichen, oder an ihren Händen, lange Fühler oder herabhängende Gewächse vielleicht: sie konnten nicht sagen, was es war. Und der Gestank nahm immer mehr zu. Er nahm zu, bis es ihnen fast schien, daß ihnen der Geruchssinn als einziger geblieben sei, und das als eine Folter für sie. Eine Stunde, zwei Stunden, drei Stunden: wie viele hatten sie in diesem lichtlosen Loch verbracht? Stunden — Tage, eher Wochen. Sam ging von der Gangwand weg und rückte näher an Frodo heran, und ihre Hände berührten sich, und sie gingen Hand in Hand weiter.

Schließlich stieß Frodo, der sich an der linken Wand entlangtastete, plötzlich auf einen leeren Raum. Fast wäre er seitlich ins Nichts gefallen. Hier war eine Öffnung im Fels, die sehr viel breiter war als alle, an denen sie bisher vorbeigekommen waren. Und aus ihr kam ein so übler Gestank und ein so starker Eindruck von lauernder Bosheit, daß Frodo schwindlig wurde. Und in demselben Augenblick taumelte auch Sam und fiel vornüber.

Frodo versuchte, der Übelkeit und der Furcht Herr zu werden, und packte Sams Hand. »Auf!« sagte er in einem stimmlosen, heiseren Flüstern. »Es kommt alles von dort, der Gestank und die Gefahr. Nun los! Schnell!«

Er nahm seine ganze übriggebliebene Kraft und Entschlossenheit zusammen, zog Sam hoch und zwang seine eigenen Füße, sich zu bewegen. Sam stolperte neben ihm her. Ein Schritt, zwei Schritte, drei Schritte — endlich sechs Schritte. Vielleicht waren sie an der fürchterlichen, unsichtbaren Öffnung vorbei, aber ob das so war oder nicht, jedenfalls war es plötzlich leichter, voranzukommen, als ob irgendein feindlicher Wille sie für den Augenblick freigegeben habe. Sie kämpften sich weiter voran, immer noch Hand in Hand.

Aber fast sogleich gerieten sie in eine neue Schwierigkeit. Der Gang gabelte sich, oder so schien es wenigstens, und im Dunkeln konnten sie nicht herausfinden, welches der breitere Weg war oder welcher gerade verlief. Welchen sollten sie einschlagen, den linken oder den rechten? Sie wußten nicht, wovon sie sich leiten lassen sollten, dennoch würde eine falsche Entscheidung fast gewiß verhängnisvoll sein.

»Welchen Weg ist Gollum gegangen?« keuchte Sam. »Und warum hat er nicht gewartet?«

»Sméagol!« versuchte Frodo zu rufen. »Sméagol!« Aber sein Stimme krächzte, nur ein tonloser Laut verließ seine Lippen. Es kam keine Antwort, kein Widerhall, nicht einmal ein Beben der Luft.

»Diesmal ist er wirklich weg, nehme ich an«, murmelte Sam. »Ich vermute, genau hier hat er uns herbringen wollen. Gollum! Wenn ich dich je wieder in die Finger bekomme, wird es dir leid tun.«

Als sie im Dunkeln herumtasteten und suchten, merkten sie mit einemmal, daß die Öffnung auf der Linken versperrt war: entweder ging es hier nicht weiter, oder aber ein großer Stein war in den Durchgang gefallen. »Das kann nicht der Weg sein«, flüsterte Frodo. »Ob es nun richtig oder falsch ist, wir müssen den anderen nehmen.«

»Und schnell!« keuchte Sam. »Hier ist etwas Schlimmeres als Gollum. Ich spüre, daß uns etwas ansieht.«

Sie waren nicht mehr als ein paar Ellen gegangen, als von hinten ein Laut kam, erschreckend und grausig in der bedrückenden, dumpfen Stille: ein gurgelndes, brodelndes Geräusch und ein langes, giftiges Zischen. Sie fuhren herum, aber nichts war zu sehen. Mäuschenstill standen sie da, starrend und wartend, ohne zu wissen, worauf sie warteten.

»Das ist eine Falle!« sagte Sam, und er legte die Hand auf das Heft seines Schwertes; und dabei dachte er an die Dunkelheit des Hügelgrabs, aus dem das Schwert kam. »Ich wünschte, der alte Tom wäre jetzt in der Nähe!« dachte er. Und als er dann da stand, Dunkelheit um ihn und eine Schwärze der Verzweiflung und Wut im Herzen, schien es ihm, als sehe er ein Licht: ein Licht im Geist, fast unerträglich hell zuerst wie ein Sonnenstrahl für die Augen von jemandem, der lange in einer fensterlosen Grube verborgen war. Dann wurde das Licht zur Farbe: grün, gold, silber, weiß. Weit entfernt, wie auf einem kleinen Bild, das Elbenfinger gezeichnet hatten, sah er Frau Galadriel auf dem Gras in Lórien stehen, und Geschenke waren in ihrer Hand. *Und du, Ringträger,* hörte er sie aus der Ferne, aber deutlich sagen, *für dich habe ich dies vorbereitet.*

Das brodelnde Zischen kam näher, und es gab ein Knacken wie von irgendeinem großen Gliedertier, das sich im Dunkeln mit bedächtiger Entschlossenheit bewegte. Ein Gestank zog ihm voraus. »Herr, Herr!« rief Sam, und seine Stimme wurde wieder lebendig und drängend. »Das Geschenk der Herrin! Das Sternenglas. Ein Licht für dich an dunklen Orten sollte es sein, sagte sie. Das Sternenglas!«

»Das Sternenglas?« murmelte Frodo wie einer, der im Schlaf antwortet und kaum etwas begreift. »Ach ja! Warum hatte ich es vergessen? *Ein Licht, wenn alle anderen Lichter ausgehen!* Und jetzt kann uns fürwahr nur Licht allein helfen.«

Langsam griff seine Hand in seine Brusttasche, und langsam hielt er Galadriels Phiole hoch. Einen Augenblick schimmerte sie schwach wie ein aufgehender Stern, der sich gegen schwere, erdgebundene Nebel wehrt, und als dann ihre Kraft zunahm und Hoffnung in Frodos Herzen keimte, begann sie zu brennen, und eine silberne Flamme entfachte sich, ein winziger Kern von blendendem Licht, als ob Eärendil selbst herabgekommen sei von den hohen westlichen Pfaden mit dem letzten Silmaril auf der Stirn. Die Dunkelheit wich vor dem Licht zurück, bis es im Mittelpunkt einer Kugel aus durchsichtigem Kristall schien und die Hand, die es hielt mit weißem Feuer funkelte.

Frodo betrachtete voll Staunen dieses wunderbare Geschenk, das er so lange bei sich getragen hatte, ohne seinen vollen Wert und seine Macht zu vermuten. Selten hatte er sich unterwegs daran erinnert, bis sie zum Morgul-Tal kamen, und niemals hatte er es benutzt, weil er fürchtete, das Licht könne sie verraten. *Aiya Eärendil Elenion Ancalima!* rief er und wußte nicht, was er gesprochen hatte; denn es schien, als spräche durch seine Stimme eine andere, eine klare und von der verpesteten Luft der Höhle nicht beeinträchtigte Stimme.

Aber andere Kräfte gibt es in Mittelerde, Mächte der Nacht, und sie sind alt und stark. Und Sie, die in der Dunkelheit wandelte, hatte vor unermeßlichen Zeiten Elben diesen Ruf ausstoßen hören und seiner nicht geachtet, und er schüchterte sie auch jetzt nicht ein. Als Frodo sprach, spürte er, daß eine gewaltige Bosheit auf ihn gerichtet war und ein tödlicher Blick ihn betrachtete. Nicht weit unten im Gang, zwischen ihnen und der Öffnung, wo sie getaumelt und gestolpert waren, gewahrte er Augen, die sichtbar wurden, zwei große Trauben vielfenstriger Augen – die sich nahende Drohung zeigte endlich ihr wahres Gesicht. Die Strahlen des Sternenglases wurden von den tausend Facetten der Augen gebrochen und zurückgeworfen, aber hinter dem Glitzern begann ein bleiches, tödliches Feuer stetig inwendig zu glühen, eine in irgendeiner tiefen Grube des bösen Denkens entfachte Flamme. Ungeheuerliche und abscheuliche Augen waren es, tierisch und dennoch erfüllt von Entschlossenheit und häßlichem Ergötzen, sich an ihrem Opfer weidend, das ohne Hoffnung auf Entkommen in die Falle geraten war.

Von Entsetzen gepackt, begannen Frodo und Sam langsam zurückzuweichen, und wie gebannt blickten sie auf das Starren dieser unheimlichen Augen; aber ebensoviel, wie sie zurückwichen, rückten die Augen vor. Frodos Hand zitterte, und langsam senkte sich die Phiole. Dann plötzlich, von dem fesselnden Bann befreit, in vergeblichem Schrecken zur Belustigung der Augen ein wenig zu rennen, wandten sie sich um und flohen zusammen; aber als sie rannten, schaute Frodo zurück und sah voll Entsetzen, daß die Augen sogleich hinterherkamen. Der Todesgestank umgab ihn wie eine Wolke.

»Bleib stehen, bleib stehen!« rief er verzweifelt. »Rennen hat keinen Zweck.«

Langsam krochen die Augen näher.

»Galadriel!« rief er, nahm all seinen Mut zusammen und hob die Phiole noch einmal hoch. Die Augen hielten an. Vorübergehend erschlaffte ihr Blick, als ob sie durch einen Anflug von Zweifel getrübt würden. Da entbrannte Frodos Herz in ihm, und ohne darüber nachzudenken, was er tat, ob es Torheit sei oder Verzweiflung oder Mut, nahm er die Phiole in die linke Hand und zog das Schwert mit der rechten. Stich fuhr aus der Scheide und die scharfe Elbenklinge funkelte in dem silbernen Licht, aber an den Rändern flackerte ein blaues Feuer. Dann hielt Frodo, der Hobbit aus dem Auenland, den Stern hoch, das helle Schwert vorgestreckt, und ging unentwegt hinunter, um die Augen zu treffen.

Sie zuckten. Zweifel erfüllte sie, als sich das Licht näherte. Eins nach dem anderen erloschen sie und zogen sich langsam zurück. Nie zuvor hatte eine so tödliche Helligkeit sie gequält. Vor Sonne, Mond und Sternen war sie in ihrem unterirdischen Versteck sicher, aber nun war ein Stern in die Erde selbst hinabgestiegen. Immer näher kam er, und die Augen begannen zu verzagen. Eins nach dem anderen wurde dunkel; sie wandten sich ab, und ein großer Körper, den das Licht nicht erreichen konnte, schob seinen Schatten dazwischen. Die Augen waren fort.

»Herr, Herr!« rief Sam. Er war dicht hinter Frodo; auch er hatte sein Schwert gezogen und griffbereit. »Himmel nochmal! Aber die Elben würden ein Lied daraus machen, wenn sie je davon hörten! Und möge ich am Leben bleiben, um es ihnen zu erzählen und sie singen zu hören. Aber geh weiter, Herr! Geh nicht hinunter in die Höhle! Jetzt haben wir die einzige Gelegenheit. Machen wir, daß wir aus diesem stinkigen Loch rauskommen!«

Und so kehrten sie wieder um. Zuerst gingen und dann rannten sie; denn als sie weiterkamen, stieg der Boden des Ganges steil an, und mit jedem Schritt klommen sie höher über den Gestank der unsichtbaren Lagerstatt, und Kraft kehrte in ihre Glieder und ihr Herz zurück. Aber immer noch lauerte der Haß der Wächterin hinter ihnen, vielleicht blind eine Zeitlang, aber unbesiegt, immer noch auf Tod erpicht. Und nun kam ihnen ein Strom kühler und dünner Luft entgegen. Die Öffnung, das Ende des unterirdischen Ganges, lag endlich vor ihnen. Keuchend, sich nach einem dachlosen Ort sehnend, eilten sie voran; und dann taumelten sie vor Verblüffung und fielen zurück. Der Ausgang war durch irgendein Hindernis versperrt, aber nicht aus Stein; weich und ein wenig nachgebend schien es zu sein, und doch stark und undurchdringlich; Luft kam hindurch, aber keinerlei Lichtschimmer. Noch einmal versuchten sie es und wurden zurückgeschleudert.

Frodo hielt die Phiole hoch und sah vor sich etwas Graues, das die Strahlen des Sternenglases nicht durchdrangen und nicht erhellten, als ob es ein Schatten sei, der von keinem Licht geworfen wurde und daher auch von keinem Licht zerstreut werden konnte. Über die Höhe und Breite des Ganges war ein riesiges Netz gesponnen, ordentlich wie das Netz einer Riesenspinne, aber dichter gewebt und weit größer, und jeder Faden war dick wie ein Seil.

Sam lachte erbittert. »Spinnenweben!« sagte er. »Ist das alles? Spinnenweben! Aber was für eine Spinne! Machen wir uns ran, runter mit ihnen!«

Wütend hieb er mit dem Schwert auf sie ein, aber der Faden, auf den er schlug, riß nicht. Er gab ein wenig nach und sprang dann zurück wie eine gezupfte Bogensehne, lenkte die Klinge ab und schleuderte Schwert und Arm hoch. Dreimal schlug Sam mit aller Kraft zu, und endlich riß ein einziger der zahllosen Stränge und ringelte und drehte sich und peitschte durch die Luft. Ein Ende traf Sams Hand, er schrie vor Schmerz auf, fuhr zurück und legte die Hand über den Mund.

»Das wird Tage dauern, den Weg auf diese Weise freizumachen«, sagte er. »Was kann man tun? Sind diese Augen zurückgekommen?«

»Nein, nicht zu sehen«, sagte Frodo. »Aber ich habe immer noch das Gefühl, daß sie mich anschauen oder an mich denken: vielleicht irgendeinen Plan schmieden. Würde dieses Licht gesenkt oder schwächer werden, dann würden sie schnell wiederkommen.«

»Zuletzt noch in der Falle gefangen!« sagte Sam erbittert, und seine Wut überstieg wieder Müdigkeit und Verzweiflung. »Fliegen im Netz. Möge Faramirs Fluch diesen Gollum treffen, und zwar schnell!«

»Das würde uns jetzt nichts nützen«, sagte Frodo. »Komm, laß uns sehen, was Stich ausrichten kann. Es ist eine Elbenklinge. Grausige

Spinnweben waren in den dunklen Schluchten von Beleriand, wo es geschmiedet wurde. Aber du mußt Wachposten sein und die Augen fernhalten. Hier nimm das Sternenglas. Fürchte dich nicht. Halte es hoch und paß gut auf!«

Dann ging Frodo zu dem großen grauen Netz und hieb darauf mit einem weit ausholenden Streich, zog die scharfe Schneide über eine Reihe dicht geknüpfter Stränge und sprang sofort zurück. Die blauschimmernde Klinge schnitt durch sie hindurch wie eine Sichel durch Gras, und sie zersprangen und krümmten sich und hingen dann lose herab. Ein großer Spalt war gemacht.

Streich auf Streich führte er, bis zuletzt das ganze Netz, soweit er es erreichen konnte, zerfetzt war und der obere Teil wie ein lockerer Schleier im hereinkommenden Wind wehte und wogte. Die Falle war aufgebrochen.

»Komm!« rief Frodo. »Weiter, weiter!« Eine stürmische Freude über ihr Entkommen aus dem Rachen der Verzweiflung erfüllte plötzlich seinen Sinn. Ihm war schwindlig, als habe er einen starken Wein getrunken. Er sprang hinaus und rief mit lauter Stimme.

Seinen Augen, die die Höhle der Nacht durchwandert hatten, erschien das dunkle Land hell. Die großen Rauchwolken waren aufgestiegen und dünner geworden, und die letzten Stunden eines düsteren Tages vergingen; der rote Glanz über Mordor war einer trüben Düsternis gewichen. Dennoch schien es Frodo, daß er auf einen Morgen plötzlicher Hoffnung blicke. Fast hatte er den Gipfel der Wand erreicht. Nur noch ein wenig höher. Die Kluft Cirith Ungol lag vor ihm, eine undeutliche Einkerbung in dem schwarzen Grat, und die Felsenhörner ragten zu beiden Seiten dunkel in den Himmel. Ein rascher Lauf, eine kurze Strecke, und er würde durch sein!

»Der Paß, Sam!« rief er und achtete nicht darauf, wie seine Stimme gellte, die, befreit von den erstickenden Dünsten des Ganges, jetzt hell und ungestüm erschallte. »Der Paß! Lauf, lauf, und dann sind wir durch – durch, ehe irgend jemand uns aufhalten kann!«

Sam kam hinterher, so schnell ihn seine Beine trugen; aber so sehr er sich freute, frei zu sein, so unruhig war er, und während er rannte, schaute er dauernd zurück zu dem dunklen Bogen des Ganges und fürchtete, Augen zu sehen, oder irgendeine unvorstellbare Gestalt, die heraussprang, um sie zu verfolgen. Zu wenig wußte er oder auch sein Herr von Kankras Verschlagenheit. Sie hatte viele Ausgänge von ihrem Lager.

Unendlich lange hatte sie dort gehaust, ein böses Geschöpf in Spinnengestalt und eben jenes, welches einst im Lande der Elben im Westen, das jetzt unter dem Meer ist, gelebt hatte, eben jenes, gegen das Beren vor langer Zeit im Gebirge des Schreckens in Doriath gekämpft hatte, und so war er zu Lúthien gekommen auf dem grünen Rasen inmitten des Schierlings im Mondschein. Wie Kankra hierher gekommen war, vor dem Verderben fliehend, berichtet keine Erzählung, denn aus den Dunklen Jahren sind wenige Erzählungen auf uns gekommen. Aber sie war noch da, die schon vor Sauron dort gewesen war und vor dem ersten Stein von Barad-dûr; und sie diente niemandem außer sich selbst, trank das Blut von Elben und Menschen, aufgedunsen und fett geworden bei endlosem Brüten über ihren Schmäusen, Netze aus Schatten webend. Denn alle Lebewesen waren ihre Nahrung und ihr Erbrochenes Dunkelheit. Ihre geringere Brut, Bankerte der armseligen Männchen, ihrer eigenen Nachkommen, die sie umbrachte, verbreitete sich überall, von Bergschlucht zu Berschlucht, vom Ephel Dúath bis zu den östlichen Bergen, bis Dol Guldur und den Festungen von Düsterwald. Doch keiner vermochte wie sie, Kankra die Große, das letzte Kind von Ungoliant, die unglückliche Welt zu plagen.

Schon vor Jahren hatte Gollum sie erblickt, Sméagol, der in allen dunklen Löchern herumstöberte, und in vergangenen Tagen hatte er sich gebeugt und sie verehrt, und die Dunkelheit ihrer Boshaftigkeit begleitete ihn auf allen Wegen seiner Mühsal und schnitt ihn ab vom Licht und von Reue. Und er hatte versprochen, ihr Nahrung zu bringen. Aber ihr Gelüst war nicht sein Gelüst. Wenig wußte sie von Türmen, Ringen oder irgend etwas, das von Geist oder Hand ersonnen war, und wenig lag ihr daran, die sie nur den Tod für alle anderen ersehnte, Geist und Körper, und für sich selbst ein übersattes Leben, allein, aufgebläht, bis die Berge sie nicht mehr aufhalten und die Dunkelheit sie nicht mehr umfangen konnte.

Aber dieses Verlangen war noch fern, und lange war sie jetzt schon hungrig gewesen und hatte in ihrer Höhle gelauert, während Saurons Macht wuchs und Licht und Lebewesen seine Grenzen mieden; und die Stadt im Tal war tot, und kein Elb oder Mensch kam in ihre Nähe, nur die unglücklichen Orks. Armselige Nahrung und vorsichtig. Aber fressen mußte sie, und wie eifrig sie auch neue Wendelgänge vom Paß und ihrem Turm gruben, immer fand sie irgendeinen Weg, um sie einzufangen. Aber es gelüstete sie nach süßerem Fleisch. Und Gollum hatte es ihr gebracht.

»Wir werden sehen, wir werden sehen«, sagte er oft zu sich selbst, wenn ihn das Böse überkam auf dem gefährlichen Weg vom Emyn Muil zum Morgul-Tal, »wir werden sehen, o ja, es mag wohl sein, wenn Sie die

Knochen und die übriggebliebenen Kleider wegwirft, daß wir ihn finden, ihn bekommen, den Schatz, eine Belohnung für den armen Sméagol, der nettes Essen bringt. Und wir werden den Schatz retten, wie wir versprochen haben. O ja. Und wenn wir ihn in Sicherheit haben, dann wird Sie es erfahren, o ja, dann werden wir es Ihr heimzahlen, mein Schatz. Dann werden wir es jedem heimzahlen!«

So dachte er insgeheim in seiner Arglist, die er noch vor ihr zu verbergen hoffte, selbst als er wieder zu ihr gekommen war und sich tief vor ihr verbeugt hatte, während seine Gefährten schliefen.

Und was Sauron betrifft, so wußte er, wo sie lauerte. Es freute ihn, daß sie dort hungrig, aber mit unverminderter Bosheit hauste, eine zuverlässigere Wache an diesem alten Pfad in sein Land als jede andere, die seine List hätte ersinnen können. Und Orks waren nützliche Hörige, aber es gab ihrer mehr als genug. Wenn Kankra sie dann und wann fing, um ihren Hunger zu stillen, dann war es ihr vergönnt: er konnte sie entbehren. Und wie ein Mensch, der seiner Katze (*seine* Katze nennt er sie, obwohl sie ihm nicht gehört) manchmal einen Leckerbissen zuwirft, so schickte Sauron ihr Gefangene, für die er keine bessere Verwendung hatte: er ließ sie zu ihrer Höhle treiben und sich Bericht erstatten, wie sie mit ihnen verfuhr.

So lebten sie beide, jeder ergötzte sich an seinen Ränken und fürchtete keinen Angriff, keinen Zorn oder irgendein Ende ihrer beider Bosheit. Noch nie war eine Fliege Kankras Netz entgangen, und um so größer war ihre Wut und ihr Hunger.

Aber nichts von diesem Bösen, das sie gegen sich aufgebracht hatten, wußte der arme Sam, nur daß eine Furcht ihn bedrückte, eine drohende Gefahr, die er nicht sehen konnte; und ein solches Gewicht wurde sie, daß sie eine Last für ihn war beim Rennen, und seine Füße schienen bleiern.

Grauen umgab ihn, und Feinde waren vor ihm auf dem Paß, und sein Herr war in einer weltentrückten Stimmung und rannte ihnen sorglos entgegen. Er wandte den Blick ab von dem Schatten hinten und der tiefen Düsternis unter der Felswand zu seiner Linken und schaute nach vorn, und da sah er zweierlei, was sein Entsetzen vermehrte. Er sah, daß das Schwert, das Frodo nicht wieder in die Scheide gesteckt hatte, mit einer blauen Flamme schimmerte; und er sah, daß das Fenster im Turm, obwohl der Himmel hinten jetzt dunkel war, immer noch rot glühte.

»Orks!« murmelte er. »Auf diese Weise werden wir's nie schaffen. Da sind Orks in der Nähe, und noch Schlimmeres als Orks.« Dann kehrte er rasch zu seiner alten Gewohnheit der Heimlichkeit zurück und umschloß mit der Hand die kostbare Phiole, die er noch trug. Rot von seinem eigenen lebendigen Blut schimmerte seine Hand einen Augenblick und dann steckte er das verräterische Licht tief in seine Brusttasche und zog seinen Elbenmantel um sich. Jetzt versuchte er, seinen Schritt zu beschleunigen. Der Vorsprung seines Herrn vergrößerte sich; schon war er ungefähr zwanzig Schritte vor ihm und huschte dahin wie ein Schatten; bald würde er in dieser grauen Welt dem Blick entschwunden sein.

Kaum hatte Sam das Licht des Sternenglases verborgen, da kam sie. Ein Stückchen voraus und zu seiner Linken sah er plötzlich aus einem schwarzen Schattenloch unter der Felswand das widerwärtigste Geschöpf herauskommen, das er je erblickt hatte, schrecklicher als der Schrecken eines bösen Traums. Fast wie eine Spinne war sie, aber größer als die großen Raubtiere und entsetzlicher als sie wegen der bösen Entschlossenheit in ihren unbarmherzigen Augen. Eben diese Augen, von denen er geglaubt hatte, sie seien eingeschüchtert und besiegt, waren wieder da, von einem grausamen Funkeln erhellt und in Trauben an ihrem vorgestreckten Kopf sitzend. Große Hörner hatte sie, und hinter ihrem kurzen, stielartigen Hals war ihr riesiger, geschwollener Leib, ein gewaltiger, aufgeblähter Sack, zwischen ihren Beinen schaukelnd und durchhängend. Ihr Rumpf war schwarz, mit bläulichen Malen bedeckt, aber die Unterseite des Bauches war fahl und leuchtend und strömte einen Gestank aus. Ihre Beine waren angezogen, die großen, knotigen Gelenke ragten hoch über ihren Rücken hinaus, und sie hatte Haare, die wie Stahlstacheln herausstanden, und an jedem Bein saß eine Klaue.

Sobald sie ihren weichen, wabbeligen Körper und die angewinkelten Gliedmaßen aus dem oberen Ausgang ihrer Lagerstatt herausgequetscht hatte, bewegte sie sich mit entsetzlicher Geschwindigkeit, bald auf ihren knackenden Beinen rennend, bald einen plötzlichen Satz machend. Sie war zwischen Sam und seinem Herrn. Entweder sah sie Sam nicht, oder sie mied ihn im Augenblick, weil er das Licht trug, und richtete ihre ganze Absicht auf eine einzige Beute, auf Frodo, der, seiner Phiole beraubt, achtlos den Pfad hinauflief und von seiner Gefahr noch nichts ahnte. Schnell rannte er, aber Kankra war schneller; mit ein paar Sprüngen würde sie ihn haben.

Sam keuchte und nahm alle Luft, die er noch hatte, zusammen, um zu rufen. »Schau nach hinten!« schrie er. »Paß auf, Herr! Ich ...« aber plötzlich wurde sein Schrei erstickt.

Eine lange, feuchtkalte Hand legte sich ihm auf den Mund, und eine andere packte ihn am Hals, während sich etwas um seine Beine schlang. Überrumpelt, fiel er nach hinten in die Arme seines Angreifers.

»Haben wir ihn!« zischte ihm Gollum ins Ohr. »Endlich, mein Schatz, haben wir ihn, ja, den häßlichen Hobbit. Wir nehmen diesen. Sie wird den anderen kriegen. O ja, Kankra wird ihn kriegen, nicht Sméagol: er hat versprochen, er würde dem Herrn gar nichts tun. Aber dich hat er, du häßlicher, dreckiger, kleiner Schnüffler!« er spuckte auf Sams Hals.

Wut über den Verrat und Verzweiflung darüber, daß er aufgehalten wurde, während sein Herr in tödlicher Gefahr war, verliehen Sam eine Heftigkeit und Kraft, die weit über alles hinausgingen, was Gollum von diesem schwerfälligen dummen Hobbit, für den er ihn hielt, erwartet hatte. Gollum selbst hätte sich nicht schneller oder wütender herauswinden können. Seine Hand rutschte von Sams Mund ab, und Sam duckte sich, machte wieder einen Satz nach vorn und versuchte, den Griff um seinen Hals abzuschütteln. Sein Schwert hatte er noch in der Hand, und an seinem linken Arm hing an der Schlaufe Faramirs Stock. Verzweifelt versuchte er, sich umzudrehen und seinen Feind zu erstechen. Aber Gollum war zu schnell. Sein langer, rechter Arm schoß vor, und er packte Sams Handgelenk: seine Finger waren wie ein Schraubstock; langsam und unbarmherzig bog er die Hand hinunter und nach vorn, bis Sam mit einem Schmerzensschrei das Schwert losließ, und es auf den Boden fiel; und alldieweil drückte Gollums andere Hand Sam die Kehle zu.

Dann wandte Sam seine letzte List an. Mit aller Kraft zog er sich weg und setzte seine Füße fest auf; dann plötzlich stemmte er seine Beine auf den Boden und warf sich mit aller Gewalt nach hinten.

Gollum, der nicht einmal diesen einfachen Kniff von Sam erwartet hatte, fiel um, Sam auf ihn drauf, und er bekam das Gewicht des stämmigen Hobbits auf den Magen. Ein scharfes Zischen kam aus ihm heraus, und für eine Sekunde lockerte sich sein Griff um Sams Kehle; aber seine Finger hatten immer noch die Schwerthand umklammert. Sam warf sich nach vorn und riß sich los und stand auf, und dann schwenkte er nach rechts und drehte sich um das Handgelenk, das Gollum festhielt. Mit der linken Hand packte Sam den Stock, holte aus, und mit einem pfeifenden Krachen landete er auf Gollums ausgestrecktem Arm, genau unterhalb des Ellbogens.

Mit einem Winseln ließ Gollum los. Dann griff Sam an; er nahm sich nicht die Zeit, den Stock von der linken in die rechte Hand umzuwechseln, und führte einen weiteren heftigen Schlag. Schnell wie eine Schlange glitt Gollum zur Seite, und der auf seinen Kopf gezielte Streich traf seinen Rücken. Der Stock krachte und zerbrach. Das war genug für ihn. Von hinten packen war ein altes Spiel von ihm, und selten war es ihm mißlungen. Aber diesmal hatte er, von Gehässigkeit verführt, den Fehler begangen, zu reden und sich zu freuen, ehe er beide Hände am Hals des Opfers hatte. Alles war schiefgegangen mit seinem schönen Plan, seit das entsetzliche Licht so unerwartet in der Dunkelheit erschienen war. Und jetzt sah er sich einem wütenden Feind gegenüber, der fast so groß wie er war. Dieser Kampf war seine Sache nicht. Sam hob sein Schwert vom Boden auf und holte aus. Gollum quietschte, sprang auf allen Vieren zur Seite und hüpfte wie ein Frosch mit einem großen Satz davon. Ehe Sam ihn erreichen konnte, war er fort und rannte mit erstaunlicher Geschwindigkeit zum Gang zurück.

Mit dem Schwert in der Hand setzte Sam ihm nach. Im Augenblick hatte er alles andere vergessen, er sah rot vor Wut und hatte nur den Wunsch, Gollum zu töten. Aber ehe er ihn einholen konnte, war Gollum verschwunden. Als sich dann die dunkle Höhle vor ihm auftat und ihm der Gestank entgegenkam, traf ihn der Gedanke an Frodo und das Ungeheuer wie ein Donnerschlag. Er fuhr herum und raste wie wild den Pfad hinauf und rief immer wieder und wieder den Namen seines Herrn. Es war zu spät. Insoweit war Gollums Anschlag gelungen.

ZEHNTES KAPITEL

DIE ENTSCHEIDUNGEN VON MEISTER SAMWEIS

Frodo lag, mit dem Gesicht nach oben, auf dem Boden, und das Ungetüm beugte sich über ihn, so versessen auf sein Opfer, daß es auf Sam und sein Rufen nicht achtete, bis er ganz nahe war. Als er herbeistürzte, sah er, daß Frodo schon gefesselt war, die gewaltigen Spinnfäden umwanden ihn von den Knöcheln bis zur Schulter, und das Ungetüm begann, ihn mit seinen großen Vorderpfoten halb hochzuheben und halb wegzuschleifen.

Zwischen Sam und Frodo lag, auf dem Boden schimmernd, Frodos Elbenklinge, wo sie ihm nutzlos aus der Hand gefallen war. Sam nahm sich nicht die Zeit, um zu überlegen, was zu tun sei, oder ob er tapfer oder treu oder zornerfüllt sei. Mit einem Schrei sprang er vor und packte das Schwert seines Herrn mit der Linken. Dann griff er an. Kein wütenderer Ansturm war je in der wilden Welt der Tiere gesehen worden, wo irgendein verzweifeltes kleines Geschöpf, mit winzigen Zähnen bewaffnet, einen Turm aus Horn und Fell anspringt, der über seinem gefallenen Gefährten aufragt.

Als ob Kankra durch seinen schwachen Schrei aus irgendeinem hämischen Traum aufgescheucht worden sei, wandte sie langsam die entsetzliche Bosheit ihres Blicks auf ihn. Aber fast ehe sie gewahr wurde, daß ein größerer Zorn, als sie ihn in unzähligen Jahren je erlebt hatte, sie angriff, schnitt ihr das schimmernde Schwert in den Fuß und hieb die Klaue ab. Sam sprang hinein in die Wölbungen ihrer Beine, und mit einem raschen Stoß mit der anderen Hand stach er nach den Trauben von Augen auf ihrem gesenkten Kopf. Ein großes Auge wurde dunkel.

Jetzt war das elende Geschöpf genau unter ihr und im Augenblick außer Reichweite ihres Stachels und ihrer Klauen. Ihr gewaltiger Leib mit seinem fauligen Leuchten war über ihm, und der Gestank warf ihn fast um. Seine Wut reichte indes noch für einen zweiten Hieb, und ehe sie sich auf ihn fallen lassen konnte, um ihn und seinen ganzen kleinen unverschämten Mut zu zermalen, zog er ihr mit verzweifelter Kraft die schimmernde Elbenklinge über.

Aber Kankra war nicht wie Drachen, keine weichere Stelle hatte sie außer ihren Augen. Knotig und narbig war ihre uralte Haut, aber von innen heraus immer dicker geworden durch eine böse wuchernde Schicht nach der anderen. Die Klinge riß ihr eine furchtbar klaffende Wunde, aber diese abscheulichen Falten konnten von keiner Menschenkraft durchbohrt werden, nicht einmal, wenn Elb oder Zwerg die Waffe geschmiedet oder die Hand von Beren oder Túrin sie geführt hätte. Sie wich zurück vor dem Streich und hob dann den großen Sack ihres Bauches hoch über Sams Kopf. Gift schäumte und sprudelte aus der Wunde. Jetzt spreizte sie ihre Beine und drückte ihren gewaltigen Körper wieder auf ihn hinunter. Zu früh. Denn Sam stand noch auf den Beinen; er ließ sein eigenes Schwert fallen und hielt mit beiden Händen die Elbenklinge mit der Spitze nach oben hoch, um das grausige Dach abzuwehren; und so stieß Kankra sich selbst mit der treibenden Kraft ihres eigenen grausamen Willens, mit einer Kraft, die größer war als die irgendeines Recken, auf einen schneidenden Dorn. Tief, tief stach er, während Sam langsam zu Boden gedrückt wurde.

Niemals in ihrer ganzen alten Welt der Bosheit hatte Kankra einen solchen Schmerz erfahren oder sich träumen lassen, daß sie ihn erfahren würde. Nicht der beherzteste Krieger des alten Gondor noch der wildeste Ork, der ihr in die Fänge geraten war, hatten ihr jemals solchen Widerstand geleistet oder die Waffe gegen ihr geliebtes Fleisch gerichtet. Ein Schauer überlief sie. Sie hob sich wieder hoch, entwand sich dem Schmerz, zog ihre gekrümmten Glieder unter sich und machte einen krampfhaften Satz rückwärts.

Sam war neben Frodos Kopf auf die Knie gefallen, ihm schwanden die Sinne in dem üblen Gestank, mit beiden Händen hatte er noch den Schwertgriff gepackt. Durch den Nebel vor seinen Augen gewahrte er undeutlich Frodos Gesicht, und hartnäckig mühte er sich, sich wieder in die Gewalt zu bekommen und sich der Ohnmacht zu entziehen, die ihn umfing. Langsam hob er den Kopf und sah sie, nur ein paar Schritte entfernt, wie sie ihn beäugte. Aus ihrem Rüssel rann giftiger Speichel, und eine grüne Flüssigkeit tröpfelte unter ihrem verwundeten Auge heraus. Da kauerte sie, ihr bebender Bauch flach auf dem Boden, die großen Bögen ihrer Beine zitternd, während sie sich zu einem neuen Sprung sammelte – diesmal, um zu zermalmen und totzustechen: nicht bloß ein klein wenig Gift, um ihr zappelndes Opfer zur Ruhe zu bringen; diesmal um es zu töten und dann in Stücke zu reißen.

Während auch Sam sich hinkauerte und, als er sie anschaute, seinen Tod in ihren Augen sah, kam ihm ein Gedanke, als ob eine ferne Stimme gesprochen habe, und er stöberte mit der linken Hand in seiner Brusttasche und fand, was er suchte: kalt und hart und fest kam sie ihm bei der

Berührung in einer gespenstischen Welt des Schreckens vor: Galadriels Phiole.

»Galadriel!« sagte er schwach, und dann hörte er fern, aber deutlich Stimmen: die Rufe der Elben, die unter den Sternen in den geliebten Schatten des Auenlandes wanderten, und die Musik der Elben, die er im Schlaf in der Halle des Feuers in Elronds Haus vernommen hatte.

Gilthoniel A Elbereth!

Und dann löste sich seine Zunge, und seine Stimme rief in einer Sprache, die er nicht kannte:

A Elbereth Gilthoniel
o menel palan-díriel,
le nallon sí di 'nguruthos!
A tíro nin, Fanuilos!

Und damit stand er taumelnd auf und war wieder Samweis, der Hobbit, Hamfasts Sohn.

»Nun komm, du Scheusal!« rief er. »Du hast meinen Herrn verletzt, du Untier, und dafür wirst du bezahlen. Wir gehen weiter, aber erst rechnen wir mit dir ab. Komm und versuch es nochmal!«

Als ob sein unbezwingbarer Mut die Wirkungskraft des Glases in Gang gesetzt hätte, leuchtete es plötzlich in seiner Hand wie eine weiße Fackel. Es flammte auf wie eine Sternschnuppe, die das dunkle Himmelszelt mit unerträglicher Helligkeit durchschneidet. Kein solcher Schrecken aus dem Himmel hatte je zuvor in Kankras Gesicht gebrannt. Seine Strahlen drangen in ihren verwundeten Kopf ein und durchschnitten ihn mit unerträglichem Schmerz, und die entsetzliche Seuche des Lichts griff von Auge zu Auge über. Sie fiel zurück, ihre Vorderfüße zuckten in der Luft, ihr Augenlicht versengt von inneren Blitzen, ihr Geist gepeinigt. Dann wandte sie ihren verletzten Kopf ab, rollte sich zur Seite und begann, Klaue um Klaue, zur Öffnung in der dunklen Felswand hinten zu kriechen.

Sam griff an. Er schwankte wie ein Betrunkener, aber er griff an. Und Kankra war endlich entmutigt, zusammengeschrumpft in der Niederlage, und sie zuckte und zitterte, als sie versuchte, vor ihm davonzueilen. Sie erreichte die Höhle, preßte sich an den Boden, hinterließ eine grün-gelbe Schleimspur und schlüpfte hinein, als Sam gerade einen letzten Hieb gegen ihre nachschleppenden Beine führte. Dann fiel er zu Boden.

Kankra war fort; und ob sie lange in ihrer Höhle liegen blieb, ihre Bosheit und ihren Schmerz nährte und in langsam vergehenden Jahren der Dunkelheit von innen heraus genas und ihre traubenförmigen Augen heilten, bis sie wiederum mit todbringender Gier ihre entsetzlichen Fallstricke in den Schluchten des Schattengebirges spann, berichtet diese Erzählung nicht.

Sam war allein. Als sich der Abend des Namenlosen Landes auf das Kampffeld senkte, kroch er müde zu seinem Herrn zurück. »Herr, lieber Herr«, sagte Sam und wartete während einer langen Stille und lauschte vergeblich.

So schnell er konnte, schnitt er dann die fesselnden Stricke auf und legte Frodo den Kopf auf die Brust und an seinen Mund, aber keine Lebensregung konnte er feststellen und auch nicht das schwächste Flattern des Herzens spüren. Oft rieb er seines Herrn Hände und Füße und berührte seine Stirn, aber alles war kalt.

»Frodo, Herr Frodo!« rief er. »Laß mich hier nicht allein! Dein Sam ruft. Geh nicht dorthin, wohin ich dir nicht folgen kann! Wach auf, Herr Frodo! Oh, wach doch auf, Frodo, mein lieber, lieber Frodo. Wach auf!«

Dann wallte Zorn in ihm auf, und in einem Anfall von Raserei rannte er um den Körper seines Herrn herum, stach in die Luft, schlug auf Steine und schrie Herausforderungen. Mit einemmal kam er zurück, beugte sich nieder und betrachtete Frodos Gesicht, bleich unter ihm in der Dunkelheit. Und plötzlich sah er, daß er in dem Bild war, das ihm in Galadriels Spiegel in Lórien gezeigt worden war: Frodo lag fest schlafend mit bleichem Gesicht unter einer großen, dunklen Felswand. Oder fest schlafend, wie er damals glaubte. »Er ist tot«, sagte er. »Er schläft nicht, er ist tot!« Und als ob seine Worte das Gift wieder wirksam gemacht hätten, schien es ihm, daß die Farbe des Gesichts grünlich fahl wurde.

Und dann überkam ihn schwarze Verzweiflung, und Sam beugte sich zum Boden und zog seine graue Kapuze über den Kopf, und es wurde Nacht in seinem Herzen, und er wußte nichts mehr.

Als endlich die Schwärze vorüberzog, schaute Sam auf, und Schatten waren rings um ihn; aber wie viele Minuten oder Stunden sich die Welt dahingeschleppt hatte, wußte er nicht. Er war noch an derselben Stelle, und sein Herr lag immer noch tot neben ihm. Die Berge waren nicht eingestürzt und die Erde nicht untergegangen.

»Was soll ich nur tun? Was soll ich nur tun?« sagte er. »Bin ich den ganzen Weg mit ihm hierher gekommen für nichts und wieder nichts?«

Und dann erinnerte er sich seiner eigenen Stimme; sie hatte zu Beginn ihrer Wanderung Worte gesprochen, die er damals selbst nicht verstand: *Ich habe noch etwas zu tun, ehe alles vorbei ist. Ich muß es durchschauen, Herr, wenn du mich verstehst.*

»Aber was kann ich tun? Doch nicht Herrn Frodo tot und unbegraben hoch oben auf dem Gebirge verlassen und nach Hause gehen? Oder weitergehen? Weitergehen?« wiederholte er, und einen Augenblick packten ihn Zweifel und Angst. »Weitergehen? Muß ich das tun? Und ihn verlassen?«

Dann endlich begann er zu weinen; und er ging zu Frodo, legte ihn ordentlich hin, faltete ihm die kalten Hände auf der Brust und hüllte ihn in seinen Mantel; und er legte sein eigenes Schwert auf eine Seite und den Stock, das Geschenk von Faramir, auf die andere.

»Wenn ich weitergehen soll«, sagte er, »dann muß ich dein Schwert nehmen, wenn du erlaubst, Herr Frodo, aber ich lege dieses neben dich, wie es neben dem alten König in dem Hügelgrab gelegen hatte; und du hast dein schönes Mithril-Panzerhemd vom alten Herrn Bilbo. Und dein Sternenglas, Herr Frodo, das hast du mir geliehen, und ich werde es brauchen, denn ich werde jetzt immer im Dunkeln sein. Es ist zu gut für mich, und die Herrin hat es dir geschenkt, aber vielleicht wird sie es verstehen. Versteht *du* es, Herr Frodo? Ich muß weitergehen.«

Aber er konnte nicht gehen, noch nicht. Er kniete nieder und nahm Frodos Hand und konnte sie nicht loslassen. Und die Zeit verging, und er kniete immer noch, hielt die Hand seines Herrn und führte in seinem Inneren eine Auseinandersetzung.

Jetzt versuchte er, Kraft zu finden, um sich loszureißen und auf eine einsame Wanderung zu gehen — um Rache zu nehmen. Wenn er erst einmal gehen konnte, dann würde seine Wut ihn über alle Straßen der Welt bringen, ihn verfolgend, bis er ihn endlich hatte: Gollum. Dann würde Gollum in irgendeinem heimlichen Winkel sterben. Aber das war es nicht, was zu tun er ausgezogen war. Es würde sich nicht lohnen, deswegen seinen Herrn zu verlassen. Es würde ihn nicht zurückbringen. Nichts würde ihn zurückbringen. Es wäre besser, sie wären beide tot. Und auch das würde eine einsame Wanderung sein.

Er schaute auf die glänzende Spitze des Schwerts. Er dachte an die Orte hinten, wo es einen schwarzen Grat gab und einen leeren Sturz ins Nichts. Auf diesem Weg gab es kein Entkommen. Das bedeutete nichts tun, nicht einmal Rache üben. Das war es nicht, was zu tun er ausgezogen war. »Was soll ich denn tun?« rief er wieder, und jetzt schien er die bittere Antwort genau zu wissen: *es zu durchschauen.* Auch eine einsame Wanderung, und die schlimmste.

»Was? Ich allein soll zu den Schicksalsklüften gehen und das alles?« Er zagte noch, aber die Entschlossenheit wuchs. »Was? *Ich* soll *ihm* den Ring abnehmen? Der Rat hat ihn ihm gegeben.«

Doch die Antwort kam sofort: »Und der Rat hat ihm Gefährten mitgegeben, damit der Auftrag nicht scheitern sollte. Und du bist der Letzte der ganzen Gemeinschaft. Der Auftrag darf nicht scheitern.«

»Ich wünschte, ich wäre nicht der Letzte«, stöhnte er. »Ich wünschte, der alte Gandalf wäre hier, oder sonst jemand. Warum bin ich ganz allein übriggeblieben, um einen Entschluß zu fassen? Ich mache es bestimmt verkehrt. Und es ist nicht meine Sache, den Ring zu nehmen und mich vorzudrängeln.«

»Aber du hast dich nicht vorgedrängelt; du bist vorgeschoben worden. Und was das betrifft, daß du nicht der richtige oder passende Träger bist, nun, Herr Frodo war es nicht, könnte man sagen, und Herr Bilbo auch nicht. Sie hatten sich nicht selbst ausgewählt.«

»Nun ja, ich muß selbst einen Entschluß fassen. Und ich werde ihn fassen. Aber ich werde es bestimmt verkehrt machen: das würde Sam Gamdschie ähnlich sehen.

Nun will ich mal überlegen: wenn wir hier gefunden werden oder Herr Frodo gefunden wird und er hat das Ding bei sich, dann wird der Feind es bekommen. Und das ist das Ende von uns allen, von Lórien und Bruchtal und vom Auenland und von allem. Und es ist keine Zeit zu verlieren, sonst ist es sowieso das Ende. Der Krieg hat begonnen, und es ist mehr als wahrscheinlich, daß die Dinge für den Feind schon gut stehen. Keine Möglichkeit, mit Ihm zurückzugehen und Rat oder Erlaubnis einzuholen. Nein, entweder hier sitzen, bis sie kommen und mich auf der Leiche des Herrn töten und Ihn bekommen; oder Ihn nehmen und gehen.« Er holte tief Luft. »Dann heißt es: Ihn nehmen!«

Er bückte sich. Sehr sanft machte er die Spange am Hals auf und fuhr mit der Hand in Frodos Rock; mit der anderen Hand hob er dann seinen Kopf, küßte die kalte Stirn und zog leicht die Kette über ihn. Und dann legte er den Kopf still wieder hin. Keine Veränderung zeigte sich auf dem ruhigen Gesicht, und dadurch war Sam mehr als durch alle anderen Zeichen endlich überzeugt, daß Frodo gestorben war und die Aufgabe abgegeben hatte.

»Leb wohl, Herr, mein Lieber«, murmelte er. »Verzeih deinem Sam. Er wird an diese Stelle zurückkommen, wenn die Aufgabe erledigt ist –

wenn er es schafft. Und dann wird er dich nicht wieder verlassen. Ruhe hier, bis ich komme; und möge kein böses Geschöpf dir nahekommen! Wenn die Herrin mich hören könnte und mir einen Wunsch erfüllte, dann würde ich mir wünschen, daß ich zurückkomme und dich hier wieder finde. Leb wohl!«

Und dann beugte er selbst den Hals und streifte die Kette über, und sofort wurde sein Kopf durch das Gewicht des Ringes zum Boden gezogen, als ob ihm ein großer Stein umgebunden worden wäre. Aber langsam, als ob das Gewicht geringer werde oder eine neue Kraft in ihm erwachse, hob er den Kopf, und mit einer großen Anstrengung stand er dann auf und merkte, daß er gehen und seine Last tragen konnte. Und einen Augenblick hob er die Phiole hoch und blickte hinab auf seinen Herrn, und das Licht brannte jetzt sanft mit dem milden Strahlen des Abendsterns im Sommer, und in diesem Licht hatte Frodos Gesicht wieder eine schöne Farbe, bleich, aber von einer elbischen Schönheit wie bei einem, der schon lange die Schatten durchwandert hatte. Und mit dem schmerzlichen Trost dieses letzten Anblicks wandte sich Sam ab, verbarg das Licht und schwankte in die zunehmende Dunkelheit.

Er brauchte nicht weit zu gehen. Der Gang lag ein Stück hinter ihm, die Schlucht ein paar hundert Ellen oder weniger vor ihm. Der Pfad war in der Düsternis sichtbar, eine tiefe Spur, ein in unendlichen Zeiten ausgetretener Weg, der nun in einer langgestreckten Mulde mit Felswänden auf beiden Seiten sanft hinaufführte. Die Mulde verengte sich rasch. Bald kam Sam zu einer langen Treppe mit flachen Stufen. Der Orkturm war jetzt rechts über ihm, und das rote Licht in ihm glühte noch. Sam war in dem dunklen Schatten darunter verborgen. Er erreichte das obere Ende der Treppe und war nun endlich in der Schlucht.

»Ich habe meinen Entschluß gefaßt«, sagte er dauernd zu sich selbst. Aber das hatte er nicht. Obwohl er sein Möglichstes getan hatte, es sich gut zu überlegen, so ging ihm das, was er tat, doch durchaus gegen den Strich. »Habe ich es falsch gemacht?« murmelte er. »Was hätte ich tun sollen?«

Als die Steilwände der Schlucht ihn einschlossen, ehe er den eigentlichen Gipfel erreichte, ehe er endlich den Pfad erblickte, der in das Namenlose Land hinunterführte, wandte er sich um. Einen Augenblick schaute er zurück, in unerträglichem Zweifel befangen. Wie einen kleinen Fleck in der zunehmenden Düsternis konnte er noch die Öffnung des Ganges sehen; und er glaubte zu sehen oder zu erraten, wo Frodo lag. Er bildete sich ein, dort unten sei ein schwacher Schimmer auf dem Boden, oder vielleicht täuschten ihn seine Tränen, als er hinunterschaute auf diesen hohen, steinigen Ort, wo sein ganzes Leben in Trümmer gegangen war.

»Wenn mir nur mein Wunsch erfüllt werden könnte, mein einziger Wunsch«, seufzte er, »zurückzugehen und ihn wiederzufinden!« Dann endlich wandte er sich um zu dem Weg vor ihm und machte ein paar Schritte: die schwersten und widerstrebendsten, die er je getan hatte.

Nur ein paar Schritte; und jetzt nur noch ein paar weitere, und dann würde er hinuntergehen und diese Höhe nie wiedersehen. Und dann plötzlich hörte er Schreien und Stimmen. Er stand mucksmäuschenstill. Orkstimmen. Sie waren vor ihm und hinter ihm. Ein Geräusch von stampfenden Füßen und mißtönenden Rufen: Orks kamen zur Schlucht herauf von der anderen Seite, vielleicht von irgendeinem Eingang zum Turm. Stampfende Füße und Rufe hinter ihm. Er fuhr herum. Er sah kleine rote Lichter, Fackeln, die dort unten blinkten, als sie aus dem Gang kamen. Endlich war die Jagd im Gange. Das rote Auge des Turms war nicht blind gewesen. Er war gefangen.

Jetzt war das Flackern der sich nähernden Fackeln und das Klirren von Waffen vor ihm sehr nah. In einer Minute würden sie den Gipfel erreichen und ihn erwischen. Er hatte zu lange gebraucht, seinen Entschluß zu fassen, und jetzt nützte er nichts mehr. Wie konnte er entkommen oder sich retten oder den Ring retten? Der Ring. Er war sich keines Gedankens und keiner Entscheidung bewußt. Er merkte nur, daß er die Kette herauszog und den Ring in die Hand nahm. Die Spitze der Orkgruppe tauchte in der Schlucht vor ihm auf. Da streifte er ihn über.

Die Welt veränderte sich, und ein einziger Augenblick war angefüllt mit einer Stunde des Denkens. Sofort wurde er gewahr, daß das Gehör sich schärfte, während das Sehvermögen abnahm, aber anders als in Kankras Höhle. Alle Dinge um ihn waren jetzt nicht dunkel, sondern verschwommen; dabei war er selbst in einer grauen, dunstigen Welt, allein, wie ein kleiner, schwarzer, fester Felsen, und der Ring, der seine linke Hand hinunterdrückte, war wie ein Kreis aus heißem Gold. Er hatte ganz und gar nicht das Gefühl, unsichtbar, sondern in entsetzlicher und einzigartiger Weise sichtbar zu sein; und er wußte, daß irgendwo ein Auge nach ihm forschte.

Er hörte das Krachen von Stein und das Murmeln von Wasser fern im Morgul-Tal; und weiter unten unter dem Fels den gurgelnden Jammer von Kankra, die umhertappte, in irgendeinem verborgenen Gang verloren; und Stimmen in den Verliesen des Turms; und die Schreie der Orks, als sie aus dem Gang herauskamen; und betäubend, in seinen Ohren dröhnend, der Krach der Füße und das durchdringende Geschrei der Orks vor ihm. Er wich zur Felswand zurück. Aber sie marschierten heran wie ein Geisterheer, graue, verzerrte Gestalten in einem Nebel, nur Angstträume, mit bleichen Flammen in den Händen. Und sie gingen an ihm vorbei. Er duckte sich und versuchte, in irgendeine Spalte zu kriechen, um sich zu verstecken.

Er lauschte. Die Orks aus dem unterirdischen Gang und die anderen, die hinuntermarschierten, hatten einander gesehen, und beide Gruppen eilten sich jetzt und schrien. Er hörte sie beide ganz deutlich und verstand, was sie sagten. Vielleicht bewirkte der Ring, daß man Sprachen verstand, oder überhaupt verstand, insbesondere die Diener von Sauron, seinem Schöpfer, so daß Sam, wenn er aufpaßte, die Gedanken verstand und sich selbst übersetzte. Gewiß hatte der Ring beträchtlich an Macht zugenommen, aber eins vermittelte er nicht, und das war Mut. Im Augenblick dachte Sam nur daran, sich zu verstecken und liegenzubleiben, bis alles wieder ruhiger war; und er lauschte ängstlich. Er wußte nicht, wie nahe die Stimmen waren, die Worte schienen fast in seinen Ohren zu sein.

»Heda, Gorbag! Was machst du hier oben? Hast schon genug vom Krieg?«

»Befehl, du Tölpel. Und was tust du, Schagrat? Hast es satt, hier oben zu lauern? Denkst daran, zum Kämpfen herunterzukommen?«

»Befehle für dich. Ich befehlige diesen Paß. Also sei höflich. Was hast du zu berichten?«

»Nichts.«

»He! He! Hussa!« Ein Schrei unterbrach die Unterhaltung der Führer. Die Orks weiter unten hatten plötzlich etwas gesehen. Sie begannen zu rennen. Die anderen auch.

»He! Heda! Da ist etwas! Liegt genau auf dem Weg. Ein Späher, ein Späher!« Es gab ein Tuten heiserer Hörner und ein Gewirr bellender Stimmen.

Mit einem entsetzlichen Schlag erwachte Sam aus seiner ängstlichen Stimmung. Sie hatten seinen Herrn gesehen. Was würden sie tun? Er hatte Geschichten von Orks gehört, die einem das Blut erstarren ließen. Es war nicht zu ertragen. Er sprang auf. Er ließ die Aufgabe und alle Entschlüsse fahren und Furcht und Zweifel mit ihnen. Er wußte jetzt, wo sein Platz war und gewesen war: an der Seite seines Herrn, obwohl ihm nicht klar war, was er dort tun könnte. Zurück rannte er, die Stufen hinunter, den Pfad hinunter zu Frodo.

»Wie viele sind dort?« dachte er. »Dreißig oder vierzig mindestens vom Turm, und erheblich mehr als das von unten, schätze ich. Wie viele kann ich töten, ehe sie mich kriegen? Sie werden die Flamme des Schwertes sehen, sobald ich es ziehe, und früher oder später werden sie mich kriegen. Ich möchte mal wissen, ob ein Lied es je erwähnen wird: Wie Samweis auf dem Hohen Paß fiel und einen Wall von Leichen um seinen Herrn auftürmte. Nein, kein Lied. Natürlich nicht, denn der Ring wird gefunden werden, und es wird keine Lieder mehr geben. Ich kann's nicht ändern. Mein Platz ist bei Herrn Frodo. Sie müssen das verstehen – Elrond und der Rat und die großen Herren und Frauen mit all ihrer Weisheit. Ihre Pläne sind gescheitert. Ich kann nicht ihr Ringträger sein. Nicht ohne Herrn Frodo.«

Aber die Orks waren für seinen getrübten Blick jetzt außer Sicht. Er hatte keine Zeit gehabt, über sich selbst nachzudenken, doch jetzt merkte er, daß er müde war, müde fast bis zur Erschöpfung: seine Beine würden ihn nicht tragen, wie er wollte. Er war zu langsam. Der Pfad schien meilenlang. Wohin waren sie alle gegangen in dem Nebel?

Da waren sie wieder! Noch ein gutes Stück vor ihm. Eine Menge Gestalten um etwas, das auf dem Boden lag; ein paar schienen hierhin und dorthin zu stürzen, gebückt wie Hunde auf einer Spur. Er versuchte, eine letzte Anstrengung zu machen.

»Los, Sam«, sagte er. »Sonst kommst du wieder zu spät.« Er lockerte das Schwert in der Scheide. In einer Minute würde er es ziehen, und dann ...

Es gab ein wildes Geschrei, Gejohle und Gelächter, als etwas vom Boden aufgehoben wurde. »Hau-ruck! Hau-ruck! Auf! Auf!«

Dann rief eine Stimme: »Nun los! Den schnellen Weg. Zurück zum Unteren Tor! Sie wird uns heute nacht allem Anschein nach nicht belästigen.« Die ganze Orkbande setzte sich in Bewegung. Vier in der Mitte trugen einen Körper hoch auf ihren Schultern. »Hau-ruck!«

Sie hatten Frodo mitgenommen. Sie waren fort. Er konnte sie nicht einholen. Immer noch quälte er sich voran. Die Orks erreichten den Gang und gingen hinein. Die mit der Last zuerst, und hinter ihnen gab es eine ganze Menge Gerangel und Geschubse. Sam kam hinterdrein. Er zog das Schwert, ein blaues Flackern in seiner zitternden Hand, aber sie sahen es nicht. Gerade als er keuchend herankam, verschwand der letzte von ihnen in dem dunklen Loch.

Einen Augenblick stand er da, schnappte nach Luft und hielt sich die Brust. Dann fuhr er sich mit dem Ärmel übers Gesicht, wischte Schmutz, Schweiß und Tränen ab. »Verdammter Dreck!« sagte er und eilte ihnen nach in die Dunkelheit.

Es kam ihm nicht mehr sehr dunkel vor im Gang, eher war es, als ob er aus einem dünnen Dunstschleier in dichteren Nebel gekommen sei. Seine Müdigkeit nahm zu, aber sein Wille wurde um so härter. Er glaubte, den Schein der Fackeln ein Stückchen vor sich zu sehen, aber so sehr er es auch versuchte, er konnte sie nicht einholen. Orks gehen rasch in unterirdischen Gängen, und diesen Gang kannten sie gut; denn trotz Kankra mußten sie ihn oft benutzen, weil es der schnellste Weg von der Toten Stadt über das Gebirge war. Wann in der weit zurückliegenden Vergangenheit der Hauptgang und die große runde Höhle, in der Kankra vor unendlich langer Zeit ihren Wohnsitz aufgeschlagen hatte, angelegt worden waren, wußten sie nicht. Aber viele Nebenwege hatten sie selbst auf beiden Seiten gegraben, um bei ihrem Kommen und Gehen im Auftrag ihrer Herren die Höhle zu vermeiden. Heute nacht hatten sie nicht vor, weit hinunter zu gehen, sondern eilten zu einem seitlichen Durchgang, der zurück zu ihrem Wachturm auf dem Felsen führte. Die meisten von ihnen waren fröhlich, entzückt über das, was sie gefunden und gesehen hatten, und während sie rannten, schwatzten und schrien sie, wie es ihre Art war. Sam hörte das Geschrei ihrer rauhen Stimmen, eintönig und durchdringend in der bewegungslosen Luft, und zwei Stimmen konnte er von allen übrigen unterscheiden: sie waren lauter und näher bei ihm. Die Hauptleute der beiden Gruppen schienen als letzte zu gehen, und sie unterhielten sich dabei.

»Kannst du deinen Haufen nicht dazu bringen, weniger Radau zu machen, Schagrat?« brummte der eine. »Wir wollen uns Kankra nicht auf den Hals laden.«

»Ach, hör auf, Gorbag! Deine machen mehr als den halben Krach«, sagte der andere. »Aber laß die Jungs doch spielen. Um Kankra brauchen wir uns eine Zeitlang keine Sorgen zu machen, schätze ich. Sie hat auf 'nem Nagel gesessen, scheint's, und darüber werden wir nicht weinen. Hast du es nicht gesehen: eine scheußliche Schweinerei den ganzen Weg bis zu ihrer verfluchten Höhle? Wenn wir es einmal unterbunden haben, dann haben wir's hundertmal unterbunden. Also laß sie lachen. Und wir haben endlich ein bißchen Glück gehabt: haben etwas bekommen, was Lugbúrz haben will.«

»Ach, Lugbúrz will es haben? Was, glaubst du, ist es? Elbisch sieht es mir aus, aber zu klein. Was ist so gefährlich an einem solchen Wesen?«

»Weiß ich nicht, bis wir's angesehen haben.«

»Oho! Sie haben dir also nicht gesagt, was du zu erwarten hast? Sie sagen uns nicht alles, was sie wissen, nicht wahr? Nicht mal die Hälfte. Aber sie können auch Fehler machen, selbst die Höchsten.«

»Pst, Gorbag!« Schagrat hatte die Stimme gesenkt, so daß Sam selbst mit seinem seltsam geschärften Gehör mit knapper Not verstehen konnte, was er sagte. »Das mag sein, aber sie haben überall Augen und Ohren; einige höchstwahrscheinlich unter meinen Leuten. Aber es besteht kein Zweifel, daß sie über irgend etwas beunruhigt sind. Die Nazgûl unten sind beunruhigt nach deinem Bericht; und Lugbúrz auch. Etwas wäre fast entwischt.«

»Fast, sagst du!« sagte Gorbag.

»Na schön«, sagte Schagrat, »aber wir werden später darüber reden. Warte, bis wir zum Unteren Weg kommen. Da ist eine Stelle, wo wir ein bißchen reden können, während die Jungs weitergehen.«

Kurz danach sah Sam die Fackeln verschwinden. Dann gab es ein rumpelndes Geräusch, und gerade, als er sich beeilte, einen Bums. Soweit er vermuten konnte, hatten die Orks den Weg verlassen und waren zu eben dem Durchgang gekommen, mit dem Frodo und er es versucht hatten und der versperrt gewesen war.

Da schien ein großer Stein im Weg zu liegen, aber die Orks waren irgendwie hindurchgelangt, denn er hörte ihre Stimmen auf der anderen Seite. Sie rannten immer noch weiter, tiefer und tiefer in den Berg hinein, zurück zum Turm. Sam war verzweifelt. Sie trugen die Leiche seines Herrn fort für irgendeinen üblen Zweck, und er konnte nicht folgen. Er schlug und schob an dem Block und warf sich dagegen, aber er gab nicht nach. Dann hörte er nicht weit drinnen, wie er glaubte, die beiden Hauptleute wieder reden. Er stand still und lauschte ein wenig und hoffte, vielleicht etwas Nützliches zu erfahren. Vielleicht würde Gorbag, der zu Minas Morgul zu gehören schien, herauskommen, und dann würde er hineinschlüpfen können.

»Nein, ich weiß es nicht«, sagte Gorbag. »Die Nachrichten kommen in der Regel schneller durch, als irgend etwas fliegen könnte. Aber ich forsche nicht nach, wie das geschieht. Am ungefährlichsten, wenn man es nicht tut. Br! Wenn ich an diese Nazgûl denke, überläuft es mich eiskalt. Sie ziehen dir die Haut vom Leibe, sobald sie dich ansehen, und lassen dich ganz kalt im Dunkeln auf der anderen Seite. Aber Er mag sie; sie sind Seine Lieblinge heutzutage, es hat also keinen Zweck zu murren. Ich sage dir, es ist kein Spaß, unten in der Stadt zu dienen.«

»Du solltest es mal hier oben versuchen mit Kankra zur Gesellschaft«, sagte Schagrat.

»Ich würde es gern irgendwo versuchen, wo keiner von ihnen ist. Aber jetzt ist Krieg, und wenn der vorbei ist, mögen die Dinge leichter sein.«

»Es steht gut für uns, heißt es.«

»Das möchten sie gern«, brummte Gorbag. »Wir werden sehen. Aber jedenfalls, wenn es mit dem Krieg wirklich gut geht, dann sollte es erheblich mehr Platz geben. Was meinst du – wenn wir eine Möglichkeit haben, du und ich, dann hauen wir ab und machen uns irgendwo mit ein paar zuverlässigen Jungs selbständig, irgendwo, wo es gute und leicht erreichbare Beute gibt und keine großspurigen Vorgesetzten.«

»Ah«, sagte Schagrat. »Wie in alten Zeiten.«

»Ja«, sagte Gorbag. »Aber rechne nicht drauf. Ich mache mir ziemliche Sorgen. Wie ich gesagt habe, die Hohen Herren freilich«, seine Stimme senkte sich fast zu einem Flüstern, »freilich, selbst die Größten können Fehler machen. Etwas wäre fast entwischt, sagst du. Ich sage: etwas *ist* entwischt, und wir müssen danach Ausschau halten. Immer müssen die armen Uruks die Karre aus dem Dreck ziehen und ernten wenig Dank. Aber vergiß das nicht: die Feinde lieben uns ebensowenig wie Ihn, und wenn sie Ihn unterkriegen, dann sind wir auch geliefert. Aber nun hör mal: wann bist du ausgesandt worden?«

»Vor einer Stunde ungefähr, gerade, bevor du uns sahst. Eine Meldung kam: *Nazgûl besorgt. Späher auf Treppe befürchtet. Doppelte Wachsamkeit. Streife zum oberen Ende der Treppe.* Ich kam sofort.«

»Schlimme Geschichte«, sagte Gorbag. »Paß auf – unsere Stummen Wächter waren vor mehr als zwei Tagen schon unruhig, das weiß ich. Aber meine Streife bekam auch am nächsten Tag noch keinen Marschbefehl, und es wurde auch keine Botschaft nach Lugbúrz gesandt: weil das Große Signal aufstieg und der Hohe Nazgûl in den Krieg zog und all das. Und dann konnten sie eine ganze Weile Lugbúrz nicht dazu bekommen, der Sache Aufmerksamkeit zu zollen, wie mir gesagt wurde.«

»Das Auge war anderswo beschäftigt, nehme ich an«, sagte Schagrat. »Große Dinge geschehen im Westen, heißt es.«

»Das will ich glauben«, knurrte Gorbag. »Aber inzwischen sind Feinde die Treppe heraufgekommen. Und was hast du gemacht? Du sollst Wache halten, nicht wahr, Sonderbefehle oder nicht? Wofür bist du eigentlich da?«

»Jetzt reicht's aber. Du brauchst mich nicht über meine Pflichten zu belehren. Wir haben aufgepaßt. Wir wußten, daß komische Dinge vor sich gehen.«

»Sehr komische!«

»Ja, sehr komische: Lichter und Rufen und das alles. Aber Kankra hatte sich geregt. Meine Jungs sahen sie und ihren Schnüffler.«

»Ihren Schnüffler? Was ist denn das?«

»Du mußt ihn gesehen haben: einen kleinen, dünnen, schwarzen Kerl; sieht selbst wie' ne Spinne aus, oder vielleicht mehr wie'n verhungerter Frosch. Er ist schon früher hier gewesen. Kam das erste Mal *aus* Lugbúrz, vor Jahren, und wir erhielten Befehl von Ganz Oben, ihn laufen zu lassen. Seitdem ist er ein- oder zweimal auf der Treppe gewesen, aber wir haben ihn in Frieden gelassen. Ich nehme an, er schmeckt nicht gut: um Befehle von Ganz Oben würde sie sich nicht kümmern. Aber eine feine Wache haltet ihr im Tal: einen Tag vor diesem ganzen Radau war er hier oben. Gestern bei Einbruch der Nacht sahen wir ihn. Jedenfalls berichteten meine Jungs, daß die Hohe Frau ein bißchen Spaß hat, und das erschien mir ganz gut, bis die Meldung kam. Ich dachte, ihr Schnüffler hat ihr ein Spielzeug gebracht oder du hast ihr vielleicht ein Geschenk geschickt, einen Kriegsgefangenen oder sonst was. Ich mische mich nicht ein, wenn sie spielt. Nichts kommt unbemerkt an Kankra vorbei, wenn sie auf der Jagd ist.«

»Nichts, sagst du! Hast du deine Augen nicht aufgesperrt da hinten? Ich sage dir, ich bin besorgt. Was immer die Treppe heraufkam, *ist* durchgekommen. Es hat ihre Spinnenweben durchgeschnitten und ist glatt aus der Höhle 'rausgekommen. Das ist etwas, worüber man nachdenken sollte!«

»Nun ja, aber zuletzt hat sie ihn doch gekriegt, nicht wahr?«

»Ihn *gekriegt?* Wen gekriegt? Diesen kleinen Burschen? Wenn er der einzige gewesen wäre, dann hätte sie ihn binnen kurzem in ihre Speisekammer gebracht, und da wäre er jetzt. Und wenn Lugbúrz ihn haben will, dann würdest *du* hingehen müssen, um ihn zu holen. Hübsch für dich. Aber da waren mehr als einer.«

An diesem Punkt begann Sam aufmerksamer zu lauschen und preßte sein Ohr an den Stein.

»Wer hat die Stricke durchschnitten, mit denen sie ihn gefesselt hatte, Schagrat? Derselbe, der die Spinnenweben durchschnitt. Hast du das nicht gesehen? Und wer hat die Hohe Frau mit einer Nadel gestochen? Derselbe, schätze ich. Und wo ist er? Wo ist er, Schagrat?«

Schagrat antwortete nicht.

»Da mußt du mal ein bißchen nachdenken, wenn dein Grips reicht. Es ist nicht zum Lachen. Niemand, nicht ein einziger hat je zuvor Kankra mit einer Nadel gestochen, wie du genau wissen solltest. Das ist weiter kein Unglück; aber denke doch – da ist hier einer auf freiem Fuß, der gefährlicher ist als jeder andere verdammte Aufrührer, den es je gab seit den schlechten alten Zeiten, seit der großen Belagerung. Etwas *ist* entwischt.«

»Und was ist es dann?« brummte Schagrat.

»Nach allen Anzeichen, Hauptmann Schagrat, würde ich sagen, daß ein gewaltiger Krieger hier frei herumläuft, ein Elb höchstwahrscheinlich, mit einem Elbenschwert jedenfalls und vielleicht auch mit einer Axt; und auch in deinem Bezirk läuft er frei herum, und du hast ihn nie ausfindig gemacht. Wirklich sehr komisch!« Gorbag spuckte aus. Sam lächelte grimmig bei dieser Beschreibung von sich.

»Na ja, du hast schon immer schwarzgesehen«, sagte Schagrat. »Du kannst die Zeichen deuten, wie du willst, aber es mag noch andere Wege geben, sie zu erklären. Jedenfalls habe ich überall Wächter aufgestellt, und ich gedenke mich jeweils nur mit einer Sache zu befassen. Wenn ich mir den Burschen, den wir gefangen *haben*, angesehen habe, dann werde ich anfangen, mir über etwas anderes Sorgen zu machen.«

»Ich vermute, du wirst bei dem kleinen Kerl nicht viel finden«, sagte Gorbag. »Er hat mit dem wirklichen Unheil vielleicht gar nichts zu tun. Der große Kerl mit dem scharfen Schwert scheint sowieso geglaubt zu haben, daß er nicht viel wert ist – hat ihn da einfach liegen lassen: regelrechte Elben-List.«

»Wir werden sehen. Komm nun weiter. Wir haben genug geredet. Laß uns jetzt einen Blick auf den Gefangenen werfen!«

»Was willst du mit ihm machen? Vergiß nicht, daß ich ihn zuerst entdeckt habe. Wenn's irgendeinen Spaß gibt, müssen ich und meine Jungs dabeisein.«

»Nun, nun«, brummte Schagrat, »ich habe meine Befehle. Und es würde mich und dich Kopf und Kragen kosten, ihnen zuwiderzuhandeln. *Jeder*, der sich unbefugt hier aufhält und von der Wache gefunden wird, soll im Turm festgesetzt werden. Der Gefangene soll ausgezogen werden. Genaue Beschreibung von jedem Stück, Kleidung, Waffen, Brief, Ring oder Schmuckstück, muß sofort nach Lugbúrz geschickt werden, und *nur* nach Lugbúrz. Und der Gefangene soll sicher eingesperrt werden und unverletzt bleiben, bei Todesstrafe für jeden Angehörigen der Wache, bis Er jemanden schickt oder Selbst kommt. Das ist klar und deutlich, und das werde ich tun.«

»Ausgezogen?« fragte Gorbag. »Was, Zähne, Nägel, Haare und alles?«

»Nein, nichts dergleichen. Er ist für Lugbúrz, sage ich dir doch. Man will ihn heil und unversehrt haben.«

»Das wird dir schwerfallen«, lachte Gorbag. »Er ist jetzt nichts als Aas. Was Lugbúrz mit solchem Zeug will, kann ich nicht erraten. Er könnte genausogut gleich vor die Hunde gehen.«

»Du Narr«, knurrte Schagrat. »Du hast sehr klug geredet, aber es gibt eine Menge, was du nicht weißt, obwohl's die meisten anderen Leute wissen. Du wirst vor die Hunde oder zu Kankra gehen, wenn du nicht aufpaßt. Aas! Ist das alles, was du von der Hohen Frau weißt? Wenn sie mit Stricken fesselt, dann ist sie auf Fleisch aus. Sie frißt kein totes Fleisch und säuft kein kaltes Blut. Dieser Bursche ist nicht tot!«

Sam wurde schwindlig, und er hielt sich am Stein fest. Ihm war, als ob die ganze dunkle Welt auf dem Kopf stünde. So groß war sein Schreck, daß er fast ohnmächtig geworden wäre, aber während er noch darum kämpfte, bei Sinnen zu bleiben, hörte er tief in seinem Inneren eine kritische Äußerung: »Du Narr, er ist nicht tot, und dein Herz wußte es. Verlaß dich nicht auf deinen Kopf, Samweis, er ist nicht dein edelster Teil. Dein Fehler ist es, daß du niemals wirklich Hoffnung hattest. Was ist jetzt zu tun?« Im Augenblick nichts, als sich gegen die reglosen Steine zu lehnen und zu lauschen, den ekelhaften Orkstimmen zuzuhören.

»Klar!« sagte Schagrat. »Sie hat mehr als ein Gift. Wenn sie auf der Jagd ist, dann gibt sie ihnen nur einen Klaps auf den Nacken, und sie werden so schlapp wie entgräteter Fisch, und dann macht sie mit ihnen, was sie will. Erinnerst du dich an den alten Ufthak? Wir hatten ihn seit Tagen vermißt. Dann fanden wir ihn in einem Winkel; aufgehängt war er, aber er war hellwach und starrte. Wie wir lachten! Vielleicht hatte sie ihn vergessen, aber wir rührten ihn nicht an — es hat keinen Zweck, sich mir Ihr einzulassen. Nee — dieser kleine Drecksack wird in ein paar Stunden aufwachen; und abgesehen von ein bißchen Übelkeit wird er ganz in Ordnung sein. Oder würde es sein, wenn Lugbúrz ihn in Frieden ließe. Und natürlich abgesehen davon, daß er sich fragen wird, wo er ist und was mit ihm geschehen ist.«

»Und was mit ihm geschehen wird«, lachte Gorbag. »Wir können ihm jedenfalls ein paar Geschichten erzählen, wenn wir nichts anderes tun können. Ich nehme nicht an, daß er jemals im schönen Lugbúrz war, deshalb wird er vielleicht gern wissen wollen, was er zu erwarten hat. Es wird spaßiger sein, als ich geglaubt habe. Laß uns gehen!«

»Es wird keinen Spaß geben, das sage ich dir«, erwiderte Schagrat.

»Und er muß in sicherem Gewahrsam bleiben, sonst sind wir alle so gut wie tot.«

»Na schön! Aber wenn ich du wäre, würde ich den Großen fangen, der noch frei herumläuft, ehe du einen Bericht nach Lugbúrz schickst. Es würde nicht allzu hübsch klingen, wenn du sagst, du hast das Kätzchen gefangen und die Katze entwischen lassen.«

Die Stimmen wurden allmählich leiser. Sam hörte, daß sich Schritte entfernten. Er erholte sich von seinem Schreck, und jetzt packte ihn eine wilde Wut. »Alles habe ich verkehrt gemacht!« rief er. »Ich wußte, daß ich das tun würde. Jetzt haben sie ihn, die Teufel, die Drecksäcke! Niemals deinen Herrn verlassen, niemals, niemals: das war mein richtiger Grundsatz. Und ich wußte es in meinem Herzen. Möge mir verziehen werden! Jetzt muß ich zu ihm zurück. Irgendwie, irgendwie!«

Er zog sein Schwert wieder und schlug mit dem Heft an den Stein, aber es gab nur einen dumpfen Klang. Das Schwert leuchtete indes so hell, daß er in dem Schein ein wenig sehen konnte. Zu seiner Überraschung merkte er, daß der große Block die Form einer schweren Tür hatte und nicht einmal doppelt so hoch wie er groß war. Darüber war ein dunkler leerer Raum zwischen der Oberkante und dem niedrigen Gewölbe des Durchgangs. Wahrscheinlich sollte das nur ein Hindernis sein, damit Kankra hier nicht eindrang, und war auf der Innenseite mit einem Riegel oder Bolzen außerhalb der Reichweite ihrer List gesichert. Mit aller Kraft, die er noch hatte, sprang Sam hoch, packte die Oberkante, zog sich hinauf und ließ sich fallen; und dann rannte er wie verrückt, das leuchtende Schwert in der Hand, um eine Biegung und einen sich windenden Gang hinauf.

Die Nachricht, daß sein Herr noch am Leben war, beflügelte ihn zu einer letzten Anstrengung, und er dachte nicht mehr an seine Müdigkeit. Vor sich konnte er nichts sehen, denn dieser neue Gang ging ununterbrochen um die Ecke; aber er glaubte, die beiden Orks einzuholen; ihre Stimmen klangen wieder näher. Jetzt schienen sie ganz dicht zu sein.

»Das ist es, was ich tun werde«, sagte Schagrat in zornigem Ton. »Ihn in die oberste Kammer stecken.«

»Wozu?« brummte Gorbag. »Hast du unten keine Gefängnisse?«

»Er kommt auf Nummer sicher, das sage ich dir«, antwortete Schagrat. »Verstehst du? Er ist wertvoll. Ich traue nicht allen meinen Jungs, und keinem von deinen; und dir auch nicht, wenn du auf Spaß versessen bist. Er kommt dahin, wo ich ihn haben will, und wo du nicht hinkommst, wenn du nicht höflich bleibst. Ganz nach oben, sage ich. Da wird er sicher sein.«

»Wird er das?« sagte Sam. »Du vergißt den großen, mächtigen Elbenkrieger, der noch frei herumläuft!« und damit rannte er um die letzte Ecke und mußte feststellen, daß er durch irgendeine Täuschung des Ganges oder des Gehörs, das der Ring ihm verlieh, die Entfernung falsch eingeschätzt hatte.

Die beiden Orks waren immer noch ein Stück voraus. Er konnte sie jetzt sehen, schwarz und gedrungen vor einem roten Feuerschein. Der Gang verlief endlich gerade, eine Steigung hinauf; und an seinem Ende waren große Doppeltüren, die weit offenstanden und wahrscheinlich in die tiefen Kammern weit unter dem hohen Horn des Turms führten. Die Orks mit der Last waren schon hindurchgegangen. Gorbag und Schagrat näherten sich dem Tor.

Sam hörte plötzlich heiseres Singen, Hörnerblasen und das Dröhnen von Gongs, ein abscheulicher Lärm. Gorbag und Schagrat waren schon auf der Schwelle.

Sam schrie und schwang Stich, aber seine kleine Stimme ging in dem Getöse unter. Niemand achtete auf ihn.

Die großen Türen schlugen zu. Bum. Die eisernen Riegel schnappten ein. Klirr. Das Tor war geschlossen. Sam warf sich gegen die verriegelten, ehernen Torflügel und fiel besinnungslos auf den Boden. Er war draußen in der Dunkelheit. Frodo war am Leben, aber vom Feind gefangen.

Hier endet der zweite Teil der Geschichte vom Krieg des Ringes. Der dritte Teil berichtet von der letzten Verteidigung gegen den Schatten und vom Ende des Auftrages des Ringträgers in DIE RÜCKKEHR DES KÖNIGS.